100°
95°
Austin
S. Antonio
Uvalde
S. Antonio R.
Eagle Pass
Ft. Duncan
R. Frio
R. Nueces
Fernando
Sta Rosa
R. Salado
Laredo
R. Sabinas
Belleville
Rio Grande City
Miero
Camargo
NUEVO
LEON
Reynosa
El Refugio
Brownsville
Monterey
Montemorelos
St. Joseph I.
Mustang I.
Padre I.
Barra S Antonio
Barra de Jesus Maria
TAMAULIPAS
Santillana
Presas
LUIS
POTOSI
San Luis Potosi
Tampico
R. Panuco
Lag de Tamiahua
R. S. Juan
Zimapan
Queretaro
R. de Lerma
VERA CRUZ
Papantla
Tula
Pachuca
S. Jago
MEXICO
MEXICO STADT
Tlaxcala
PUEBLA
Pic de Orizaba
Toluca
Popocatepetl
Cuernavaca
Jalapa
Vera Cruz
Ft. S. Juan d'Ulloa (de Ulua)
Soledad
Lomalto
Orizaba
Coatzacoalcos (Puerto Mexico)
S. Juan Bautista (Villa Hermosa)
CHIAPAS
Chiapa
Rio de las Balsas
GUERRERO
Acapulco
Oaxaca
OAXACA
Gulf of Mexico
Golf von Mexico
I. Bermeja
25°
20°
Östl. Länge 100° von Greenwich

KARL MAY'S GESAMMELTE WERKE

BAND 53

BENITO JUAREZ

KARL-MAY-VERLAG BAMBERG

BENITO JUAREZ

ROMAN

VON

KARL MAY

563. TAUSEND

KARL-MAY-VERLAG BAMBERG

INHALT

1. In Harar 5
2. Als Sklavin verkauft 25
3. Kapitän Wagner 67
4. Der geprellte Sultan 101
5. Die Insel im Ozean 124
6. Der „Schwarze Gerard" 142
7. Der Gewehrkolben 191
8. Ein gefährdeter Thron 224
9. Matava-se kehrt zurück 247
10. Degen und Tomahawk 286
11. Nach der Indianerschlacht 319
12. An der Pforte des Todes 338
13. Die Einnahme der Hacienda 352
14. Eine Hiobsbotschaft 377
15. Der Erlaß vom 3. Oktober 395
16. Ein Gewaltritt 435
17. Die Eroberung Chihuahuas 459
18. Der versteckte Brief 491

Der vorliegende Roman spielt Mitte der 60er Jahre des vorigen Jahrhunderts und ist der dritte Teil des von Karl May in den Jahren 1882/83 geschriebenen ersten Münchmeyer-Romans ‚Das Waldröschen' (Bd. 51—55 der Ges. Werke). Über die Entstehungsgeschichte, den Werdegang und die Geschicke der fünf Münchmeyer-Romane findet man Näheres in Bd. 34 der Ges. Werke, „ICH".

Herausgegeben von Dr. E. A. Schmid

Satz und Druck: St.Otto-Verlag, Bamberg

ISBN 3-7802-0053-8

1. In Harar

Das Leben gleicht dem Meer, dessen ruhelose Wogen sich ewig neu gebären. Millionen und aber Millionen wechselvoller Gestalten tauchen aus den Fluten auf, um für die Dauer eines kurzen Lebensaugenblicks auf der Oberfläche zu erscheinen und dann wieder zu verschwinden — für immer? Wer weiß es? Am Gestade steht der Beobachter und richtet tausend Fragen ans Schicksal, aber kein Wort tönt an sein Ohr. Das Geschick spricht und erwidert nicht mit Worten, sondern in Taten. Die Entwicklung schreitet unaufhaltsam weiter, und der Sterbliche sieht sich verurteilt, in fast machtloser Geduld die Geburt der ersehnten Ereignisse abzuwarten. Keine Stunde, keine Minute, kein Augenblick läßt sich verfrühen, und keine Tat bringt eher Früchte, als es von den ewigen Gesetzen vorgeschrieben wird.

Oft steht der Mensch vor einer scheinbar folgenschweren Begebenheit, aber Tage und Jahre verrinnen, und es scheint, als hätten die vorhandenen Ursachen ihre Triebkraft verloren. Es ist, als wäre das Vergangene wirkungslos, als hätten die geheimen Fäden des Lebens ihre Spannung verloren. Kein Laut ist zu hören, kein Erfolg zu sehen, und der schwache Mensch möchte fast an der Gerechtigkeit der Vorsehung zweifeln. Aber die Gerechtigkeit geht rücksichtslos ihren gewaltigen und unerforschten Weg, und gerade dann, wenn man es am wenigsten denkt, greift sie mit zermalmender Faust in die Ereignisse ein, und man erkennt mit staunender Bewunderung, daß sich tief am Grund des Meeres Fäden gesponnen haben, die nun an die Oberfläche treten, um sich zum Knoten zu schürzen, den zu lösen in die Macht des Menschen gegeben ist.

So war es auch mit den Schicksalen, deren Fäden in Rheinswalden zusammenliefen. Es vergingen Monate und Jahre, ohne daß man von den teuren Personen, die hinaus in die weite Welt gegangen waren, etwas hörte. Sie waren und blieben verschollen. Man mußte schließlich annehmen, daß sie zugrunde gegangen seien, und das brachte eine tiefe, aufrichtige Trauer über den Kreis der Bewohner von Rheinswalden.

Als alle, auch die eingehendsten Nachforschungen vergeblich blieben, sah man sich gezwungen, sich ins Unvermeidliche zu fügen. Der Schmerz war groß und konnte nur durch die wie Balsam wirkende Zeit gemildert werden. Es breitete sich über die Gesichter der Zug einer stillen Entsagung. Man klagte nicht mehr, aber man bewahrte den Verschollenen ein tief in der Seele lebendes Angedenken und hütete sich wohl zu gestehen, daß die Hoffnung doch noch nicht ganz geschwunden sei.

So verstrichen weitere neun Jahre und man schrieb schon 1866, bevor die Reihe der Begebenheiten, die abgeschlossen schien, endlich eine Fortsetzung nahm. —

An der westlichen Küste des Golfs von Aden, der das Rote Meer mit dem Indischen Ozean verbindet, liegt ein Land, das lange ein Seitenstück zu dem berühmten Timbuktu oder dem fabelhaften Dorado bildete. Die kühnsten Reisenden haben vergeblich versucht, es zu erforschen, und bis zum Jahr 1866 war es erst einem einzigen verwegenen Mann, dem britischen Offizier Richard Burton, gelungen, bis dahin vorzudringen[1]) und einige Nachrichten über das abgeschlossene Land mitzubringen.

Wohl hat es Fremde, ja sogar Europäer gegeben, die dieses Land Harar betraten, aber sie konnten keine Kunde von den dortigen Verhältnissen geben, sie kehrten niemals zurück, sie waren Sklaven geworden.

1) Im Jahr 1854

Zwar war auf Anregung der Engländer, namentlich auf Betreiben des edlen Lord Wilberforce, eine allgemeine Vereinbarung der Völker zustande gekommen, daß aller Sklavenhandel verboten sei. Die Kriegsschiffe aller Länder hatten nicht nur das Recht, sondern sogar die Verpflichtung, die Sklavenschiffe wegzunehmen, die Gefangenen zu befreien und die Bemannung vom Kapitän an bis herab zum Schiffsjungen unerbittlich zu hängen. Allein diese Maßregeln haben Jahrzehnte hindurch noch keinen durchschlagenden Erfolg gehabt. Es gab Länder, in denen der Sklavenhandel weiterblühte. Noch um die Mitte des neunzehnten Jahrhunderts konnte zum Beispiel jeder Besucher von Konstantinopel feststellen, daß es dort noch immer Häuser gab, in denen Menschen aller Farben zu kaufen waren. Besonders einträglich war die Sklavenjagd in den Nilgegenden und den Gebieten, die am Roten Meer liegen oder die Ostküste Afrikas bilden. Zu diesen gehört Harar.

Harar liegt nicht unmittelbar an der Küste. Es ist von den Seehäfen Seïla und Berbera aus zu erreichen, indem man durch das Land der Somal[1]) reist. Diese Somal gehören zu den schönsten Vertretern der schwarzen Rasse, sind ein stolzes, kriegerisches Volk und leben mit allen ihren Nachbarn in ewigen Fehden, so daß der Verkehr zwischen Harar und der Küste großen Gefahren unterworfen ist. Aus diesem Grund ist es auch nur selten einem Sklaven gelungen, aus Harar zu entfliehen und das rettende Meer zu erreichen. —

Da, wo sich die Somaliwüste gegen Westen, also gegen das Binnenland zu erheben beginnt, und der bisher starre, unfruchtbare Fels und der gelbe Sand hier und da wieder eine Spur von Pflanzenwuchs zeigen, bewegte sich eine Karawane der untergehenden Sonne zu.

Sie bestand aus schwerbepackten Kamelen und teils von der Sonne gebräunten, teils von Natur aus tief-

1) Einzahl: der Somali; Mehrzahl: die Somal

schwarzen Männern, die alle gut bewaffnet waren. Ihre Waffen bestanden aus Luntenflinten mit langen, arabischen Rohren, Kriegskeulen aus Teak- und Ebenholz und Bogen, mit denen gefährliche Pfeile versandt werden. Jeder trug außerdem ein langes, scharfes Messer in seinem Gürtel.

Die Kamele gingen nicht frei. Sie waren immer eins an das andere gebunden, und zwar in der Weise, daß man das Halfter jedes Tieres an den Schwanzriemen des vorhergehenden befestigt hatte. Alle trugen schwerbeladene Packsättel, ein einziges ausgenommen, auf dessen hohem Rücken eine Sänfte zu sehen war, deren vier Seiten mit dünnen, die Luft durchlassenden Vorhängen verschlossen wurden. Vermutlich befand sich darin eine weibliche Person, deren Anblick den Augen Unberufener entzogen werden sollte.

Neben diesem Kamel ritt auf einem starken, weißen Maultier der Anführer der Karawane. Er trug den langen, weißen Beduinenmantel und einen Turban von gleicher Farbe. Seine Waffen glichen denen seiner Gefährten, nur daß der Griff seines Messers und der Kolben und der Schaft seiner Flinte mit Silber ausgelegt waren. Während er neben dem Kamel an der Spitze des Zuges ritt, musterten seine scharfen Augen den westlichen Gesichtskreis. Dann zügelte er sein Maultier und wandte sich an einen seiner Leute zurück.

„Osman, siehst du die Schlucht da vorn?"

Der Angeredete antwortete demütig: „Ich sehe sie, o Herr."

„Dort werden wir in dieser Nacht lagern", meinte der Gebieter. „Du warst schon mehrmals mit mir in Harar. Kennst du die Gegend noch?"

„Sehr gut, o Emir[1])."

„Nun wohlan. Von der Schlucht aus hast du nicht

[1]) Hier bedeutet ‚Emir', auch ‚Amir', soviel wie ‚Anführer', ‚Gebieter'.

weit ins Dorf Elaoda, und von da ist es nur eine Stunde bis zum Sitz des Sultans Achmed. Reite hin, um ihm zu melden, daß ich morgen früh bei ihm sein werde!"

Der Mann gehorchte. Während er die Halfter löste, mit denen sein Tier in die Reihen der anderen gefesselt war, fragte er mit einem Wink zur Sänfte, aber so leise, daß es nur der Emir hören konnte:

„Soll ich dem Sultan sagen, was wir mit uns führen?"

„Sag ihm, daß wir Schals und Seidenzeug, Messing, gewalztes Kupfer, Messer, Pulver, Zucker und Papier bringen! Dafür will ich Tabak, Elfenbein, Butter und Safran eintauschen. Aber von der Sklavin sagst du ihm noch nichts!"

„Soll ich die Abgabe mitnehmen?"

„Nein. Der Sultan wird nie satt. Wenn ich ihm schon jetzt die Abgabe sende, so verlangt er später abermals Geschenke."

Osman gab seinem Kamel das Zeichen, worauf es mit seinen langen Beinen im eiligsten Lauf dahineilte. Dann wandte sich die Karawane zu der Schlucht, von der der Emir gesprochen hatte. Sie wurde bald erreicht. Als die Reiter von ihren Tieren gestiegen waren, nahte der Augenblick, wo die Sonne den Erdkreis berührte. Dies geschieht in jenen Gegenden um sechs Uhr nachmittags und ist die Zeit des vom Propheten Mohammed vorgeschriebenen Abendgebetes.

Nun sind die Beduinen zwar mehr oder weniger alle Räuber, aber sie besitzen doch eine so große Religiosität, daß sie es für die größte Sünde halten, eines der Gebete zu unterlassen. Darum versammelten sich auch sofort die Mitglieder der Karawane und knieten nieder, um zu beten. Dabei ist eine Waschung vorgeschrieben. Da das Wasser fehlte, so bedienten sie sich an dessen Stelle des Sandes, den sie geradeso durch die Finger gleiten ließen, als sei er Wasser.

Erst als sie hiermit fertig waren, wurden die Kamele

von ihrer Last befreit, und dann ließen sich die Männer nieder, um vom langen, beschwerlichen Ritt auszuruhen. Einige von ihnen hatten die Sänfte vom Kamel gehoben, aber die Person, die sich im Inneren befand, kam nicht zum Vorschein. Sie hatte jedenfalls den Befehl erhalten, die Sänfte nicht zu verlassen und auch darin zu schlafen.

Der Emir nahm einige von den Datteln, die sein Abendessen bildeten, und goß ein wenig Wasser aus einem der Schläuche in einen ledernen Becher. Damit näherte er sich der Sänfte, schob den Vorhang etwas zur Seite und fragte halblaut:

„Willst du essen und trinken?“

Es erfolgte keine Antwort, aber eine Hand streckte sich aus und nahm die Früchte und das Wasser in Empfang.

„Allah ist groß, und ich bin vergeßlich“, murmelte er. „Ich denke doch nie daran, daß sie unsere Sprache nicht versteht.“

Er nahm den Becher, der geleert worden war, wieder in Empfang und kehrte an seinen Platz zurück. Auf seinen stummen Wink erhoben sich dann einige Männer und griffen zu ihren Gewehren. Sie entfernten sich, um das Lager zu bewachen, damit es von keinem Feind überfallen werde, und ebenso, damit die Gefangene nicht entfliehen konnte. Nach kurzer Zeit lag alles im tiefsten Schlaf.

Unterdessen hatte Osman das erwähnte Dorf längst erreicht, war hindurchgeritten ohne anzuhalten, und eilte nun auf Harar zu. Es war, als er dort ankam, kaum eine Stunde vergangen, seit er seinen Herrn verlassen hatte. Die Tore dieser Stadt werden mit Sonnenuntergang geschlossen, und kein Mensch darf ohne besondere Erlaubnis des Sultans ein- und ausgehen. Osman klopfte an und mußte dies mehrfach wiederholen, ehe der Wächter erschien.

„Wer ist draußen?“ fragte er von innen.

„Ein Bote an den Sultan Achmed Ben Sultan Abubekr“, erwiderte der Gefragte.

„Wie heißt du?“

„Mein Name ist Hadschi Osman Ben Mehemmed.“

„Zu welchem Stamm gehörst du?“ fragte der Wächter weiter.

„Ich bin ein freier Somali.“

Die Bewohner von Harar sehen, allerdings ganz ohne Grund, mit Verachtung auf die Araber und Somal herab, und darum meinte der Wächter:

„Einen Somali darf ich nicht einlassen. Ich würde schlimm bestraft werden, wenn ich eines Somalis wegen den Sultan störe.“

„Allerdings wirst du bestraft werden“, entgegnete Osman, „aber nur dann, wenn du nicht meldest, daß ich Einlaß begehre. Ich bin ein Bote des Emir Arafat.“

Diese Meldung schien den Wächter nachdenklich zu machen. Er wußte, daß der Somal-Emir Arafat der Anführer der Handelskarawanen sei, mit denen der Sultan stets gute Geschäfte machte. Darum erwiderte er:

„Arafat? Ich will es wagen. Ich werde das Tor einem anderen anvertrauen und selber gehen, um deine Ankunft zu melden.“

Erst jetzt stieg Osman draußen vom Kamel, um zu warten, bis er eingelassen werde. Der Wächter aber stellte seinen Gehilfen ans Tor und begab sich zum Palast des Sultans. Das Wort Palast steht hier eigentlich unrichtig. Die berühmte Hauptstadt, die man mit größerem Recht berüchtigt nennen konnte, war mit einfachen Mauern umgeben und hatte bei einer Länge von einer halben Stunde eine Breite von nur einer Viertelstunde. Die Häuser waren nur steinerne Schuppen zu nennen, und selbst der Palast des Sultans sah einer Scheune ähnlicher als einem Haus. Dicht neben ihm befand sich ein aus unbehauenen Steinen errichtetes Gewölbe, in dem man Tag und Nacht Fesseln klirren hörte.

Es war das Staatsgefängnis und hatte tiefe, unterirdische Keller, in die nie das Tageslicht drang. Wehe dem Gefangenen, der dort seinen Aufenthalt nehmen mußte! Er erhielt niemals vom Sultan Essen und Trinken, und selbst, wenn ihm ein Freund oder Verwandter täglich Wasser und den dort gebräuchlichen kalten Brei von Hirsemehl brachte, mußte er doch mit der Zeit in seinem eigenen Schmutz verfaulen.

Der Thron des Herrschers, der unumschränkter Herr über Leben und Eigentum seiner Untertanen war, bestand in einer einfachen Holzbank, wie man sie bei uns in der ärmsten Familie findet. Auf dieser saß er nach orientalischer Weise mit untergeschlagenen Beinen, entweder in tiefes Nachdenken versunken oder Empfang erteilend, bei dem jeder Nahende zitterte, weil die geringste böse Laune des Sultans hinreichte, das Blut des ersten besten fließen zu lassen.

Auch heute abend saß Achmed auf seiner Erhöhung. Hinter ihm hingen an der Wand alte Luntenflinten, Säbel und eiserne Fesseln mit Hand- und Fußschellen, die Zeichen seiner unbeschränkten Gewalt. Vor ihm saß ein Wesir nebst einigen mohammedanischen Schriftgelehrten. Im Hintergrund hockten zahlreiche elende, in Fesseln geschlagene Gestalten am Boden. Es waren Sklaven und Gefangene. Der Sultan liebte es, seinen Thronsaal mit diesen unglücklichen Leuten zu schmücken, zum Zeichen seiner Macht und Herrlichkeit.

Seitwärts von ihm stand einer dieser beklagenswerten Männer mit Ketten an Händen und Füßen. Seine Gestalt war lang und hager, mehr vom Gram als vom Alter gebeugt. Sein erloschener Blick und seine eingefallenen Wangen zeugten von Hunger und von tiefem Seelenleid. Er trug als einziges Kleidungsstück ein Hemd, und auch dieses war vielfach zerrissen. Er schien soeben gesprochen zu haben, denn aller Augen ruhten auf ihm, auch die des Sultans, finster und drohend, wie die eines folternden Henkers.

„Hundesohn!" sagte er zum Alten. „Du lügst! Wie kann ein christlicher Herrscher größer und mächtiger sein als ein Anhänger des Propheten? Was sind alle deine Könige gegen Achmed, den Sultan von Harar!"

Da blitzten die Augen des Sklaven auf. „Ich war kein König, ich war nur ein Untertan, aber einer der edelsten unseres Landes. Dennoch war ich tausendmal reicher und glücklicher als du."

Da streckte der Sultan die zehn Finger vor. Sofort trat einer aus der Ecke heraus, erhob den schweren Bambusstock und gab dem Sklaven zehn Hiebe, die durch dieses Zeichen anbefohlen worden waren. Der Sklave zuckte nicht. Er schien diese Behandlung gewöhnt zu sein, die Schläge schmerzten ihn nicht mehr.

„Willst du widerrufen?" fragte Sultan Achmed.

„Nein!"

Der Herrscher gebot, ihm fünfzehn Streiche zu geben. Dies geschah, dann sagte er:

„Ich werde dir beweisen, welche Macht ich besitze! Du bist ein Christenhund. Ich habe dir befohlen, den Propheten zu verehren, du aber hast es bisher nicht getan. Heute gebiete ich dir zum letztenmal. Willst du gehorchen, Wurm?"

„Niemals!" entgegnete der Alte fest. „Du hast mir meine Freiheit geraubt, du kannst mir auch das Leben nehmen, meinen Glauben aber nimmermehr. Hier willst du mir deine Macht beweisen? Gerade hier hört sie auf!"

Die Hand Achmeds ballte sich, und er rief grimmig: „Ich werde dich in das tiefste Loch meines Kellers werfen lassen!"

„Tu es!" meinte der Sklave unverzagt. „Ich will sterben, ich sehne mich nach dem Tod. Dann hört mein Leiden auf, und ich finde endlich Ruhe und Frieden."

„Gut! Du willst es! Führt ihn ab, aber in den schlechtesten Kerker, den es gibt!"

Auf dieses Gebot des Sultans erfaßte der Henker den Alten und führte ihn hinaus. Draußen traten noch mehrere hinzu und schleppten ihn zum Gefängnisgebäude. Als die Tür geöffnet wurde, quoll ihnen ein unbeschreiblicher Gestank entgegen, und das Geklirr von Ketten und das Gewimmer der Gefangenen ertönte. Man hatte kein Licht mitgenommen, darum konnte der Sklave nichts sehen. Er wurde in eine Ecke geführt, wo der Henker mit Hilfe der anderen einen schweren Stein emporhob und dann dem Gefangenen einen Stoß gab.

„Hinab mit dir, du Christenhund!" lachte er. „In zwei Tagen bist du aufgefressen!"

Der Alte stürzte in ein enges Loch hinab, das wohl zweimal so tief war, als seine eigene Länge betrug. Er schlug dabei mit dem Gesicht an die Wand und verletzte sich sehr. Aber er hatte keine Zeit, das zu beachten, denn kaum hörte er, daß man den Stein über sein Grab legte, so fühlte er Tiere an sich emporspringen, die in seine nackten Beine bissen.

„Mein Gott, soll ich wirklich bei lebendigem Leib aufgezehrt werden!" rief er erschrocken.

Es waren Ratten, die, wer weiß wie lange, gehungert hatten und nun ein neues Opfer erhielten. Der Unglückliche stampfte sie von sich ab und trat sie mit Füßen. Er ergriff sie mit den Händen und würgte sie, aber Hunderte Bisse verursachten ihm fürchterliche Schmerzen. Das Loch, in dem er steckte, war etwas über einen Meter breit und dreieinhalb Meter tief. Er stemmte sich mit dem Rücken an die eine und mit den Füßen an die andere Mauer der schmalen Seite und versuchte, sich nach Schornsteinfegerart emporzuarbeiten. Es gelang. Dabei löste sich durch den Druck, den er ausübte, ein Stein aus der Mauer und fiel auf den Boden hinab. Ein mehrfacher quiekender Laut überzeugte ihn, daß der Stein einige Ratten getötet habe.

„Ah, Gott sei Dank!“ rief der Gefangene erfreut. „Das gibt eine Waffe!“

Er kletterte nun wieder niederwärts, ergriff den Stein und schlug damit auf dem Boden herum. So viele der Ratten sich an ihn hängten, und so viele Bisse er noch erhielt, er erschlug doch eine nach der anderen, bis auch die letzte sich nicht mehr regte. Beim Umhertasten erfaßte seine Hand einen runden, hohlen Gegenstand. Er stieß einen Schrei des Schreckens aus, denn er hatte einen Totenschädel ergriffen.

„Das wird auch mein Schicksal sein!“ sagte er. „Gott, o Gott, was habe ich getan, daß ich ein solches Ende finden soll! Verflucht sei Cortejo, verflucht Landola!“

Er stand da im Dunkel seines Kerkers und streckte die Fäuste empor. In diesem Augenblick schrak er zusammen, denn über ihm erscholl eine Stimme:

„Landola? Ja, er sei verflucht in alle Ewigkeit!“

Diese Stimme klang so grimmig, daß es den Sklaven grausig überlief.

„Wer ist das?“ fragte er. „Wer bist du, der hier an diesem Ort spanisch redet, die Sprache meines Heimatlandes?“

„Sag erst, wer du bist“, tönte es von oben herab, „du, der du das Loch in die Mauer meines Gefängnisses gebrochen hast!“

„Ich bin ein Spanier aus Mexiko“, antwortete der Sklave. „Mein Name ist Fernando de Rodriganda.“

„*Santa Madonna!*“ ertönte die Stimme. „Don Fernando, der Bruder des Grafen Manuel de Rodriganda?“

„*Valgame Dios!* Ihr redet von meinem Bruder Manuel! Kennt Ihr ihn denn?“

„Ob ich ihn kenne? Ich bin doch dabei — aber halt! Es ist gar nicht möglich, daß Ihr Don Fernando seid. Der ist doch schon seit vielen Jahren tot!“

„Und ich sage Euch, er ist nicht tot, sondern er wurde für tot erklärt. In Wirklichkeit wurde er von Landola geraubt und hierher verkauft."

„Señor, was Ihr mir da erzählt, klingt wie ein Märchen, und ich möchte es fast nicht glauben. Allein wenn ich es recht bedenke, so wäre es nicht unmöglich. Ist ja auch Don Manuel — doch davon später! Ich werde zu Euch hinabkommen, Don Fernando. Vielleicht gelingt es mir, mit Eurer Hilfe einen zweiten Stein zu entfernen. Dann wird die Öffnung groß genug sein, daß ich hinüber kann. Wollt Ihr mir helfen, Don Fernando?"

„Gern. Ich komme gleich hinauf."

Der Alte kroch an den beiden engen Wänden empor, und es gelang der vereinten Anstrengung der beiden Gefangenen, einen zweiten Stein zum Weichen zu bringen. Nun war das Loch groß genug, um einen nicht zu dikken Menschen durchzulassen.

„Steigt hinab, Don Fernando! Ich komme hinüber", sagte der andere.

„Aber wenn man uns beieinander findet!" warnte der Greis.

„Man wird uns nicht entdecken. Man hat uns verdammt, Hungers zu sterben oder von den Ratten gefressen zu werden und wird uns allein lassen. Und sollte einer von uns beiden Besuch erhalten, so ist es dunkel genug, um unbemerkt durch die Öffnung kriechen zu können. Wir müssen miteinander sprechen. Ich komme."

Der Alte kletterte wieder hinab, und der andere folgte ihm. Das Gefängnis war so eng, daß sie beide nahe Brust an Brust standen, aber das belästigte sie nicht. Es war vielmehr dem Grafen eine Seligkeit, einem Menschen nahe zu sein, von dem er erwarten konnte, in ihm einen Freund zu finden. Dieser faßte ihn bei beiden Händen und sagte:

„Oh, Don Fernando, laßt Euch die Hand drücken!

Ich fühle mich ganz selig, nach so langem Leiden einen Landsmann zu finden. Ich bin nämlich aus Manresa gebürtig."

„Aus Manresa? So nahe bei Rodriganda?" fragte Don Fernando überrascht.

„Ja. Ich bin nur ein gewöhnlicher Mann und heiße Mindrello. Oh, Herr, ich habe Euch viel zu erzählen! Sagt mir zunächst, seit wann Ihr aus Mexico fort seid!"

„Seit langer, langer Zeit. Es ist mir unmöglich geworden, die Tage, Wochen und Monate zu zählen, aber ich glaube, daß ich ungefähr seit achtzehn Jahren hier in der Gefangenschaft schmachte."

„*Dios!* So wißt Ihr noch gar nicht, daß Euer Herr Bruder, Don Manuel, für tot erklärt wurde?"

„Nein. Wann ist das geschehen?"

„Vor siebzehn Jahren."

„Ihr sagt, Manuel sei für tot erklärt worden. Sollte er aber wirklich gestorben sein? Wenn ich so über das, was mit mir geschehen ist, nachdenke, so scheint es mir, als gäbe es Leute, denen an seinem und meinem Verschwinden viel gelegen sei."

„Glaubt Ihr das, glaubt Ihr das wirklich?" fragte Mindrello rasch. „Zweifellos habt Ihr recht. Aber was ist mit Euch geschehen?"

„Das mag einstweilen auf sich beruhen", sagte der Graf zurückhaltend. „Sagt mir zunächst, was Ihr von der Heimat und von den Meinigen wißt, und wie Ihr hierhergekommen seid!"

„Was Eure Familie betrifft, Señor, so weiß ich, daß Don Manuel als tot gilt, und daß Don Alfonso das Erbe angetreten hat."

„Ah!" staunte Don Fernando.

Es fuhr ihm dabei der Gedanke an das zweite Testament durch den Kopf, das er im Beisein von Maria Hermoyes verfaßt hatte: Dieses war im mittelsten Kasten seines Schreibtisches versteckt worden. Hatte man es nicht gefunden? Er hatte doch Alfonso unter Angabe der Gründe enterbt, und nun war dieser trotzdem Graf von Rodriganda! Das Testament war entweder unterschlagen worden oder auf irgendeine Weise verlorengegangen!

„Alfonso?" fragte er. „Wie regiert er seine Untertanen?"

„Oh, wie ein echter Tyrann. Er ist verhaßt im ganzen Land. Man fürchtet ihn und flüstert sich sonderbare Sachen über ihn zu. Ich weiß nicht, ob ich davon reden darf."

„Ich bitte Euch, mir alles aufrichtig zu sagen."

„Man sagt nämlich, daß Alfonso kein wirklicher Graf de Rodriganda sei."

„Ah!" entfuhr es Don Fernando. „Woraus schließt man solch schreckliche Dinge?"

„Es scheint so in der Luft zu liegen. Außerdem aber bin ich an Ereignissen beteiligt gewesen, die den Verdacht, Alfonso sei kein echter Rodriganda, zu bestätigen scheinen. Meine Beteiligung ist auch schuld, daß ich mich hier befinde: man hat mich unschädlich gemacht."

„Erzählt, erzählt!" drängte der Alte.

Mindrello folgte diesem Gebot nicht sofort. Er schien sich erst besinnen zu müssen. Endlich aber berichtete er die bekannten Vorgänge auf Schloß Rodriganda, das Erscheinen Doktor Sternaus und dessen mutiges und erfolgreiches Eingreifen in die Geschicke des Grafen Manuel, das mit dessen Befreiung und der Vermählung Sternaus mit der Condesa in Rheinswalden abschloß. Mindrello fuhr fort:

„Die fürstliche Belohnung, die ich für meine Dienste von Don Manuel erhielt, machte mich zum wohlhabenden Mann, und ich kehrte nach Manresa zurück. Zu meinem Verderben! Die Schurken hatten durch Spione, die sie in Deutschland unterhielten, in Erfahrung gebracht, in welcher Weise ich ihre Pläne durchkreuzt hatte, und ihre Wut lenkte sich jetzt auf mich. Von Don Manuel brauchten sie vorderhand nichts zu fürchten, weil dieser seine Ansprüche erst geltend machen wollte, wenn Sternau den richtigen Alfonso gefunden haben würde. Um so mehr fürchteten sie, daß ich plaudern und ihre Machenschaften verraten könnte. Eines Tages erhielt ich von einem meiner Gefährten — Ihr müßt nämlich wissen, daß ich mich früher dann und wann mit Schmuggelgeschäften abgegeben habe — einen Zettel, der mich an das gewohnte Stelldichein rief. Ich kannte die Schriftzüge und schöpfte daher keinen Verdacht. Um die ausgemachte Stunde begab ich mich an das Stelldichein, aber nicht, um einen Auftrag entgegenzunehmen, sondern um zu erklären, daß ich mich vom Geschäft zurückziehen wolle. Kaum war ich an der bewußten Stelle angelangt, so wurde ich von vier Männern gepackt und überwältigt. Man band und knebelte mich und steckte mich in einen Sack, dann ging es fort. Wohin, konnte ich nicht erkennen."

Mindrello schwieg eine Weile. Die Gedanken an die nun folgenden Ereignisse stürmten zu mächtig auf ihn ein. Endlich erzählte er weiter:

„Als man nach langer, langer Zeit den Sack entfernte, befand ich mich in einem engen, finsteren Raum. Könnt Ihr Euch meine Beklemmung vorstellen, als ich am Schaukeln und am Geräusch des Wassers unter dem Kiel merkte, daß ich mich in einer Schiffskoje befand? Erst nach längerer Zeit, als wir auf hoher See fuhren, durfte ich das Deck betreten, um frische Luft zu atmen. Man brachte mich vor den Kapitän, eben jenen Landola, den Ihr vorhin nanntet. Hohnlachend erklärte er mir, daß gewissen Personen viel an meinem Verschwinden gelegen sei, weshalb ich Matrose werden und bei Todesstrafe gehorchen müsse. Bald witterte ich, daß dieser Landola ein Sklavenhändler und Seeräuber sei. Denkt Euch, ich sollte da mittun! Ich sollte die armen Schwarzen mit verkaufen helfen! Ich sollte andere Schiffe mit überfallen und ausrauben und mich an der Ermordung der Mannschaft beteiligen! Ich weigerte mich, da wurde ich wieder eingesperrt, mußte hungern und erhielt Schläge, die mir die Glieder zerfleischten. Da ich mich trotzdem standhaft weigerte, an den Verbrechen der anderen teilzunehmen, so erklärte Landola, daß er mir die stärkste Strafe, die es gäbe, bestimmt habe. Ich sollte als Sklave verkauft werden. Wir segelten damals an der Ostküste Afrikas hinauf. Er ankerte vor Gorad und ging ans Land. Nach kurzer Zeit wurde ich abgeholt. Er hatte mich wirklich verkauft. Der Käufer war ein wilder Sklavenfänger, dem ich, mit Ketten belastet, in das Innere des Landes nach Dollo folgen mußte. Dort verkaufte er mich wieder. Ich wanderte von einer Hand in die andere. Mein letzter Herr war ein grausamer Negerfürst. Zu erzählen, was ich bei ihm ausgestanden habe, dazu reicht die menschliche Sprache nicht aus. Ich mußte arbeiten für drei Mann und die niedrigsten, oft die scheußlichsten Dienste verrichten. Ich wurde mißhandelt und erhielt nicht halb satt zu essen, aber trotz alledem und trotz der mörderischen Gegend, in der ich mich befand, hielt ich das alles aus. Da starb mein Herr, und da sein Erbe mich nicht behalten wollte, so verkaufte er mich an einen Mann aus Harar, der mich mitschleppte und seinem Sultan zum Geschenk machte. So kam ich hierher."

„Wie lang ist das her?"

„Es sind erst vierzehn Tage."

„Ah, darum habe ich Euch nicht gesehen. Ich habe nämlich drei Wochen lang entfernt von hier in einer Kaffeepflanzung des Sultans arbeiten müssen. Aber was habt Ihr getan, daß Ihr ins Gefängnis gesteckt worden seid?"

„Ich erhielt gleich bei meiner Ankunft hier den Befehl, Mohammedaner zu werden."

„Gerade wie ich, aber ich habe stets widerstanden.“

„Ebenso auch ich. Man marterte mich nun, und als ich mich trotzdem weigerte, Mohammed anzurufen, wurde ich hier in dieses Loch geworfen.“

Mindrello schwieg. Er erwartete jedenfalls eine Antwort, aber sie blieb aus. Der Alte war in Gedanken versunken, denn er hatte jetzt so viel gehört, er hatte den ersten Schlüssel zu dem Rätsel gefunden, dessen Lösung ihm bisher unmöglich gewesen war. Durfte er dies als eine Fügung Gottes betrachten, so folgte daraus die Hoffnung, vom Tod und der langjährigen Knechtschaft errettet zu werden. Unwillkürlich hatte er betend die Hände gefaltet und war in die Knie gesunken. Mindrello sah dies nicht, aber er fühlte es, und seine ganze Seele schloß sich dem Flehen des Grafen an. Es entstand eine lange Pause, bis der ehemalige Schmuggler sagte:

„Wir wollen uns fassen und ermannen, Don Fernando. Gott ist die Liebe, er wird uns helfen, aber nur durch uns selbst!“

„Ja, Ihr habt recht“, bestätigte der Angeredete, sich wieder vom Boden erhebend. „Wir wollen kaltblütig beraten, auf welche Weise wir entkommen können.“

Sie erwogen alle Einzelheiten der Flucht und kamen zur Ansicht, daß sie nur aus Mindrellos Kerker möglich sei. Dieser riet: „Wollen wir nicht sogleich beginnen?“

„Oh, wie gern! Aber leider ist es für heute zu spät. Man würde unsere Flucht morgen früh zu zeitig entdecken und uns auf den Fersen bleiben. Dann wären wir jedenfalls verloren.“

„Gut, ich füge mich, Don Fernando. Aber eines können wir schon jetzt tun. Wir können versuchen, ob es uns gelingt, den Stein, der meine Zelle abschließt, zu bewältigen.“

„Da gebe ich Euch allerdings recht. Gelingt uns das, so wird uns die Überzeugung beruhigen, daß wir zu jeder Stunde unseren Kerker verlassen können. Gelingt es aber nicht, so wissen wir, daß wir uns einen anderen Weg aus dem Gefängnis bahnen müssen."

„So wollen wir hinüber in meine Zelle klettern."

Der Spanier turnte an der Mauer empor, und der Graf folgte ihm. Sie gelangten ohne Mühe durch die Öffnung hinüber ins andere Loch. Dieses hatte, wie Don Fernando sich überzeugte, die gleiche Breite und Tiefe wie das seinige. Man konnte also nach Schornsteinfegerart emporklettern.

Mindrello schob sich in die Höhe, hüben mit dem Rücken und drüben mit den Füßen anliegend. Don Fernando folgte ihm schneller nach, als man es bei seinem Alter erwartet hätte. Anderthalb Meter vom Boden entfernt machte das Loch eine Biegung zur Seite. Es ging unter der Gefängnismauer schief hindurch und wurde dann etwas weiter. So gelangten beide, ohne sich besonders angestrengt zu haben, zu der Steinplatte, die ihnen den Weg in die Freiheit verschloß.

„Nun gilt es, Don Fernando", sagte Mindrello. „Kommt herbei, wir wollen es versuchen!"

Sie fanden Platz nebeneinander, und da das Loch in einem halbrechten Winkel emporführte, so konnten sie festen Halt fassen und den größten Teil ihrer Kraft auf die Bewegung der Platte verwenden. Erst schien sie zu schwer zu sein, aber bei dem zweiten Stoß wich sie und schob sich ein wenig zur Seite, so daß eine Lücke entstand, durch die der Sternenhimmel zu erblicken war.

„Gott und allen Heiligen sei Dank, es geht!" flüsterte der Alte. „Hier gibt es frische Luft, anstatt des mörderischen Gestanks da unten. Mir ist, als blinkten uns die Sterne das Gelingen unseres Planes zu. Versteht Ihr es, an den Sternen die Zeit zu erkennen?"

„Ja. Es ist Mitternacht vorbei."

„Es wäre also zu spät, unser Werk zu beginnen. Wie still und lautlos ist es ringsum. Harar liegt in tiefster Ruhe. Dort drüben bei Hadschi Amandan stehen noch

Dattelsäcke, die er heut erhalten hat. Ich erkenne sie trotz der Dunkelheit."

„Dattelsäcke?" warf der Spanier ein. „Ah, wenn man sich da etwas holen dürfte! Ich habe einen ganzen Tag nichts zu essen bekommen."

Die Augen des Greises schweiften forschend zur Lücke hinaus. Nach einer Weile sagte er:

„Eigentlich ist dieser Wunsch unvorsichtig zu nennen, aber wir müssen bedenken, daß wir morgen aller unserer Kräfte bedürfen. Bei mir ist der Durst größer als der Hunger, und ich weiß, daß unter dem Dach des Hadschi ein Schlauch voll Wasser hängt. Wollen wir es wagen, Mindrello?"

„Warum nicht? Wer kann uns bemerken?"

„Gut! Wir heben den Stein vollends fort und kriechen am Boden hin, damit wir sicher sind, daß uns niemand bemerkt."

„Erst will ich zur Vorsicht mein Messer holen."

„Ah, Ihr habt ein Messer?"

„Ja, es glückte mir schon vor einiger Zeit, eins unbemerkt zu entwenden."

Mindrello stieg hinunter und kam bald wieder, das Messer zwischen den Zähnen. Sie stemmten sich abermals mit aller Kraft gegen den Stein und brachten ihn auf die Seite. Jetzt konnten sie heraus zur Erde steigen. Dann legten sie sich auf den Boden nieder und krochen auf Händen und Füßen vorwärts, auf das Gebäude zu, unter dessen Dach die Dattelsäcke standen. Über ihnen hing der Schlauch, von dem der Graf gesprochen hatte. Er trat hinzu und wollte trinken, aber sein Leidensgefährte faßte ihn beim Arm.

„Warum jetzt trinken, Don Fernando?"

„Wann sonst?"

„Später. Bedenkt, daß dieser Schlauch uns notwendiger ist als diesem Hadschi. Ich mache den Vorschlag, wir nehmen ihn mit."

„Man wird bei Tagesanbruch entdecken, daß er fehlt.“

„Was schadet das uns?“ Mindrello warf sich einen der gefüllten Dattelsäcke auf die Schulter und fuhr fort:

„Nehmt Ihr den Schlauch, dann können wir schmausen und trinken.“

Nach diesen Worten huschte er in größter Eile zum Gefängnis zurück, und der Graf mußte ihm mit dem Schlauch folgen. Erst wurde nun der Sack und darauf der Schlauch hinabgelassen, dann folgten die beiden nach. Sie fanden unten gerade Platz genug zum Stehen für zwei Männer, aber sie konnten nun doch ihren Hunger und Durst löschen. Dann kletterten sie wieder hinauf, wo es ihnen möglich war, frische Luft zu atmen, bis zur Zeit, in der sich die Bewohner Harars von ihrer Ruhe erheben. Hier lagen sie unter der Mündung ihres Lochs und besprachen die geplante Flucht, und erst, als ein entferntes Geräusch erkennen ließ, daß die Bewohner der Stadt zu erwachen begannen, brachten sie die Platte wieder in ihre richtige Lage und rutschten ins Verlies zurück. Dort fragte Mindrello:

„Bleiben wir beieinander, Don Fernando?“

„Nein“, erwiderte der Greis. „Das wäre eine Unvorsichtigkeit. Es ist leicht möglich, daß man einen von uns zu sehen oder zu sprechen verlangt. Ich kehre in meine Zelle zurück, und wir setzen einstweilen die ausgebrochenen Steine wieder in die Zwischenwand.“

2. Als Sklavin verkauft

Während Osman, der Bote des Karawanenführers, vor dem Stadttor wartete, ging der Wächter zum Sultan, um ihn anzumelden. Er kam an den Palast, als Graf Fernando soeben zum Gefängnis abgeführt worden war. Als er in den Empfangssaal trat, saß Sultan Achmed noch auf seiner Thronbank. Das Gesicht des Herrschers war finster, sein Zorn über den widerspenstigen Sklaven war noch nicht erloschen. Wer ihn kannte, der wußte, daß es jetzt gefährlich sei, ihm zu nahen. Er blickte den Torwächter mit funkelnden Augen an.

„Was willst du so spät?“

Der Gefragte warf sich auf den Boden nieder, erhob den Kopf ein wenig und berichtete: „Es ist ein Bote vor dem Tor, der Einlaß begehrt.“

„Wer sendet ihn?“

„Arafat, der Emir der Karawane.“

„Arafat? Ah, ist er endlich da? Er hat mich lange warten lassen und soll meinen Zorn empfinden. Was für einen Boten hat er gesandt?“

„Einen Somali.“

Da machte Achmed eine Bewegung des Grimms. „Einen Somali? Du wagst es, du Hundesohn, mich eines armseligen Somalis wegen so spät zu belästigen? Geh ans Tor und sage diesem verfluchten Somali, daß ihn Allah verderben möge! Er mag zu seinem Herrn zurückkehren und ihm melden, daß ich seine Geschenke zwei Stunden nach Tagesanbruch erwarte! Aber eingelassen wird so spät kein Bewohner von Harar, viel weniger ein Somali!"

„Soll ich den Emir einlassen, o Herr, wenn er mit den Geschenken naht?"

„Nein, Arafat möchte denken, daß ich es nicht erwarten kann, ihn bei mir zu sehen. Er soll vor dem Tor verweilen, eine ganze Stunde lang, mit allen seinen Leuten. Es ist eine unverdiente Gnade für diesen Hund, wenn ich ihm überhaupt erlaube, meine Stadt zu betreten."

Der Wächter entfernte sich. Vor dem Tor harrte Osman seiner. Er erwartete bestimmt, eingelassen zu werden, und erstaunte nicht wenig, als er die Worte vernahm:

„Kehre zurück zu deinem Herrn und melde ihm, daß kein Somali eingelassen wird!"

„Allah ist groß! Warum nicht?"

„Weil der Sultan die Somal verachtet."

„Du sagst, ich solle zu meinem Herrn zurückkehren? Du sagst ferner, Sultan Achmed verachte die Somal?" zürnte Osman draußen vor dem Tor. „Weißt du, daß ich keinen Herrn habe? Wir Somal sind freie Männer, ihr aber seid elende Knechte und Sklaven. Euer Leben gehört eurem Tyrannen, er nimmt es euch, wenn es ihm beliebt. Er verachtet uns, sagt er, und doch kauft er unsere Ware, und doch handelt und feilscht er mit uns wie ein Jude. Wir, wir sind es, die euch verachten. Und Allah möge dich verdammen, wenn du das nicht einsiehst und im Gedächtnis behältst. Lebe wohl, Sklave deines Henkers!"

Osman stieg auf das Kamel und eilte davon. Nach kurzer Zeit breitete sich nächtliche Stille über die Stadt. Die beiden Gefangenen waren wohl die einzigen, die den erquickenden Schlaf nicht suchten.

Am anderen Morgen, zwei Stunden nach Tagesanbruch, kam ein Bote des Sultans ans Tor. „Ist die Handelskarawane da?“ fragte er.

„Nein“, entgegnete der Wächter.

„So sollst du zum Sultan kommen.“

Der Torwart erbleichte. Daß er zum Herrscher gerufen wurde, flößte ihm Bedenken ein, aber er mußte gehorchen. Er fand den Herrn auf dem Thron sitzen und warf sich nieder, um die Anrede zu erwarten. Einige Große des Reiches standen dabei.

„Ist der Emir Arafat mit den Geschenken angekommen?“ lautete die Frage.

„Noch nicht, o Herr.“

„Warum zögert dieser Hund? Hast du seinem Somali nicht gesagt, daß ich ihn zwei Stunden nach Aufgang der Sonne erwarte?“

„Nein, ich fand keine Zeit, es ihm zu sagen“, antwortete der Wächter zitternd.

„Warum nicht, du Sohn eines Hundes?“ brauste der Herrscher auf.

„Weil er zu eilig davonritt.“

„So soll ich deinetwegen warten? Habe ich dich darum zum Wächter bestellt? Allah ist groß und gerecht. Ich will auch gerecht sein.“

Der Herrscher winkte, und man schleppte den Wächter fort. In einer Ecke des Hofes wurde ihm eine derbe Tracht Prügel verabreicht, die er unter wildem Gezeter einsteckte. Es wurde ein Nachfolger bestellt, der sofort zum Tor eilte, dessen Schlüssel er vom Sultan erhalten hatte. Dieser befand sich in der gefährlichsten Stimmung. Er hatte allerdings gesagt, daß er die Somal verachte, aber er konnte vor Habgier ihre Geschenke nicht erwarten.

So verstrich fast der ganze Vormittag, ehe der Emir Arafat gemeldet wurde. Jetzt ließ der Herrscher ihn nicht am Tor stehen, wie es gestern abend seine Absicht gewesen war, sondern erteilte den Befehl, ihn sofort einzulassen und zum Palast zu bringen. Nach kurzer Zeit erschien der Karawanenführer. Er hatte fünf Männer bei sich, die ein hochbepacktes Kamel geleiteten. Dieses wurde abgeladen. Seine Last bestand in den Geschenken, die für den Sultan bestimmt waren. Die Sachen wurden von den Leuten des Herrschers in Empfang genommen, und Arafat durfte mit seinen Begleitern eintreten, nachdem er zuvor die Waffen abgelegt und die Schuhe ausgezogen hatte. Er wurde mit unfreundlicher Miene empfangen.

„Weshalb kniet ihr nicht nieder?“ rief der Sultan.

„Wir beugen unser Knie nur vor Allah“, antwortete der Emir stolz. „Wir sind freie Männer und beten keinen Menschen an.“

„Warum kommst du so spät?“

Der Ton dieser Frage war so heftig, daß die dunklen Augen des Emirs zornig aufblitzten.

„Weil es mir so gefiel“, sagte er.

„Ah, du hast dich an meinen Willen zu halten, nicht aber nach deinem Wohlgefallen!“

„Ich bin gekommen, um mit dir zu handeln, nicht um zu zanken, oder gar mich beleidigen zu lassen.“

„Deine Sprache ist sehr kühn! Habe ich dich beleidigt?“

„Wer einen Boten kränkt, der kränkt den, dessen Bote er ist. Sag mir, ob du meine Geschenke nehmen und mit mir handeln willst. Wenn nicht, so ziehe ich weiter.“

„Was bringst du diesmal?“

„Seidene Gewänder und Tücher, Messing, Kupfer und Eisen, Pulver, Papier und Zucker.“

„Und was willst du dafür eintauschen?“

„Elfenbein, Tabak, Kaffee, Safran, Butter, Honig und Gummi.“

„Ich werde sehen. Breitet die Geschenke aus!“

Jetzt legte man dem Sultan die Sachen vor, die ihm

Arafat verehren wollte, um den Handel einzuleiten. Sie bestanden in Schießpulver, schönen Gewändern und Eisenwaren, meist in Deutschland gefertigt. Der Blick des Sultans wurde besonders angezogen von drei Revolvern, die sich dabeibefanden.

„Diese Waffen sind sehr nützlich", sagte Achmed. „Ich weiß auch, wie man sie handhabt, aber wenn der Schießvorrat alle ist, kann man sie nicht mehr gebrauchen. Es war einst ein Inglis hier, der mir eine solche Pistole schenkte. Er unterwies mich in ihrem Gebrauch, doch kaum war er fort, so hatte ich keine Geschosse mehr, und die Waffe war unnütz."

„Ich habe viele Geschosse", erwiderte der Emir. „Du kannst sie alle kaufen."

„Was? Kaufen?" fragte Sultan Achmed. „Die Waffe schenkst du mir, und das Zubehör soll ich kaufen? Weißt du nicht, daß die Geschosse dazugehören?"

„Sie gehören nicht dazu, und ich habe in Aden ein ungeheures Geld für sie bezahlen müssen. Ich habe auch noch andere Geschosse zu zwei schönen Gewehren, die ich dir zum Kauf anbiete. Solche Flinten sind noch nie hiergewesen, sie haben zwei Läufe und sind in Amerika gemacht."

„Hole sie!" gebot der Sultan.

„Ich werde sie mit den anderen Waren bringen, sobald du mir gesagt hast, daß du mit den Geschenken zufrieden bist und der Handel beginnen kann."

Sultan Achmed verschlang die Geschenke noch einmal mit seinem Blick und antwortete:

„Ich bin der mächtigste Herrscher aller Länder weit und breit. Diese Abgabe ist eines so großen Sultans nicht würdig, aber Allah ist barmherzig, und auch ich will gnädig sein. Bring herbei, was du hast! Erst will ich kaufen, und dann sollen meine Leute nach mir kaufen dürfen."

„Ich gehe, aber du tust unrecht zu sagen, daß ich nichts hätte, was deiner würdig sei. Ich habe etwas, was kein anderer Sultan besitzt."

„Was ist es?"

„Eine Sklavin."

„Ich brauche sie nicht", lächelte der Herrscher wegwerfend. „Das Leben und das Eigentum aller meiner Untertanen gehören mir. Alle Weiber und Töchter sind mein, ich kann unter ihnen wählen, wie es mir beliebt."

„Du hast recht. Aber so ein Mädchen, wie ich besitze, gibt es in Harar nicht."

„Ist es eine Nubierin?"

„Nein."

„So ist es eine Abessinierin?"

„Auch nicht."

„Was ist sie sonst?"

„Es ist eine Weiße", sagte der Emir mit großem Nachdruck.

Da machte Achmed eine Bewegung freudiger Überraschung. „Allah! Es ist eine Türkin!"

„Auch keine Türkin. Eine Türkin würde höchstens fünfhundert Mariatheresientaler kosten, die Sklavin aber, die ich verkaufen will, ist so viele tausend wert."

Nun fuhr der Sultan von seinem Sitz auf und rief: „So ist es eine weiße Christin, eine Ungläubige!"

Eine europäische Sklavin wurde in jenen Gegenden für das kostbarste Gut gehalten, das kaum bezahlt werden konnte.

„Ja", erklärte Emir Arafat. „Es ist eine christliche Sklavin."

„Ist sie sehr weiß?"

„Wie Elfenbein, das die Sonne bleicht."

„Schön?"

„Es gibt keine Haura des Paradieses, die sich mit ihr vergleichen könnte."

„Klein?"

„Nein, hoch und schlank gewachsen wie die Palme, die goldene Früchte trägt."

Man sah es Achmed an, daß seine Gier immer größer wurde.

„Beschreibe sie!" gebot er. „Wie sind ihre Hände?"

„Klein und zart, wie die eines Kindes, und ihre Nägel glänzen wie Rosenblätter und wie der erste Traum der Morgenröte."

„Ihr Mund?"

„Ihre Lippen sind Granaten, zwischen denen die Zähne wie Perlen glänzen. Wer die Sklavin küßt, der kommt in Gefahr, das Leben, die Welt und sich selbst zu vergessen."

„Allah, du hast sie geküßt!" rief der Sultan, schon so eifersüchtig, als sei die betreffende Sklavin schon Eigentum seines Harems.

Arafat konnte ein Lächeln der Befriedigung kaum unterdrücken. Er erkannte, daß er seine Ware zu einem sehr hohen Preis losschlagen werde.

„Du irrst", entgegnete er. „Es hat noch kein Mann die Lippen dieses Mädchens berührt."

„Weißt du das genau?"

„Ich weiß es. Wer wollte sie küssen, da niemand mit ihr sprechen kann?"

„Allah! So ist sie stumm und taub dazu?"

„Nein. Ihre Rede klingt vielmehr wie der Gesang der Nachtigall, aber sie redet eine Sprache, die hier kein Mensch versteht."

„Welche Sprache ist das?"

„Ich weiß es nicht, ich habe solche Worte noch nie vernommen. Ich habe Araber, Somal, Harari, Inder, Malaien, Türken, Franzosen, Engländer und Perser reden hören, aber keiner von ihnen hat gesprochen wie dieses Mädchen."

„Woher hast du sie?"

„Ich war in Ceylon und traf dort einen chinesischen

Mädchenhändler. Ich sah diese Sklavin und gab einen hohen Preis für sie, um sie dir zu bringen."

„So hole sie nebst den anderen Waren!"

Arafat entfernte sich mit seinen Leuten, um dem Verlangen des Herrschers Folge zu leisten. Unterdessen wurden die Revolver zur Schau im Throngemach aufgehängt. Erst als sich alle Anwesenden auf den Befehl des Sultans zurückgezogen hatten, machte er sich höchst eigenhändig über die anderen Geschenke her, um sie in die Schatzkammer zu tragen. Die Kunde, daß eine Handelskarawane angekommen sei, lockte die Bewohner Harars aus ihren Häusern, doch blieb der Platz vor dem Palast des Sultans leer. Man wußte ja, daß er zuerst seine Einkäufe machte, bevor andere an die Reihe kamen. Eine Zudringlichkeit hätte das Leben kosten können.

Es dauerte nun nicht lange, so zog der Emir mit seinen Kamelen und Leuten zum Tor herein, durch die holprigen Gassen dahin und hielt vor dem Palast. Hier wurden die Tiere von ihrer Bürde befreit, ein einziges ausgenommen, auf dem sich die Sänfte befand. Man breitete große Teppiche auf die Erde und legte da die Waren aus. Nun kam Sultan Achmed, um sie anzusehen. Er war allein, und niemand durfte dabei sein, während er seine Auswahl traf.

„Wo ist die Sklavin?" war seine erste Frage.

„Dort in der Sänfte", erwiderte Arafat.

„So will ich sie sehen."

Der Handelsmann wiegte den Kopf. „Zuerst die tote Ware und dann die lebendige."

Achmed machte ein zorniges Gesicht und erwiderte streng: „Hier in Harar bin ich der Gebieter. Man muß mir gehorchen. Ich will sie sehen!"

„Über meine Sachen bin ich der Gebieter", sagte Arafat ruhig. „Wer mir von den Sachen viel abkauft, der bekommt die Sklavin zu sehen, sonst keiner. Darf ich mit meinem Eigentum nicht tun, was ich will, so zieh' ich wieder fort."

„Und wenn ich dich festhalte?" drohte der Sultan.

„Festhalten? Gefangennehmen? Mich?" rief Arafat, einen Schritt zurücktretend.

„Ja, dich!"

„Da gibt es Tausende von Somal und Arabern, die kommen werden, mich zu befreien."

„Sie werden nur deine Leiche zu sehen bekommen. Öffne die Sänfte!"

„Später!"

„So werde ich dir beweisen, daß ich der Gebieter bin!"

Achmed schritt auf die Sänfte zu. Da trat ihm der Emir entgegen und rief drohend:

„Ich weiß, daß du hier mächtiger bist als ich. Ich darf mich nicht an dir vergreifen, aber ich kann mit meinem Eigentum machen, was mir beliebt. Sobald du die Sänfte öffnest und dein Blick auf die Sklavin fällt, jage ich ihr eine Kugel durch den Kopf."

Arafat zog eine Pistole hervor und spannte ihren Hahn. Der Sultan erkannte, daß es ernst sei und gab nach.

„Du sollst deinen Willen haben, aber ich warne dich, meine Nachsicht noch einmal auf die Probe zu stellen, du könntest es bereuen! Zeige deine Sachen!"

Achmed war in seinen Gedanken zu sehr mit dem Mädchen beschäftigt, als daß er den Waren große Aufmerksamkeit hätte schenken mögen. Er traf daher schnell seine Auswahl und feilschte gegen allen Brauch nicht lange. Nur als die beiden Doppelgewehre erschienen, vergaß er die Sklavin auf kurze Zeit, kaufte die Waffen für einen hohen Preis und behielt auch den ganzen Schießvorrat für sich. Die Summe, die er bezahlen mußte, war bedeutend, wurde aber nicht sofort entrichtet, da der Emir ja auch Sachen von ihm entnehmen wollte, wonach dann ein Ausgleich stattfinden mußte.

Der Händler war sehr zufrieden mit seinem geschäftlichen Erfolg. Er hatte einen bedeutend höheren Preis erzielt, als er erwartet hatte. Darum weigerte er sich auch nicht länger, als Achmed das Mädchen endlich zu sehen verlangte. Nur machte er die Bedingung, daß es nicht hier, sondern im Innern des Palastes geschehen sollte. Da klatschte der Sultan in die Hände. Sogleich erschienen seine Leute, denen er den Auftrag gab, die gekauften Waren fortzuschaffen. Vier von ihnen mußten die Sänfte vom Kamel heben und in den Empfangssaal tragen, sich dann aber zurückziehen. Er selbst folgte mit Arafat nach und gebot ihm, als sie sich allein sahen:

„Nun öffne!"

Der Aufgeforderte schlug die Vorhänge zurück, und man erblickte eine weibliche Gestalt, die in ein feines weißes Gewand gehüllt war, deren Gesicht der Sultan jedoch nicht erkennen konnte, da sie einen doppelten Schleier trug. Sofort befahl er, diesen zu entfernen, und es zeigte sich ein Antlitz, wie er es so zart, weiß und schön noch nie gesehen hatte. Zwei große, mit Tränen gefüllte Augen schauten ihn an. Von den Wangen war die Röte gewichen. Er sprang auf. Er war entschlossen, sich dieses köstliche Wesen nicht entgehen zu lassen, und rief gebieterisch:

„Laß sie aussteigen! Ich muß ihre Gestalt sehen."

Arafat gab der Sklavin ein Zeichen, und als sie es nicht zu verstehen schien oder nicht verstehen wollte, faßte er sie bei der Hand und zog sie heraus. Da stand sie nun, hoch und schlank, vor Scham bebend und doch stolz wie eine Fürstin.

Schnell hatte Achmed den Kaufpreis für die schöne Sklavin, fünftausend Aschrafi[1]), dem Händler bezahlt.

1) Etwas über 6000 Mark

Er ergriff die Frau nun, nachdem der Emir sich mit einer tiefen, fast höhnischen Verneigung entfernt hatte, bei der Hand und führte sie durch mehrere Zimmer. Dann öffnete er eine verriegelte Tür und trat mit ihr in einen Raum, der trotz seiner Größe nur ein kleines, schmales Loch als Fenster hatte, durch das eine spärliche Helle hereindrang. Drei Seiten dieses Raumes waren mit Kästen und Binsenkörben besetzt, die mit starken Strikken zugebunden waren, und von der Decke hing eine große, tönerne, mit Öl gefüllte Schale, aus der mehrere Dochte herausblickten. Dieser Raum war die Schatzkammer des Sultans, an deren Wänden köstliche Waffen und teure Kleidungsstücke hingen, während an der vierten Wand auf einem persischen Teppich ein reiches Polsterwerk lag, zum Ruhesitz einer solchen Schönheit, wie die Sklavin war, geeignet. Achmed winkte ihr, sich darauf niederzulassen, und sie tat es. Dann richtete er verschiedene Fragen in allen ihm bekannten Sprachen an sie, ohne eine andere Antwort als ein Kopfschütteln zu erhalten, das dortzulande als Bejahung zu deuten war.

„Sie versteht mich nicht", sagte er zu sich selbst, „aber ich weiß ein Mittel, mich ihr verständlich zu machen. Sie ist eine Christin, und der Sklave, den ich gestern ins Loch sperren ließ, ist auch ein Christ. Er behauptet, daß er ein Fürst gewesen sei, und so wird er alle Sprachen der Ungläubigen sprechen können. Er soll mein Dolmetscher sein. Ich aber will ihr mitteilen, daß sie sich beim Herrn des Landes befindet."

Damit entfernte er die Stricke von all den Kästen und Körben. Die Sklavin folgte seinen Bewegungen mit den Augen und erblickte zu ihrem Erstaunen eine solche Menge von Gold und Silber, von Münzen und Geschmeide, daß sie erkennen mußte, sie sei beim reichsten Mann des Landes. Zwar befand sich unter den Schätzen mancher Gegenstand, der in Europa kaum einen Groschen wert gewesen wäre, aber in Harar waren diese Dinge doch eine Seltenheit, und der oberflächliche Blick genügte, um zu erkennen, daß hier ein Reichtum von Millionen aufgehäuft worden war. Der Sultan hatte die Weiße aus einem sehr triftigen Grund hierhergeführt. Einmal wollte er gleich im ersten Augenblick mit seinen Reichtümern Eindruck machen, und zweitens war es seine Absicht, sie zu seiner Lieblingsfrau zu machen. Darum führte er sie nicht zu seinen anderen Frauen, um alle Streitigkeiten und Eifersüchteleien zu vermeiden. Schließlich ging Achmed und brachte ihr eigenhändig zu essen und zu trinken, um sie darauf, nachdem er die Reichtümer wieder verwahrt hatte, zu verlassen. Er mußte seine Leute beaufsichtigen, die beschäftigt waren, die angekauften Gegenstände unterzubringen, und wollte dem Henker, der zugleich das Amt des Gefangenenwärters versah, befehlen, den alten Christensklaven herbeizuholen.

Don Fernando lehnte in seinem Kerker und dachte an die für heute abend geplante Flucht. Seine gegenwärtige Lage war höchst unbequem. Er konnte sich wegen Mangels an Raum nicht niederlegen, und zu setzen graute es ihm, der Rattenleichen wegen, die den Boden bedeckten. Er mußte also stehen, und das ermüdete ihn sehr. Er hatte die Unbequemlicheit nur bis zum Abend auszuhalten. Wie mußte es einem Gefangenen zumute sein, der hier mitten unter Ungeziefer verdammt war, den grauenvollen Tod zu erwarten, ohne Hoffnung auf Trost, Erleichterung und Erlösung! Es konnte nach seiner Vermutung um die Mittagszeit sein, als er ein Geräusch über sich vernahm. Man rückte den Stein weg, der seine Zelle verschloß. Dann sagte eine Stimme:

„Der Sultan will mir dir sprechen. Haben dich die Ratten verschont, so daß du noch gehen kannst?“

„Ich will's versuchen“, meinte der Spanier vorsichtig.

„So komm herauf! Ich werde dir die Leiter hinunterlassen."

Beim Tagesschimmer, der von oben hereinbrach, erkannte der Greis die Leiter. Sie bestand aus einem Baumstamm, in dem man Einschnitte angebracht hatte. Sobald sie den Boden berührte, stieg er hinauf. Welch ein Glück, daß er sich von Mindrello getrennt hatte! Als er oben ankam, befand er sich in einem kahlen, von steinernen Mauern umgebenen Raum, wo mehr als zwanzig Gefangene angekettet lagen. Er sah ein, daß es von seiner Zelle aus unmöglich gewesen wäre, durch diese Leute hindurch die Flucht unbemerkt zu bewerkstelligen. Zudem war die starke Tür von außen mit festen Riegeln verwahrt, so daß es nicht gelingen konnte, sie von innen zu öffnen. Don Fernando dankte daher im stillen Gott, daß er ihn mit Mindrello zusammengeführt hatte, aus dessen Gefängnis man sofort ins Freie gelangte.

Als das helle Tageslicht auf ihn fiel, sah der Alte erst, wie abscheulich ihn die Ratten zugerichtet hatten. Sein Körper war voller Bißwunden, und sein Hemd war stark zerfetzt. Er war begierig zu erfahren, was der Sultan von ihm wollte. Im Empfangssaal fand er den Herrscher. Der Sultan stand in einer Haltung da, als gedenke er soeben den Saal zu verlassen. Die Frage, die er sofort aussprach, erregte das Erstaunen des Mexikaners.

„Weißt du, wie viele Sprachen die Ungläubigen sprechen?"

„Es sind ihrer sehr viele", erklärte Don Fernando.

„Verstehst du sie?"

„Die hauptsächlichsten davon kann ich sprechen. Wir Christen haben einige Sprachen, die alle Unterrichteten verstehen, obgleich sie nicht ihre Muttersprachen sind."

„So höre, was ich dir sagen werde! Ich habe mir eine ungläubige Sklavin gekauft. Sie redet eine Sprache, die hier niemand kennt. Ich werde dich zu ihr führen, um zu sehen, ob du sie vielleicht verstehen kannst. Gelingt es dir, mein Dolmetscher zu werden, so wird dich meine Gnade erleuchten, und du sollst nicht im Gefängnis sterben. Du wirst ihr Unterricht geben, daß sie die Sprache von Harar lernt und mit mir ,reden kann. Aber du darfst ihr Angesicht nicht sehen und nichts Böses von mir sagen, sonst wirst du einen tausendfachen Tod erleiden", mahnte Sultan Achmed finster.

„Ich bin dein Knecht und werde dir gehorchen", erwiderte der Alte, und während er sich bei diesen Worten tief verbeugte, gingen allerlei Gedanken durch seine Seele. Eine christliche Sklavin? War sie eine asiatische oder eine europäische Christin? Welche Sprache war die ihrige? Er sollte jetzt von Mindrello getrennt werden. War es da nicht klüger, zu tun, als ob er die Sprache der Sklavin nicht verstehe? Aber vielleicht gab es hier Gelegenheit, ein gutes Werk zu verrichten.

„Komm, folge mir!" unterbrach in diesem Augenblick der Sultan seine Gedanken und schritt Don Fernando voran.

Vor dem Gemach gebot er dem Greis zu warten, zog den Riegel der Tür zurück und trat in die Schatzkammer, um dafür zu sorgen, daß die Sklavin verhüllt sei. Nun erst ließ Achmed Fernando eintreten, um hinter ihm die Tür sogleich wieder zuzuziehen. Don Fernando überflog den Raum mit einem forschenden Blick. Er ahnte sogleich, daß sich in den Kisten und Körben die Reichtümer des Herrschers befanden. Die Sklavin ruhte auf dem Lager. Sie hatte einen doppelten Schleier übers Gesicht gezogen, durch den sie sehen konnte, ohne daß ihre Züge zu erkennen waren. Beim Eintritt des Grafen wandte sie das Gesicht ihm zu und richtete sich mit einer Bewegung empor, als sei sie über sein Erscheinen im höchsten Grad überrascht.

„Sprich mit ihr", gebot Sultan Achmed. „Sieh, ob du ihre Sprache verstehen kannst!"

Fernando trat einige Schritte vor. Jetzt fiel durch die Fensteröffnung der Schein des Lichtes auf sein Gesicht, so daß es hell erleuchtet war. Da machte die Sklavin abermals eine Bewegung der Überraschung. Der Sultan bemerkte das, aber er dachte, sie sei in Verwunderung darüber, daß er einem männlichen Wesen gestattete, hier Zutritt zu nehmen.

„*Quelle est la langue, que vous parlez, mademoiselle* — welches ist die Sprache, die Sie sprechen, mein Fräulein?" fragte Fernando französisch.

Sie richtete sich beim Klang dieser Stimme noch mehr empor und zögerte zu antworten. Dies geschah wohl vor freudigem Schreck. Er aber dachte, sie verstehe nicht französisch und wiederholte deshalb seine Frage englisch:

„*Do you speak English perhaps, Miss* — sprecht Ihr vielleicht englisch, Fräulein?"

„Bendito sea Dios!" antwortete das Mädchen endlich spanisch. „Ich verstehe ja englisch und französisch, aber sprechen wir spanisch!"

Jetzt war die Reihe zu erstaunen an Don Fernando. Aber das Unglück hatte ihn geschult und ihn gelehrt, vorsichtig zu sein. Darum beherrschte er sich und fragte, indem er seiner Stimme die möglichste Gleichgültigkeit gab:

„*Dios!* Ihr seid eine Spanierin? Aber bleibt ruhig! Verratet keine Überraschung! Man muß in unserer Lage vorsichtig sein."

„Ich werde Eurer Warnung folgen, obgleich es mir schwerfällt", erwiderte sie. „Himmel, ist es möglich, oder täuschen mich meine Augen? Ja, wir müssen uns beherrschen! Aber welche Freude, welche Seligkeit, wenn ich mich nicht irrte!"

„Was meint Ihr, Señorita?" fragte er gespannt.

„Oh, ich bin sogar Mexikanerin", erklärte sie.

Jetzt fehlte nicht viel, so hätte er sich nicht zu beherrschen vermocht, aber er besann sich doch und entgegnete:

„Eine Mexikanerin? Señorita, ich darf mich nicht gehen lassen, denn wir werden vom scharfen Auge eines Tyrannen beobachtet, aber ich sage euch, daß ich mir die allergrößte Mühe geben muß, den Aufruhr meiner Empfindungen zu verbergen. So hört nur, daß auch ich ein Mexikaner bin!"

„*Santa Madonna!* So wird es ja wahrscheinlich, daß ich mich nicht täusche. Als das Licht durch dieses Fenster auf Euer Gesicht fiel, kam es mir bekannt vor, ebenso Eure Stimme, als ich diese hörte. Nicht wahr, Ihr seid unser lieber, lieber Don Fernando de Rodriganda?"

Jetzt ging es ihm fast über menschliches Vermögen, kaltblütig zu bleiben, aber es gelang ihm doch leidlich. Trotzdem zitterte seine Stimme vor Aufregung, als er fragte:

„Ihr kennt mich, Señorita? Und wer seid Ihr?"

„Ich bin Emma Arbellez, die Tochter Eures Pächters Pedro Arbellez."

Jetzt trat eine Pause ein, während der kein Laut gehört wurde, aber diese Pause umschloß eine ganze Sturmflut von Empfindungen, die die Herzen der beiden Gefangenen durchwogte, die sich hier so wunderbar gefunden hatten. Der Graf konnte Emmas Gesicht nicht sehen, aber er hatte gehört, daß bei den letzten Worten ihre Stimme brach. Sie weinte. Auch ihm wären die Tränen sicherlich in die Augen getreten, wenn ihn nicht der Sultan hart angefahren hätte:

„Du verstehst ihre Sprache, wie ich höre. Welche ist es?"

„Es ist die eines Landes, das hier niemand kennt."

„Wie heißt es?"

„Mexiko", sagte der Alte absichtlich. Mindrello war

vielleicht auch als Spanier bekannt und so hätte der Sultan Fernando doch noch dem Tod weihen können.

„Diesen Namen kenne ich nicht. Es muß ein kleines, armseliges Ländchen sein."

„Es ist im Gegenteil sehr groß."

Achmed machte ein zweifelndes Gesicht. Er hatte den Namen Mexiko noch nie gehört.

„Was hat die Sklavin gesagt?" fragte er.

„Daß sie froh ist, von dir gekauft worden zu sein."

Da erheiterte sich das Gesicht des Herrschers, und er erkundigte sich weiter: „Von wem stammt sie ab?"

„Ihr Vater ist einer der vornehmsten Männer des Landes."

„Das wußte ich, denn sie ist sehr schön. Sie ist schöner als die Blume und lichter als die Sonne. Wie ist sie in die Hände des Emirs gekommen?"

„Darüber haben wir noch nicht gesprochen. Soll ich sie fragen?"

„Frage sie! Laß es dir erzählen, und dann sagst du mir es wieder."

Der Greis wandte sich gefaßt an Emma: „Also du, du bist es, meine liebe Emma! O Gott, wie siehst du mich wieder! Aber bleiben wir bei der Gegenwart. Der Sultan will wissen, wie du hierhergekommen bist. Ich muß ihm antworten."

„Hierher?" fragte sie. „Ich weiß ja nicht einmal, wo ich bin!"

„Dieses Land heißt Harar und diese Stadt ebenso. Der Mann, in dessen Gewalt wir uns befinden, ist Sultan Achmed Ben Sultan Abubekr, der Herrscher des Landes. Aber beantworte mir meine Frage!"

„Ich bin von einem chinesischen Seeräuber nach Ceylon gebracht worden. Dort verkaufte er mich an den Mann, der mich hierher schaffte."

„Und wie kamst du in die Hände des Chinesen?"

„Ich trieb auf einem Floß in die See hinaus, viele

Tage lang, bis ich von einem holländischen Schiff aufgenommen wurde, das jenseits von Java in die Hände des chinesischen Sklavenhändlers fiel."

„Auf einem Floß? Ich erstaune! Wie kamst du auf die See? Befandest du dich denn an der Küste von Mexiko?"

„Nein. Wir waren ja alle auf einer Insel."

„Alle? Wen meinst du denn, liebe Emma?"

„Nun, Señor Sternau, Mariano, die beiden Unger, Büffelstirn, Bärenherz und Karja, die Schwester des Mixteka."

„Das sind für mich lauter Rätsel. Aber da fällt mir ein Name auf. Sternau, wer ist dieser Señor?"

„Ihr kennt ihn nicht? Ah, die Freude, Euch wiederzusehen, nimmt mir die Gedanken. Ich vergesse, daß Ihr von allem noch gar nichts wißt! Señor Sternau ist ausgezogen, um Euch und den Kapitän Landola zu suchen."

„Mein Gott, so ist Sternau der gleiche, von dem mir Mindrello gestern erzählte! Ist er ein deutscher Arzt und meine Nichte Roseta seine Frau?"

„Ja."

„Er hat meinen Bruder operiert und sehend gemacht?"

„Ja. Woher wißt Ihr aber das alles, Don Fernando?"

„Das werde ich dir später sagen. Du siehst, daß der Sultan ungeduldig wird. Wie lange bist du schon aus der Heimat fort?"

„Schon sechzehn Jahre", seufzte sie.

Sechzehn Jahre bilden eine geraume Zeit, aber die schöne Tochter des Haciendero hatte sich unterdessen wenig verändert. Hier in Harar, wo der Mensch und besonders das weibliche Geschlecht schnell altert, konnte sie recht gut für zwanzig Jahre alt gelten. Und dennoch war es überraschend, welchen Eindruck diese Antwort auf den Grafen machte. Er stand erstarrt und mit offenem Mund da. Es dauert eine Weile, ehe er fragte:

„Sechzehn Jahre? Wo bist du denn seit dieser Zeit gewesen?"

„Auf der Insel."

„Auf welcher Insel, Emma?"

„Ach, ich vergesse schon wieder, daß Ihr das alles noch gar nicht wissen könnt! Landola hat uns in Guaymas gefangengenommen und auf eine unbewohnte Insel des Großen Ozeans gebracht, auf der wir während der ganzen Zeit gelebt haben."

„Mein Gott! Ich erstarre vor Verwunderung!"

In diesem Augenblick ergriff der Sultan wieder das Wort. Er hatte dem Gespräch bisher schweigend zugehört. Nun wurde ihm die Zeit doch zu lang und er sagte:

„Vergiß nicht, daß ich auf eine Antwort harre! Was hat sie dir erzählt?"

„Daß sie am Ufer der See spazierenging und von chinesischen Seeräubern ergriffen wurde, die sie gefangennahmen."

„Und sie ist von ihnen auf Ceylon an den Emir Arafat verkauft worden?"

„Ja."

„So hat mir dieser also doch die Wahrheit gesagt. Ist sie eine Frau oder ein Mädchen?"

„Ein Mädchen."

„Ich bin zufrieden. Hat sie ein Wort über mich gesagt?"

Der Graf verneigte sich tief. „Ich bin dein gehorsamer Sklave und denke stets zuerst an dich, o Sultan. Darum habe ich es unternommen, ihre Augen auf dich zu lenken und sie zu fragen, was ihr Herz bei deinem Anblick spricht."

Das Gesicht des Herrschers nahm einen wohlgefälligen und dabei gespannten Ausdruck an. Er strich mit der Hand über den Bart und fragte, sichtlich in guter Stimmung:

„Was hat sie darauf erwidert?"

„Sie sagte, du seist der erste Mann, bei dem sie überhaupt die Stimme ihres Herzens vernommen habe.“

„Warum?“

„Weil dein Antlitz voll Hoheit ist und dein Auge voll Kraft. Dein Gang ist stolz, und die Würde deiner Gestalt ist erhaben wie die Größe eines Kalifen. So sagte sie.“

„Ich bin mit dir sehr zufrieden, Sklave, und auch mit ihr. Du meinst also, daß ihr Herz mir gehören wird, ohne daß ich es ihr zu befehlen brauche?“

„Der Mann soll sich nie die Liebe des Weibes mit Gewalt erzwingen. Er soll sein Auge voll Milde über sie leuchten lassen, dann sprießt die Liebe von selbst hervor wie die Pflanze, die der Sonnenstrahl zum Leben weckt.“

„Du hast recht! Ich werde dieser Sklavin meine ganze Gnade zeigen.“

„Weißt du, o Herrscher, daß die Liebe erst in Worten spricht, ehe sie sich durch die Tat beweist? Diese Sklavin sehnt sich sehr, in deiner Sprache mir dir reden zu können, damit dir ihr eigener Mund sagen kann, was ihre Seele empfindet.“

„Der Wunsch soll ihr erfüllt werden. Du wirst ihr Lehrer sein. Wie lange wird es dauern, ehe sie mit mir sprechen kann?“

„Das kommt darauf an, wann der Unterricht beginnen soll, und wie lange er täglich dauern darf.“

„Dieses Mädchen hat mein ganzes Herz gefangengenommen, ich kann es kaum erwarten, von ihren Lippen zu hören, daß sie mein Weib werden will. Drum befehle ich dir, den Unterricht noch heute zu beginnen.“

„Ich werde gehorchen, o Sultan.“

„Sind drei Stunden des Tages genug, Sklave?“

„Wenn ich täglich drei Stunden mit ihr sprechen kann, so wird sie in einer Woche die Sprache der Harari so weit verstehen, daß sie dir zu sagen vermag, daß du glücklich sein wirst. Aber die Töchter ihres Landes sind nicht gewöhnt, einen Mann unbekleidet zu sehen. Sie nimmt Anstoß an meinem Gewand."

„Du sollst ein anderes haben, ein viel besseres, und auch nicht in das Gefängnis zurückzukehren brauchen. Auch sollst du Fleisch, Reis und Wasser erhalten, soviel du haben willst, damit dein Aussehen besser wird!"

„Ich danke dir! Wann soll heute der Unterricht beginnen?"

„Sogleich, nachdem du dich umgekleidet hast. Ich habe nicht Zeit dabeizusein. Ich werde dir einen Eunuchen geben, der euch bewacht. Komm jetzt!"

„Darf ich ihr vorher sagen, daß du ihre Bitte, deine Sprache zu erlernen, erfüllt hast?"

„Sag es ihr!"

Fernando war froh, so viel erreicht zu haben, und wandte sich an Emma:

„Ich muß jetzt leider fort, doch werden wir in kurzer Zeit uns alles erzählen können. Ich habe nämlich vom Sultan die Erlaubnis erlangt, dir Unterricht in seiner Sprache zu erteilen. Wir werden nachher drei Stunden lang hier zusammen sein. Bis dahin müssen wir unsere Wißbegierde zügeln. Vor allen Dingen aber will ich dich durch die Mitteilung beruhigen, daß Rettung möglich ist. Ich hatte die Absicht, heute abend von hier zu entfliehen. Vielleicht gelingt es uns, diesen Plan doch noch heute mit dir auszuführen."

Nach diesen Worten folgte er dem Sultan, der jetzt ging, die Tür hinter sich verschloß und einem seiner Kämmerlinge den Befehl erteilte, dem Sklaven die Fußkette abzunehmen, ihm gute Kleider zu geben und ihn auch mit hinreichendem Essen zu versorgen. Dies geschah, und kaum hatte der Greis ein reichliches Mahl zu sich genommen, so erhielt er die Weisung, wieder vor dem Sultan zu erscheinen. Er empfing den Grafen und führte ihn wieder zur Schatzkammer, deren Tür er vorsichtig hinter sich verschloß. Er ahnte nicht, worin der

Sprachunterricht bestehen werde. Als Fernando eintrat, fand er Emma ebenso tief verschleiert wie vorher. Ihr gegenüber saß die schwarze Gestalt des Eunuchen.

Der Neger wußte, daß der Weiße ein Sklave war, darum erhob er sich bei seinem Eintritt mit befehlshaberischer Miene und sagte: „Du sollst ihr Lehrer sein?"

„Ja", erwiderte der Graf kurz.

„Aber sie muß verschleiert bleiben!"

„Das versteht sich."

„Du darfst sie nicht anrühren."

„Ich habe keine Lust dazu."

„Und du darfst nichts Böses über uns zu ihr sagen, sonst zeige ich dich dem Sultan an!"

„Wie willst du hören, ob ich Gutes oder Böses sage, da du doch die Sprache nicht verstehst, in der wir reden?" fragte Fernando lächelnd.

„Ich werde es in deiner Miene lesen."

Der Mann war doch nicht so dumm, wie man ihn vielleicht nach seinem feisten Aussehen geschätzt hatte. Er erhob sich jetzt, ergriff eine Decke, breitete sie in der Nähe der Sklavin aus und gebot dem Grafen:

„Hier soll dein Platz sein, so hat es der Sultan befohlen. Setze dich und beginne!"

„Wie lange soll der Unterricht währen?"

„Drei Stunden."

„Womit willst du diese Zeit genau abmessen?"

„Mit dieser Uhr."

Der Eunuch brachte aus seinem faltigen Gürtel eine Sanduhr hervor. Nun ließ sich Don Fernando nieder und begann:

„Jetzt, liebe Emma, können wir volle drei Stunden lang miteinander sprechen, ohne verstanden und gestört zu werden. Wir haben nur dafür zu sorgen, daß dieser Schwarze unser Gespräch wirklich für einen Unterricht hält. Darum werde ich dir zuweilen einige hararische

Worte vorsagen, die du nachsprechen mußt. Im übrigen aber brauchen wir uns weniger Zwang anzutun als vorhin in Gegenwart des Sultans. Also sechzehn Jahre lang habt ihr auf einer wüsten Insel gewohnt?"

„Als wir dort ausgesetzt wurden, war sie beinahe wüst, aber es ist uns gelungen, Bäume zu ziehen. Unser ganzes Streben ging dahin, Holz zu erlangen, um ein Boot oder ein Floß bauen zu können."

„Erzähle, erzähle! Ich brenne vor Ungeduld zu hören, was während meiner Abwesenheit mit euch und den Meinigen geschehen ist."

Emma begann den erbetenen Bericht. Ihre Erzählung fesselte den Grafen im höchsten Grad. Jetzt wurde ihm vieles klar, was ihm bisher noch dunkel gewesen war. Er erkannte, was für einen Verräter er an Pablo Cortejo gehabt hatte, und hörte ebenfalls, daß Alfonso nicht sein Neffe sei. Er schloß sich sofort dem Glauben an, daß Mariano der umgetauschte Knabe sei, und mußte sich bei dem Eindruck, den die Erzählung auf ihn machte, oft mit Gewalt darauf besinnen, daß er als Lehrer hier sitze. Dann aber nahm er einige Worte aus der Sprache des Landes her, ließ sie von Emma auswendig lernen und erklärte ihr deren Bedeutung. Es waren die Ausdrücke: „Du bist ein großer Fürst", „Du bist die Wonne der Frauen", „Dein Anblick labt meine Seele" und „Sei gnädig, dann liebt dich mein Herz!"

So war Emma in ihrer Erzählung bis zur Ausschiffung auf der Insel gekommen.

„Wo liegt dieses Eiland?" fragte der Graf.

„Davon hatten wir gar keine Ahnung", entgegnete die Tochter des Haciendero. „Erst nach Verlauf mehrerer Jahre gelang es Sternau, aus der Beobachtung der Sterne und anderer Verhältnisse, von denen ich nichts verstehe, zu berechnen, daß wir uns jedenfalls auf dem vierzigsten Grad südlicher Breite und ungefähr dem neunzigsten westlich von Ferro befänden. Er sagte, daß wir dreizehn Grad südlich von den Osterinseln wohnten, und daß wir diese sogar auf einem Floß erreichen könnten, wenn wir erst Holz genug hätten, um ein solches zu bauen."

„Welches Unglück, so nahe der Rettung und doch so fern von ihr! Ihr hattet also keine Bäume?"

„Nein. Und selbst wenn wir welche gehabt hätten, so besaßen wir doch keine Werkzeuge, sie zu bearbeiten. Erst nach und nach gelang es uns, Stücke die wir aus Korallenriffen brachen, so zu schleifen, daß sie uns als Beile und Messer oder dergleichen dienen konnten. Wir beraubten nun die Sträucher, die wir vorfanden, der untersten Zweige und zwangen sie dadurch, die Gestalt von Bäumen anzunehmen."

„Aber wovon lebtet ihr?"

„Erst von Wurzeln, Früchten und Eiern. Wir fanden auch Muscheln, die wir wie Austern essen konnten. Später fertigten wir Netze und Angeln, um Fische zu fangen. Die Häuptlinge fertigten Pfeile und Bogen an, womit sie Vögel erlegten. Eine Kaninchenart, die in Masse auf der Insel lebte, züchteten wir förmlich, um sie als Kochfleisch und Braten zu genießen."

„Kochfleisch und Braten? Ich denke, Landola hat euch nicht einmal Feuerzeug gegeben?"

„Oh, Feuer hatten wir bald, Sternau hat viele Länder bereist, deren Bewohner mit zwei Stücken Holz Feuer zu machen verstehen. Wir mußten aber sehr sparsam sein, da es notwendig war, den Vorrat zu schonen."

„Und wie stand es mit der Kleidung?"

„Die unserige war auf dem Schiff sehr mitgenommen, die der Männer sogar halb verfault. Wir mußten uns mit Kaninchenfellen behelfen, die wir zuzurichten lernten. Unsere Wohnungen waren sehr einfach: Erdhütten mit Löchern als Fenstern. Die Alleinstehenden aßen bei den beiden verheirateten Paaren. Sie waren da in Kost, wenn auch nicht in Wohnung."

„Bei den verheirateten Paaren?“ fragte der Graf. „Ah, ich verstehe“, fügte er lächelnd hinzu. „Der brave Bärenherz hatte Karja, die Tochter der Mixtekas, zur Frau genommen. Bei den Indianern bedarf es zu einer Heirat keiner Vorbereitungen. Aber wie stand es mit dem anderen Paar?“

Sie schwieg eine Weile, und wer hinter ihren Schleier zu blicken vermocht hätte, der hätte sehen können, daß eine tiefe Röte ihr Gesicht übergoß. Dann begann sie zögernd:

„Oh, gnädiger Herr, bedenkt unsere Lage! So einsam und nur auf uns allein angewiesen, für viele, lange Jahre ohne Hoffnung auf Rettung! Wir hatten uns so lieb, ich und mein guter Antonio. Wir beschlossen, Mann und Weib zu werden, und die anderen gaben uns alle recht. Wir dachten immer, daß uns die Hand des Priesters doch noch segnen werde, wenn es uns glücken sollte, die Freiheit zu erlangen. Ob ich die Gefährten unseres Elends wiedersehen werde! Wie mögen sie erschrocken sein, als ich fortgegangen war und nicht zurückkehrte!“

„Eben wie du von der Insel fortgekommen bist, das zu wissen, bin ich begierig.“

„Oh, das war so traurig und fürchterlich, daß ich es gar nicht beschreiben kann, ja, daß es mir noch graut, wenn ich nur daran denke.“

Ein schwerer Seufzer hob Emmas Brust, und Fernando bemerkte trotz des Schleiers und des weiten Gewandes, daß ihre Gestalt ein Zittern durchlief.

„Erzähle, Emma!“ bat er. „Wenn dich auch die Erinnerung erschreckt, ich muß es dennoch erfahren. Das, was ich erlebt habe, wird nicht minder schrecklich sein.“

„Es war uns endlich gelungen, so starkes und langes Holz zu ziehen, daß wir daran denken konnten, ein Floß zu bauen. Ach, es kostete uns viele Mühe, mit unseren schlechten Werkzeugen damit zustande zu kommen. Aber es war groß genug, um uns alle und auch die

Vorräte aufzunehmen. Wir hatten es mit einem Steuer und einem Mast versehen und aus Kaninchenfellen ein Segel verfertigt. Endlich lag es zur Abfahrt bereit am Ufer, und wir wollten wagen, damit die Brandung zu durchschiffen, die selbst bei ruhigem Wetter die Insel umtobt. Da, in der Nacht vor unserer Abfahrt, erweckte mich ein Heulen. Ich horchte auf. Es war ein Sturm ausgebrochen. Ich dachte an die Vorräte, die sich auf dem Floß befanden, und wollte sehen, ob dieses auch fest genug am Land befestigt sei. Da die anderen am Tag viel gearbeitet hatten, so wollte ich sie nicht wecken und ging allein zum Ufer. Da sah ich, daß das Floß von den empörten Wogen auf und nieder gerissen wurde. Das Tau, an dem es hing, war nur aus Fellen geschnitten und zusammengedreht. Es konnte leicht reißen, da Kaninchenleder nicht zäh ist. Auf dem Floß lag ein ähnliches Tau. Ich sprang hinzu, um das zweite Tau aufzunehmen und es damit doppelt anzubinden. Aber kaum stand ich auf den Stämmen, so rollte eine hohe Woge herbei, stürzte sich auf das Floß und riß es los. Im nächsten Augenblick flog es schon in die stürmische See hinaus. Ich sank vor Schreck nieder und verlor das Bewußtsein."

„Weiter, weiter", bat der Greis.

„Was zunächst geschah, weiß ich nicht. Ebensowenig kann ich sagen, wie das Floß über den Klippenring hinweggekommen ist."

„Das ist leicht zu erklären. Die See ist so hoch gestiegen gewesen, daß die Klippen nicht mehr herausragten. Sie boten kein Hindernis mehr."

„Ich hörte wie im Traum die See um mich brüllen, ich vernahm den Donner, und ich sah die Blitze die Nacht durchzucken. Als ich endlich zur völligen Besinnung kam, schien die Sonne, der Regen hatte aufgehört, und die See begann sich zu beruhigen. Jetzt war es eine Lebensfrage, ob die Vorräte noch vorhanden waren. Sie waren noch da, die Wogen hatten sie nicht hinweggespült. Wie das Floß diesem Orkan hat widerstehen können, weiß ich nicht, aber rund um mich her war nur Wasser. Wo lag die Insel? Was sollte ich tun? Ach, ich weinte und betete stundenlang, bis es Nacht wurde. Ich weinte und betete diese Nacht und den kommenden Tag hindurch, aber das brachte mich nicht zur Insel zurück. Endlich sank ich vor Aufregung und Ermattung in einen tiefen Schlaf. Als ich daraus erwachte, hatte ich das Zeitmaß verloren, denn ich wußte nicht, wie lang ich so gelegen. Nun dachte ich an das, woran ich zuerst hätte denken sollen."

„An das Steuerruder und das Segel, nicht wahr?"

„Ja. Es schien mir, als sei ich nach Ost getrieben worden, und so mußte ich nach Westen segeln. Jetzt weiß ich, daß das Entgegengesetzte richtig gewesen wäre. Ich zog nun mit Anstrengung aller Kräfte das Segel auf. Zwar verstand ich nichts von der Schiffahrt, aber es gelang mir doch, dem Segel eine solche Richtung zu geben, daß das Floß nach West getrieben wurde. Des Tags stand ich dann am Steuer, und des Nachts band ich es fest. So vergingen fünfzehn Tage und Nächte. Soll ich sagen, was ich während dieser Zeit ausgestanden habe? Es ist unmöglich."

„Ich glaube es dir, meine arme Emma", versetzte der Graf. „Es ist zu verwundern, daß du nicht zugrunde gegangen oder wahnsinnig geworden bist."

„Am sechzehnten Tag erblickte ich ein Schiff, und auch das Floß wurde gesehen. Es stieß ein Boot ab, und man nahm mich an Bord. Es war ein holländisches Schiff und nach Batavia bestimmt. Ich erfuhr vom Kapitän, daß wir uns bei den Paumotu-Inseln befänden. Er sagte, der Sturm müsse das Floß mit ungewöhnlicher Geschwindigkeit getrieben haben. Der Kapitän ließ mir vom Schiffsschneider Kleider anfertigen und tröstete mich mit der Hoffnung, daß ich in Batavia sicher Hilfe finden werde. Als wir später die Sundastraße durchfuhren, wurden wir von einem chinesischen Korsaren, deren es dort viele geben soll, angegriffen. Er siegte und tötete die ganze Bemannung, ich allein wurde verschont. Das übrige wißt Ihr, Don Fernando. Ich wurde nach Ceylon gebracht und dort verkauft. Der Emir Arafat wiederum verkaufte mich an diesen Sultan von Harar."

„Kind", sagte der Graf mitleidig, „es gibt einen gütigen Gott, der alles, was uns ein Unglück scheint, zum besten zu lenken vermag. Wer weiß, ob es euch allen gemeinsam gelungen wäre, eine Insel zu erreichen. Die Heilige Schrift sagt: ‚Er macht seine Engel zu Winden und seine Diener zu Feuerflammen'. Der Sturm hat dich nach Westen geführt. Es war Gottes Wille, daß du mich finden solltest, und daraus ziehe ich die freudige Überzeugung, daß er alles noch herrlich hinausführen wird."

„Oh, wenn sich diese Hoffnung doch erfüllen wollte! Ich sage Euch, Don Fernando, daß ich lieber sterbe, eh ich das Weib dieses Menschen werde."

„Du sollst weder sterben noch ihm angehören, mein Kind. Heute nacht fliehen wir. Denke dir, ich habe im hiesigen Gefängnis einen braven Mann gefunden, der in Manresa bei Rodriganda gewohnt hat. Der Schurke Landola hat auch ihn verkauft, weil ihn Cortejo beseitigt wissen wollte. Ich vermute, daß wir alle getötet werden sollten, daß uns aber Landolas Geldgier das Leben gerettet hat. Mit diesem Spanier, der Mindrello heißt, habe ich mich verabredet, heute nacht zu entfliehen."

„Aber wie wollt Ihr es anfangen, zu entkommen, Don Fernando?"

„Das möchte ich dir gern sagen, aber der Schwarze zieht die Uhr zum zweitenmal heraus: unser Sand ist bald verronnen."

„Und ich habe noch nichts von Euren Schicksalen und Erlebnissen gehört."

„Ich wollte sie dir erzählen, aber dazu finden wir später Zeit. Es stehen uns nur noch einige Minuten zu Gebot, und diese müssen wir verwenden, die Worte zu wiederholen, die du gelernt hast. Ich werde heute abend mit dem Spanier bei dir eintreten, und du hast nichts zu tun, als die größte Geräuschlosigkeit zu beobachten. Sollte sich jedoch ein Hindernis einstellen, so komme ich morgen wieder, um den Unterricht fortzusetzen."

Der Graf übte nun mit Emma die schon genannten Redensarten ein, zu denen der Eunuche beifällig mit dem Kopf nickte. Kaum aber war seine Stundenuhr zum drittenmal abgelaufen, so erhob er sich würdevoll und sagte gebieterisch:

„Deine Zeit ist um. Folge mir!"

Fernando stand von seiner Decke auf und gehorchte ihm. Noch aber hatten sie die Tür nicht erreicht, so öffnete sich diese, und der Sultan trat ein.

„Allah, ihr seid pünktlich!" sagte er wohlgefällig. Und sich zum Eunuchen wendend, fragte er: „Hast du alles gehört?"

„Alles, o Herr", erklärte der Gefragte in jener hohen Fistelstimme, die den Eunuchen eigentümlich ist.

„Hat er Gutes gesprochen oder Schlechtes?"

„Nur sehr Gutes!"

„Weißt du das genau?"

„Ganz genau, denn ich habe es gehört."

Sultan Achmed lächelte zufrieden und wandte sich zum Grafen: „Hat sie etwas gelernt?"

„Ja", erwiderte der Gefragte zuversichtlich.

„Was? Kann ich es hören?"

„Ja, wenn du es befiehlst. Ich habe sehr viel mit ihr von dir gesprochen. Frage sie, für wen sie dich hält!"

Da richtete der Sultan neugierig die Frage an die Sklavin:

„Sag mir, für wen du mich hältst!"

Der Graf winkte Emma zu, und so erwiderte sie in hararischer Sprache mit der ersten Formel, die er ihr eingeprägt hatte:

„Du bist ein großer Fürst."

Über das Gesicht des Sultans glitt ein freundliches Lächeln, und er forschte weiter:

„Kann sie noch mehr?"

„Frage sie, ob sie dich für liebenswürdig hält!" meinte der Alte.

„Glaubst du, daß ein Weib mich hassen oder mir widerstehen könnte?" fragte der Herrscher.

„Du bist die Wonne der Frauen", klang es hinter dem Schleier hervor.

„Frag sie auch, ob sie diese Wonne fühlt!" fiel Don Fernando ein.

„Bin ich auch deine Wonne?" fuhr Achmed fort.

„Dein Anblick labt meine Seele", lautete die Antwort.

Man sah es dem Sultan an, daß er über diesen Erfolg des ersten Unterrichts entzückt war. Er winkte dem Sklaven herablassend zu:

„Du bist der beste Lehrer! Diese Sklavin wird noch heute mein Weib, und du sollst belohnt werden, als seist du ein Freier!"

„Herr, eile nicht so sehr!" bat Fernando. „Bedenke, daß ihr Herz noch an die Ihrigen denkt, und daß sie erst heute dein Eigentum geworden ist! Habe noch einige Tage Geduld und laß sie erst zur Ruhe kommen! Je freundlicher du bist, desto leichter eroberst du ihr Herz. Frage sie selber, so wird sie es dir sagen!"

Da wandte sich Sultan Achmed abermals an Emma:

„Ist es wahr, daß du dies von mir wünschest?"

„Sei gnädig, dann liebt dich mein Herz", lautete die letzte erlernte Redensart.

„Sie liebt mich, sie will mich lieben!" rief Achmed entzückt. „Ich werde tun, worum sie mich bittet. Du aber sollst in einem Raum meines zweiten Palastes wohnen, den du nicht verlassen darfst, um stets da zu sein, wenn ich dich brauche!"

Fernando verließ jetzt die Schatzkammer. Der Eunuche aber zog sich zurück, und der Sultan erteilte in Gegenwart des Grafen die Befehle, die dessen Umquartierung betrafen. Fernando erhielt eine Stube des zweiten Palastes zur Wohnung. Freilich darf man sich unter diesem zweiten Palast nicht ein herrliches Bauwerk denken. Er war nur ein Nebenhaus des Hauptgebäudes, und in der Wohnung befand sich weiter nichts als eine Matte, die als Sitz und Lagerstätte diente.

Daß der Sultan dem gestern so streng bestraften Sklaven heute gnädig gesinnt war, erfuhr dieser, als ihm eine Pfeife und ein kleiner Vorrat von Tabak gebracht wurde. Es war dies für ihn ein Genuß, den er lange Jahre schwer entbehrt hatte. Wie hatten sich seit gestern doch überhaupt die Verhältnisse geändert! Der Graf war von einer freudigen Hoffnung durchdrungen, daß die Flucht gelingen und alles noch ein gutes Ende nehmen werde. Daß sein Glaube, Gott werde ihm beistehen, berechtigt sei, erkannte er kurz vor Einbruch der Nacht. Um diese Zeit wurden nämlich vier treffliche Kamele von der Weide hereingebracht und in einem Schuppen untergestellt, worin sich der beste Teil des herrschaftlichen Reit- und Packzeugs befand. Als sich Fernando dem Mann näherte, der die Tiere gebracht hatte, und ihn fragte: „Warum bleiben die Kamele nicht auf der Weide?" antwortete dieser: „Weil es der Sultan befohlen hat. Er reitet morgen am Vormittag mit seinem ältesten Weib zu ihrem Vater, wo sie einige Zeitlang bleiben wird. Ich muß zwei Reitsättel, eine Frauensänfte und einen Packsattel bereithalten."

Da war es dem Grafen, als wäre ihm ein großes Geschenk gemacht worden. Zwei Reitsättel, das paßte gerade für ihn und Mindrello, die Frauensänfte war für Emma, und auf den Packsattel konnte man alles Nötige verladen. Es war klar, daß der Sultan seine erste Frau fortbrachte, um sich der neuen Sklavin ungestörter widmen zu können.

„Darf ich dir helfen?" fragte Don Fernando den Treiber.

„Tu es! Ich bin müde und möchte gern schlafen gehen", gähnte der Mann.

Nichts konnte dem Grafen lieber sein als das. Er fütterte und tränkte die Kamele, und als sich der Treiber nach Einbruch der Finsternis entfernte, versprach er ihm noch dazu, während der Nacht bei den Kamelen zu schlafen, damit den Lieblingstieren des Sultans nichts zustoße. Eine Pfeife Tabak war die Belohnung für dieses scheinbar großmütige Anerbieten. —

Unterdessen steckte Mindrello einsam in seinem Gefängnis und sehnte den Abend herbei. Als dieser nach seiner Zeitberechnung herangekommen war, kletterte er an der Wand empor und warf den Stein herab. Dadurch entstand das Loch, das hinüber zum Gefängnis des Grafen führte.

„Don Fernando!" rief er halblaut.

Keine Antwort ertönte.

„Don Fernando!" wiederholte der Spanier.

Es herrschte gleiche Stille wie zuvor.

„Gnädiger Herr! Don Fernando!"

Kein Laut ließ sich hören.

„Mein Gott, was ist das?" murmelte der Spanier voller Angst. „Ist ihm etwas zugestoßen? Oder hat man ihn aus dem Loch herausgeholt? In beiden Fällen wäre es schlecht um mich bestellt, falls ihm draußen ein Unglück widerfahren wäre. Ich werde doch hinübersteigen, um mich zu überzeugen."

Mindrello warf den zweiten Stein aus der Zwischenwand und stieg in die benachbarte Kerkerzelle. Der Graf war nicht da. Der Suchende fand nur die toten Ratten am Boden. Von Unruhe und Bangigkeit erfüllt, stieg er in sein Gefängnis zurück und wartete. Endlich, als ihm die Zeit zu lang wurde, turnte er bis zum Eingang empor und lauschte hinter dem Stein, ob sich ein Geräusch hören lasse, das darauf schließen ließ, daß noch Leben in der Stadt herrsche. Er horchte, aber alles war ruhig. Er hätte gern hinausgeblickt, aber er wußte, daß er allein den Stein nicht entfernen könne.

So verging eine lange, angstvolle Zeit. Schon gab der Harrende alle Hoffnung aus, als er plötzlich über sich ein Geräusch vernahm. Man arbeitete an dem Stein herum. Wer war das? War es der Henker, oder war es der Graf?

Da klopfte es mehrmals vernehmlich von außen auf die Platte, und eine Stimme fragte: „Mindrello, seid Ihr da?"

Der Spanier, der die Worte vernehmen konnte, da der Sprechende den Mund an den Stein legte, antwortete: „Ja, Don Fernando!"

„Schiebt von innen, allein bin ich zu schwach!"

Jetzt stemmte er sich mit Gewalt gegen die Platte, die endlich wich. Nun war es leicht, das Hindernis ganz zur Seite zu schieben, und Mindrello kroch hinaus.

„*Dios*, was habe ich für Angst ausgestanden!" sagte er. „Ich war in Eurem Gefängnis, Don Fernando, und fand es leer. Wo seid ihr gewesen?"

„Ich wurde zum Sultan geholt und habe viel erlebt, mein guter Mindrello. Doch das Nähere erzähle ich Euch später."

Sie wälzten nun aus Vorsicht den Stein wieder auf das Loch und glitten dann zum Palast hin. Die Schildwache stand am Tor. Es war so dunkel, daß man kaum drei Schritte weit zu sehen vermochte. So gelang es den beiden, auf der Erde kriechend, bis an den Mann heranzuschleichen. Nun erhob sich der Alte schnell, faßte ihn mit beiden Händen an der Kehle und drückte ihm diese mit solcher Gewalt zu, daß dem Wächter der Atem verging und er vor Todesangst den Mund weit aufsperrte. Im Nu hatte er einen Knebel darin, und einige Augenblicke später war er so stark gefesselt, daß er sich nicht zu rühren vermochte. Er wurde zum Schuppen getragen, wo sich die Kamele befanden, denen Don Fernando schon die Sättel aufgelegt hatte.

Jetzt stand ihnen der Weg ins Haus offen. Sie schlichen vorsichtig durch den Eingang in den Empfangssaal, wo der Graf ein Messer von der Wand nahm, um für alle Fälle bewaffnet zu sein. Als er die Matte, die die nächste Tür bildete, vorsichtig zurückschlug, fand er das Schlafzimmer finster, und kein Laut verriet, daß der Sultan anwesend sei. Bei schärferer Beobachtung aber erblickten die beiden einen lichten Schein, der senkrecht herniederging.

„Ah", antwortete Don Fernando ebenso leise, „er ist noch wach. Er weilt bei der Sklavin, die sich dort in der Schatzkammer befindet."

„*Caramba*, das ist bequem!"

„Ich war heute drei Stunden darin. Es wird alles gut ablaufen. Kommt näher!"

Sie glitten zur Tür hin, die eine schmale Lücke offen ließ, durch die der erwähnte Lichtschein herausdrang. Indem der Alte die Lücke vorsichtig ein wenig erweiterte, konnten sie das Innere der Schatzkammer deutlich sehen. Auf dem Polster ruhte Emma, und in einiger Entfernung saß ihr Sultan Achmed gegenüber, in ihren Anblick versunken. Leise flüsterte der Graf in Mindrellos Ohr:

„Der Sultan dreht uns den Rücken zu. Ich habe heute bemerkt, daß diese Tür ohne Geräusch aufgeht. Es kommt also nur darauf an, daß Emma unser Kommen nicht verrät und er keine Zeit erhält, zu rufen oder sich zu verteidigen. Ich werde vorantreten und ihr ein Zeichen geben."

Damit schob Fernando die Tür etwas weiter auf und trat leise ein. Emma sah ihn zwar, aber sie hatte ihn schon längst erwartet. Sie blickte darum, ohne überrascht worden zu sein, von ihm ruhig hinweg und Achmed ins Gesicht.

Jetzt galt es! Zwei rasche Schritte, und Fernando hatte den Herrscher beim Hals. Sogleich stand auch Mindrello dabei, ballte einen Zipfel vom Gewand des Überfallenen zusammen und steckte es ihm in den Mund. Beide hatten sich im Stall genügend mit Stricken versehen, so daß auch hier das Fesseln schnell vonstatten ging. Dann wurde der Geknebelte aufs Lager geworfen, von dem sich die Mexikanerin schnell erhoben hatte.

„Endlich!" seufzte sie erleichtert auf. „Ich begann schon, die Hoffnung zu verlieren."

Fernando antwortete ihr nicht, sondern trat zunächst zur Tür und zog sie so fest zu, daß kein Lichtschein mehr hinausfallen konnte. Sodann betrachtete er den Sultan. Dieser war nicht ohnmächtig geworden, sondern betrachtete die Szene mit einem Blick, in dem sich die höchste Wut aussprach. Fernando de Rodriganda bog sich zu ihm nieder und warnte ihn halblaut:

„Merke dir: sobald du das geringste Geräusch verursachst, fährt dir dieses Messer ins Herz!" Er nahm dem Sultan den Schraubenschlüssel ab, mit dem er seinen Gefährten von den Fußschellen befreien konnte, und wandte sich an Emma: „Für dich steht eine Sänfte bereit. Dennoch wirst du Männerkleider anlegen müssen, um unsere etwaigen Verfolger zu täuschen. Auch wir brauchen gute Anzüge, um für vornehme Reisende zu gelten. Hier ist Vorrat genug an der Wand. Ich werde auswählen."

Fernando tat es. Dann zog er von einer Wand zur anderen eine Schnur und hing einige arabische Mäntel daran, so daß eine Scheidewand entstand, hinter der sich die Mexikanerin umkleiden konnte. Das ging so schnell, daß nach kaum zehn Minuten die Kleider angelegt waren. Sie waren reich und durchaus geeignet, ihre Träger bei den Stämmen der Somal in Ansehen zu bringen.

„Nun zunächst Waffen!" mahnte Fernando.

„Ich weiß welche!" frohlockte Emma. „Der Sultan brachte vorhin zwei Revolver, zwei Doppelbüchsen und die nötigen Geschosse. Er tat alles in den Kasten dort."

Der Kasten wurde geöffnet und die Waffen herausgenommen. Dazu legte der Graf noch mehrere kostbare Yatagane und drei Säbel mit eingelegten Griffen, die sicher einen hohen Wert besaßen.

„Nun öffnen wir die anderen Kisten und Körbe, um zu sehen, wo sich das Geld befindet", meinte Fernando. „Wir brauchen es."

„Ich weiß, wo alles liegt", sagte Emma. „Er hat mir heute seine Schätze gezeigt."

„Hat er Gold?"

„Ja. Der Kasten dort scheint voll zu sein."

„Und das Silber?"

„Befindet sich in den drei Kästen, die danebenstehen. Er hat auch Juwelen und Geschmeide."

„Ah, das ist noch besser. Es ist ja möglich, daß wir uns ein Schiff mieten oder gar kaufen müssen, um zur Insel unserer Freunde zu gelangen, und da brauchen wir viel Geld." Während er die Stricke von den bezeichneten Kästen nahm, fragte er: „Wo befinden sich die Schmucksachen?"

„Hier im mittelsten Kasten liegen mehrere Schachteln und Dosen."

Das Silber, das sie fanden, bestand meist in Mariatheresientalern und das Gold in spanischen Dublonen, englischen Guineen und französischen Napoleonsdor. Das Geschmeide aber hatte einen Wert von mehreren Millionen, die hier verborgen lagen, ohne irgendwelchen Nutzen zu bringen. Die Schmucksachen verlangten den geringsten Raum im Verhältnis zu ihrem Wert. Sie wurden alle genommen. Von den Talern jedoch nahm der Graf nur so viel, als er unterwegs zu gebrauchen glaubte, da die Stämme, mit denen er in Berührung kam, nur diese Bezahlung annahmen. Das übrige konnte aus Gold bestehen. Es waren genug Säckchen vorhanden, um alles unterzubringen. Man legte nun diese Sachen auf einen Haufen kostbarer Decken und Teppiche und einige prachtvolle Pfeifen nebst Tabak hinzu.

Hierauf trugen die beiden Männer alles zum Kamelschuppen, um es aufzuladen, während Emma bei dem Sultan Wache hielt. Das Fortschaffen der erbeuteten Gegenstände erforderte eine lange Zeit, da die beiden Männer vorsichtig sein und das leiseste Geräusch vermeiden mußten. Wasserschläuche und einige Säcke für Lebensmittel, die unterwegs eingekauft werden sollten, mußten auch gesucht werden, und so war es nach Mitternacht, als Emma hörte, daß man aufbrechen könne.

„Welche Gedanken wird Achmed jetzt haben?" lächelte Fernando. „Er wird vor Grimm kochen. Wehe uns, wenn er uns einholen sollte!"

„Ihr glaubt nicht, daß er uns einholt?" fragte Emma ängstlich.

„Ich glaube es nicht, denn wir haben seine besten Kamele und sodann werden wir gegen Abend die Grenzen seines Reiches und seiner Macht hinter uns haben. Zwar ist es möglich, daß man uns ihm ausliefern könnte, aber wir werden uns einen Beschützer, einen Abban, besorgen. Ah, da kommt mir ein Gedanke! Wißt Ihr, Mindrello, wo wir den besten, den treuesten, den aufopferndsten Abban finden werden?"

„Nun?"

„Im hiesigen Gefängnis."

„Einen Gefangenen? Wird der uns beschützen können?"

„Solange er Gefangener ist, nein. Wenn wir ihn aber befreien, wird seine Dankbarkeit keine Grenzen kennen."

„Aber haben wir auch Zeit dazu?"

„Wir brauchen nur eine halbe Stunde zu opfern. Kommt, Mindrello! Die Señora mag einstweilen hier noch Wache halten!"

Damit huschte Fernando mit dem Spanier fort. Bei der Weichheit des Schuhwerks, das in jenen Gegenden getragen wird und das sie dem Vorrat des Sultans entnommen hatten, wurde es ihnen nicht schwer, ihre Schritte unhörbar zu machen. So gelangten sie vor die Tür des Gefängnisses, ohne bemerkt zu werden. Die Wache lehnte an der anderen Ecke und schien sich tiefen Betrachtungen hingegeben zu haben.

„Wir binden und knebeln ihn wie die anderen", flüsterte der Mexikaner.

„Womit, Don Fernando?" fragte Mindrello. „Habt Ihr noch Stricke?"

„Nein, aber wir haben Messer, sein Gewand in Schnüre zu zerschneiden."

„Das werde ich tun, während Ihr ihn haltet."

„Gut. Also vorwärts!"

Nach einigen raschen Schritten standen sie vor dem Mann. Bevor er noch ein Wort sagen konnte, fühlte er seine Kehle zugeschnürt, und nach wenigen Augenblicken lag er gebunden am Boden, mit einem aus zusammengedrehten Fetzen bestehenden Knebel im Mund. Dieser Wächter war nur mit einem Stock bewaffnet gewesen. Die Eingangstür hatte kein Schloß, sondern zwei Riegel, die der Graf zurückschob. Als sie öffneten, drang ihnen ein fürchterlicher Dunst entgegen. Die Gefangenen erwachten und ließen ihre Ketten klirren.

„Bleibt vor der Tür und haltet Wache, damit ich nicht

überrascht werde!“ sagte Fernando zum Spanier, trat ein und zog die Tür wieder hinter sich zu. Es herrschte jetzt die Stille der Erwartung in dem Raum. Man hatte jemand kommen hören; das konnte bei der Grausamkeit des Sultans für denjenigen, dem der Besuch galt, den Tod bringen.

„Ist ein freier Somali hier?“ fragte der Graf.

„Ja“, antworteten zwei Stimmen.

„Also zwei Somal. Von welchem Stamm?“

„Vom Stamm der Sareb, wir sind Vater und Sohn: Abu Murad und Murad Hamsadi“, erklärte der eine.

„Gut, ihr müßt mir jetzt folgen, ohne einen Laut auszustoßen. Je folgsamer ihr seid, desto besser ist es für euch. Der Gehorsam bringt euch die Freiheit.“

Fernando zog den mitgebrachten Schraubenschlüssel hervor und trat zu dem einen, der zuletzt geantwortet hatte, um ihn von der Kette, die ihn an der Mauer hielt, zu lösen. Die Hand- und Fußschellen nahm er ihm aber nicht ab.

„Wo ist der andere?“ fragte er darauf.

Der Betreffende meldete sich, und obwohl man bei der hier herrschenden Dunkelheit nur nach dem Gefühl arbeiten konnte, war auch dieser bald befreit.

„Nun kommt heraus!“ gebot der Graf.

Vor der Tür mußten sie beiden stehenbleiben, bis Fernando mit Hilfe seines Gefährten den überrumpelten Wächter in das Innere getragen und die Riegel wieder vorgeschoben hatte. Dann wurden sie ein Stück fortgeführt, damit die anderen Gefangenen nichts von der Unterredung verstehen konnten. Nun erst sagte der Alte:

„Redet so leise, daß nur wir beide euch hören können. Weshalb seid ihr gefangen?“

„Wir waren friedliche Leute“, antwortete Abu Murad, „aber der Sultan ließ uns aufgreifen, weil einer unseres Stammes ihm ein Pferd gestohlen hatte.“

„Wie lange seid ihr gefangen?“

„Zwei Jahre.“

„Das ist grausam. Wollt ihr wieder frei sein?“

„Wir sehnen uns zu den Unsrigen zurück. Wer bist du, o Herr, der du so geheimnisvoll kommst und fragst?“

„Ihr seid freie Somal, und darum vertraue ich euch. Auch mein Gefährte und ich waren bisher Gefangene wie ihr, aber wir haben den Sultan überlistet und werden jetzt fliehen. Wir wollen auf dem schnellsten Weg zum Meer und brauchen einen Führer, der unser Abban sein will. An der Küste empfangen wir Silber und werden ihn bezahlen. Wollt ihr uns Führer und Beschützer sein, so werden wir euch von euren Fesseln befreien und mitnehmen. Antwortet schnell, ich habe keine Zeit!“

„Herr, nimm uns mit!“ baten sie.

„Gut! Wollt ihr schwören, mich und die bei mir sind, vor den Eurigen und allen Feinden zu beschützen?“

„Wir schwören es.“

„Bei Allah und dem Propheten?“

„Bei Allah, dem Propheten und allen heiligen Kalifen!“

Nun, da die Somal ihm diesen Schwur geleistet hatten, den kein frommer Mohammedaner bricht, löste man ihnen auch die übrigen Fesseln. Sie mußten mit dem Spanier zum Kamelschuppen eilen und Fernando kehrte zu Emma zurück. Sie war erfreut und beruhigt, als sie den Grafen kommen sah. Sie mußte jetzt ihr Haar hochwinden, worauf Fernando ihr einen feinen, ostindischen Schleier als Turban um den Kopf band, so daß sie nun für einen Jüngling gehalten werden mußte. Ferner suchte der Graf zwei Flinten, Pulver und Blei, Kleider, Messer und Yatagans für die beiden Somal aus. Es galt jetzt noch, den richtigen Torschlüssel zu finden. Harar hatte fünf Tore. An jedem der Schlüssel befand sich ein Blech, das eine Nummer trug. Der Graf vermochte sich also nicht zu irren, welchen Schlüssel er nehmen sollte. Nun erst konnte er sich entfernen, nahm den Pack auf und bat Emma, ihm zu folgen. Als sie in dem Schuppen anlangten, warteten die beiden Somal ihrer mit Ungeduld.

„Hier habt ihr Kleider, Waffen, Pulver und Blei", sagte der Graf. „Zieht euch schnell an! Die beiden Teppiche sind für eure Kamele, die wir uns draußen verschaffen werden. Aber eilt, wir müssen uns sputen!"

„Herr", entgegnete Abu Murad, „wir kennen dich nicht, aber unser Leben ist wie das deinige; es gehört dir. Wir kennen alle Wege und werden dich ans Meer bringen, ohne daß du die Verfolger zu fürchten brauchst. Du sollst uns nicht bezahlen, denn du gibst uns die Freiheit, die mehr wert ist als Silber und Gold."

„Deine Rede ist die eines dankbaren Mannes. Ich werde euch allerdings nicht bezahlen, aber ich werde euch ein Geschenk geben, das so groß ist, wie die Treue, die ihr uns erweisen wollt. Hier sind vier Kamele, drei um uns zu tragen, und eins fürs Gepäck. Mein junger Gefährte ist zwar kein Weib, aber da einmal die Sänfte vorhanden ist, so mag er sich ihrer bedienen. Wir reiten zum Tor hinaus, das nach Gafra führt. Ihr beiden geht uns zur Seite und tut, als wärt ihr unsere Diener. Ich werde mich am Tor für den Sultan ausgeben. Hier ist der Schlüssel. Du schließt das Tor auf und von draußen wieder zu. Das ist alles, was ihr jetzt tun sollt. Vorwärts!"

Die Kamele wurden bestiegen, und der Ritt begann. Als sie das Tor erreichten, schlief der Wächter. Der Somali schloß auf, und dieses Geräusch weckte den Schlafenden.

Er kam eiligst mit dem Stab, dem Zeichen seiner Würde, herbei.

Da er keine Zeit gehabt hatte, ein Licht anzubrennen, so konnte er die Reiter nicht erkennen.

„Wer seid ihr?" fragte er. „Halt! Ohne Erlaubnis des

Sultans darf niemand durchs Tor. Ich verbiete euch, es zu öffnen."

„Was wagst du, Hundesohn!" rief ihm Fernando zu, indem er die Stimme des Herrschers nachzuahmen versuchte. „Weißt du nicht, daß ich zum Vater meines Weibes reiten will! Oder kennst du deinen Herrn nicht? Morgen sollst du im Staub vor mir kriechen, du Sohn eines Schakals!"

Da warf sich der Mann voller Angst zur Erde nieder und getraute sich kein Wort zu sagen. Die Flüchtlinge durcheilten nunmehr das Tor, das der Somali wieder verschloß. Auf der anderen Seite brannten die Wachtfeuer der Handelskarawane, die ihre Geschäfte in Harar noch nicht beendigt hatte. Der Graf ritt eine Weile vorwärts, ließ endlich halten und stieg vom Kamel.

„Kommt!" sagte er. „Da drüben weiden die Tiere des Sultans, und daneben ist ein Schuppen, wo es Sättel und Schläuche gibt. Wir wollen versuchen, die Wächter zu überlisten und ihnen zwei gute Reittiere abzunehmen."

Als die drei den Weideplatz erreichten, fand es sich, daß kein einziger Wächter zugegen war.

„Wo mögen sie sein?" fragte Abu Murad.

„Ah, sie sind hinüber zur Karawane, wo es nicht so einsam ist wie hier", erwiderte der Graf. „Sie machen uns unser Werk leicht. Sucht euch Kamele heraus, während ich zum Schuppen gehe und zwei Sättel wählen will."

Es dauerte keine Viertelstunde, so waren die Somal mit zwei tüchtigen Eilkamelen beritten, und nun setzte sich die flüchtige Karawane, sechs Tiere stark, in Bewegung. Als Emma gestern die Stadt erblickte, hatte sie nicht gedacht, sie heute, als Jüngling verkleidet, frei wieder verlassen zu können.

3. Kapitän Wagner

Ungefähr eine Woche später segelte eine Brigg durch die Straße Bab-el-Mandeb. Das Fahrzeug war schmuck gebaut, und vom Mast wehte die deutsche Handelsflagge. Auch ohne diese Flagge mußte man sehen, daß die Brigg ein Handels-, nicht aber ein Kriegsfahrzeug war. Auf Deck aber standen vier Kanonen, die dem Schiff ein kriegerisches Aussehen gaben. Das Vorhandensein der Geschütze ließ sich aus dem Umstand erklären, daß die Sicherheit in jenen Meeresteilen damals nicht sehr groß war. Besonders mußte ein Kapitän, der sich mit Küstenhandel beschäftigte, darauf sehen, gut bewaffnet zu sein, denn er kam mit Menschen in Berührung, denen nie zu trauen war, und die imstande waren, durch Verrat sich eines Fahrzeuges zu bemächtigen.

Die Sonne brannte heiß hernieder. Es wehte eine leichte Brise, doch war die Wärme so stark, daß die Bemannung der Brigg unter aufgespannten Segeln lag und sich fast sämtlicher Kleidung entledigt hatte. Der Steuermann saß im Schatten eines Teppichs, den er über sich im Tauwerk befestigt hatte, und beaufsichtigte den steuernden Matrosen. Auch dem Kapitän schien es in seiner Kajüte zu schwül zu werden. Er kam langsam heraufgestiegen, warf einen kurzen Blick übers Deck, einen zweiten zum Himmel und ging zum Steuermann. Dieser schien sich, den Vorschriften gemäß, erheben zu wollen. Der Kapitän aber winkte ihm, sitzenzubleiben, und ließ sich neben ihm nieder.

„Verteufelte Hitze, Hinrichsen!" sagte er nach kurzer Seemannsart.

„Wahr, Käptn Wagner!“ nickte der Steuermann zustimmend.

„Ich lobe mir den Norden“, fuhr der Kapitän nach einer kurzen Pause fort, „aber da muß es dem Reeder einfallen, uns an diese Küste zu senden. Ich bin begierig zu erfahren, ob wir da wirklich die guten Geschäfte machen werden, die er sich einbildet.“

„Der Dolmetscher glaubt es!“

„Aber gerade das ärgert mich, daß man hier einen Dolmetscher braucht. Wer dieses verteufelte Arabisch kennengelernt hätte, der brauchte sich nicht in die Gefahr zu begeben, von diesem fremden Volk betrogen zu werden. Doch da schaut, dort kommt einer gesegelt! Was mag er für ein Landsmann sein?“

Die Brigg hielt südwärts, und in dieser Richtung erblickten die beiden jetzt einen Punkt, der ein Fahrzeug sein mußte. Der Steuermann griff zum Fernrohr und schien sich nicht klar zu werden.

„So ein Ding ist mir noch nicht unter die Augen gekommen. Sehen Sie selbst hindurch!“

Jetzt bediente sich auch Wagner des Rohrs. Er hatte sich rasch eine Ansicht gebildet, denn er sagte mit verächtlichem Lächeln:

„Das muß ein arabisches Fahrzeug sein. In einer Stunde haben wir es erreicht, dann wollen wir es anreden.“

Auch die Matrosen hatten das fremde Segel erblickt und beobachteten es aufmerksam. Die beiden Fahrzeuge näherten sich einander immer mehr, bis man von der Brigg aus ohne Fernrohr erkennen konnte, daß der Fremde nur einen einzigen Mast hatte, der gegen den Bug geneigt war, und zwei eigentümlich geformte Segel trug. Auf seinem Deck standen Männer in Turbanen, die ihrerseits die Brigg ebenso musterten, wie sie von dieser aus beobachtet wurden.

„Soll ich laden lassen?“ fragte Hinrichsen.

„Ja. Schickt mir den Dolmetscher her!"

Der Steuermann trat an eine der Kanonen und winkte zu gleicher Zeit dem Mann, der, in arabischer Tracht gekleidet, vorn am Spriet auf einer Matte saß und eine lange Pfeife rauchte. Dieser erhob sich langsam und begab sich zum Steuer. Dort beschattete er seine Augen mit der Hand, warf einen langen Blick auf das andere Fahrzeug und fragte den Kapitän in englischer Sprache, die er einigermaßen beherrschte:

„Ihr wollt ihn anreden?"

„Ja", lautete die Antwort.

„Was wollt Ihr von ihm wissen?"

„Zunächst, was für ein Fahrzeug es ist."

„Das könnt Ihr von mir erfahren. Es ist ein Wachtschiff des Statthalters von Seïla."

„Also eine Art Kriegsschiff?"

„Ja. Die Leute sind alle bewaffnet."

„Wozu dienen diese Art Schiffe?"

„Gewöhnlich dienen sie dem Handel oder der Beförderung, wie andere Fahrzeuge, und nur auf seltene Veranlassungen hin werden sie mit Kriegern bemannt. Es muß in Seïla etwas Wichtiges vorgefallen sein."

„Das müssen wir erfahren, da wir auch nach Seïla wollen. Ihr werdet die Fragen, die ich stelle, und die Antworten, die ich erhalte, genau übersetzen."

Jetzt waren sich die Schiffe so nahe gekommen, daß man gegenseitig die Gesichtszüge erkennen konnte. Eben war der Steuermann im Begriff, durch einen Kanonenschuß das Zeichen zu geben, daß der Araber beidrehen solle, um angesprochen werden zu können, als von dessen Verdeck eine Flintensalve erscholl. Er forderte also selber die Brigg auf, die Segel fallen zu lassen. Der Kapitän lachte laut auf. Es erheiterte ihn, daß dieses Fahrzeug sich ihm gegenüber das Ansehen eines Kriegsschiffes gab.

„Hören Sie es?" rief er Hinrichsen zu. „Dieser Knirps

gibt uns Befehle! Lassen Sie den Schuß stecken! Wir wollen ihm Gehorsam leisten, und ich bin neugierig, was er von uns verlangen wird. Dreht bei, Jungens!"

Das anbefohlene Manöver wurde ausgeführt, die Brigg verlor den Wind und machte eine Schwenkung. Der Araber tat sie auch und lag nun fast Seite an Seite mit dem Deutschen. Er hatte vielleicht fünfzehn Bewaffnete an Bord. Der arabische Kapitän stand auf einer Erhöhung und rief herüber:

„Wie heißt dieses Schiff?"

„‚Seejungfer'!" übersetzte der Dolmetscher rasch die Antwort des Kapitäns.

„Wo ist es her?"

„Aus Kiel."

„Wo liegt diese Stadt?"

„In Deutschland."

„Das muß ein kleines, armseliges Ländchen sein, denn ich kenne es nicht", meinte der Araber stolz. „Was habt ihr geladen?"

„Handelsware."

„Und Menschen?"

„Nein."

„Auch keine entlaufenen Sklaven?"

„Nein. Wir haben keine Fahrgäste."

„Ich werde auf euer Schiff kommen, um zu sehen, ob ihr die Wahrheit redet."

Das war Wagner denn doch zu viel. Er ließ durch den Dolmetscher fragen:

„Wer bist du denn?"

„Ich bin ein Kapitän des Sultans von Seïla."

„In Seïla gibt es einen Wali[1]), aber keinen Sultan. Ich habe weder ihm noch einem seiner Diener zu gehorchen."

„So weigerst du dich, dein Schiff untersuchen zu lassen?"

1) Statthalter

„Ja, du hast nicht das Recht dazu. Umgekehrt wäre es richtiger. Wenn ich dein Fahrzeug betreten wollte, könntest du es mir nicht verweigern."

„Ich würde es dir doch verbieten, denn ich bin ein Krieger", antwortete der Araber verächtlich. „Ich werde dich zwingen, mich und meine Leute an Bord zu lassen, um dein Schiff zu durchsuchen."

„Weshalb bin ich dir verdächtig?"

„Wir suchen Sklaven, die aus Harar entflohen sind. Du verweigerst es uns, dein Schiff untersuchen zu lassen, folglich hast du diese Sklaven an Bord."

„Sie sind nicht bei mir. Sie können gar nicht bei mir sein, denn ich komme vom Norden und bin noch nicht an eurer Küste gewesen."

„Das sagst du, aber ich glaube es nicht. Ich werde mit einem Tau dein Schiff an das meinige befestigen und dich nach Seïla bringen. Dort mag der Wali es untersuchen."

Das war eine lächerliche Drohung, darum erwiderte der Kapitän:

„Ich glaube, daß sich dein Verstand nicht ganz in Ordnung befindet. Wie wolltest du mich zwingen, dein Tau an Bord zu nehmen. Ich lache darüber."

„Lache du jetzt, aber dein Lachen wird sich in Weinen verkehren. Ich befehle dir, drei meiner Leute zu empfangen, die dir das Tau an Bord bringen werden."

Wagner besann sich. Er war, wie fast ein jeder deutsche Seemann, Freund eines guten Scherzes. Hier nun gab es Gelegenheit zu einem solchen, und darum sagte er nach einer Weile, während der er seinen Leuten listig zugenickt hatte:

„Gut, ich will dir den Willen tun und will das Tau an Bord nehmen. Sende deine Leute, du magst mich ins Schlepptau nehmen!"

Auf einen befehlenden Wink des Arabers stiegen jetzt drei seiner Männer in ein Boot und nahmen das Tau auf, das sie an Bord der Brigg brachten und dort am Bug befestigten. Sie benahmen sich dabei wie die Herren des Schiffs und gaben das Zeichen, daß die Fahrt nun beginnen könne.

„Verdammt schlaue Kerle!“ lachte der Steuermann. „Ihr Tau ist ja viel zu schwach, um uns schleppen zu können, es muß zerreißen.“

„Aber es ist stark genug, um sie von uns schleppen zu lassen“, meinte der Kapitän. „Warten Sie nur, bis sie sich in Fahrt befinden.“

Der Araber zog sein Segel auf und wandte nach Süden. Der Wind legte sich in die Leinwand. Das Schiff setzte sich in Bewegung und zog das Tau scharf an. Es hätte zerreißen müssen, wenn es nicht Absicht des Deutschen gewesen wäre, dem Spaß noch eine andere Seite abzugewinnen.

„Alle Mann auf, die Segel gehißt!“ befahl er. „Wir müssen ihnen behilflich sein.“

Einige Minuten später befand sich die Brigg in voller Fahrt, und da sie schneller segelte als der Araber, mußte sie mit ihm zusammenstoßen. Der Deutsche wandte sich nun durch seinen Dolmetscher an die drei Araber:

„Ruft euren Leuten zu, schneller zu segeln, sonst fahre ich sie in die See!“

Sie wiegten die Köpfe, wagten es aber nicht, ihrem Anführer einen Befehl zu geben. Dieser jedoch bemerkte die Gefahr und rief zurück:

„Fahrt langsamer, ihr Schurken! Seht ihr denn nicht, daß wir zusammenstoßen?“

„Segle du schneller, du Narr!“ ließ ihm Wagner zurufen. „Nimm kein Fahrzeug ins Schlepptau, wenn es dir überlegen ist!“

Noch einige Augenblicke und der Zusammenstoß mußte erfolgen. Da griff der Kapitän selbst ins Steuer, um den Kurs ein wenig zu ändern.

„Übersegeln will ich sie nicht, aber eine Lehre will

ich ihnen doch geben", sagte er. „Ahoi, Jungens, aufgepaßt! Kappt alles fremde Zeug, das an unserem Bord erscheint!"

Jetzt hatte die Brigg den Araber erreicht, der ein niedriges Deck hatte. Sie stieß daher nicht auf die Mitte seines breiten Hecks, sondern ihr Bugspriet ging hart daran vorüber. Aber der Anprall war dennoch heftig genug, um den Arabern später als Lehre dienen zu können.

Das Steuerbord des Deutschen schor nämlich scharf am Backbord des Wachtschiffs entlang und riß ihm alles Takelwerk fort. Es verfitzte sich in der Brigg im festen Tauwerk und wurde von den Matrosen, die schnell bei der Hand waren, gekappt. Im nächsten Augenblick befand sich der Deutsche vor dem Araber, statt hinter ihm. Das Schlepptau spannte sich wieder und zog, da es am Heck des arabischen Fahrzeuges befestigt war, dieses herum, so daß es wandte und sein Bug nach hinten kam.

Auf dem Deck des Deutschen erscholl ein vielstimmiges Gelächter, von dem des Arabers aber ein Wutgeschrei. Seine Segel waren herabgerissen, sein laufendes Tauwerk hing in Fetzen, und das Schiff drohte in seiner verkehrten Lage zu kentern. Der Anführer fluchte und wetterte, seine Leute brüllten und heulten. Anstatt ihr Tau, womit sie an den Deutschen befestigt waren, zu kappen und dadurch von ihm frei zu kommen, schossen sie ihre Flinten auf ihn ab, aber keine Kugel richtete irgendeinen Schaden an.

Da trat einer der drei, die sich an Bord der Brigg befanden, zum Kapitän und ließ ihm durch den Dolmetscher sagen:

„Ich befehle dir, anzuhalten und unser Fahrzeug auszubessern!"

Das hieß denn doch, die Anmaßung und Lächerlichkeit auf die Spitze treiben.

„Du hast mir nichts zu befehlen!“ entgegnete Wagner.

Nun zog der Mann das Messer, das er im Gürtel hatte, und drohte: „Wenn du mir nicht sogleich gehorchst, so werde ich dich züchtigen! Du hast mir Gehorsam zu leisten, Hundesohn!“

„Ah, Hundesohn sagst du? Da hast du die Antwort!“

Wagner holte aus und gab dem Araber ohne Dolmetscher eine Ohrfeige, die so stark war, daß dieser niederstürzte und sich überkugelte. Die beiden anderen zogen jetzt auch ihre Messer und wollten sich auf den Kapitän werfen, kamen aber dabei an den Unrechten. Er besaß nämlich eine Seemannsfaust, das heißt, eine Hand, hart wie Stahl. Mit zwei raschen Hieben hatte er sie kampfunfähig gemacht.

„Jungens, bindet mir diese Strolche an die Masten!“ gebot darauf Kapitän Wagner. „Wir wollen sie lehren, was es heißt, einen Deutschen einen Hundesohn zu nennen!“

Diesem Befehl wurde schleunigst Folge geleistet. Die Matrosen nahmen den Arabern die Waffen und banden sie so fest, daß sie sich nicht zu rühren vermochten.

Unterdessen war die Lage des arabischen Fahrzeugs gefährlicher geworden. Es wurde von der Brigg am Heck gezogen und begann, da es einen niedrigen Bord hatte, stark Wasser zu schöpfen.

„Haltet an, ihr Schurken!“ brüllte da der Anführer. „Sehr ihr denn nicht, daß wir ertrinken müssen, wenn ihr nicht gehorcht?“

„Mir ist's gleich, ob ihr ersauft oder nicht“, ließ der Deutsche antworten. „Kappt euer Tau, wenn ihr euch retten wollt!“

„Ich darf es nicht zerhacken. Er gehört nicht mir, sondern dem Wali!“

„Nun, so schluckt für den Wali Seewasser, bis ihr platzt!“

„Wir selber können ja das Tau kappen", meinte der Steuermann.

„Fällt mir noch nicht ein!" entschied Kapitän Wagner. „Ich gebe ihnen eine Lehre. Ich bin noch nie in diesen Breiten gewesen, aber ich habe viel von der Anmaßung dieser Menschen gehört. Diese Sklaven und Diener, diese Speichellecker kleiner unbekannter Herrscher und Beamten denken wunder wer sie sind. Jeder Andersgläubige gilt für einen Hund, dessen Berührung sie verunreinigt. Ich verstehe ihre Sprache nicht und ich kenne auch ihre Gebräuche nicht, aber meine Gebräuche sollen sie kennenlernen!"

„Aber wir fahren nach Seïla und werden also mit dem Statthalter in Berührung kommen! Er wird sich rächen!"

„Er mag es versuchen!"

In diesem Augenblick ertönte ein vielstimmiger Schrei. Das arabische Fahrzeug hatte sich so weit zur Seite geneigt, daß es zu sinken drohte. Es nahm viel Wasser, so daß es sich nur langsam wieder aufrichten konnte.

„Seid ihr denn wirklich so erbärmlich dumm? Kappt doch endlich das Tau!" ließ ihnen der Kapitän durch den Dolmetscher zurufen.

Sie aber waren so verwirrt, daß sie ihm nicht folgten. Da ließ Wagner selbst das Tau kappen und die an Bord der ‚Seejungfer' befindlichen drei arabischen Seehelden in Richtung ihres Fahrzeugs dem Meer übergeben. Die Brigg setzte alle Segel und rauschte davon.

Seïla besitzt keinen Hafen, und die Schiffe müssen auf der dortigen Reede ankern, zu der die Einfahrt wegen der vorliegenden Felsen schwierig ist. So mußte die Brigg, als sie die Nähe der Stadt erreicht hatte, während der Nacht kreuzen und konnte erst am Morgen den Eingang gewinnen. Sie begrüßte die Stadt mit Kanonenschüssen und ließ die Anker fallen.

Seïla, das ungefähr viertausend Einwohner zählte, bestand aus vielleicht einem Dutzend großer, steinerner Häuser, die weiß getüncht waren, und mehreren hundert Hütten, die man aus den einfachsten Baustoffen errichtet hatte. Die Stadtmauern waren aus Korallenstücken und Schlamm gebaut, hatten weder Schießscharten noch Kanonen und waren an vielen Stellen eingefallen. Es machte von der See aus, besonders da es auf einer niedrigen Sandbank lag, keineswegs einen stattlichen Eindruck. Dennoch beherrschte es die Hafenplätze der Umgegend nebst der ganzen Küste und war der Sammel- oder Zielpunkt zahlreicher Karawanen, die aus dem Innern kamen oder von hier aus ins Binnenland gingen, um ihre Waren dort abzusetzen.

Vom Verdeck der Brigg aus bemerkte man viele Menschen, Kamele und Pferde, die in der Nähe der Stadt lagerten. Es waren jedenfalls Handelskarawanen angekommen, und so gab sich der Kapitän der angenehmen Hoffnung hin, hier ein gutes Geschäft zu machen. Nachdem die Anker gefallen waren, nahte ein Boot, aus dem ein Araber an Bord stieg, der sich einer würdevollen Haltung befleißigte. Es war der Hafenmeister. Er verlangte die Schiffspapiere zu sehen, um sie dem Statthalter vorzulegen, da von diesem die Erlaubnis, hier zu ankern, abhängig war. Unter anderem fragte er, woher das Schiff komme, was es geladen habe, und ob ihm ein Fahrzeug mit entflohenen Sklaven begegnet sei. Der Kapitän gab ihm durch den Dolmetscher Auskunft und überreichte ihm die begehrten Papiere. Der Hafenmeister schien befriedigt und entfernte sich.

Erst nach einigen Stunden kehrte er zurück und meldete, daß der Statthalter seine Erlaubnis, zu verweilen und Handel zu treiben, gegeben habe, dagegen aber die Entrichtung der hier gebräuchlichen Abgabe und eines guten Geschenks für ihn erwarte.

„Der Wali“, fuhr er fort, „wird euch einige Soldaten

senden, um euch vor allen Gefahren zu schützen. Diese Soldaten habt ihr zu bezahlen und zu beköstigen."

„Wir bedürfen dieser Soldaten nicht", entgegnete Kapitän Wagner, „wenn wir uns in Gefahr befänden, wären sie doch nicht imstand, uns zu verteidigen."

„Oh, sie sind sehr tapfer", meinte der Hafenmeister.

„Das glaube ich nicht, denn ich habe das Gegenteil beobachtet. Sie sind anmaßend, leichtsinnig und würden uns mehr Schaden als Schutz bringen."

„Wie willst du sie kennen, du hast mir doch gesagt, daß du noch nie hier gewesen bist!"

„Du wirst bald erfahren, woher ich sie kenne. Ich werde nur mit dem Wali sprechen und ihm beweisen, daß ich mich selber zu schützen verstehe."

Der Hafenmeister wurde bewirtet, erhielt ein Geschenk, das ihn zu befriedigen schien, und kehrte in die Stadt zurück, um dem Wali zu berichten.

Nach längerer Zeit sah man aus dem Nordtor der Stadt, das zum Meer führt, eine Schar Bewaffneter kommen, in deren Mitte eine Sänfte getragen wurde. Aus ihr kletterte ein Mann in reicher Kleidung, der mit seinen Leuten einige Boote bestieg. Man ruderte der Brigg entgegen. In Sprechweite angelangt, ließ der Anführer halten, erhob sich, daß seine ganze Gestalt zu sehen war, und rief:

„Warum willst du nur mit mir sprechen? Ich muß Soldaten auf dein Schiff senden, damit sie es bewachen."

„Wer bist du, daß du es wagst, Gehorsam von uns zu fordern?"

„Ich bin Hadschi Schamarkay, der Beherrscher dieser Stadt, dem alle gehorchen müssen, die sich hier befinden."

„Bist du der Wali, so komm herauf zu mir, damit ich mit dir sprechen kann!"

„Komme herab zu mir, ich bin mehr als du!"

„Wenn du nicht kommst, so wird es keinen Handel geben."

Das mißfiel dem arabischen Beamten, dem die üblichen Abgaben zu entgehen schienen. Er beriet sich mit den Seinigen und sagte dann:

„Du handelst wie ein Verdächtiger, ich darf mich dir nicht anvertrauen."

„Ich gebe dir mein Wort, daß dir nichts Böses geschehen soll."

„Und daß ich dein Schiff wieder verlassen kann, sobald es mir gefällt."

„Ja."

„So werde ich es mir überlegen, ob ich kommen werde."

„Überlege es dir. Ich gebe dir zwei Minuten Zeit. Ist diese Frist verflossen, so segle ich wieder ab."

Der Wali beriet von neuem. Als die zwei Minuten verstrichen waren, gab Wagner den Befehl zum Ankerlichten. Das Gerassel der Kette entschied. Der Statthalter erkannte, daß mir diesem Fremden nicht zu scherzen sei und kam an Bord, als man das Fallreep niederließ. Mit finsteren Blicken musterte der Statthalter die anwesende Bemannung, und als er alles in allem nur vierzehn Mann zählte, fragte er, ohne vorher zu grüßen:

„Sind das alle deine Leute?"

„Ja", ließ Wagner kurz erwidern.

„Und mit so wenigen wagst du es, mir zu widerstehen?"

„Du hast gesehen und erfahren, daß ich es wagen kann. Wir sind Deutsche, und ein einziger Deutscher nimmt es mit zwanzig deiner Leute auf."

Diese stolzen Worte waren zwar anmaßend gesprochen, verfehlten dennoch ihre Wirkung nicht. Der Beamte ließ sich zum Achterdeck führen, wo er auf einem Teppich Platz nahm. Ihm gegenüber setzte sich der Kapitän, rechts stand der Steuermann und links der

Dolmetscher. Die Hälfte der Mannschaft stand in der Nähe, während die anderen die Boote beobachteten. Die beiden Unterhandelnden betrachteten einander forschend. Das wettergebräunte Gesicht des Kapitäns stach mit seinen biederen Zügen vorteilhaft gegen die schlaue Miene des Statthalters ab. Dieser war bei Jahren, aber trotz des Anflugs von Ehrwürdigkeit, der ihm nicht abzuleugnen war, tat ihm doch der Zug jener salbungsvollen Pfiffigkeit Eintrag, der den Arabern der Küste eigentümlich ist. Erst nach einer Weile begann er das Gespräch:

„Ich bin gekommen, dich zur Rechenschaft zu ziehen. Du weigerst dich, meine Soldaten aufzunehmen und wirst deine Strafe erleiden."

„Du irrst", entgegnete der Deutsche. „Du hast meinen Willen befolgt und bist erschienen. Ich hätte dich durch die Aufnahme deiner Soldaten als meinen Herrn anerkannt. Weißt du nicht, daß es für eine Schande gilt, sein Schiff von Fremden besetzen lassen zu müssen?"

„Man will nur sehen, ob du die entflohenen Sklaven bei dir hast."

„Waren deine Sklaven so wertvoll?"

„Sie gehörten nicht mir."

„Ah! Wem sonst? Der Mann, dessen Eigentum sie waren, muß dir sehr wert sein!"

„Sie gehörten dem Sultan Achmed von Harar."

„Pah! So sind es doch nur wertlose Leute gewesen", meinte der Kapitän wegwerfend.

„Nein. Es waren zwei weiße Christen und eine junge, schöne Christin, die herrlich sein soll wie die Bergesspitze in der Morgenröte."

Hadschi Schamarkay beging mit seinen Eröffnungen über die entflohenen weißen Sklaven eine große Unvorsichtigkeit, denn der Kapitän wurde aufmerksam. Weiße Christen, also Europäer! Vielleicht galt es hier, ein Bubenstück zu hintertreiben. Darum fragte Wagner:

„Weißt du, aus welchem Land die Leute waren?"

„Ja. Man nennt es Isbânje."

Also Spanien! Kapitän Wagner fand seine Vermutung bestätigt.

„Und woher war die Sklavin?" fragte er weiter.

„Das weiß der Sultan nicht."

„Welche Sprache redete sie?"

„Die gleiche wie auch der eine Gefangene. Sie haben den Sultan gebunden und seine Schatzkammer ausgeraubt. Sie entführten ferner seine Kamele und sind mit zwei Somal entflohen, die jedenfalls ihre Führer und Beschützer gewesen sind. Am anderen Morgen haben die Diener Sultan Achmed gefunden und von seinen Banden befreit."

„Was hat er dann getan?"

„Er hat sogleich viele Krieger zur Verfolgung ausgesandt."

„Wohin?"

„Zur Küste, denn die Flüchtlinge hatten keine andere Gelegenheit zu entkommen als nur durch ein Schiff, das sie an der Küste treffen konnten. Der ganze Meeresstrand ist besetzt. Der Sultan hat seinen Wesir nach Berbera geschickt, er selber aber ist zu mir nach Seïla gekommen. Er ist sehr mächtig, und man muß tun, was er will, sonst würde er sich an uns rächen."

„Sind die mitgenommenen Schätze groß?"

„Viel Gold, schöne Kleider und Edelsteine, die viele Millionen kosten. Man kann ein ganzes Land dafür kaufen."

„So sind die Sklaven wohl entkommen?"

„Nein. Sie haben sich zwar die besten und schnellsten Kamele geraubt und infolgedessen die Küste eher erreicht als ihre Verfolger, doch wissen wir, daß sich in der letzten Zeit kein einziges fremdes Schiff hat sehen lassen. Es herrschte ein starker Südwind, der für unsere See so gefährlich ist, daß jedes Schiff sie meiden muß.

Außerdem habe ich die meisten meiner Schiffe ausgesandt, um zu kreuzen. Sie werden die Flüchtlinge treffen, wenn diese ein Fahrzeug gefunden haben oder noch finden sollten."

Wagner blickte nachdenklich vor sich nieder. Es ging ihm ein Gedanke durch den Kopf. Die beiden Männer waren Spanier, das Mädchen jedenfalls auch. Wie waren sie in die Hände des als grausam verrufenen Sultans von Harar gekommen? Verwegene und umsichtige Männer waren sie sicher. Sie befanden sich jedenfalls in einer schlimmen Lage, und vielleicht war es möglich, sie daraus zu befreien. Als Christ und wackerer Deutscher fühlte der Kapitän die Verpflichtung zu versuchen, ob er nicht etwas für sie tun könne. Darum fragte er gleichgültig:

„Und ihr habt gar nichts über sie erforschen können? Ihr habt keine Spur von ihnen gefunden?"

Das Gesicht des Statthalters nahm einen boshaften Ausdruck an, seine Augen blitzten heimtückisch und mit wilder Befriedigung entgegnete er:

„Eine Spur haben wir nicht gefunden, sondern etwas viel Besseres."

„Was?"

„Sag erst, daß du diese Sklaven nicht bei dir hast!"

„Nein. Ich habe bis jetzt nichts von ihnen gewußt."

„Ich will dir sagen, daß wir einen der beiden Somal gefangen haben, die den Flüchtigen als Führer dienten."

„Ah!"

„Ja. Ich sandte meine Krieger aus, die ganze Küstengegend zu durchforschen. In der Nähe des Elmesberges, da, wo er sich zur See absenkt, fanden sie einen jungen Somali. Sie überraschten ihn, als er an einer Quelle ausruhte. Er fand keine Zeit zu entfliehen und wurde gefangen, obgleich er sich wie ein Teufel verteidigte und sogar mehrere meiner Krieger verwundete. Sie fragten ihn aus. Er aber antwortete nicht, und auch als sie ihn zu mir hierher brachten, hat er trotzig geschwiegen."

„So weiß er nichts von den Flüchtlingen!"

„O doch! Der Sultan von Harar hat ihn sogleich erkannt: er ist der jüngere der beiden Somal, die Vater und Sohn waren."

„Ah! So muß man ihn so lange fragen, bis er redet."

„Er spricht kein Wort. Aber morgen soll er gemartert werden, bis er unsere Fragen beantwortet!"

„Und wenn er lieber stirbt, als daß er spricht?"

„So wird er in die Hölle fahren!"

„Ihr werdet die Entflohenen nicht fangen, denn eure Schiffe taugen nichts."

„Willst du mich beleidigen?"

„Nein. Wie wollt ihr die Flüchtlinge fangen, wenn sie ein Fahrzeug gefunden haben? Habt ihr solche Waffen und Kanonen wie ich? Habt ihr ein solches Schiff wie ich, das so schnell segelt, daß ihm kein Flüchtling entkommen kann?"

Der Statthalter blickte nachdenklich zu Boden. Die Gründe des Kapitäns schienen ihm einzuleuchten. Darum sagte er zustimmend:

„Ja, wenn wir ein solches Schiff hätten wie das deinige!"

„Ihr habt es aber nicht!" meinte Wagner, ihn heimlich beobachtend. „Ich wollte wetten, daß ich diese Flüchtlinge fangen würde, wenn ich mich damit befassen wollte."

„Der Sultan hat einen großen Preis auf sie gesetzt. Zwanzig Kamellasten Kaffee."

„Himmel! Das ist ja ein Reichtum!"

Über das Gesicht des Arabers glitt ein Zug häßlicher Habgier, und diese nahm seine Klugheit und Vorsicht so gefangen, daß er ausrief:

„Wieviel von diesem Preis verlangst du, wenn es dir gelingt, sie zu fangen?"

Da stimmte der Deutsche ein gut geheucheltes Lachen an.

„Pah, ich bin reicher als du, ich brauche die Belohnung gar nicht! Aber es würde mir Spaß machen, die Entflohenen aufzusuchen."

„Tu es, tu es!" rief Hadschi Schamarkay, den es in große Aufregung brachte, daß er den ganzen Preis bekommen sollte, ohne sich dabei anstrengen zu müssen.

„Es geht nicht", entgegnete Wagner bedauernd. „Ich muß hierbleiben, um meine Ladung zu verkaufen."

„Oh, die hast du in einigen Stunden verkauft, wenn ich es will."

„Wie willst du das anfangen?"

„Es sind vier große Karawanen da aus Amhara, Schoa, Kaffa und Ogaden. Ich selber brauche viel, die Bewohner von Seïla auch, und der Sultan von Harar würde eine Menge kaufen, nur daß du fahren könntest."

„Ich denke, er ist jetzt arm, weil ihm der Schatz geraubt worden ist?"

„Sultan Achmed hat viel Silber bei sich, das die Spanier nicht entwendet haben. Auch nimmt er den Bewohnern von Harar alles Geld ab. Was ihnen gehört, ist sein Eigentum."

„Und womit bezahlen die Karawanen?"

„Mit Elfenbein und Butter. In Seïla zahlen wir jetzt mit Perlen, die an der Küste gefischt werden. Wenn ich befehle, daß heute nur von dir gekauft werden kann, so hast du heute abend keine Ladung mehr."

Das stach dem Kapitän in die Augen. Zunächst war es ja ein großer Vorteil für ihn, an einem einzigen Nachmittag verkaufen zu können, anstatt wochenlang hier zu liegen, oder von einem Hafen zum anderen segeln zu müssen, und sodann waren ihm auch die angebotenen Tauschgegenstände höchst willkommen. Elfenbein und Perlen, hier so billig, hatten in Deutschland einen hohen

Wert, und die Butter, die er hier erhielt, konnte er zu guten Preisen in Ostindien losschlagen. Darum sagte er:

„Wird Sultan Achmed zustimmen?"

„Sogleich! Du mußt nur selber mit ihm sprechen. Ich werde dich ihm empfehlen."

Jetzt aber schien dem Statthalter der Gedanke zu kommen, den er längst schon hätte haben sollen. Er fragte nämlich besorgt:

„Aber du bist ja auch ein Christ, wie die Spanier! Wohnt ihr in einem Land?"

„Nein. Es ist ein sehr großes Reich dazwischen."

„Aber ihr habt *eine* Religion?"

„Nein, wir glauben anders als sie. Sie sind Katholiken, wir aber Protestanten."

„Was heißt das?"

Da fiel dem Kapitän ein trefflicher Vergleich ein. Er erklärte: „Das ist wie bei euch die Sunniten und Schiiten."

„Ah, da brauche ich keine Sorge zu haben!" sagte der Wali beruhigt. „Wir Sunniten hassen die Schiiten mehr als die Ungläubigen. Ihr haßt euch auch, und so sind wir deiner sicher. Ich werde mich sogleich aufmachen, um mit dem Sultan zu sprechen und den Befehl des Verkaufs zu geben."

„Und ich wiederhole, daß du die zwanzig Kamellasten Kaffee behalten kannst, wenn wir die weißen Sklaven ergreifen. Du siehst, daß ich es gut mit dir meine. Ich hoffe, daß ich mich nicht in dir täusche!"

Die Hoffnung, zwanzig Ladungen Kaffee nebst den Kamelen zu erhalten, nahm den habgierigen Beamten so sehr ein, daß er ausrief:

„Ich bin dein Freund! Wie ist dein Name?"

„Ich heiße Wagner."

„Dieser Name ist sehr schwer auszusprechen, fast geht dabei die Zunge auseinander, aber das soll nichts an unserer Freundschaft ändern. Willst du nicht mit mir nach Seïla fahren? Du sollst selber mit dem Sultan von Harar reden!"

„Werde ich unbeschädigt zurückkehren können?"

„Ich schwöre dir bei Allah, beim Bart des Propheten und bei allen Kalifen, daß du als freier Mann kommen und gehen darfst, und daß ich jeden töten lassen werde, der dich beleidigt. Du kannst deine Waren ohne Furcht in die Stadt schaffen lassen und dort verkaufen."

„Nein, das tu ich nicht, denn es könnten nicht alle Käufer so ehrlich sein wie du. Ich lasse die Kisten und Pakete an Deck schaffen und öffnen, und nur immer zehn Mann dürfen das Schiff besteigen und sich die Waren ansehen, die ich nicht im einzelnen, sondern im ganzen verkaufen werde. Ich werde mich rasch vorbereiten, mit dir an Land zu gehen."

Der Kapitän gab Steuermann Hinrichsen die nötigen Befehle und trat in seine Kajüte. Er hatte da zweierlei zu tun. Erstens kleidete er sich in Gala um und behängte sich mit einer ganzen Menge von Waffen, denn er wollte den Eindruck eines vornehmen Mannes machen. Und sodann besaß er ein arabisches Wörterbuch, das er sich angeschafft hatte, um den Dolmetscher einigermaßen überwachen zu können. Darin blätterte er jetzt, indem er halblaut vor sich hinmurmelte:

„Wer doch diese Sprache verstände! Jetzt muß ich die Wörter mühsam zusammensuchen. Was heißt denn eigentlich ‚ich'? Ah, da steht es! Ich heißt *ana.* Und ‚bin'? Das finde ich nicht, aber hier steht *eida,* das ‚auch' bedeutet. Und ‚Christ' heißt *nassrani.* Wenn ich also sage: *‚Ana eida nassrani'*, so heißt das: ‚Ich auch ein Christ', und der Somali wird sofort bedenken, daß ich ihn und die anderen retten will. Er wird dann Hoffnung bekommen. Ah, was heißt ‚Hoffnung'? Hier steht es: *amel.* Wenn es mir möglich ist, befreie ich ihn, doch das kann nur des Nachts geschehen. Hm! Hier steht *nossf el leel* ist Mitternacht. Gut, das schreibe ich nieder, obgleich es mir schwerfallen wird, diese arabischen Buchstaben nachzumalen."

Wagner nahm einen kleinen Zettel und schrieb darauf von rechts nach links: *„Ana eida nassrani — amel — nossf el leel."*

„So", brummte er dann vergnügt. „Das heißt auf deutsch und frei übersetzt: ‚Ich bin auch ein Christ, habe Hoffnung, ich komme um Mitternacht!' Falls es mir gelingt, das dem Mann zuzustecken, so wird er mich verstehen. Wagner, Wagner, wenn das deine Alte daheim wüßte, daß du dich in einen so gefährlichen Roman verstrickst, um eine wunderschöne Sklavin zu befreien! Na, man hat ein gutes Herz, man hat einen leidlichen Kopf, und man hat ein paar tüchtige Fäuste, das ist die Hauptsache!"

Der Kapitän rollte den Zettel klein zusammen, steckte ihn ein und kehrte dann auf Deck zurück, wo der Wali seiner wartete. Hinrichsen, der ihm mehr Freund als Untergebener war, sagte besorgt zu ihm:

„Sie begeben sich in die größte Gefahr. Wie nun, wenn man Sie gefangennimmt?"

„Das tut man sicher nicht! Der Statthalter hat geschworen, und ein Mohammedaner bricht seinen Schwur nicht."

„Nun gut. Ich denke, daß der Besuch in anderthalb Stunden gemacht sein wird. Sind Sie in zwei Stunden nicht zurück, so beschieße ich die Stadt."

„Dasselbe wollte ich Ihnen sagen."

„Wollen Sie keine Begleitung mitnehmen?"

„Nein. Es heißt zwar im Orient: Je größer die Begleitung, desto vornehmer der Herr, aber die Kerle könnten wahrhaftig denken, daß ich mich fürchte. Übrigens brauchen Sie die Leute hier nötiger als ich. Verkaufen können Sie allerdings erst nach meiner Rückkehr, denn ich muß den Dolmetscher mitnehmen."

Nachdem Kapitän Wagner noch einiges andere angeordnet hatte, stieg er mit dem Wali und dem Dolmetscher ins Boot. Bald war man an Land. Dort stand vor dem Nordtor der Tragsessel, in dem der Wali herbeigekommen war. Er verschmähte jedoch einzusteigen, um seinen Gast nicht zu beleidigen, und ging darum zu Fuß mit ihm durch die unansehnlichen Gassen der Stadt. Überall standen die Leute, die den Fremden neugierig betrachteten. Sie sahen an seiner reichen Kleidung, daß er der Befehlshaber des Fahrzeuges sei.

Als der Wali und sein Begleiter das Gebäude erreichten, in dem Hadschi Schamarkay wohnte, führte der Araber den Deutschen in ein Zimmer, in dem sich neben einigen Teppichen auch ein Ding befand, das einem Stuhl ähnlich sah. Darauf mußte sich Wagner setzen. Auf Befehl des Herrn wurden Pfeifen und Kaffee gebracht. Der Wali schien sich zunächst dem gemächlichen Genuß dieser Dinge hingeben zu wollen, doch der Kapitän warnte ihn, indem er fragte:

„Wann werde ich den Sultan sprechen können?“

Der Dolmetscher, der die Frage übersetzte, saß auf einer Bastmatte und hatte auch eine Pfeife nebst Kaffee erhalten.

„Nachdem wir uns ausgeruht haben, wenn es ihm beliebt.“

„Ah, also wenn es ihm beliebt? So wünsche ich, daß es ihm recht bald beliebt, sonst könntest du es bereuen.“

„Warum?“

„Weil meine Leute auf die Stadt schießen werden, wenn ich nicht bald zurückkehre.“

Das wirkte auf der Stelle. Der Statthalter sprang erschrocken von seinem Teppich auf, blickte hinauf, ob da vielleicht schon die Kugeln hereinplatzten, und stöhnte:

„In deinem Land muß es sehr entschlossene Männer geben. Gedulde dich ein wenig! Ich werde zum Sultan gehen und ihm von dir erzählen."

Damit entfernte sich der Beamte. Der Dolmetscher setzte seine Tasse an die Lippen, leerte sie und blickte den Deutschen bewundernd an. Sie wurden von einem Schwarzen bedient, der ihre Tassen füllte und ihnen neue Pfeifen reichte, bis der Wali zurückkehrte.

„Komm!" sagte dieser, „Sultan Achmed erwartet dich."

Sie traten in ein größeres Zimmer. Dessen Diele war in ihrem hinteren Teil erhöht und mit kostbaren Teppichen belegt. Darauf saß der Sultan, aus einer langrohrigen Wasserpfeife rauchend. Er warf einen forschenden Blick auf den Kapitän und wandte sich dann an den Dolmetscher:

„Knie nieder, Sklave, wenn ich mit dir spreche!"

Er war es in Harar gewöhnt, daß seine Untertanen auf dem Bauch liegend mit ihm sprachen, und hielt es für eine besondere Gunst, wenn er dem Mann erlaubte, nur kniend mit ihm zu reden.

Der Dolmetscher gehorchte und kniete nieder. Wagner, der die arabischen Worte nicht verstanden hatte, sie aber in Verbindung mit der Unterwürfigkeit seines Dieners brachte, fragte diesen:

„Warum kniest du nieder?"

„Der Sultan hat es befohlen."

„Ah! Wer ist dein Herr?"

„Ihr."

„Wem also hast du zu gehorchen?"

„Euch."

„So befehle ich dir, aufzustehen!"

„Der Sultan würde mich töten lassen."

„Pah! Vorher jagte ich ihm eine Kugel durch den Kopf. Steh auf! Wir anderen werden sitzend sprechen, du aber wirst stehen, das ist Ehrerbietung genug."

Jetzt erhob sich der Dolmetscher zwar, trat aber zagend einige Schritte zurück, damit ihn das Messer des Sultans nicht erreichen könne. Dieser blickte ihn flammenden Auges an, fuhr mit der Hand zum Gürtel, worin seine Waffen steckten, und fauchte:

„Hundesohn, warum stehst du auf? Sofort kniest du nieder, sonst fährt dir mein Dolch in den Leib!"

Der Dolmetscher sah zitternd auf den Deutschen und flüsterte ihm zu: „Er will mich erstechen, wenn ich nicht niederknie."

„So sag ihm, daß ihn meine Kugel eher treffen werde als dich sein Messer."

Bei diesen Worten zog Wagner den Revolver und richtete ihn auf den Kopf des Sultans. Dieser erbleichte, ob vor Schreck, war nicht zu sagen.

„Was meint dieser Ungläubige?" fuhr er den Dolmetscher an.

„Daß dich, eh du den Dolch ziehst, seine Kugel getroffen haben wird", war die Antwort.

Da nahm das Angesicht des Tyrannen einen unbeschreiblichen Ausdruck an. So hatte noch keiner mit ihm zu sprechen gewagt. Aber die Haltung des Deutschen war so entschlossen, daß er die Hand vom Gürtel nahm und ihn nach einer kurzen Pause fragen ließ:

„Warum verbietest du, daß dieser Mann vor mir kniet?"

„Weil er mein Diener ist, nicht der deinige", entgegnete der Kapitän.

„Weißt du auch, wer ich bin?"

„Ja, denn ich sollte zu Sultan Achmed von Harar geführt werden."

„Nun, so sieh mich an, der bin ich!"

Diese Worten wurden so gesprochen, als erwarte der Sprecher, daß der Deutsche nun sofort vor Demut niederfallen werde. Dieser erwiderte sehr ruhig:

„Und weißt du, wer ich bin?"

Achmed warf auf den Deutschen einen Blick des Staunens. „Du bist Seemann, ich aber bin Sultan eines großen Reiches!" sagte er endlich.

„Dein Reich ist nicht sehr groß", meinte Wagner gleichmütig. „Ich habe mit größeren und berühmteren Männern gesprochen, als du bist. Du bist ein Herr von Sklaven. Rühmlich aber ist es, der Herrscher von freien Männern zu sein. Ich verbiete meinem Diener, vor dir zu knien. Diesen meinen Befehl mußt du beachten, wenn du nicht haben willst, daß ich mir Achtung erzwinge."

Kapitän Wagner setzte sich bei diesen Worten bequem neben dem Sultan nieder und legte seine zwei Revolver vor sich hin. Der Wali hatte bis jetzt neben ihm gestanden. Er hätte es nie gewagt, sich ohne besondere Aufforderung so nahe zum Tyrannen zu setzen. Jetzt aber fühlte er sich durch das Beispiel Wagners so ermutigt, daß auch er sich niederließ, doch in einiger Entfernung von den beiden. Sultan Achmed schien vor Staunen die Sprache verloren zu haben. Er wußte offenbar nicht, wie er sich verhalten sollte. Der Deutsche machte Eindruck auf ihn, besonders beängstigten ihn die beiden Revolver. Er rückte daher unwillkürlich von ihm weg und sagte:

„Wärst du in Harar, so ließe ich dich erdolchen!"

„Und wärst du in unserem Reich, so hättest du schon längst den Kopf verloren", entgegnete Wagner. „Im Abendland pflegt man nämlich den Sultanen, wenn sie dem Volk nicht gefallen, den Kopf abzuschlagen."

Der Herrscher riß den Mund auf, seine Augen öffneten sich weit, als stehe er bereits an den Stufen des Fallbeils. „Warst du auch dabei?" fragte er unwillkürlich.

„Nein, denn ich bin kein Henker. Aber du rauchst,

und ich bin gewohnt, mir das nicht zu versagen, was anderen schmeckt. Man gebe mir auch eine Pfeife!“

Der Dolmetscher hatte nie in seinem Leben eine solche Unterhaltung vermittelt. Er hatte erst für sich selbst gefürchtet, aber die Furchtlosigkeit des Deutschen, unter dessen Schutz er sich von Sekunde zu Sekunde sicherer fühlte, stärkte auch seinen Mut. Deshalb übersetzte er dessen Reden wörtlich, obgleich er ihnen ein etwas höflicheres Gewand hätte geben können. Der Statthalter klatschte in die Hände und befahl dem erscheinenden Schwarzen, Pfeifen zu bringen. Als Wagner die seinige in Brand gesteckt hatte, tat er zunächst behaglich einige Züge und sagte darauf zum Sultan:

„Jetzt kannst du beginnen. Wir wollen von unserer Angelegenheit sprechen!“

Das klang geradeso, als wäre er unter den drei anwesenden Herren der höchste und vornehmste, der zu bestimmen habe, was gesprochen werden solle. Aber der Eindruck seiner Person und seines Verhaltens war doch so stark, daß Achmed vergebens eine Zurechtweisung suchte. Darum erwiderte er:

„Hadschi Scharmarkay hat mich von deiner Bitte unterrichtet.“

„Von meiner Bitte?“ fragte Wagner mit gut gespieltem Erstaunen. „Ich habe keine Bitte ausgesprochen, sondern ich dachte, einen Wunsch von dir zu hören.“

Auch diese Wendung hatte der Sultan nicht erwartet. Der Deutsche hatte das richtige Verfahren getroffen. Einem Tyrannen kann man nur durch Herzhaftigkeit Achtung einflößen, denn ein Tyrann ist im Grund seines Herzens ein Feigling. So empfand auch der Herrscher von Harar dem Kapitän gegenüber eine mit Furcht gepaarte Ehrerbietung, aus der heraus sich ein schnelles Vertrauen entwickeln wollte. Er sagte sich im stillen, daß so ein Mann wie geschaffen sei, etwas auszuführen, was anderen nicht geglückt ist. Darum erwiderte er ungewöhnlich mild:

„Ja, ich habe einen Wunsch, aber ich weiß nicht, ob du der Mann bist, ihn zu erfüllen."

„Versuch es!" sagte Wagner einfach.

„Der Wali hat dir alles erzählt?"

„Das weiß ich nicht. Erzähle es mir selber noch einmal!"

Sultan Achmed folgte dieser Aufforderung und gab einen Bericht über das, was in Harar geschehen war, und über die Schritte, die er getan hatte, um die Flüchtlinge in seine Hand zu bekommen. Er verschwieg oder bemäntelte alles, was seinem eigenen Ansehen schaden konnte. Dennoch sprach aus seiner Darstellung eine Wut, ein Grimm, der sicher zu den bösartigsten Grausamkeiten griff, wenn die Entkommenen das Unglück haben sollten, wieder in seine Hände zu fallen. Als er geendet hatte, fügte er die Frage hinzu:

„Hältst du es für möglich, die Flüchtlinge zu erreichen?"

„Ja."

„Wie? Etwa durch den gefangenen Somali Murad Hamsadi?"

„Nein. Dieser Somali ist ein tapferer Mann, denn er hat viel gewagt. Er wird lieber sterben, ehe er seinen Vater verrät."

„Ich werde ihn zu Tode martern."

„Das wirst du nicht können, denn er wird sich vorher töten. Ich an seiner Stelle wenigstens würde es tun."

„Murad hat keine Waffe bei sich."

„Man kann sich auch ohne Waffen töten. Es hat Sklaven gegeben, denen man nichts gelassen hatte, damit sie keinen Selbstmord vollbringen könnten, und die sich doch das Leben genommen haben. Und zweifelst du etwa, daß er sich mit seinem Vater und den beiden anderen genau besprochen hat, bevor er von ihnen ging, um nach einem Schiff auszuspähen? Überredet ihn oder martert ihn, er wird doch nur das tun, worüber er mit ihnen übereingekommen ist."

„Und was wird das sein?"

„Das weiß ich nicht, da ich ihn nicht gesehen habe und ihn nicht kenne. Er kann zum Beispiel aus seinem Gefängnis entspringen. Kann er nicht Helfershelfer finden? Sind keine Somal in der Stadt? Oder kann er euch nicht scheinbar versprechen, euch zu den Flüchtlingen zu führen, und unterwegs entspringt er euch? Oder man stellt euch dann einen Hinterhalt?"

„Wie wäre das möglich?"

„Haben die Spanier nicht deine Schätze bei sich? Können sie nicht Leute genug anwerben und bestechen, um dich zu überfallen?"

Sultan Achmed schien nachdenklich zu werden. Er blickte eine Zeitlang vor sich nieder und erwiderte:

„Daran habe ich noch nicht gedacht. Du bist in der Tat so klug, daß du der Wesir eines Sultans werden könntest. Ich meinte, bereits alles getan zu haben!"

„Und das Einfachste, das Leichteste, das Sicherste hast du nicht getan. Du sagst, daß die Flucht nur dann gelingen könne, wenn die Entflohenen an der Küste ein Schiff treffen, auf dem sie Aufnahme finden. Nun, warum hast du ihnen denn nicht Aufnahme auf einem solchen Schiff verschafft?"

Achmed blickte Wagner mit dem größten Erstaunen an. „Bist du toll? Ich selber, dem sie entflohen sind, dessen Schätze sie geraubt haben, der ihnen nachjagt, um sie zu fangen, dem sie sogar die schönste Sklavin entführt haben, sollte ihnen zu weiterer Flucht behilflich sein?"

„Wer sagt denn das?" lächelte der Deutsche überlegen. „Hast du mich denn wirklich nicht verstanden? Ich an deiner Stelle hätte mich schleunigst in ein Fahrzeug gesetzt und wäre längs der Küste hingesegelt. Sie wären gekommen und hätte um Aufnahme gebeten. Ich aber hätte mich versteckt. Sobald sie aber mit den Schätzen das Schiff bestiegen hätten, wäre ich hervorgekommen und hätte mich ihrer bemächtigt."

Da sprang der Sultan auf und rief: „Allah, Allah! Du hast recht! Du bist klüger als wir alle!"

Auch der Wali machte ein Zeichen der Zustimmung und der Bewunderung. „Wo sind unsere Sinne gewesen, daß wir nicht auf diesen Gedanken gekommen sind!" sagte er. „Ja, du bist nicht nur furchtlos und tapfer, sondern auch listig und klug!"

„Wir werden dies noch nachholen, und zwar sogleich!" rief der Sultan.

„Nicht sogleich; überlegt es euch erst reiflich!" meinte der Deutsche.

„Warum? Du hast ja recht! Auf diese Weise müssen wir sie sicher fangen."

„Fast ist es jetzt zu spät dazu. Die Flüchtlinge haben den jungen Somali als Boten ausgesandt, er ist nicht wiedergekommen. Sie wissen also, daß er gefangen ist, und werden sehr vorsichtig sein. Ferner haben sie eure Schiffe bemerkt. Kennen die Somal die Schiffe des Wali?"

„Ja", erwiderte Hadschi Schamarkay.

„Gut, so wissen auch die Flüchtlinge, daß sie von diesen Schiffen verfolgt werden. Sie werden sich keinem von ihnen nähern."

„Du hast abermals recht", sagte der Sultan erregt. „Ja, du bist weise und unternehmend. Gib uns einen guten Rat! Wenn wir sie bekommen, so will ich dir dreißig Kamele mit ihren vollen Ladungen Kaffee bezahlen."

„So will ich dir meinen Rat geben: das Schiff, mit dem du sie suchst, muß fremd sein, damit sie es nicht fürchten, womöglich ein europäisches. Zu einem solchen werden die Spanier sofort Vertrauen haben, sobald sie es nur sehen."

„Dein Rat ist gut. Aber wo gibt es ein solches Schiff außer dem deinigen?"

„Er wird sein Schiff dir überlassen", warf Hadschi Schamarkay ein, vor Freude schmunzelnd.

„Willst du es wirklich tun?" fragte der Tyrann.

„Ich werde es tun, aber ich stelle meine Bedingungen. Da wir keine Zeit verlieren dürfen, muß meine Ladung noch bis heute abend verkauft sein."

„Ich werde dafür sorgen, daß es geschieht", erklärte der Wali. „Ich habe es dir versprochen und werde mein Wort halten."

„Ich selber kaufe von dir so viel, als ich Gold und Silber bei mir habe", rief der Herrscher von Harar, der so bald wie möglich wieder zu seinen Schätzen und zu seiner schönen Sklavin kommen wollte. „Was hast du für Waren?"

Wagner zählte alles auf, was er geladen hatte.

„Es ist gut, ich werde kaufen, der Wali wird kaufen, und die Karawanen werden kaufen. Hast du noch Bedingungen?"

„Ja, ich will von dem Preis, den du auf die Wiedererlangung der Flüchtlinge gesetzt hast, nichts haben, aber Hadschi Schamarky ist mein Freund, er soll alles erhalten. Du gibst mir ein schriftliches Versprechen, das ich ihm schenke, sobald ich sie gefangen habe."

Der Beamte wäre seinem großmütigen „Freund" beinahe um den Hals gefallen. Der Sultan konnte eine solche Uneigennützigkeit nicht begreifen.

„Habe ich recht verstanden? Du hast gesagt, daß du nichts haben willst?"

„Gar nichts. Der eine geht gern auf die Jagd, und der andere spielt gern. Meine Leidenschaft aber ist, Flüchtlinge zu fangen. Ich bin genug belohnt durch die Freude, den Fang gemacht zu haben. Darf ich nun meine letzte Bedingung aussprechen?"

„Sage sie!"

„Ich muß den gefangenen Somali sehen. Die beiden Spanier werden jetzt seinen Vater auf Kundschaft senden. Während mein Schiff an der Küste hingeht, werde ich mit meinem Fernrohr diese absuchen und ihn erblicken. Jedenfalls ist der Vater dem Sohn ähnlich. Wenn ich also den Sohn gesehen habe, werde ich den Vater sogleich erkennen."

„Allah ist groß, und deine Weisheit ist gewaltig!" rief der Sultan. „Du hast es erraten: sie sehen sich sehr ähnlich, man erkennt den einen an dem anderen. Ich selber werde dir den Gefangenen zeigen!"

„Nicht sogleich, sondern erst sollst du uns ein schriftliches Versprechen geben!"

„Das werde ich, und du selber sollst es mir vorsagen. Bringt Pergament, Tinte, Wachs und eine Rohrfeder her! Ich werde schreiben."

„Warte noch!" mahnte der Deutsche. „Wo nimmst du den Kaffee her?"

„Ich sende ihn aus Harar."

„Wie lange dauert das?"

„Ich reise hin und die Karawane her. Das dauert mit der Zeit, die ich brauche, um den Kaffee zu erhalten, einen Mondeslauf."

„Gut, so schreibe!"

Gehorsam tauchte Achmed die Rohrfeder ein und schrieb folgendes Diktat:

„Ich, Achmed Ben Sultan Abubekr, Emir und Sultan des Reiches Harar, verspreche bei Allah und dem Propheten: Ich werde dem Hadschi Schamarkay Ben Ali Saleh, der da ist Wali der Stadt Seïla, einen Mondeslauf, nachdem der Kapitän Wagner die mir entflohenen Leute in seine Gewalt bekommen hat, dreißig Ladungen

guten Kaffees nebst den Kamelen, die ihn getragen haben, als Geschenk übersenden.«

Er setzte seinen Namen darunter, nahm dann das Petschaft, das er am Hals hängen hatte, und drückte es auf das Siegelwachs.

„So! Bist du nun zufrieden?“ fragte er.

„Ja“, erwiderte Wagner. Und sich an den Statthalter wendend, fügte er hinzu: „Ich habe vorhin gesagt, daß du dieses Schreiben später von mir bekommen sollst, damit du aber siehst, daß ich die Wahrheit spreche, übergebe ich es dir schon jetzt.“

Der Wali griff mit beiden Händen begeistert zu, machte ein verklärtes Gesicht und rief:

„Ja, du beweist es, daß du ein edler Mann bist. Du bist mein Freund, du bist der Freund der Freunde und der Wohltäter der Wohltäter! Sage mir, was ich tun soll, um deinen Namen zu erheben und deine Güte zu preisen!“

„Ich verlange nichts von dir, als daß du dein Versprechen hältst.“

„In bezug auf den Verkauf deiner Ladung? Ich werde es halten. Ich werde sofort den Befehl geben, daß man nur bei dir bis zum Abend kaufen kann.“

Hadschi Schamarkay erhob sich und stürmte fort. Als er verschwunden war, legte der Sultan das Rohr seiner Pfeife beiseite und sagte:

„Komm jetzt, ich werde dir den Gefangenen zeigen!“

„Wie heißt er?“

„Murad Hamsadi.“

Der Tyrann schritt voran und verließ das Zimmer. Wagner folgte ihm. Sie kamen über einen weiten Hof und traten in einen engeren, der kaum acht Meter im Geviert maß. Die Mauern waren ungefähr vier Meter hoch. Der Hof war leer, nur ein alter Binsenkorb stand in der Mitte des Platzes.

„Hier ist er", sagte Achmed. „Nimm den Korb hinweg!"

Wagner tat es und erblickte nun zu seinem Entsetzen den Gefangenen. Man hatte eine tiefe Grube gemacht, ihn hineingestellt und das Loch in der Weise wieder zugefüllt, daß nur der Kopf aus der Erde hervorragte. Trotzdem schien er sich noch bei Kraft und Besinnung zu befinden, denn seine Augen blickten mit einem unendlichen Haß auf den Sultan und mit zorniger Neugier auf den Deutschen. Dieser griff unbemerkt in die Tasche und zog das bewußte Papier hervor. Er sah ein, daß er es ihm nicht geben konnte, da es ja dem Gefangenen unmöglich war, seine Arme zu gebrauchen. Vielleicht konnte ein Augenblick erübrigt werden, ihm die Schrift zu zeigen. Freilich war es schwer, da außer dem Sultan noch der Dolmetscher zugegen war. Dennoch beschloß Wagner, es zu versuchen. Er hielt das Papier also in der hohlen Hand und klemmte den Daumen ein, um es zu entfalten. Es war so klein, daß es von der Hand völlig bedeckt wurde.

„Sieh dir den Hundesohn genau an!" sagte der Sultan.

„Willst du nicht versuchen, ob du ihn zum Sprechen bringst?" fragte Wagner.

„Nein, das ist jetzt unnütz. Du wirst seinen Vater und die anderen fangen, auch ohne daß er redet. Dann aber soll er seine Strafe empfangen!"

„Kann er denn nicht aus der Erde heraus? Wenn er sich wendet, wird das Erdreich locker!"

„Murad kann nicht, er ist an einen Pfahl gebunden."

„Wirklich? Mir scheint, als habe er schon gearbeitet."

Bei diesen Worten beugte sich Wagner vor dem aus der Erde ragenden Kopf nieder, tat, als ob er mit der Linken den Sand untersuchte, und hielt dem Gefangenen mit der Rechten das Papier hin, so daß er es lesen konnte, wenn er das Lesen überhaupt verstand. Sultan Achmed bemerkte davon nichts und erwiderte:

„Die Erde ist fest, sorge dich nicht!“

„Aber wie kannst du ihn ohne Wächter lassen?“

„Am Tage ist keine Wache nötig, des Nachts aber steht ein Krieger bei ihm und ein anderer hier an der Tür. Er kann unmöglich entkommen.“

„So bin ich beruhigt, und wir können gehen.“

Diese Worte sagte der Kapitän mit großer Befriedigung, denn er erkannte aus dem Blick des Eingegrabenen, daß dieser die Worte gelesen und verstanden habe. Er hatte seinen Zweck erreicht und dem armen Teufel einstweilen Trost und Hoffnung gegeben, was er so notwendig brauchte. Ins Zimmer zurückgekehrt, fanden sie den Wali, der ihnen meldete, daß die betreffenden Befehle erteilt seien.

„Ich werde mit aufs Schiff gehen“, sagte der Sultan.

„Ich auch“, erklärte der Gebieter von Seïla.

Beide hatten die Absicht, sich das Beste der Ladung auszusuchen, bevor andere kamen.

„So beeilt euch, denn es ist hohe Zeit!“ mahnte Wagner, indem er auf seine Uhr blickte.

Und kaum waren diese Worte gesprochen, so krachte ein blinder Kanonenschuß.

„Allah, Allah, was ist das?“ fragte Sultan Achmed.

„Man schießt!“ rief Hadschi Schamarkay.

„Warum?“ erkundigte sich Achmed erschrocken.

„Weil die Zeit vorüber ist, und mein Steuermann denkt, daß man mich feindlich empfangen hat. Ich muß eilen, ihn aus dem Irrtum zu reißen!“

„Ja, eile, eile! Wir kommen nach“, rief der Sultan.

Der Kapitän verließ nun mit dem Dolmetscher schleunigst das Haus. Draußen auf den Gassen standen erschrockene Männer, die bei seinem Anblick an ihre Messer griffen, ihn aber doch ungehindert gehen ließen.

Vor dem Tor angekommen, zog er sein Taschentuch und schwenkte es in der Luft, und sogleich hörte er ein lautes „Hurra“ vom Schiff erschallen, und einige Augenblicke später stieß ein Boot ab, um ihn an Bord zu holen. Als das Boot an Land stieß, meinte der Matrose, der steuerte:

„Nun, wie ist die Unterredung ausgefallen?“

„Es ist alles gut gegangen“, antwortete Wagner. „Es wird bis zur Nacht und wohl auch noch länger tüchtige Arbeit geben. Dafür sollt ihr aber auch eine besondere Stärkung haben und, wenn alles glückt, eine volle Monatslöhnung dazu. Stoßt ab!“

„Hurra, Kapitän Wagner!“ riefen die Matrosen, während das Boot wie eine Möwe in die Flut hinausschoß.

4. Der geprellte Sultan

Als Wagner an Bord kam, trat ihm Steuermann Hinrichsen mit einem herzlichen Händedruck entgegen. Man sah ihm die Freude an, die er in diesem Augenblick empfand.

„Gott sei Dank!“ sagte er. „Ich gab Sie schon verloren!“

„Sie haben volle zehn Minuten zu früh geschossen!“

„Das ist hier kein Fehler. Sie haben wenigstens gesehen, daß wir Kerle sind. Und wenn es Ihnen übel ging, konnten diese zehn Minuten Sie vielleicht retten. Wie ist es an Land abgelaufen?“

„Ausgezeichnet. Ich werde Ihnen alles später sagen. Jetzt wird der Handel beginnen. Wie steht es mit der Ladung?“

„Da, blicken Sie sich um!“

Hinrichsen sagte es sehr befriedigt, und er hatte ein Recht dazu, denn das ganze Deck stand voller Kisten und Ballen, die schon geöffnet waren.

„Ihr seid fleißig gewesen“, nickte der Kapitän freundlich. „Sorgen Sie für einen tüchtigen Grog! Bis zum Abend haben wir vielleicht alles verkauft.“

„Also wirklich?“ zweifelte der Steuermann.

„Ja. Sehen Sie dort ans Land! Da kommt schon der Statthalter.“

„Und wer ist der andere?“

„Sultan Achmed von Harar. Sie werden das Beste für sich nehmen wollen. Wir machen einen Zuschlag von zwanzig Prozent auf unsere Preise und verkaufen nur kisten- und ballenweise. Merken Sie sich das!“

„Donnerwetter, das gibt einen guten Handel!" Mit diesem freudigen Ausruf eilte Hinrichsen davon, um seine Pflichten zu erfüllen.

Als die beiden hohen Herren an Bord erschienen, wurden sie zunächst in die Kajüte geführt. Sie sollten dort bewirtet werden, doch gaben sie es nicht zu, da ihre Ungeduld, das Schiff flottzumachen, ihnen eine solche Zeitversäumnis nicht gestattete. Der Sultan hatte einen ganzen Sack voll Mariatheresientaler mitgebracht und ein Kästchen Goldsachen, meist Arm- und Fußspangen und Halsketten, die er seinen Untertanen abgenommen hatte. Hadschi Schamarkay zeigte Perlen vor, die jedenfalls auch nicht auf die uneigennützigste Weise in seinen Besitz gekommen waren, und so konnte der Handel beginnen. Die beiden Männer verlangten das Beste zu sehen. Sie wählten und handelten nicht lange und ließen ihre Einkäufe in die Boote bringen.

„Siehst du, daß ich Wort gehalten habe?" sagte der Beamte zu Wagner, indem er zum Strand zeigte. „Dort kommen sie. Wenn du gut auf Ordnung hältst, so wird alles sehr schnell gehen."

Der ganze Strand war mit Menschen besetzt, die sich Mühe gaben, Fahrzeuge zu erlangen, mit deren Hilfe sie ihre Tauschwaren an Bord bringen könnten. In der Nähe der Brigg hielten schon mehrere Boote, die sich nur noch nicht heranwagten, weil sich der Wali mit dem Sultan an Bord befand. Der Schuß, den der Steuermann abgefeuert, hatte die Leute zwar zunächst geängstigt, doch ihr Vertrauen war rasch zurückgekehrt, als sie bemerkten, daß die zwei Herren sich so furchtlos auf das Schiff begeben hatten.

„Wann werden wir absegeln können?" fragte Achmed.

„Daß weiß ich nicht genau", erwiderte Wagner. „Ich muß Wind und Flut berücksichtigen. Darf ich einen

Boten senden, wenn des Nachts eine günstige Brise eintritt?"

„Sende ihn! Ich werde warten und dem Torwächter Befehl geben, ihn einzulassen."

Damit verließ Achmed mit dem Statthalter das Schiff, und die anderen Käufer kamen nun herbei. Jetzt begann ein Leben und Treiben, wie man es hier an Bord noch nicht gesehen hatte. Gewöhnlich wird bei Geschäften in diesen Gegenden die Ladung an Land gebracht, wo dann ein wahrer Jahrmarkt entsteht, der oft lange währt. Hier aber drängte sich alles auf das kleine Deck und auf die kurze Zeit bis zum Abend zusammen. Der Dolmetscher hatte viel zu tun, die anderen ebenfalls, und als es dunkel wurde und die letzten Käufer befriedigt die Brigg verließen, war fast die ganze Bemannung heiser und dabei stark ermüdet. Und doch mußte noch tüchtig gearbeitet werden, um die eingetauschten Gegenstände unter Deck zu bringen.

Hinrichsen trat aufs Achterdeck, um zum erstenmal frei Atem zu holen. Er traf dort den Kapitän, der sich in gleicher Absicht hierher zurückgezogen hatte und eine Zigarre rauchte.

„Das war ein Nachmittag, wie noch keiner!" meinte der Steuermann.

„Und wird wohl auch ein Abend, wie noch keiner", fiel Wagner ein. „Lassen wir jetzt die gewöhnlichen Sachen! Ich muß anderes mit Ihnen besprechen."

„Ah! So segeln wir los?"

„Haben Sie einen Roman gelesen?"

„Hm!" brummte Hinrichsen verlegen. „Welchen meinen Sie denn?"

„Nun, irgendeinen!"

„Donnerwetter, gerade den habe ich nicht gelesen!"

„Also gar keinen?"

„Gar keinen! An Bord gibt es andere Arbeit als das Lesen, und an Land halte ich es mit der Kneipe und einem guten Glas. Das Lesen hat mir immer Kopfschmerzen gemacht. Mein Hirnkasten ist sehr zart gebaut."

„Das sieht man ihm aber nicht an", lachte Wagner. „Also, eine Art Roman werden wir heut erleben. Haben Sie gehört, was heut morgen der Statthalter erzählte?"

„Ah! Von den entsprungenen Spaniern und der schönen Sklavin!"

„Ja. Diese werde ich retten. Hören Sie, was ich Ihnen sagen will!"

Wagner berichtete nun, was er erfahren hatte und welche Absichten er hegte. Hinrichsen hörte ihm aufmerksam zu. Als der Kapitän geendet hatte, schlug er mit der Faust auf die Steuerpinne und sagte:

„Der Teufel hole die Schufte, nämlich den Sultan und den Statthalter! Die Spanier müssen tüchtige Männer sein, um die es jammerschade wäre, wenn sie ihren Verfolgern in die Hände fielen. Ich gehe um Mitternacht mit, um diesen armen Somali loszumachen."

„Das ist unmöglich. Einer von uns beiden muß an Bord bleiben."

„Das ist leider wahr. Sie müssen gehen, denn Sie wissen, wo sich der Somali befindet, und ich muß also bleiben."

„Ja. Ich nehme vier von unseren Jungen mit. Wir umwickeln die Ruder und machen einen Umweg, um oberhalb der Stadt zu landen. Dort wartet einer beim Boot, und mit den anderen werde ich den Weg schon finden."

„Brauchen Sie Hacke und Schaufel?"

„Nein, nur den Spaten. Denn die Hacke würde zuviel Lärm machen."

„Sie glauben, daß sich die Flüchtlinge noch an Land befinden und kein Fahrzeug gefunden haben?"

„Ich bin überzeugt davon. Während wir abwesend sind, lassen Sie die Brigg segelfertig machen. Das übrige wird sich dann von selbst finden.“ —

Etwas nach zehn Uhr, als auf der Reede und auch in der Stadt tiefste Stille herrschte, stieß ein Boot von der Brigg ab. Man hörte keinen Ruderschlag, denn die vier Riemen waren gut umwickelt worden. Kapitän Wagner saß am Steuer und lenkte es so, daß das Boot einen Bogen schlug. Erst nach einer halben Stunde erreichte er den Strand, der einsam im nächtlichen Dunkel lag. Ohne daß ein Wort gewechselt wurde, blieb einer der vier Matrosen sitzen, während der Kapitän mit den anderen ausstieg und davonschritt.

In einer Viertelstunde war die Stadtmauer erreicht. Sie schritten an ihr hin, bis sie eine eingefallene Stelle fanden. Nun kletterten sie behutsam über den Schutt und befanden sich im Innern der Stadt. Sie horchten eine Weile aufmerksam, aber es ließ sich nicht das geringste Geräusch hören. Jetzt zogen sie Stiefel und Schuhe aus und schlichen weiter. Ihre Schritte waren jetzt unhörbar, und die Deutschen gelangten völlig unbemerkt bis an das Haus des Statthalters.

Hier mußte doppelte Vorsicht angewendet werden, da der Sultan gesagt hatte, daß er nicht schlafen werde. War er noch wach, so durften auch die Diener nicht an Ruhe denken. Die vier Männer umschlichen also das Gebäude und gelangten so an die Mauer des großen Hofes. Hier stellte sich einer fest, und die anderen kletterten über seinen Rücken empor, worauf sie auch ihn emporzogen. Bisher war alles geglückt.

Nun aber sprang einer der Matrosen jenseits hinab, um die anderen an sich hinabsteigen zu lassen und stieß dabei mit dem Spaten, den er in der Hand hielt, gegen die Mauer. Das gab einen hellen Ton.

„Rasch alle nach, und dann werft euch zur Erde!“ flüsterte der Kapitän.

Diese Weisung wurde zwar ausgeführt, aber der Klang war doch gehört worden, denn es ließen sich Schritte vernehmen, die sich näherten. Es war der Posten, der seinen Stand am Eingang zum kleinen Hof hatte. Das Geräusch war ihm aufgefallen. Er schöpfte Verdacht und kam herbei. Als er nichts bemerkte, wollte er sich wieder umdrehen. Da aber richtete sich der Kapitän vor ihm auf und versetzte ihm einen solchen Schlag in den Nacken, daß er zusammenbrach.

„Der ist abgetan", flüsterte er. „Nun weiter!"

Sie schlichen leise vorwärts und erreichten den Eingang zum kleinen Hof, worin sich der Gefangene befand. Wagner strengte seine Augen an, um das Dunkel zu durchdringen und den zweiten Posten zu erblicken, der sich nach den Worten des Sultans hier befinden mußte. Da hörte er ganz leise, und zwar in englischer Sprache, die Frage:

„Seid Ihr da, Captain?"

Wer war das? Wer sprach hier englisch? Wer wußte hier, daß ein Kapitän kommen werde? Aber ehe Wagner noch vermocht hätte, dem unsichtbaren Wesen eine Antwort zu geben, flüsterte es wieder:

„Ihr könnt Vertrauen haben! Ich bin der Posten, aber ein Freund des Gefangenen."

Jetzt wagte der Kapitän sich auch hören zu lassen. „Wer seid Ihr?" fragte er.

„Ein Soldat des Governor. Ich bin Abessinier und habe in Aden gelernt, englisch zu sprechen. Wenn Ihr nicht gekommen wärt, hätte ich heut in der Nacht mit Murad die Flucht unternommen."

„So kann man sich auf Euch verlassen? Dann rasch! Wir graben ihn aus!"

Das Werk begann. Es kostete viel Mühe, mit dem Spaten kein Geräusch zu verursachen; aber man brachte es dennoch fertig. Nach einer halben Stunde lag der Somali auf der Erde. Stehen konnte er nicht, da er kein

Gefühl mehr in den Beinen hatte. Er mußte getragen werden.

„Ihr geht doch mit?" fragte der Kapitän den Soldaten.

„Gewiß, wenn Ihr mich mitnehmt!"

„Gern. Vorwärts!"

Den kräftigen Matrosen war es jetzt, da sie keine Wache mehr zu fürchten hatten, ein leichtes, den Befreiten über die Mauer zu bringen. Drüben wurde er von zweien auf die Schultern genommen, und dann ging es den gleichen Weg zurück, den sie gekommen waren. Erst als sie die Stadtmauer hinter sich hatten, fühlten sie sich sicher, und nun konnte sich der Kapitän beim Soldaten erkundigen.

„Wie kommt Ihr dazu, Murad befreien zu wollen?"

„Weil es mir in Seïla nicht gefällt, und weil er mich dauerte."

„Habt Ihr schon früher bei ihm Wache gestanden?"

„Ja, gestern. Ich bin ein abessinischer Christ, und es tat mir leid, daß er so gequält wurde. Ich redete ihn an, so leise, daß es der andere Posten nicht hören konnte. Er berichtete mir alles und sagte mir, daß mich die Spanier belohnen würden, wenn ich ihn befreien wolle. Heute nacht wäre ich mit ihm entflohen, aber da er nicht laufen kann, wäre die Flucht wohl mißglückt. Doch als ich vorhin die Wache betrat, erzählte er mir, daß ein Christ ihm einen Zettel gezeigt habe, auf dem gestanden habe, daß er um Mitternacht hoffen solle. Ich ließ mir den Christen beschreiben, und da ich Euch am Tag gesehen hatte, so wußte ich sogleich, daß Ihr es gewesen wart."

„Ah, das ist die Erklärung! Ihr könnt also mit ihm reden?"

„Ja. Er spricht das Somali und das Arabische."

„Das ist prächtig. Ich muß mit ihm sprechen und darf doch meinen Dolmetscher nicht ins Geheimnis ziehen, da ich fürchte, daß er mich verraten würde. So kann ich

Euch brauchen. Doch jetzt wollen wir laufen, damit wir an Bord kommen."

Sie legten die Strecke bis zur Uferstelle, an der das Boot lag, im Laufschritt zurück. Dort stellte es sich heraus, daß der Somali schon zu stehen vermochte. Die rüttelnde Bewegung seiner Träger hatte viel dazu beigetragen, sein stockendes Blut in Umlauf zu setzen. Man stieg ein und stieß vom Land ab. Unter den kräftigen Ruderschlägen wurde die Brigg in einer halben Stunde erreicht. Steuermann Hinrichsen empfing die Kommenden am Fallreep.

„Etwas geschehen?" fragte der Kapitän.

„Nichts", lautete die Antwort.

„Wo ist der Dolmetscher?"

„Er schläft. Er hat nichts bemerkt."

„Das ist gut. Schickt sogleich den Bootsmann mit der Jolle ab! Er mag die Fahrgäste benachrichtigen, daß ich sofort in See stechen muß."

„Ihr habt den Somali. Wollen wir sie nicht lieber in Seïla lassen? Wir brauchen sie ja nicht und erschweren uns mit ihnen nur das Werk."

„Nein. Sie müssen bestraft werden."

Der Kapitän ließ darauf den Somali mit dem Abessinier in die Kajüte bringen, wo es ein Kämmerchen gab, in dem sie versteckt sein konnten, ohne befürchten zu müssen, entdeckt zu werden. Dann war auf Deck alles so ruhig, als sei nichts vorgefallen. Von drüben hörte man die Ruderschläge der sich entfernenden Bootsgasten. Wagner folgte den beiden in seine Kajüte, nachdem er dem Koch den Befehl gegeben hatte, Essen hinabzubringen. Dies geschah aus Fürsorge für den befreiten Somali, der während seiner Gefangenschaft gewiß nur wenig genossen hatte. Er fand Murad mit dem Abessinier im Kämmerchen sitzen. Mit dessen Hilfe erfuhr er nun die ganze Fluchtgeschichte. Es war genau so, wie der Statthalter angenommen hatte. Murad war von den anderen abgeschickt worden, um sich nach einem Schiff umzusehen, und am Brunnen überfallen worden, von wo man ihn trotz seiner tapferen Gegenwehr nach Seïla schleppte.

„O Herr, wie werden dir mein Vater und die anderen danken, daß du mich errettet hast!" sagte er. „Sie werden große Angst ausgestanden haben!"

„Wo befinden sie sich jetzt?" fragte der Kapitän.

„Am Berge Elmes."

„O weh, so wird man sie entdeckt haben. Bist du nicht dort in der Nähe ergriffen worden?"

„Ja, ich hatte sie erst kurze Zeit verlassen und wollte nur mein Tier tränken."

„Nun, wo du bist, da sucht man auch die übrigen. Man wird nicht unterlassen haben, jeden Winkel des Berges zu durchstöbern."

„Sie sind dennoch sicher, denn es gibt dort ein Versteck, das nur der Stamm meines Vaters kennt. Kein Fremder hat jemals von dem Ort gehört."

„Wo ist dieser? Oder darf auch ich nichts davon wissen?" fragte Wagner.

„Du bist unser Retter und sollst alles erfahren. Vor langen Zeiten wohnte mein Stamm an der Küste. Er lebte mit den Nachbarn in Feindschaft, und da er oft überfallen wurde, so errichteten sich unsere Urväter ein Versteck, worin ihre Habe sicher verborgen werden konnte. Es befand sich ein tiefer, breiter Riß in der Wand des Berges. Dieser wurde zugebaut, und man ließ nur unten einen Eingang und oben ein Loch, damit Luft hineindringen könne. Auf das Gemäuer tat man Erde und ließ Gras und Gebüsch darauf wachsen. Der Raum ist so tief, daß zehn Kamele und zehn Menschen Platz darin finden."

„Und dort harren die Spanier auf dich?"

„Ja. Meine Gefangennahme haben sie zwar sicherlich

bemerkt, aber wir haben ausgemacht, daß sie fünf Tage auf mich warten sollen, selbst wenn mir etwas Böses widerfährt."

„Haben sie Nahrung?"

„Wir haben während unseres Rittes Datteln eingekauft. Und an der Quelle, an der ich überrascht wurde, finden sie Wasser für sich und die Kamele, wenn sie des Nachts die Spalte verlassen. Sie liegt nicht weit von ihr."

„Kennst du die Namen der Spanier?"

„Der eine nennt den anderen Don Fernando. Er selber heißt Mindrello."

„Ist das Mädchen auch eine Spanierin?"

„Nein. Sie ist aus einem Land, das Mexiko heißt. Ihr Name ist Señorita Emma."

Der Somali erzählte dem Kapitän in Kürze alles, was er von den dreien wußte, war aber damit noch nicht fertig, als man das Geräusch kräftiger Ruderschläge hörte.

„Ah, der Sultan kommt mit dem Statthalter!" sagte Wagner.

„Um Gottes willen!" jammerte der Abessinier. „Wir sind verloren."

„Habt keine Sorge!" tröstete Wagner. „Ihr befindet euch unter meinem Schutz."

„Aber diese Tyrannen werden mich erkennen, wenn sie mich sehen", meinte der geflohene Soldat.

„Sie kommen nicht in diese Kammer. Und wenn sie schlafen, so könnt ihr auf Deck gehen, um Luft zu schöpfen."

„So werden sie mit uns fahren?" fragte der Soldat noch ängstlicher als vorher.

„Ja. Sultan Achmed und Hadschi Schamarkay wollen die Entflohenen fangen, und ich soll ihnen dabei helfen. Aber fürchtet euch nicht! Ich habe sie nur deshalb an Bord genommen, damit sie die Rettung derjenigen, deren

Verderben sie wollen, mit ansehen müssen. Das soll ihre Strafe sein!"

Der Kapitän ging an Deck. Dort befanden sich schon die beiden Erwarteten in Begleitung einiger Diener. Der Sultan, der ihn beim Schein der Schiffslaterne sofort erkannte, trat in höchster Aufregung auf ihn zu und redete ihn an. Wagner konnte ihn nicht verstehen, und erst als der Dolmetscher herbeigeholt worden war, hörte er, worum es sich handelte.

„Weißt du schon, was geschehen ist?" fragte der Herrscher von Harar. „Unser Gefangener ist entkommen!"

„Ah!" staunte Wagner, scheinbar sehr unangenehm überrascht.

„Ja. Du hast heute doch recht gehabt: die Erde ist schon gelockert gewesen."

„Wann hast du es bemerkt?"

„Du sandtest deinen Boten, um uns holen zu lassen. Wir verstanden zwar seine Sprache nicht, aber wir sahen aus seinen Mienen und Gesten, daß wir kommen sollten. Ehe ich ging, wollte ich erst nach dem Gefangenen sehen, aber der Hund war fort. Den einen Posten hatte er fast erschlagen, und der andere war nicht mehr da — er wird aus Angst vor der Strafe auch mit davongelaufen sein."

„Was hast du getan?"

„Wir durften die Abfahrt deines Schiffes nicht versäumen. Darum haben wir schleunigst Verfolger ausgesandt, die längs des Strandes nach Süden reiten, denn dorthin wird er fliehen, da sich in dieser Richtung die anderen Flüchtigen befinden."

„Das ist gut, das ist das Beste, was ihr tun konntet. Jetzt aber nehmt Platz! Ich habe dort auf dem Vorderdeck ein Zelt für euch errichten lassen, von dem aus ihr die Küste überblicken könnt, sobald es Tag geworden ist. Der Dolmetscher mag für eure Verpflegung sorgen. Ich muß euch verlassen, um den Befehl zu übernehmen, da wir augenblicklich in See stechen."

„Kommst du denn des Nachts durch die Klippen?"

„Ich hoffe es. Ich habe mir am Tag die Stelle genau betrachtet, und übrigens steht ein Mann als Ausguck vorn am Bug, der mich warnen wird. Euer Boot nehmen wir in Schlepptau."

Die beiden traten ins Zelt, das groß genug war und Matten zum Sitzen und Liegen für sie enthielt. Bald hörten sie Wagners Stimme erschallen. Die Ankerwinde knarrte, der Anker ging in die Höhe, die untersten Segel wurden gehißt, so daß das Schiff in langsamer Fahrt vorsichtig gegen die Klippen ging. Es war Ebbezeit, und der Mann am Bug erkannte trotz der Dunkelheit die Schaumkronen, zwischen denen eine dunklere Stelle die gefahrlose Ausfahrt bezeichnete. Bald lagen die Klippen hinter der Brigg, und nun konnte sie auch die oberen Segel aufziehen. Der Nachtwind legte sich hinein, und das schöne Schiff flog stolz in die offene See hinaus.

Zwischen den beiden Hafenstädten Seïla und Berbera erhebt sich der Elmesberg, von dem der gerettete Somali zum Kapitän gesprochen hatte. Er steigt, nur eine kurze Strecke von der See entfernt, von allen Seiten rund empor und bildet einen abgestumpften Kegel, an dessen südlicher Seite der Flecken Lamal liegt, der aber eher ein nomadisches Lager, denn ein Flecken zu nennen ist. Der Ort dankt seine Entstehung einem kleinen Wasser, das vom Berg fließt, sich aber bald im Sand verliert. Auf der anderen Seite, halb der See zugewandt, liegt die Quelle, an der der junge Somali gefangengenommen worden war. —

Graf Fernando hatte mit seiner Begleitung den gefahrvollen Ritt von Harar bis zu diesem Berg, von dessen Höhe aus man die See überblicken konnte, glücklich zurückgelegt. Die Somal hatten ihm ihr Versteck gezeigt, und es war beschlossen worden, hier auf ein Schiff zu warten. Aber es verging ein voller Tag, ohne daß sich ein solches sehen ließ. Da nun in dem Flecken Lamal ein Stamm wohnte, dem man nicht trauen durfte, so wurde während der Nacht beschlossen, daß Murad nach Nordwesten reiten solle, um ein Schiff zu besorgen. Er sollte Seïla umgehen und den Hafen von Tadschura aufsuchen, wohin gewiß noch keine Boten des Sultans gelangt waren. Der junge Somali verließ das Versteck, bestieg das Kamel und ritt davon.

Am darauffolgenden Abend führten die Flüchtlinge ihre Kamele ins Freie zu der Quelle, um sie zu tränken und fanden einen zerbrochenen Bogen dort liegen. Es mußten Leute hiergewesen sein. Abu Murad nahm den Bogen auf und befühlte ihn. Kaum aber hatte er das getan, so sagte er erschrocken:

„Hier hat ein Kampf stattgefunden!"

„Wie willst du das wissen?" fragte Don Fernando.

„Dieser Bogen ist nicht zerbrochen, sondern zerschnitten worden. Das kann nur im Kampf geschehen sein. Laßt uns weitersuchen, ob wir noch mehr finden!"

Es war dunkel, und so konnten sie also nur den Tastsinn zu Hilfe nehmen. Plötzlich bekam Mindrello eine Schnur in die Hand, an der etwas Rundes hing.

„Hier finde ich etwas", sagte er. „Was mag es sein?"

„Zeig es her!" bat der Somali.

Er befühlte den Gegenstand mit den Fingern. Kaum hatte er das getan, so sprang er erschrocken vom Boden auf und stieß einen Ruf der Bestürzung aus.

„Was ist es?" erkundigte sich Fernando.

„Es ist der Talisman, den mein Sohn am Hals hängen hatte", klagte der Somali. „Er ist hier überfallen worden."

„Du wirst dich täuschen. Er wollte hier sein Tier tränken, und dabei hat er den Talisman verloren."

„Nein, einen Talisman mit so fester Schnur verliert man nicht: sie ist ihm vom Hals gerissen worden. Man hat ihn gefangengenommen und nach Seïla gebracht. Dieser Bogen hat einem Soldaten des Wali von Seïla gehört. Ich kann ihn nicht sehen, aber ich kenne die Form der Waffen!“

Sein Jammer war schwer zum Schweigen zu bringen. Es wurde nun beschlossen, die Stelle bei Tagesanbruch nochmals zu untersuchen, dann kehrte man mit den Tieren ins Versteck zurück, wo Emma über das, was sie erfuhr, heftig erschrak. Die Nacht wurde schlaflos zugebracht, und schon bei Tagesgrauen begaben sich alle, selbst Emma, zur Quelle. Das erste, was ihnen in die Augen fiel, war ein Stück Zeug. Der Somali hob es auf und betrachtete es genau.

„Seht, daß ich recht habe!“ sagte Abu Murad. „Es ist der Zipfel eines Gewandes, und zwar von dem meines Sohnes. Er hat hier gekämpft, und dabei ist ihm dieses Stück losgerissen worden.“

Der Grimm des Vaters war nicht zu beschreiben. Es verging ein trüber Tag. Zuweilen wagte sich einer der Männer aus dem Versteck hinaus und auf den Berg hinauf, um Umschau zu halten, aber kein einziges Schiff war zu erblicken, außer den Fahrzeugen des Statthalters, die die Küste abzusuchen schienen und die der Somali kannte.

„Seht ihr, daß wir verraten sind!“ klagte Abu Murad. „Der Wali läßt uns schon suchen. Laßt euch nicht sehen, sonst sind auch wir verloren!“

Der Tag verging. Es war der, an dem Kapitän Wagner auf seiner Brigg nach Seïla gekommen war. Auch die Nacht kam und verschwand, ohne daß etwas geschehen wäre. Noch drei so lange Tage untätig auszuharren, schien dem Somali unmöglich. Die Sorge um seinen Sohn verzehrte ihn. —

Kapitän Wagner war wegen der Dunkelheit weit hinaus in die offene See gefahren. Erst am Morgen kehrte er zur Küste zurück. Ein widriger Wind hinderte ihn, rasch vorwärts zu kommen, und so mußte er mit Kreuzen seine Zeit verschwenden, so daß er bei Einbruch der Dunkelheit den Elmesberg nur erst durchs Fernrohr sehen konnte. Diese langsame Fahrt vermerkten Sultan Achmed und der Statthalter höchst übel. Sie hatten sich überhaupt diesen Kapitän Wagner ganz anders gedacht. Seit sie sich an Bord befanden, sprach er nur selten ein Wort zu ihnen, und dann geschah es so barsch, als wären sie seine Sklaven. Nach eingetretener Dunkelheit ging er langsam an ihrem Zelt vorüber. Das benützte der Sultan und sagte zu ihm:

„Wenn das so fortgeht, werden wir niemand fangen. Wir haben heute die Küste nur für einige kurze Augenblicke gesehen. Wie willst du dein Wort halten?"

„Still!" gebot ihm der Deutsche durch den Dolmetscher, der sich stets in ihrer Nähe befand. „Du bist nicht in Harar, wo deine Gewaltherrschaft gilt. Ich habe dir mein Wort gegeben, die Flüchtlinge zu fangen, und ich werde es halten!"

„Wie redest du?" brauste der Sultan auf.

Der Kapitän zuckte verächtlich die Achseln und wandte sich zum Koch, dem er ein Papier gab.

„Tu dieses Pulver in den Kaffee der unerwünschten Gäste!" sagte er. „Sie und ihre Diener sollen betäubt werden."

Er hatte das Pulver der Schiffsapotheke entnommen. Der Koch gehorchte, und eine Stunde später schliefen die Fahrgäste fest. Jetzt trat Wagner in die Kajüte, um noch einmal genau zu berechnen, wo er sich befand. Dann ging er in das Kämmerchen, wo der Abessinier und Murad weilten.

„Es wird Zeit", meinte er. „Wir nähern uns dem Berg, und er wird in einer Viertelstunde durch das Nachtrohr in Sicht sein. Macht euch fertig!"

„Allah, wird sich mein Vater freuen!" strahlte der Somali.

„Brennen sie Licht in dem Versteck?"

„Ja. Sie haben dünne Fackeln von Dattelfaser und wildem Wachs, die wir uns während unseres Rittes gemacht haben."

„So brauchen wir keine Kerzen mitzunehmen. Kommt!"

Wagner stieg mit ihnen auf das Verdeck, wo er zum Nachtrohr griff. Er beobachtete die Küste längere Zeit, dann trat er zum Steuermann.

„Stopp!" sagte er. „Hier werfen wir Anker und setzen die beiden Boote aus. Wir sind am Ziel."

Die Segel wurden gerefft, der Anker fiel, und als das Schiff keine Fahrt machte, wurden die beiden Boote in See gesetzt und bemannt. Nur Murad und Wagner stiegen noch ein. Der Kapitän nahm eine gefüllte Handtasche mit. Die Boote stießen vom Schiff ab und hielten aufs Ufer zu. Als man gelandet hatte, stiegen die beiden aus und schritten zum Berg, der dunkel vor ihren Augen lag. Sie dämpften dabei ihre Schritte. Der Somali hatte seine Weisung erhalten. Er blieb an einer Stelle stehen, schob die Hand in den Rasen ein, zog ein wenig, und sogleich sah man, daß durch die Spalte ein dünner Lichtschein herausdrang. Der Kapitän blickte hinein.

Drin saßen die Flüchtlinge auf dem mit Blättern belegten Boden. Fernando sprach mit Emma. Wie ehrwürdig sah das Gesicht dieses Mannes aus, der so viel gelitten hatte, und welch reizvolle Anmut lag in den Mienen, in jeder Bewegung dieses als Knaben verkleideten Weibes! Wagner konnte so viel Spanisch, wie ein jeder gute Seekapitän verstehen muß. Er verstand daher die Worte, die halblaut gesprochen wurden.

„Nur die Heimat will ich schauen und meinen Feinden ins Gesicht blicken, dann mag der Tod kommen!" seufzte Fernando.

„Ihr werdet über Eure Feinde siegen und noch lange leben", ermutigte ihn Emma. „Ich hoffe zu Gott, daß er uns hier bald einen Retter erscheinen läßt!"

Da erklang vom Eingang her eine kräftige Stimme:

„Der Retter ist schon da!"

Sie alle fuhren empor, bestürzt, erstaunt, erschreckt. Die Tür öffnete sich, und Wagner trat herein, vom Schein der Fackel hell erleuchtet, hinter ihm Murad.

„Mein Sohn!" rief der alte Somali, stürzte auf ihn zu und schlang die Arme um ihn.

„Mein Gott, wer seid Ihr?" fragte Don Fernando den Deutschen mit zitternder Stimme.

„Ich bin Kapitän Wagner, Brigg ‚Seejungfer' aus Kiel", lautete die Antwort. „Ich komme, Euch an Bord zu nehmen und hinzuführen, wohin Ihr wollt."

„Herrgott im Himmel, endlich, endlich!"

Don Fernando sank dankbar in die Knie, Emma beugte sich zu ihm nieder, um ihn zu stützen. Sie schlang ihre Arme um ihn, legte ihren Kopf an den seinen und ihre Freudentränen vereinigten sich. Auch Mindrello lehnte tränenden Auges an der Wand, während die Somalis sich noch immer umschlungen hielten. Es war eine Szene, die auch das Auge des Seemannes befeuchtete. Der Graf fand zuerst wieder das Wort. Er erhob sich, trat zu dem Kapitän, streckte ihm beide Hände entgegen und sagte:

„Ein Deutscher seid Ihr? Nein, Ihr seid ein Engel des Lichts, ein Bote Gottes, vom Himmel gesandt, um uns zu retten! Aber woher wißt Ihr von uns?"

„Der dort hat es mir gesagt", erklärte Wagner, auf Murad deutend.

Dieser merkte, daß von ihm die Rede sei. „Er hat mich aus der Gefangenschaft befreit, mit Gefahr seines eigenen Lebens", jubelte er in arabischer Sprache. „Er hat dem Sultan von Harar Trotz geboten, er ist ein Held, Allah segne ihn, obgleich er kein Moslem ist!"

Und nun ging es ans Erzählen in arabischer sowie spanischer Sprache, bis endlich die Herzen ruhiger wurden und die beiden Spanier vom Elend ihrer Sklaverei berichteten.

„Aber bitte, wie soll ich Euch nennen?" fragte der Kapitän den Grafen.

Jetzt erst dachten die drei daran, zu sagen, wer und was sie eigentlich seien. Wagner erschrak fast, als er vernahm, wer dieser langjährige Sklave sei.

„Verfügt über mich!" sagte er. „Was ich tun kann, um Euch dienstbar zu sein, das soll von ganzem Herzen geschehen. Aber darüber läßt sich ja an Bord noch sprechen. Jetzt wollen wir an das denken, was uns zunächst liegt!"

Damit öffnete er die Handtasche und zog einige Weinflaschen nebst Gläsern und Eßwaren hervor. Während des Mahls wurden die für die nächste Zeit nötigen Verfügungen getroffen. Wagner verstand sich jetzt dazu, den Grafen, Mindrello und Emma nach Kalkutta zu bringen. Die beiden Somal und der Abessinier erhielten aber aus dem Schatz des Sultans ein reiches Geschenk. Es wurde vereinbart, daß man sie nach Aden bringen werde, wo sie vor dem Zorn des Tyrannen sicher waren.

Bei dieser Gelegenheit fragte Fernando den Kapitän: „Was denkt Ihr wohl, ob ich Sultan Achmed seine Schätze wiedergeben werde?"

„Das muß ich Euch überlassen", war die Antwort.

„So werdet Ihr mich vielleicht für einen Dieb halten, wenn ich nichts zurückgebe. Ich behalte es als Ersatz für die von mir geleisteten Sklavendienste."

„Ich zweifle nicht daran, daß ich an Eurer Stelle ebenso handeln würde."

„Achmed hat es verdient. Übrigens benötige ich eine bedeutende Summe zu einem Zweck, von dem ich jetzt wegen der Kürze der Zeit nichts erzählen kann. Später werdet Ihr alles erfahren und mein Vorhaben billigen."

Der Kapitän trat vor den Eingang und stieß einen Pfiff aus. Sogleich kamen die Matrosen herbei und begannen, die vorhandenen Sachen in die Boote zu schaffen. Sie waren nicht wenig erstaunt, als sie die Höhle erblickten. Noch mehr aber wuchs die Überraschung, als sie die Schwere der Säcke bemerkten, die sie tragen mußten. Dennoch ahnten sie nicht, welche Werte sie in Händen hielten. Als sie an Bord kamen, schliefen die Mohammedaner noch immer fest. Der Koch hatte die Kajüte des Kapitäns inzwischen für Emma hergerichtet, und für den Grafen wurde auf dem Achterdeck einstweilen ein Zelt erbaut.

Nun konnte man von den Anstrengungen bis zum Morgen ausruhen. Die Schläfer erwachten dennoch schon, als die Sonne im Osten dem Meere entstieg. Große Erregungen beherrschen den Körper so, daß diesem die Ruhe zur Unmöglichkeit werden kann. Nach einem kurzen Frühstück versteckten sich die Hauptpersonen, und die Mohammedaner wurden geweckt. Sie entrissen sich gähnend dem narkotisch festen Schlaf und ließen sich dann ihren Kaffee kommen. Während sie diesen schlürften, ging der Kapitän wie zufällig am Zelt des Sultans vorüber. Dieser nahm die Gelegenheit wahr, ihn anzurufen:

„Segeln wir heute wieder so langsam wie gestern?"

„Möglich!"

„So wirst du die Schurken niemals fangen. Wir haben uns in dir geirrt."

„Du hast recht, nur in anderer Weise, als du denkst. Ihr schlaft, und ich arbeite. Ich habe sie heute nacht gefangen."

„Allah, Allah! Heute nacht?"

„Ja. Es fehlt keiner, auch nicht die Sklavin. Sogar

der Somali ist dabei, der mit dem abessinischen Posten entflohen ist."

„Bei Allah, es wird den beiden schlecht bekommen. Ich muß sie sofort sehen, alle, sofort! Hörst du? Wo sind sie? Wo?"

„Am Ufer! Ich werde für uns ein Boot herablassen. Das deinige, mit dem du an Bord gekommen bist, hängt noch hinten. Nimm aber alle deine Leute mit!"

Das brachte Leben und Bewegung in den Sultan und den Wali. Sie rannten von einem Ende des Schiffes zum anderen. Sie brüllten ihren Untergebenen die widersprechendsten Befehle zu und merkten dabei nicht, was für eigentümliche Vorrichtungen an Bord getroffen wurden. Ihr Boot wurde nämlich längsseits gezogen und das Fallreep niedergelassen. Auf der anderen Seite tat man so, als werde auch hier ein Boot für den Kapitän ausgesetzt, doch wurde dieses nur bis zur halben Bordwand heruntergelassen, während an der Ankerwinde einige Mann standen und andere sich im Tauwerk zu schaffen machten, um sich, wie es schien, die Zeit zu vertreiben. Ein aufmerksamer Beobachter aber hätte erkennen müssen, daß das Schiff fertig gehalten wurde, in Kürze in See zu stechen. Endlich waren die Mohammedaner in Ordnung und sahen sich nach dem Kapitän um.

„Einsteigen!" gebot dieser und tat zu gleicher Zeit, als lasse er sich in das andere Boot hinab.

Kaum aber stand der letzte Diener auf dem Fallreep, so stand Wagner wieder auf Deck. Ein Wink von ihm genügte, der Anker hob sich vom Grund, und die Segel füllten sich. Nun schritt er hinüber, blickte über die Brüstung ins Boot des Statthalters und sagte zum Sultan:

„Jetzt sollst du sehen, daß ich Wort gehalten und alle Flüchtlinge in meine Hand bekommen habe. Welcher von ihnen ist dir der wertvollste?"

„Die weiße Sklavin", erwiderte Achmed. „Aber warum kommst du nicht?"

„Weil ich sie dir zeigen kann, ohne mit dir zu gehen. Sieh her!"

In diesem Augenblick trat Emma an die Brüstung und zeigte sich den Männern, die sich unten im Boot befanden. Der Sultan fuhr erstaunt empor und rief:

„Allah, Allah, das ist sie! Ich muß wieder hinauf!"

Er durchschritt das Boot, um wieder ans Fallreep zu gelangen, an dem dieses befestigt war. Da aber gab der Kapitän einem seiner Leute den Wink. Der Mann hatte das Tau, woran das Boot hing, bereits gelöst und hielt es in der Hand. Er warf es über Bord in das Boot hinab, das nun frei wurde und unter den eiligen Schritten des Sultans so zu schaukeln begann, daß dieser niederstürzte. Doch raffte er sich schnell empor und rief:

„Halt, was ist das? Warum bindest du uns los? Ich muß hinauf, ich muß die Sklavin holen! Sie ist mein Eigentum! Und wo sind die anderen?"

„Hier!"

Dabei zeigte Wagner auf Fernando und Mindrello, die jetzt an die Brüstung traten und sich sehen ließen. Während der kurzen Dauer dieses Zwischenfalles hatte der Dolmetscher die Übersetzung der Reden übernommen. Er hatte keine Ahnung gehabt, daß die gesuchten Flüchtlinge sich an Bord befanden. Als er das jetzt bemerkte, flüsterte er dem Kapitän höchst erschrocken zu:

„Was habt Ihr getan, Sir? Es wird Euer und mein Verderben sein! Der Sultan und der Statthalter werden sich furchtbar rächen."

„Pah! Ich fürchte sie nicht!"

„Ihr wohl nicht, aber ich. Ich komme ja öfters nach Seïla und Berbera."

„So geh nicht wieder hin!"

„Dann habe ich großen Schaden."

„Der wird dir ersetzt werden."

„Dennoch darf ich in dieser Sache nicht weiter Euer Dolmetscher sein."

„Das ist auch nicht nötig. Ich werde reden." Diese letzteren Worte hatte der Graf gesprochen, der die leise Rede des Dolmetschers verstanden hatte und nun näher an die Brüstung trat, so daß ihn der Sultan genau sehen konnte, der mit einer überraschten Handbewegung ausrief:

„Bei Allah, dort sind sie! Ich befehle euch, mich wieder an Bord zu nehmen!"

„Das fällt uns gar nicht ein!" lachte Fernando.

„So kommt herab zu uns! Ich gebiete es euch!"

„Bist du toll? Was hättest du uns zu befehlen? Wir sind jetzt freie Männer."

„Schurken seid ihr! Wo habt ihr mein Geld und meine Schätze?"

„Die haben wir bei uns auf dem Schiff."

„Gebt sie heraus!"

„Das wäre lächerlich. Ein Fürst der Christen ist gezwungen gewesen, dir so lange Jahre zu dienen. Er zwingt dich jetzt, ihm dafür ein fürstliches Gehalt auszuzahlen. Lebe wohl und vergiß die Lehre nicht, die du heute von uns erhältst!"

Das Boot trieb vom Schiff ab. Die Wut des Sultans war so groß, daß er kein Wort sprechen konnte. Er brachte nur einige stammelnde Laute hervor. An seiner Stelle aber befahl der Statthalter:

„Ich gebiete euch, uns wieder aufzunehmen. Oder soll ich euch zwingen?"

„Versuch es!" lachte Fernando de Rodriganda.

„Der Sultan hat mir eine Schrift ausgestellt, daß ich den Preis erhalten soll."

„Laß ihn dir auszahlen. Die Bedingungen sind erfüllt. Du sollst den Preis erhalten, sobald wir in die Hände des Kapitäns gekommen sind. Wir befinden uns jetzt in seiner Hand, also müssen dir die Kamelladungen ausgezahlt werden!“

„Hundesohn!“ knirschte Hadschi Schamarkay. „Ihr habt uns betrogen.“

„Aber ihr uns nicht. Dazu wart ihr zu dumm! Lebt wohl!“

Da zeigte der Wali mit zorniger Gebärde auf das Schiff und gebot seinen Leuten: „Nehmt die Ruder! Wir legen wieder an.“

Sie gehorchten. Doch als Wagner es merkte, befahl er:

„Alle Mann auf! Die Segel in den Wind und das Steuer zum Wenden!“

Diese Befehle wurden sofort befolgt. Als das Boot am Schiff wieder anlegen sollte, machte dieses eine rasche Wendung. Die Berührung wurde zu einem Zusammenstoß. Das Boot schlug um und seine Insassen stürzten ins Wasser. Vom Deck des Schiffes sah man, wie die Schwimmenden sich Mühe gaben, das Ufer zu erreichen.

„Man sieht es, daß der Tyrann vor Wut bersten möchte“, sagte Don Fernando. „Wehe den Leuten, über die sich sein Zorn entladen wird!“

„Es wird ihnen gehen wie mir, wenn ich wieder nach Seïla komme“, klagte der Dolmetscher. „Der Wali wird mich gefangensetzen.“

„So gibt es ein vorzügliches Mittel: du gehst nicht wieder hin, und den Schaden, der dir daraus erwächst, werde ich dir vollauf ersetzen.“

5. Die Insel im Ozean

Die „Seejungfer“ hatte in kurzer Zeit die See gewonnen. Die Brigg segelte nach Aden, wo man den Dolmetscher, die beiden Somal und den Abessinier reich beschenkt entließ. Dann aber richtete sie ihren Kiel gegen Osten, nach Indien, um nach Kalkutta zu gelangen. Es wurde erst wenig gesprochen, denn ein jeder hatte mit seinen eigenen Gedanken zu tun. Da in jenen Breiten die Hitze unerträglich drückend ist, so wurde der Tag entweder verschlafen oder verträumt, denn die Führung des Schiffes erforderte bei dem günstigen Wind keinerlei besondere Arbeit. Wenn aber der Abend nach der kurzen Dämmerung hereingebrochen war, versammelten sich auf dem Achterdeck die Fahrgäste um den Kapitän, um sich mit ihm über das weitere zu besprechen.

Wagner war ein biederer, gutherziger Deutscher, der gern anderen seine Hilfe angedeihen ließ, zumal jetzt, wo das prächtige Geschäft, das er in Seïla gemacht, seine gute Stimmung und auch die Bereitwilligkeit erhöht hatte, zum Wohl seiner Nebenmenschen das Möglichste beizutragen. Er ahnte, daß hier außerordentliche Verhältnisse vorliegen müßten, und lenkte infolgedessen die Unterhaltung auf Näherliegendes.

Fernando de Rodriganda seinerseits, der wohl erkannte, daß er dem Kapitän seine Rettung zu verdanken habe, sagte sich, daß ihm die weitere Mithilfe des Kapitäns von großem Nutzen sein könne. Er beschloß, ihn zum Mitwisser seiner Schicksale zu machen. Aus diesem Grund berichtete er nunmehr dem deutschen Seemann alles, was er für nötig hielt. Wagner hörte schweigend zu, ohne ihn zu unterbrechen. Nur häufiges, zorniges Ausspucken des Kautabaks verriet, welchen Eindruck das Gehörte auf ihn machte. Aber als der Graf geendet hatte, stand er auf, schritt zur Beruhigung seines Inneren ein paarmal quer über das Verdeck und sagte endlich:

„Unerhört! Abscheulich! Entsetzlich! Schreit da nicht Euer ganzes Herz nach Rache?“

„Das versteht sich! Sicherlich werden wir uns rächen, wenn diese Schufte noch leben.“

„Noch leben? Solche Halunken sterben schwer, Don Fernando. Ich möchte wetten, daß sie noch nicht in der Hölle braten. Was gedenkt Ihr zu tun, Don Fernando?“

„Daß wir nach Kalkutta wollen, wißt Ihr —“

„Um ein Schiff zu mieten?“ fiel Wagner ein.

„Oder zu kaufen“, erwiderte Fernando. „Für diesen Zweck habe ich mir ja die Schätze des Sultans gesichert. Versteht Ihr Euch auf die Führung eines Dampfers, Señor Wagner?“

„Ich sollte es meinen. Die Hauptsache ist ein tüchtiger Maschinist, denn mit der Maschine hat der Kapitän wenig zu tun. Warum fragt Ihr?“

„Weil ich Vertrauen zu Euch habe. Ich möchte wünschen, daß Ihr uns zu der Insel bringt.“

„Ich? Holla! Von Herzen gern“, lachte Wagner. „Don Fernando, Ihr sprecht mir aus der Seele. Wollt Ihr es wirklich mit mir altem Seebären versuchen, so hoffe ich, daß Ihr mit Gottes Hilfe mit mir zufrieden sein werdet.“

„Aber dieses Schiff hier?“

„Keine Sorge. Wir haben unvergleichliche Geschäfte gemacht. Ich brauche nur in Kalkutta eine Ladung zu nehmen, so bin ich fertig. Mein Steuermann bringt sie glücklich heim. Hinrichsen ist zuverlässig und wird mich bei meinem Reeder entschuldigen.“

„Prächtig! So sind wir also einig. Topp?"

„Topp!" schlug der Kapitän ein. —

Der Wind wehte günstig, und das Schiff war kein schlechter Segler. Darum wurde Kalkutta glücklich in noch nicht viel über drei Wochen erreicht. Kapitän Wagner fand dort passende Ladung, und während seine Leute beschäftigt waren, diese zu stauen, sah er sich nach einem Dampfer um. Leider war keiner zu finden, der für irgendeinen Preis verkäuflich gewesen wäre, denn die im Hafen lagen, waren Eigentum von Regierungen oder Gesellschaften, so daß nicht eigenmächtig über sie verfügt werden konnte. Schon wollte Wagner zweifeln, ob er hier überhaupt seinen Zweck erreichen könne, als ein Engländer auf einem eigenen Steamer ankam und, da er als Offizier hierbleiben wollte, das Fahrzeug zum Verkauf bot.

Diese Gelegenheit kam so günstig, daß sie von Wagner benutzt wurde. Er untersuchte das Fahrzeug, fand es neu und vortrefflich, kaufte es zu einem nicht zu hohen Preis und behielt die gesamte Bemannung in seinem Dienst. Bei den ungeheueren Reichtümern, die in Kalkutta aufgespeichert liegen, den zahlreichen Millionären, die es dort gibt, und dem bedeutenden Handel, den man daselbst mit Edelsteinen und Perlen treibt, wurde es Fernando de Rodriganda nicht schwer, seine Kostbarkeiten so weit zu verkaufen, daß er eine hinreichende Summe in die Hand bekam. Der Dampfer wurde sogleich bezahlt und mit Kohlen, Lebensmitteln und allem Nötigen versehen. Auch sich selber rüsteten die Reisenden aus. Frau Emma erhielt nun wieder Damenkleider, und der Graf gönnte sich und dem treuen Mindrello alle Annehmlichkeiten, auf die zu verzichten sie beide so lange gezwungen gewesen waren.

Über sein Vorhaben beobachtete er Verschwiegenheit. Nur dem spanischen Konsul vertraute er sich an, der ihn mit Ausweisen und anderen notwendigen Papieren versah und ihm außerdem in jeder Hinsicht förderlich war. Dann endlich konnten die Anker zur rettenden Fahrt gelichtet werden.

Die Hauptsache war, die Lage der einsamen Insel zu wissen. Emma hatte sie zwar so angegeben, wie sie von Sternau bestimmt worden war. Dieser hatte nicht die nötigen Instrumente gehabt, und so mußte trotz seiner Kenntnisse seine Angabe mangelhaft sein. Es galt also, in der angegebenen Gegend so lange zu suchen, bis die Insel gefunden war.

Da jetzt ein glücklicher Passatwind wehte, so ging die Fahrt unter Zuhilfenahme der Segel rasch vonstatten. Es wurden unterwegs in Colombo, Singapore und Brisbane Kohlen eingenommen, und endlich erreichte der Dampfer Ducie, südöstlich der Paumotu-Inseln.

Hier, in der Länge der Osterinseln, sollte nach Sternaus Berechnung das Eiland liegen. Kapitän Wagner begann also zu kreuzen. Dies tat er mehrere Tage lang, aber ohne Erfolg. Da man hier leicht auf unterirdische Korallenklippen stößt, so mußte man sehr vorsichtig sein. Darum gab er des Nachts keinen Dampf und ließ das Schiff treiben. Auf diese Weise wurde ein doppelter Zweck erreicht: man vermied die Gefahr aufzulaufen, und man ersparte Kohlen, von denen der Dampfer nur einen begrenzten Vorrat aufzunehmen vermochte.

Eines Nachts stand Wagner, der jetzt nur am Tag einige Stunden ruhte, auf der Kommandobrücke und musterte den mit glänzenden Sternen besäten Horizont. Neben ihm stand der Graf, das Nachtrohr am Auge. Da machte der Kapitän eine rasche Bewegung und bat:

„Bitte, Don Fernando, laßt mir das Rohr!"

„Hier! Seht Ihr etwas?" fragte der Graf gespannt.

„Hm! Da hinten, ganz niedrig am Meer, bemerke ich

einen Stern, dessen Licht mir ungewöhnlich erscheint. Fast möchte ich wetten, daß er unter dem Gesichtskreis steht."

„Dann wäre es ja kein Stern."

„Nein, sondern ein künstliches Licht, eine Flamme."

Wagner nahm das Rohr ans Auge und blickte lange Zeit forschend hindurch. Endlich setzte er es ab und erklärte bestimmt: „Es ist kein Stern."

„Ah! Vielleicht die Laterne eines Schiffes, das uns entgegenkommt?"

„Nein. Es ist die Flamme eines Feuers, das am Land brennt."

„Dann nähern wir uns einer Insel?"

„Jedenfalls. Mein Rohr hat mich noch nie betrogen. Zwar weiß ich aus meiner heutigen Rechnung genau, an welchem Punkt wir uns befinden, und daß dort auf meiner sonst ausgezeichneten Karte keine Insel verzeichnet ist, aber daraus ist doch nur zu schließen, daß wir uns einem bisher unbekannten Eiland nähern."

„Gott, wenn es die gesuchte Insel wäre! Soll ich vielleicht schnell Señora Emma wecken?"

„Nein, noch nicht. Seht jetzt hin! Das Feuer scheint zu verlöschen."

Fernando bemerkte auch, daß der Lichtschein langsam zusammensank. „Vielleicht war es irgendein Meteor, aber kein künstliches Feuer", sagte er mit bangem Zweifel.

„O nein, es war ein Feuer, von Menschenhänden angebrannt. Seht, jetzt ist es völlig verlöscht, während es vor kaum zwei Minuten hoch aufloderte! Was würdet Ihr aus diesem Umstand schließen, Don Fernando?"

„Daß der Brennstoff sehr leicht ist."

„Richtig. Und dies paßt auf das gesuchte Eiland. Ein Feuer, das durch Holzstämme oder einen anderen kräftigen Brennstoff genährt wird, fällt nicht so schnell zusammen, und Señora Emma hat uns gesagt, daß Holz auf der Insel eine Seltenheit ist."

„Ihr wollt also behaupten, daß sich dort, wo wir das Licht gesehen haben, jetzt Menschen befinden? Werden diese unser Licht wahrnehmen?"

„Nein. Das Licht war meiner Schätzung nach ungefähr drei Seemeilen von uns entfernt. Seine Flamme flackerte hoch, unsere Toplaterne aber gibt ein kleines, ruhiges Licht."

„Und wenn sie es bemerken, werden sie es für einen Stern halten?"

„Jedenfalls. Ich werde aber ein Zeichen geben."

Wagner befahl nunmehr, einige Raketen steigen zu lassen. Das geschah, jedoch ohne allen Erfolg.

„Man bemerkt uns nicht", meinte der Kapitän. „Hätten sie unser Signal gesehen, so würden sie jedenfalls geantwortet haben, indem sie die Flamme wieder anfachten. Wir werden wohl bis morgen warten müssen."

„Wer kann das aber aushalten!" rief Don Fernando ungeduldig. „Können wir nicht Dampf geben, um näher zu kommen?"

„Nein. Señora Emma hat gesagt, daß die Insel von gefährlichen Klippen umgeben ist, vor denen wir uns hüten müssen. Wir haben Windstille, aber einen leichten Seegang von West nach Ost. Infolgedessen treiben wir langsam aber stetig weiter und werden bei Tagesgrauen sehen, was wir vor uns haben."

Fernando blieb eine Weile ruhig. Als sich aber in ihm die Überzeugung festgesetzt hatte, daß das Ziel endlich erreicht sei, beendete er die entstandene Pause in der Unterhaltung mit der Frage:

„Wollen wir nicht eine Kanone lösen, Kapitän?"

„Ich möchte davon abraten", entgegnete Wagner. „Ist diese Insel eine andere als die gesuchte, so sind die Menschen, die da wohnen, wahrscheinlich Eingeborene, die sich aus Furcht verstecken würden, wenn sie die

Schüsse hörten. Überraschen wir sie aber mit Tagesanbruch, so können wir bei ihnen Erkundigungen einziehen, die uns vielleicht nützlich sein werden."

„Ist es aber dennoch die gesuchte —?"

„So erreichen wir durch Schüsse nichts weiter, als daß wir den Schlaf dieser armen Leute stören!"

Wagner beorderte nun einen Mann an den Bug, um auf das Geräusch der Wellen zu horchen und vor einer etwaigen Brandung zu warnen. So verging eine Viertelstunde nach der anderen. Der Kapitän bat den Grafen, sich endlich zur Ruhe zu begeben. Dieser aber konnte sich nicht dazu entschließen. Er wanderte unruhig hin und her. Die Minuten wurden ihm zu Stunden und die Stunden zu Tagen, bis endlich kurz vor Anbruch des Morgens der Ausguck warnte:

„Brandung an Steuerbord voraus!"

„Fall ab nach Backbord!" befahl der Kapitän.

Das Schiff drehte sich gehorsam nach links und ließ die gefährliche Stelle rechts liegen. Nach einiger Zeit begann es am östlichen Gesichtskreis zu grauen. Wenige Minuten später erkannte man die noch unbestimmten Umrisse einer Insel, die von einem Ring von Korallenklippen umgeben war, durch den es nur eine einzige Lücke zu geben schien. Die See war so ruhig, daß diese Einfahrt wenigstens heute nicht schwer zu durchsegeln war. Nach einigen Minuten konnte man die Masse der Insel deutlich erkennen. Man bemerkte eine mit Sträuchern bewachsene Höhe, aber keine Spur einer menschlichen Wohnung, obwohl diese Sträucher so regelmäßig in Reihen standen, daß anzunehmen war, sie seien künstlich gepflanzt worden. Fernando kam auf die Kommandobrücke herauf.

„Nun, Kapitän, was denkt Ihr?" Seine Stimme zitterte unter einer Erregung, deren er nicht Herr werden konnte.

Da sah ihm Wagner ernst und feuchten Blickes ins Auge. „Wir sind am Ziel, Don Fernando!"

„Wirklich? Glaubt Ihr das bestimmt?" jubelte der Greis laut.

„Pst!" warnte Wagner. „Ihr werdet die Señora wecken!"

„Warum soll Emma nicht geweckt werden?"

„Weil ich sie überraschen will. Sie soll die Gefährten an Bord sehen, wenn sie erwacht."

„Welche Gründe habt Ihr zu glauben, daß diese Insel die gesuchte ist?"

„Weil sie mit der Beschreibung übereinstimmt, die Señora Emma uns gegeben hat. Ich beginne, auch in nautischer Beziehung alle Achtung vor Sternau zu haben. Er hat trotz des Mangels aller Instrumente die Lage des Eilands ziemlich genau angegeben. Ich hätte diesen Punkt eher aufsuchen sollen."

„Ich sehe aber keine Wohnungen!"

Kapitän Wagner zuckte lächelnd die Schultern. „Sie werden hinter der Anhöhe liegen, wo sie vor den Stürmen geschützt sind. Laßt uns Anker werfen und ein Boot aussetzen! Die Bewohner dieses Inselchens werden im tiefsten Morgenschlaf liegen."

Die Hälfte der Mannschaft, die noch zur Ruhe lag, wurde vorsichtig geweckt, und dann führte man möglichst geräuschlos den Befehl des Kapitäns aus. Er stieg mit dem Grafen und vier Ruderern ins Boot. Die Matrosen kannten den Zweck der Fahrt und waren begierig zu erfahren, ob die gesuchte Insel endlich gefunden sei. Das Boot stieß ab und gelangte glücklich durch die Öffnung der Klippen. Am Strand wurde es festgemacht, die Ruderer blieben zurück, während der Kapitän und Fernando langsam und vorsichtig landeinwärts schritten.

Die Männer umgingen den Hügel und erblickten nun zunächst eine Reihe niedriger Hütten, aus Erde und

Zweigen errichtet. Ihre Türen waren durch Felle verhängt und ringsum bemerkten sie Gegenstände, deren Zweck erst erraten werden mußte. Rings um die Hütten standen die Sträucher kräftiger als oben auf dem Hügel. Sie waren meist ihrer Äste beraubt, so daß deutlich das Bestreben zu erkennen war, Stämme aus ihnen zu ziehen, um ein Floß zu bauen. Die beiden Männer aber bemerkten noch etwas anderes.

Grad vor ihnen stand an dem letzten der Büsche eine ungewöhnlich hohe und breitschultrige Gestalt. Sie war in eine Hose und eine Jacke gekleidet, die aus Kaninchenfellen gefertigt waren. Die Füße steckten in Sandalen, und auf dem Kopf saß ein Hut, der augenscheinlich aus einer langblätterigen Grasart geflochten war. Der volle, schöne Bart dieses Mannes reichte bis weit über die Brust, und ebenso floß sein dunkles Haupthaar über die Schultern herab. Seine Gesichtszüge waren von den Stürmen gegerbt, aber edel, und sein großes, offenes Auge, das mit dem Ausdruck der Andacht an der aufsteigenden Morgenröte hing, zeigte Geisteskraft. Es war Sternau. Was dachte dieses Mann? Welche Gefühle waren es, unter denen seine breite Brust sich hob und senkte?

Da, im Osten, wo die Röte des neuen Tages zu erglühen begann, lag Amerika, und noch weiter hinüber die Heimat mit all den Lieben, mit Mutter, Schwester und Weib. Lebten sie noch, die seinem Herzen so unendlich teuer waren, oder waren sie gestorben vor Gram und Herzeleid? Hier an dieser Stelle hatte er, als erster, der des Morgens seine Hütte verließ, täglich im Gebet gelegen, lange, lange Jahre hindurch. Hier kniete er auch jetzt wieder.

Sternau hatte die beiden Männer, die seitwärts hinter den Büschen standen, nicht bemerkt. Er konnte auch das Schiff nicht sehen, da der Hügel dazwischenlag. Er nahm den Hut ab, faltete die Hände und betete, ohne zu ahnen, daß jedes seiner Worte gehört werde, in deutscher Sprache:

„Befiehl du deine Wege
und was dein Herze kränkt,
der allertreusten Pflege
des, der den Himmel lenkt!
Der Wolken, Luft und Winden
gibt Wege, Lauf und Bahn,
der wird auch Wege finden,
wo dein Fuß gehen kann!"

Seine Stimme klang zwar nur halblaut, aber voll und wohltönend. Es lag in ihr eine Ergebung, eine Demut und doch dabei ein freudiges Gottvertrauen, daß dem Kapitän die Tränen in die Augen traten und auch der Graf von Rührung überwältigt wurde. Der Beter fuhr mit der sechsten Strophe des bekannten Liedes fort:

„Hoff, o du arme Seele,
hoff und sei unverzagt!
Gott wird dich aus der Höhle,
da dich der Kummer plagt,
mit großen Graden rücken;
erwarte nur die Zeit,
so wirst du schon erblicken
die Sonn' der schönsten Freud!"

Jetzt wollte Fernando hervortreten, aber Wagner hielt ihn zurück, denn der Kniende betete weiter:

„Ja, Herr, du Vater aller deiner Kinder, du Trost der Traurigen, du Hilfe der Bedrängten, dein bin ich, und auf dich baue ich. Hier in der Öde des weiten Weltmeers ertönt eine Stimme zu dir, ein Schrei aus tiefster Not, ein Ruf um Gnade und Erbarmen. Mein Herz will brechen, und mein Leben möchte in Gram zerfließen. Rette uns, o Weltenherrscher! Führ uns fort von hier, wo die Fluten des Elends uns zu ersticken drohen! Sende einen Menschen, der dein Engel sei und uns erlöst vom Verschmachten in der Tiefe der Verzweiflung! Ist es aber in deinem Rat beschlossen, daß wir hier ausharren sollen bis zum Tod, so erbarme dich derer, die daheim für unsere Erlösung beten! Gib ihnen ein starkes Herz, zu ertragen, was du über sie beschieden hast! Träufle Trost und Frieden in ihre Seelen, trockne ihre Tränen und stille ihren Jammer! Amen!"

Jetzt erhob sich der Hüne. Die Tränen liefen ihm über die Wagen, aber das Gottvertrauen erhellte seine Züge. Da zuckte er plötzlich zusammen, als hätte er einen schweren Schlag erhalten, denn es hatte sich eine Hand auf seine Schulter gelegt, und eine Stimme sagte in deutscher Sprache:

„Ihr Gebet ist erhört, und der Retter ist da, der Sie erlösen soll!"

Sternau fuhr herum und sah den Kapitän vor sich stehen, hinter ihm den Grafen. Er taumelte zurück und fiel wieder auf die Knie. Seine Augen waren weit geöffnet, seine Lippen bewegten sich, sie wollten sprechen, brachten aber kein Wort hervor. Er machte beinahe den Eindruck eines geistesgestörten, von furchtbarem Schreck gelähmten Menschen. Wagner erkannte seinen Fehler. Er hatte nicht daran gedacht, daß auch die Freude einen Menschen töten könne, er war höchst unvorsichtig gewesen.

„Mein Gott, was habe ich getan?" gestand er. „Fassen Sie sich, ja, fassen Sie sich!"

Da endlich kam es langsam von Sternaus Lippen: „Oh — oh —! Ah —! O Gott, o Gott! Ist's möglich! Wer sind Sie?"

„Ich bin ein deutscher Kapitän, der Sie von hier wegbringen will. Mein Schiff ankert dort hinter der Höhe."

Wagner hatte erwartet, daß Sternau sich nun aus seiner knienden Stellung erheben werde, aber das geschah nicht. Der starke Mann sank vielmehr langsam in sich zusammen. Seine Arme fielen herab, sein Kopf neigte sich, und sein riesenkräftiger Körper legte sich matt ins Gras. Die beiden Männer sahen, daß seine Gestalt bebte, sie hörten sein herzzerbrechendes Schluchzen, aber sie störten ihn nicht. Der Kapitän ahnte, daß sich in dieser Tränenflut die Wirkung seines unvorsichtigen Tuns auflösen werde, und er hatte recht. Nach einer Weile stand Sternau langsam auf, sah die beiden noch immer mit dem Ausdruck des Zweifels an und fragte:

„Ist's denn wirklich wahr? Es sind Menschen da? Es ist ein Schiff gekommen? Gott, mein Gott, welche Seligkeit! Ich danke dir dafür, aber fast hätte sie mich getötet!"

„Verzeihen Sie!" bat der Kapitän. „Ich bin unvorsichtig gewesen, aber Sie wurden mir als ein Mann beschrieben, bei dem ich es mir zu getrauen glaubte, ein wenig unvorbereitet zu erscheinen."

„Ich? Ich Ihnen beschrieben? Unmöglich!"

„Und doch ist es so! Ich müßte mich sehr irren, wenn ich Sie an Ihrer Gestalt nicht sofort als Herrn Doktor Sternau erkennen wollte."

„Wahrhaftig, Sie kennen mich! Welch ein Rätsel! Wer hat mit Ihnen von mir gesprochen? Woher kommen Sie?"

„Dieser Herr hat mir von Ihnen erzählt."

Wagner zeigte dabei auf den Grafen. Sternau betrachtete ihn. Seine Wangen röteten sich, und seine Augen leuchteten.

„Sie sagten ‚dieser Herr', aber Sie wollten statt dessen ‚dieser Señor' sagen?" fragte er.

Der Kapitän bejahte erstaunt. Da richtete sich die Gestalt Sternaus hoch empor. Seine Brust tat einen tiefen, kräftigen Atemzug, und dann rief er: „Ich bat Sie, mir zu sagen, woher Sie kommen. Aber —"

„Wir kommen aus —", wollte der Kapitän antworten.

„— aus Harar", fiel Sternau ein.

„Ja, aus Harar", entgegenete Wagner noch erstaunter als vorher.

„Und dieser Señor ist Don Fernando de Rodriganda y Sevilla?" fuhr Sternau fort.

„Ja, der bin ich", sagte jetzt zum erstenmal der Genannte, und zwar in spanischer Sprache.

„O mein Gott, ich zog aus, Euch zu retten, und nun kommt Ihr, mich selber zu erlösen! Ich habe Euch an Euren Zügen erkannt: Ihr seid Don Manuel äußerst ähnlich."

Sternau breitete die Arme aus, und die beiden Schwergeprüften, die einander noch nie gesehen hatten, lagen sich so fest am Herzen, als wären sie von Jugend auf Freunde gewesen.

„Uff!" rief es da von einer der Hütten her. Und diesem Ruf folgte nach einer Pause übermächtigen Erstaunens ein dreifaches: „Uff! Uff! Uff!"

Bärenherz, der Häuptling der Apatschen, war aufgewacht, hatte die Stimmen vernommen und beim Austritt aus seiner Hütte diesen Ruf ausgestoßen. Sogleich wurden die Türfelle der nebenstehenden Hütte zurückgeschoben, und es erschien Büffelstirn, der Häuptling der Mixtekas. Sein Blick fiel auf die beiden Fremden und blieb auf dem Grafen haften. Der Häuptling tat einen gewaltigen Sprung vorwärts und rief erstaunt:

„Uff! Don Fernando!"

Er hatte ihn früher auf der Hacienda del Eriña bei Pedro Arbellez gesehen und jetzt sofort wiedererkannt. Auch der Graf erkannte ihn.

„Büffelstirn!" rief er.

Seine Arme ließen Sternau los, und im nächsten Augenblick lag der Häuptling an seiner Brust. Ein spanischer Graf und ein halbwilder Indianer: die Freude macht alle gleich, und in Beziehung auf das Herz waren sich diese beiden ebenbürtig.

Die Ausrufe der zwei Indianer waren so laut gewesen, daß auch die anderen Schläfer erwachten. Die beiden Unger erschienen, und nach ihnen eine Frauengestalt — Karja, die Tochter der Mixtekas. Sie alle trugen ähnliche Kleidung wie Sternau, nur daß die Hüte fehlten, doch machten sie keineswegs den Eindruck von verwilderten Menschen. Laute Jubelrufe erschollen und dazwischen Hunderte von Fragen. Einer flog aus den Armen des anderen in die des dritten. Sie eilten auf die Anhöhe, um das Schiff zu sehen, und als sie es erblickten, schlugen sie die Arme in die Luft und wußten sich vor Entzücken kaum zu fassen. Nur einer verhielt sich, obwohl auch erfreut, doch ruhiger als die anderen — Anton Unger, von den Indianern Donnerpfeil genannt. Auch in seinen Augen glänzten die Tränen des Entzückens, aber seine Freude war mit Schmerz gemischt. Der Kapitän bemerkte es und trat zu ihm.

„Sie freuen sich nicht, auch endlich Erlösung zu finden?"

„O, ich freue mich", lautete die Antwort. „Aber meine Freude wäre unendlich größer, wenn —"

Unger vollendete den Satz nicht, sondern schwieg.

„Wenn —? Bitte, fahren Sie fort!"

„Wenn sie noch von jemand geteilt werden könnte."

„Darf ich fragen, wer dieser jemand ist?"

Anton Unger schüttelte wehmütig den Kopf und wandte sich ab. Wagner fand nicht weiter Zeit, in ihn zu dringen, denn Sternau trat zu ihm und frage:

„Herr Kapitän, dürfen wir an Bord gehen?"

„Gewiß! Freilich!" lächelte Wagner vergnügt.

„Aber gleich, sofort?"

„Um die Insel zu verlassen?" lächelte Wagner.

„Nein, sondern um den Fuß auf das Fahrzeug setzen zu können, dem wir unsere Rettung danken werden."

„Gut. Kommen Sie! Es ist im Boot Raum für uns alle."

Jetzt begann ein wahrer Wettlauf zum Boot. Sternau war der erste, der es erreichte. Selbst die beiden sonst doch so ernsten Indianer, sprangen wie Schulknaben. Als alle eingestiegen waren, schoß das Boot dem Schiff zu. Der Kapitän hatte dort seine Befehle zurückgelassen. Die Kanonen waren geladen worden, und als das Boot durch die Klippen ging, donnerte ein Schuß an Bord. Im selben Augenblick stiegen alle Flaggen und Wimpel in die Höhe, und Schuß auf Schuß wurde gelöst, bis die Geretteten an Bord erschienen.

Emma hatte ruhig geschlafen und nicht gemerkt, daß vor einiger Zeit das Boot vom Schiff gestoßen war. Der erste Schuß weckte sie aus dem Schlummer. Sie erschrak. Was war geschehen? Rasch sprang sie vom Lager auf, legte in größter Eile die Kleider an und stieg auf Deck. Da sah sie die lang gesuchte Insel liegen. Wild aussehende Gestalten stiegen an Bord. Eine davon blieb erstaunt stehen, stürzte aber dann in desto größerer Eile auf sie zu. Es war Donnerpfeil.

„Emma!" schrie er entzückt.

„Anton!" jubelte sie.

Sie lagen sich in den Armen. Sie lachten und weinten. Sie herzten und küßten sich wie Kinder, die ihre Freude nicht beherrschen können. Daneben stand der brave Kapitän und weidete sich an ihrem Glück. Endlich fragte er:

„Nun, Herr Unger, ist Ihre Freude jetzt groß genug?"

„Oh, sie ist unermeßlich!" lautete die Antwort. „Aber sagen Sie mir, wie Emma auf Ihr Schiff kommt! Wir alle glaubten sie tot, mit dem Floß elend untergegangen."

„Das werden Sie später ausführlich erfahren. Jetzt aber kommen Sie herunter in die Kajüte. Das Frühstück steht bereit, und Sie sollen nach langen Jahren wieder menschlich essen können."

Da fiel der Blick Sternaus auf einen Mann, der mit leuchtenden Augen an seiner Gestalt hing, und den er am allerwenigsten auf dem Schiff vermutet hätte. Zuerst stutzte er, dann aber eilte er mit ausgestreckten Armen auf ihn zu.

„Mindrello, mein guter Mindrello! Ich täusche mich nicht. Ihr müßt es sein!"

Dem Spanier standen Tränen in den Augen, als er die Begrüßung Sternaus erwiderte.

„Ja, ich bin es, Señor, und ich kann gar nicht sagen, wie ich mich freue, daß ich Euch wiedersehe."

„Aber wie kommt Ihr hierher auf dieses Schiff in die Südsee?"

Mit kurzen Worten schilderte Mindrello seine Erlebnisse. Sternau hörte mit höchster Spannung zu und meinte dann, als der Spanier geendet hatte:

„Armer Mindrello, so trage also ich mittelbar die Schuld, daß Ihr so Schreckliches erlebtet. Und wie Ihr in diesen langen Jahren ergraut seid! Soviel an mir liegt, werde ich alles tun, um Euch die ausgestandenen Leiden vergessen zu machen. Die Familie Rodriganda weiß Eure Dienste zu schätzen."

Kurz nachher ging es unten in der Kajüte fröhlich zu. Es wurde beschlossen, nur noch das Mittagsmahl auf der Insel abzuhalten, und dann wollte der Kapitän sogleich in See stechen.

„Aber wohin?" fragte Sternau.

„Nach Mexiko, zu meinem Vater", bat Emma.

„Nach Mexiko, zu Pablo Cortejo, dem Betrüger", drohte Don Fernando.

„Nach Mexiko, zu den Mixtekas", sagte auch Büffelstirn mit leuchtenden Augen.

„Nach Mexiko, zu den Apatschen", fügte Bärenherz hinzu.

„Nun wohl, nach Mexiko! Wir alle gehen mit!" entschied Sternau.

„Und wo landen wir?" fragte der Kapitän.

„Da, wo wir in See gingen, oder vielmehr in unser Unglück."

„Also in Guaymas?"

„Ja. Sind wir dort, so werden wir erfahren, was weiter zu tun ist."

Das Frühstück verlief unter Lachen und Tränen. Das Entzücken über das Glück des Augenblicks wechselte mit dem trauernden Gedanken an die daheim Weilenden. Später kehrte man auf die Insel zurück. Der Kapitän nahm die Flagge mit und gab so vielen seiner Leute, als an Bord entbehrt werden konnten, Erlaubnis mitzukommen. Es gab während des Essens die feinsten Speisen und Weine, die er von Kalkutta mitgebracht hatte. Die in Felle gekleideten Robinsone speisten wie die Fürsten, aber als die Reihe an den Champagner kam, schob Wagner ihn beiseite und sagte:

„Meine Damen und Herren, dieses flüchtige Getränk nachher. Ich ersuche Sie, vorher mit mir etwas Ernsteres und Gehaltvolleres zu kosten. Folgen Sie mir!"

Sie erhoben sich mit ihm von ihren mitten im Grün rasch gefertigten Sitzen und folgten ihm auf den Hügel, wo sich der höchste Punkt der Insel befand. Dort stand der Bootsmann mit der deutschen Flagge, neben ihm ein Korb edlen Rheinweins. Die Flaschen wurden entkorkt und die Gläser gefüllt. Dann sagte der Kapitän:

„Meine Damen und Herren! Ich habe, bevor wir von der Insel scheiden, eine heilige Pflicht zu erfüllen. Diese Insel ist auf keiner Karte verzeichnet und liegt ohne Namen und Gebieter im weiten Meer. Deutschland, das Vaterland von vier Anwesenden aus unserer Versammlung, hat nie ein Volk aus einem Land verdrängt und um seinen Besitz gebracht. Es hat der Fürsten viele, aber keinen einzigen Herrn; es besitzt nur sich allein, aber keine Kolonie. Doch wird die Zeit kommen, wo es beides erwirbt, und nur zur Bekräftigung dieser meiner Überzeugung nehme ich diese kleine, wertlose Insel im Namen des zu erwartenden deutschen Kaisers in Besitz und gebe ihr zu Ehren der so schwer geprüften Familie den Namen Rodriganda. Hoch Deutschland! Hoch seine Herrscher! Hoch Rodriganda!"

„Hoch, dreimal hoch!" jubelten die unfreiwilligen Insulaner und ihre Befreier im Kreis.

Die Gläser klangen. Der Kapitän schwenkte die Flagge, und während auf dieses Zeichen auf dem Schiff die Kanonen donnerten, steckte er den Schaft der Fahne tief in den Boden.

„So!" sagte er. „Ich werde den Namen Rodriganda in meine Karte zeichnen und dafür sorgen, daß er verbreitet wird. Jetzt aber kommen Sie zurück zum Sekt! Ich liebe die Franzosen nicht, aber ich trinke ihren Wein!"

Man besprach die nächste Zukunft und faßte wichtige Beschlüsse. Es gab viel zu erzählen. Die Gesichter wurden ernster. Manches wurde mitgenommen, an sich wertlos, aber als ein Andenken an die traurige Zeit, die jetzt endlich hinter den Verbannten lag. Noch in der ersten Hälfte des Nachmittags lichtete das Schiff den Anker und trug, einen langen Rauchschweif hinter sich werfend, seine glücklichen Fahrgäste einem neuen Leben entgegen.

6. Der „Schwarze Gerard"

Etwa 120 englische Meilen oberhalb der Einmündung des Rio Pecos in den Rio Grande del Norte lag am mexikanischen Ufer dieses gewaltigen Flusses an der scharfen Biegung unweit Presidio de San Vicente das Fort Guadalupe, das unseren Lesern von früher her bekannt ist. Emma Arbellez war mit ihrer Freundin Karja im Jahre 1847 in Guadalupe bei einer verwandten Familie zu Besuch gewesen. Auf dem Rückweg hatte ihre Gesellschaft einen Jagdausflug in die nördlichen Prärien unternommen, war dabei von den Komantschen überfallen und gefangengenommen, dann aber von Donnerpfeil und Bärenherz befreit worden. Die erwähnte Familie war die des einzigen Warenhändlers in Fort Guadalupe. Er hieß Pirnero und galt als der reichste Mann der ganzen Gegend. Er war ins Land gekommen, man wußte nicht recht, woher, hatte sich eine hübsche, wohlhabende Mexikanerin, eine Schwester von Pedro Arbellez, zur Frau genommen und einen Handel angefangen, der immer größeren Aufschwung nahm, bis Pirnero sich einen gemachten Mann nennen konnte.

Seine Frau war ihm bald gestorben und hatte ihm ein einziges Kind, eine Tochter, hinterlassen. Dieser Todesfall traf ihn nicht tief. Pirnero besaß ein heiteres Gemüt, das nicht zum Gram geschaffen war. Er lebte glücklich und sorgenlos, das heißt, ohne alle Sorge außer einer einzigen. Seine Tochter, die hübsche Resedilla, schien nämlich nicht gewillt, sich einen Mann zu nehmen. Das war Pirnero früher ziemlich gleichgültig gewesen. Jetzt aber trat das Alter an ihn heran, und er wünschte sich einen tüchtigen Nachfolger, um zugleich die Tochter versorgt zu wissen. Das hübsche blonde Mädchen hatte Verehrer genug gehabt, zwar mit allen gescherzt und gelacht, aber keinen vorgezogen und begünstigt. So war sie zwanzig Jahre geworden, dann fünfundzwanzig, endlich mehr als dreißig. Sie war noch immer hübsch. Es war gar nicht, als gehöre sie zu den Mexikanerinnen, die bekanntlich in diesen Jahren bereits verblüht sind. Ihr hellblondes Haar zeigte auch auf eine andere, vielleicht germanische Abstammung, doch war es selten, daß sie oder ihr Vater darüber sprachen, denn er wußte, was zu seinem Vorteil diente. Pirnero besaß ein großes Haus und außerhalb des Forts bedeutende Weiden, auf denen er eine Anzahl Vaqueros beschäftigte. Sein Haus hatte außer dem Erdgeschoß große Kellereien und ein Stockwerk. In den Kellern befand sich seine Niederlage, im Erdgeschoß war ein Verkaufladen und eine Schenkstube, und das Stockwerk enthielt seine Wohn- und Schlafzimmer.

Heute — an einem Sommertag des Jahres 1866 — wehte draußen ein scharfer Wind über den Fluß herüber, ein Wind, wie ihn kein Jäger und kein Hirt liebt, und dennoch befand sich kein einziger Gast in dem Schenkzimmer, das doch bei solchem Sturm den besten Aufenthalt bot. Señor Pirnero war nicht in guter Laune. Er saß am Fenster und blickte schweigend in die Gegend hinaus, über die der Staub in dichten Wolken wirbelte. Resedilla saß am anderen Fenster und nähte an einem roten Busentuch, das eine der Mägde zum Geschenk erhalten sollte. Da begann der Vater an der Fensterscheibe zu trommeln. Es war ein sicheres Zeichen seiner schlechten Laune, und wenn er an dieser litt, so bekam Resedilla die bekannten Vorwürfe zu hören, aus denen sie .sich aber nicht viel machte. Es bereitete ihr vielmehr Spaß, zu beobachten, mit welch wunderlichen Einleitungen und Sprüngen er immer wieder auf die Heiratsfrage kam.

„Fürchterlicher Wind!“ brummte er verdrießlich.

Resedilla antwortete nicht. Darum fügte er nach einer Weile hinzu:

„Fast ein Sturm!“

Sie zog auch jetzt noch vor zu schweigen. Da richtete er unmittelbar die Frage an sie:

„Nicht wahr, Resedilla?“

„Ja“, erwiderte sie einsilbig.

„Ja? Was denn?“ fragte ihr Vater, aufgebracht über die Kürze ihrer Antwort.

„Nun, fürchterlicher Sturm.“

„Gut! Und ebenso fürchterlicher Staub!“

Resedilla schwieg abermals. Nun wandte er ihr das Gesicht zu und sagte:

„Wenn du dir kein besseres Mundwerk anschaffst, wie willst du denn da mit deinem Mann auskommen, wenn du einmal heiratest?“

„Eine schweigsame Frau ist besser als eine Plaudertasche!“ entgegnete sie.

Pirnero hustete einigemal. Er fühlte sich geschlagen und war verlegen um die Fortsetzung des Gesprächs. Endlich fing er nach einer Weile abermals an:

„Außerordentlicher Wind! Unendlicher Sturm!“

Resedilla hielt diese geistreiche Bemerkung keiner Erwiderung wert. Er schüttelte den Kopf, trommelte an die Scheibe und brummte:

„Und kein einziger Gast da!“

Da seine Tochter auch hierauf keine Antwort hatte, drehte er sich ihr wieder zu:

„Habe ich etwa nicht recht? Oder siehst du etwa einen Gast hier in der Stube? Kein Gast, gar keiner! Das ist schlimm für ein Mädchen, das sich nach einem Mann umsehen soll! Oder hast du etwa —“

„Nein“, erwiderte sie abweisend. „Ich mag keinen!“

„Keinen! Hm! Albernheit! Ein Mann ist für ein Mädchen das, was für einen Schuh die Sohle ist.“

„Man muß auf ihn treten, nicht?“ lachte sie.

„Dummheit! Ich meine, man kann ohne ihn nicht gehen.“

Aber trotz seiner Rechtfertigung fühlte er doch den Stich, den er erhalten hatte. Das wurmte ihn, und er sann darüber nach, wie er von neuem auf eine unbemerkte Weise an sein Ziel kommen könne, als ein Holzriegel draußen herabfiel, den der Sturm vom Dach gerissen hatte.

„Hast du ihn gesehen?“ fragte er. „Den Sparren da draußen?“

„Ja“, bemerkte Resedilla einsilbig.

„Nun ist ein Loch im Dach. Wer muß es ausbessern, he? Ich allein!“

„Wer sonst? Doch wohl nicht ich?“

„Du? Dummheit! Der Schwiegersohn! Denn seine Pflicht ist es, auf Ordnung zu halten. Wo kein Schwiegersohn da ist, da ist keine Ordnung. Verstanden?“

Der gute Papa Pirnero war ein wenig sparsam, und der kleine Schaden, den ihm der Sturm verursacht hatte, ärgerte ihn. Wenn etwas Derartiges vorlag, dann wurde er doppelt redselig und sprach auch von Dingen, über die er sonst gewöhnlich schwieg. Darum fuhr er jetzt fort:

„Aber ein ordentlicher Schwiegersohn muß es sein! Nicht so ein abgerissener und zerlumpter wie der lange Kerl, der jetzt zuweilen kommt!“

Pirnero bemerkt nicht, daß ein leichtes Rot die Wangen der Tochter überflog. Dieser ‚zerlumpte Kerl‘ schien ihr denn doch nicht so ganz gleichgültig zu sein.

„Du weißt doch, wen ich meine?“ fragte der Vater.

„Ja“, entgegnete Resedilla.

„Nun also, den nicht, den bringst du mir nicht! Ich

bin ehrgeizig, schon von meinen seligen Eltern her. Weißt du, was mein Vater war?"

„Ja. Schornsteinfeger."

„Gut. Das sind Leute, die hoch hinaus müssen. Und mein Großvater?"

„Meerrettichhändler."

„Schön! Du siehst also ein, daß schon in ihm die Unternehmungslust gesteckt hat, durch die ich zum reichen Mann geworden bin. Man kann eine Tochter nicht genug an eine solche Herkunft erinnern, das Vaterland und die Vaterstadt mit eingerechnet. Oder hast du vergessen, woher ich stamme?"

„Nein", sagte sie, das Lachen verbeißend. „Aus Sachsen."

„Ja, aus Sachsen, wo die schönen Mädchen wachsen. So schöne gibt's nirgends, aber heiraten müssen sie, sonst werden sie schimmlig. Verstanden? Auch du bist nicht weit vom Stamm gefallen. Ich war ein hübscher Mann, schon von meiner Mutter und Großmutter her, und darum kannst auch du dich sehen lassen, das liegt so in der Natur der väterlichen Abstammung zur Tochter herüber. Darum habe ich dich auch Reseda oder Resedilla genannt. Und was meine Vaterstadt betrifft, so kennst du wohl ihren Namen?"

„Jawohl: Pirna."

„Ja, Pirna. Das ist die schönste Stadt in der ganzen Welt. Sie ist berühmt wegen ihrer schönen Sprache. Deshalb habe ich auch das Spanische so leicht gelernt, denn das Pirnische und das Spanische sind einander sehr verwandt. Das siehst du schon aus dem Namen, den ich hier zu Ehren meiner Vaterstadt angenommen habe: Pirna und Pirnero. Darum hat mich deine Mutter sogleich geheiratet. Du aber magst keinen, ich glaube, selbst dann nicht, wenn er aus Pirna wäre. Wer soll mir da die Dachriegel festmachen, die der Wind herunterreißt!"

Pirnero wäre in seiner Rede noch weiter fortgefahren, wenn nicht von draußen Pferdegetrappel zu hören gewesen wäre. Ein Mann kam herbeigeritten, sprang aber nicht draußen vor dem Fenster vom Pferd, sondern ritt in die offene Umzäunung hinein, die sich an der Giebelseite des Hauses befand. Dann erst schritt er an den Fenstern vorüber, um in die Stube zu kommen. Der Wirt hatte den neuen Gast im Vorübergehen bemerkt und knurrte jetzt recht ärgerlich.

„Das ist er, der Strolch! Der braucht gar nicht zu kommen, selbst wenn ich keine Gäste habe. So einer soll mir nicht sagen, daß er mein Schwiegersohn werden will!"

Resedilla beugte sich tiefer auf ihre Arbeit hinab, um die Röte ihres Gesichtes nicht merken zu lassen und unterdessen trat der Gast in die Stube. Er grüßte höflich, setzte sich an einen der Tische und verlangte ein Glas Julep, ein kühlendes Getränk, das in den südlichen Vereinigten Staaten und deren Grenzgebieten gern getrunken wird.

Der Gast war hoch und stark gebaut, und sein Gesicht war von einem dunklen Vollbart umrahmt. Er mochte ein Stück in die dreißig hinein sein, konnte aber recht gut als bedeutend jünger gelten. Er trug eine sehr fadenscheinige, mexikanische Hose und darüber eine wollene Bluse, die vorn offenstand und die bloße Brust sehen ließ, die er dem Sturmwind geboten hatte. Ein Ledergürtel ging um seine Hüften. Daran hingen zwei Revolver und steckte ein Messer. Die Büchse, die er neben sich an den Tisch gelehnt hatte, schien einen Groschen wert zu sein, wie überhaupt seine ganze Bekleidung einen abgeschabten Eindruck machte. Wer aber in seine kräftigen, etwas schwermütigen Züge blickte und sein großes, dunkles Auge sah, der hätte sicher nicht nach diesen Kleidern geurteilt. Als er jetzt den breitkrempigen Hut auf den Tisch legte, sah man, daß eine tiefe, kaum erst zugeheilte Narbe quer über seine Stirn lief.

„Was für Julep wollt Ihr?“ fragte der Wirt rauh. „Minze oder Kümmel?“

„Ich bitte, Señor, gebt mir Minze“, lautete die Antwort.

Pirnero ging hinaus in den Laden und brachte das Verlangte. Dann setzte er sich wieder ans Fenster. Der Gast nippte an dem Trank und schien ebenso wie der Wirt seine Aufmerksamkeit durchs Fenster hinaus zu richten. Ein aufmerksamer Beobachter hätte aber bemerken können, daß sein Blick zuweilen verstohlen hinüber zu dem Mädchen flog, das dann die Augen errötend senkte. Der Alte fand das lange Schweigen denn doch zu drückend. Er räusperte sich ein wenig und sagte zum drittenmal, allerdings jetzt zum Gast: „Fürchterlicher Wind!“

Der Fremde achtete nicht darauf, und erst als der Wirt nach einer weiteren Pause fragte: „Nicht? Was?“, lautete die gleichgültige Antwort:

„Nicht schlimm.“

„Aber schrecklicher Staub!“

„Pah!“

„Pah? Was meint Ihr? Das soll kein Staub sein?“

„Staub ist es. Aber was tut das?“

„Was das tut? Welche Frage!“ rief Pirnero ärgerlich. „Fliegt einem dieser Staub in die Augen, so —“

„So macht man sie zu“, fiel der Fremde ein.

„Zumachen? — Ah, ja, das wird das beste sein.“

Der geistreiche Wirt fühlte sich wiederum geschlagen, fügte aber hinzu:

„Doch die Kleider, die Kleider werden zuschanden.“

„So zieht man schlechte an!“

Das war Wasser auf die Mühle Pirneros. Er machte eine rasche Wendung dem verhaßten Gast zu.

„Ja, die Eurigen sind schlecht genug. Habt Ihr denn keine besseren?“

„Nein.“

Dieses Wort wurde so gleichmütig gesprochen, daß es den Alten empörte. Der Mexikaner hält viel auf sein Äußeres. Er kleidet sich in eine bunte malerische Tracht, trägt gern schimmernde Waffen und schmückt sein Pferdegeschirr mit goldenen und silbernen Zieraten. Von alledem war bei dem Fremden nichts zu merken. Er hatte an seinen groben Stiefeln nicht einmal Sporen, die der Mexikaner stets mit ungeheuren Rädern trägt.

„Warum denn nicht?“ fragte der Wirt.

„Sie sind mir zu teuer.“

„Ah, so seid Ihr ein armer Habenichts?“

„Ja“, entgegnete der Gefragte gleichmütig. Er bemerkte aber wohl, daß die Tochter unwillig errötete und ihm einen Blick zuwarf, in dem es wie eine Bitte um Verzeihung lag.

Pirnero beachtete das nicht und fuhr in seinen Fragen fort:

„Was seid Ihr denn eigentlich?“

„Jäger.“

„Jäger? Und davon lebt Ihr?“

„Allerdings.“

Der Alte warf ihm einen verächtlichen Blick zu.

„Da sollt Ihr mich dauern“, sagte er stolz. „Wie kann ein Jäger jetzt leben? Ja, früher war es etwas anderes. Da gab es Männer, von denen man Achtung haben mußte. Habt Ihr von Bärenherz gehört?“

„Ja, er war ein berühmter Apatsche.“

„Oder von Büffelstirn?“

„Er war der König der Büffeljäger.“

„Und von Donnerpfeil?“

„Er war ein Deutscher.“

„Mein Landsmann!“ sagte der Wirt stolz. „Ich bin nämlich aus Pirna, von woher sie in Dresden die Elbe beziehen. Der größte Jäger aber ist der ‚Herr des Felsens' gewesen, der gleichfalls ein Deutscher war. Habt Ihr übrigens von dem Schwarzen Gerard schon gehört?"

„Gewiß, was ist mit ihm?"

„Das muß auch ein ganz verteufelter Kerl sein. Er treibt sich jetzt hier an der Grenze herum. Dieser Westmann heißt Gerard und soll einen schwarzen Bart haben; daher wird er der Schwarze Gerard genannt. Er fürchtet sich nicht vor dem Teufel. Sein Schuß geht niemals fehl und sein Messer trifft stets den richtigen Fleck. Früher hatte er es besonders auf die Raubbanden im Llano Estacado abgesehen. Seit er vom Norden droben heruntergekommen ist, sind die Wege von dem Gesindel fast gesäubert worden. Ich habe ihm viel zu verdanken, denn früher fingen sie mir meine Waren zehnmal ab, eh ich sie einmal bekam. So ein Mann sollte mein Schwieg —" Er besann sich und hielt mitten im Wort inne. In Gegenwart dieses Gastes durfte er unmöglich in seine Lieblingslitanei verfallen. Darum fuhr er fort: „Ich möchte wissen, was für ein Landsmann er ist. Wohl auch ein Deutscher und am Ende gar aus Pirna, denn die Leute dort sind ungeheuer tapfer. Aus welchem Land seid Ihr denn eigentlich gebürtig?"

„Aus Frankreich", entgegnete der Jäger.

„O weh! So seid Ihr ein Franzose?"

„Gewiß."

„So! Hm! Hm! Das ist gut, Señor!"

Pirnero drehte sich schnell um und machte keinen Versuch, das Gespräch fortzusetzen. Nach einer Pause erhob er sich und verließ das Zimmer, gab aber vorher seiner Tochter einen Wink, ihm zu folgen. Sie gehorchte und fand ihn in der Vorratskammer.

„Du", sagte er, „hast du gehört, was er ist?"

„Ja, ein Franzose", erwiderte Resedilla.

„So muß ich dich warnen. Weißt du, daß uns die Franzosen einen österreichischen Prinzen herübergebracht haben, der Kaiser von Mexiko werden soll?“

„Gewiß, man spricht doch überall davon.“

„Nun, so will ich dir sagen, daß die Österreicher alle gute Leute sind. Sie rechnen zwar nach Gulden, die bloß siebzehn Groschen gelten, aber mich gehen die übrigen drei Groschen ja gar nichts an. Ich habe gegen die Österreicher nichts, und dieser Prinz Max soll ein guter Mensch sein. Den Mexikanern gefällt es jedoch nicht, daß er sich von den Franzosen bringen läßt, und darum wollen sie von ihm nichts wissen. Sie sagen, dieser Napoleon III. sei ein Lügner, er werde seine Versprechungen nicht erfüllen und auch den Prinzen Max später sitzenlassen. Sie wollen keinen Kaiser haben, sie wollen einen Präsidenten, und der soll Juarez[1]) sein.“

„Der jetzt in El Paso del Norte weilt?“

„Ja. Die Franzosen möchten ihn daher gern fangen. Sie haben schon das ganze Land besetzt und ihn in Chihuahua[2]) beinahe ergriffen. Er ist ihnen aber glücklich nach Paso del Norte entkommen. So weit zur Indianergrenze wagen jene sich zwar nicht herauf, aber man spricht davon, daß sie einen Streiftrupp absenden wollen, um ihn auszuheben. Darum muß man vorsichtig sein und sich vor jedem Franzosen hüten.“

„Du doch nicht. Was geht dich Juarez an?“

„Oh, sehr viel“, entgegnete Pirnero mit wichtiger Miene, „ich habe es dir bisher verschwiegen, daß ich eine außerordentliche Begabung für Politik habe —“

„Du?“ unterbrach sie ihn im höchsten Grad erstaunt.

„Ja, ich. Alle Leute in Pirna sind groß in Politik. Das haben wir noch vom Finkenfang bei Maxen her. Ich habe drüben in Presidio de San Vicente noch einige.

1) Sprich: chuáres 2) Chihuahua, sprich: tschiwáwa

Ländereien, und weil ich daselbst eine Stimme besitze, so ist es mir nicht gleichgültig, ob wir den Prinzen Max bekommen oder den Juarez. Der Max ist gut, aber er kann sich unmöglich halten. Er hängt von den Franzosen ab. Der Napoleon hat, um ein mexikanisches Kaiserreich zu gründen, zwei Anleihen gemacht; davon ließ er Mexiko lumpige vierzig Millionen zukommen, fünfhundert Millionen aber hat er für Frankreich selbst behalten. Das ist der offenbarste Betrug, und der arme Max weiß sich nun keinen Rat. Juarez hingegen kennt unser Land. Er will die Franzosen vertreiben, und darum wollen wir ihn. Dazu gehört aber Geld. Deshalb hat er zum Präsidenten der Vereinigten Staaten gesandt, um sich mit ihm zu verbinden und eine Anleihe zu machen. Vor einigen Tagen nun ist der Bote zurückgekehrt und hat die Nachricht gebracht, daß die Staaten von einem mexikanischen Kaiser, den der Franzose bringt, nichts wissen wollen und uns dreißig Millionen Dollar bewilligt haben. Einige Millionen sind schon unterwegs. Sie sollen auf dem Landweg zu Juarez befördert werden. Davon aber haben die Franzosen Wind bekommen, und es ist wahrscheinlich, daß sie die Geldsendung rauben wollen. Diese wird in schleunigen Tagesmärschen herangeschafft. Im Notfall soll sie, wenn es unmöglich ist, sie weiterzubringen, hierher nach Fort Guadalupe geschleppt und in unserem Haus einstweilen versteckt werden. Deshalb wird Juarez eine stärkere Besatzung herlegen, und darum haben wir aber auch die Franzosen doppelt zu fürchten. Sie werden Kundschafter senden, um uns auszuhorchen, und ich ahne, daß der Mann, der jetzt drin sitzt, ein solcher Spion ist. Er spricht nur wenig und verwendet keinen Blick vom Fenster, um ja genau zu sehen, was draußen vorgeht. Nicht einmal dich schaut er an.“

Resedilla wußte es besser, aber sie hütete sich, es zu verraten.

„Ich glaube nicht, daß er das Auge eines Spions hat", meinte sie.

„Nicht? Da irrst du! Nun mußt du aber wissen, daß man es einem Diplomaten gleich ansieht, was für ein großer Mann er ist. Darum will ich mich lieber vor diesem Franzosen gar nicht sehen lassen. Er könnte es an meinem Gesichtsausdruck merken, daß ich zur großen Schule gehöre, und Verdacht schöpfen. Darum sollst du allein ihn bedienen. Aber ich bitte dich um des Himmels willen, laß dir nicht ablauschen, daß ich ein Anhänger von Juarez bin."

Resedilla unterdrückte ein Lächeln und antwortete:

„Hab keine Sorge! Ich habe von dir eine diplomatische Ader. Er soll mich nicht fangen."

„Ja, ich glaube selber, daß du diese Ader hast. Das ist die Erbschaft vom Vater auf die Tochter, ohne daß man weiß, woher es eigentlich kommt. Also kehre in die Schenkstube zurück und mach deine Sache gut! Sei sogar etwas liebenswürdig mit ihm, um ihn kirre zu machen! Ein guter Diplomat muß seine Feinde mit dem Lächeln fangen, ich kenne das."

Resedilla ging in die Schenkstube zurück, wo der Gast während der langen und sonderbaren Unterredung ganz allein gesessen hatte. Auf ihrem Gesicht lag ein Ausdruck allerliebster Schelmerei. Sie nahm an ihrem Fenster wieder Platz, ohne ein Wort zu sagen. Da er aber auch schwieg, so wurde ihr diese Stille denn doch zu drückend, und sie beschloß, eine Unterredung zu beginnen und dabei sofort auf ihr Ziel loszugehen.

„Seid Ihr wirklich ein Franzose, Señor?" fragte sie.

„Ja", erwiderte er. „Seh' ich etwa aus wie ein Mann, der Euch belügen könnte, Señorita?"

„Nein", gestand sie aufrichtig. „Ich glaubte nur, Ihr hättet Scherz gemacht. Man liebt hier in dieser Gegend nämlich die Franzosen nicht."

„Ich liebe sie auch nicht.“

„Ah!“ sagte sie erstaunt. „Und doch seid Ihr selber ein Franzose?“

„Ja. Ich meine aber damit nur, daß ich zwar in Frankreich geboren bin, daß ich jedoch niemals wieder in mein Vaterland zurückkehren werde.“

„Habt Ihr es denn gezwungen verlassen?“

„Nein, ich bin freiwillig gegangen, aber ich habe mit meinem Vaterland nichts mehr zu schaffen.“

„Das muß traurig sein.“

„Nicht so traurig wie andere Dinge, zum Beispiel Untreue und Verrat.“

„Habt Ihr die erduldet?“

„Leider.“

Bei diesem Wort trat der schwermütige Ausdruck seiner Züge und seines Blickes deutlicher hervor. Aber seine Antwort hatte die Wißbegierde des schönen Mädchens erregt. Es wollte nun auf alle Fälle mehr erfahren und fragte daher:

„So ist Euch vielleicht eine Geliebte untreu geworden?“

„Leider ja.“

„Das muß ein böses, herzloses Mädchen gewesen sein, Señor.“

„Sie hat mich sehr gekränkt und mir mein Leben verdüstert.“

„So habt Ihr sie sehr lieb gehabt?“

„Sehr“, antwortete er kurz und einfach. Aber gerade das zog das gemütvolle Mädchen am meisten an. Ein anderer hätte einer Dame gegenüber wohl das alles verschwiegen; so wenigstens dachte sie.

„Ihr müßt sie zu vergessen suchen, Señor!“

„Das geht nicht. Ich habe sie zwar jetzt nicht mehr lieb, doch hat sie mich so unglücklich gemacht, daß ich sie unmöglich vergessen kann.“

Resedilla war von diesen Worten betroffen.

„Das begreife ich nicht, Señor. Wie könnt Ihr unglücklich sein, wenn Ihr sie nicht mehr liebt?"

„Weil mein Unglück eigentlich nicht eine Folge ihrer Untreue, sondern ihres Verrats ist."

„Ah, sie hat Schlimmes von Euch gesagt? Und es war eine Lüge?"

„Nein, Señorita, es war leider die Wahrheit."

Resedilla war bei diesen Worten ganz sonderbar und fremd zumut geworden. Sie konnte sich keine Rechenschaft über ihr Verhalten geben, aber sie fragte weiter:

„Nicht wahr, jetzt habt Ihr doch nur im Scherz gesprochen?"

„Weshalb sollte ich mit Euch scherzen, Señorita? Nein, nein, ich sagte Euch die volle Wahrheit."

Da senkte sie den Kopf, ein Gefühl der Enttäuschung war auf ihrem Gesicht zu lesen, und ihre Stimme klang kälter als vorher, als sie sagte:

„So verzeiht, daß ich Euch mit meinen Fragen belästigt habe! Aber sooft Ihr jetzt zu uns gekommen seid, habt Ihr stets so still und traurig dagesessen, daß es mich gedauert hat. In Eurem Auge ist es ja stets, als wollte eine Träne daraus hervorbrechen."

„Ja, man findet zuweilen Menschen, die eine ganze Flut von Tränen in sich tragen und doch zu stolz sind, es merken zu lassen."

„Oh, ich habe es wohl bemerkt. Und da dachte ich mir, daß Euch ein freundliches Wort vielleicht erfreuen würde. Es gibt ja Personen, die einem gar nicht fremd erscheinen können, Señor. Habt Ihr das nicht auch schon erfahren?"

„Ja, doch erst hier bei Euch, Señorita."

Das Mädchen errötete. Er fuhr daher entschuldigend fort:

„Ihr dürft mir diese Worte nicht übelnehmen. Wenn sie Euch weh tun, werde ich gehen und nie wiederkommen."

„Nein, das dürft Ihr nicht, Señor“, entgegnete sie rasch. „Es wäre mir jedoch sehr angenehm, Euch etwas weniger traurig zu sehen als bisher, und wenn Ihr mir von Euch auch gar nichts sagen wollt, so möchte ich doch Euren Namen gern erfahren.“

„Nennt mich Mason, Señorita!“

„Mason? Ja, das ist ein französischer Name. Und Euer Vorname?“

„Ich heiße Gerard.“

„Gerard? Ah, grad wie der Schwarze Gerard, von dem mein Vater vorhin sprach. Ihr habt auch einen solchen schwarzen Bart, wie er ihn tragen soll. Aber könnt ihr mir sagen, welche Bedeutung der Name Gerard hat?“

„Er bedeutet: der Kraftvolle oder der Verteidiger, so hat mir einst mein Lehrer gesagt.“

„Der Kraftvolle? Ja, das paßt zu Euch. Und wer kraftvoll ist, der kann auch gut ein Verteidiger sein.“

„Leider bin ich es nicht gewesen, sondern grad das Gegenteil.“

„Wie meint Ihr das, Señor?“

Der Gefragte blickte traurig hinaus ins Weite und erwiderte:

„Ich war Garrotteur.“

„Garrotteur? Das verstehe ich nicht. Was bedeutet das?“

„Ja, Eurem unschuldigen Sinn ist das Wort wohl noch nie zu nahe getreten. So wißt denn, Señorita, daß in großen Städten, in denen Millionen beisammenwohnen, viele Tausende des Abends kaum wissen, woher sie des Morgens Brot nehmen sollen. Noch schlimmer daran aber sind die Tausende, die sich des Abends sagen: ‚Wenn du dir nicht des Nachts dein Brot stiehlst, so mußt du morgen hungern.‘ Diese sind die Sklaven des Verbrechens. Die meisten sind nicht ganz schuldig, und viele sind sogar unschuldig. Der Vater erzieht den

Sohn und die Mutter die Tochter zum Verbrechen, ein Rechtsgefühl wird nicht entwickelt, und so leben diese Leute auf der Stufe des Fuchses oder des Löwen, deren Natur den Raub oder Diebstahl gebietet. Sie sind die Raubtierklasse des Menschengeschlechts."

„Mein Gott, das muß doch sehr traurig sein!"

„Trauriger als Ihr denkt."

„Und Ihr, Señor? Ihr wolltet doch wohl von Euch reden?"

„Gewiß. Auch ich war ein solches Raubtier."

„Unmöglich!" fuhr Resedilla erschrocken auf.

„Doch, leider! Ich klage zwar niemand an, aber ich gehorchte meinem Vater. Wir waren arm und lernten die Arbeit verachten. Mein Vater war schwach und stahl. Ich aber, von Beruf ursprünglich Schmied, war stark und garrottierte, das heißt, ich ging des Nachts auf die Straßen, zog den mir Begegnenden mit einer Schlinge den Hals zusammen und leerte ihnen dann, wenn sie die Besinnung verloren hatten, die Taschen."

„Oh, mein Gott, wie ist das schrecklich!" stammelte Resedilla erbebend.

Sie war leichenblaß geworden. Da saß der Mann, der einzige, dem sie ihre Liebe hätte schenken mögen, und er erzählte ihr, daß er ein Verbrecher sei. Warum diese fürchterliche Aufrichtigkeit? Sie schauderte an allen Gliedern.

„Ja, schrecklich ist es", fuhr Gerard Mason mit jener Gleichgültigkeit, die bereits das Schlimmste hinter sich weiß, fort. „Aber es kam noch schlimmer. Ich lernte jenes Mädchen kennen. Wir liebten einander, und ich gab ihr alles, was ich raubte. Dann machte ich einst die Bekanntschaft eines schlechten Menschen. Er bot mir große Summen an, für ihn ein Verbrechen zu begehen. Ich ging scheinbar darauf ein, aber ich schützte den Bedrohten und nahm dem Mörder zur Strafe sein ganzes Geld ab. Nun wollte ich ein ehrlicher Mann werden und gab Mignon alles, sie aber betrog mich, indem sie einen vornehmen Herrn betörte, den sie mir vorzog und mit dem sie den Raub verpraßte. Und als ich ihr drohte, sagte sie, daß sie mich anzeigen werde."

„Was habt Ihr da getan? Sie getötet?"

„Nein", entgegnete er verächtlich. „Ich bin gegangen und habe gearbeitet. Oh, damals habe ich viel gelitten und gestritten und gekämpft, ich selber war ja mein schlimmster Gegner. Aber ich hatte mir nun fest vorgenommen, ein ehrlicher Mensch zu werden, und ich bin es geblieben, denn was ich ernstlich will, das führe ich auch durch. Aber in der Gesellschaft guter Leute ist mir erst das volle Bewußtsein meiner Sünden gekommen, und es hat mich hinausgetrieben, fort von der Heimat, in die Fremde, wo ich sühnen und dann sterben will."

Es entstand eine lautlose Stille. In dem Auge des Mädchens perlte eine Träne. War es eine Träne des Schmerzes, der Entsagung, oder lag in ihrem feuchten Glanz ein Widerschein des Bibelwortes vom bußfertigen Sünder, über den im Himmel mehr Freude ist als über neunundneunzig Gerechte? Ein voller, tiefer Atemzug entquoll ihrer Brust, und sie erhob das Auge fest zu ihm, sah ihm ernsthaft in das seinige und fragte:

„Aber, Señor, warum erzählt Ihr mir das?"

„Ich will es Euch sagen", antwortete er. „Als ich glaubte, jene Mignon zu lieben und getäuscht wurde, als ich nach Amerika ging, die Berge, die Wüsten und Savannen durchwanderte, und während dieser langen Jahre ein Jäger, ein Scout wurde, der einen guten Namen hat, da ließ mich die Einsamkeit mein Herz erkennen. Und als ich dann Euch erblickte, da wußte ich, was wahre Liebe sei, und ich konnte ohne Euren Anblick nicht mehr sein. Es zog mich zu Euch, wie es den Gläubigen zu den Füßen der Mutter Gottes zieht. Nun ich aber bemerkte, daß auch Euer Auge voll Teilnahme auf mir ruhte, da erwachte in mir das Bewußtsein meiner Pflicht. Ihr durftet Euer Herz nicht an einen Unwürdigen verschenken, und darum, darum, Señorita, habe ich Euch erzählt, was ich gewesen bin, damit Ihr mich verabscheuen lernen sollt. Und außerdem ist es mir gewesen, als hätte ich jetzt zu meinem Beichtvater oder zu Gott selbst gesprochen: wer seine Sünden bekennt und bereut, dem werden sie vergeben. Ich werde jetzt gehen und nicht wiederkehren. Ihr aber werdet vor der Verunreinigung mit dem Verdammten bewahrt bleiben! Doch ich bitte Euch, über das, was ich Euch erzählt habe, zu schweigen. Ihr würdet sonst viele in Schaden bringen, denen ich jetzt nützlich bin, denn ich müßte ja diese Gegend dann verlassen."

Gerard erhob sich und ergriff sein Gewehr. Er wollte gehen, ohne sein Glas ausgetrunken zu haben. Da aber stand Resedilla auch auf und trat ihm in den Weg. Ihr Antlitz war noch bleicher geworden als vorher.

„Señor", sagte sie. „Ihr seid bisher so aufrichtig gegen mich gewesen. Seid es nun auch zum letztenmal und sagt mir, ob Ihr ein Spion der Franzosen seid?"

„Nein, ich bin es nicht."

„Und Ihr haltet nicht zu den Franzosen?"

„Nein. Ich hasse den Kaiser, der nur durch Blut und Lüge herrscht. Ich könnte ihn töten, ihn, der jetzt wieder einen wohlgesinnten, ehrlichen Fürsten ins Verderben führt! Aber seine Zeit wird einst kommen! Ich stehe zu den Mexikanern, und ich liebe Juarez. Ist Euch das genug, Señorita?"

„Ja, vollständig. Ich bin beruhigt."

„So lebt denn wohl!"

„Wollt Ihr wirklich gehen, Señor Mason?"

„Ja. Für immer von Euch, aber nicht von Guadalupe. Man wird mich hier wiedersehen."

Er senkte seinen Blick tief in den ihrigen. Beider Augen standen voller Tränen, und es war, als dürfe er jetzt seine Arme um sie schlingen, ohne sie zu beleidigen. Aber er beherrschte sich: er durfte ihr Schicksal nicht an das seinige ketten und ging.

Als er die Stube verlassen hatte, blieb Resedilla noch immer auf dem Fleck, auf dem sie vor ihm gestanden, verbarg das Gesicht in beide Hände und brach in ein jähes Schluchzen aus, unter dem ihr Körper erbebte.

„Gerard heißt er“, weinte sie. „Ja, er verdient diesen Namen, er ist wirklich der Kraftvolle, denn er hat sich selbst besiegt. Er ist der Beschützer, denn er hat sich selbst beschützen wollen. Wie schwer muß es ihm geworden sein! Und wie schwer wird es mir werden — vielleicht unmöglich, nun erst recht unmöglich!“

Gerard hatte ihr ausbrechendes Schluchzen noch unter der Tür gehört, aber er kehrte nicht um, sondern trat in die Umzäunung, bestieg sein Pferd, befestigte das Sturmband seines Hutes straff unterm Kinn und warf die Flinte über den Rücken, um sein Pferd alsdann vorn emporzuziehen und ihm die unbesporten Fersen zu geben. Mit einem kühnen Sprung setzte es, den Ausgang vermeidend, über die hohen Planken hinweg und flog im Galopp grad auf das Wasser zu. Dort schlug er eine westliche Richtung ein. Er achtete des Sturmes nicht, der ihm entgegenheulte. Mitten in der Prärie endlich stand das Pferd. Nun sprang er ab und warf sich zu Boden, um das erschöpfte Tier grasen zu lassen. Er hatte seiner Liebe entfliehen wollen, ohne zu prüfen, ob es überhaupt möglich sei.

Aus dem einstigen Sünder war ein Bußfertiger geworden, aber nicht ein Büßender in Sack und Asche, der elend seine Tage verjammert, sondern ein Büßer mit der Büchse in der Faust, der es sich zur Aufgabe gestellt hatte, das Verbrechergesindel der Savanne auszurotten. Er hatte es vorgezogen, Resedilla zu verschweigen, daß er selbst der Schwarze Gerard sei.

So hatte er, ohne es zu wissen, lange Zeit dagelegen. Sein Pferd hatte sich sattgefressen und ruhte nun still im Gras. Da plötzlich sprang es auf, sträubte die Mähne, spitzte die Ohren und stieß jenes Schnauben aus, das dem Besitzer ein sicheres Zeichen ist, daß sich ein Mensch oder irgendein feindliches Wesen naht. Sofort schnellte auch Gerard empor und überflog mit scharfem Auge die weite Prärie. Er bemerkte einen Reiter, der im Galopp grad auf ihn zugesprengt kam. Seine erst so gespannten Züge nahmen den Ausdruck der Befriedigung an.

„Beruhige dich!" rief er dem Pferd zu. „Es ist Bärenauge, unser Freund."

Das Pferd hatte den Namen so gut verstanden, daß es sich augenblicklich niederlegte und kein weiteres Zeichen von Unruhe gab. Der Nahende war von weitem als Indianer zu erkennen. Er trug zwar keinen indianischen Anzug und Federschmuck, sondern die neumexikanische Kleidung. Aber seine weit vorn auf dem Hals des Pferdes liegende Gestalt bezeichnete ihn mit Sicherheit als Roten. Nur ein langjähriger Savannenmann reitet auf diese Weise.

Er sprang, bei dem Wartenden angekommen, mit einem einzigen Satz und im vollen Galopp vom Pferd. Er wußte, daß sein weiterstürmendes Tier in einem Bogen zu ihm zurückkehren werde. Jedenfalls handelte es sich hier um ein Stelldichein, und es war ein Beweis für den scharf ausgeprägten Ortssinn der beiden Männer, daß sie sich so genau auf einem freien Punkt der offenen Prärie zu treffen wußten. Weniger erfahrene Jäger hätten das nicht fertiggebracht. Der Indianer war noch jung, und jemand, der einst mit Bärenherz bekannt gewesen war, hätte wohl zwischen beiden eine große Ähnlichkeit feststellen müssen.

„Mein roter Bruder hat lang auf sich warten lassen", empfing ihn der Franzose.

„Glaubt mein weißer Bruder, daß Schoschintä nicht

reiten kann?“ entgegnete der Indianer. „Ich bin lange geblieben, weil ich lange lauschen mußte.“

„Lauschen? Wo?“

„Ich war in Paso del Norte bei Juarez, dem Häuptling der Mexikaner, dem ich meldete, daß ich ihm fünfhundert tapfere Apatschenkrieger bringen werde, um Chihuahua wiederzunehmen. Ich teilte ihm auch mit, daß ich meinen weißen Bruder hier treffen würde, und er bat mich, dir zu sagen, daß du Señorita Emilia in Chihuahua besuchen solltest.“

„Ich werde es sogleich tun, denn ich selbst halte es für notwendig.“

„Wie lange wirst du dort bleiben?“

„Ich weiß es nicht, vielleicht eine Woche.“

„Du wirst mich und meine Krieger von heut an in einer Woche genau um Mittag an der großen Eiche auf den Tamisosbergen treffen.“

„Gut. Ich werde viele Pferde nehmen und gebe dir jetzt das meinige mit, damit es dann frisch und kräftig ist.“

„So möge der Große Geist meinen weißen Bruder beschützen! Howgh!“

Die Männer trennten sich. Bärenauge ritt, das Pferd Gerards an der Leine führend, nach Westen zurück, der Franzose aber ging zu Fuß wieder auf das Fort Guadalupe zu. In seiner Nähe angekommen, fing er ein ungesatteltes Pferd, das im Freien weidete, ein, schwang sich nach echter Vaqueroart empor und ritt erst langsam und später in gestrecktem Galopp davon. Daß er ein Pferd für sich genommen hatte, war keineswegs ein Diebstahl. Wo im Westen die Pferde frei herumlaufen, darf man das erste beste einfangen, wenn man es nur wieder freigibt, daß es zurückkehren kann. Jeder Besitzer erkennt seine Tiere an dem eingebrannten Zeichen.

Dieser einstige Schmied und Garrotteur war im Lauf der Jahre ein ausgezeichneter Präriemann geworden.

Er saß auf seinem Pferd bis gegen Mittag, dann fing er sich von der ersten besten Herde, an der er vorüberkam, ein anderes ein. Und so ging es immer im Galopp fort, bis er am nächsten Tag kurz vor Anbruch des Abends Chihuahua vor sich liegen sah. Er durfte sich weder bei Tag in die Stadt wagen, noch des Abends offen durch die ausgestellten Posten gehen, sondern mußte mit Lebensgefahr einschleichen. Darum band er sein Pferd im Wald fest und wartete die völlige Dunkelheit ab. Dann näherte er sich der Stadt, in der er jedes Haus und jeden Schlich kannte.

Nur einem solchen Manne wie Gerard konnte es glücken, durch die Postenkette und über die aufgeworfenen Befestigungen hinwegzugelangen. Bald befand er sich an einer Reihe von Gärten, die ihm bekannt waren. Er schwang sich vorsichtig über einen Zaun, duckte sich zur Erde nieder und stieß dreimal den Ruf des schwarzköpfigen Geiers aus, wenn er aus dem Schlaf erwacht. Dieses Zeichen schien nicht gehört worden zu sein, denn er mußte es wiederholen, bevor er ein Pförtchen gehen hörte. Nun kam eine dunkle Frauengestalt langsam herbei, um in kurzer Entfernung stehenzubleiben und leise zu fragen:

„Wer ist da?“

„Mexiko“, raunte er.

„Und wer kommt?“

„Juarez.“

„So wartet ein wenig!“

Nach diesen Worten entfernte sich die Gestalt und kehrte erst nach Verlauf von wohl einer Vierstelstunde zurück. Jetzt aber kam sie ganz zu Gerard heran und sagte:

„Hier ist das Gewand, den Weg habe ich frei gemacht.“

Mit diesen Worten reichte sie ihm eine Mönchskutte, die er überzog, und fuhr dann fort:

„Heute müßt Ihr Euch doppelt in acht nehmen! Sie hat den Major zu sich bestellt."

„Das ist mir lieb. Ist er schon bei ihr?"

„Nein. Er kommt erst nach zwei Stunden."

„Gut. Hier ist meine Büchse, bewahrt sie sorgfältig auf!"

„Wann kehrt Ihr zurück?"

„Das weiß ich noch nicht. Ich werde Euch wecken, wenn ich komme."

Gerard hüllte sich in die Kutte und schritt links hinüber, wo sich in der Mauer eine kleine Tür befand, die schon offenstand. Er trat in einen Hof, an dessen Seite sich ein Säulengang hinzog. Eine schmale Treppe führte hinauf zu der Stelle, wo der Hof am dunkelsten war. Er stieg sie empor und fand dort oben in einem Winkel eine Holztür geöffnet. Hier trat er ein, ging im Finstern abermals durch einige geöffnete Türen und stand endlich vor einer, die verschlossen war. Er klopfte an, und ein lautes „Herein!" antwortete. Zugleich wurde ein Riegel zurückgeschoben und die Tür tat sich auf.

Ein glänzendes, blendendes Lichtmeer flutete ihm entgegen, und mitten in diesem See von Glanz und Licht stand eine Frauengestalt von ungewöhnlicher Schönheit. Sie trat dem Präriejäger, der im letzten Zimmer seine Kutte wieder abgelegt hatte, entgegen.

„Endlich, endlich wieder einmal, lieber Gerard", rief sie.

Emilia zog ihn zum Diwan und setzte sich neben ihn. So saßen sie da, er in seiner alten, schmutzigen, blutgetränkten Bluse, und sie im kostbaren Seidenkleid.

„Ihr wolltet ausgehen, wie ich sehe?" nahm er das Wort.

„Ja. Ich wollte zwei Stunden zur Tertulia[1]), und dann erwarte ich den Major. Doch verzichte ich herzlich gern auf das Vergnügen!"

1) Abendgesellschaft

„Auf welches Vergnügen wollt Ihr verzichten?" fragte Gerard mit feinem Lächeln. „Auf die Tertulia oder den Major?"

„Auf das erstere. Der Besuch des Majors ist kein Vergnügen."

„Ich glaube es."

„Dafür hoffe ich, das Vergnügen Eurer Gegenwart desto länger genießen zu können."

„Das hängt ganz davon ab, was ich heute in Erfahrung bringen werde. Es scheinen sich wichtige Dinge vorbereiten zu wollen, zu denen ich vielleicht hier in Chihuahua den Schlüssel finden werde."

„Wie steht gegenwärtig die Sache des Präsidenten?"

„Bis jetzt nicht gut. Juarez war bis zum gegenwärtigen Augenblick zur Verteidigung gezwungen, wartet aber nur auf den günstigen Augenblick, um nun auch seinerseits vorgehen zu können. Das wird sofort geschehen, wenn die Geldsendung eingetroffen ist, die er erwartet."

„Eine Geldsendung? Ah, käme sie doch an! Ihr müßt wissen, daß mir der Präsident seit drei Monaten mein Gehalt schuldig geblieben ist. Ich gelte hier für reich und muß ein großes Haus führen, um Eurer Sache dienen zu können. Und doch ist meine Kasse vollständig erschöpft. Ich weiß, daß Juarez jetzt darben muß, aber ich bin bereits gezwungen gewesen, Anleihen zu machen. Der Nimbus, mit dem ich mich zu umgeben verstanden habe, wird da nicht mehr lange vorhalten."

„Ja, der Präsident ist allerdings jetzt fast von allen Mitteln entblößt. Wenn er Euch trotzdem Geld sendet, so mögt Ihr daraus ersehen, daß er die Vorteile, die Ihr uns bringt, zu schätzen weiß."

„Er schickt Geld?" fragte Emilia freudig.

„Ja, durch mich. Ich habe das Geld zwei Wochen lang mit mir herumgetragen. Ihr müßt entschuldigen, ich konnte wahrhaftig nicht eher kommen."

„Ihr seid entschuldigt, lieber Gerard, denn ich kenne Eure Sorgfalt für mich. Aber sagt mir, wieviel ist es?"

„Ein Halbjahresgehalt. Drei Monate leider post-, aber dafür nun auch drei Monate pränumerando. Seid Ihr zufrieden?"

„Sehr, sehr! Ist es in Papieren?"

„Ja. Wie könnte ich so viel in Münzen bei mir führen?"

„In welchen Papieren? Die nordamerikanischen könnten mich bloßstellen."

„Es sind gute Scheine der Englischen Bank."

„Ah, das ist prächtig und sehr vorsichtig!"

„Hier, nehmt!"

Gerard fuhr in den Schaft seines elenledernen Jagdstiefels und zog ein Paket hervor, das er ihr überreichte. Die Frau öffnete es, zählte nach und sagte:

„Richtig, es stimmt! Nun bin ich wieder reich! Aber, lieber Gerard, jetzt müßt Ihr mir den Gefallen tun und erst etwas essen."

„Dazu bin ich gern bereit, denn ich habe einen Riesenhunger."

Emilia ging hinaus und besorgte ihm eine reichliche Mahlzeit, der er freudig zusprach. Währenddem erzählten sie von gleichgültigen Dingen. Als er gesättigt war und sie das Geschirr fortgetragen hatte, nahm sie abermals bei ihm Platz und forderte ihn auf:

„Reden wir wieder von unseren Geschäften! Daß es einen neuen Präsidenten gibt, wißt Ihr?"

„Einen, der Präsident werden will? Ich hörte noch nichts davon. Wer ist es?"

„Ein gewisser Pablo Cortejo aus der Stadt Mexico. Er war Verwalter des Grafen Fernando de Rodriganda."

„Wenn er in Mexico ist, wie kann er da Hoffnungen hegen? Die Hauptstadt befindet sich ja in der Hand der Franzosen!"

„Ich habe gesagt, daß er aus Mexico sei, nicht aber in Mexico. Er befindet sich gegenwärtig drunten in der Provinz Chiapas."

„Hat er Anhang?"

„Er war einer der ersten, die für die Franzosen eintraten, während der ‚Panther des Südens' schwankt. Solange Juarez noch mächtig war, trat dieser Cortejo mit seinen Absichten nicht hervor, jetzt aber scheint er zu denken, daß ihm die Verhältnisse nunmehr günstiger gesinnt seien. Er wiegelt die südlichen Provinzen auf, in denen die Franzosen doch nie große Fortschritte gemacht haben."

„Und die Erfolge, die er erzielt hat?"

„Sie scheinen nicht sonderlich groß zu sein. Aber der ‚Panther des Südens' zeigt sich unschlüssig. Das ist gefährlich: Ihr werdet wissen, daß dieser einen großen Anhang besitzt."

„Dennoch scheint Cortejo uns nicht viel schaden zu können."

„Wer weiß es! Vielleicht hat er Geld, und für dieses ist der Mexikaner außerordentlich empfänglich. Das Sonderbarste aber ist, daß er selber weniger wirbt als seine Tochter."

„Er hat eine Tochter? Wohl jung und schön?"

„Warum jung und schön?"

„Weil das zwei Eigenschaften sind, denen es selten schwerfällt, Tamtam zu machen, sobald sie nämlich geschickt in die Waagschale geworfen werden. Ihr zum Beispiel wäret ganz wie geschaffen dazu, einen Werber zu unterstützen."

„Ich tu das schon, indem ich für Juarez wirke. Was aber die Tochter Cortejos betrifft, so ist sie geradezu eine Vogelscheuche."

„Kennt Ihr sie? Habt Ihr sie gesehen?"

„Nein. ich kenne sie nur im Bild. Man sagt, daß Señorita Josefa sich für schön hält. Und diese Ansicht muß sie auch wirklich von sich haben, sonst würde sie nicht ihre Bilder zu Tausenden anfertigen lassen und verteilen."

„Habt Ihr eins da?"

„Ja."

„Bitte, zeigt es mir!"

Emilia entnahm das Bild einem Kästchen und legte es Gerard vor. „Da ist sie, diese hagere Person!"

Gerard Mason warf einen neugierigen Blick darauf und lachte laut auf.

„Großartig, aber nur zum Zweck eines Studiums der Häßlichkeit. Ich begreife die Selbstgefälligkeit dieses Frauenzimmers nicht."

„Gut, lassen wir ihr das Glück, von Tausenden gesehen und ausgelacht zu werden! Welche Neuigkeiten habt Ihr sonst noch?"

„Daß Napoleon endlich beginnt, mit den Vereinigten Staaten über das Schicksal Mexikos zu unterhandeln."

„So ist der Erzherzog Max am Ende seiner Kaiserlaufbahn. Die Vereinigten Staaten werden keinen Kaiser von Mexiko dulden."

„Meint Ihr?"

„Gewiß. Das geht deutlich aus der Note hervor, die Seward, der Sekretär der Vereinigten Staaten, im Jahr 1864 an Dayton, seinen Gesandten in Paris, übermittelte."

„Wie lautete sie?"

„‚Ich sende Ihnen eine Abschrift des Beschlusses, der am Vierten dieses Monats im Repräsentantenhaus einstimmig angenommen wurde. Sie bringt den Widerstand dieser Staatskörperschaft gegen die Anerkennung einer Monarchie in Mexiko zum Ausdruck. Nach allem, was ich Ihnen schon früher mit aller Offenheit zur Kenntnisnahme Frankreichs geschrieben habe, ist es kaum nötig, noch ausdrücklich zu sagen, daß der in Rede stehende Beschluß die allgemeine Ansicht des Volkes in den Vereinigten Staaten bezüglich Mexikos feststellt.'"

„Ah, das habt Ihr Euch gut gemerkt. Ihr habt es ja auswendig gelernt."

„Wer so zu Juarez hält wie ich, der prägt sich solche Noten genau ein."

„Nach ihr ist allerdings alle Hoffnung für Max verloren. Was hat denn der Kaiser der Franzosen dazu gesagt?"

„In seinem Allmachtsgefühl hat er den amerikanischen Gesandten gefragt: ‚Wollen Sie Krieg oder Frieden?' Er dachte, die Vereinigten Staaten hätten wegen des Bürgerkriegs in ihrem Land so viel mit sich selber zu tun, daß sie vor einem Krieg mit Frankreich zurückbeben würden. Jetzt aber haben sie Napoleon eines Besseren belehrt, und er läßt sich, wie Ihr mir eben sagtet, in friedliche Unterhandlungen mit ihnen ein. Das ist ein untrügliches Zeichen, daß er den Erzherzog fallen lassen will. — Aber, lieber Gerard, Ihr werdet Euch auf Euren Posten begeben müssen. In zwei Minuten wird der Major erscheinen. Er ist immer pünktlich."

„So gebt mir den Nachschlüssel und die Laterne!"

„Hier. Die Kleidung liegt draußen."

Emilia öffnete ein Fach ihres Schreibtisches, holte einen Schlüssel und ein Blendlaternchen hervor und reichte ihm beides. Er nahm es und fragte:

„Wie lange wird dieser Major bei Euch bleiben?"

„Es fragt sich, welcher Zeit Ihr bedürft, um mit seinen Papieren fertig zu werden."

„Das kann ich vorher nicht wissen. Gebt mir eine Stunde!"

„Gut, in einer Stunde, von jetzt an gerechnet, wird mich der Major verlassen. Laßt Euch nicht von ihm ertappen! Ich werde Kopfschmerzen vorschützen."

Gerard verließ das Zimmer durch eine Seitentür und befand sich in einem kleinen Raum, der zur Aufbewahrung überflüssiger Gerätschaften diente. Es war kein Licht da. Er brannte sich daher die Laterne an, und als er bei ihrem Schein die Kleidung eines Dieners auf einem Stuhl liegen sah, zog er die seinige aus und legte diese an. Dann horchte er. Bald vernahm er Stimmen. Der Major war gekommen. Er hatte ihn von diesem Stübchen aus bereits einigemal belauscht und kannte seine Stimme.

„*Dios,* wie schön seid Ihr heute, Señorita!", hörte er ihn sagen.

„Ihr schmeichelt", antwortete Emilia, „ich muß im Gegenteil ein recht müdes und angegriffenes Aussehen haben."

„Inwiefern, meine Gnädige?"

„Ich leide den ganzen Tag an heftigen Kopfschmerzen."

„Ah, Migräne?"

„Ja. Ich würde gar nicht zu sprechen sein, wenn ich Euch die Erlaubnis, mich zu besuchen, nicht so bestimmt gegeben hätte."

„Welch ein Unglück! Ihr werdet mich fortschicken?"

„Nicht sogleich. Ich will sehen, wie lange meine Nerven gutwillig sind. Nehmt Platz!"

Gerard war mit dieser Einleitung sehr zufrieden. Er schob das Laternchen zu und steckte es in die Tasche. Dann verließ er das Stübchen, trat auf einen erleuchteten Flur und forschte, ob sich jemand da befinde. Als er niemand bemerkte, huschte er ihn hinab, zog einen Schlüssel hervor, steckte ihn ins Schloß einer Tür und öffnete diese. Der Schlüssel war der Hauptschlüssel, er öffnete alle Türen. Rasch trat Gerard ein, und er befand sich nun in den Räumen, die der Major bewohnte, und die er kannte, da er schon heimlich hier gewesen war.

Emilia hatte das ganze Haus gemietet und dem Major diese Wohnung abgetreten.

Gerard zog die Laterne wieder hervor und öffnete sie, nachdem er die Tür von innen verschlossen hatte. Er befand sich in einem Vorzimmer, in dem er sich nicht aufhielt. Daneben lag das Arbeitszimmer des Majors, wenn in Mexiko bei einem französischen Major von Arbeit überhaupt die Rede sein konnte. Es hatte zwei Fenster, deren Läden geschlossen waren, so daß kein Lichtschein hindurchdrang. Gerard brauchte also keine Sorge zu haben, von draußen entdeckt zu werden. Es standen drei Tische da, auf denen Karten, Pläne, Bücher und Aufzeichnungen lagen. Mit diesen Dingen begann der Präriejäger sich eingehend zu beschäftigen. Er durchsuchte alles und mußte Wichtiges gefunden haben, denn er zog Papier aus einem Schubfach und fing an, sich Notizen zu machen und von verschiedenen Urkunden Abschriften zu nehmen. Das ging alles in fliegender Eile, denn die Zeit einer Stunde schien fast zu kurz bemessen für die wichtigen Berichte, die er hier vorfand.

Nun brachte Gerard Mason alles genau in die Lage, wie er es vorgefunden hatte, und steckte seine Aufzeichnungen und Abschriften zu sich. Er löschte die Laterne aus und steckte sie ein, denn er brauchte sie nicht mehr. Im Dunkeln begab er sich zur Vorzimmertür zurück und öffnete sie leise. Ein Diener kam den Flur herabgeschritten. Den ließ er erst vorüber, trat dann hinaus, verschloß eilig und huschte in das Kämmerchen, von dem er ausgegangen war.

Mason kam dort glücklich und unbemerkt an und wechselte sein Gewand. Er legte, wenn er sich hier befand und in die Wohnung des Majors ging, stets andere Kleidung an, um im Fall, daß er gesehen würde, für einen Bediensteten gehalten zu werden. Erfreut, daß sein Streich gelungen war, trat er an die andere Tür und horchte. Der Major schien aufbrechen zu wollen, denn er hörte ihn sagen:

„Ich bin wirklich ganz unglücklich, nicht länger verweilen zu dürfen."

„Und ich fühle mich ebenso unglücklich, Euch wegen meines Leidens verabschieden zu müssen", erwiderte Emilia.

„Wann darf ich wiederkommen."

„In vier Tagen."

„In vier Tagen?" fragte der Franzose erstaunt. „Warum erst nach so langer Zeit?"

„Weil ich hoffe, mich dann erholt zu haben. Die Migräne ist ein hartnäckiges Übel."

„Nun, so bestimmen wir lieber gar keine Zeit. Ich komme, sobald Ihr genesen seid."

„Ich stimme gern bei."

„Ihr werdet die Güte haben, es mich wissen zu lassen, Señorita?"

„Gewiß."

„Ich danke! Dann komme ich herbeigeeilt, um Euch zu Eurer Genesung freudigst zu beglückwünschen. Gute Nacht!"

Der Major ging. Gerard zögerte einzutreten, weil der Major ja unter irgendeinem Vorwand oder aus irgendeiner Ursache zurückkehren konnte. Da aber öffnete Emilia selbst die Tür und fragte ins dunkle Zimmer hinein:

„Seid Ihr da?"

„Ja. Hat er Euch heute etwas erzählt?"

„Nein!"

„O weh! Gerade da ich hier bin, um vieles zu erfahren!"

„Ich sah mich ja zur Einsilbigkeit gezwungen und durfte nicht so viel sprechen, wie nötig gewesen wäre, ihn auszuhorchen. Übrigens dachte ich, daß Ihr heute finden würdet, was Ihr braucht."

„Zum Glück ist es gelungen."

„Ah, Ihr habt etwas entdeckt?"

„Ja, sehr viel."

Emilia blickte ihn erwartungsvoll an.

„Ich habe keine Zeit zu verlieren, denn die Dinge, die ich in Erfahrung gebracht habe, erfordern schnelles Handeln. Ich kann Euch heute nur eines sagen, daß ich die Abschrift eines Befehls von Bazaine gefunden habe, wonach in den nächsten Tagen drei Kompanien von hier abgehen müssen, um sich des Forts Guadalupe zu bemächtigen."

„O weh! Das ist schlimm!"

„Pah! Ich werde schon mit ihnen fertig werden. Ich habe Euch noch nicht erzählt, daß ich in einigen Tagen über fünfhundert Apatschen verfügen werde, die mir mein Freund Bärenauge zuführen wird."

„Ah! Bärenauge! Ist das der junge Apatschenhäuptling, der überall nach den Spuren seines verschollenen Bruders Bärenherz sucht?"

„Ja, er ist's! Mit seiner Hilfe werde ich die drei Kompanien aufreiben."

„Wenn ich nur wüßte, was die Franzosen mit der Einnahme dieses kleinen unbedeutenden Forts bezwecken! Welchen Nutzen kann es ihnen bringen?"

„Um das zu erraten, braucht man nicht gerade auf der Kriegsschule gewesen zu sein. Dieser Schachzug gilt ohne Zweifel Juarez. Man will ihn von Guadalupe aus von hinten herum in El Paso del Norte ausheben. Nur aus diesem Grund ist den Franzosen dieser Ort von Wert. Aber ich werde dafür sorgen, daß sie ihn nicht bekommen. Ihre Marschstrecke kenne ich. Ja, ich habe sogar Einsicht in ihre Karten und Pläne genommen."

„Diese Franzosen vergessen, daß Juarez sich noch lange nicht am Ende seiner Macht befindet. Halb Mexiko wartet nur auf seinen Ruf, um aufzustehen."

„Und das soll in kurzer Zeit geschehen, darauf könnt Ihr Euch verlassen. Aber nun bin ich hier fertig, ich muß aufbrechen."

Gerard erhob sich und stand auf.

„Lebt wohl, Gerard! Wann kommt Ihr wieder?"

„Das weiß ich nicht, denke aber, sobald wie möglich. Also gute Nacht!"

Er verließ das Zimmer auf dem Weg, den er gekommen war, um sich von der alten Gärtnerin, die ihn empfing, gegen die Mönchskutte sein Gewehr wieder einzutauschen. Er ahnte nicht, daß er einer schweren Gefahr geradezu in die Hände lief. —

Vorhin, als sich Gerard durch die Vorpostenkette geschlichen hatte, war er nah an einem der Posten vorübergekommen. Dieser hatte ein leises Geräusch gehört und dann gelauscht, ohne etwas Weiteres zu vernehmen.

„Fast war es, als ob jemand hier vorübergegangen wäre", sagte der Posten zu sich. „Es wird wohl irgendein Tier gewesen sein."

Er schritt leise auf und ab, und nach einiger Zeit kam ihm die Lust, eine Zigarette zu rauchen. Die Franzosen befanden sich ja im Lande der Zigaretten. Sie selbst sind zudem große Liebhaber dieses Genusses und gaben sich ihm ohne Ausnahme hin. Selbst wenn ein Posten einmal rauchte, wurde gern ein Auge zugedrückt.

Der Mann zog also eine Zigarette sowie Feuerzeug hervor. Da, beim Schein des Hölzchens, war es ihm, als wären in der zu einem Graben aufgeworfenen Erde einige tiefe Fußspuren. Er bückte sich und leuchtete hin.

„Ah, richtig", murmelte er. „Diese Spuren sind noch ganz frisch. Der Schleicher ist hier vorübergekommen. Wer mag es gewesen sein?"

Er brannte nacheinander mehrere Zündhölzer an und sah nun deutlich die Richtung, die der Mann genommen hatte.

„Dieser Halunke ist zwischen uns hindurch und in die Stadt geschlichen", brummte er. „Er hat also etwas

Gefährliches vorgehabt, und ich muß diese Geschichte sogleich melden."

Er rief den nächsten Posten an und teilte ihm mit, was er bemerkt hatte. Die Meldung ging von Mann zu Mann bis zum Offizier, der sie sofort dem Kommandanten übermittelte. Dieser nahm die Sache ernst. Er befehligte hier den äußersten Posten der französischen Machtentfaltung und begab sich daher sofort unter gehöriger Bedeckung an Ort und Stelle, um seine Maßregeln zu treffen.

„Erzähle!" gebot er dem Soldaten.

„Ich hörte ein Geräusch —" begann dieser.

„Und riefst nicht an?" unterbrach ihn der Kommandant.

„Es war so leise wie von einer Maus. Ich konnte nicht denken, daß es von einem Menschen hergerührt habe", entschuldigte sich der Mann.

„Und dann?"

„Dann kam mir doch der Gedanke nachzusehen. Der Boden ist hier weich. War es ein Mensch gewesen, so hatte er sicherlich Spuren hinterlassen. Ich zündete ein Hölzchen an und fand die Fährte."

„Gut! Deine anfängliche Nachlässigkeit soll dir verziehen sein, weil du sie wiedergutgemacht hast. Brennt die Laternen an!"

Das geschah, und nun konnte man die Fährte bis dahin verfolgen, wo sie auf festem Boden verschwand.

„Der Spion ist in der Stadt, aber noch nicht wieder heraus", sagte der Kommandant. „Wo es ihm gelungen ist, hineinzukommen, wird er auch wieder herauszukommen versuchen. Ihr bleibt alle hier! Sobald er kommt, ergreift ihr ihn, ohne ihn vorher anzurufen! Aber legt euch auf die Erde nieder, die Leute dieser Gegend sind erfahren! Wenn er kommt, könnte er euch sonst sehen. Ich werde unterdessen den übrigen Außenposten die größte Vorsicht anbefehlen."

Er ging. Es waren fünfzehn Mann, die er zurückgelassen hatte, alle bewaffnet, also mehr als genug, um einen einzigen zu ergreifen, der noch dazu ahnungslos in die Falle lief. Die Soldaten lagen lautlos auf der Erde und warteten. Stunde um Stunde verging. Schon glaubten sie, daß der, den sie erwarteten, die Stadt gar nicht verlassen werde oder an einer anderen Stelle entkommen sei. Da ließ sich ein leises Geräusch hören, als würden Erdbrocken von einer Stiefelsohle geschleudert.

„Er kommt. Aufgepaßt!“ flüsterte der Anführer, ein Korporal.

Gleich darauf sahen sie eine Gestalt, die leise und vorsichtig vorüber wollte. In diesem Augenblich aber lag diese Gestalt auch schon an der Erde, und dreißig Fäuste waren bemüht, sie festzuhalten.

„*Nom d'un chien!*“ sagte der Mann in französischer Sprache, „was wollt ihr denn von mir?“

„Dich selbst“, erwiderte der Korporal.

„Ah, seht zu, ob ihr mich bekommt!“

Gerard machte eine gewaltige Anstrengung loszukommen, aber es gelang nicht. Es waren zu viele, die auf ihm lagen. Er sah ein, daß er sich fügen müsse. Die Waffen wollte er nicht gebrauchen, da dies seine spätere Lage nur verschlimmern konnte. Ging er freiwillig mit, so war noch alles zu hoffen. Deshalb sagte er nach nur kurzem Überlegen:

„So laßt doch ab, ihr Leute! Ich will ja gar nicht fliehen. Ich habe keine Veranlassung, mich vor euch zu verbergen.“

„Oho“, entgegnete der Korporal. „Brennt die Laternen an und leuchtet her!“

Es wurde Licht gemacht, und nun besahen die Franzosen sich den Ertappten.

„Ah, er ist bewaffnet. Nehmt ihm die Waffen ab und bindet ihn!“

Einer der Soldaten nahm Gerards Gürtel ab und schnallte dem Gefangenen damit beide Hände an den Leib, in dem Glauben, daß diese Maßregel genüge. Aber ein erfahrener Präriejäger weiß jeden Umstand zu benutzen. Als man ihm den Gürtel um den Leib und die Arme legte, hielt er sie möglichst weit ab, so daß die Fessel nicht ganz schloß. Zudem hatte man, um seiner Hände sicher zu sein, den Gürtel nicht um die Brust und die Oberarme, sondern um die Unterarme gelegt, so daß es Gerard leichter wurde, die Arme zu bewegen. Schon als er von der Erde aufstehen mußte, fühlte er, daß es ihm vielleicht mit einem angestrengten Ruck gelingen würde, den rechten Arm aus dem Gürtel zu reißen, und dann ging der linke von selbst heraus.

„Wer bist du?“ begann der Korporal das Verhör.

„Ein Vaquero“, behauptete Mason.

„Du siehst nicht so aus. Woher?“

„Von Aldama.“

Aldama liegt nur wenige Reitstunden von Chihuahua entfernt.

„Was wolltest du in der Stadt?“

„Meine Braut besuchen.“

„Warum kamst du nicht auf dem richtigen Weg?“

„Bist du nicht auch schon verstohlen zu deinem Mädchen gegangen?“

„Nenne mich nicht du, sonst bekommst du meinen Kolben zu kosten!“

„Ich nenne jeden genauso, wie er mich nennt.“

„Aber ich bin Soldat des Kaisers! Übrigens sprichst du ein verteufelt gutes Pariser Französisch. Wie kommt das?“

„Sehr einfach, weil ich Pariser bin.“

„Und Vaquero in Aldama? Das kommt mir verdächtig vor. Der Herr Kommandant mag sehen, was er aus dir machen kann! Vorwärts!“

„Ja, zum Kommandanten, denn ich glaube selbst,

daß du allein nichts aus mir machen kannst", erwiderte Gerard.

„Ah, du scheinst mir kein gewöhnlicher Vaquero zu sein!"

„Möglich!"

„Gut, wir bringen dich zur Wache, da soll es sich zeigen. Vorwärts!"

Der Marsch begann. Es war dunkel, und wenn es Gerard gelang, einen Arm frei zu bekommen, so war es möglich, zu entspringen. Aber er hätte seine Waffen zurücklassen müssen, und diese waren ihm ans Herz gewachsen. Seine alte Doppelbüchse hatte ihn lange Jahre begleitet, sie hatte ihn ernährt und beschützt. Sollte er sie aufgeben? Nein. Der Präriemann hält auf seine Büchse ebensoviel, wie auf sich selbst. Gerard ließ sich also fortführen, ohne einen Fluchtversuch zu machen. Er hoffte, daß sich irgendein Ausweg finden lassen werde.

Man erreichte die Stadt. Das Hauptquartier war in dem Gebäude aufgeschlagen, das wir in Deutschland Rathaus nennen würden. Hier wohnte auch der Kommandant, der das erste Stockwerk innehatte, dessen Fenster hell erleuchtet waren. Dort wurde die Tertulia abgehalten, an der auch Emilia hatte teilnehmen wollen. Im Erdgeschoß lag die Wachstube. Darin saßen mehrere Unteroffiziere bei der Flasche und unter ihnen eine Marketenderin. Man unterhielt sich laut und lärmend.

„Ja, mit dem Juarez ist es aus", verkündete ein Sergeant. „Er hat seine letzte Pfeife geraucht und mag nun sehen, ob die roten Halunken ihn zu ihrem Kaiser machen."

„Pah, was liegt überhaupt an ihm!" meinte ein anderer. „Der ganze Feldzug war ja nur ein Kinderspiel. Es war gerade, als verscheuchte man Fliegen mit dem Taschentuch. Mehr Mühe hätte ich mir für diesen Erzherzog auch nicht geben mögen."

„Für den? Was denkst du denn! Für ihn ist nicht das mindeste geschehen. Er wurde nur als Strohmann mitgenommen, damit der Einmarsch bei den Mächten nicht als eine französische Eroberung betrachtet werden möchte. Der Strohmann wird der Sache bald müde sein und herzlich gern abdanken. Ja, er wird jedenfalls noch gute Worte geben, nach Haus gehen zu dürfen. Dann wird Bazaine Präsident von Mexiko, und seine Sache ist es, derartige Reibereien herbeizuführen, daß Napoleon gezwungen ist, einzuschreiten und das Land für eine französische Besitzung zu erklären."

„Und die Mächte?"

„Pah! Die Sache ist dann schon fertig; niemand kann es ändern. Vorher muß allerdings noch mancher über die Klinge springen, darunter auch der Schwarze Gerard, dieser Schuft!"

„Ja, ein Schuft ist er. Ihn hat unser Heer mehr zu fürchten, als zehn andere Spione. Ich möchte mir wohl den Preis verdienen, den Bazaine auf seinen Kopf gesetzt hat."

„Wieviel war es?"

„Erst drei- und dann fünftausend Franken. Er hat Juarez mehr genützt als eine ganze Armee. Dieser Mensch ist gefährlicher als der ‚Panther des Südens', der doch auch berühmt oder vielmehr berüchtigt ist. — Hallo, wen bringt man uns da?"

Gerard wurde von der Begleitmannschaft zur Tür hereingestoßen. Sein Blick fiel auf den Unteroffizier und blieb auf der Marketenderin haften. Der Trapper stutzte. Er erkannte in ihr Mignon, seine einstige Geliebte. So weit war's mit ihr gekommen. Nicht allein, daß sie ihn verraten und betrogen, daß sie ihn um sein Geld gebracht und sich an einen Vornehmen gehängt hatte, jetzt war sie nach Mexiko mitgegangen!

„Habt ihr ihn?" fragte der Sergeant der Wache.

„Ja, hier!" antwortete der Korporal. „Er ist ein

Vaquero aus Aldama, wie er sagt. Mir aber scheint, daß etwas ganz anderes in dieser Bluse steckt."

Da stand die Marketenderin auf, faßte den Gefangenen noch einmal scharf ins Auge und rief:

„Ein Vaquero? Laßt euch nicht betrügen! Das ist Gerard Mason, der Schmied aus Paris!"

„Mason? Der Schmied? Aus Paris?" fragte es rundum.

„Ja, er war Garrotteur", fauchte sie.

„Garrotteur?" fragte der Sergeant. „*Nom d'une pipe*, das soll ihm gefährlich werden! Daß er ein Pariser ist, hat er eingestanden. Nun, wie steht's, Freundchen, he? Ist's wahr, was diese Mademoiselle sagt?"

Diese Fragen waren an Gerard gerichtet, der, seit er das Mädchen erkannte, keinen Blick wieder auf dieses geworfen hatte. Jetzt entgegnete er:

„Hat das, was ein solches Frauenzimmer sagt, bei euch Gewicht?"

„Ein Frauenzimmer?" rief die Marketenderin erbost. „Schuft, ich kratze dir die Augen aus!"

Sie wollte auf Gerard eindringen, aber der Sergeant hielt sie davon ab.

„Halt!" gebot er. „Wer dich beleidigt, der beleidigt auch uns. Er soll büßen. Vor allen Dingen muß ich dem Kommandanten Meldung machen."

Und schon wollte er gehen, da erschien ein Leutnant unter der Tür.

„Was ist das für ein Lärm? Was geht hier vor?"

Die Soldaten grüßten, und der Sergeant meldete:

„Hier ist ein Gefangener, der in die Stadt und dann wieder hinausgeschlichen ist."

„Ah, jener, der vor drei Stunden angekündigt wurde?"

„Zu Befehl!"

Der Leutnant faßte Mason scharf ins Auge.

„Wer ist's?" fragte er.

„Er gibt sich für einen Vaquero von Aldama aus. Die Marketenderin sagt aber, daß er ein Schmied aus Paris sei. Er hat sich sehr widerspenstig gezeigt."

„Auch noch widerspenstig? Das verschlimmert seine Lage. Wie heißt er?"

„Gerard Mason."

Da trat der Offizier einen Schritt zurück und rief:

„Gerard? Soldaten, wißt ihr, wen ihr gefangen habt? Dieser Mann ist wahrscheinlich der Schwarze Gerard, der uns so viel zu schaffen machte."

„Der Schwarze Gerard!" rief es rundum im Kreis.

Der Offizier aber winkte Ruhe und fragte den Gefangenen:

„Habe ich recht vermutet? Antworte!"

Da regte sich ein Gefühl des Stolzes in Gerard. Sollte er eine Lüge sagen und seinen Namen verleugnen? Nein. Aber sollte er es eingestehen und damit seine Lage verschlimmern? Das ging auch nicht. Er wollte erst sehen, wie ihn der Kommandant empfangen werde. Darum zuckte er die Achseln und erwiderte:

„Untersucht es, Leutnant!"

„Man sagt ‚Herr' Leutnant! Verstanden?" fuhr ihn der Offizier an. „Es ist übrigens gleich, ob du eingestehst oder nicht. Ich werde sogleich wissen, woran ich bin. Man sagt, die berühmte Büchse des Schwarzen Gerard habe einen Kolben, der mit Gold ausgegossen und mit Blei überzogen sei, und daß er mit ihr stets tödliche Hiebe austeilt, da der Kolben sehr schwer ist. Habt ihr ihm die Waffe abgenommen?"

„Ja. Hier ist sie", meldete der Sergeant.

„Nehmt ein Messer! Blei ist weich. Seht, ob Gold darunter steckt!"

Jetzt sah sich Gerard verraten. Was man sich von seiner Büchse erzählte, war Tatsache. Dieser Kolben diente ihm nicht nur als Waffe, sondern zugleich als

Börse. Er brauchte, wenn er eine Ausgabe hatte, nur einen Schnitt in den Kolben zu tun, um bezahlen zu können. Dadurch war dieser bekannt geworden.

„Ah, *Diable,* darum also war das Gewehr so schwer!" meinte der Sergeant.

Damit zog er sein Messer hervor und schnitt an einer Stelle das Blei herab. Sofort kam das schimmernde Gold zum Vorschein.

„Hier ist Gold, reines Gold!" staunte der Unteroffizier.

„So ist es der Schwarze Gerard!" entgegnete der Leutnant frohlockend. „Ich selber werde zum Kommandanten gehen, um ihm diese höchst wichtige Meldung zu machen."

Er ging. Die Zurückbleibenden betrachteten den Gefangenen jetzt mit furchtsamer Scheu. Es herrschte Stille in der Wachstube. Selbst die Marketenderin schwieg. Ihr einstiger Geliebter war ein berühmter und gefürchteter Waldläufer geworden. Das beschäftigte ihre Gedanken so, daß sie das Reden vergaß.

Der Leutnant war zum Kommandanten hinaufgeeilt. Droben im Saal hatte sich eine große Anzahl Herren und Damen versammelt. Die Damen waren Mexikanerinnen, die Herren aber Mexikaner und französische Offiziere. Unter den Eingeborenen mochte manches Herz sein, das Juarez treu ergeben war und die fremden Eindringlinge glühend haßte. Aber diese Regungen mußten hier verborgen bleiben und durften sich durch keinen Blick verraten. Gerade als der Leutnant erschien, war eine Pause in der allgemeinen Unterhaltung eingetreten. Daher kam es, daß alle Augen sich auf ihn richteten. Man sah es ihm deutlich an, daß er eine wichtige Nachricht bringe. Der Kommandant rief ihm entgegen:

„So aufgeregt, Leutnant! Was bringen Sie?"

Da warf sich der Leutnant in dienstliche Haltung.

„Gebe mir die Ehre, Herrn Oberst gehorsamst zu melden, daß wir den Schwarzen Gerard gefangen haben.“

„Den Schwarzen Gerard! Ist's möglich?“

Die Meldung brachte eine allgemeine Aufregung hervor. Die Franzosen waren entzückt, den gefährlichen Feind in ihre Hand bekommen zu haben, während diese Nachricht die Mexikaner gegenteilig berührte. War dieser berühmte Parteigänger wirklich gefangen, so hatte die Sache des Vaterlandes und des Präsidenten Juarez einen großen Verlust erlitten. Aber alle waren einig in der Begier, den gefürchteten Mann zu sehen, und darum lauschten sie aufmerksam auf den Bericht, den jetzt der Leutnant dem Kommandanten gab. Dieser befahl, den Gefangenen in sein Dienstzimmer zu bringen. Schon wollte sich der Leutnant entfernen, da blickten sich die Versammelten untereinander an, und eine Dame, die sich der Gunst des Kommandanten rühmen mochte, wandte sich an diesen mit der Bitte:

„Monsieur, das werden Sie uns doch nicht antun! Wir alle brennen vor Begier, diesen Mann zu sehen. Werden Sie so unritterlich sein, den anwesenden Damen ihre Bitte abzuschlagen?“

Der Kommandant überlegte einen Augenblick. Es schmeichelte ihm, der Gesellschaft seinen Gefangenen vorführen zu können, und deshalb gebot er:

„Gut, holen Sie ihn hierher, Leutnant! Bringt auch seine Waffen mit! Wir müssen uns diese berühmte Büchse genau ansehen.“

Der Leutnant entfernte sich, und nach einer Pause stiller Erwartung trat er mit dem Jäger ein, von einer Schar bewaffneter Soldaten begleitet.

„Tritt hierher zu mir!“ gebot der Kommandant.

Gerard machte keine Miene, diesem Befehl Gehorsam zu leisten.

„Hierher, habe ich gesagt!“

Der Oberst zeigte mit dem Finger auf die Stelle, wohin sich der Gefangene verfügen sollte. Als aber dieser auch jetzt nicht gehorchte, gab ihm der Leutnant einen kräftigen Stoß. Da drehte sich Gerard blitzschnell um, erhob das Bein und trat ihn mit dem Fuß so kraftvoll in die Magengegend, daß er zurücktaumelte, zu Boden stürzte und die Waffen, die er getragen hatte, fallen ließ.

„Ich werde euch lehren, den Schwarzen Gerard mit Stößen zu behandeln!"

Dieser Vorfall und die Worte des Gefangenen brachten eine große Aufregung hervor. Die Franzosen sahen einen ihrer Kameraden beschimpft, und die Mexikaner hatten nun die Überzeugung, daß der kühne Mann verloren sei. Die Damen aber waren hingerissen von der Verwegenheit eines Menschen, der in Fesseln und mitten unter seinen Feinden in dieser Weise aufzutreten wagte. Die Offiziere ließen grimmige Worte hören, und der Leutnant wollte sich auf Gerard werfen, aber der Oberst gebot Ruhe.

„Übergehen wir diesen Akt der Roheit", sagte er, „die Strafe wird nicht lang auf sich warten lassen. Ich verspreche, daß er dafür blutig gepeitscht werden soll!" Und sich an Gerard wendend, fragte er: „Ich gebot dir näher zu treten. Warum gehorchst du nicht?"

Der Gefangene blickte ihn finster und furchtlos an. „Ich bin kein Söldling in Ihren Diensten, sondern ein Savannenmann, dem Achtung gebührt. Man pflegt mich ‚Sie' zu nennen, und ich werde nicht eher eine Antwort geben, als bis Sie diese Höflichkeit anwenden."

Der Kommandant lächelte überlegen. „Ich pflege Menschen, die Fußtritte austeilen, nur ‚du' zu nennen."

„Das ist mir gleichgültig, Monsieur. Man hat die Gepflogenheit des Landes zu befolgen, in dem man sich befindet. Die anwesenden Señores und Señoritas werden mir zugeben, daß die Nation der Mexikaner höflich und ritterlich ist. Ein tüchtiger Präriemann steht an Erfahrung, Fertigkeit und Gewandtheit jedenfalls nicht tiefer als ein Offizier. Man hat mich schon vorher mit dem Kolben bedroht, und jetzt geht man zu wirklichen Stößen über. Es war meine Pflicht, Ihren Leutnant zu belehren, daß man sich in Gegenwart mexikanischer Damen besser benehmen muß."

Die Blicke der Damen richteten sich voll Bewunderung auf den kühnen Sprecher. Die Offiziere aber ließen ein zorniges Gemurmel hören, bis der Kommandant ihnen Schweigen winkte und zum Gefangenen sagte:

„Ich könnte mit meinem ‚du' fortfahren und das Schweigen auf meine Fragen als Eingeständnis nehmen. Aber unsere Damen werden neugierig sein, Sie weitersprechen zu hören, und darum werde ich Ihnen das ‚Sie' geben, wonach Sie ein so sehnliches Verlangen tragen. Sie sind der Schwarze Gerard?"

„Ja."

„Was haben Sie in der Stadt zu tun gehabt?"

„Einen Besuch abzustatten."

„Bei wem?"

„Das ist mein Geheimnis."

„Zu welchem Zweck?"

„Zum Zweck der Verjagung der Feinde."

„Ah! Wen verstehen Sie unter diesen ‚Feinden'?"

„Die Franzosen."

„Man muß sagen, daß Sie sehr aufrichtig sind. Fast möchte ich es frech nennen. Sie nennen die Franzosen Feinde und sind doch selber Franzose."

„Ich war Franzose, aber nie ein Werkzeug des kaiserlichen Blutdursts. Ich liebe Mexiko und seine Bewohner und wage gern mein Leben, um sie von der gegenwärtigen unrechtmäßigen Regierung zu befreien."

Der Kommandant war starr über diese Todesverachtung. Endlich sagte er:

„Sie werden zu dieser sogenannten Befreiung nichts

mehr tun können, denn das, was Sie jetzt gesprochen haben, reicht vollständig aus, Ihr Urteil zu fällen. Sie werden diesen Saal nur verlassen, um sofort erschossen zu werden. Vorher aber sollen Sie für den Fußtritt so gepeitscht werden, daß Ihnen das Fleisch von den Knochen fliegt. Haben Sie etwas in betreff Ihres letzten Willens zu sagen?"

„Jetzt nicht. Ich bitte überhaupt, es mir allein zu überlassen, welcher Wille mein letzter sein soll. Ein Präriemann ist in dieser Beziehung selbständig."

„Sie sind wirklich wahnsinnig! Woher stammen Sie?"

„Aus Paris, woher ja so vieles Verrückte kommt."

„Höhnen Sie nicht, sonst könnte das Urteil noch schwerer ausfallen! Haben Sie wirklich Verbindungen in dieser Stadt?"

„So viele, daß Ihnen angst würde, wenn Sie es wüßten."

„Man sagt, daß Sie mit Juarez befreundet sind. Kennen Sie seine Pläne?"

„Seine und die Ihrigen."

„Schneiden Sie nicht auf! Was wollen Sie von unseren Plänen wissen!"

„Alles. Die Folge wird es zeigen!"

„Ich habe es satt, Ihre Großsprechereien anzuhören. Darum zu etwas anderem! Jene Waffen gehören Ihnen?"

„Ja."

„Zeigen Sie sie her, Leutnant!"

Der Genannte, der die Büchse, die Revolver und das Messer des Trappers in den Händen hielt, legte das Verlangte vor dem Kommandanten auf die Tafel. Dieser ergriff die Büchse und untersuchte den Kolben.

„Hier ist Gold. Woher haben Sie es?"

„Ich habe eine Goldader im Gebirge entdeckt."

„Ah! Wollen Sie deren Kenntnis verkaufen?"

„Wozu? Ich denke, Sie haben die Absicht, mich erschießen zu lassen?"

„Gewiß! Aber man könnte doch den Preis an Ihre etwaigen Verwandten zahlen."

„Ich würde Ihnen den Ort nicht nennen, selbst wenn Sie mir den vollen Wert der Ader böten. Kein braver Mexikaner würde das tun."

„Sie sind bösartig. Haben Sie mit diesem Gewehr auch Franzosen getötet?"

„Ja."

„Wie viele?"

„Ich zähle nur Hochwild, Franzosen niemals."

„*Morbleu!*" brauste der Kommandant auf. „Bedenken Sie, vor wem Sie stehen!"

„Vor einem Mann, den ich nicht fürchte!"

„Gut, ich sehe, Sie suchen aus irgendeinem Grund den Tod. Der soll Ihnen werden, aber anders, als Sie denken, und nicht so bald, wie ich vorhin sagte. Es scheint, man kann von Ihnen viel erfahren, aber da ich nach Ihrem gegenwärtigen Verhalten voraussetze, daß Sie nicht gutwillig antworten werden, so werde ich Sie einer kleinen Marter unterwerfen."

„Was wollen Sie wissen?"

„Zunächst, wer Ihre hiesigen Bekannten sind."

„Das werden Sie allerdings nicht erfahren."

„Wir werden ja sehen!" lachte der Offizier höhnisch. „Sodann werden Sie die Güte haben, mich über die Pläne Ihres Freundes Juarez zu unterrichten."

„Pah, das ist überflüssig! Sie erfahren die Pläne ganz von selbst, sobald er sie ausgeführt hat."

Die Mexikaner lauschten fast atemlos auf jedes Wort des Jägers. Die Franzosen knirschten vor Grimm und schämten sich, daß ihr Oberst sich in ein so unerhörtes Gespräch einließ. Dieser selbst fühlte bei der letzten Antwort einen solchen Zorn, daß er aufsprang und ausrief:

„Jetzt ist meine Geduld zu Ende! Ich habe hier mit Ihnen gesprochen, um Sie den anwesenden Herrschaften zu zeigen. Nun aber werde ich zeigen, wie man einen solchen Burschen zähmt. Sie werden fünfzig Hiebe erhalten, fünfzig Hiebe bis auf die Knochen, und dann wieder vorgeführt!“

Gerard schüttelte verächtlich den Kopf und seine Augen funkelten. „Ich habe Ihnen vorhin bewiesen“, entgegnete er, „daß ich keine Hiebe oder Stöße dulde, weil ich dadurch entehrt würde.“

„Was geht mich Ihre Ehre an! Führt ihn ab!“

„Und was mich die Ihrige!“ rief Gerard. „Ich werde Ihnen zeigen, wer Schläge bekommt und seine Ehre verliert!“

Im nächsten Augenblick fuhren seine Arme aus dem Gürtel. Er riß dem Kommandanten die Achselstücke herab und versetzte ihm einen solchen Faustschlag, daß er wie ein Klotz zu Boden stürzte. Gleich darauf hatte er, zu seinen Waffen greifend, das Messer im Gürtel stecken, die beiden Revolver am Gürtel und seine Büchse mit umgedrehtem Kolben in der Faust. Das alles geschah, ehe man ihn ergreifen konnte.

„Hier, schmeckt mein Gold!“

Mit diesem Ruf stürzte er sich auf die Soldaten, warf sie mit einem einzigen, fürchterlichen Kolbenschlag auseinander, sprang dann zwischen ihnen hindurch zum nächsten offenen Fenster und verschwand mit dem Hohngelächter: „Gute Nacht, Señoritas!“

Die Soldaten wälzten sich an der Erde. Die Offiziere und alle anderen Anwesenden standen noch eine Weile wie erstarrt. Dann aber brach ein Getümmel los, das jeder Beschreibung spottet.

„Hinaus! Hinunter! Ihm nach! Schnell!“

Mit diesen Rufen stürzten die Offiziere zur Tür und die Soldaten folgten ihnen. Kein einziger aber hatte gewagt, den Sprung durchs Fenster nachzumachen. Nur die Mexikaner blieben zurück, und einige von ihnen traten, während sich unten vor dem Haus ein wüstes

Schreien und Rufen erhob, zum Kommandanten, um ihn zu untersuchen.

„Das war ein Hieb! Er ist tot!“ erklärte einer.

„Nein, er ist nur betäubt“, meinte ein zweiter. „Legen wir ihn aufs Sofa!“

Einige der Damen waren in Ohnmacht gefallen. Andere standen ihnen bei, sich leise ihre bewundernden Bemerkungen über Gerard mitteilend, und noch andere eilten ans Fenster, um zu sehen, ob der verwegene Mann entkommen sei. Sie brauchten keine Sorge zu hegen. Gerard hatte den Boden glücklich erreicht und den Zügel des nächsten der unten stehenden Pferde losgerissen. Mit einem raschen Satz saß er auf und ritt davon, so schnell, daß er die nächste Straße erreicht hatte, bevor der erste seiner Verfolger an der Treppe angelangt war.

Jetzt galt es, aus der Stadt und durch die Vorposten zu entkommen. Mit dem Pferd schien es ihm nicht schwer zu sein. Die Stadt Chihuahua lag im Dunkel, doch bedeutete das kein Hindernis. Er stürmte die Straße dahin. An ihrem Ausgang stand ein Posten. Eh dieser fragen und das Gewehr vorhalten konnte, war der Reiter an ihm vorbei. Aber der Posten kannte seine Pflicht. Er schoß sein Gewehr ab, um das Alarmzeichen zu geben, und bald ertönten draußen auf dem Feld laute Zurufe.

„Halt! Wer da!“ rief es Gerard entgegen.

Er antwortete nicht, dann blitzten mehrere Schüsse hart vor ihm auf, und er bemerkte sofort, daß sein Pferd getroffen sei. Er gab ihm die Fersen und stürmte weiter. Bei jedem Sprung aber wurde es matter. Schreien, Rufen und Schüsse hinter sich, vor sich das freie Feld, legte Gerard noch eine Strecke zurück, dann zügelte er das Pferd, um, wenn es im Galopp zusammenbrach, nicht einen unglücklichen Sturz zu tun. Es blieb taumelnd stehen. Nun sprang er ab und eilte zu Fuß weiter. Die Gegend kannte er genau. Er konnte daher den Ort, wo er bei seiner Ankunft sein Pferd versteckt hatte, nicht verfehlen. Die Hauptsache war nur, daß man es nicht durch irgendeinen Umstand entdeckt hatte. So eilte er weiter. Er erreichte den Wald und fand das Tier wohlbehalten wieder. Er band es los, führte es unter den Bäumen hervor und stieg auf. Nun erst fühlte er sich völlig sicher. Er warf die Büchse über die Schulter und lachte.

„Ah, das war ein Hauptstreich! Sie werden an den Schwarzen Gerard denken! Nun mögen sie kommen, um mich zu fangen!"

Er wandte sein Pferd nach Norden und ritt davon, erst im Trab, dann im Galopp. Sein Pferd hatte sich ausgeruht und trug ihn in unverminderter Eile davon. Man glaubt gar nicht, was ein solches Tier, das im Freien geboren ist, zu leisten vermag. Der Morgen war noch nicht lange hereingebrochen, so hatte der Trapper schon eine sehr große Strecke zurückgelegt. Kurz nach Mittag erblickte er eine Pferdeherde. Er band das Lasso los, machte Jagd auf sie und hatte in der Zeit von zehn Minuten ein frisches Pferd unter sich, mit dem er den Weg nach El Paso del Norte fortsetzte.

7. Der Gewehrkolben

Am Spätnachmittag des Sonntags saß der alte Pirnero an seinem Fenster und blickte hinaus auf die Gasse. Ein dichter, strömender Regen ging herab, Grund genug, einen Menschen in üble Laune zu versetzen. Und diese hatte der Händler und Schankwirt in hohem Grad. Um ihr freien Lauf zu lassen, lauerte er auf seine Tochter, die hinausgegangen war, um ihm einen Krug Maisbier, das er selber braute, zu holen. Da kam sie herein, setzte ihm den Krug hin und begab sich an ihren gewohnten Platz, wo sie sich mit irgendeiner Nadelarbeit beschäftigte. Der Alte tat einen tüchtigen Zug, setzte den Krug ab und sagte:

„Elender Regen!"

Wie gewöhnlich antwortete die Tochter nicht. Darum fuhr er bald fort:

„Grad wie zum Ertrinken. Nicht wahr?"

Als auch jetzt keine Antwort erfolgte, wandte er sich ihr zu und fragte zornig:

„Wie? Sagtest du etwas? Habe ich nicht recht?"

„O ja", entgegnete Resedilla kurz.

„Wenn ich nun draußen wäre und ertrinken müßte, da würdest du dir nicht viel daraus machen, he?"

„Aber Vater!" rief sie.

„Was denn? Ist so etwas vielleicht nicht möglich? Ich setze also den Fall, daß ich ertrinke, dann sitzt du da. Was fängst du an, he? Etwa die Wirtschaft fortführen? Ohne Mann? Das kann unmöglich gehen!"

Der Gedankengang des Vaters war drollig. Resedilla mußte lachen und scherzte:

„Du wirst doch nicht hinausgehen und ertrinken,

eigens nur, um mir zu zeigen, daß ich einen Mann brauche?“

„Warum nicht? Ich bin durchaus dazu imstand! Ein guter Vater muß alles tun, um sein Kind zur Vernunft zu bringen. Aber — ah, wer kommt da?“

Draußen ließ sich der Hufschlag eines Pferdes vernehmen. Ein Reiter kam durch den Regen herangesprengt und hielt vor der Tür.

„Ah!“ sagte der Alte. „Der Zerlumpte, der Spion! Heut geh' ich seinetwegen nicht hinaus, und wenn er mir zehnmal meine Diplomatie anmerkt. Bei solchem Wetter bleibt man in der Stube.“

Der Neuangekommene war wirklich Gerard. Resedilla errötete, sobald sie seiner ansichtig wurde. Als er eintrat, erwiderte der alte Pirnero kaum seinen Gruß, aber die Tochter nickte ihm freundlich zu. Er bestellte sich ein Glas Julep, das Resedilla ihm holte, und setzte sich nieder. Längere Zeit blieb es still in der Stube, und nur der Alte trommelte unwirsch an die Fensterscheibe. Endlich trieb ihn die Lust am Plaudern doch zu einem Anfang, und er begann:

„Fürchterlicher Regen!“

„Ja“, erwiderte Gerard gedankenverloren.

„Ganz zum Ertrinken!“

„So schlimm ist es doch nicht!“

„Was, nicht zum Ertrinken? Ihr seid anderer Meinung als ich?“ Pirnero wandte sich, um den Gast zornig anzusehen, denn er dachte heute schon nicht mehr an das diplomatische Lächeln. So sah er, daß das Wasser aus den durchnäßten Kleidern des Jägers auf den Boden lief. „Nicht zum Ertrinken, sagt ihr? Seht nur! Wenn noch zwei solche Gäste kommen, ertrinken wir!“

Gerard bemerkte jetzt die Wasserlache und entschuldigte sich. „Verzeiht, Señor Pirnero! Ich konnte doch nicht draußen bleiben!“

„Wer verlangt das? Aber Ihr konntet in trockenen

Kleidern kommen. Habt Ihr denn keine Frau, die Euch darauf aufmerksam macht?"

„Nein."

„Nicht? Ja, das habt Ihr nun davon. Anderen Leuten macht Ihr die Stube naß! Der Mensch muß heiraten! Hab' ich recht oder nicht?"

„Ich stimme Euch sehr gern bei."

„Sehr gern? Da seh' ich, daß Ihr Verstand habt, obgleich Ihr kein solcher Jäger seid wie der Schwarze Gerard. Möchte ihn doch gern sehen!"

Der Jäger lächelte leise vor sich hin. „Da hättet Ihr kürzlich in Chihuahua sein sollen. Dort ist er gewesen."

„Das macht Ihr mir nicht weis. Dort sind jetzt die Franzosen."

„Grad wegen der Franzosen ist er dort gewesen. Ich habe davon gehört."

„Was wollte er bei ihnen, he?"

„Ihre Pläne entdecken."

„Also sie auspionieren? Unsinn! Da glaube ich eher, daß die Franzosen zu uns kommen, um die Spione zu machen. Das sieht ihnen ähnlich."

Pirnero warf dabei einen grimmigen Blick auf den Gast. Der Schwarze Gerard ließ sich jedoch nicht irremachen und fuhr gleichmütig fort:

„Und dennoch war er dort, aber sie haben ihn gefangengenommen."

„*Caramba!* Ist's wahr?"

„Ja", erklärte Gerard mit einem leichten Lächeln.

Es freute ihn ja herzlich, daß der Alte so gut auf den Schwarzen Gerard zu sprechen war. Der aber hatte das Lächeln bemerkt und fragte mit finsterem Gesicht:

„Darüber freut Ihr Euch wohl? Seid Ihr nicht auch ein Franzose?"

„Allerdings, obgleich ich es nicht billige, daß der Kaiser sein Militär nach Mexiko schickt."

„Wie? Was? Ihr billigt es nicht?"

„Nein.“

Bei dieser Antwort vergaß der Alte seine politische Begabung, fuhr vom Stuhl empor, schritt an den Gast heran und rief:

„Und Ihr denkt wirklich, ich soll das glauben? Ich glaube nur eins, nämlich, daß Ihr selbst so ein französischer Spion seid, der zu uns kommt, um uns auszuhorchen. Ihr tut, als wärt Ihr auf Euren Kaiser nicht gut zu sprechen. Aber ich bin nicht so dumm, wie Ihr denkt! Ich kenne den Finkenfang bei Maxen genau. Ich durchschaue Euch, denn Ihr habt Euch verraten.“

Resedilla war erbleicht; es wurde ihr angst. Gerard aber fragte ruhig:

„Wodurch habe ich mich denn verraten?“

„Dadurch, daß Ihr Euch darüber freut, daß die Franzosen den Schwarzen Gerard gefangengenommen haben.“

„Aber er hat sich ja selber darüber gefreut, weil ihm dabei die Gelegenheit geboten wurde, den Franzosen eine Nase zu drehen. Er ist ihnen sofort wieder entflohen.“

„Ah! Wirklich? Seid doch so gut und erzählt es!“

„Herzlich gern, Señor Pirnero.“

Gerard Mason berichtete nun sein Abenteuer so, wie er es erlebt hatte, doch ohne sich merken zu lassen, daß er selber der Held sei. Auch hütete er sich aus naheliegenden Gründen, sein Zusammensein mit Emilia zu erwähnen. Pirnero hörte ihm mit voller Teilnahme zu.

„Ja“, rief er am Schluß aus, „den Schwarzen Gerard halten sie nicht fest. Das ist ein Teufelskerl! Also er hat ihnen die Wahrheit gesagt? Und darüber freut Ihr Euch selber?“

„Gewiß. Ich stamme zwar aus Frankreich, aber ich liebe Mexiko und werde immer in Mexiko bleiben. Darum hasse ich Napoleon, der dieses schöne Land mit Blut überschwemmt, und werde mein möglichstes tun, um ihn hinauszujagen.“

„Ihr?“ fragte der Alte mit eigentümlicher Betonung. „Das laßt bleiben! Ihr könnt gar nichts tun. Dazu gehören Männer wie der Schwarze Gerard. Ich habe ihm viel zu danken, denn er hat die Wege von allerlei Volk gesäubert. Wißt Ihr vielleicht, ob er schon verheiratet ist?“

„Soviel ich weiß, ist er noch ledig.“

„Hm, das ist ein guter Zug von ihm, der mir gefällt. Aber das darf nicht länger so fortgehen. So ein Mann muß eine Frau haben. eine Frau, die ihm ein Besitztum bringt. Dann hat er eine Heimat, und das ist viel wert, wenn einem der Wind auch einmal die Dachhölzer herunterwirft. Wißt Ihr vielleicht, in welcher Gegend er am liebsten jagt?“

„Überall da, wo ein Wild zu treffen ist. Ich habe jedoch erfahren, daß er in nächster Zeit hier am Fluß zu tun haben wird.“

„Hier am Fluß? *Caramba!* Vielleicht auch im Fort Guadalupe? Das freut mich wirklich unendlich. Trinkt der Schwarze Gerard gern Julep?“

„Höchstens ein Gläschen.“

„Ob viel oder wenig! Wer im Fort Guadalupe Julep trinken will, muß bei mir einkehren, und so denke ich, daß ich ihn zu sehen bekomme.“

„Ich bin überzeugt, daß er zu Euch kommen wird.“

„Wirklich? Hörst du es, Resedilla?“

Pirneros Tochter antwortete nicht. Sie befand sich in großer Verlegenheit. Die Art ihres Vaters, vom Heiraten zu sprechen, war ihr peinlich.

„Nun, hast du es nicht gehört?“ knurrte der Alte zornig.

„Ja“, antwortete sie.

„Gut. Und was das beste ist, ich werde ihn an seiner Büchse sofort erkennen. Ihr Kolben ist von gediegenem Gold, wovon er herunterschneidet, wenn er etwas bezahlen will. Das muß eine Büchse sein! Ein ganz anderes

Ding als der alte Schießprügel, den Ihr da neben Euch lehnen habt. Aber sagt, wo seid Ihr denn eigentlich zu Haus, he?"

„Überall und nirgends."

„Das heißt, Ihr habt keinen festen Wohnort! Aber Ihr müßt doch ein Haus oder wenigstens eine Hütte haben, wo Ihr während des Winters haust."

„Die baue ich mir da, wo ich mich gerade befinde, wenn ich eingeschneit werde. Man jagt im Winter, im Frühjahr bereitet man die Felle zu, und dann bringt man sie in die Forts oder Städte zum Markt."

„Das weiß ich wohl, doch ich danke für ein solches Leben. Nehmt Euch eine Frau, damit Ihr einen festen Platz bekommt! Ihr seid zwar Franzose, aber gebt auf Napoleon nichts, dann findet Ihr überall eine Frau, eine Indianerin oder sonst ein armes, fleißiges Mädchen. Eine Reiche werdet Ihr freilich vergeblich suchen, denn Ihr habt selber nicht einmal eine ordentliche Jacke. Wo werdet Ihr denn heute bei diesem abscheulichen Regenwetter schlafen, Señor?"

„Hier."

Der Alte zog ein langes Gesicht und sah den Gast mißtrauisch an. „Hier bei mir? Hm, hm. Habt Ihr denn Geld. Ihr trinkt stets nur ein Glas Julep. Das ist kein Zeichen von Reichtum."

„Vater!" wagte die Tochter bittend zu sagen.

„Was denn?" fragte dieser. „Ja, du hast ein mitleidiges Herz. Ich aber gehe lieber sicher. Wenn dieser Señor das Lager vorher bezahlt, kann er bei mir bleiben."

„Ich werde es vorher bezahlen. Was kostet es?" fragte Gerard lächelnd.

„Einen Quartillo."

Ein Quartillo beträgt ungefähr sechzehn Pfennige deutsches Geld.

„Einen Quartillo nur?" staunte der Jäger.

„Ja, denn Ihr werdet doch auf Stroh liegen."
„Warum? Ich kann ja das Bett bezahlen."
„Das geht nicht. Seht Euch nur an!"
Resedilla errötete bis hinter die Ohren, aber sie wagte keine Bemerkung.
„Gut", meinte Gerard. „Hier ist der Quartillo für das Lager und hier der Tlaco für den Julep. Seid Ihr nun zufrieden, Señor Pirnero?"
„Ja."
Ein Tlaco ist die Hälfte eines Quartillo.
„Da das nun in Ordnung ist", sagte Gerard, „möchte ich Euch bitten, schlafen gehen zu dürfen."
„Schlafen gehen? Schon jetzt? Bei hellem Tag? Seid Ihr gescheit oder nicht?"
„Ich bin müde. Ihr werdet jedenfalls einsehen, daß dies bei einem Jäger vorkommen kann."
„Ja, wenigstens bei einem guten. Was aber habt Ihr denn heute geschossen?"
„Noch nichts."
„Na, da habt Ihr es! Aber ich will Euch nicht halten, geht in Gottes Namen und schlaft, so lang Ihr wollt! Resedilla, führe den Señor zu den Vaqueros!"
Zu den Vaqueros! Also im Nebengebäude sollte er schlafen. Das war übrigens dem Jäger gleichgültig, obwohl er sich gefreut hätte, nach langen Monaten in einem guten Bett gehörig auszuruhen.
Resedilla erhob sich und wartete an der Tür, daß Gerard ihr folgen solle.
„Gute Nacht, Señor Pirnero!" sagte der Jäger, seine Büchse ergreifend.
„Gute Nacht, Señor!" antwortete der Alte und setzte sich dabei wieder ans Fenster, um seine langweiligen Wetterbeobachtungen fortzusetzen. Draußen an der Tür blieb Resedilla bei Gerard stehen.
„Verzeiht meinem Vater!" bat sie. „Er ist zuweilen eigentümlich, aber doch sehr gut."

„Ich habe nichts zu verzeihen, Señorita", entgegnete er. „Er kann seine Gäste hinweisen, wo es ihm beliebt. Ich werde auch auf dem Stroh gut schlafen, denn ich bin in sechs Tagen eine Strecke von dreihundert Leguas[1]) geritten."

Resedilla schlug erstaunt die Hände zusammen.

„Dreihundert Leguas! Wie ist das möglich?"

„Ich habe acht Pferde dazu gebraucht und bin nicht von deren Rücken gekommen."

„Oh, da ist es ja ein Wunder, daß Ihr nicht umfallt. Kommt schnell!"

„Bleibt hier, Señorita! Es regnet draußen, und Ihr werdet naß. Ich werde die Vaqueros schon zu finden wissen."

„Ah, glaubt Ihr wirklich, daß ich Euch auf Stroh schlafen lasse? In diesen nassen Kleidern? Nein, kommt mit mir!"

Das Mädchen stieg die Treppe empor und Gerard folgte. Oben schloß Resedilla eine Tür auf, ließ ihn eintreten, und er sah nun ein Zimmer mit einer beinahe vornehmen Einrichtung.

„Aber das ist ja kein Schlafzimmer für Fremde!" sagte er verwundert.

„Eigentlich nicht", lächelte sie vergnügt. „Hier wohnen nur die Verwandten von uns, wenn sie uns besuchen. Hier hat auch meine Base Emma Arbellez von der Hacienda del Eriña geweilt, als sie zum letztenmal bei uns war. Seitdem ist sie verschwunden. Setzt Euch einstweilen nieder! Habt Ihr Hunger?"

„Nein, aber ich bin sehr müde."

Resedilla ging noch einmal fort. Er, in seinem Anzug, paßte in Wahrheit nicht in diesen hübschen Raum, doch setzte er sich in einen der Polstersessel. Es vergingen einige Minuten. Die Müdigkeit schloß ihm die Augen. Als Resedilla zurückkehrte, war er einge-

1) Eine Legua: 6,349 km

schlafen. Sie setzte nun einen Leuchter auf den Tisch, goß Wasser ins Becken und betrachtete Gerard mitleidig.

„Der Arme!" bedauerte sie den Jäger. „Wie müde mußte er sein, um so schnell einzuschlafen! Aber da ist seine Büchse, ich muß mich überzeugen."

Sie ergriff leise das Gewehr, um es emporzuheben. Es war sehr schwer. Sie sah sich den Kolben genau an, und ihr Blick erreichte auch die Stelle, wo der französische Sergeant das Blei hinweggeschnitten hatte.

„Gold, wirkliches Gold!" flüsterte sie. „So ist er es! Meine Ahnung hat mich nicht getäuscht! Oh, wie mich das freut! Aber da er selbst nicht davon spricht, werde auch ich schweigen und so tun, als merkte ich es nicht."

Sie stellte das Gewehr wieder hin und berührte den Schläfer leise, um ihn zu wecken.

„Resedilla", flüstete er, ohne zu erwachen.

Sie errötete, berührte ihn dann aber stärker, so daß er erwachen mußte.

„Ah, ich schlief ein! Verzeiht mir, Señorita!" bat er.

„Ihr habt nicht um Verzeihung zu bitten. Ich wünsche Euch eine recht gute und lange Ruhe. Gute Nacht, Señor Mason!"

„Gute Nacht, Señorita!"

Die Fürsorge, die Resedilla ihm gezeigt hatte, tat ihm unendlich wohl. Obgleich er sehr ermüdet war, lag er noch einige Zeit, zwar mit geschlossenen Augen, aber doch wachend auf dem Lager. Dann aber versank er in einen tiefen Schlaf.

Währenddem saß Resedilla wieder unten bei ihrem Vater, der wie gewöhnlich das Wetter beobachtete. Sie dachte an den Schläfer da oben, an sein Gewehr und an die Entdeckung, die sie mit dessen Hilfe gemacht hatte. Aus diesem Sinnen riß sie die Stimme ihres Vaters.

„Verdammtes Wetter!"

Resedilla schwieg, darum fuhr er nach einer kleinen Weile fort:

„Hast du es gehört?"

„Ja", antwortete sie. „Schlechtes Wetter."

„Habe ich etwa nicht recht?"

„Sehr, lieber Vater."

„Na also! Draußen elend und hier in der Stube noch elender."

„Wieso?"

„Wieso?" fragte er unmutig. „Das willst du noch besonders wissen? Nun hört alles auf! Was sieht man denn, wenn man da hinausblickt, he? Und was sieht man, wenn man im Zimmer umherschaut? Dich, dich, immer wieder nur dich, die Stühle und Bänke, die alten Gläser und Flaschen, sonst aber weiter nichts!"

„Ja, aber was willst du denn sonst noch hier sehen?"

Diese Frage war unbedachtsam ausgesprochen, da der Alte nur lauerte, wie er von neuem auf sein Lieblingsgespräch kommen könne. Das sah sie zu spät ein, denn er entgegnete sogleich:

„Was ich hier noch sehen will? Donnerwetter, was denn anderes als einen Schwiegersohn? Der fehlt mir, der allein. Siehst du das nicht ein?"

„Ist er dir gar so sehr notwendig?" lächelte sie.

„Mir nicht, aber dir."

„Mir?" rief sie, jetzt laut lachend. „Ein Schwiegersohn? Da müßte ich doch eine Tochter haben!"

„Dummes Zeug! Willst du dich etwa über mich lustig machen, he? Mache mich nicht bös! Da sitzt man, starrt hinaus in das armselige Wetter oder herein auf die alten Bänke und Tische, und was hat man davon? Nichts, gar nichts! Wäre aber ein Schwiegersohn da, so könnte man sich mit ihm unterhalten, sich mit ihm Anekdoten erzählen oder seine Wut an ihm auslassen, wenn man schlechte Laune hat!"

„Sofern er sich das gefallen läßt!"

„Warum nicht? Wozu ist ein Schwiegersohn da, als um Dachsparren festzumachen und einem bei schlechter Laune als Blitzableiter zu dienen? Wenn du nicht bald einen Mann nimmst, so hole ich dir selber einen, den du nehmen mußt, du magst wollen oder nicht. Und weißt du, wer es sein wird? Rate!"

„Wer kann da raten! Sag es lieber gleich!"

„Nun, wer anders als der Schwarze Gerard!"

„Der — Schwarze — Gerard?" fragte sie langsam und mit eigentümlicher Betonung.

„Ja, der! Er ist ein tüchtiger Mann, gerade wie mein Schwiegersohn sein soll."

„Aber wenn er dir nun nicht gefällt?"

„Der? Oh, der gefällt mir sicher. Denk nur an seine echt goldene Büchse!"

„Das ist Nebensache. Wenn er nun zum Beispiel so aussieht, wie — wie"

„Nun, wie —?"

„Wie zum Beispiel der Jäger, den ich soeben schlafen geführt habe?"

„Mädchen, mach mir keine dummen Witze! Der Schwarze Gerard sieht anders aus. Von jenem aber sprich mir nicht! Wann hat er etwas geschossen? Was kann er trinken und bezahlen? Jetzt liegt er auf dem Heu und schläft am hellen, lichten Tag. O nein, der Schwarze Gerard sieht sicherlich ganz anders aus. Ich stelle mir ihn — ah — da kommt wieder jemand."

Es kam in diesem Augenblick ein Reiter vorüber, der an der Haustür hielt, um abzusteigen. Der Wirt beobachtete ihn, ohne sich von seinem Sitz zu erheben, zog die Brauen zusammen und sagte zu seiner Tochter:

„Weißt du, was Psychologie ist?"

„Ja. Die Lehre von der Seele."

„Gut. Ich bin ein Psycholog, ein Menschenkenner. Sieh dieses Pferd an! Wie findest du es?"

„Sehr mager."

„Und den Reiter?“

„Noch magerer und sehr klein.“

„Und seine Kleidung?“

„Ganz zerfetzt.“

„Und seine Waffen?“

„Alt und nicht blank geputzt.“

„Nun sieh, das ist für einen Psychologen genug. Dieser Mann hat ein mageres Pferd, er ist geizig; hat zerrissene Kleider, ist also liederlich; er hat schlechte Waffen und ist ein Habenichts. Er wird wohl auch nur einen Julep trinken wie der Siebenschläfer. An solchen Gästen liegt mir nichts.“

„Er zieht sein Pferd in den Stall. Er wird also hierbleiben wollen.“

„Das mag er sich vergehen lassen. Ich werde vor allen Dingen sehen, ob er bezahlen kann. Wir Leute aus Pirna sind schlau, Das soll er gleich merken.“

Nach einigen Minuten trat der Fremde ein. Er hatte ein so unscheinbares Aussehen, daß jemand, der die Verhältnisse der Savanne nicht kannte, schon ein wenig mißtrauisch werden konnte. Er grüßte höflich in gebrochenem Spanisch, setzte sich, legte die Büchse ab und fragte:

„Nicht wahr, dieser Ort hier ist Fort Guadalupe?“

„Ja“, erwiderte der Wirt kurz.

„Seid Ihr vielleicht Señor Pirnero?“

„Ja.“

„Kann man einen Julep bekommen?“

„Ja.“

„So gebt mir einen!“

„Gut, aber nur einen.“

„Warum nicht mehr?“ fragte der Gast erstaunt.

„Das ist meine Sache.“

Bei diesen Worten warf der Wirt einen sprechenden Blick auf das Äußere des Gastes und erhob sich langsam, um den Schnaps einzuschenken. Der Fremde bemerkte diesen Blick. Er unterdrückte ein Lächeln, zuckte die Schultern, sagte aber nichts, sondern tat schweigend einen tüchtigen Schluck, nachdem er das Glas empfangen hatte.

Pirnero setzte sich wieder ans Fenster und blickte hinaus. Da der Gast schwieg und auch die Tochter kein Wort sagte, so wurde ihm diese Stille doch endlich unbehaglich. Darum brummte er nach einer Weile vor sich hin:

„Armseliges Wetter!"

Als niemand etwas erwiderte, drehte er sich um, blickte den Gast herausfordernd an und sagte:

„Nun?"

„Was?" fragte der Fremde.

„Armseliges Wetter!"

„Oh, ganz hübsch!" lachte dieser.

Pirnero fuhr auf. Er dachte, daß er gefoppt werden solle.

„Wie meint Ihr das?" fragte er zornig.

„So, wie ich es sage", lautete die Antwort. „Das Wetter ist hübsch."

„Ah, wollt Ihr mich etwa ärgern?"

„Fällt mir nicht ein!"

„Ihr wärt mir auch der letzte, über den ich mich ärgern würde."

„Warum?"

„Aus verschiedenen Gründen! Zunächst ist Euer Pferd ein Ziegenbock."

„Gut. Weiter!"

„Sodann habt Ihr keinen gescheiten Fetzen auf dem Leib."

„Sehr richtig! Und noch weiter?"

„Und drittens sind Eure Waffen keinen Heller wert."

„Woher wißt Ihr das?"

„Das sieht man ja auf den ersten Blick. Man braucht

da gar kein Psychologe zu sein oder eine große diplomatische Begabung zu besitzen."

Der Fremde nickte lächelnd und entgegnete: „Ich merke genau, daß ich bei Señor Pirnero bin."

„Wieso?" stutzte der Wirt.

„Man hat mir von Euch erzählt, und ich finde, daß man mir die Wahrheit gesagt hat."

„Welche Wahrheit? *Caramba*, was hat man von mir gesagt?"

„Daß Ihr ein guter Kerl seid."

„Ja, ja, das bin ich allerdings! Weiter!"

„Daß Ihr stets an diesem Fenster sitzt."

„Auch das stimmt. Weiter!"

„Und das Wetter beobachtet."

„Richtig. Immer weiter!"

„Daß Ihr infolgedessen jedes Gespräch mit dem Wetter anfangt, Señor Pirnero."

„Wirklich? Hm! Da habe ich selber noch nicht aufgepaßt. Weiter!"

„Daß Ihr sehr gern vom Heiraten und von Schwiegersöhnen redet."

Pirnero sah den Sprecher forschend an. Er war im unklaren, ob er sich über ihn freuen oder ärgern solle.

„Wie meint Ihr das?" fragte er.

„Ich meine gar nichts. Meine Kameraden haben es mir so gesagt. Aber gebt mir noch einen Julep, Señor!"

Damit trank der Fremde sein Glas leer und hielt es dem Wirt hin. Dieser musterte ihn von neuem und schüttelte langsam den Kopf.

„Ich schenke nicht mehr ein. Bezahlt den ersten!"

„Ah, Ihr haltet mich für einen Lumpen, der nicht bezahlen kann?" lachte der Gast. „Gut! Ihr sollt sehen." Er griff in seine Tasche, zog einen Lederbeutel hervor und öffnete ihn. „Da habt Ihr Eure Bezahlung."

Bei diesen Worten nahm er ein Nugget von der Größe einer Haselnuß heraus und hielt es dem Wirt hin. Dieser griff erfreut zu, betrachtete es von allen Seiten, wog es in der Hand und sagte erstaunt:

„Gold, wahrhaftig, reines Gold! *Ascuas!* Habt Ihr noch mehr?"

„Mehrere Beutel voll."

„Woher?"

„Aus den Minen geholt."

„Wo?"

„Oh, das ist meine Sache, Señor Pirnero", lachte der Gast.

„Welch ein Nugget! Es ist unter Brüdern zwanzig Dollar wert."

„Dreißig."

„Soll ich es wiegen und wechseln?"

„Versteht sich."

Der Wirt erhob sich und holte die Waage. Die beiden wurden um den Preis von fünfundzwanzig Dollar einig, den Pirnero gleich auszahlte.

„Also einen Julep wollt Ihr noch?" fragte er dienstfertig. „Den sollt Ihr sofort bekommen."

Der Gast war wegen des Nuggets sehr schnell und sehr hoch in Pirneros Achtung gestiegen. Darum bediente er ihn bereitwilligst. Er bereute jetzt sein früheres Verhalten und setzte sich ans Fenster, um darüber nachzudenken, auf welche Weise er es wieder gutmachen könne. Da ihm aber nicht sogleich etwas einfiel, begann er mit seiner gewohnten Geistesgegenwart:

„Schlechtes Wetter!"

„Hm!" brummte der Gast.

„Hat aber auch seine gute Seite", lenkte Pirnero ein.

„Ganz recht. Besonders für mich. Ich komme nämlich aus dem Llano Estacado."

Da fuhr der Wirt herum, staunte den Mann an und fragte:

„Wirklich?"

„Ja. Und wenn man tagelang ohne Wasser die Glut dieser Gegend ausgehalten hat, so könnt Ihr Euch denken, daß so ein Regen eine wahre Erquickung ist."

„Ja, allerdings", stimmte der Wirt eifrig bei. „Aber sagt, Señor, seid Ihr da allein herübergekommen?"

„Ja."

„Unmöglich! Das könnte nur ein kühner Mann wagen."

„Ich habe es gewagt. Ihr seht ja, daß ich ganz allein bin."

„Freilich. Aber ich dachte — hm!"

„Was? Was dachtet Ihr, Señor Pirnero?"

Der Wirt blickte den Frager forschend an und erwiderte dann nachdenklich: „Wißt Ihr vielleicht, was Politik und Diplomatie ist?"

„Ja."

„So werdet Ihr auch wissen, daß ein Mann, der politische und diplomatische Begabung besitzt, nicht alles sagen kann."

„Richtig! Ah, Señor, Ihr besitzt wohl solche Begabung?"

„Das will ich meinen. Wißt Ihr vielleicht, woher ich bin?"

„Nein."

„Nun, ich bin aus Pirna."

„Aus Pirna?" fragte der andere rasch. „Pirna bei Dresden?"

„Kennt Ihr es?"

„Donnerwetter! Freilich kenne ich es. Ich bin ja auch ein Deutscher", rief der Fremde in deutscher Sprache.

„Ein Deutscher!" staunte Pirnero erfreut. „Woher denn?"

„Aus Rheinbayern."

„Heiliger Stern! Ist's wahr?"

„Versteht sich. Ich war Bierbrauer und habe drei

Jahre in Dresden gearbeitet. Dann wurde ich von einem Amerikaner angestellt, der deutsches Lagerbier in St. Louis brauen wollte. Aber er war zu unvorsichtig, er fing es falsch an, und so ging die Geschichte pleite. Dann zog ich in den Westen und bin, ich weiß gar nicht wie, Goldsucher und Jäger geworden."

„Holla, das ist gut, das gefällt mir. Ein Deutscher mit dem ich von meiner Vaterstadt Pirna plaudern kann. Nun mag es draußen meinetwegen in Strömen regnen, soviel es will. Resedilla, hole Wein, denn es gibt ein Fest für mich! Landsmann, Sie sind mein Gast, ohne bezahlen zu müssen. Haben Sie Eltern oder sonstige Anverwandte?"

„Nur einen Bruder."

„Und wie ist Ihr Name?"

„Straubenberger, Andreas Straubenberger."

„Und ist Ihr Bruder auch in Amerika?"

„Nein. Ich habe lange Jahre nichts von ihm gehört. Er weiß vielleicht gar nicht, wo ich bin, denn ich bin nie ein Freund vom Schreiben gewesen. Ich wollte als Goldsucher reich werden und ihn dann überraschen. Er lebte bei Mainz."

„Auch als Brauer?"

„Nein, sondern als Forstgehilfe auf Schloß Rheinswalden bei einem Oberförster von Rodenstein."

„Gut, lassen wir ihn förstern! Wir haben es jetzt mit uns zu tun. Aber Sie müssen mir vor allen Dingen eine Frage aufrichtig beantworten. Sie scheinen trotz Ihrer schlechten Kleidung kein übler Kerl zu sein, und das Alter drückt Sie auch noch nicht. Wie alt sind Sie?"

„Sechsunddreißig."

„Hm! Verheiratet?"

„Aha", schmunzelte der Jäger. „Endlich kommt die berühmte Erkundigung. Ich habe mir, Gott sei Dank, noch keine Frau angeschafft."

„Donnerwetter! Haben Sie eine Wohnung?"

„Nein."

„Können Sie Bier und Schnaps behandeln?"

„Als Brauer? Na und ob."

„Dachsparren annageln?"

„Warum nicht?"

„Hol's der Teufel! Wenn Sie das alles können, warum laufen Sie dann so einsam in der Welt herum? Sie haben ja Gold genug, um sich ansässig zu machen und es gibt vielleicht manchen Schwiegervater, bei dem Sie es gut haben könnten."

„Danke. Ich habe andere Verpflichtungen."

„Was für welche?"

Straubenberger lachte, zog ein lustiges Gesicht und fragte geheimnisvoll: „Wissen Sie, was ein Diplomat, was ein Politiker ist? Nun, so werden Sie auch wissen, daß einer, der politische und diplomatische Begabung besitzt, nicht alles sagt. Ich kann Ihnen nur soviel mitteilen, daß ich zu Ihnen gekommen bin, um hier jemand zu suchen."

„Zu suchen? Wen?"

„Hm! Kennen Sie den Schwarzen Gerard?"

„Persönlich noch nicht. Ich habe aber gehört, daß er nächstens hierher kommen wird."

„Ah, das ist gut! Ich dachte sicher, ihn schon bei Euch zu treffen."

„Kennen Sie ihn persönlich?"

„Nein."

„Dann will ich Ihnen sagen, daß er erst dieser Tage wieder eines seiner Stücke ausgeführt hat. Er ist nämlich nach Chihuahua geritten."

„Alle Teufel! Da sollen jetzt die Franzosen sein."

„Freilich sind sie dort. Sie haben ihn erwischt und gefangengenommen."

Straubenberger machte eine Bewegung des Erschrekkens und rief bestürzt:

„Ah, so werde ich ihn nicht treffen. Ich muß gleich wieder zurück."

„Wohin?" fragte der Wirt, nicht weniger erschrokken.

„Weiter hinauf nach Norden. Ich muß melden, daß der Schwarze Gerard von den Franzosen gefangengenommen worden ist."

„Wem denn?"

„Ah, das ist meine Sache!"

„Donnerwetter, Sie sind wahrhaftig ein guter Diplomat. Aber ich kann Ihnen helfen. Sie brauchen nicht zurück, denn der Schwarze Gerard ist ja wieder frei. Er ist nämlich den Franzosen gleich wieder durchgegangen."

„Wirklich?" fragte der Jäger sichtlich erleichtert. „Wissen Sie es genau?"

„Ganz genau, von einem Jäger, der jetzt bei mir auf dem Stroh schläft."

„Was für ein Jäger ist er?"

„Weiß es nicht. Aber viel ist nicht an ihm. Er hat kein Geld, schlechtes Zeug auf dem Leib und eine Büchse, für die ich nicht einen Vierteldollar gebe."

„Danach kann man nicht urteilen. Solches Schießzeug ist oft besser als das teuerste Gewehr. Und was die Kleidung und sonstige Ausrüstung betrifft, so sehen Sie es an mir, was man davon hat, wenn man einen Westmann nur nach dem Äußeren beurteilt. Die Sonne des Llano hat mir die Kleider und Stiefel verbrannt, so daß sie nur noch in Fetzen am Leib hängen. Mein Pferd ist abgemagert wie ein Ziegenbock, das sagten Sie selber, und meine Büchse sieht eher aus wie ein Nachtwächterknüttel als wie ein Gewehr. Dennoch habe ich sechs Beutel Nuggets bei mir, und in New York liegen meine Gelder. Ich habe das Gold, das ich in den Minen fand, verkauft und den Betrag in New York in Verwahr gegeben. Dort erhalte ich ihn zu jeder Zeit. Ist der Jäger, von dem Sie sprechen, jetzt zu treffen?“

„Nein, er schläft. Sie können morgen früh mit ihm reden.“

„Gut, so bleibe ich hier.“

„Ah, das ist schön. Sie sind mein Gast. Kosten soll es Sie keinen Pfennig, denn es ist mir eine Freude, mit Ihnen von Sachsen reden zu können. Also Sie waren in Dresden?“

„Ja.“

„Auch in Pirna?“

„Einigemal.“

„So wissen Sie auch, daß Dresden die Elbe von uns bekommt?“

„Freilich.“

„Meine Vorfahren waren sehr bedeutende Leute in Pirna. Mein Vater war Schornsteinfeger.“

„Ah!“

„Ja, Sie staunen, und das mit Recht. Der Essenkehrer ist das Symbol des Strebens nach Höherem. Er hat den Beruf, das gefährlichste Element zu beaufsichtigen und die Menschheit von dem Einfluß des Rußes zu schützen. Und mein Großvater — raten Sie, was dieser war!“

„Wird es nicht besser sein, Sie sagen es mir gleich?“ meinte Straubenberger.

„Schön. Er handelte mit Meerrettich. Sie staunen? Der Meerrettich ist nämlich das Symbol des Pikanten. Er würzt die Wurst und die Schweinsknöchel, und wenn er gerieben wird, so muß man weinen. Er hat etwas Hochtragisches an sich, was an Schiller, Goethe und Heine erinnert, und darum ist mein Großvater der Träger des Pikanten und Tragischen gewesen. Ich darf stolz auf meine Ahnen sein und habe mir alle Mühe gegeben, die Vorzüge meines Stammbaums von mir auf meine Tochter fortzupflanzen. Wenn Sie ein Freund des

Meerrettichs sind, so können Sie bald die Erfolge sehen. Sie essen doch zu Abend?"

„Das versteht sich."

„Gut, so sollen Sie meine Küche und meine Tochter kennenlernen. Ein Schwiegersohn würde mit beiden außerordentlich zufrieden sein."

In dieser Weise führten die beiden ihre Unterhaltung fort, und Straubenberger hatte während des Abends genug Zeit, die Eigenheiten seines Wirtes kennenzulernen. Resedilla hielt sich von ihnen fern. Sie zog es vor, ungestört an den Schläfer zu denken, der ihr näherstand als alle Schornsteinfeger und Meerrettichhändler der Welt. Deshalb hatte sie ihr Zimmer längst aufgesucht, als die beiden Männer noch lange beieinander saßen.

Am anderen Morgen war Gerard der erste, der das Zimmer betrat. Resedilla hatte ihn kommen hören und eilte herein, um ihm einen guten Morgen zu wünschen.

„Habt Ihr gut geschlafen, Señor?" fragte sie.

„Mehr als gut; ich danke, Señorita", entgegnete er, sein Gewehr an den Tisch lehnend.

„Ihr habt lange nichts genossen. Soll ich Euch eine Schokolade bringen?"

„Ich bitte darum."

Resedilla entfernte sich, um in die Küche zu gehen, und er nahm am Tisch Platz. Nach einer kurzen Zeit trat Pirnero herein und grüßte mürrisch:

„Guten Morgen!"

„Guten Morgen", dankte Gerard.

„Ausgeschlafen?"

„Ja."

„Das läßt sich denken. Ich habe noch keinen solchen Langschläfer gesehen wie Euch. Schlaft Ihr denn auch in der Savanne so lange?"

„Vielleicht."

„Nun, dann ist es kein Wunder, daß ich noch kein Stück Wild in Eurer Hand gesehen habe. Ein guter

Diplomat merkt es Euch auf den ersten Blick an, daß Ihr kein Westmann, sondern ein echtes Murmeltier seid."

Pirnero besaß, wie so viele andere Leute, die unangenehme Eigenschaft, sich des Morgens nach dem Erwachen in übler Laune zu befinden. Das mußte Gerard jetzt büßen. Er nahm es jedoch gleichgültig hin. Der Wirt setzte sich dann auf seinen Stuhl am Fenster und blickte hinaus. Es regnete immer noch, wenn auch nicht so sehr wie gestern. Nach einer Weile sagte er mißmutig:

„Armseliges Wetter!"

Gerard antwortete nicht. So fuhr jener nach einer kleinen Weile fort:

„Fast noch wie gestern!"

Und als Gerard auch jetzt nichts äußerte, wandte sich der Sachse um und rief ihm zu:

„Nun?"

„Was denn?" fragte der Jäger ruhig.

„Armseliges Wetter! Fast wie gestern."

„Freilich!"

„Glaube nicht, daß er da kommen wird."

„Wer?"

„Wer? Welche Frage! Der Schwarze Gerard. Wen sollte ich sonst meinen?"

„Oh, dem ist das Wetter gleichgültig. Der kommt, wenn er überhaupt will."

„Glaubt Ihr? Ihr müßt nämlich wissen, daß er hier erwartet wird. Gestern, als Ihr Euch niedergelegt hattet, kam ein Jäger, der ihn hier treffen will."

„Woher kam er?"

„Aus dem Llano Estacado. Nicht wahr, da staunt Ihr? Ja, Ihr wäret wohl nicht der Mann, durch dieses Gebiet zu reiten, obgleich Ihr dreimal größer und stärker seid als er. Und was ist es für ein Mann! Er hat die Taschen voll Nuggets."

„Wirklich? Was ist es für ein Landsmann? Vielleicht ein Yankee?"

„Nein, ein Deutscher."

„Das sind zuverlässige Leute. Wie heißt er?"

„Andreas Straubenberger."

„Kenne diesen Namen nicht."

„Das ist möglich, denn — ah, da kommt er!"

Straubenberger trat ein. Er grüßte, dann galt sein erster Blick dem Wetter, sein zweiter aber Gerard. Seine Beobachtung schien ihn zufriedengestellt zu haben, denn er setzte sich neben ihn und fragte:

„Ihr seid der Señor, der seit gestern nachmittag hier geschlafen hat?"

„Ja", bestätigte Gerard.

„Das nenne ich einen Riesenschlaf. Ihr müßt außerordentlich ermüdet gewesen sein."

„Stimmt."

„Hm! Gedenkt Ihr lange hierzubleiben?"

„Vielleicht nur einige Stunden."

„Wohin geht Ihr dann?"

„Hinüber in die Berge."

„*Caramba!* So nehmt Euch um Gottes willen in acht! Es sollen sich viele Rote dort befinden."

„Das geht mich nichts an."

„Seid nicht leichtsinnig, Señor! Wenn Sie Euch beim Schopf haben werden, dann wird es Euch wohl etwas angehen. Wollt Ihr trotzdem hinüber, so könnt Ihr mir einen Gefallen tun. Kennt Ihr den Schwarzen Gerard?"

„Man hört viel von ihm."

„Gut! Sucht zu erfragen, wo er sich befindet, und wenn Ihr ihn trefft, so sagt ihm, daß einer hier sei, der auf ihn wartet!"

„Und wenn er mich fragt, wer dieser eine sei?"

„So sagt ihm, daß es der Kleine André ist."

„Wie? Ihr seid der Kleine André?"

„Ja. Eigentlich heiße ich Andreas Straubenberger. Die französischen Jäger haben aber Andreas in André verwandelt, und weil ich von Gestalt kein Riese bin, so werde ich der Kleine André genannt. Das ist mein Savannenname."

„Ich kenne ihn, Señor, und weiß, daß Ihr ein tüchtiger Jäger seid. Übrigens können wir im Notfall sogar deutsch zusammen reden."

„Deutsch? Versteht Ihr Deutsch, Señor?"

„Ein wenig, obgleich ich Franzose bin."

„Wie ist Euer Name?"

„Mason."

Der Wirt hatte diesem Gespräch schweigend zugehört. Jetzt meinte er:

„Wie, Sie verstehen Deutsch?"

„Ja."

„So sind Sie doch kein so unebener Kerl, wie ich dachte."

Der Kleine lachte und meinte mit einem lustigen Augenzwinkern: „Vielleicht finden Sie, daß er sogar das Zeug zu Ihrem Schwiegersohn hat!"

Das fuhr dem Wirt in den Kopf.

„Schwiegersohn? Der?" zürnte er. „Mit einem einzigen Julep? Ein Mensch, der keine ganze Jacke besitzt? Der sollte mir nur kommen! Dieser Kerl ist weder bei Regen, noch bei Sonnenschein als Schwiegersohn zu gebrauchen. Sehen Sie ihn an, wie jammervoll er dasteht! Wenn ich ihm einen Puff gebe, so fällt er um! Nein, daraus wird nichts!"

Pirnero lief in der Stube hin und her, blieb dann vor Gerard stehen und fragte mißtrauisch in spanischer Sprache:

„Señor, habt Ihr etwa ein Auge auf meine Tochter?"

„Alle beide", erwiderte Gerard ruhig.

„So nehmt Euren Schießprügel und macht, daß Ihr fortkommt! Und wenn Ihr Euch noch einmal bei mir sehen laßt, so skalpiere ich Euch bei lebendigem Leib! Verstanden?“

„Gut!“ antwortete Gerard. „Ich werde Euch gehorchen, Señor Pirnero. Aber so, wie ich dastehe, werdet Ihr mich doch nicht fortjagen!“

Gerard strich sich mit den Händen an den Seiten herab.

„Wie meint Ihr das?“ fragte der Alte erstaunt.

„Ich meine: in diesen Sachen. Bei schlechtem Wetter geht es, da achten die Leute nicht darauf. Bei gutem Wetter bemerkt man aber, wie schlecht diese Jacke ist. Habt Ihr in Eurem Laden keine Kleidung für mich?“

Da runzelte der Alte die Stirn und fragte:

„Señor, wollt Ihr mich vielleicht anbetteln? Denn Geld habt Ihr doch nicht!“

„Wer sagt Euch das? Ich habe mir einiges gespart, und zu einem Anzug langt das allemal.“

„Ja, zu baumwollenen Hosen und zu einer baumwollenen Jacke, da mag es wohl reichen. Aber für Eure Größe habe ich nur einen einzigen Anzug, und der ist teuer.“

„Woraus besteht er?“

„Aus indianischen Mokassins, Hosen von Hirschleder, einem ebensolchen Jagdhemd, schön weiß gegerbt, und einem Jagdrock von Elenleder. Dazu ein Hut von kurzgeschorenem Biberfell, nebst Gürtel und allem Zubehör.“

„Hm, Ihr macht mir den Mund wäßrig!“

„So laßt ihn wässern, meinetwegen zehn Jahre lang. Den Anzug erhaltet Ihr auf keinen Fall, da Ihr ihn ja doch nicht bezahlen könnt.“

„Hm! Aber ansehen darf man ihn wohl?“

„Ansehen? Nun, schaden kann es schließlich nichts. Vielleicht trefft Ihr einen, den Ihr zu mir weisen könnt. Ich will ihn Euch zeigen.“

„Gut, so gehen wir in den Laden.

„In den Laden? O nein“, entgegnete der Alte rasch. „Wer nur einen Julep trinkt und mit meiner Tochter liebäugelt, darf nicht in den Laden. Ich werde den Anzug holen. Wartet hier, ehe ich Euch hinausweise!“

Damit ging er. Nach einiger Zeit kehrte er mit dem Gewand zurück und breitete es auf der langen Tafel aus. Die beiden Jäger betrachteten die Sachen und fanden sie allen Anforderungen entsprechend.

„*Demonio!*“ sagte schließlich der Kleine. „Solche Arbeit ist selten. Hätte ich Eure Gestalt, Señor, sofort kaufte ich mir den Anzug!“

Er meinte damit Gerard. Pirnero aber rief:

„Der und kaufen! Das soll er wohl bleiben lassen!“

„Aber anziehen darf er die Sachen doch einmal, damit man sieht, wie sie sitzen“, bat der Kleine André.

„Hm, ich habe nichts dagegen“, entgegnete der Alte. „Ich bin selber neugierig, wie der Schnitt ist. Und eine Gelegenheit wie heute kommt nicht gleich wieder.“ Und zu Gerard gewendet, fuhr er fort: „Ihr mögt dort hinter den alten Schrank treten und das Zeug anlegen. Aber nur für zwei Minuten!“

Gerard nahm lächelnd die Kleidungsstücke und trat hinter den Schrank, der so tief war, daß er ihn völlig verbarg. Als er fertig war und sogar den breitkrempigen Hut aufgesetzt hatte, kehrte er zurück. Die beiden Männer staunten ihn an, als hätten sie ihn noch nicht gesehen.

„Alle Teufel“, meinte der Kleine, „ist das eine Verwandlung!“

„Oh, hier sieht man erst, was der Rock aus dem Mann macht!“ rief Pirnero. „Sieht er nicht gerade aus wie ein echter, richtiger Westmann? Steht diese Tracht ihm nicht wie angegossen?“

Bei diesen Worten drehte er Gerard hin und her, besah ihn von allen Seiten und sagte:

„So, jetzt mag's gut sein. Zieht Euch wieder um und macht, daß Ihr verschwindet! Man hat nun wenigstens gesehen, wozu Ihr zu gebrauchen seid."

„Wozu?" fragte Gerard.

„Als Hauben- oder Kleiderstock."

„Danke, Señor! Doch Ihr meint, daß mir die Sachen passen?"

„Vortrefflich. Doch Euch kann das ja nun gar nichts nützen!"

„Aber hören darf man doch, wie hoch der Preis ist!"

„Warum nicht? Es ist mein bester und teuerster Anzug. Er kostet achtzig Dollar."

„Nicht mehr?"

„Seid Ihr gescheit? Ich dächte achtzig Dollar wäre Geld genug. Zieht Euch aus!"

„Das fällt mir nicht ein, Señor Pirnero. Dieses Zeug behagt mir sehr gut, und ich behalte es."

„Ah, pfeift Ihr so?" rief der Alte drohend. „Herunter damit! Ohne Geld verkauft der alte Pirnero nichts!"

„Wer sagt denn, daß ich nicht bezahlen will?"

„Ihr? Woher wollt Ihr eine solche Summe nehmen?"

„Das werdet Ihr wohl abwarten müssen. Also achtzig Dollar? Habt Ihr Eure Goldwaage bei der Hand?"

„Die brauche ich nicht zu holen. Habt Ihr etwa auch Nuggets?"

„Wartet es ab!"

„Nun wohl! Ich hole die Waage. Aber, Señor André, ich mache Euch dafür verantwortlich, daß dieser Mann mir nicht etwa unterdessen entspringt!"

„Geht ruhig, Señor Pirnero", entgegnete der Kleine allen Ernstes. „Wenn er Miene macht, die Stube zu verlassen, eh Ihr zurück seid, jage ich ihm eine Kugel durch den Kopf."

Das gab dem Alten Mut, die Waage zu holen. Als er fort war, huschte Resedilla herbei. Sie hatte von der Küche aus das Gespräch hören können und kam nun, Zeuge vom Sieg Gerards zu sein. Welch einen Eindruck machte er jetzt gegen früher!

Da trat ihr Vater wieder herein. „Nun, wo habt Ihr Eure Nuggets?“ höhnte er.

„Nuggets sind es nicht.“

„Was denn?“

„Sollt es gleich sehen!“

Gerard nahm sein Messer und ergriff seine Büchse, legte sie auf die Tafel und tat mit dem Messer ein paar kräftige Hiebe in den schweren Kolben. Beim zweiten Hieb sprang ein großes Stück gediegenen Goldes ab.

„Demonio!“ entfuhr es dem verblüfften Alten.

„Ascuas!“ rief der Kleine. „Señor, wer seid Ihr?“

„Der Käufer dieses Anzugs“, lächelte Mason und hieb noch mehrere Stücke los.

Pirnero stand ganz erstarrt.

„Nun, Señor“, schmunzelte Gerard, „ist diese Büchse wirklich ein so altes, schlechtes Schießeisen, wie Ihr sagtet?“

Da faßte ihn André am Arm und rief:

„Ihr seid der Schwarze Gerard, oder mich soll der Teufel holen!“

„Könntet es erraten haben“, nickte der gewaltige Jäger.

„Aber warum sagtet Ihr es nicht eher?“

„Hatte meinen Spaß daran.“

Da schlug sich Pirnero mit der Hand vor den Kopf.

„O ich Esel, ich dreifacher Esel!“

„Ich denke, Ihr seid ein großer Diplomat?“ lachte Gerard ihn an.

„Ein Heupferd bin ich, aber kein Politiker“, gab der Alte zu. „Doch ich werde diesen Fehler sofort gutmachen.“

Damit faßte er seine Tochter am Arm und wollte sie herbeiziehen. Sie sträubte sich dagegen.

„Hier ist sie, Señor!“ verkündete er. „Ihr sollt mein Schwiegersohn sein.“

Das Gesicht Resedillas erglühte in tiefstem Rot. Gerard bemerkte es und schüttelte den Kopf.

„Señor Pirnero, macht keinen zweiten Fehler! Die Señorita hat das Recht, sich einen Mann zu nehmen, der ihr gefällt.“

„Aber sagt, Señor, warum habt Ihr mir nicht längst gestanden, wer Ihr seid?“ fragte der Alte verlegen.

„Es sollte niemand wissen, daß der Schwarze Gerard hier auf jemand wartet.“

„Dieser Jemand bin ich?“ erkundigte sich André.

„Wahrscheinlich!“

„Nun, so will ich Euch sagen, daß —“

„Halt!“ gebot Gerard mit einem warnenden Seitenblick auf Pirnero. „Wir sprechen nachher davon. Soll ich nun gehen, Señor Pirnero?“

„Beileibe nicht, Señor!“ bat der Wirt schnell.

„Ich darf auch später wiederkommen? Aber Ihr wollt mich ja skalpieren, wenn ich wiederkomme?“

„Oh, Señor, das war nur ein Spaß. Wir aus Pirna sind gern spaßhaft.“

„Nun, so wiegt dieses Gold und gebt mir heraus, es ist mehr als für achtzig Dollar.“

Das geschah, und dann trug der Alte die Waage wieder fort. Während er im Haus umherlief, um dem Gesinde zu sagen, daß der fremde Lump der berühmte Schwarze Gerard, die rechte Hand des Präsidenten Juarez sei, wandte sich der Kleine André an Gerard:

„Warum winktet Ihr mir zu schweigen, Señor?“

Gerard setzte sich ihm gegenüber und erwiderte:

„Vor allen Dingen hier meine Hand! Wir sind Jäger und haben bereits voneinander gehört. Wir haben nicht nötig, uns Höflichkeiten zu sagen, und werden uns einfach du und beim Namen nennen. Topp?“

„Topp!“ rief der Kleine freudig einschlagend.

„Gut. Ferner mußt du wissen, daß es besser ist, vor Pirnero zu schweigen, denn er spricht zu gern, als daß ich ihm ein Geheimnis anvertrauen möchte."

„Das ist mir sehr unlieb. Du weißt, weshalb ich hier bin?"

„Ich erwarte einen Boten vom General Hannert. Bist du dieser Mann?"

„Ja", nickte André.

„Ihr bringt Juarez Geld?"

„Ja, und zwar gleich millionenweise."

„Ich weiß es von Juarez, und er hat mir den Auftrag gegeben, dich hier aufzusuchen, und mich euch zur Verfügung zu stellen."

„Das sagte mir auch der General, nämlich, daß ich dich hier treffen würde. Ich erwarte jetzt von dir die letzten Anweisungen."

„Wie stark seid ihr?" fragte Gerard.

„Sechzig Mann. Vierzig Vereinigte-Staaten-Soldaten und zwanzig tüchtige Westmänner."

„Wie bringt ihr das Geld?"

„Auf Maultieren. Aber sie sind sehr abgetrieben."

„O weh! Der Transport hat einen weiten Weg hinter sich. So müssen wir vor allen Dingen für frische Tiere sorgen. Wieviel werden wir brauchen?"

„Fünfzig, lieber Gerard."

„Die bringe ich heute noch zusammen. Das übrige, namentlich, wie ihr zu Juarez kommt, laß dann meine Sache sein!"

„Der General meint, daß es am besten sei, das Geld hierher zu bringen, von wo Juarez es abholen lassen kann."

„Ich dachte es auch. Aber es haben sich unterdessen Dinge ereignet, die eine Änderung des ursprünglichen Plans notwendig machen. Wir erwarten in den nächsten Tagen einen Besuch der Franzosen auf Fort Guadalupe."

„*Carajo!* Unter diesen Umständen ist das Geld hier allerdings nicht sicher.“

„Das meine ich nun gerade nicht. Wir sind nicht so unvorbereitet auf ihren Besuch, und die Franzosen werden sich blutige Köpfe holen. Ich habe nämlich fünfhundert Apatschen auf meiner Seite, durch deren Hilfe ich mit den Franzosen fertig zu werden hoffe.“

Der Kleine André geriet in Eifer. „Kannst du uns nicht brauchen? Ich brenne vor Begier, dabeisein zu dürfen, wenn die Rothosen einen Denkzettel bekommen.“

Gerard lächelte. „Das geht leider nicht. Ihr dürft euch nicht aufhalten, da Juarez das Geld notwendig braucht, und außerdem wäre die Einmischung fremder Truppen bedenklich. Sie könnte leicht zu diplomatischen Verwicklungen führen, an denen Juarez ohnehin mehr als genug hat. Nein, es bleibt dabei, ihr begebt euch auf dem geraden Weg zu Juarez. Dieser Weg führt zwar mitten durch das Gebiet der Komantschen, die ihr indes nicht zu fürchten braucht, denn ihr werdet in Gesellschaft meiner fünfhundert Apatschen reiten.“

„Wirklich? Das ist prächtig. Aber wo werden deine Apatschen zu uns stoßen?“

„Das werden wir heute mittag mit meinem Freund, dem Häuptling Bärenauge, besprechen. Ich habe mit ihm für heute eine Zusammenkunft in den Tamisosbergen verabredet. Wenn du mich dorthin begleiten willst, so mache dich für den Ritt zurecht, in einer halben Stunde werde ich aufbrechen!“

Als Gerard bald nachher sein Zimmer verließ, um den Ritt in die Berge anzutreten, wartete Resedilla im Flur auf ihn.

„Señor, wollt Ihr schon wieder fort? Und Ihr seid doch erst gestern gekommen!“

„Muß ich denn nicht?“ gab er lächelnd zur Antwort. „Euer Vater hat mir doch die Tür gewiesen!“

„Oh, das dürft Ihr nicht so ernst nehmen, er hat ja keine Ahnung gehabt, daß Ihr der Schwarze Gerard seid! Jetzt ist er für Euch Feuer und Flamme!"

„Zürnt Ihr mir, daß ich Euch meinen Namen verheimlicht habe?"

„Wie sollte ich, Señor! Ihr werdet Eure Gründe gehabt haben, und ich — ich habe ja gewußt, wer Ihr seid — seit gestern!"

Gerard blickte sie erstaunt an. „Wie habt Ihr das herausgebracht?"

„Entsinnt Ihr Euch noch, daß Ihr droben im Zimmer auf dem Stuhl eingeschlafen wart?"

„Ja."

„Nun, da habe ich unterdessen Euer Gewehr aufmerksam betrachtet."

„Wirklich? Weshalb?"

„Um zu sehen, ob der Kolben von Gold ist."

„Sapristi!" sagte er überrascht. „Welchen Grund hattet Ihr dazu?"

„Ich ahnte schon, wer Ihr seid. Werdet Ihr mir meinen Vorwitz verzeihen?"

„Gern. Señorita. Ich hatte Gründe, es verschwiegen zu halten. Euer Vater plaudert gern, obgleich er ein großer Politiker und Diplomat ist."

„Darf ich nicht wenigstens wissen, wohin Ihr geht?"

Gerard sah, mit welcher Besorgnis sie ihn betrachtete, und das machte ihn glücklich.

„Warum, Señorita?"

Sie errötete und schwieg. Er aber ergriff ihre Hände und sagte:

„Resedilla, ich danke Euch! Ich sehe, daß Ihr Euch um mich sorgt, und das gibt mir den Mut, zu hoffen, daß Ihr mir meine Vergangenheit verziehen habt."

Das Mädchen richtete den Blick voll und warm auf ihn und entgegnete:

„Ihr habt ja so aufrichtig gebeichtet, daß es eine

Sünde wäre, Euch zu zürnen, Gerard. Ich sehe nur, was Ihr seid, und nicht, was Ihr wart."

Da drückte er ihre Hand an seine Lippen. Er wollte etwas zur Erwiderung sagen, aber die Rührung übermannte ihn, so daß er es nur zu einer stummen Bewegung seiner Lippen brachte. Dann verließ er das Haus. Resedilla blickte ihm lange mit klopfendem Herzen nach, bis eine Biegung des Weges Roß und Reiter ihren Blicken entzog

8. Ein gefährdeter Thron

Als Ferdinand Cortez Mexiko erobert hatte, ließ ihm der König von Spanien sagen, er solle sich etwas erbitten, was ihm sofort gewährt werden würde. Da dachte der schlaue Spanier an Dido, die Karthago gegründet hatte. Er tat das gleiche, was diese berühmte Königin getan hatte, und erbat sich soviel Land, als er mit einer Kuhhaut umspannen könne. Diese Bitte wurde ihm, da sie sehr bescheiden klang, gewährt. Da ließ er eine große Kuhhaut in haardünne Streifen schneiden und umspannte auf diese Weise eine Fläche, die weit größer war, als der König geahnt hatte. Diese Besitzung und die in ihr gegründete Stadt besteht noch. Sie wird zum Andenken an jenen Streich Cuernavaca genannt, zu deutsch „Kuhhaut".

Das alte Schloß ist ein großes Viereck, das in baukünstlerischer Beziehung keine Bedeutung hat. Jetzt in eine Kaserne verwandelt, besitzt es nichts, was an die vergangene Pracht und Herrlichkeit erinnern könnte. Die Stadt ist klein und, wie alle mexikanischen Städte, regelmäßig gebaut, jedoch teils schlecht, teils gar nicht gepflastert. Von Bürgersteig und Gas ist keine Rede, nicht einmal Öllampen gibt es in den Straßen. Dennoch befand sich in dem kleinen, unscheinbaren Ort das Hoflager des Kaisers Max von Mexiko, der hier in der Weise eines Privatmanns lebte. Das hatte seinen Grund in der prächtigen Lage des Städtchens.

Es liegt kaum dreißig Leguas von der Hauptstadt Mexico entfernt in einem Tal, von allen Seiten gegen Wind geschützt. Bezaubert durch die Schönheit und den

Reichtum der tropischen Natur, hatte der poetische Sinn des Kaisers sich dieses Dorado als Erholungsort erkoren. Es war sein Lieblingsaufenthalt. Wenn die Staatsgeschäfte ihm und der Kaiserin gestatteten, den Staub der Hauptstadt auf einige Tage abzuschütteln, so eilten die Majestäten nach Cuernavaca, um Ruhe für Geist und Körper zu finden. Bisweilen zog sich Max allein dahin zurück, um sich, fern von französischen Ränken und Einflüssen, mit einigen Vertrauten ernsten Verbesserungsplänen zu widmen. Es ist schwer, sich etwas weniger Kaiserliches zu denken als die bescheidene Villa, die der Kaiser dort gemietet hatte.

Aber welche Umgebung! Der Garten machte den Eindruck einer Zauberlandschaft. Der Beschauer wähnte sich in ein Feenreich versetzt. Dennoch war alles Natur und nichts Kunst! Keines Gärtners Hand hatte die wilde Jungfräulichkeit des die Villa umgebenden Rosenwaldes entweiht. Haushohe Kaktus- und Aloepflanzen, mächtige Palmen verschiedenster Gattung, wilde Zitronen- und Orangenbäume und vereinzelte majestätische Zypressen überragten ein Gefilde hochstämmiger Rosen, die in allen Farben prangten. Und als wäre die Königin der Blumen eifersüchtig gewesen auf diese stolzen Vertreter eines dunkel- und hellgrünen Blätterreichtums, so schlangen sich um Stämme und Äste die verschiedenartigsten Rosenranken, hier schneeweiß, dort dunkelrot, purpurn erglühend, violett und rosa, alle himmelwärts strebend und die Lüfte mit Wohlgerüchen würzend. Durch diese duftende Wildnis schlängelten sich ländliche Fußwege, deren Stille durch das Halleluja der buntgefiederten Vögel unterbrochen wurde. Es war ein Paradies im kleinen, ein Eden, für das sich selbst Hafis, der persische Dichter, der Sänger der Liebe und der Rosen, hätte begeistern müssen.

Auf einem dieser Wege wandelte Kaiser Max, an seiner Seite ein Mann in reicher, goldstrotzender Nationaltracht. Dieser Mann, dunkelhaarig und dunkeläugig, war von nicht hoher, aber sehniger Gestalt. Sein gelb angehauchtes Gesicht zeigte eine große Beweglichkeit der Mienen, und in seinen Augen brannte eine Glut, wie sie nur dem Südländer eigen sein kann. Es war General Mejia[1]), ein Indianer, jener treue Freund des Kaisers, der mit ihm durch alle Leiden bis in den Tod ging. Die beiden Spaziergänger waren in ein ernstes Gespräch vertieft.

„Ihr malt jedenfalls zu schwarz, lieber General", sagte der Kaiser in seiner sanften Weise, indem er eine der Rosen vom Zweig brach und ihren Duft einsog.

„Wollte Gott, Majestät hätten recht!" erklärte Mejia. „Und wollte Gott, ich dürfte so sprechen, wie ich reden möchte!"

Da hielt der Kaiser seinen Schritt an, sah den General forschend an und fragte erstaunt:

„Warum sprecht Ihr nicht so?"

Der Gefragte ließ seinen Blick über die Rosenflut gleiten, schwieg eine Weile und erwiderte langsam:

„Das verbietet mir die Majestät des Kaisers."

Max blickte zu Boden und meinte halb scherzend und halb traurig:

„Ist meine Majestät so glänzend, so blendend? Ich dächte nicht, daß der Anblick meines Thrones einen so niederschmetternden Eindruck macht!"

„Und doch muß ich bei meinem Ausspruch beharren."

„Aber ich bin hier in Cuernavaca nicht Kaiser, sondern Privatmann!"

„Das ist eine Huld, die die Anhänger Eurer Majestät dankbar anerkennen. Aber man darf dem Privatmann trotzdem nicht sagen, was den Kaiser kränken oder beleidigen könnte."

Da legte Max seine Hand hastig auf den Arm des Indianers und bat:

1) Sprich: Mechía

„Sprecht in Gottes Namen, lieber General! Der Kaiser wird Euch nicht zürnen."

„O doch, Majestät!"

„Nun, so befehle ich es Euch!"

Diese wenigen Worte wurden in einem Ton gesprochen, der jeden Widerspruch ausschloß. Darum sagte der treue General:

„So werde ich gehorchen, selbst auf die Gefahr hin, mir die allerhöchste Gunst zu verscherzen."

„Meine Gunst bleibt Euch. Denkt, daß Ihr mit einem Freund, einem Vertrauten sprecht, der auch Unangenehmes vertragen kann. Wir waren bei meinen Neugestaltungsplänen. Ihr stimmt nicht zu!"

„Ich kann leider nicht! Majestät haben einen hocherlauchten Ahnen, der von gleichem Eifer durchdrungen war."

„Ah, Ihr meint Joseph den Zweiten?"

„Ja. Der Lohn seines Strebens war Undank und Enttäuschung."

„Er ging zu rasch vor. Er war den Verhältnissen vorausgeschritten."

„Und doch war er in diesen Verhältnissen geboren und aufgewachsen. Sie waren ihm nicht fremd, er kannte sie genau. Aber seine Begeisterung für das Glück seines Volkes ließ ihn die Macht dieser Verhältnisse verkennen."

„Ihr urteilt scharf, aber doch vielleicht nicht ganz unrichtig, General."

„Ich danke für diese Zustimmung und erlaube mir einen Vergleich."

„Zwischen ihm und mir?"

„Ja."

„So wird dieser Vergleich wohl schwerlich zu meinen Gunsten ausfallen!" sagte der Kaiser mit mildem Lächeln.

„Oh, Majestät teilen die Begeisterung des edlen Vorfahren, aber Majestät befinden sich auf völlig unbekanntem Boden. Die Mexikaner sagen von Euch: ‚*Emperador que quizo lo mejor*‘ — ‚der Kaiser, der das Beste wollte‘, aber sie sind überzeugt, daß Majestät den politischen Verhältnissen nicht das rechte Verständnis abgewinnen können.“

„Ihr wollt sagen, daß ich noch viel mehr Grund habe als Joseph, langsam vorzugehen, daß ich mich vor jeder Übereilung hüten solle?“

„So ähnlich. Ich denke an das Beispiel eines neuen Lehrers, der gleich am Tag seines Amtsantritts umgestalten will, ohne seine Schüler zu kennen“, bekannte General Mejia offen.

„Ich danke für diesen Vergleich!“ lächelte der Kaiser.

„Verzeihung!“ bat Mejia. „Aber sagten Majestät nicht einst selber, daß es die heiligste Pflicht und die größte Wonne eines Herrschers sein müsse, der Lehrer, der Schulmeister seines Volkes zu sein? Wir befinden uns in einem Land, dessen Boden vom Blut raucht. Wir sind umgeben von einem Volk, das gewalttätiger ist als jedes andere. Wir stehen gesetzlos da, denn wir sind ja erst im Begriff, Gesetze zu schaffen. Christus zog in Jerusalem ein, und alles Volk schrie Hosianna, aber drei Tage später schlug man ihn ans Kreuz!“

Der Kaiser schritt langsam und schweigend weiter und sagte erst nach einer längeren Pause:

„Ihr denkt an das Hosianna meines Einzugs?“

„Ja, Majestät.“

„Nun, zweifelt Ihr an der Wahrheit der damaligen Begeisterung?“

„Mit vollem Recht, Majestät. Wer hat Eure Majestät empfangen? Die Bevölkerung? Nein. Die Franzosen und ihre Geschöpfe! Die Rufe der Begeisterung waren gemacht, waren künstlich, ich weiß es leider jetzt. Ein Herrscher von Mexiko darf nicht das Geschöpf eines anderen sein. Er muß seine Kraft und Macht aus Mexiko selbst ziehen, er darf weder vertrauen, noch dichten und träumen, nicht das Land betreten mit liebevollen Plänen, sondern mit dem Säbel in der Faust."

General Mejia hatte sich in Eifer gesprochen. Er sagte die reine Wahrheit, von der er selbst durchdrungen war. Dabei vergaß er, seiner Ansicht jene Gewandung zu geben, die man für notwendig hält, wenn man zu einem gekrönten Haupt spricht. Kaiser Max schritt nachdenklich neben ihm her. Seine Miene war sehr ernst geworden, aber er sagte kein Wort, das angedeutet hätte, daß er beleidigt sei. Der Indianer fuhr fort:

„Ruft die Mexikaner auf! Sie werden aufstehen und dem Ruf folgen. Dann sind Majestät der Anführer, der Kaiser des Volkes und haben gezeigt, daß Majestät Herrscher sind aus eigener Kraft. Man wird Eure Majestät anerkennen, man wird gehorchen, ja, man wird Eurer Majestät zujubeln!"

Max schüttelte den Kopf. „Ich kann Eure Begeisterung nicht teilen. Denkt an Juarez, an den Panther des Südens, an die vielen sonstigen Bandenführer, die gern selber Kaiser spielen möchten! Denkt ferner an England, an die Vereinigten Staaten, an Spanien — von anderen gar nicht zu sprechen."

„Oh", widersprach der General, „über Mexiko kann nur das Schwert herrschen. Wer die Parteien einigen und ihnen befehlen will, muß eine starke, rücksichtslose Faust haben und sich vor aller Weichheit hüten. Erst seine späteren Nachfolger dürfen daran denken, das Schwert mit der Palme zu vertauschen."

„Ihr verlangt also einen Attila, einen Tamerlan?"

„Nein, sondern einen Karl den Großen, der zu siegen und zu einigen weiß, ohne zu verwüsten."

„Jetzt muß man mit der Politik rechnen."

„Was könnten die Diplomaten vollendeten Tatsachen gegenüber tun?"

„Und Juarez, mein kräftiger Gegner?"

„Wird unschädlich gemacht. Ich denke mit Grimm an

die kleinen Kerle, die sich Generale schimpfen und nur den Zweck haben, der Herde die Wolle zu nehmen. Da ist zum Beispiel dieser Cortejo —"

„Ah", unterbrach ihn der Kaiser, „der jetzt um die Gunst des Panthers des Südens buhlt?"

„Ja, jener Pablo Cortejo, dessen Tochter ihre Bilder versendet, um vermöge ihrer Schönheit Anhänger zu werben."

„Habt Ihr das Bild gesehen? Ich leider noch nicht", lächelte der Kaiser.

„Nicht? Ah, diesen Hochgenuß dürfen Majestät nicht länger entbehren."

Der General griff in seine rotseidene Schärpe und zog eine Brieftasche hervor.

„Ihr besitzt ein Bild?" fragte der Kaiser.

„Ja. Ich gestatte mir, es Eurer Majestät zu unterbreiten. Man muß sich seine Gegner anschauen."

Damit reichte er das Bild dem Kaiser. Dieser betrachtete es einige Augenblicke lang, gab es darauf dem General wieder und sagte bedauernd:

„Armes Mädchen!"

Mejia runzelte abermals die Stirn. Er liebte den Kaiser, aber er war ein Mann der Tat und haßte alles Weichliche. Er entgegnete mit Nachdruck:

„Arm? Oh, Majestät, ich bemitleide diese Dame nicht. Ja, sie macht sich lächerlich, aber sie ist eine gefährliche Ränkespielerin, die ich für alle Fälle unschädlich machen würde."

„So haltet Ihr auch ihren Vater für gefährlich?"

„Ganz gewiß."

„Als Kronprätendenten?"

„O nein", lachte Mejia. „Aber gefährlich ist mir jeder Mensch, ob Mann oder Frau, der nicht mit mir, sondern wider mich ist."

Der Indianer wollte weitersprechen, konnte aber nicht, denn es ertönten Schritte hinter ihnen, und als sie sich umdrehten, gewahrten sie den Kammerdiener des Kaisers. Er hieß Grill, spielte in Cuernavaca den Haushofmeister und ist seit jener Zeit eine vielgenannte Persönlichkeit gewesen. Man sah es dem Kaiser an, daß ihm diese Störung nicht unlieb sei. Mejia hatte doch ein wenig zu aufrichtig gesprochen.

„Was gibt es?" fragte Max.

„Entschuldigung, Majestät, der Herr Marschall Bazaine ist hier", meldete Grill. „Er wünscht Eure Majestät zu sprechen."

„Ich komme sogleich."

„Oh, Seine Exzellenz folgt mir auf dem Fuß."

„So kehren wir um."

Max schickte sich an, in der Richtung zur Villa weiterzugehen. Mejia zog ein finsteres Gesicht. Max sah es.

„Soll ich Euch entlassen, General?" fragte er.

Der Kaiser wußte sehr wohl, daß diese beiden einander nicht leiden konnten.

„Ich bitte Eure Majestät, bleiben zu dürfen, um nicht den Anschein zu erregen, als fürchte ich den Franzosen. Voraussetzung ist, daß es sich nicht um eine geheime Angelegenheit handelt."

„So bleibt!" nickte der Kaiser. „Übrigens muß es doch etwas Wichtiges sein, was den Marschall veranlaßt, mich in Cuernavaca aufzusuchen. Er liebt diesen Ort nicht."

Jetzt sah man Bazaine kommen. Er war nicht in großer Uniform und verbeugte sich, als er den Kaiser erreichte, zwar tief, aber doch nicht in jener Weise, die auf eine aufrichtige Ergebenheit schließen ließ. Es lag in seinem Blick und seiner Miene ein Selbstbewußtsein, das er in der Nähe des Kaisers hätte besser beherrschen sollen.

„Verzeihung, Majestät", sagte er, „daß ich es wage, das schöne Stilleben dieses Ortes zu unterbrechen!"

„Oh, Sie sind mir stets willkommen, lieber Marschall“, erwiderte Max höflich in französischer Sprache.

„Dann bedauere ich um so mehr, Unangenehmes zu bringen.“

„Ich habe allerdings seit einiger Zeit nicht viel Angenehmes von Ihrer Seite empfangen dürfen, darum wird mich das Gegenwärtige nicht sehr überraschen!“

Es lag in diesen Worten wohl eine kleine Bosheit. Aber Max blickte dabei so freundlich, daß Bazaine keine Zeit fand zu erzürnen. Er sagte:

„Befehlen Majestät sofortigen Vortrag der Angelegenheit?“

„Ich ersuche darum.“

„In Gegenwart des Generals?“

Bazaine warf dabei einen nicht übermäßig freundlichen Blick auf Mejia und machte diesem eine sehr förmliche Verbeugung. Es war diese Frage eigentlich eine Rücksichtslosigkeit gegen den Kaiser und eine Beleidigung für den Mexikaner. Beide beachteten es aber nicht. Max antwortete:

„Handelt es sich um wichtige Geheimnisse?“

„Nein, im Gegenteil: um eine sehr öffentliche Angelegenheit.“

„Nun, Monsieur le Marechal, dann beginnt sofort!“

„Die Angelegenheit betrifft nämlich jenen Pablo Cortejo, von dem ich mehrmals zu Majestät gesprochen habe.“

„Es ist mir erinnerlich“, nickte Max.

„Dieser Mann war bisher nur lächerlich, jetzt aber hat es den Anschein, als wolle er gefährlich werden. Er wirbt an.“

„Das wäre!“ sagte der Kaiser überrascht.

Bazaine nickte überzeugend:

„Sogar in der Hauptstadt selbst. Es sind gestern einige seiner Werber festgenommen worden. Auch im Hauptquartier scheint er Agenten zu besitzen.“

„So muß man Pablo Cortejo gehörig auf die Finger sehen!"

„Er scheint mit dem Panther des Südens verbündet, Majestät."

„Das weiß ich schon."

„Ich habe nun erfahren, daß mit Hilfe einer amerikanischen Brigg dem Panther mehrere tausend Gewehre nebst einer großen Menge Blei und Pulver übermittelt worden sind."

„Wo ist dies geschehen?"

„In Coatzacoalcos. Man hat Jagd auf die Brigg gemacht. Sie war aber ein ausgezeichneter Segler und ist entkommen."

„Dies ist ein unangenehmes Lebenszeichen des Präsidenten der Vereinigten Staaten."

„Ich werde dem Kaiser darüber nach Paris berichten."

„Napoleon wird sich mit dieser Angelegenheit wohl kaum erfolgreich befassen." Maximilians Stimme verriet ehrlichen Zweifel.

Der Marschall ging über diese Bemerkung leicht hinweg, indem er entgegnete:

„Ich bin überzeugt, daß die Waffenlieferungen mit dem neuesten Auftreten dieses Cortejo im Zusammenhang stehen, zumal er so dreist ist, während der Nacht Plakate an die Straßenecken kleben zu lassen."

„Das wäre sehr kühn!" sagte der Kaiser. „Wo geschah das?"

„In der Hauptstadt selbst. Ich habe sofort die geeigneten Maßregeln getroffen und bin persönlich zu Eurer Majestät geeilt, um Höchstdieselbe um Berücksichtigung des Vorschlages zu ersuchen, den ich die Ehre hatte, schon mehrfach zu machen."

„Welchen Vorschlag meinen Sie?"

„Betreffs dieses Cortejo. Er selber befindet sich im Süden, aber seine Tochter wohnt in Mexico. Sie bleibt unbehelligt, obgleich sie es wagt, öffentlich gegen die Regierung Eurer Majestät zu wühlen."

„Ich möchte nicht mit Weibern Krieg führen!"

„Ich auch nicht!" meinte der Marschall stolz. „Aber ich möchte auch nicht dazu raten, eine Hochverräterin unbestraft zu lassen. Darf ich Eurer Majestät ein Stück jenes Plakats zur Durchsicht reichen?"

„Gebt her!"

Der Marschall zog das Papier aus der Tasche und übergab es dem Kaiser. Dieser las und wurde dabei von Bazaine scharf beobachtet. Als bei einer gewissen Stelle sich das Antlitz des Kaisers plötzlich verfinsterte, zuckte ein Blitz der Befriedigung über das Gesicht des Franzosen. Er hätte das Plakat durch einen anderen senden können. Aber er war selber gekommen, um sich diese Befriedigung zu verschaffen.

Als der Kaiser fertig war, übergab er das Plakat an Mejia. „Hier, General, lest auch Ihr!"

Der Angeredete ergriff das Blatt und las folgendes:

„An alle braven Mexikaner und freien Indianer!

Der Feind ist eingedrungen in unser Land. Er befindet sich schon seit längerer Zeit darin. Er verwüstet unsere Ernten, zerstört die Früchte unserer Arbeit, verführt unsere Frauen und Töchter und tötet unsere Männer, Brüder und Söhne.

Der Mann in Paris, einst selber ein verachteter Flüchtling, hat es gewagt, uns einen Regenten zu senden, der sich Kaiser von Mexiko nennt. Dieser Mann ist ein Geschöpf Napoleons, dessen Speichel er untertänig leckt. Mexikaner, dürfen wir das dulden? Nein! Wir wollen uns erheben wie ein Mann und diese Fremdlinge aus dem Land jagen!

Schon schärft der Panther des Südens seine Krallen: er ist zum Sprung bereit. Auch wir wollen zu den Waffen greifen! Es ist für alles gesorgt, was notwendig ist, den Feind zu besiegen. Wir besitzen Waffen, Schießbedarf und Mundvorrat, aber es fehlen die Männer, die zeigen wollen, daß sie brave Mexikaner und freie Indianer sind.

Darum soll an allen Orten geworben werden. Wir werden in kurzer Zeit ein Heer bilden, vor dem die Franzosen die Flucht ergreifen müssen. Die Werber sind ausgesandt. Ihr werdet ihre Stimmen hören und sie daran erkennen, daß sie euch meinen Namen nennen. Schließt euch ihnen an, folgt ihnen zu den Versammlungsplätzen, zu denen sie euch führen werden! Dann wird die Sonne der Freiheit aufgehen über Mexiko, und wir werden die Bedrücker unseres Vaterlandes von den Bergen hinabjagen in die Fluten des Meeres, das sie verschlingen wird, wie es einst mit Pharao geschah.

Pablo Cortejo."

Als Mejia das Schriftstück gelesen hatte, fragte ihn der Kaiser: „Nun, General, was sagt Ihr dazu?"

Der Gefragte zuckte verächtlich die Schulter. „Ein elendes Machwerk!"

„Aber doch in hohem Grade gefährlich!" fügte Bazaine hinzu. „Es wird der öffentliche Aufruhr gepredigt. Man muß hier mehr tun als nur die Achsel zucken."

Mit diesen Worten war Mejia gemeint. Um eine scharfe Entgegnung von dessen Seite zu verhüten, fiel der Kaiser schnell ein:

„Ich bin vollauf einverstanden. Aber was meinen Sie, was geschehen soll?"

„Zunächst muß man die Tochter dieses Mannes verhaften", erklärte Bazaine.

Max schüttelte den Kopf. „Sie ist ungefährlich."

„Sie hat das Gegenteil bewiesen, Majestät!" warnte Bazaine.

„Sie war nur lächerlich. Ich sagte es schon dem General.“

„Ferner muß man das Haus dieses Cortejo durchsuchen.“

„Das mag geschehen.“

„Sodann muß man seine Besitzungen einziehen.“

„Hat er welche?“

„Ganz bedeutende.“

„Verzeihung!“ fiel da Mejia ein. „Soviel ich weiß, gehören diese Besitzungen dem Grafen Rodriganda, dessen Sekretär Cortejo nur war.“

„Ich meine, Rodriganda ist verantwortlich, wenn er einen Hochverräter anstellt“, erwiderte der Marschall.

Der Kaiser machte eine abwehrende Handbewegung.

„Keine Gewalttätigkeit, lieber Marschall!“ rief er. „Sie sind Höchstkommandierender und dürfen militärische Maßnahmen ergreifen. Diese Angelegenheit aber unterliegt meiner Zuständigkeit. Ich werde haussuchen lassen, doch soll das Mädchen nicht verhaftet werden. Man möge es verbannen. Es mag aus dem Land gehen und anderwärts seine Verführungskünste betreiben.“

Bazaine sprach dagegen, drang aber nicht durch, so daß er sich schließlich mit unterdrücktem Zorn entfernte. Als er fort war, sagte der Kaiser zu Mejia:

„Habt Ihr das Plakat aufmerksam gelesen?“

„Ja, Majestät.“

„Auch jene Stelle?“

„Welche Stelle meinen Eure Majestät?“

„In der es heißt, ich sei das Geschöpf Napoleons, dessen Speichel ich lecke?“

„Leider mußte ich auch diesen Schimpf lesen!“

„Ich habe da gesehen, daß Ihr vorhin recht hattet. Aber ich werde diesen Herren beweisen, daß ich keineswegs ein Geschöpf Napoleons bin. Habt Ihr Bazaine beobachtet, als ich las?“

„Sehr scharf, Majestät.“

„Bemerktet Ihr etwas?“

„Ah, Majestät meinen jenen Blick der Genugtuung?“

„Den er auf mich warf, als ich jene Stelle las! Ich schaute ihn unwillkürlich an. Was sagt Ihr dazu?“

„Ich meine, daß ein Marschall nicht der richtige Mann sei, ein beschlagnahmtes Plakat zu überbringen. Dazu gibt es untergeordnete Leute genug.“

„Ihr habt recht. Er tat es aus Schadenfreude. Gehen wir ins Haus, lieber Mejia! Ich bin doch ein wenig erregt und will die Kaiserin sprechen. Ihre Nähe hat stets eine beruhigende Wirkung auf mein Gemüt.“

Sie verließen den Garten und schritten der Villa zu. —

Das war am Vormittag gewesen. Der Nachmittag führt uns in die Hauptstadt Mexico. Dort stand in ihrem Zimmer Josefa Cortejo vor dem Spiegel. Sie war im Begriff, sich zum Ausgehen anzukleiden.

Im Lauf der Zeit hatte sie trotz allen Widerstrebens ihre Pläne auf die Verehelichung mit Alfonso aufgeben müssen. Der weilte seit Jahren in Spanien, war zwar unvermählt geblieben, ließ sich aber in Mexico nicht mehr blicken. So war die Leidenschaft bei Josefa allmählich abgeflaut, und ihr Betätigungsdrang hatte sich auf die hohe Politik geworfen. Ihr Bestreben ging darauf hinaus, die umworbene Tochter eines Präsidenten von Mexiko zu werden.

„Scheint dir nicht, daß ich etwas hager werde, Amaika?“ fragte Josefa ihre alte Zofe, eine Indianerin.

„O nein, Señorita.“

„Du meinst also, daß ich noch schön bin?“

„Ganz sicher! Es gibt überhaupt Personen, die mit den Jahren immer schöner werden, und zu diesen gehört Ihr, Señorita.“

„So kleide mich an, aber recht verführerisch, liebe Amaika! Ich will zum Lithographen. Ich habe wieder zehn Dutzend Bilder bestellt.“

„Das werden wieder Geschenke an die Anhänger Eures Vaters?"

„Ja. Meinst du nicht, daß es ein glücklicher Gedanke war, jedem Anhänger mein Bild zu geben?"

„Gewiß! Sogar ein erhabener Gedanke war es!"

Sie hätten dieses Gespräch wohl noch weiter fortgesponnen, wenn nicht draußen Schritte zu hören gewesen wären. Es erschien eine Dienerin, und hinter ihr erblickte man mehrere Herren. Es war der Alcalde mit einigen Schutzleuten.

Als die Beamten unangemeldet eintraten, erhob sich Josefa und rief gebieterisch:

„Was soll das, Señores? Wißt Ihr nicht, was man einer Dame schuldig ist?"

„Wir wissen das sehr genau", erwiderte der Alcalde, „und werden Euch auch genauso behandeln, wie Ihr es verdient. Kennt Ihr mich?"

„Ja", antwortete sie.

„Nun, ich komme im Namen des Kaisers —"

„Des Kaisers?" unterbrach sie ihn erschrocken.

„Ja. Wo befindet sich Euer Vater?"

„Er ist verreist. Nach Oaxaca, wie er mir sagte. Genau weiß ich es aber nicht."

„Wann wollte er wiederkommen?"

„Das war unbestimmt."

„Kennt Ihr den Panther des Südens?"

„Nein."

„Er war nie hier?"

„Niemals."

„Aber Euer Vater kennt ihn?"

„Das weiß ich nicht."

„Hm, Ihr scheint also doch unschuldig zu sein, Señorita. Habt Ihr vielleicht eins der Plakate gesehen, die heute morgen an den Häusern klebten?"

„Nein."

„Aber der Name Eures Vaters stand ja darauf."

„Ich weiß nichts davon, Señor. Wenn mein Vater abwesend ist, so leben wir hier ziemlich vereinsamt. Stammen denn die Plakate von meinem Vater?"

„Jedenfalls, da sein Name unterzeichnet ist."

„Kann denn nicht auch ein anderer den Namen hingeschrieben haben, Señor Alcalde?"

Der Mann sah sie verdutzt an. Der Gedanke, den sie da ausgesprochen hatte, schien ihm einzuleuchten.

„Hm, ja, das ist allerdings eine Möglichkeit", gab er zu.

„Was steht denn auf dem Plakat, Señor?" fragte sie ihn.

„Aufruhr und Hochverrat."

„Oh, dann hat mein Vater sicherlich nichts damit zu tun. Er ist kein Hochverräter."

„Aber er steht doch im Bund mit dem Panther des Südens, Señorita!"

„Davon weiß ich nichts. Das ist jedenfalls eine Verleumdung."

„Das wird sich finden. Zunächst muß ich bei Euch nachsuchen."

„O *Santa Madonna!* Hier in meinem Zimmer?"

„Ja, und überhaupt im ganzen Haus."

„So sucht in Gottes Namen! Ihr werdet nichts finden, denn wir sind unschuldig."

Der Beamte begann nun, seine Pflicht zu erfüllen in echt mexikanischer Weise, das heißt, saumselig und höchst oberflächlich, obwohl er damit einige Stunden zubrachte. Als er zu Ende war, brach der Abend bereits herein.

„Señorita, ich habe nichts gefunden", sagte er treuherzig.

„Ich wußte es", behauptete Josefa stolz.

„Ich denke also, daß Ihr in der Tat unschuldig seid, Señorita."

„Ich bin es ganz gewiß, Señor."

„So tut es mir leid, Euch etwas Unangenehmes sagen zu müssen."

„Wollt Ihr mir bange machen, Señor?"

„Das liegt mir fern, aber ich muß den Befehl des Kaisers erfüllen."

„O *Dios!* Jetzt wird mir wirklich angst, Señor!"

„Angst braucht Euch nicht zu werden. Eurer Person geschieht gar nichts. Ihr müßt nur den Aufenthaltsort wechseln."

„Den Aufenthaltsort? Wie soll ich das verstehen?"

„Nun, Ihr werdet aus dem Land verwiesen."

Bei diesen Worten erbleichte Josefa. Das hatte sie nicht erwartet.

„Aus dem Land verwiesen?" fragte sie. „Aus welchem Grund, Señor?"

„Wegen Aufruhrs und Hochverrats."

„Aber Ihr sagt ja selber, daß ich unschuldig sei."

„Ihr, jedoch Euer Vater nicht. Übrigens habt Ihr Bilder von Euch verschenkt."

„Nur an Freunde."

„Diese Freunde aber sind unglücklicherweise alle Hochverräter. Also ich habe Euch zu melden, daß Ihr die Stadt binnen vierundzwanzig Stunden und das Land innerhalb einer Woche verlassen müßt."

Das kam Josefa so verblüffend, daß sie beinah umgesunken wäre.

„Aber ich kann ja nicht gehen. Mein Vater ist nicht da!" rief sie. „Ist auch er mit verwiesen?"

„Nein. Wenn wir ihn bekommen, so wird er gehenkt."

„O *Madonna*, welch ein Unglück! Was wird mit unserem Eigentum?"

„Das könnt Ihr mitnehmen."

„Und unsere Dienerschaft?"

„Die kann mitgehen oder hierbleiben, ganz nach Belieben. Nehmt die Sache nicht so schlimm, Señorita! Es ist schon mancher aus dem Land gewiesen worden und doch wieder hereingekommen."

Hierauf entfernte sich der Beamte mit seinen Polizisten. Die Indianerin hatte alles mit angehört. Als er fort war, sagte sie mit listigem Augenblinzeln:

„Oh, Señorita, wie klug Ihr seid!"

„Nicht wahr, Amaika? Er hält mich wirklich für unschuldig!"

„Ja, diese Männer sind oft sehr dumm! Aber müßt Ihr denn nun wirklich aus dem Land fort?"

„Vielleicht, vielleicht auch nicht. Vater wird es heut abend entscheiden."

„Ah, der fremde Bote gestern war von ihm?"

„Ja. Vater will heut abend verkleidet nach Haus kommen. Du wirst jede Störung fernhalten. Ich bin für niemand zu Haus, Amaika!"

Der ihr vom Alcalden erteilte Befehl hatte sie doch aus dem Gleichgewicht gebracht. Sie fühlte sich ratlos und sehnte sich nach der Ankunft ihres Vaters.

Es war spät am Abend, als Josefa wartend in ihrem Zimmer saß. Sie hatte die Indianerin hinunter an den Eingang gestellt, um sofort zu öffnen, wenn Cortejo kommen werde. Da plötzlich wurde die Tür leise geöffnet, ein fremder Mann trat ein, ein Mann, den Josefa nicht kannte. Sie erschrak heftig, faßte sich aber sogleich wieder.

„Wer seid Ihr? Und was wollt Ihr hier?"

Der Fremde machte eine kurze Verbeugung und fragte dann mit dumpfer Stimme:

„Wohnt hier Señor Cortejo?"

„Ja. Wollt Ihr zu ihm?"

„Nein, zu Euch."

„Ah, was begehrt Ihr von mir? Wie seid Ihr hereingekommen?"

„Über die Hofmauer."

Diese Antwort verursachte Josefa Schreck. Über die

Hofmauer konnte ja doch nur ein Dieb oder ein sonstwie Verdächtiger Zutritt nehmen.

„Warum seid Ihr nicht durch den Eingang gekommen?“ fragte sie.

„Weil ich mich nicht blicken lassen wollte“, erklärte er. „Jetzt aber begreife ich, daß diese Vorsicht überflüssig war, denn man hätte mich doch nicht erkannt, da selbst du mich für einen Fremden ansiehst.“

Mit diesen Worten nahm er die Perücke und den falschen Bart ab, und nun erkannte Josefa ihren Vater. Sie flog auf ihn zu. Er nahm sie in die Arme und gab ihr einen Kuß, den sie erwiderte. Diese Zärtlichkeit war bei ihnen selten.

„Du bist es?“ rief sie. „Wahrhaftig, ich habe dich nicht gekannt!“

„Ja, meine Vermummung ist ausgezeichnet“, prahlte er. „Aber es ist das auch sehr notwendig, denn wenn man mich hier sieht, so ist es mit mir zu Ende!“

„Du kommst vom Panther?“

„Jawohl. Wie ist es dir gegangen?“

„Gut, bis heut. Aber am Nachmittag kam der Alcalde haussuchen.“

„Haussuchen? Hält man mich wirklich für so dumm, daß ich zum Panther halte und die Stadt verlasse, ohne meine Angelegenheiten so in Ordnung zu bringen, daß mir nichts geschehen kann? Man hat doch nichts gefunden?“

„Gar nichts. Die Sachen sind ja sämtlich vergraben.“

„Nun, so steht alles gut, Josefa.“

„Doch nicht. Ich bin nämlich landesverwiesen.“

„Ah, wirklich?“ fragte Cortejo, ohne Schreck zu zeigen. „Wohl auf Befehl des Kaisers?“

„Ja.“

„Das ist eine Folge meiner heutigen Plakate. Lächerlich! Wie weit reicht denn die Macht dieses Kaisers Max? Du brauchst nur so weit zu gehen, daß er dich nicht mehr erreicht. Dann bist du völlig sicher. Übrigens wirst du die Stadt noch heute verlassen."

„Noch heute? Warum?" fragte sie.

„Du wirst mich zur Hacienda del Eriña begleiten."

Cortejo sagte es gleichgültig, doch mit einem leisen Lächeln. Josefa aber sprang auf, als wäre der Blitz vor ihr niedergefahren, und rief:

„Zur Hacienda del Eriña? Ist es wahr? Zum alten Pedro Arbellez? Aber was willst du dort? Arbellez ist ja unser grimmiger Feind."

„Eben deshalb freue ich mich, ihn zu besuchen."

„Ich begreife das nicht."

„So werde ich es dir erklären. Vorher aber hole mir zu essen und zu trinken, verrate aber niemand meine Anwesenheit!"

Die Tochter ging, dem Vater den Imbiß zu besorgen. Dann saßen sie in ihrem Zimmer beisammen und setzten die Unterredung fort.

„Mein Bote ist glücklich bei dir angekommen?" fragte er.

„Ja", erwiderte sie. „Er sagte mir, daß du heute eintreffen würdest."

„Nun, so höre, was mich veranlaßt hat, nach Mexico zu kommen, um dich zu holen! Es sind nämlich Waffen für uns angelangt. Der Panther ist bereit loszuschlagen. Der Erfolg ist aber leider zweifelhaft, da der Franzosen zu viele sind. Man muß sie von zwei Seiten angreifen, von Norden und von Süden. Deshalb lasse ich werben, und deshalb gehe ich nach Norden hinauf, um eine große Schar zusammenzubringen."

„Aber warum soll ich mit?"

„Weil ich dich brauche und du die Stadt ja doch verlassen mußt."

„Und weshalb zur Hacienda del Eriña?"

„Weil sie mir außerordentlich passend liegt. Weißt du, wo sich jetzt Juarez befindet?"

„Man sagt, er sei in El Paso del Norte."

„Gut. Ich muß zu ihm, um eine Vereinigung zustande zu bringen. Ich muß ihn uns zum Freund machen, weil wir vereint den Franzosen gewachsen sind."

„Aber, Vater, ich denke, du willst Präsident werden? Der wirst du doch nicht, wenn du dich zu Juarez hältst!"

„Närrchen, das läßt sich alles machen. Wenn ich mich seiner Hilfsquellen bemächtigt habe, dann — hm!"

„Ah, ich verstehe: dann kann er verschwinden."

„Ja. Ferner habe ich erfahren, daß ein englischer Unterhändler auf dem Weg zu Juarez ist. Er bringt ihm Waffen, Schießbedarf und Geld. Ihm muß ich auflauern, um ihm alles abzunehmen. Im Besitz solcher Mittel muß ich Juarez hochwillkommen sein."

„Aber wenn er nun erfährt, daß du nur besitzt, was eigentlich für ihn bestimmt war?"

„Wer soll es ihm sagen? Ich nicht. Ich bin der einzige, der es weiß."

„Wo befindet sich der Unterhändler?"

„Er wird sich in El Refugio einschiffen, um den Rio Grande hinaufzufahren. Da fasse ich ihn ab. Rate, wie der Mann heißt!"

„Wie soll ich raten. Sag es!"

„Lord Dryden."

Da sprang Josefa empor. „Dryden? Der?"

„Ja. Der, dem wir die Millionen abnahmen."

„Und den Juarez aus der Hand des Panthers befreite?"

„Ja", nickte Cortejo mit verklärtem Angesicht.

„Welch ein Glück, welch ein Zufall! Ich soll also mit zum Rio Grande?"

„O nein, Josefa. Du bleibst in der Hacienda del Eriña."

„Wird mich Arbellez dort behalten?"

Cortejo stieß ein rauhes, höhnisches Lachen aus. „Er

wird müssen. Denkst du, daß ich ihm die Hacienda lasse?"

„Sie ist ja sein Eigentum!"

„Jetzt. Aber sie wird das meinige. Sie soll der Stützpunkt für meine Unternehmungen werden. Dort werde ich werben und meine Leute sammeln. Von dort werde ich hervorbrechen und dort — weißt du das Wichtigste? Dort in der Nähe befindet sich die Höhle des Königsschatzes."

„Ah, willst du ihn heben?" staunte sie begeistert.

„Ja, aber erst suchen. Soviel ich von Alfonso erfahren habe, ist der Ort ein Geheimnis der Mixtekas. Ich werde einige von diesem Indianerstamm fangen und sie martern und peinigen, bis sie mir das Geheimnis verraten haben. Dann bin ich reich, unendlich reich, und dann wird es mir leicht sein, Präsident von Mexiko zu werden."

„Wirst du Arbellez die Hacienda abkaufen?"

„Das fällt mir nicht ein. Ich werde sie ihm einfach wegnehmen. Draußen vor der Stadt warten dreihundert mutige Männer auf mich. Ich habe sie angeworben. Sie sollen den Kern der Macht bilden, die ich um mich versammeln werde. Mit ihnen nehme ich die Hacienda in Besitz. Wehrt sich Arbellez, so wird er niedergestochen."

„So ist es recht. Also mit diesen Leuten soll ich reiten? Noch heut abend?"

„Ja. Wir haben keine Zeit zu verlieren."

„Aber was wird aus dem Haus, den Möbeln und allem anderen?"

„Das bleibt stehen und liegen, wie es ist. Ich habe gesorgt, daß alles in bester Ordnung gehalten wird."

„Amaika muß ich mitnehmen, Vater!"

„Das geht nicht. Die Alte würde uns im Weg sein."

„Ich brauche sie als Zofe."

„Du wirst dich unterwegs selbst bedienen."

„Das ist ja gar nicht möglich, Vater! Die Tochter eines Präsidenten!“

„Pah! Du bist es jetzt noch nicht.“

„Aber wenn dreihundert Señores mitreiten, will ich doch geschmückt sein. Ich brauche wirklich eine Zofe zum Ankleiden.“

„So müßtest du hierbleiben. Ich kann die Alte nicht gebrauchen. Pack jetzt zusammen, was du mitnehmen willst! Ich will bis dahin ausruhen. Punkt Mitternacht wird aufgebrochen.“

Cortejo sprach so bestimmt, daß Josefa nicht zu widersprechen wagte. Sie gehorchte seinem Befehl, und kurz nach Mitternacht galoppierte ein dreihundert Mann starker Reitertrupp, bei dem sich eine einzige Dame befand, dem Norden zu.

9. Matava-se kehrt zurück

Nach ihrer sechzehnjährigen Verbannung auf der einsamen Insel im Ozean waren Sternau und seine Begleiter in Guaymas gelandet und hatten beschlossen, sich zunächst zur Hacienda del Eriña zu begeben. Kapitän Wagner erhielt den Auftrag, den Dampfer um Kap Horn zu führen und in Vera Cruz zu landen, wo ihn neue Befehle erwarten sollten. Dann machten die anderen sich auf den Weg.

Sie hatten in Guaymas gehört, daß Mexiko von Franzosen besetzt sei, daß der Bürgerkrieg wüte und man Gefahr laufe, auf eine der Banden zu stoßen, die raubend und mordend das Land durchzogen. Deshalb hatten sie vor allen Dingen für gute Bewaffnung Sorge getragen und wählten auf Sternaus Vorschlag nicht den Weg über die Sierra de los Alamos, sondern sie wandten sich längs des Yaquiflusses nach Nordosten, um Chihuahua zu erreichen. Dieser Punkt lag so weit im Norden und von der Hauptstadt entfernt, daß sich vermuten ließ, er sei von der politischen und kriegerischen Verwirrung noch nicht ergriffen worden. Sie ahnten nicht, daß Chihuahua schon von den Franzosen besetzt war. In La Yunta, wo der Fluß sich in zwei Arme teilt, wollten sie gegen Osten biegen. Aber hier erfuhren sie, daß Chihuahua schon mit in die Kämpfe gezogen sei, und daß der Präsident Juarez sich nach El Paso del Norte zurückgezogen habe, um Kräfte zu einem neuen Schlag zu sammeln. Die dumpfe Schwüle naher Schlachten lag in der Luft.

„Was nun tun?“ fragte Don Fernando. „Wir haben

schon zu viel gelitten, um uns ernstlich in Gefahr zu begeben."

„Ich bin überzeugt, daß wir von den Franzosen nichts zu befürchten haben", entgegnete Sternau.

„Aber von den Guerillas, die die Franzosen umschwärmen werden."

Da nahm Bärenherz das Wort: „Meine Brüder sollen nicht nach Chihuahua reiten, sondern mit mir zu den Weidegründen der Apatschen kommen. Dort wird große Freude sein über Bärenherz, der zurückkehrt, und er wird dann so viele Krieger der Apatschen sammeln, daß meine weißen Brüder sicher zur Hacienda gelangen können."

„Sind die Weideplätze der Apatschen weit von Chihuahua?" fragte Graf Fernando.

„Der Apatsche reitet an einem Tag in die Stadt", lautete die Antwort.

Sternau nickte zustimmend. „Ich kenne jene Gegend", sagte er, „und halte es für das beste, dem Rat unseres roten Freundes zu folgen."

„Ja, gehen wir zu den Apatschen!" bat auch Emma Arbellez. „Nicht weit von dort liegt das Fort Guadalupe, wo ich Verwandte habe, die sich freuen werden, mich zu sehen. Bei ihnen bin ich damals gewesen, als Bärenherz und Antonio mich aus der Gefangenschaft der Komantschen erretteten."

„Wer sind diese Verwandten?" fragte Sternau.

„Es ist die Familie Pirnero. Er ist ein Deutscher und seine Frau war meine Tante, die Schwester meines Vaters."

„Es wird allerdings von großem Nutzen sein, wenn Ihr im Fort Gudadalupe Verwandte habt. Sind wir zu einem Aufenthalt gezwungen, so habt Ihr nicht nötig, bei den Apatschen zu bleiben. Ich schlage also vor, unsere jetzige Richtung beizubehalten und zu den Apatschen zu reiten."

Dieser Vorschlag wurde angenommen. Man folgte dem linken Arm des Flusses und bog dann rechts zur Sierra Madre hinüber. Dieses Gebirge wurde glücklich überstiegen, und nun hielten die Reisenden auf den Rio Conchos zu. Die Karawane bot einen kriegerischen Anblick. Sie war mit guten Pferden und mit kräftigen, ausdauernden Packtieren versehen. Die Männer sowohl als auch die beiden Damen waren bewaffnet, und so brauchten sie vor dem Kommenden keine Sorge zu haben.

Sie waren in die Nähe des Rio Conchos gekommen und erreichten die Straße, die von Chihuahua nach El Paso del Norte geht. Unter dieser Straße darf man sich aber nicht einen wohlgebauten Verkehrsweg vorstellen. Es war kaum die Spur eines Pfades zu sehen; aber über dieses ebene Grasland mußte ein jeder reiten, der von einer der beiden Städte zur anderen wollte.

Eigentlich hatte man die Absicht, diese Straße quer zu durchschneiden, aber da man mit der Nähe französischer Abteilungen rechnen mußte, war Vorsicht notwendig. Daher war Sternau mit Bärenherz vorangeritten, um sich keine Spur entgehen zu lassen. Es gab zwar offene Prärie, aber hier und da war doch ein Gebüsch zu sehen, das die Aussicht verdeckte. Ein solches Buschwerk galt es auch jetzt zu umreiten. Sie bogen also um dieses herum und hielten augenblicklich, denn fast wären sie mit einem Reiter zusammengestoßen, der von jenseits an den Sträuchern vorüber wollte. Auch er zügelte sein Pferd, augenscheinlich ebenso überrascht wie sie.

Es war ein kleiner Mann in einem Trapperanzug. Seine Waffen waren alt und der Lauf seiner Büchse verrostet, aber er machte durchaus den Eindruck eines Mannes, der in diese wilde Gegend gehörte, zumal er gut beritten war. Sein Pferd war ein feiner Mustang, der eine indianische Schulung besaß, was man deutlich bemerken konnte, als er ihn rasch zur Seite riß, um augenblicklich zum Kampf gerüstet zu sein.

„Zounds!" rief er englisch. „Wer seid ihr?"

Sternau hatte sich in Guaymas neu gekleidet, und da dort nichts anderes zu finden gewesen war, so trug er, wie alle seine Begleiter, auch Bärenherz und Büffelstirn, die in Mexiko gebräuchliche Tracht. Deshalb mußte der Mann die beiden für Mexikaner halten. Er hatte im Nu die Büchse erhoben und hielt sie zum Schuß bereit.

„Good day!" antwortete Sternau, ebenso in englischer Sprache. „Ihr fragt uns, wer wir sind. Wir aber sind zwei und haben also wohl das Recht, diese Frage auszusprechen. Also, wer seid Ihr, Sir?"

Der Kleine mußte an der hohen Gestalt Sternaus emporblicken, aber es zeigte sich keine Furcht in seinem Gesicht. Er erwiderte bereitwillig:

„Ihr habt recht, Sir. In der Prärie haben zwei gegen einen die Vorhand, obgleich ich mir den Teufel daraus mache, ob ich einen oder fünf gegen mich habe. Übrigens brauche ich mich meines Namens nicht zu schämen. Habt Ihr vielleicht von einem Jäger gehört, den man den Kleinen André nennt?"

„Nein."

„Hm, so seid Ihr wohl nicht aus dieser schönen Gegend?"

„Freilich nicht."

„Dann läßt sich das Ding erklären. Dieser Kleine André bin ich, heiße aber eigentlich Andreas Straubenberger."

„Straubenberger?" fragte Sternau überrascht. „Das ist ja ein deutscher Name!"

„Ja, ich bin ein Deutscher."

„Gut, so nehmen Sie in Gottes Namen Ihre Büchse herunter!" meinte Sternau in deutscher Sprache. „Auch ich bin ein Deutscher."

Da machte der Kleine eine Bewegung freudigen Erstaunens und ließ das Gewehr sinken. „Sie auch ein Deutscher? Ah, welche Freude! Aus welcher Gegend?
„Aus der Gegend von Mainz."
„Von Mainz? Dort wohnt mein Bruder."
„Wo ist er da?"
„In einem Nest, das Rheinswalden heißt."
„Ah, der brave Ludwig Straubenberger?"
Bei dieser schnellen Frage Sternaus sprang der Kleine André im Sattel empor.
„Was? Wie? Sie kennen meinen Bruder Ludwig?" fragte er.
„Sehr gut!"
„Donnerwetter! Und ich wollte Sie erschießen!"
„Das wäre Ihnen denn doch ein wenig schwer geworden", lachte Sternau.
„Oh, Sie sind lang und breit genug", meinte der Kleine lustig. „Einen Fehlschuß hätte ich also gar nicht tun können. Aber woher kommen Sie und wohin wollen Sie?"
„Wir kommen von der See herüber und wollen entweder nach El Paso del Norte oder zum Fort Guadalupe, wie wir es bequemer finden."
„Zu wem in El Paso del Norte?"
„Zu Juarez."
„Und zu wem im Fort Guadalupe?"
„Zu einem gewissen Pirnero."
„Ah, den kenne ich gut! Er ist ein Deutscher aus Pirna in Sachsen. Aber, Herr, den Juarez werden Sie in El Paso del Norte nicht mehr finden."
„Nicht? Wo sonst?"
„Hier oder da im Wald oder in der Prärie."
Sternau blickte den Sprecher scharf an. „Sie wissen den Ort und wollen ihn mir verschweigen!"
„Das ist richtig, denn ich kenne Sie noch nicht."
„Mein Name ist Sternau."

„Sternau?" fragte der Kleine nachdenklich. „Hm, ist mir doch, als ob ich diesen Namen schon gehört hätte. Ah, ja! Señorita Resedilla hat ihn genannt. Ein Sternau ist vor langen Jahren auf der Hacienda del Eriña gewesen und dann verschwunden."

„Der bin ich."

Da machte der Kleine André den Mund weit auf und starrte dem Sprecher ins Gesicht.

„Der? Der wären Sie? Unmöglich!"

„Warum unmöglich?"

„Da wären Sie ja jener Jäger, der einst von allen Westmännern und Rothäuten der Herr des Felsens genannt wurde."

„Sie meinen Matava-se? Der bin ich."

„Aber Sie waren ja verschollen!" rief der Kleine verblüfft.

„Richtig! Doch jetzt komme ich wieder."

„Kaum glaublich! Wissen Sie, mit wem Sie verschwunden sind?"

„Gewiß! Ich muß es ja am besten wissen."

„Nun, mit wem?"

„Ah, Sie wollen mich prüfen, um zu sehen, ob ich wirklich die Wahrheit rede?"

„Ja", entgegnete André aufrichtig. „Es wäre ja ein wahres Wunder, wenn der Herr des Felsens so unerwartet wiedererschiene. Ah, wer ist das? Wer sind diese da?"

Jetzt waren nämlich die anderen nahegekommen. Bisher vom Buschwerk verdeckt, hatte André sie nicht sehen können.

„Das sind eben die, mit denen ich verschwunden war. Der hier neben mir ist Bärenherz, der Häuptling der Apatschen."

„Donnerwetter!" staunte der Kleine.

„Der, der voranreitet, ist Büffelstirn, der Häuptling der Mixtekas."

„Schockmillion!"

„Hinter ihm reiten zwei Brüder. Der eine ist der Schwiegersohn des Haciendero del Eriña, wenn Sie von ihm gehört haben."

„Donnerpfeil?"

„Ja."

„Halten Sie ein! Sonst bleibt mir der Verstand stillstehen! Welch ein Zusammentreffen! Das hätte ich mir nicht träumen lassen!"

„Glauben Sie nun, daß ich der richtige Sternau bin?"

„Ja, gewiß. Hier meine Hand! Lassen Sie uns absteigen, ich will Ihnen einiges sagen, was von Wichtigkeit für Sie ist."

André sprang vom Pferd und Sternau und Bärenherz folgten ihm. Jetzt waren auch die anderen herbeigekommen.

„Ah, mit wem seid Ihr denn da zusammengetroffen?" fragte Don Fernando.

„Mit einem Deutschen, mit einem Landsmann von mir", erklärte Sternau. „Er wird als Jäger der Kleine André genannt und will uns Wichtiges mitteilen. Laßt uns daher eine kleine Rast halten!"

Sie stiegen ab und lagerten im Gras, während die Pferde frei weiden durften. André sah sich nun zu seinem Erstaunen auch zwei Damen gegenüber. Sein Auge wurde jedoch von dem Äußeren des alten Grafen angezogen, dessen schneeweißes Haar auf die Schultern herabwallte, während sein Bart bis zum Gürtel ging.

„Reden Sie vielleicht spanisch?" fragte Sternau den kleinen Jäger.

„Ja, soweit es nötig ist", erwiderte der Kleine.

„So bedienen Sie sich, bitte, dieser Sprache, dann werden Sie von allen verstanden. Also, welche Nachricht bringt Ihr uns?"

„Zunächst die, daß Juarez sich nicht mehr in El Paso del Norte befindet. Er ist nicht weit von hier. Aber da muß ich Euch erst fragen: Mit wem haltet Ihr es, mit den Franzosen oder mit den Mexikanern?"

„Mit jenen ebenso wenig wie mit diesen. Wenn Ihr von mir gehört habt, so wird es Euch bekannt sein, daß ich nie Partei ergriffen habe."

„Ja, es ist wahr, und das genügt. Ihr müßt nämlich wissen, daß die Franzosen Chihuahua besetzt halten. Von dort sind drei Kompanien auf dem Weg zum Fort Guadalupe, um es zu erobern. Es wird ihnen aber nicht gelingen, denn Juarez ist mit fünfhundert Apatschen aufgebrochen, um dem Fort zu Hilfe zu kommen."

„Uff!" rief Bärenherz, als er von den Apatschen hörte.

„Der Anführer der Apatschen ist Bärenauge."

„Bärenauge? Wer ist das?" fragte der Häuptling.

Der Indianer empfängt nämlich seinen eigentlichen Namen erst, wenn er Krieger wird. Als Bärenherz seinen Bruder zum letztenmal gesehen hatte, war dieser noch ein Knabe ohne Namen gewesen. Das ahnte der Kleine André. Darum erklärte er in der Ausdrucksweise der Indianer:

„Als Bärenherz verschwand, hatte er einen jungen Bruder. Dieser wurde ein tapferer Krieger. Weil er seinen Bruder Bärenherz suchte, nannte er sich Bärenauge. Er fand jenen nicht, hat jedoch niemals aufgehört, immer dem Verschollenen nachzuforschen. Jetzt ist er ein berühmter Häuptling der Apatschen."

„Uff!"

Nur diese eine Silbe sagte Bärenherz, aber es sprach sich darin die Fülle seiner brüderlichen Liebe, Dankbarkeit und Befriedigung aus. Keiner versteht es so, wie der Indianer, eine Welt voll Gefühl in einen einzigen Laut zu legen.

Der kleine Jäger fuhr in seinem Bericht fort: „Juarez verfügt nunmehr über die nötigen Mittel, um wirksam gegen die Franzosen vorgehen zu können. Die Vereinigten Staaten haben ihm mehrere Millionen Dollar geschickt, die die Apatschen mitten durch das Gebiet der Komantschen dem Präsidenten nach El Paso brachten."

„Uff!" rief der Indianer. „War der kleine weiße Mann selber dabei?"

„Ja, ich war dabei."

„So bist du der Freund meines Bruders?"

„Ja."

„Uff! So sollst du auch der meinige sein!"

Der Indianer streckte André die Hand entgegen, die dieser ergriff und drückte.

„Wir brachten das Geld zu Juarez", begann dann der Kleine wiederum. „Dieser brach sofort mit allen seinen verfügbaren Leuten und den Apatschen auf, um den Franzosen entgegenzutreten. Er wird sie vernichten, wo er sie trifft, dann aber geradewegs auf Chihuahua marschieren, um es zu nehmen. Diese Stadt ist, da die dreihundert Mann fort sind, verhältnismäßig von Truppen entblößt und wird sich also ergeben müssen."

„Warum bliebt Ihr aber nicht bei Juarez?" fragte Sternau.

„Ich wurde von ihm abgeschickt, um in der Nähe von Chihuahua auszuforschen, wie dieser Platz am besten genommen werden kann. Eigentlich war der Schwarze Gerard dazu ausersehen. Dieser aber hat sich erbeten, zum Fort Guadalupe gehen zu dürfen. Er hat Bekannte dort, die er beschützen will."

„Der Schwarze Gerard? Wer ist das?" fragte Sternau weiter.

„Ein berühmter Jäger französischer Herkunft, der aber seine Landsleute wenig liebt."

„Und dieser Gerard ist jetzt im Fort Guadalupe? Wie weit ist es bis dahin? Zwei Tagesritte?"

„Fast genau. Ihr könnt recht gut übermorgen um diese Zeit dort sein."

„Und wo ist Juarez zu finden?"

„Irgendwo südlich vom Fort. Er ritt den Franzosen entgegen."

„So müßten wir sicher auf seine Fährte treffen, wenn wir von hier aus in gerader Richtung auf Fort Guadalupe reiten."

„Unbedingt."

„Gut, wir werden das tun. Wir werden Euch hoffentlich wiedersehen, wenn wir bei Juarez sind?"

„Ich muß ihn ja wieder aufsuchen, um ihm Bericht zu erstatten. Aber ich rate Euch, zum Fort zu eilen und dort die Damen unterzubringen, ehe Ihr dem Präsidenten folgt. Man weiß nicht, welchen Gefahren man entgegengeht."

„Ihr habt recht, und vielleicht folgen wir Eurem Rat. Aber sagt mir, wie Ihr nach Amerika gekommen seid! Euer Bruder hat niemals von Euch gesprochen."

„Das glaube ich. Wir sind zerfallen."

„Ah! Wie schade! Weshalb?"

„Eines Mädchens wegen. Ich hatte es lieb und Ludwig auch. Dora zog mich vor, und da wurde er Soldat. Wir haben einander einige Male geschrieben, aber ganz kurz, das Allernötigste. Dabei ist es auch geblieben."

„So seid Ihr verheiratet?"

„Nein. Dora wurde mir untreu. Der Teufel hole die Liebe! Nun ging ich auch in die Fremde. Schließlich kam ich als Brauer nach Amerika. Aber es klappte nicht. Da nahm ich den Schießprügel und wurde Jäger. Das ist mein ganzer Lebenslauf. Jetzt habe ich Euch alles gesagt und muß fort, denn ich darf keine Zeit verlieren."

André stand auf und ging zu seinem Pferd. Auch die anderen erhoben sich, und es wurde Abschied genommen, welche Gelegenheit Emma Arbellez benutzte, sich kurz nach ihren Verwandten zu erkundigen. Das Zusammentreffen mit dem kleinen Jäger hatte Sternau verschiedenen Nutzen gebracht, darunter auch die Hoffnung, über gewisse Dunkelheiten schon bald Aufklärung zu erhalten. Als André den anderen die Hand reichte, war es allen, als nähme ein alter Bekannter Abschied, und sie sahen ihm nach, bis er aus dem Gesichtskreis verschwunden war. Bald stiegen die Reisenden wieder zu Pferd.

„Es wird gut sein, unsere Tiere jetzt anzustrengen", mahnte Sternau. „Wenn wir die Fährte der Apatschen finden wollen, so gilt es, sie noch bei Tageslicht zu erreichen. Dann können wir ausruhen. Also Galopp!"

Da setzte sich Bärenherz an die Spitze. Obgleich er kein Wort sagte, wußten nun doch alle, daß diese Gegend ihm bekannt sei und er daher die Führung übernehmen wolle. Eine Stunde nach Mittag wurde den Tieren etwas Ruhe gegönnt. Sobald sie sich aber einigermaßen erholt hatten, nahm man den Weg mit gleicher Schnelligkeit wieder auf. Die Pferde jener Gegenden leisten beinahe Unglaubliches.

So kam es, daß sie fast bis gegen Abend des nächsten Tages aushielten, bis man die Tamisosberge erreicht hatte. Noch war der Paß, der über diese Berge führte, nicht erreicht, sondern man sah nur die Öffnung, die er im Westen zur Prärie bildete, da hielt Bärenherz sein Pferd an und beugte sich zum Boden herab.

„Uff!"

Sternau ritt heran und beobachtete das Gras. Es war niedergetreten. Es gab hier eine Fährte, so schmal, als wäre nur ein einziger Reiter geritten. Aber erfahrene Westmänner konnten sich dadurch nicht täuschen lassen.

„Der Weg der Apatschen", erklärte Sternau.

„Hier sind meine Krieger geritten", bestätigte Bärenherz, indem sein Auge aufleuchtete.

„Was wird mein Bruder tun?"

„Er wird der Stimme seines Herzens folgen", sprach der Apatschenhäuptling.

Ohne ein weiteres Wort zu sagen, zog er sein Pferd

herum und galoppierte davon, dem Süden zu, der Fährte nach, die sich hart am Fuß der Sierra hinzog.

„Wohin will er?“ fragte Graf Fernando besorgt.

„Er folgt seinen Apatschen“, entgegnete Sternau.

„Ah, sie sind hier geritten?“

„Ja. Wir werden uns ohne ihn zum Fort Guadalupe begeben, zuvor aber irgendwo übernachten.“

„Und Bärenherz?“

„Laßt ihn! Er ist ein Indianer und kennt unsere Lage. Er wird sich wieder zu uns finden.“

Diese Worte beruhigten den Grafen, und so ritt man weiter. —

Am anderen Morgen gab es wunderschönes Wetter. Als die Sonne aufging, blitzten die Tautropfen an den Halmen und Blättern wie aber Millionen Karfunkel. Der Himmel war rein, und die Blumen dufteten ein herrliches Morgengebet zu ihrem Schöpfer empor.

Pirnero hatte sich vom Lager erhoben und wurde von dem schönen Wetter vor seine Wohnung gelockt. Er schritt langsam die kurze Straße hinab, trat durchs Tor der Feste und sah nun die Fluten des Rio Grande vor sich, an dem das Fort Guadalupe liegt. Während er sich in seiner Weise an der Herrlichkeit des Morgens erfreute, bemerkte er auf dem Wasser unterhalb des Forts einen dunklen Punkt, der sich langsam näherte und auf beiden Seiten glitzernde Strahlen von sich warf.

„Ah, ein Boot!“ brummte Pirnero verwundert. „Was rechts und links so glitzert und flimmert, das ist das Wasser, das von den Rudern läuft.“

Er wartete, bis es näher kam. Da wurde sein Erstaunen noch größer. Er räusperte sich, als stehe er vor einem großen Ereignis und brummte weiter:

„Ein Rindenkanu, wie es die Indianer und Trapper haben! Das ist hier eine Seltenheit. Es sitzt nur ein Mann darin. Wer mag das sein?“

Als das Kanu näher kam, bemerkte man erst, daß es

eine große Schnelligkeit entwickelte. Der Insasse mußte nicht nur eine außerordentliche Körperkraft, sondern auch eine ungewöhnliche Geschicklichkeit in der Führung eines solchen Fahrzeuges besitzen. Jetzt war er nah. Er erblickte Pirnero und lenkte sein Kanu dem Ufer zu. Dort sprang er heraus und zog es mit einem gewandten Ruck aus dem Wasser aufs Ufer.

Er trug nur eine alte, halbzerrissene Hose und eine Weste, an der sich keine Knöpfe befanden. Da er ohne Hemd war, so blieben seine Brust und die braunen, sehnigen Arme bloß. Nun nahm er einen ledernen Jagdrock und zog ihn an. Dieses Kleidungsstück war vermutlich früher ein Rock gewesen, jetzt aber hatte es das Aussehen eines ledernen Schlauches, der jahrelang in einem Teich gelegen und nun halb faul geworden ist. Dazu langte er noch ein Ding heraus, das früher ein Hut gewesen zu sein schien. Jetzt glich es einem alten, zerfetzten Tabaksbeutel, den er sich auf den Schädel stülpte. Am Gürtel trug der Mann zwei Revolver, ein Messer und einen Tomahawk, den Tabaksack, den Kugelbeutel und mehrere andere Kleinigkeiten. Und aus dem Boot nahm er zuletzt noch eine Büchse, die er sorgsam, man möchte sagen, mit einer Art von Verehrung ergriff. Man sah, er müsse das alte Schießeisen sehr liebhaben. Als er sich jetzt umwandte, bot er einen eigentümlichen Anblick dar. Das hagere Gesicht war von Wind, Sonne und Wetter hart wie Leder gegerbt; das kleine, graue Auge hatte einen Blick, scharf und stechend; die lange, große Nase glich einem Geierschnabel, und doch hatte diese ungewöhnliche Gesichtsform etwas an sich, was sofort Vertrauen einflößte.

„*Good morning!*" grüßte er englisch.

„*Buenos dias!*" antwortete Pirnero spanisch.

„Das ist das Fort Guadalupe, kalkuliere ich!"

„Ja."

„Ein kleines Nest?"

„Nicht groß.“

„Viel Militär da?“

„Gar keins.“

„Schön. Gibt es ein Store und Boardinghouse hier?“

„Ja. Zum Tor hinein das dritte Gebäude.“

„Danke, Sir.“

Der Fremde schritt an Pirnero, der ihn an seinen eigenen Laden gewiesen hatte, vorüber und zum Tor hinein. Seine Schritte waren zwar langsam, aber so weit und ausgiebig, wie sie bei guten Westläufern sind. Ein Ungeübter muß Trab laufen, um mit einem solchen Mann vorwärts zu kommen. Darum halten solche Jäger die weitesten Fußwanderungen aus.

„Ein Yankee“, brummte Pirnero.

Er hatte recht. Hätte nicht der Gruß und die Frage nach einem Store und Boardinghouse vermuten lassen, daß der Frager ein Yankee sei, so wäre doch der Ausdruck „kalkuliere ich“ der sicherste Beweis dafür gewesen. Während der Deutsche sagt, „ich meine“, „ich vermute“, „mir scheint“, sagt der Nordamerikaner: „I calculate“ — „ich kalkuliere“, „ich rechne“, „ich schätze“.

Als Pirnero zurückkehrte, fand er den Fremden bei einem Glas in der Stube sitzen. Er nahm an seinem Fenster Platz und blickte hinaus. Es herrschte tiefe Stille im Zimmer, die nur durch das laute, ungehemmte Ausspucken des Fremden unterbrochen wurde. Diese Leute pflegen zu den leidenschaftlichen Tabakskauern zu gehören, und ein Yankee macht sich den Teufel daraus, ob sein Räuspern und Spucken einem anderen unbequem wird. Pirnero war begierig, zu erfahren, wer der Fremde sei. Da dieser aber kein Wort von sich gab, so fing er endlich selbst an:

„Herrliches Wetter!“

Der Fremde gab ein Grunzen von sich, dessen Bedeutung man unmöglich erraten konnte. Deshalb wiederholte Pirnero nach einer Weile:

„Unvergleichliches Wetter!“

„Hrrrmmmrrruhm!“ hustete der Fremde.

Da drehte sich Pirnero um und fragte: „Sagtet Ihr etwas, Señor?“

„Nein, aber Ihr!“

Diese Antwort nahm dem guten Pirnero die Möglichkeit weg, in dieser Weise fortzufahren. Er trommelte unbefriedigt an die Fensterscheibe, versuchte dann doch sein Heil in einer weiteren Bemerkung:

„Heut viel schöner als gestern!“

„Pchtsichchchchch!“ spuckte der Fremde aus.

Nun drehte sich Pirnero um und sagte: „Ich habe Euch nicht verstanden, Señor!“

Der Fremde wälzte sein Tabakspriemchen aus der rechten Backe in die linke, spitzte den Mund und spuckte mit einer solchen Sicherheit aus, daß die braune Tabaksbrühe wie aus einer Spritze geschossen vom Tisch, her an Pirneros Nase vorüber und an die Fensterscheibe flog. Der Wirt zog erschrocken den Kopf zurück.

„Señor“, rief er, „dort am Schrank steht der Spucknapf!“

„Brauche keinen!“ lautete die Antwort.

„Das glaube ich! Wer an die Fenster spuckt, braucht keinen Napf. Aber diese Mode ist bei mir und in Pirna ganz und gar nicht Sitte!“

„So macht das Fenster auf!“

Das klang so kaltblütig, daß dem Wirt vor Zorn das Blut zu wallen begann. Er beherrschte sich aber und fragte:

„Kommt Ihr weit her, Señor?“

„Ja.“

„So müßt Ihr ein tüchtiger Ruderer sein.“

„Warum?“

„Nun, stromauf!“

„Pah!“

„Wo seid Ihr abgefahren, Señor?“

„Müßt Ihr das wissen?“

„Nun“, meinte Pirnero einigermaßen verlegen, „man will doch gern wissen, wer bei einem einkehrt. Oder habe ich etwa nicht recht?“

„Pchtsichchchchchch!“ spuckte der Fremde abermals, daß der dünne, braune Strahl an Pirneros Gesicht vorüber ans Fenster flog.

„*Demonio*, nehmt Euch in acht!“ fuhr der Wirt auf. „Geht hübsch weg!“

Da öffnete Pirnero die beiden Flügel des Fensters und rückte seinen Stuhl weit davon hinweg an die Wand, an der ein alter Kupferstich hing. Auf diese Weise glaubte er sich vor der Beschießung retten zu können. Es verging abermals eine Weile. Der Fremde kaute und trank. Da er beharrlich schwieg, so begann Pirnero endlich:

„Bleibt Ihr hier?“

„Wohl schwerlich, kalkuliere ich.“

„Ich meine für heut.“

„Ja.“

„Wollt Ihr jemand besuchen?“

„Hm.“

„Oder habt Ihr ein besonderes Geschäft hier zu besorgen?“

„Pchtsichchchchchch!“ spuckte der Gefragte wieder, und zwar so genau, daß der Strahl grade über Pirneros Kopf den Kupferstich traf. Das war dem Wirt zuviel. Er sprang auf und rief erbost:

„Was fällt Euch denn ein, Señor? Ihr verderbt mir ja den schönen Kupferstich!“

„Nehmt ihn hinweg!“

„Spuckt Euch doch lieber in die Tasche!“

„Kommt her und macht sie auf!“

„Ist das eine verständige Antwort auf meine Fragen, he?“

„Ja. Wer zudringlich ist, wird angespuckt. Merkt Euch das!"

„Wißt Ihr, daß Ihr ein Grobian seid?"

„Nein."

„Nun, so will ich es Euch sagen!"

„Gebt Euch keine Mühe, es hilft Euch doch nichts. Ich komme nicht zu Euch, um mich aushorchen zu lassen. Wenn ich etwas wissen will, werde ich Euch schon selber fragen. Schenkt mir lieber noch einen ein!"

Pirnero gehorchte ihm kleinlaut. Als er das volle Glas auf den Tisch setzte, sagte er:

„Wollt Ihr diesen Tag und diese Nacht bei mir bleiben? Das wenigstens werde ich wohl fragen dürfen?"

„Will es mir überlegen! Ist man bei Euch hier sicher?"

„Vor wem?"

„Hm, vor den Indianern zum Beispiel."

„Vollständig."

„Vor den Mexikanern?"

„Oh, die tun uns gar nichts. Wir gehören doch zu ihnen."

„Vor den Franzosen?"

„Ah, Señor, so seid Ihr wohl auch ein Feind und Gegner von diesen?"

„Das geht Euch den Teufel an! Aber sagt, wo befindet sich Juarez eigentlich?"

„In El Paso del Norte, glaube ich."

„Glaubt Ihr? So wißt Ihr es nicht sicher?"

„Sicher allerdings nicht."

„Wie weit rechnet Ihr von hier bis El Paso del Norte hinauf?"

„Sechzig gute Reitstunden. Wollt Ihr etwa hinreiten?"

„Möglich."

„Ah, Señor, so habt Ihr wohl gar ein geheimes Geschäft mit dem Präsidenten?"

„Pchtsichchchchch!"

Aus dem schnell zugespitzten Mund des Fremden

schoß die braune Brühe gerade an Pirneros Gesicht vorüber, und zwar so dicht, daß dieser erschrocken zurücksprang.

„Himmeldonnerwetter, nun hab ich's aber satt!" brach der Wirt erbost los. „Das bin ich nicht gewöhnt. Dazu ist meine Abstammung viel zu gut. Wißt Ihr, woher ich bin?"

„Nun?" fragte der Gast gleichmütig.

„Aus Pirna."

„Aus Pirna? Kenne das Ding nicht. Liegt wohl hinter dem Nordpol?"

„Nein, aber in Sachsen."

„Geht mich nichts an, dieses Sachsen. Werde aber heute bei Euch bleiben."

„Señor, das geht nicht."

Der Fremde sah den Wirt erstaunt an.

„Ihr gefallt mir nicht", fuhr Pirnero fort.

„Aber Ihr gefallt mir; das hebt sich auf."

„So einen Spucker brauche ich nicht."

„Wünscht Ihr einen besseren? Ich kann dienen, kalkuliere ich."

„Nein, nein! Ich mag Euch nicht haben. Geht woanders hin, wo Ihr spucken könnt! Seht mein Fenster an und mein Bild! Es ist ein altes Erbstück. Eine solche Ehrwürdigkeit lasse ich mir nicht anspucken. Versteht Ihr mich?"

„Nein."

„Nun, so will ich es deutlicher sagen: wenn Ihr nicht sofort dieses Zimmer verlaßt, so werfe ich Euch hinaus, daß Euch alle sechsundachtzig Rippen krachen."

Pirnero hatte sich in Wut hineingesprochen. Er stand mit geballten Fäusten vor dem seltsamen Gast, so daß es aussah, als wolle er ihn fassen.

„Pchtsichchchchchch!" schoß ihm der Tabakssaft abermals entgegen, daß er in größter Eile zurücksprang.

„Was? Auch das noch?" rief er. „Nun trollt Euch

aber auf der Stelle fort, sonst sollt Ihr erfahren, daß der Pastor den Bürgermeister erschossen hat!"

„Pah!" sagte der Fremde ruhig. „Macht keinen solchen Lärm, sonst spucke ich Euch so an, daß Euch der Saft durch die Mauer hinaus auf die Gasse treibt! Ob ich dableiben will oder nicht, das ist nicht Eure, sondern meine Sache. Ich habe die ganze Nacht gerudert und bin nun müde. Ich werde eine Stunde schlafen."

Damit lehnte er seine Büchse neben sich und legte sich auf die Bank, die sich an der Wand hinzog. Das wollte Pirnero nicht dulden.

„Halt, das geht nicht", gebot er. „Schlaft, wo Ihr wollt, aber nicht bei mir! Ich werde mich allerdings nicht an Euch vergreifen, aber ich werde meine Leute holen, die sollen Euch zeigen, wer der Besitzer des Kaninchens ist."

Da zog der Fremde seinen Revoler und sagte: „Tut, was Ihr wollt, ich aber sage Euch, daß ich einen jeden, der mir näher kommt, als ich es wünsche, totschießen werde."

Das machte Eindruck auf den Wirt. Er stand eine Weile überlegend da und entgegnete endlich:

„Hm! Ihr seid ein ganz gefährlicher Kerl. So schlaft denn meinetwegen eine Stunde; aber ich hoffe, daß Ihr nicht auch noch im Schlaf spuckt!"

„Nein, es sei denn, daß mir von neugierigen Fragen träumt."

Der Fremde steckte den Revolver zu sich und legte sich auf die Seite. Nach kurzer Zeit merkte man es seinem gleichmäßigen Atmen an, daß er eingeschlafen war. Der Mann mußte sehr ermüdet sein.

Pirnero war ins Schwitzen geraten. Er nahm ein Gläschen Julep zu sich und wollte sich eben wieder an sein Fenster setzen, als draußen das Getrappel eines Pferdes hörbar wurde. Ein Reiter sprang ab, band das Tier an und kam herein. Er war schon bei Jahren, aber noch kraftvoll und rüstig, und trug die Tracht eines Vaqueros. Er setzte sich, ließ sich ein Glas Pulque geben und betrachtete den Wirt aufmerksam. Dieser bemerkte das nicht, denn er saß wieder an seinem Fenster und blickte hinaus. Er schien mit sich zu Rat zu gehen, ob vielleicht der Vaquero auch ein Tabakspucker sei. Bald aber faßte er sich ein Herz und bemerkte:

„Ausgezeichnetes Wetter!"

„Ja", erwiderte der Vaquero.

Das erfreute den Wirt ungemein. Seine Mienen erheiterten sich. Er drehte sich herum, nickte dem Mann freundlich zu und fuhr fort:

„Besonders ausgezeichnet zum Reiten."

„Ja, bin aber auch die ganze Nacht geritten."

„Das klingt ja, als wärt Ihr ein Bote?"

„Es ist auch fast so, ich habe hier etwas abzugeben. Seid Ihr vielleicht Señor Pirnero?"

„Ja freilich, der bin ich."

„Lebt Señorita Resedilla noch?"

„Gewiß! Kennt Ihr sie?"

„Nein, aber ihretwegen bin ich hier. Euch ist doch die Hacienda del Eriña bekannt?"

„Das versteht sich, Don Pedro Arbellez ist ja mein Schwager."

„Nun, Don Pedro Arbellez sendet mich zu Euch, Señor Pirnero", erklärte der alte Vaquero. „Ich heiße Anselmo und stehe in seinem Dienst."

„Zu mir? Ah, das freut mich sehr. Ich werde Euch Essen und Trinken geben lassen und meine Tochter holen."

„Ja, holt sie, damit ich gleich beiden meine Botschaft ausrichten kann!"

Pirnero hatte seinen Ärger vergessen. Er eilte in die Küche, brachte Resedilla herbei und führte sie zu dem Tisch, an dem der Vaquero saß.

„Hier, Resedilla", sagte er, „ist ein Vaquero des guten

Oheims Pedro. Er hat uns eine Botschaft auszurichten. Er ist die ganze Nacht geritten. Sorge für ihn!"

Das Mädchen gab dem Gast die Hand und fragte nach seiner Sendung.

„Nun", antwortete er, „Ihr wißt, daß mein Herr alt ist —"

„Ja, älter als ich", meinte Pirnero.

„Er hat keine Kinder. Señorita Emma ist verschollen, sicherlich längst tot und wir alle befürchten, sie kehrt nicht wieder zurück. Das hat meinem Herrn am Leben genagt und ihn älter gemacht, als er ist. Nun wißt Ihr doch, daß die Hacienda nicht mehr dem Grafen Rodriganda gehört?"

„Ich weiß es. Der Graf hat sie meinem Schwager geschenkt."

„Don Pedro wird ohne Kinder sterben —"

„Ich hoffe, daß er noch lange leben wird!" unterbrach Pirnero treuherzig.

„Bei einem solchen Alter und in Zeiten, wie die gegenwärtigen sind, ist es kein Wunder, wenn man an den Tod denkt. Also Kinder hat Señor Arbellez nicht, aber Erben, oder vielmehr eine Erbin —"

„Wen meint Ihr?"

„Señorita Resedilla. Sie soll die Hacienda erben."

Resedilla wandte sich halb ab. Sie liebte ihren Oheim aufrichtig. Darum taten ihr die Worte des Vaqueros weh, und sie sagte:

„Geben wir die Hoffnung, daß Emma sich wiederfinden läßt, doch noch nicht auf!"

„Mein Gebieter hat sie aufgegeben", entgegnete der Vaquero. „Darum hat er Euch zur Erbin eingesetzt und läßt Euch sagen, daß er Euch vor seinem Ende gern noch einmal zu sehen wünscht."

„Das ist der Auftrag, den Ihr auszurichten habt?" fragte der Wirt.

„Ja, ich soll die Señorita bitten, meinen Herrn recht

bald zu besuchen. Übrigens muß ich Euch diesen Brief geben."

Anselmo griff in sein Wams und zog ein viereckig zusammengelegtes Leder heraus, in dem sich das Schreiben befand. Pirnero nahm es und wollte es öffnen.

„Nein, hier nicht, Vater", bat Resedilla. „Komm mit mir! Solche Briefe liest man allein."

Resedilla zog den Vater mit sich fort. Als sie nach einer Weile zurückkehrten, hatte das Mädchen rotgeweinte Augen, und auch Pirnero schien tief ergriffen zu sein.

„Wir haben den Brief gelesen", sagte er.

„Und wie entschließt Ihr Euch, Señor?" forschte der Vaquero.

„Das läßt sich augenblicklich nicht sagen. Ihr kennt die Verhältnisse: der Krieg, der Krieg!"

„So meint Ihr, daß es für die Señorita gefährlich sei, die Reise zur Hacienda del Eriña zu unternehmen? Was das betrifft, so braucht Ihr Euch keine Sorge zu machen. Mein Herr wird sich ein Begleitschreiben auswirken, das die Franzosen gewiß beachten werden."

„Aber die anderen, die Indianer?"

„Auch sie haben wir nicht zu fürchten, denn Señor Arbellez will Euch eine Anzahl erfahrener Vaqueros und Büffeljäger senden, die die Señorita sicher zu ihm bringen werden."

„Hm, auf diese Weise könnte man es wagen, aber gefährlich bleibt es dennoch. Wie lange habt Ihr Zeit hierzubleiben?"

„Den heutigen Tag."

„Nun, so werde ich es mir überlegen. Morgen sollt Ihr meine Antwort und einen Brief an den Schwager bekommen. Jetzt aber versorgt Euer Pferd und geht in die Küche, um Euch etwas vorsetzen zu lassen!"

Das tat Anselmo. Resedilla eilte auch in die Küche, und Pirnero setzte sich an sein Fenster, um über die soeben empfangene Botschaft nachzudenken. Er konnte sich seinem Sinnen nicht lange hingeben. Überhaupt hatte es allen Anschein, als sollte der heutige Tag sehr bewegt werden, denn es kam jetzt ein zweiter Reiter, der draußen vom Pferd sprang und dann eintrat. Es war der Schwarze Gerard. Als Pirnero ihn erblickte, begrüßte er ihn ganz anders als früher.

„Ah, Señor Gerard!“ rief er freundlich, sich erhebend und auf den Jäger zueilend. „Ihr seid es? Gott sei Dank! Resedilla und ich haben rechte Angst gehabt!“

„Ihr auch?“ fragte Gerard lächelnd. „Wie kommt das? Ich trinke doch nur *einen* Julep!“

„Macht doch keine faulen Witze! Damals wußte ich doch nicht, wer Ihr seid. Jetzt aber seid Ihr mir willkommen, selbst wenn Ihr gar keinen Julep trinken wollt. Ich werde Resedilla gleich rufen.“

Aber das war nicht nötig, denn diese hatte die Stimme Gerards erkannt, trat mit freudeglänzendem Gesicht herein und reichte ihm die Hand.

„Willkommen!“ begrüßte sie ihn. „Ich war schon in Sorge um Euch, weil Ihr mir nicht sagen wolltet, wohin Ihr gingt. Gott sei Dank, daß Ihr wieder gesund und wohl zurück seid!“

„Ja, Gott sei Dank! Aber ich wünsche, daß wir auch morgen oder übermorgen so sagen können. Ich komme, um Euch auf eine große Gefahr aufmerksam zu machen.“

„Auf eine Gefahr?“ fragte Pirnero. „Sprecht Ihr im Ernst, Señor Gerard?“

„Leider im vollen Ernst. Die Franzosen sind hierher unterwegs.“

Resedilla erbleichte. Ihr Vater schlug die Hände zusammen und rief: „Mein Gott, ist das wahr? Wann werden sie kommen?“

„Das weiß ich noch nicht.“

„Oh, dann werde ich sogleich einpacken und alles,

was ich habe, auf die Pferde laden. Wir fliehen zu Juarez hinüber."

Pirnero wollte in furchtsamer Eile das Zimmer verlassen, doch Gerard hielt ihn zurück.

„Halt! Wartet noch!" mahnte er den Wirt. „Soweit ist es noch nicht. Selbst wenn die Franzosen das Fort nehmen, würden sie das Privateigentum möglichst unversehrt lassen müssen, um auf diesem gefährlichen, so weit vorgeschobenen Posten nicht auch noch die Bevölkerung gegen sich zu erbittern. Aber die Hilfe ist schon unterwegs."

„Welche Hilfe?"

„Juarez selbst. Er hat fünfhundert Apatschen mit sich."

„Ah, da sind wir gerettet!"

„Jubeln wir nicht zu früh! Juarez weiß nicht genau, welchen Weg der Feind eingeschlagen hat. Es ist leicht möglich, daß er ihn verfehlt. Er wird die Fährte der Franzosen sicher finden, aber vielleicht nicht zur rechten Zeit, um sie noch vor dem Ziel zu erreichen. Da gilt es nun, den Feind nicht ins Fort zu lassen, damit Juarez und die Apatschen herankommen und ihn aufreiben können."

„Ihr meint, daß das Fort verteidigt werden soll? Aber wer, um Gottes willen, soll es tun? Wir haben kein Militär!"

„Wir werden es tun, wir alle, und auch Ihr mit, Señor Pirnero."

Da wurde das Gesicht des braven Wirts noch einmal so lang.

„Ich auch mit?" fragte er erschrocken. „Ich soll schießen? Ich soll Menschen totmachen? O nein, das tu ich nicht! Das sind wir in Pirna nicht gewöhnt! Wer dort einen Franzosen erschießt, der wird umgebracht oder zu lebenslänglichem Zuchthaus begnadigt. Es kommt sogar vor, daß ein solcher Mensch zum Tod verurteilt wird, nebst zehn Jahren Zuchthaus und fünf Jahren Ehrverlust und Polizeiaufsicht."

„Das kommt an anderen Orten auch vor", lachte Gerard, „obgleich es mehr ist, als ein Mensch billigerweise aushalten kann."

„Nun also! Ich schieße nicht."

„So werdet Ihr erschossen."

Pirnero erbleichte.

„Ich komme als Bote von Juarez und habe mich soeben auf dem Stadthaus vorgestellt. Juarez befiehlt, daß jeder Einwohner sich bewaffne, um den Feind abzuweisen. Der Alcalde geht von Haus zu Haus, um diesen Befehl zu überbringen. Euch wollte ich es selber sagen."

„Aber Señor, ich habe ja noch nicht einmal einen Hasen geschossen!"

„Solche Leute braucht man überhaupt nicht!" klang es aus der Ecke.

Gerard drehte sich um. Er hatte den Schlafenden noch nicht bemerkt. Dieser war während des Gesprächs erwacht und hatte alles vernommen. Jetzt saß er aufgerichtet auf seiner Bank und sah gleichmütig zu den anderen hinüber. Gerard betrachtete ihn aufmerksam, trat auf ihn zu und sagte:

„Verzeiht, Señor! Darf ich fragen, wer Ihr seid?"

„Ja."

Der Gefragte sagte nur dies eine Wort. Dann spuckte er sein Priemchen, das er auch im Schlaf im Mund behalten hatte, über den Tisch hinüber, griff in die Tasche, zog einen gewaltigen Ring Kautabak hervor und biß ein Stück ab.

„Nun also, Euer Name?" fragte Gerard.

„Hm! Ihr habt mich gefragt, ob Ihr mich fragen dürft, wer ich bin. Ich habe Euch das erlaubt, aber ich habe nicht versprochen, daß ich Euch auch antworten werde."

„Gut! So behaltet Euren Namen für Euch und mischt Euch nicht in unser Gespräch!“

„Aber wenn es meine Teilnahme erweckt?“

„So dürft Ihr Euch nicht wundern, wenn Ihr auch meine Teilnahme erregt.“

Der Fremde nickte bedächtig, schob das Priemchen von einer Seite des Mundes zur anderen.

„Ich kalkuliere, daß Ihr nicht ganz unrecht habt, aber ich habe Gründe, meinen Namen nicht eher zu nennen, als bis ich den Eurigen weiß. Wie sagtet Ihr doch gleich? Juarez hat Euch geschickt?“

„Ja.“

„So kennt Ihr ihn? Seid bei ihm gewesen? Wißt, wo er zu finden ist?“

„Ja.“

„Ihr haltet es mit ihm und nicht mit diesen verdammten Franzosen?“

„Jawohl.“

„Nun, dann seid so gut und sagt mir doch, wer Ihr seid?“

„Das könnt Ihr erfahren. Man nennt mich den Schwarzen Gerard.“

„Na, dann ist alles gut. Ich kenne Euren Namen. Hier habt Ihr meinen Vorderfuß, gebt mir den Eurigen!“

Er streckte Gerard seine Hand entgegen. Dieser zögerte aber einzuschlagen.

„Ihr scheint im Anknüpfen von Bekanntschaften wählerisch zu sein“, entgegnete er. „Ich bin es ebenfalls. Ihr kennt jetzt meinen Namen. Wie ist der Eurige?“

„Ah, das hätte ich fast versäumt“, lachte der andere. „Mein eigentlicher Name ist Euch nicht bekannt. Ich selber habe schon halb und halb vergessen, daß ich William Saunders heiße. Aber da haben mir die Rothäute einen Namen gegeben, den Ihr wohl gehört haben werdet. Er klingt freilich nicht gar zu schön, aber ich hoffe, ihn zu Ehren gebracht zu haben. Ich will mir den Spaß machen und ihn nicht nennen, sondern Euch raten lassen. Seht mich an, Mr. Gerard!"

„Das wird nicht viel helfen, Señor", antwortete Gerard. „Bis jetzt bemerke ich nur, daß Ihr jedenfalls ein Amerikaner seid."

„Ein Yankee, wollt Ihr sagen? Ja, das bin ich. Ihr guckt Euch den ganzen Kerl an, und das ist falsch. Seht nur in meine Fratze!"

Der Hagere deutete mit den beiden Zeigefingern auf sein Gesicht. Gerard konnte nicht raten. Er schüttelte den Kopf.

„Noch immer nicht?" sagte der Fremde. „Nun, so will ich es Euch leichter und deutlicher machen. Seht Euch nichts weiter an als meine Nase! Wie gefällt sie Euch?"

„Hm, das Wachstum ist nicht übel."

„Meint Ihr? Aber zu welcher Sorte von Nasen gehört sie?"

„Adlernase wäre zu wenig gesagt", lachte Gerard. „Geiernase vielleicht dürfte — ah, *nom d'une pipe*, ich errate!"

„Nun, heraus damit!"

„Oh, Señor, ich könnte Euch beleidigen", meinte Gerard.

„Mich beleidigen? Dummheit! Die Rothäute haben mir meiner Nase wegen diesen Namen gegeben, und ich werde ihn behalten in alle Ewigkeit. Ihr braucht Euch also nicht zu scheuen. Wer bin ich?"

„Wenn ich richtig rate, so seid Ihr einer der bekanntesten Fallensteller und Pfadfinder der Union, und ich werde mich herzlich freuen, Euch die Hand drücken zu dürfen, Señor."

„Geht mir mit Eurem Señor! Sagt meinen Namen!"

„Man hat Euch ‚Geierschnabel' genannt?"

„Na, endlich! Ja, ich bin der Mann, der diesen Namen mit sich herumschleppt. Wollt Ihr nun noch meinen Vorderfuß zurückweisen?“

„O nein!“ rief Gerard erfreut. „Hier meine Hand.“

Geierschnabel war bekannt als einer der besten, aber auch eigenartigsten Jäger des Westens. Gerard empfand eine aufrichtige Freude, ihn hier zu treffen, und drückte ihm den „Vorderfuß“ mit ungeheuchelter Herzlichkeit. „Aber was führt Euch eigentlich ins Fort Guadalupe?“

„Davon sprechen wir vielleicht später. Jetzt mag die Bemerkung genügen, daß ich Juarez suche. Vor allen Dingen ist es notwendig, über die Gegenwart zu reden. Ich bin jetzt hier im Fort und fühle daher die Verpflichtung, es mit zu verteidigen. Sind die Franzosen wirklich im Anmarsch?“

„Ja.“

„Ja.“

„Und Juarez ist hinter ihnen her?“

„Oder ihnen entgegen. Wie man es nimmt.“

„Euch hat er die Verteidigung anvertraut?“

„Ja. Sein Befehl liegt schriftlich beim Alcalden.“

„Nun gut, so muß man Euch gehorchen“, erklärte Geierschnabel. Und sich an Pirnero wendend, fragte er diesen: „Ihr wollt also keinen Franzosen totschießen?“

„Nein, nein! Ich bringe das nicht fertig!“ jammerte der Wirt.

„Aber den Mut, Gäste hinauszuwerfen, habt Ihr! Na, ich will Euch das nicht nachtragen. Bleibt ruhig auf Eurer Matratze liegen und kaut Lorbeerkränze. Ich werde an Eurer Stelle eintreten.“

Da faßte Pirnero seine Hand. „Señor, ich danke Euch! Wollt Ihr das wirklich tun? An meiner Stelle kämpfen?“

„Ja.“

„Oh, dann gebe ich Euch die Erlaubnis, so viel zu spucken, wie Ihr wollt!“

Resedilla hatte bisher schweigend zugehört. Ihr war bange vor den Franzosen, und so wollte sie die jetzt eingetretene Gesprächspause benutzen, Gerard ihre Unruhe auszusprechen, als sie unterbrochen wurde. Draußen erscholl nämlich vielfacher Hufschlag, und die niedrigen Fenster wurden fast verdunkelt von Pferden, die vor ihnen haltenblieben.

„Was ist das?“ rief Pirnero erschrocken. „Doch nicht die Franzosen?“

Gerard trat ans Fenster, blickte hinaus und antwortete: „Nein. Der Kleidung nach sind es Mexikaner.“

„Aber so viele, Resedilla, da gibt es Arbeit!“

Die Tür wurde geöffnet, und die Gäste traten ein. Es war Sternau mit seinen Begleitern. Die Augen der drei Anwesenden hingen mit Bewunderung an seiner Gestalt. Auf der Insel war ihm der dichte Bart bis weit über die Brust herabgewachsen, und so trug er ihn noch jetzt. Hinter ihm kam der Graf, der ebenso die Blicke der drei Augenpaare auf sich zog. Die beiden Damen waren verschleiert.

„Ihr seid der Wirt?“ wandte sich Sternau an Pirnero.

„Ja, Señor.“

„Habt Ihr Raum genug für uns alle?“

„Oh, Zimmer stehen genug zur Verfügung!“

„Und die Pferde?“

„Sie werden gute Stallung und Pflege haben“, versprach Pirnero. „Wenn ich nur gewiß wäre, daß die Herrschaften wirklich bleiben werden. Señor, die Pflicht gebietet es mir, Euch auf eine große Gefahr aufmerksam zu machen, die Euch hier bedroht: Die Franzosen stehen im Begriff, das Fort zu überfallen.“

„Woher wißt Ihr das?“

„Juarez hat uns jenen Señor gesandt, der das Fort verteidigen soll, bis die Apatschen kommen.“

Sternau sah die beiden Männer an. Über sein Gesicht zuckte ein leises Lächeln. „Wie heißt der Señor, den Ihr meint?" fragte er den Wirt.

„Es ist der Schwarze Gerard."

Da schritt Sternau auf die beiden zu und grüßte höflich:

„Wenn ich mich nicht irre, sehe ich hier Leute, die sich nicht vor den Franzosen fürchten, sondern das Fort verteidigen helfen werden."

„Woraus schließt Ihr das, Señor?" fragte Gerard.

„Ich denke, daß Geierschnabel keinem Franzosen den Rücken kehren wird."

„Was, Ihr kennt mich, Sir?" fragte der Jäger erstaunt. „Woher?"

„Aus früherer Zeit, als Ihr Eure ersten Trappergänge machtet. Ein Gesicht wie das Eure kann man nicht vergessen. Doch reden wir von der Gegenwart! Welche Anstalten sind zur Verteidigung des Forts getroffen?"

„Oh, noch fast gar keine", erklärte Gerard.

„So ist Eile dringend notwendig. Wollt Ihr etwa den Feind im freien Feld erwarten?"

„Dazu sind wir zu schwach."

„Also hinter dem Schanzwerk?"

„Ja."

„Wer sind die Verteidiger?"

„Die wenigen Einwohner. Ich werde aber sofort um die Vaqueros der Umgegend senden."

„Daran tut Ihr recht, Señor. Übrigens könnt Ihr auch auf uns rechnen."

„Ah, Ihr wollt auch mitkämpfen?"

„Wenn es nötig wird, ja."

Gerard wollte seiner Verwunderung Ausdruck geben, da erscholl von der Küche her ein lauter Ruf. Der Vaquero Anselmo von der Hacienda del Eriña hatte aus Neugier die Küchentür geöffnet, um die Gäste zu sehen. Jetzt stand er mit weit offenen Augen dort und starrte den Häuptling der Mixtekas an. Die Indianer haben sehr spärlichen Bartwuchs. Daher kam es, daß sich der Häuptling wenig verändert hatte und von einem alten Bekannten leicht erkannt werden konnte.

„Büffelstirn!" rief der Vaquero.

Bei der Nennung dieses Namens sprangen Gerard und der Yankee auf, um zu sehen, was sich da ereigne. Der Häuptling aber warf einen forschenden Blick auf den Vaquero. Er erkannte ihn trotz der langen Zwischenzeit wieder.

„Anselmo!" rief er.

„*Santa Madonna!* Seid Ihr's wirklich, Büffelstirn?"

Mit diesem Ausruf stürzte der Vaquero zum Häuptling und ergriff dessen beide Hände.

„Ja, ich bin's", bestätigte der Mixteka ernst.

„Aber man sagte doch, Ihr wäret tot!"

„Büffelstirn lebt."

„Aber die anderen, die anderen?"

„Auch sie leben."

Jetzt stieß Resedilla einen Schrei aus und faßte den Arm des Häuptlings. „Was sagt der Mann? Ihr seid Büffelstirn, der Häuptling, der Mixtekas?"

„Ich bin es", wiederholte er mit der unverwüstlichen Ruhe des Indianers.

„Mein Gott, so geschehen noch Zeichen und Wunder! Vater, das ist Büffelstirn, der mit Emma und den anderen verschwunden war. Häuptling, habe ich recht gehört? Ihr sagtet, daß sie leben."

„Sie leben alle."

Ehe das Mädchen, das in fliegender Eile redete, eine neue Frage aussprechen konnte, wurde ihre Aufmerksamkeit abgelenkt. Der Vaquero hatte seine Augen auf der Gestalt Sternaus ruhen lassen. Voller Staunen entfuhr seinem Mund:

„Señor Sternau, oh, Señor Sternau!"

Mit diesem Ruf sprang der Mann auf den Hünen

zu. Dieser streckte ihm die Hand entgegen. „Also auch mich erkennst du noch, Anselmo?"

„Oh, wer sollte Euch nicht erkennen, Euch, den Retter der Hacienda del Eriña!"

Nun stand auch Resedilla bei ihm.

„Ist's wahr? Ihr seid Señor Sternau?"

Ihr vor Aufregung gerötetes Gesicht richtete sich mit dem Ausdruck der Verklärung zu ihm empor. Er nickte ihr freundlich zu: „Ja, ich bin es, Señorita."

„*Heigh-day*, Sternau, der Herr des Felsens!" klang es da vom Tisch hervor. „Darum hat er mich erkannt!"

Diese Worte sprach Geierschnabel, und dann spuckte er einen langen Strahl von Tabakssaft über Tische und Bänke hinweg.

„Matava-se!" rief auch Gerard.

Resedilla hatte Sternaus Hand ergriffen und nicht wieder losgelassen."

„Señor", sprach das Mädchen aufgeregt, „da Ihr wiedererschienen seid, so glaube ich auch, daß die anderen noch leben. Aber wo? Sagt es mir um Gottes willen schnell!"

Er zeigte mit der Hand im Kreis herum: „Liebes Kind, hier sind alle. Es fehlt niemand."

Emma nahm den Schleier in die Höhe. Sie war voller geworden, aber nicht sehr gealtert. Resedilla erkannte sie auf der Stelle.

„Emma, meine Emma!"

„Meine Resedilla!"

Laut aufschluchzend fielen die Frauen einander in die Arme. Sie hielten sich minutenlang umschlungen, bis endlich Emma halblaut fragte:

„Lebt mein Vater noch?"

„Er lebt noch", bestätigte Resedilla freudig.

Emma ließ die Arme von ihrer Base, sank langsam zur Erde nieder, erhob betend die Hände und sagte:

„Oh du lieber Gott, wie danke ich dir!"

Kein Auge blieb trocken.

„Wir haben vorhin einen Brief vom Onkel erhalten", bemerkte endlich Resedilla. „Du sollst ihn nachher lesen, liebe Emma."

Dabei beugte sie sich zu ihrer Base und hob sie von der Erde auf.

„Willst du nicht auch meinen Vater begrüßen?" fragte sie.

Nun blickten alle zu Pirnero. Er war verschwunden, wenigstens zur Hälfte. Im Zimmer befand sich nur der untere Teil seines Körpers nebst den Beinen, der obere Teil hing auf die Gasse hinaus. Er hatte vor Rührung nicht gewußt wohin, er hatte weinen müssen und es doch nicht merken lassen wollen. Darum war er an sein geliebtes Fenster getreten und hatte Kopf und Schulter hinausgestreckt, damit man sein Schluchzen nicht höre. Als ihn die Tochter jetzt mit Gewalt hereinzog, weinte er laut wie ein Kind, legte die Arme um Emma und sagte:

„Laßt mich fort, ihr Leute, sonst ersticke ich vor Freude!"

Darauf drückte er die Wiedergefundene schnell an sich und eilte zur Tür hinaus.

„Aber Emma, stelle mir auch die anderen Señores vor", bat seine Tochter.

Jetzt trocknete die Angeredete ihre Tränen und fragte:

„Wen willst du zuerst begrüßen, Resedilla?"

„Don Antonio Unger, deinen Verlobten."

Emma lächelte noch unter Tränen schelmisch:

„Suche ihn! Ich will sehen, ob du ihn findest!"

Resedilla blickte die Herren forschend an und deutete auf Mariano:

„Dieser ist's."

„Falsch geraten! Dieser Señor ist Alfonso de Rodri — wollte sagen: Herr de Lautreville."

„De Lautreville? Mariano?“ fragte da eine Stimme vom hinteren Tisch her. Geierschnabel war der Sprecher.

„Ja“, antwortere Mariano. „Kennt Ihr meinen Namen?“

Nun kam der Yankee eilig herbei. „Sehr gut kenne ich ihn. Ein Engländer hat ihn mir genannt.“

„Ein Engländer?“ fragte Mariano rasch. „Wie heißt er?“

„Lord Dryden.“

Da faßte Mariano den Sprecher beim Arm und rief erregt: „Wo habt Ihr ihn gesehen? In England?“

„Nein, hier in Amerika. Drunten an der See, in El Refugio.“

„Das wäre fast am Ausfluß des Rio Grande del Norte. Wann?“

„Noch vor wenigen Tagen.“

„Mein Gott, er ist hier in Mexiko! Was tat er in El Refugio?“

„Das ist eigentlich ein Geheimnis. Aber wie die Sachen hier stehen, kann oder vielmehr muß ich davon sprechen.“

„Sprecht getrost, Sir, es wird Euch keinen Schaden bringen.“

„Ich wurde dem Lord als Führer empfohlen“, erklärte Geierschnabel. „Er ist als englischer Bevollmächtigter in Mexiko erschienen und hat große Vorräte von Waffen und Schießbedarf gelandet, ohne daß die Franzosen es bemerkt haben. Er bringt auch viel Geld mit sich. Das alles soll den Rio Grande del Norte heraufgeschifft werden —“

„Für wen?“ unterbrach ihn Sternau.

„Für Juarez“, erklärte der Amerikaner. „Ich bin vorausgeschickt worden, um dem Präsidenten die Ankunft dieser Sachen zu melden und dabei zu fragen, an welchem Ort er sie abzuholen wünscht.“

„Ah, und der Lord ist selber mit dabei?“ fragte

Mariano. „Ich muß ihn sprechen. Wann wird er eintreffen?“

„Das läßt sich jetzt nicht genau sagen. Ich muß erst zu Juarez und dann zurück. Nach dessen Willen wird sich der Lord richten.“

„Ich danke Euch für diese erfreuliche Nachricht und werde jede Gelegenheit ergreifen, Euch erkenntlich zu sein.“

„Also dieser war es nicht!“ flüsterte Resedilla der Base zu. „Welcher denn?“

Emma deutete auf Anton Unger: „Dieser hier. Wir sind aber seit kurzem nicht mehr verlobt, sondern haben uns in aller Stille zu Guaymas trauen lassen. — Und hier, der Herr nebenan ist Kapitän Unger, mein Schwager.“

Resedilla ging auf die beiden zu und reichte ihnen unter Glückwünschen die Hände.

„Und dieser Señor?“ fragte sie, auf Don Fernando deutend.

„Oh, da wirst du überrascht sein! Du weißt doch, was damals auf der Hacienda del Eriña vorfiel?“

„Alles.“

„Hast du auch gehört, daß Don Fernando de Rodriganda gestorben ist?“

„Ja.“

„Nun, hier steht Don Fernando. Er lebt!“

Das Erstaunen Resedillas läßt sich nicht beschreiben. Der alte Graf nickte ihr lächelnd zu und streichelte ihr liebkosend das schöne Haar. Sprechen konnte er vor Rührung nicht.

„Ich werde dir das alles noch erzählen“, sagte Emma zu ihr. „Und dieser letzte Herr ist Señor Mindrello, der mit Don Fernando gefangen war.“

„Aber es fehlt ja noch einer, liebe Emma! Ist Bärenherz tot?“

„Nein, auch er lebt. Aber er hat sich gestern einstweilen von uns getrennt, um der Fährte der Apatschen zu folgen, die sein Bruder anführt.“

Als wären diese Worte geeignet gewesen, den Besprochenen herbeizuführen, wurde jetzt die Tür geöffnet und Bärenherz trat ein. Niemand hatte den Tritt seines Pferdes vernommen. Er begriff alles nach einem einzigen Blick und trat auf Sternau zu.

„Was wird mein weißer Bruder tun?“ fragte er. „Wird er am Kampf dieses Landes mit teilnehmen?“

„Ich bin dein Freund“, erklärte Sternau. „Dein Feind ist mein Feind.“

„So mag mein weißer Bruder die Waffen ergreifen, denn die Franzosen kommen bald.“

„Hast du Bärenauge gesehen?“

„Nein. Ich habe keinen Apatschen erblickt. Ich ging ihren Spuren nach, gestern abend und heute morgen, als der Tag zu grauen begann. Da traf ihre Fährte mit dem Pfad der Franzosen zusammen, die nach Osten gezogen waren. Die eine Fährte war nur den vierten Teil eines Tages alt, und die andere war um eine Stunde jünger. Die Krieger der Apatschen sind also hart hinter den Franzosen. Aber der Feind ist nicht auf das Fort zugeritten, sondern hat sich zu den Bergen des Rio Grande gewandt.“

„Mein roter Bruder hat dann ihre Spur nicht weiter verfolgt?“

„Nein, ich mußte schnell zum Fort reiten, um zu melden, daß die Feinde nahen.“

„Waren es lauter Reiter?“

„Ja.“

„Hatten sie Kanonen mit?“

„Sie hatten keine Schießwagen bei sich.“

„So wollen wir sehen, was sich tun läßt. Wann werden sie das Fort erreichen?“

„Es wird mehr als eine Stunde vergehen.“

Sternau winkte Gerard herbei.

„Ich habe mich Euch zur Verfügung gestellt", sprach er zu ihm. „Jetzt werde ich Euch sagen, welche Señores mit Euch kämpfen werden. Büffelstirn, den Häuptling der Mixtekas, habt Ihr schon nennen hören?"

„Ja."

„Nun, hier ist Bärenherz, der Häuptling der Apatschen, und der nächste ist Donnerpfeil, von dem Ihr wohl gleichfalls gehört habt. Auch die anderen Señores beteiligen sich am Kampf. Nur Don Fernando werde ich ersuchen, zum Schutz der Damen zurückzubleiben."

Trotz seines hohen Alters wollte der Graf nicht darauf eingehen, aber er mußte sich fügen.

„Wer soll befehligen?" fragte Gerard.

„Selbstverständlich Ihr", antwortete Sternau. „Juarez hat Euch dazu bestimmt."

„O nein, Señor", entgegnete Gerard. „Mutet mir das nicht zu! Was bin ich, wenn der Herr des Felsens da ist, und Büffelstirn, Bärenherz und Donnerpfeil! Ich bitte Euch, die Führung zu übernehmen!"

„Dann hätte ich auch die Verantwortung."

„Ich bin überzeugt, daß Ihr diese nicht scheut."

„Nun, wir wollen die kostbare Zeit nicht auf diesen Streit verwenden. Ich will Euren Wunsch erfüllen, muß aber vorher das Fort besichtigen."

„Ich werde Euch führen."

Die beiden Männer machten sich auf, die Verteidigungsmittel in Augenschein zu nehmen. Das Fort war klein und stand am Ufer des Flusses auf einer schmalen, steil abfallenden, felsigen Anhöhe, zu der nur ein Reitweg emporführte. Es besaß einen einzigen Befestigungsgürtel aus Holzpfählen, war aber seiner Lage wegen leicht zu verteidigen, sofern es nicht mit Kanonen oder einer gar zu großen Übermacht angegriffen wurde. Versammelt hatten sich kaum zwanzig bewaffnete Männer, doch war das genug, diese dreihundert französischen Soldaten für einige Zeit im Zaum zu halten.

Während sich Sternau mit Gerard entfernt hatte, war auch Bärenherz aus dem Schenkzimmer gegangen. Er fand bald den, den er suchte, nämlich Pirnero, der sich in den Laden zurückbegeben hatte, um in der Stille seine Rührung zu bemeistern.

„Der weiße Mann hat viele Sachen hier", sagte der Apatsche zu ihm.

„Ich habe alles, was gebraucht wird", versicherte Pirnero.

„Welches Geld nimmt der weiße Mann am liebsten?"

„Alles, was hier gilt."

„Hat mein Bruder auch Farben?"

„Ja, alle Sorten."

„Hat er auch Adlerfedern?"

„Sie sind da."

„Hat er Anzüge für die roten Männer?"

„Ich habe schöne indianische Anzüge, gefertigt von fleißigen Squaws."

„Hat er auch einen Mantel, aus Fellen gemacht?"

„Nein, aber ich habe das Fell eines Grauen Bären."

„So mag das Bleichgesicht mir erlauben auszusuchen, was ich brauche. Ich werde sogleich bezahlen."

Bärenherz schloß sorgfältig die Tür von innen zu, und begann dann, Verschiedenes auszuwählen.

Indessen hatte sich die Aufregung des Wiedersehens einigermaßen gelegt. Emma stand in der Küche bei dem Vaquero, der ihr nicht genug vom Vater und der Hacienda erzählen konnte. Resedilla brachte den Brief.

„So fest also hat er an meinen Tod geglaubt!" seufzte Emma.

Die Tränen begannen ihr von neuem aus den Augen zu brechen. Um sie zu zerstreuen, meinte Resedilla:

„Ich muß jetzt für Trank und Speise sorgen. Willst du mir ein wenig helfen?"

„Gern."

„Ich danke dir! Aber vorher will ich dir die Zimmer zeigen."

Auf diese Weise lenkte sie die Gedanken Emmas auf Gegenstände, die deren Gemüt beruhigten.

10. Degen und Tomahawk

Nachdem Sternau das Fort besichtigt hatte, wollte er zurückkehren, aber Gerard bat:

„Wartet noch einige Augenblicke! Obgleich ich Euch erst heute kennengelernt habe, zieht mich ein unbegrenztes Vertrauen zu Euch hin, und ich bin in einer sonderbar weichen Stimmung. Bitte, laßt mich Euch kurz meine Vergangenheit erzählen! Soviel Zeit erübrigen wir noch."

Und Gerard berichtete von seinem Leben als Garrotteur in Paris und wie er zur Sühne nach Amerika gegangen war und es sich zur Aufgabe gemacht hatte, die Savanne von ihren Bösewichtern zu befreien.

„Dadurch wurde ich bekannt", schloß er. „Doch die Reue nagt in mir fort."

„Gerard, Gott zürnt nicht ewig!" betonte Sternau ernst.

„Aber die Menschen!"

„Was habt Ihr mit den Menschen zu schaffen?"

„Oh, sehr viel! Ich lernte hier ein reines, gütiges Mädchen kennen. Es liebte mich wieder, ich aber war ehrlich und gestand, daß ich Garrotteur gewesen bin, also ein gewerbsmäßiger Verbrecher."

„Ich will hier nicht urteilen, doch frage ich: war dieses Geständnis notwendig?"

„Ja. Mein Gewissen trieb mich dazu. Sie entsagte. Aber ich sehe, daß sie vergebens mit ihrer Liebe kämpft. Sie wird dem einstigen Garrotteur doch die Hand reichen und daran innerlich zugrunde gehen."

Sternau bewunderte diesen einstigen Gewalttäter, der

jetzt ein so feines Zartgefühl zeigte, doch sagte er nichts dazu.

„Aber sie soll nicht zugrunde gehen!" fuhr Gerard fort. „Ich bin Jäger, tausend Gefahren umdrohen mein Leben. Wie leicht, wie bald kann ich tot sein. Dann ist sie frei. Wollt Ihr mir dann eine Gnade erweisen, für die ich noch im Jenseits für Euch beten werde, Señor Sternau?"

„Sehr gern, wenn ich kann."

„Wenn Ihr hört, daß ich gestorben bin, so sagt ihr, daß sie mein letzter Gedanke gewesen ist, und daß ich am Tag des Gerichts Vergebung zu finden hoffe, weil die Liebe zu ihr, der Reinen, mich auch rein gemacht hat!"

Es wurde Sternau bei dieser Bitte eigentümlich zumute. „Ihr denkt an den Tod? Pah!" sagte er. „Übrigens bezweifle ich sehr, daß ich zugegen sein werde, wenn Ihr einmal sterben solltet."

„Ich habe ja auch nur von der Möglichkeit gesprochen, Señor!"

„Dann müßte ich doch wissen, wer diese Dame ist."

„Resedilla Pirnero ist es."

„Ah! Ich begreife, daß Ihr dieses Mädchen liebt. Und Ihr vermutet, daß Eure Liebe erwidert wird?"

„Ich vermute es nicht nur, sondern ich weiß es."

„So würde ich an Eurer Stelle die Liebe walten lassen. Pflanzte Gott diese in das Herz jenes Mädchens, so ist es ein Zeichen, daß er Euch vergeben hat."

„So habe ich mir auch gesagt. Aber ich bin seit einigen Minuten anderer Ansicht geworden: Resedilla ist die Base von Emma Arbellez, die Bekannte von dem Grafen und anderen hochehrbaren Personen. Sie soll nicht zu mir heruntersteigen."

„Ihr habt unrecht. Dieses Zartgefühl täuscht Euch. Fühlt Ihr Euch jetzt ein wenig eingeschüchtert, so werdet Ihr das bald überwinden."

„Ich bezweifle es. Also, wollt Ihr mir jene Gnade erweisen?"

„Aber Ihr werdet nicht sterben!"

„Wer weiß es? Gehen wir nicht jetzt einem Kampf entgegen?"

„Nun gut. Ich will Euch das Versprechen geben."

„Ich danke! So können wir jetzt zurückkehren."

Sie traten den Heimweg an. Resedilla hatte unterdessen mit Emmas Hilfe die Zimmer hergerichtet. Sie stieg eben die Treppe empor, als die beiden Männer unten eintraten. Sie bemerkte sie nicht. Gerard stieg ihr nach, um sie oben zu treffen und zu sprechen. Der Zwiespalt zwischen seiner Vergangenheit und Gegenwart hatte ihm in letzter Zeit tief in die Seele geschnitten. Er hatte keine Hoffnung mehr, von den inneren Kämpfen und Vorwürfen erlöst zu werden. Das sollte heute einen Abschluß finden. Als er bemerkte, daß die Geliebte sich in einem Zimmer allein befand, folgte er ihr dorthin. Sie ordnete eben einen Blumenstrauß.

„Señor, habt Ihr Euch nicht auch über Emmas Wiederkehr gefreut?" rief Resedilla ihm entgegen.

„Ich freute mich mit Euch!"

„Und denkt! Eben heute schrieb mir ihr Vater einen Brief, in dem er meldete, daß ich die Hacienda erben sollte. Ich sollte ihn besuchen."

„In dieser gefährlichen Zeit?"

„Ich hatte auf Euren Schutz gerechnet."

„Oh, wie gern hätte ich Euch diesen gewidmet, Señorita!"

„Ich weiß das, Señor Gerard. Ich bin Euch auch herzlich gut dafür."

Resedilla blickte ihn dabei so freundlich an, daß er sich diesem Blick gegenüber zu schwach fühlte und seine Augen niederschlug.

„Sagt das nicht, Señorita!" entgegnete er. „Das darf

nicht sein. Ihr dürft mir nicht freundlich gesinnt bleiben."

„So sagt mir den Grund!"

„Den habe ich erst heute so deutlich empfunden. Als die Señores vorhin unten standen und aller Augen so freundlich auf Euch leuchteten, stand ich fern und fühlte, daß ich immer und ewig so fern stehen müsse. Ihr seid so hoch, und ich bin so tief und niedrig. Euer Kommen zu mir würde ein Fallen, eine Erniedrigung sein."

Da wurde Resedilla plötzlich blaß. Gerard sah, daß sie erschrak.

„Mein Gott, wer hat Euch das gesagt? Wer hat Euch auf diese Gedanken gebracht?" Während sie diese Frage aussprach, trat sie einige Schritte zurück und sah ihn vorwurfsvoll an.

„Sie sind von selbst gekommen, diese Gedanken", gestand er.

„Gebt ihnen nicht Raum, Gerard! Wißt Ihr denn nicht mehr, was Ihr gebeichtet habt, und habe ich Euch nicht alles vergeben?"

„Ich weiß es noch. Ihr wart so mild und gut. Darum denke ich, Ihr werdet auch heute so sein und mir eine große Bitte erfüllen."

„Ich erfülle sie! Sagt nur, welche!"

„So schließt Eure Augen, Señorita!"

„Ah", lächelte sie, „Ihr wollt es machen, wie die Kinder? Ihr wollt mich überraschen?"

„Ja. Aber ich denke, daß Euch diese Überraschung nicht gefallen wird."

„Nun, wir wollen es versuchen. Also seht her! Die Augen sind zu."

Resedilla schloß wirklich die Augen. Da trat Gerard schnell näher, legte die Arme um sie und drückte sie an sich, und ehe sie noch Zeit fand, die Augen zu öffnen, fühlte sie seine Lippen auf den ihrigen, einmal, zwei-, drei-, viermal. Dann flüsterte er ihr leise ins Ohr:

„Ich danke dir, du liebe, liebe Resedilla! Vergiß mich nicht ganz, wenn du einmal so recht glücklich bist!"

Sie fühlte darauf, daß seine Arme sich von ihr lösten, und als sie die Augen öffnete, stand sie wieder allein im Zimmer. Gerard eilte die Treppe hinab und zur Gaststube, in der er sein Gewehr liegen hatte. Als er es ergriff und schnell wieder fort wollte, fragte Geierschnabel:

„Was ist's? Nahen die Feinde schon?"

„Ich weiß es nicht, aber es ist besser, wachsam zu sein. Ich werde hinausgehen, um aufzupassen."

„So geh' ich mit."

Auch der Yankee ergriff seine Büchse, und beide gingen, um draußen, wo man die Gegend besser überblicken konnte, Wache zu halten. Das war aber nicht nötig, denn im selben Augenblick erhob sich dort ein lautes Rufen.

„Sie kommen, sie kommen!" ertönte es.

Alle ergriffen die Waffen und eilten davon. Bald hatten sich am Tor sämtliche Verteidiger versammelt. Sternau sandte sofort einige Einwohner zu Pirnero, um genügenden Vorrat an Schießbedarf herbeizuschaffen, und verteilte die Leute hinter der Umzäunung, die sich hart am Rand des Felsens hinzog. Vom Wasser aus schien man keinen Angriff fürchten zu müssen, da der Feind von der Landseite nahte.

Die Franzosen waren zu Pferd. Selbst ihre Fußtruppen waren beritten gemacht. Sie kamen im Galopp herbei und hielten dann in der Nähe des Forts. Ungefähr fünfzig Mann aber trennten sich ab und setzten den Weg im Trab fort, auf das offen stehende Tor zu. Sie schienen zu glauben, das kleine Fort überrumpeln zu können. Aber sie waren kaum noch zwanzig Schritt vom Tor entfernt, da trat ihnen Sternau entgegen, allein, ohne alle Begleitung. Ein Kapitän führte die Abteilung an. Er zügelte unwillkürlich sein Pferd, als er die hohe Gestalt in reicher, mexikanischer Tracht erblickte.

„Was wünscht ihr hier, Messieurs?" fragte Sternau höflich, aber ernst.

„Wir wünschen ins Fort zu gehen", erklärte der Kapitän.

„Kommt ihr in friedlicher Absicht?"

„Gewiß!"

„So dürft ihr eintreten. Ich bitte aber, vorher eure Waffen abzugeben."

„*Morbleu*, wer sind Sie denn, daß Sie es wagen, so mit mir zu sprechen?"

„Ich bin der Kommandant des Forts."

Der Offizier grüßte höhnisch lächelnd. „Sehr viel Ehre, Herr Kamerad. Über wieviel Mann gebieten sie? Über fünf oder sechs?"

„Meine sechs Mann genügen völlig!"

„Und welchen Rang bekleiden Sie?"

„Untersucht das mit dem Degen!"

„Ah, gut! Ich fordere Sie hiermit in aller Form auf, mir das Fort zu übergeben."

„Und ich fordere Sie auf, diesen Platz zu verlassen."

„Ich gebe Ihnen zehn Minuten Zeit, die Sache zu überlegen."

„Und ich gebe Ihnen zwei Minuten Zeit zum Rückzug."

„*Parbleu*, wenn ihr den geringsten Widerstand wagt, muß alles über die Klinge springen."

„Ich bin begierig, diese fürchterliche Klinge kennenzulernen."

„Hier ist sie! Drauf, Leute, und hinein!"

Der Kapitän zog den Degen und gab seinem Pferd die Sporen. Er sprang an, und die anderen machten Miene, ihm zu folgen. Da aber griff Sternau an seinen Gürtel und riß den Revolver heraus. Beim ersten Schuß stürzte der Kapitän vom Pferd, und jeder weitere Schuß kostete einen Mann. Dann sprang Sternau rasch zurück, und hinter ihm wurde das Tor zugeworfen. Zu gleicher Zeit blitzte es überall durch die Lücken des Schanzwerkes heraus. Es standen hier Leute, die mit einem Gewehr umzugehen verstanden. Reiter stürzten von den Pferden. Die reiterlosen und durch Schüsse erschreckten Tiere bäumten und überschlugen sich. Es entstand ein fürchterlicher Wirrwarr, in den hinein immer neue Schüsse krachten. Die Franzosen kehrten um und suchten ihr Heil in der Flucht.

Gerard stand neben Sternau. Sein Gewehr rauchte noch vom letzten Schuß.

„Das war eine Lehre", sagte er. „Wenn die Soldaten klug sind, kommen sie nicht wieder."

„Sie werden leider nicht so klug sein", meinte Sternau. „Seht Ihr, daß die Offiziere beisammenstehen, um zu beraten?"

„Ja, aber da draußen am Rand des Gebirges bereitet sich etwas vor!"

Bei diesen Worten deutete Gerard hinaus auf das östliche Gesichtsfeld. Ein aufmerksamer Beobachter konnte dort, wenn er ein scharfes Auge besaß, eine dunkle Linie bemerken, die sich langsam nach rechts und links ausdehnte.

„Ah, die Apatschen!" lächelte Sternau.

„Sie werden einen Halbkreis bilden, um den Feind zu umfassen."

„Dazu brauchen sie immerhin eine Viertelstunde, wenn sie den Feind nicht vorzeitig auf sich aufmerksam machen wollen."

„Oh, die Franzosen bemerken nichts. Sie stehen zu tief", meinte Gerard. „Sie scheinen übrigens jetzt einen Entschluß gefaßt zu haben."

„Sie wollen stürmen", behauptete Mariano, der in der Nähe stand.

Er hatte recht. Die Franzosen stiegen ab, führten die Pferde zurück und griffen zu den Bajonetten, die sie aufpflanzten. Sie bildeten dann einen Halbkreis, um das Fort gegen den Strom hin zu erfassen. Da wandte sich Sternau an einen der Einwohner und befahl ihm, die Wasserseite zu beobachten und sofort zu melden, wenn der Feind etwa versuchen sollte, von dort aus einzudringen. Ein Offizier zu Pferd kam jetzt herbei. Er hielt ein weißes Taschentuch an der Spitze seines Degens, hielt aber doch so weit entfernt an, daß man gerade noch seine Stimme hören konnte. Es war der Kommandierende.

„Ah, der Major selber!“ berichtete Gerard, als er ihn kommen sah.

„Kennt Ihr ihn?“ fragte Sternau.

„Ja. Wollt Ihr mir erlauben, mit ihm zu sprechen?“

„Gern.“

„Ich werde hinunter zu ihm gehen.“

„Das ist zu gefährlich.“

„Für mich durchaus nicht. Ich stehe ja unter dem Schutz eurer Gewehre!“

„So geht!“

Sternau ließ das Tor öffnen. Gerard nahm seine Büchse und schritt hinaus. Er kletterte ruhig am Felsen hinunter und stand bald am Pferd des Offiziers, der sich über diese Kühnheit nicht wenig wunderte. Als er den Mann betrachtete, zog er unwillkürlich die Zügel an.

„Bei Gott, der Schwarze Gerard!“ rief er.

„Ja, der ist es“, erwiderte der Jäger ruhig. „Meine Gegenwart wird Ihnen sagen, was Sie zu erwarten haben.“

„Was anders als den Besitz des Forts!“

„Pah, lassen Sie sich das nicht träumen! Der Kommandant sendet mich, um zu fragen, was Sie uns mitteilen wollen.“

„Ich verlange die sofortige Übergabe dieses Platzes, und zwar auf Gnade oder Ungnade, da wir so viele Leute verloren haben.“

„Mehr ist es nicht? Sie sind überaus bescheiden! Diese Verluste entstanden, weil der sie befehlende Kapitän den Degen gegen unseren Kommandanten zog. Von einer Übergabe zu sprechen, ist sinnlos, und von Gnade und Ungnade zu reden, ist der reine Wahnsinn!“

„Herr, vergessen Sie nicht, mit wem Sie sprechen!“

„Pah! Ein kleiner Major redet mit dem berühmten Gerard. Weiter ist es nichts. Gebärden Sie sich nicht so stolz, denn auch ihre Truppe wird geschlagen werden.“

„Was schwatzt du da, Bursche? Es ist die Sprache eines Verrückten! Bringe meinen Auftrag eurem Befehlshaber!“

„Das ist nicht notwendig. Sie haben ja die Antwort schon erhalten.“

„Als endgültige? Nun, so sage ich dir, daß wir keine Gnade walten lassen werden.“

„Das wäre auch lächerlich, denn Sie werden gar nicht in die Lage dazu kommen.“

„So mag es augenblicklich beginnen!“

Der Major hielt den Degen ohne Taschentuch empor, und sofort setzten sich die Franzosen in Bewegung. Das war ein Schurkenstreich, da sich Gerard doch als Unterhändler noch nicht hatte zurückziehen können. Der Major schwang seinen Degen und drang auf ihn ein.

„Hier, Halunke, hast du deinen Lohn für alles!“ rief er und holte zum Hieb aus, aber er kannte Gerard nicht. Dieser wehrte den Hieb mit den Läufen seines Gewehres ab, riß mit einem gewaltigen Ruck den Reiter vom Pferd und entwand ihm den Degen.

„Stirb an deinem Verrat und sieh an die Erde genagelt zu, wie ihr abgewehrt werdet!“

Mit diesen Worten warf Gerard den Major zu Boden und stieß ihm den Degen in den Leib, bis an den Griff, so daß die Klinge tief in den Boden drang. Dann kletterte er, von den Kugeln der heranrückenden Feinde umschwirrt, den Felsen empor.

„Herein durchs Tor! Schnell, schnell!" rief es drüben auf der anderen Seite.

„Zu spät", antwortete Gerard. „Ich stehe hier gut."

Damit suchte er hinter dem einzigen Baum, der da oben bei der Umzäunung stand, Deckung. Dort legte er sich nieder und sandte Kugel um Kugel in die im Sturmschritt nahenden Franzosen.

„Dieser Mann sucht den Tod", sagte Sternau zu Mariano.

„Fast scheint es so!" erwiderte dieser. „Kennst du den Grund?"

„Ja. Wir müssen Gerard unterstützen! Er darf nicht fallen. Komm!"

Die Besatzung des Forts war nur ein Häuflein, aber Männer wie Sternau, Gerard, Geierschnabel und Büffelstirn zählten für viele. Noch hatte der Feind nicht den Fuß des Felsens erreicht, da begannen sich seine Reihen zu lichten. Aber er drang unaufhaltsam vor. Als die Franzosen den Felsen zu erklimmen versuchten, zeigte es sich, welch wirksamen Feuers die berühmten Jäger fähig waren. Viele der anstürmenden Franzosen sanken zu Boden.

Dicht neben Gerard tobte der Kampf am heftigsten. Einer der Offiziere hatte ihn erkannt und seine Leute auf ihn aufmerksam gemacht. Sie wollten den gefürchteten Jäger zum Gefangenen haben und kletterten am Felsen empor. Aber seine sichere Büchse riß einen nach dem anderen nieder. Und gelang es einem, bis an den Rand des Felsens zu kommen, so schlug Gerard ihn mit dem schweren, goldenen Büchsenkolben nieder. An dieser Stelle stand Sternau mit Mariano hinter dem Zaunwerk, und nicht weit von ihnen Geierschnabel. Diese drei gaben sich alle Mühe, die Stürmenden von Gerard abzuhalten. Besonders spannend war es, dem Yankee zuzusehen. Er lud und schoß mit zauberhafter Geschwindigkeit und sprach dabei so laut, als hörten die Feinde ihn.

„Ah, dort will wieder einer dem Gerard ein Blei geben!" sagte er eben. „Schade um die Mühe, denn ich kalkuliere, daß ihn meine Kugel vorher treffen wird."

Er legte an und drückte ab — der zielende Franzose brach zusammen.

„Hier kriecht einer herauf. Er denkt, es sieht ihn niemand. Ich rechne, daß er schneller unten sein wird als oben", fuhr er darauf fort und drückte den zweiten Lauf ab, so daß der Franzose wieder hinabrutschte.

Gerard blutete aus mehreren Wunden, da die meisten Schüsse auf ihn gerichtet waren. Jetzt trafen ihn zwei Kugeln gleichzeitig, und die Verteidiger sahen, wie er in die Knie sank. Da ertönte die kräftige Stimme Sternaus:

„Aufgeschaut! Hilfe kommt!"

Noch war es trotz der Überzahl keinem Franzosen gelungen, bis ans Schanzwerk vorzudringen, da ertönten ihre Hornrufe, um sie zu sammeln. Sie hatten nicht gemerkt, was hinter ihnen vorging. Und als sie sich jetzt umwandten, sahen sie zu ihrem Entsetzen einen weiten Halbkreis wilder Reiter in rasendem Galopp auf sich zugesprengt kommen. Es gelang einigen Haufen der Soldaten, Vierecke zu bilden, und das war ein großes Glück für sie, denn sonst wären sie auf den ersten Ansturm niedergeritten worden. Droben beobachtete Sternau den Hergang. Durch das Nahen der Apatschen und der nordamerikanischen Jäger bekam die Besatzung Luft.

„Wollen wir nun einen Ausfall machen?" fragte Mariano.

„Es ist das beste."

Da erscholl Hufschlag die Gasse herauf. Ein Indianerhäuptling kam dahergesprengt, Adlerfedern im wallenden Schopf und das Gesicht mit den Farben der Apatschen bemalt. Er hatte eine neue, indianische Kleidung angelegt, und von seinen Schultern fiel der schwere Pelz eines Grauen Bären herab.

„Bärenherz!" staunte Mariano. „Woher hat er die Kleidung?"

„Jedenfalls von Pirnero. Er wird sich den Apatschen zeigen wollen."

Diese Ansicht bestätigte sich sofort, denn der Häuptling deutete wortlos auf das Tor, das ihm sofort geöffnet wurde, und raste im Galopp den Weg hinunter und auf den dichtesten Haufen der Feinde zu.

„Warum wollen wir da warten?" rief Mariano. „Ihm nach!"

„Ja, ihm nach!" wiederholte Geierschnabel.

„Ihm nach!" rief auch Büffelstirn.

Sie sprangen hinter dem Apatschen her. Sternau war nicht imstande, sie zu halten. Als Kommandant blieb er zurück, nebst den Bewohnern des Forts, denen es nicht einfiel, sich einer solchen Lebensgefahr auszusetzen. Die andringenden Apatschen hatten an einigen Haufen Widerstand gefunden. Das löste ihre geordnete Reihe auf. Während sie an der einen Stelle, alles über den Haufen stürmend, vorwärts drangen, wurden sie an anderen Orten von kleinen Vierecken, die sich gebildet hatten, aufgehalten. Diese Vierecke wurden umzingelt, aber der Kampf kam zum Stehen. Da die Indianer für ein Fechten, Mann gegen Mann in geschlossener Reihe, nicht geeignet sind, so waren sie an manchen Stellen gegen die Franzosen im Nachteil. Sie konnten nichts gegen die geschlossenen Reihen ausrichten, und es schien, als werde es den Franzosen gelingen, sich durchzuschlagen.

Hinter der Kampflinie hielt, hoch zu Roß, mit einem Reitertrupp, der Präsident Juarez. Seine Augen ruhten glühend auf den Kämpfenden. Noch etwas weiter rückwärts standen etwa sechzig weiße Jäger. Es waren kräftige Gestalten, in den Vereinigten Staaten angeworben. Sie hatten sich bisher noch nicht am Kampf beteiligt, da Bärenauge das Recht, die Skalpe der Franzosen zu erwerben, für sich und seine Apatschen in Anspruch genommen hatte. Juarez winkte den Anführer der Jäger zu sich und fragte:

„Sehr Ihr, daß der Kampf zum Stillstand kommt?"

„Leider", antwortete der Westmann.

„Glaubt Ihr, daß die Apatschen siegen werden?"

„Ganz gewiß. Aber sie werden nicht imstande sein, einen Durchbruch des Feindes zu verhüten. Die Absicht der Franzosen auf das Fort ist vereitelt worden, doch wird es vielen von ihnen gelingen, zu entkommen."

Juarez nickte finster. Seine Lippen preßten sich zusammen. „Das darf nicht geschehen. Welchen Rat gebt Ihr mir?"

„Laßt mich mit den Meinigen vorgehen! Unsere Kugeln werden diese gefährlichen Vierecke bald auseinanderreißen."

„Gut, greift an!"

Der Jäger kehrte zu seinen Leuten zurück. Um dem Feind kein Ziel zu bieten, zerstreuten sie sich und schritten in dieser Kampfesweise vor, nach Art der Westmänner jede Deckung sorgfältig benutzend.

Bärenauge hatte sich im Mittelpunkt des Halbkreises befunden, den die Apatschen bildeten. Er war siegreich durch die Reihen der Franzosen gedrungen und hatte sich dann wieder umgedreht, mit dem Tomahawk einen nach dem anderen vor sich niederschlagend. Hoch auf seinem Roß saß er, einem Kriegsgott ähnlich, gegen den es keinen Widerstand gab. Er verfolgte die fliehenden

Feinde und entfernte sich dabei, vom Eifer des Kampfes getrieben, von dessen eigentlichem Herd. Er nahm sich nicht die Zeit, sich nach dem Gefecht umzusehen. Daher kam es, daß er den Vorteil des Feindes an gewissen Stellen nicht bemerkte.

Eben schlug er einen der vor ihm Fliehenden nieder, da hörte er vor sich den lauten Tritt eines herbeigaloppierenden Pferdes. Er blickte auf und sah einen ihm unbekannten Apatschen, der, mit dem Abzeichen eines hohen Häuptlings versehen, vom Fort her angesprengt kam. Er zügelte erstaunt sein Pferd, und im nächsten Augenblick hielt der andere vor ihm. Sie konnten die gegenseitigen Gesichtszüge nicht erkennen, da sie mit den Farben des Krieges bemalt waren. Der fremde Apatsche fragte:

„Du bist der Häuptling Bärenauge?"

„Ja", nickte der Gefragte.

„Du bist tapfer. Aber siehst du nicht, daß deine Krieger sich vergebens mühen?"

Der Sprecher deutete mit diesen Worten auf die Vierecke. Der Blick Bärenauges folgte diesem Wink.

„Uff!" rief er. „Die Hunde von Franzosen müssen dennoch sterben. Aber wer bist du?"

„Ich bin Bärenherz, den du seit Jahren suchst! Vorwärts!"

Dabei warf er sein Pferd herum und ritt weiter. Er handelte als Indianer. Der Kampf ging vor. Er verzichtete auf jede Wiedererkennungsszene, um seine Pflicht als Häuptling zu erfüllen.

Bärenauge war, trotz der Selbstbeherrschung, die den Indianern eigen ist, einen Augenblick sprachlos vor Erstaunen. Dann aber faßte er sich und sprengte seinem Bruder nach.

„Arku Schosch-in-liett! Gutesnonselkhi Franza!" rief er mit Donnerstimme über den Kampfplatz hin, so daß Freund und Feind es hören konnten. Dieser Ruf in

der Sprache der Apatschen heißt zu deutsch: „Hier ist Bärenherz! Hundertfacher Tod den Franzosen!"

Alle Roten wandten nun ihre Blicke der Gegend zu, in der dieser Ruf erschollen war. Sie sahen Bärenauge hart hinter seinem Bruder. Beide flogen in rasendem Lauf auf das eine Viereck zu.

„*Arku Schosch-in-liett! Tastsa Franza* — hier ist Bärenherz! Tod den Franzosen!" erscholl es aus aller Munde.

Sie griffen von neuem an, und zwar in dem Augenblick, wo die Franzosen ein Reihenfeuer abgegeben hatten und im Begriff standen, wieder zu laden. Aus diesem Grund waren nur einige Gewehre mit Kugeln versehen. Angst sprang ihnen ins Genick.

„*Prenez les crosses* — nehmt die Kolben!" gebot der Anführer.

Die Soldaten drehten die Gewehre um. In diesem Augenblick aber waren die Häuptlinge nahe gekommen. Bärenherz spornte sein Pferd und riß es empor. Es flog in einem weiten Bogen mitten in das Viereck, und Bärenauge folgte mit einem ebenso kühnen Satz. Zu gleicher Zeit die Tomahawks gebrauchend und ihre Pferde zum Stampfen zwingend, schlugen und traten sie alles nieder, was in ihre Nähe kam. Dadurch entstanden Lücken, durch die die Apatschen in das Viereck eindrangen.

Bärenherz hatte den Seinigen Bahn gebrochen. Er durchbrach, von seinem Bruder gefolgt, die entmutigten Feinde, um in ein anderes Viereck einzudringen. Da sah er die Pferde der Franzosen, die von einigen Chasseurs bewacht, nicht weit vom Kampfplatz hielten. Er deutete auf die große Gruppe der Tiere.

„*Inese Franza, schli, sestseh nagoya* — die Pferde der Franzosen wegnehmen und die Wachen niederschlagen!" rief er seinem Bruder zu.

Dieser gehorchte dem Gebot sofort. Er rief eine Schar

der Apatschen zu sich und eilte mit diesen zu den Pferden. Die Chasseurs wurden nach kurzer Zeit geschlagen.

Unterdessen hatten die weißen Jäger die Reihen der Franzosen mit ihren Büchsen gelichtet. Als Bärenherz das zweite Viereck erreichte, war es schon so aufgerieben, daß er sein Pferd nicht zum Sprung ausholen ließ, sondern in den Feind hineinstürmte, so daß die erschrokkenen Franzosen auseinanderstoben. Die Apatschen waren durch das Erscheinen ihres vor so langen Jahren verschwundenen Häuptlings begeistert und angespornt worden. Sie sahen nicht die Waffen der Feinde, sie achteten nicht auf den Widerstand, der ihnen entgegengesetzt wurde. Sie mußten das Wiedererscheinen des berühmten Häuptlings durch einen großen Sieg und durch die Eroberung vieler Skalpe feiern.

Als die Franzosen beim Beginn des Kampfes im Halbkreis heranrückten, hatten ihre Flügelpunkte, sowohl oberhalb, als auch unterhalb der Feste, das Ufer des Flusses berührt. Oberhalb gab es eine Strömung, und da hier der unterwaschene Felsen steil emporstieg, so war es schwer, wenn nicht unmöglich, von hier aus das Fort zu überrumpeln. Unterhalb jedoch gab es ruhiges Wasser, und große Fels- und Steinbrocken lagen darin. Schwamm oder watete man vom einen zum anderen, so fand man genug Deckung, um nicht sofort bemerkt zu werden. Überdies war die Böschung des Felsens, auf dem das Fort stand, nicht so steil wie auf der anderen Seite. Sie konnte ohne große Anstrengung erstiegen werden.

Am Ende des rechten Flügels, der hier das Wasser erreichte, stand ein Sergeant, der gern ein wenig den Offizier gespielt hätte. Er befand sich später an der Stelle, die Gerard so wacker verteidigte, und als die Apatschen ihren Angriff machten, ahnte ihm, was da kommen könne.

„Folgt mir!“ gebot er seinen Leuten. „Wir werden umzingelt, aber ich weiß ein Mittel dagegen.“

„Welches?“ fragte einer, indem er sich den Schweiß von der Stirn wischte.

„Jetzt kommt dem Feind Hilfe, er wird also einen Ausfall machen. Unterdessen dringen wir von der Wasserseite an den Zaun und öffnen das Tor.“

„Bei Gott, das ist wahr! Wir folgen dir.“

Es waren zehn Mann, die mit dem Sergeanten sich rechts zum Fluß zogen, ohne von jemand bemerkt zu werden. Sie stiegen in das Wasser und gelangten von Stein zu Stein an die Böschung der Wasserseite der Feste. Diese war von Bäumen und Sträuchern besetzt. Droben stand der Mann, den Sternau als Wache herbefohlen hatte. Er war mit keinem großen Scharfsinn begabt. Anstatt sich hinunter ans Ufer zu stellen, wo er alles hätte wahrnehmen müssen, war er oben geblieben, wo ihm die Bäume die Aussicht behinderten. Deshalb hatte er den Sergeanten nicht bemerkt. Dieser kroch mit seinen Leuten an der Böschung empor. Fast bei den obersten Bäumen angelangt, blieb einer seiner Leute stehen, zeigte vorwärts und flüsterte:

„Halt! Seht! Ein Mann. Dort hinter der Glanzeiche.“

Das Auge des Sergeanten folgte der angedeuteten Richtung.

„Wahrhaftig!“ sagte er. „Er hat ein Gewehr, er ist jedenfalls ein Wachtposten.“

„Soll ich ihn niederschießen?“ fragte einer.

„Nein. Wir müssen alles Geräusch vermeiden. Der Schuß würde andere aufmerksam machen. Ich werde ihn mit dem Kolben niederschlagen.“

Damit pirschte er sich leise und vorsichtig von Baum zu Baum, bis er nur noch wenige Schritte vor dem Mann stand und holte aus. Ein Sprung, ein Hieb — und der Posten war erledigt.

„Jetzt vorwärts!“ gebot der Sergeant seinen Leuten.

Sie kamen herbei und erreichten bald die Umzäunung. Der Sergeant maß ihre Höhe mit seinem Blick.

„Hier können wir nicht hinüber", sagte er. „Es ist unmöglich. Gehen wir weiter!"

Sie huschten nun längs des Pfahlwerks hin und gelangten fast an die Ostseite des Forts, ehe sie eine Lücke fanden, die zum Durchgang für die Verteidiger offen gelassen worden war. Als sie durch diese Lücke geschlüpft waren, befanden sie sich im Inneren des Forts und wunderten sich nicht wenig, keinen einzigen Menschen zu sehen. Die bewaffneten Bewohner standen auf der anderen Seite, und die Frauen und Kinder hatten sich nicht getraut, ihre Wohnungen zu verlassen.

„Das Fort ist unser!" frohlockte der Sergeant. „Hört ihr es unten brüllen? Der Ausfall hat stattgefunden, ganz wie ich es gesagt habe. Wir öffnen den Unsrigen jetzt das Tor!"

„Denkst du wirklich, daß sie nötig haben werden, sich zurückzuziehen?"

„Hm, wer kann das wissen. Es waren der Indianer zu viele."

„Indianer? Pah? Ein Franzose flieht vor keiner Rothaut!"

„Und", meinte ein anderer, „was haben wir davon, wenn wir sofort öffnen? Dann kommen alle und teilen die Beute!"

„Recht hast du!" meinte der Sergeant. „Wir könnten uns einiges vorher wegnehmen. Aber verraten dürfte unser Streich nicht werden."

„Wer soll ihn verraten?"

„Nun irgendeiner von euch vielleicht. Es ist nicht jedermanns Sache, reinen Mund zu halten."

„Oh, es wird sich doch nicht jemand selbst verraten. Ich wenigstens nicht."

„Ich auch nicht — ich auch nicht", stimmten die übrigen bei.

„Nun, so will ich es wagen", meinte der Sergeant. „Aber zerstreuen dürfen wir uns nicht, da wir nicht zahlreich sind und doch nicht wissen können, wie viele Feinde sich noch im Fort befinden."

„So gehen wir von Haus zu Haus."

„Das nimmt zuviel Zeit in Anspruch. Am besten ist's, das reichste Haus aufzusuchen."

„Aber wie wollen wir das erfahren?"

„Hm! In den Kneipen und Läden gibt es immer das meiste Bargeld."

„Das ist wahr. Wir müßten also ein solches Haus suchen, wenn es eins hier gibt."

„Es gibt in jedem Fort ein Kaufhaus, also jedenfalls auch hier."

„Venta glaube ich, nennen die Spanier ein Haus, wo gezecht und verkauft wird."

„Venta? Vielleicht steht dieses Wort über der Tür. Laßt uns suchen!"

Der Mann hatte richtig geraten. Das Wort Venta stand über der Tür des braven Pirnero, der Geierschnabel, seinen Stellvertreter, für sich kämpfen ließ. Da dieses Haus ein Stockwerk besaß und hoch gebaut war, so konnte man von seinem Bodenraum aus, über die Schanzen hinweg, den Kampfplatz beobachten. Aus diesem Grunde hatte sich Graf Fernando dort hinaufbegeben. Emma, Karja und Resedilla waren bei ihm.

Pirnero saß unten an seinem gewohnten Fenster und blickte hinaus, hielt sich aber mit beiden Händen die Ohren zu. Jeder Schuß drang ihm in die Seele. Er forderte es von jedem anderen, tapfer zu sein. Sich selbst hielt er für den Tapfersten, doch hütete er sich sehr, diesen großen Vorzug in Anwendung zu bringen. So allein im Zimmer zu sitzen, das wurde ihm denn doch zu unheimlich. Er faßte den Entschluß, Resedilla zu rufen, doch erwies sich dies nicht als notwendig, denn soeben trat der alte Vaquero Anselmo ein, der sich wacker am ersten Akt des Kampfes beteiligt hatte. Er machte Miene, sich in die Küche zu begeben, aber Pirnero hielt ihn zurück.

„Halt! Dableiben!“ sagte er. „Ihr kommt von der Schlacht?“

„Von der Schlacht?“ fragte der Rinderhirt. „Es ist ja nur ein Gefecht, jedoch das Vorspiel zu größeren Kämpfen.“

„Möchte es doch Juarez gelingen, die Franzmänner samt ihren Schützlingen aus dem Land zu jagen und den armen Mexikanern den ersehnten Frieden zu bringen!“

„Leider wird es auch nach Vertreibung der Gegner so bald nicht zur Ruhe kommen, lieber Pirnero. Denkt an vergangene Zeiten. Als nach dem Sturz Commonforts vor acht Jahren Juarez Präsident wurde, hofften wir alle auf friedliche Tage. Aber was gab es? Die Neider Juarez' stellten den Gegenpräsidenten Zuloaga auf, der wiederum vom Verräter Miramon gestürzt wurde. Und erst 1861 gelang es Juarez, in die Hauptstadt einzuziehen.“

Pirnero hatte den Worten des Vaqueros mit offenem Mund zugehört und wunderte sich: „Ihr kennt Euch aber genau in der Politik aus!“

Anselmo lachte selbstzufrieden. „Don Pedro Arbellez hat uns oft von diesen Ereignissen erzählt, da er sich zu den Freunden Juarez' rechnen darf.“

„Dann werdet Ihr aber auch wissen, daß der Präsident keine Schuld an diesem unglückseligen Krieg hat!“

„Freilich weiß ich das. Die Tatsache, daß Juarez die Tilgung der Auslandsschulden Mexikos zwei Jahre lang aussetzte, diente Napoleon dem Dritten ja nur als Vorwand, um seine ehrgeizigen Pläne und seine Ländergier zu befriedigen. Der verblendete Kaiser Maximilian aber ist nur die Puppe der Franzosen.“

„O Jammer“, seufzte Pirnero. „Wenn ich an das

Elend der letzten Jahre denke: die Generale des Juarez geschlagen, er selbst bis zum äußersten Norden des Landes vertrieben, der Einzug des armen Max, der nun schon zwei Jahre die unselige Krone von Napoleons Gnaden trägt. Manchmal wage ich kaum zu hoffen, daß die gerechte Sache siegt."

„Zuletzt siegt die gerechte Sache immer! Kopf hoch, alter Pirnero!"

„Aber lange muß man warten", brummte der Wirt ungehalten.

„Ihr müßt bedenken, daß sich in letzter Zeit doch manches zum Besseren gewendet hat. Die Vereinigten Staaten sind mit ihrem großen Bürgerkrieg fertig geworden und halten als Republik zu Juarez. Ihr hättet sehen sollen, wie diese amerikanischen Jäger draußen geholfen haben!"

„Ja, wie steht's denn überhaupt draußen?"

„Gut, sehr gut."

„Ihr hattet Eure Büchse mit, da habt Ihr wohl auch mit geschossen? Wie viele habt Ihr ausgeblasen?"

„Sechs oder sieben."

„Das ist nicht übermäßig viel", meinte Pirnero sehr tapfer. „Wehren sich die Franzosen noch?"

„Ja. Aber die Apatschen sind gekommen."

„*Demonio!* Da ist es mit den Franzosen aus!"

„Auch nordamerikanische Jäger waren bei ihnen. Juarez führte das Heer persönlich an."

„Der Präsident? Ah ja, Gerard sagte ja gleich, daß Juarez mitkommen werde. Habt Ihr ihn schon gesehen?"

„Ja. Auf unserer Hacienda vor vielen Jahren. Er kam und übergab dem Herrn auch die nebenan liegende Hacienda Vandaqua."

„Ich habe ihn noch nicht gesehen, aber hoffentlich kommt er nach vollendetem Sieg, um bei mir ein Glas Pulque oder Julep zu trinken. Ich bin nämlich — ah, ah!"

Pirnero hielt erschrocken inne, denn soeben öffnete sich die Tür, und der Sergeant trat ein, gefolgt von seinen zehn Leuten, stieß den Kolben auf die Erde und fragte in gebrochenem Spanisch:

„Hier ist eine Venta?"

„Ja", erwiderte der erbleichende Wirt, an allen Gliedern zitternd.

„Wie heißt Ihr?"

„Pirnero. Aber Señor, ist denn der Feind bereits im Fort?"

„Ihr seht es ja."

„Aber, ich denke, wir siegen?"

Der Franzose lachte höhnisch. „Der Teufel wird euch den Sieg geben. Welche Leute sind in diesem Haus?"

„Ich!"

„Weiter!"

„Dieser Señor."

„Was ist er?"

„Er ist ein Vaquero."

„Ah, so mag er uns seine Flinte abgeben!"

Anselmo umfaßte seine Büchse fester und machte ein finsteres Gesicht. Er konnte nicht begreifen, wie es den schon halb besiegten Franzosen möglich gewesen war, ins Fort zu gelangen. Er hätte sich am liebsten verteidigt. Da trat Pirnero zu ihm und flüsterte ihm zu:

„Um Gottes willen, macht keine Dummheiten! Ihr bringt uns ins Verderben!"

Bei diesen Worten entriß er ihm die Büchse und gab sie dem Sergeanten.

„Hier, Señor, habt Ihr das Gewehr", sagte er. „Ihr mögt es als ein Zeichen nehmen, daß Euch Fort Guadalupe mit Freuden empfangen hat."

„Mit Freuden?" fragte der Sergeant. „Mit Kugeln sind wir empfangen worden! Wer befindet sich noch in diesem Haus?"

„Zunächst drei Señoritas —"

„Ah! Wo?"

„Eine Treppe hoch. Sie werden sich eingeschlossen haben."

„Sie werden uns öffnen müssen! Wer noch?"

„Graf Rodriganda."

„Ein Graf? *Olala!* Ist er reich?"

„Sehr."

„Gut, wir werden sehen, was er besitzt. Bindet den Vaquero dort!"

Die Chasseurs näherten sich dem Vaquero. Dieser erhob sich von seinem Stuhl und zog sein Messer.

„Ich lasse mich nicht fesseln!" erklärte er.

„Heilige Madonna! Was fällt Euch ein!" rief Pirnero. „Einer gegen zehn!"

Anselmo erkannte die Unmöglichkeit, mit heiler Haut davonzukommen. Er gab also seine Hände hin und wurde gebunden.

„Nun auch den Wirt!" gebot der Sergeant.

„Auch mich?" fragte Pirnero erschrocken. „Ihr irrt, Señor! Ich bin ja der treueste Untertan seiner Majestät des Kaisers!"

„Wenn Ihr das wirklich seid, so werdet Ihr Euch nicht weigern, uns Gehorsam zu leisten", lachte der Soldat. „Her also mit den Händen!"

„Hier sind sie", sagte der Wirt kleinlaut. „Aber ich bitte zu bemerken, daß ich kein Feind der Franzosen bin. Ich bin kein Mexikaner. Ich stamme aus Pirna."

„Was ist das? Wo liegt das?"

„In Sachsen."

„In Sachsen, also in Deutschland? So soll Euch der Teufel erst recht holen! Rasch also! Gebt die Hände her!"

So wurde auch der Wirt gefesselt. Er gab sich ohne Widerrede darein.

„Jetzt werdet Ihr uns zu den anderen führen!" gebot der Sergeant.

Er ließ zwei Mann Wache bei dem Vaquero zurück. Die Eingangstür zum Haus wurde von innen verschlossen, und dann stiegen sie die Treppe empor. —

Der Schwarze Gerard lag an dem Baum, bei dem er gekämpft hatte. Ein schwerer Bajonettstich, der zu den vorherigen Verwundungen kam, hatte ihn niedergestreckt. Er dachte, sterben zu müssen. Aber er wollte sein Leben nicht hier aushauchen, sondern droben am Tor, das er so kühn und nachdrücklich verteidigt hatte. Dort hinauf schleppte er sich und legte sich nieder, während unten der Kampf noch hin und her wogte. Wie gern wäre er noch zur Venta gekrochen, um unter den Augen der Geliebten zu sterben! Aber nein, Gerard wollte ihr den häßlichen Anblick des Todes ersparen. Darum blieb er liegen. Er sah sein Blut fließen, ohne dem Einhalt zu tun. Er fühlte mit dem roten Wallen des Lebens seine Kräfte schwinden; er schloß die Augen; er glaubte, der Tod sei nahe, um ihn von allen Zweifeln und Selbstvorwürfen zu erlösen. Da tönte vom Kampfplatz ein wildes Triumphgeheul herüber. Er öffnete die Augen.

Juarez hielt drüben mit seinem Stab. Rechts hielten einige Indianer bei den eroberten Pferden der Franzosen, und im Vordergrund schwärmten die Apatschen noch hin und her, um die Feinde zu verfolgen. Wieder dachte Gerard an Resedilla. Er wollte sie doch noch einmal sehen. Er stemmte beide Arme auf die Erde und richtete sich auf. Der Schwerverwundete taumelte, aber er brachte es doch fertig, sich an das Schanzwerk zu lehnen. Allmählich konnte er stehen, ohne zu lehnen. Er versuchte zu gehen. Es gelang. Erst langsam und wankend, dann immer schneller und sicherer. Gerard Mason kam an die Lücke und kroch hindurch. Er achtete nicht darauf, daß seine Wunden bluteten.

„Resedilla, o Resedilla!“

Diese Worte wirkten wie ein Wunder. Gerard nahm

die schwere Büchse fester in seine Hand und schleppte sich weiter der Venta zu. Er wußte nicht, daß die vordere Tür verschlossen war. Er fand sie zu. Da sah er durchs Fenster in die Stube und erblickte die französischen Soldaten, die der Sergeant als Wache beim Vaquero zurückgelassen hatte. Blitzschnell durchzuckte den Jäger der Gedanke, daß die Geliebte in Gefahr schwebe und er lud sein Gewehr und die Revolver. Ohne sich zu besinnen, schlug er das Fenster ein. Im nächsten Augenblick stand Mason auch in der Schankstube, vor ihm die beiden Soldaten, die der Sergeant als Wache aufgestellt hatte.

„Halt!" rief einer von ihnen und fällte das Gewehr.

„Bube!"

Nur dieses Wort rief Gerard und schlug den Mann mit dem Kolben nieder. Ehe der andere es sich versah, war auch er niedergestreckt.

„Macht mich los, Señor!" bat der gefesselte Anselmo.

„Später!"

Gerard hatte keine Zeit, sich damit abzugeben. Er mußte, solange seine Kräfte noch vorhielten, der Geliebten Hilfe bringen. Er trat hinaus in den Flur und schleppte sich die Treppe empor. —

Als der Sergeant, von Pirnero geführt, mit seinen acht Mann den Bodenraum erreicht hatte, sah er den alten Grafen mit den drei Damen am Giebelfenster stehen, wo sie den Verlauf des Gefechtes beobachteten, und hörte ihn sagen:

„Die Franzosen werden geschlagen bis auf den letzten Mann!"

„Oho! Soweit ist es jetzt noch nicht!" zischte er.

Die vier blickten sich um und erschraken, als sie die Soldaten sahen, die den gefesselten Wirt mit sich zerrten.

„Vater, mein Vater!" rief Resedilla, auf Pirnero zueilend und ihn umschlingend.

„Halt! Zurück!" gebot der Sergeant. „Hier gibt es keine Szene."

Da trat der Graf auf ihn zu.

„Sergeant, was wollt Ihr!"

„Das habt Ihr mich nicht zu fragen!" lachte dieser. „Wer seid Ihr?"

„Ich bin Graf Fernando de Rodriganda."

„Den suchen wir! Ihr seid mein Gefangener!"

„Ihr irrt. Ich bin kein Feind der Franzosen."

„Das wird sich finden. Bindet ihn!"

„Mich binden?" fragte Don Fernando entrüstet. „Wer hat Euch den Befehl dazu gegeben?"

„Das geht Euch nichts an!"

Der Graf wurde trotz seines Widerstandes gefesselt.

„Nun auch diese Frauen!" gebot der Sergeant.

„Was fällt Euch ein!" rief Resedilla. „Wir haben ja nichts getan!"

„Ergib dich drein!" warnte ihr Vater bedachtsam. „Gegenwehr hilft nichts."

Sie ließ sich binden. Emma desgleichen. Ein Soldat trat auch zu Karja, die Schnur in der Hand. Die Augen der Indianerin funkelten. Sie war die echte Schwester Büffelstirns. Mit einem raschen Griff hatte sie das Seitengewehr des Soldaten erfaßt und aus der Scheide gerissen.

„Wagt es!" rief sie, die Klinge zückend.

„*Parbleu*, sind hier die Weiber giftig!" rief der Sergeant. „Schlagt sie nieder!"

Der Soldat wollte Karja fassen. Sie aber rannte ihm die Klinge in den Leib. Gleich darauf erhielt sie von einem anderen einen Kolbenschlag auf den Kopf, daß sie zusammenbrach.

„Widerstand gegen die Sieger!" schrie der Sergeant. „Das sollt ihr entgelten!" Und zum Grafen gewandt, fuhr er fort: „Ich höre, Ihr seid reich, Graf? Ich bin bereit, Euch gegen ein Lösegeld freizugeben."

„Wieviel verlangt Ihr?"

„Wieviel habt Ihr bei Euch?"

„Ihr habt meine Frage gehört, Sergeant. Antwortet!"

„Oho! Das klingt ja ganz, als ob Ihr es wäret, der hier zu befehlen hätte. Wo habt Ihr Eure Besitzung?"

„In der Stadt Mexico."

„Aber Reisegeld habt Ihr doch mit?"

„Es wird zureichen, mich loszukaufen, wenn ein Sohn der Grande Nation den Räuber spielen will."

„Zügelt Eure Zunge! Es ist Krieg, und wir sind die Meister. Wenn Ihr meint, daß Eure Barschaft zureicht, so müßt Ihr eine bedeutende Summe besitzen, und ich wäre ein Tor, eine bestimmte Zahl anzugeben. Wo ist Euer Geld?"

Mit diesen Worten trat der Sergeant drohend auf den Grafen zu. Fernando schwieg.

„Nun, so werde ich Euch zwingen, mir Antwort zu geben. Legt ihn nieder und zählt ihm so viel auf, bis er redet!"

Der Greis wurde von den Soldaten gepackt. Einer von ihnen meinte:

„Sergeant, ich habe einen hübschen Gedanken. Wie wäre es, wenn wir die Weiber prügelten? Der Alte wird dann aus Zartgefühl eher gezwungen sein, Antwort zu geben."

„Du bist unbezahlbar! Du hast recht! Haut sie! Eine nach der anderen. Zuerst diese da!"

Er deutete auf Resedilla.

„Mein Gott, es ist unmöglich!" rief Resedilla, im höchsten Grad erschrocken.

„Señor, seid doch vernünftig, seid menschlich", bat Pirnero.

„Faßt sie!" gebot der Sergeant als Antwort.

Vier seiner Leute griffen zu. Resedillas Hände waren gebunden, aber sie wehrte sich dennoch mit allen Kräften gegen die rohe Gewalt.

„Halt!“ rief da der Graf, „ich werde sagen, wo sich das Geld befindet!“

Da nickte ihm der Sergeant grinsend zu. „Seht Ihr, wie gefügig Ihr werdet! Aber um Euer Geld ist mir nun nicht mehr bang. Ich habe meinen Leuten eine kleine niedliche Unterhaltung gewährt, und so sollen sie diese auch haben. Gebt der Mademoiselle zehn Hiebe und der anderen ebenso viele!“

Ein lautes Gelächter erscholl von den Lippen der Franzosen. Sie packten Resedilla, die sie bei den Worten des Grafen losgelassen hatten, von neuem und bemühten sich, sie zu Boden zu zerren. Resedilla wehrte sich verzweifelt, aber ohne Erfolg.

„Teuflische Buben!“ rief Don Fernando und warf sich trotz seines Alters und seiner gebundenen Hände auf die vier Soldaten, erhielt aber vom Sergeanten einen Kolbenschlag, der ihn besinnungslos zu Boden streckte.

„Vorwärts! Macht ein Ende!“ befahl der Sergeant.

Diese Menschen waren so sehr auf die Ausführung ihres niederträchtigen Vorhabens bedacht, daß sie gar nicht an ihre Lage dachten. Ein Blick durchs Fenster hätte sie belehren müssen, daß sie unrettbar verloren seien, wenn sie nicht sofort den einzigen Weg benutzten, schwimmend über das Wasser hinüber die Flucht zu ergreifen. Auf den letzten Zuruf des Sergeanten wurde Resedilla von den Soldaten zu Boden gerissen. Sie stieß vor Angst einen lauten Schrei um Hilfe aus, mit dem sich ein Wehruf ihres Vaters vereinigte.

„Endlich haben wir sie so weit!“ rief einer der Soldaten.

„Ja, endlich!“ ertönte eine tiefe Stimme von der Tür her.

Zu gleicher Zeit krachte ein Schuß, und der Soldat, der soeben noch frohlockt hatte, stürzte.

„Halt, was ist das?“ rief der Sergeant.

„Der Schwarze Gerard ist's!"

Mit diesen Worten schoß der Jäger, der selbst halb tot war und kaum stehen konnte, den nächsten der drei Soldaten nieder, die Resedilla noch hielten. Dann ließ er das schwere Gewehr krachend zu Boden fallen und ergriff den Revolver. Zwei Schüsse, rasch hintereinander abgefeuert, streckten auch noch die beiden übrigen nieder, so daß Resedilla sich frei fühlte und wieder aufspringen konnte. Der Sergeant war mit seinen drei noch übrigen Leuten im ersten Augenblick erschrocken dagestanden. Jetzt faßte er sich und brüllte:

„Der Schwarze Gerard! Drauf!"

Er schwang seine Büchse, um den Feind niederzuschlagen. Aber das Dach war zu niedrig, der Kolben blieb hängen. Dadurch irregemacht, blickte der Sergeant, der sich mitten im Sprung befand, in die Höhe. Er stolperte dabei über einen der gefällten Franzosen und stürzte. Das gab Gerard noch einmal Raum. Er schoß noch einen der drei, die ihn packten, nieder. Dann wurde er umgerissen. Er versuchte sich loszumachen, um zu schießen. Zwei Kugeln gingen fehl, und dann wurden ihm die Revolver entrissen.

Es gelang ihm zwar noch, mit der letzten, verschwindenden Kraft, das Messer aus dem Gürtel zu ziehen und damit um sich zu stechen, aber in der nächsten Sekunde mußte er verloren sein, denn der Sergeant hatte sich erhoben und sein Gewehr wieder aufgerafft. Er wollte nicht mehr zuschlagen, ein Schuß war sicherer. Deshalb legte er die Büchse an und gebot seinen Leuten, die von Gerards Messer mehrfach verwundet waren:

„Zur Seite mit euch, daß ich nicht euch treffe!"

Sie gehorchten, und schon legte er den Finger an den Drücker, da schrie Resedilla laut auf und faßte mit ihren gefesselten Händen den Lauf seines Gewehres. Der Schuß krachte, ging aber fehl.

„Zum Teufel! Schafft mir das Frauenzimmer vom Leib!“

Bei diesen Worten ergriff der Sergeant das Gewehr eines seiner Untergebenen, das noch geladen war. Einer warf sich auf Resedilla, um sie zurückzuziehen, und der andere kniete auf Gerard, der sich noch immer emporzurichten versuchte, aber kraftlos niedersank.

„Gerard, mein guter Gerard!“ rief Resedilla, unter vergeblicher Anstrengung, sich loszureißen.

„Leb wohl, Resedilla!“ hauchte er kaum hörbar.

Die Mündung des Gewehrs gähnte gerade vor seiner Stirn. Er schloß die Augen. —

Als Büffelstirn, der Häuptling der Mixtekas, sah, daß er auf dem Kampfplatz nicht mehr nötig war, warf er seine Büchse über die Schulter und klomm die Felsen empor, um sich zu Karja, seiner Schwester, zu begeben. Durch die Lücke im Zaun kam er in das Innere des Forts und zur Venta. Da die Haustür verschlossen war, schwang er sich durch das zertrümmerte Fenster. Er erblickte die Franzosen, die Gerard mit seinem schweren Goldkolben niedergeschmettert hatte und den gefesselten Anselmo, der ihn bat, ihn zu befreien. Eben durchschnitt er dessen Fesseln, da ertönte oben ein Schuß. Es war der, dessen Kugel Resedilla so glücklich von Gerard abgeleitet hatte.

Sofort sprang Büffelstirn die Treppe empor. Er kam gerade in dem Augenblick an, als der Sergeant dem Schwarzen Gerard die Mündung des Gewehrs an die Stirn setzte.

„Hund!“

Mit diesem Wort rannte ihm der Häuptling den Kolben so in die Seite, daß der Franzose mehrere Schritte weit fortgeschleudert wurde. Ein zweiter Kolbenstoß erledigte den auf Gerard knienden Soldaten. Im Nu hatte sich der Häuptling umgedreht. Er sah den letzten, der Resedilla hielt. Seine Büchse fuhr empor, der Schuß krachte, und der vor Entsetzen zurückprallende Franzose stürzte. Der nächste Schritt des Mixtekas war zu Karja. Sie lag noch von dem Schlag, der sie getroffen hatte, besinnungslos am Boden. Ihre Stirn war blutig unterlaufen.

„Das haben die Franzosen getan?“ fragte der Häuptling grimmig.

„Ja“, hauchte Resedilla. „Sie hat sich verteidigt, sie hat den Soldaten da mit dem Seitengewehr erstochen.“

„Ah, sie ist eine Mixteka!“ sagte er stolz. „Büffelstirn wird sie rächen. Wer ist der Anführer dieser Hunde?“

„Jener Sergeant.“ Resedilla zeigte auf den Genannten, der sich vor Schmerzen krümmte.

„Was wollte er von euch?“

„Er wollte das Geld des Grafen, und uns drei wollte er prügeln lassen. Señorita Emma fiel in Ohnmacht, und ich wurde zu Boden geworfen, um Schläge zu empfangen.“

Büffelstirn knirschte mit den Zähnen. „Der Tod wäre zu wenig; der Hund soll es büßen!“

Er schritt auf den Sergeanten zu, der sich halb wieder erhoben hatte, stieß ihn mit einem kräftigen Tritt zu Boden, kniete auf ihn nieder und zog das Messer.

„Himmel, was wollt Ihr machen?“ zeterte der Sergeant.

„Du bist kein Mensch, sondern ein Tier“, entgegnete der Häuptling. „Du hast die Tochter der Mixtekas geschlagen, ich werde dich lebendig skalpieren.“

„Gott, o Gott, nur das nicht!“ brüllte der Franzose verzweifelt.

„Rufe deinen Gott nicht an, denn du bist ein Teufel!“

„Tötet mich lieber!“

„Ich werde dir zeigen, wie man skalpiert.“

„Oh, tut es nicht, Señor!“ bat Resedilla schaudernd.

„Er hat noch mehr verdient“, grollte der Indianer

kalt. „Büffelstirn ist kein Henker, aber die Tochter der Mixtekas muß gerächt werden!“

Mit gellenden Schreien flehte der zu dieser fürchterlichen Strafe Verurteilte um Gnade. Resedilla und ihr Vater baten auch, und so gab der erzürnte Häuptling nach.

„Feig bist du und wehleidig wie eine alte Squaw. So ein Skalp taugt nichts“, murrte Büffelstirn und stieß ihm das Messer ins Herz.

Pirnero lehnte mit geschlossenen Augen an der Wand. Der Mixteka trat zu ihm, schüttelte ihn und sagte: „Mein weißer Bruder kann die Augen öffnen, denn es ist vorbei. Ich werde dir die Fesseln lösen und den anderen auch.“

Er zerschnitt die Schnüre, mit denen die Franzosen ihre Opfer gebunden hatten. Da hörte man eilige Schritte, die zur Treppe heraufkamen. Sternau trat ein mit Donnerpfeil und Mariano, alle drei die Waffen in den Händen.

„Ah, Büffelstirn hat aufgeräumt!“ sagte Sternau erleichtert.

„Der Schwarze Gerard vorher“, wehrte der Rote bescheiden ab.

Donnerpfeil sah Emma am Boden liegen und eilte auf sie zu. „Herrgott, ist sie tot?“ fragte er.

Sternau kniete neben ihr nieder und untersuchte sie. „Nur eine Ohnmacht“, beruhigte er.

„Und die Tochter der Mixtekas?“ forschte Büffelstirn.

Sternau untersuchte auch diese. „Eine starke Quetschung, weiter nichts“, erklärte der Arzt.

Dann trat er zu dem Grafen, der sich langsam von dem Kolbenschlag zu erholen begann. Als der Arzt seinen Blick auf Gerard richtete, verdüsterte sich seine Stirn.

„Gott, so zerschossen und zerstochen sah ich kaum

einen Menschen! Er muß zunächst verbunden werden, um fernere Blutungen zu vermeiden."

„So ist er nicht tot?" fragte Mariano.

„Jetzt noch nicht. Ich kann erst später sehen, ob seine Wunden tödlich sind oder nicht. Faßt an, Freunde! Wir wollen ihn vorsichtig in ein Bett schaffen."

Da auf dem Schlachtfeld nichts mehr zu tun war, so waren bald Hände gefunden, die Ohnmächtigen in besondere Zimmer zu schaffen. Jetzt begann Sternaus Haupttätigkeit.

Die toten Franzosen wurden vom Boden herabgeschafft und in ein Massengrab gelegt, in dem auch die auf dem Kampfplatz Gefallenen bestattet wurden, nachdem ihnen alles Brauchbare abgenommen worden war.

11. Nach der Indianerschlacht

Als es keine kriegerische Pflicht mehr zu erfüllen gab, ritt Bärenauge links zum Fluß hinab, wo über einem Wipfel mehrere Bäume hervorragten. Einige Minuten später ritt auch Bärenherz, wie ohne alle Absicht, auf das gleiche Gebüsch zu. Hinter diesem weidete das Pferd Bärenauges. Er selber stand am Ufer und blickte dem Lauf des Wassers nach, als er das Geräusch des Herannahenden vernahm, der abstieg und sein Pferd freigab.

Ein Häuptling darf keinen dritten sehen lassen, welche zarten Regungen er seinen Familienangehörigen widmet. Die beiden Brüder konnten unmöglich vor den Augen anderer ihre Freude über das Wiedersehen kundgeben. Darum zog Bärenauge sich an diesen verborgenen Ort zurück, und darum folgte ihm Bärenherz mit einer Genauigkeit, als wäre diese Zusammenkunft vorher verabredet worden.

Während Bärenauge so dastand, legten sich zwei Arme um seinen Nacken, und Bärenherz sagte mit überströmender Liebe:

„*Schi tische* — mein Bruder!"

Schi nta-ye — mein Bruder!" antwortete Bärenauge, nun auch seinerseits die Arme um ihn schlingend.

Eigentlich heißen diese Worte nicht bloß „Bruder". Die Apatschen haben nämlich besondere Bezeichnungen für den älteren und jüngeren Bruder. Ebenso ist dies auch bei Schwestern und sonstigen Verwandten der Fall. *Schi tische* heißt „mein jüngerer Bruder", und *schi nta-ye* heißt „mein älterer Bruder". Brüder untereinander werden sich niemals einfach mit dem Wort „Bruder" anreden, sondern stets die Bezeichnung „älterer" oder „jüngerer" hinzufügen. Die erste Bezeichnung soll eine gewisse freiwillige Achtung ausdrücken, während in der zweiten eine aufrichtige Zärtlichkeit liegt.

Er setzte sich am Uferrand nieder, und sein Bruder tat das gleiche. Sie schlangen die Hände ineinander und blickten sich in die Augen. Da drückte Bärenherz den Bruder fest an sich und sagte:

„Du trägst die Farben des Krieges."

„Du auch", entgegnete Bärenauge, der die Absicht des älteren Bruders sogleich erriet und sich herzlich darüber freute.

„Die Farbe des Krieges verdeckt dein Angesicht", fuhr Bärenherz fort.

„Man kann es nicht sehen", stimmte Bärenauge bei.

„Hier fließt Wasser zu unseren Füßen."

„Die Farbe weicht dem Wasser."

„Willst du mir dein Angesicht zeigen?"

„Und du mir das deinige?"

Sie traten zum Wasser und entfernten das Blau, Rot und Schwarz, das ihre Gesichter entstellte. Dann blickten sie sich an. Sie sahen sich sehr ähnlich! Bärenauge war das genaue, wenn auch jüngere Ebenbild von Bärenherz.

„Dein Angesicht ist schön!" erklärte Häuptling Bärenherz seinem Bruder.

„Und das deinige das Angesicht eines großen Häuptlings."

„Ich bin nicht Häuptling, ich bin dein Bruder!"

Sie waren so glücklich, so froh, wie zwei Knaben, die noch die Stimme des Herzens sprechen lassen dürfen.

„Du warst sechzehn Winter fort", sagte Bärenauge.

„Du warst ein Kind, als ich ging."

„Und du ein großer Häuptling. Warum kehrtest du nicht zurück?"

„Ich werde es dir später erzählen. Als ich ging, lebte mein Vater noch."

„Er ist tot."

„Wie starb er?"

„Im Kampf, nachdem er elf Komantschen getötet hatte."

„So ist er in die Ewigen Jagdgründe gegangen, wo ihn die Seelen der Komantschen bedienen werden. Sie werden seine Sklaven sein. Warst du bei ihm, als seine Seele den Körper verließ?"

„Sein Haupt lag in meinem Schoß, als er verschied. Sein letztes Wort war dein Name."

Bärenherz schwieg eine Weile in feierlicher Rührung.

„Hast du ihm ein Grabmal errichtet?" fragte er dann.

„Ja. Er sitzt in seinem Grab auf seinem Schlachtroß, behängt mit allen Skalpen und Totems und trägt seine Waffen in den Händen."

„Ich werde sein Grabmal besuchen und dort zum Großen Geist beten. Als er starb, verloren die Apatschen einen guten Vater und großen Häuptling."

„Sie baten mich, sein Nachfolger zu sein."

„Du wurdest es?"

„Nicht gleich, denn du warst würdiger als ich. Unser Stamm war fünf Sommer und fünf Winter ohne richtigen Häuptling. Als du da noch nicht zurückkehrtest, konnte ich den Bitten nicht länger wiederstehen, aber ich suchte dich dennoch unablässig!"

„So hattest du noch immer Hoffnung, mich aufzufinden?"

„Ich folgte deiner Spur, bis ich sie verlor. Ich erfuhr, daß du in Guaymas zum letztenmal gesehen wurdest."

„Du hast recht gehört. Ich werde dir mehr berichten."

„Von heute an wird mein Bruder Bärenherz Häuptling der Apatschen sein!"

„Nein!"

„Du bist der Ältere!"

„Du bist so tapfer wie ich!“

„Aber nicht so weise und erfahren!“

„Das sagst nur du, mein Bruder! Ich habe jetzt noch viel zu tun. Ich muß meine Freunde begleiten und mit ihren Feinden kämpfen. Wenn ich zurückkehre, werde ich einen anderen Stamm finden, der mich bittet, sein Häuptling zu sein.“

„Mein Bruder, du bist nicht nur tapfer und weise, sondern dein Herz ist das eines guten Bruders. Dafür wird mein Leben dir gehören bis zum letzten Hauch.“

Sie umarmten sich abermals innig und aufrichtig.

Es entstand eine Pause, während der die beiden „Rothäute“ sich ihren stillen Gefühlen hingaben. Dann sagte Bärenherz:

„Als ich fortging, lebte auch meine Mutter. Sie war die beste Mutter, so weit die Jagdgründe der roten Männer reichen.“

„Du redest die Wahrheit. Ich habe viele Mütter gesehen, aber keine wie sie.“

„Auch sie ist zum Großen Geist zurückgekehrt?“

„Nein. Sie lebt noch.“

Da breitete Bärenherz in überquellender Freude die Arme gegen Westen aus und rief:

„O Mutter, Mutter! Manitou, du guter, du gnädiger Geist, ich danke dir, daß du mir die erhalten hast, die mir mein Leben gab. Als ich von ihr fortging, zählte sie fünfmal zehn Winter.“

„Sie zählt jetzt sechsmal zehn und sechs Winter“, fügte Bärenauge hinzu.

„Wie ist die Kraft ihres Körpers?“

„Ihr Körper ist stark und ihre Seele licht, aber ihre Augen sind dunkel.“

„Sie kann nicht mehr gut sehen?“

„Sie kann das Licht der Sonne nicht mehr schauen.“

„O Manitou! Sie ist blind?“ fragte Bärenherz erschrocken. „Seit welcher Zeit?“

„Seit zwei Wintern und einem Sommer."

„Wer trägt die Schuld, daß ihr das Licht genommen ist?"

„Der böse Geist hat sie angeblasen und eine Haut über das Auge gemacht."

„Was sagt der Zauberer dazu?"

„Der Medizinmann hat ihr viele Mittel gegeben. Er hat ihr süße und bittere Tränke bereitet, hat ihr Kräuter und Wurzeln aufgelegt, aber der böse Geist hat nicht weichen wollen."

„Ich weiß ein Mittel, das ihr vielleicht helfen wird. Ich habe einen weißen Freund, der ein großer Medizinmann ist."

„Ein Bleichgesicht? Der böse Geist flieht vor keinem Bleichgesicht."

„Uff! Aber dieses Bleichgesicht ist soviel wert wie vier rote Häuptlinge."

Bärenauge sah ihn staunend an. „Will mein Bruder mit mir scherzen?"

„O nein. Dieses Bleichgesicht hat schon manchem Blinden die Sonne wiedergegeben."

„Wie heißt der Mann?"

„Sternau."

„Das ist ein fremder, unbekannter Name. Der Mann wird sein wie der Halm des Grases in der Savanne: es sind ihrer Millionen."

„Kennst du den Namen Matava-se?"

„Den Herrn des Felsens? Wer sollte ihn nicht kennen! Er war einst ein großer Jäger in den Bergen und in der Savanne."

„Der Herr des Felsens wird von seinem Volk Sternau genannt. Er weilte bei mir während meines Fernseins."

„Uff! Der Herr des Felsens ist dein Freund?" forschte Bärenauge freudig erstaunt. „Wo ist er?"

„Hier! Beim Fort Guadalupe! Er hat das Fort befehligt und den Angriff der Franza abgeschlagen."

„Wann kam er ins Fort?"

„Heute beim vierten Teil der Sonne."

„Hat er viele Krieger bei sich?"

„Nein, aber die bei ihm sind, sind berühmt."

„Wie heißen sie?"

Ein leises Lächeln ging über das Gesicht Bärenherzens, als er antwortete:

„Sie heißen Schosch-in-liett —"

„Bärenherz? Du selber bist mit ihm gekommen?"

„Ja. Ich bin diese sechzehn Winter mit ihm zusammen gewesen auf einer Insel mitten im großen Wasser. Ich werde es dir noch erzählen. Ferner sind bei ihm Donnerpfeil und Büffelstirn."

„Das sind sehr berühmte Krieger."

„Auch noch andere sind bei ihm, die du sehen wirst. Er ist ein Häuptling aller Krankheiten. Er hat ein kleines Messer, mit dem er in ein blindes Auge ein Loch schneidet, damit das Licht der Sonne wieder eindringen kann."

„So werde ich den Herrn des Felsens bitten, mit zu den Apatschen zu reiten, um meiner Mutter die Sonne wiederzugeben."

„So laß uns aufbrechen und sogleich zu ihm gehen!"

„Ja, komm! Die Mutter soll sich freuen, wenn Bärenherz zurückkehrt, denn er wird ihr den Medizinmann mitbringen, der ihr Auge gesund macht!"

Das Gesicht des Indianers glänzte vor Glück, seine Mutter wiedersehn zu können. Fast wäre er aufgestiegen, ohne an das Notwendigste zu denken.

„Halt!" sagte jedoch Bärenauge. „Wir haben uns gewaschen!"

„Uff!" lächelte Bärenherz und holte die Farbennäpfchen hervor, die jeder Indianer im Krieg bei sich führt, und da sein Bruder auch die seinigen herbeiholte und sie nun zu zweit waren, konnten sie einander Hilfe leisten. Da standen die Brüder hinter dem Gesträuch am Fluß, beide sich so ähnlich an Gestalt, Gesicht und Wesensart, bewaffnet bis an die Zähne, und malten sich gegenseitig die Gesichter an, und das mit einem so hohen Ernst und mit einer Emsigkeit, als handle es sich um ein bedeutendes Kunstwerk.

Als sie hinter den Büschen hervorkamen und ernst und gemessen zum Kampfplatz zurückkehrten, hätten wohl die wenigsten vermutet, daß sich kurz vorher eine so herzliche Szene am Ufer des Rio Grande abgespielt hatte.

Ihr erster Ritt galt dem Präsidenten Juarez, der soeben das Schlachtfeld betrat. Die Indianer hatten ihre Toten zusammengetragen, um heute am Abend die Totenklage über sie anzustimmen. Die gefallenen Franzosen waren größtenteils schon von den Einwohnern des Forts beerdigt worden.

Ist der Indianer mit seinen Familiengenossen zusammen, so nennt er sich „ich“, er spricht also in der ersten Person. Anderen gegenüber aber nennt er sich fast stets bei seinem Namen, so daß ein Uneingeweihter leicht denken kann, er rede von einer dritten Person, die gar nicht zugegen ist. Die Brüder hatten sich während ihrer Unterhaltung des Ausdrucks „ich“ bedient. Von jetzt an sprachen sie meist wieder in der dritten Person.

Als Juarez die beiden Indianer kommen sah, hielt er sein Pferd an, deutete auf die ringsum sichtbaren Blutlachen und sagte:

„Der Tomahawk der Apatschen hat eine reiche Ernte gehalten.“

„Howgh!“ antwortete Bärenauge einfach.

Der Blick des Präsidenten musterte Bärenherz.

„Ah“, fragte er, „dieser Häuptling ist Schosch-in-liett?“

„Ja“, bestätigte sein Bruder.

„Ich hörte, er sei verschollen.“

„Du hast recht gehört, heute aber ist der Häuptling wiedergekommen."

Da nahm das Gesicht des Präsidenten den Ausdruck des Nachsinnens an. „Jetzt weiß ich es, jetzt besinne ich mich. Kennt mein Bruder Bärenherz die Hacienda del Eriña?"

„Er kennt sie", erwiderte der Gefragte.

„Der Besitzer war einst bei mir, als ich noch Oberrichter war, und erzählte mir von verschwundenen Leuten, unter denen auch Bärenherz war." Und wieder abbrechend, fragte er: „Haben die Apatschen heute viele Skalpe und Beute gewonnen?"

Juarez ging deshalb sogleich zu einem anderen Gegenstand über, weil er aus Erfahrung wußte, daß Indianer sich nicht gern ausfragen lassen.

„Bärenauge hat die Beute seinen Kriegern geschenkt, er weiß nicht, ob sie groß ist", lautete die stolze Antwort.

„Es sind wohl dreihundert Gewehre?"

Bärenauge nickte.

„Und ebensoviel Pferde nebst Schießbedarf?"

Ein abermaliges Nicken.

„Will mein Bruder mir das verkaufen?"

Der Häuptling schüttelte den Kopf.

„Die Krieger der Apatschen brauchen Flinten und Patronen", entgegnete er.

„Du hast recht. Aber die Pferde kann ich kaufen?"

„Sie gehören meinen Kriegern. Frag sie!"

„Ich muß nach Chihuahua. Wird mein Bruder Bärenauge mich begleiten?"

„Ja, denn er hat dir sein Wort gegeben."

„So werden wir die Franzosen von dort vertreiben. Vorher wollen wir ausruhen. Ich höre, daß im Fort eine Venta ist. Ich werde dort wohnen. Wollen meine Brüder mich begleiten?"

Die beiden Apatschen lenkten anstatt der Antwort

ihre Pferde an seine Seite und ritten so, Juarez in der Mitte, zum Fort. Seitwärts davon, hart am Fluß, hatten ihre Krieger das Lager aufgeschlagen, wo sie beschäftigt waren, die Beute zu verteilen. Als die Reiter die Venta erreichten, herrschte dort ein reges Leben. Die meisten Jäger saßen in der Gaststube und tranken und rauchten. Indianer gingen ab und zu, nicht um zu trinken, denn das war ihnen von Bärenauge untersagt worden, sondern um im Laden ihre Beute zu verwerten. Aus diesem Grund hatte Pirnero überaus viel zu tun. Einige Vaqueros halfen ihm, und Resedilla unterstützte ihn nach Kräften. Eben als Juarez abstieg, kam Pirnero aus dem Laden und wollte hinüber, trat aber beim Anblick der drei Männer hinaus vor die Tür. Juarez hatte ein scharfes Auge, er wittere in Pirnero sofort den weithin bekannten Wirt.

„Seid Ihr Señor Pirnero?“ fragte er.

„Ja“, antwortete der Alte.

„Kennt Ihr mich?“

„Nein.“

„Ich heiße Benito Juarez.“

Da riß der Wirt die Augen weit auf. „Señor Juarez, der Präsident?“

„Ja.“

„Oh, welches Heil widerfährt meinem Haus! Tretet ein, bitte, tretet ein, Señor!“

„Das Heil, das Eurem Haus widerfährt, rührt mich wenig“, lächelte Juarez. „Lieber wäre mir, wenn in Eurem Haus mir Heil widerfahren könnte. Habt Ihr ein Zimmer für mich?“

„Oh, einen Salon!“

„Kann ich essen und schlafen?“

„So gut wie in der Hauptstadt selbst.“

„So führt mich in das Zimmer und sorgt für mein Pferd!“

Mit diesen Worten stieg Juarez ab, übergab sein

Tier einem der Vaqueros und folgte dem Wirt hinauf, während die beiden Häuptlinge in die Gaststube traten. Pirnero führte Juarez in ein größeres Zimmer, das er seinen ‚Salon' nannte. Es war das gleiche, das er dem Schwarzen Gerard eingeräumt hatte. Als sie eintraten, erhoben sich der Graf und Mariano, die nebeneinander auf dem Sofa gesessen hatten. Auch Sternau war anwesend.

„Da, Señor, wird Euer Zimmer sein", sagte Pirnero.

Juarez blickte den Sprecher verwundert an. „Es ist ja schon bewohnt", erwiderte er. „Wer sind — wer — wer ist —"

Sein Blick war auf den alten Grafen gefallen und blieb erstaunt auf ihm haften.

„Don Fernando de Rodriganda, seid Ihr es? Aber nein, Ihr könnt es nicht sein, denn dieser Mann ist ja seit vielen Jahren tot und begraben. Es muß hier eine Ähnlichkeit vorliegen, die freilich ans Wunderbare grenzt!"

„Señor Juarez, Ihr täuscht Euch nicht, ich bin der, den Ihr genannt habt", erwiderte der Greis lächelnd.

„Aber wie ist das möglich? Ihr seid doch längst begraben?"

„Ich wurde zwar begraben, aber ich war nicht tot."

„Diese Worte verstehe ich nicht."

„Ihr werdet sie bald verstehen, Señor. Ich danke dem Himmel, daß er mich mit Euch zusammengeführt hat, und bitte Euch, mir in meiner Angelegenheit heute eine Stunde zu widmen. Es ist von größter Wichtigkeit."

„Ah, Ihr überrascht mich immer mehr! Doch wollt Ihr mir nicht diese Herren vorstellen?"

Der Graf nannte die Namen Marianos und Sternaus. Beim Klang des letzteren horchte Juarez, der ein großartiges Gedächtnis besaß, erstaunt auf.

„Sternau? Ich muß diesen Namen schon vernommen

haben. Ihr seid Arzt. Ah! Ich hab's! Kennt Ihr Pedro Arbellez?"

„Den Haciendero?" erwiderte Sternau, an den diese Frage gerichtet war. „Ich kenne ihn, ich war bei ihm. Damals hatte ich auch die Ehre, Euch vorgestellt zu werden."

„Ich beginne mich zu erinnern und staune immer mehr. Arbellez hat mir doch berichtet, daß Ihr mit einer Reihe anderer Personen auf rätselhafte Weise spurlos verschwunden seid?"

„Arbellez sprach die Wahrheit. Diese Angelegenheit steht eben auch in Beziehung mit der Sache des Grafen Rodriganda. Wir mußten aus dem gleichen Grund verschwinden, aus dem auch Don Fernando aus dem Weg geräumt wurde."

„Hier muß ein fürchterliches Verbrechen vorliegen!" rief Juarez aus.

„Nicht ein einziges Verbrechen, sondern deren eine ganze Reihe."

„Und deshalb will Don Fernando mich sprechen? So stehe ich zu Diensten, heute abend, solange Ihr mich braucht."

„Befehlt Ihr, daß wir umziehen, Señor?"

„Nein, nein, ich nehme jedes andere Zimmer. Wir sind im Feld, und da muß man sich eben einrichten, so gut es geht."

„So erlaubt, Señor, daß ich die nötigen Anordnungen für Eure Unterbringung und für Eure Begleitung treffe!"

„Bemüht Euch nicht um mich! Das wird der Schwarze Gerard, dem ich das Kommando übergeben habe, besorgen."

„Dieser Jäger hat mir das Kommando im Fort übergeben, obgleich ich nicht zustimmen wollte, und überdies ist er nicht imstande, Anordnungen zu treffen, denn er liegt schwerverwundet darnieder."

„Gerard verwundet? Dieser tapfere treue Mann! Kann ich ihn sehen?"

„Eigentlich sollte ich es nicht zulassen. Er ist so schwach, daß das Schlimmste zu befürchten ist."

„Ich werde vorsichtig sein."

„So folgt mir, Señor!"

Sternau trat mit dem Präsidenten an das Bett. Dort lag Gerard. Vor ihm saß Emma Arbellez. Sternau fragte leise:

„Hat sich etwas verändert?"

„Nein", flüsterte Emma.

„Er hat die Augen nicht geöffnet?"

„Nein."

„Kein Wort gesprochen?"

„Ein Wort glaubte ich allerdings verstehen zu können. Aber ich weiß nicht, ob eine Krankenwärterin plauderhaft sein darf!"

„Dem Arzt gegenüber gibt es keine Verschwiegenheit. Übrigens glaube ich, das Wort erraten zu können. Es heißt — Resedilla."

Emma blickte Sternau erstaunt an. „Seid Ihr allwissend?" raunte sie ihm zu.

„Nein, aber aufmerksam."

„Wer ist denn Resedilla?" fragte Juarez neugierig.

„Des Wirtes Tochter!"

„Ach! Er liebt sie?"

„Wahr und aufrichtig", erklärte Sternau. „Jetzt kommt ihn ansehen!"

Gerard, der kräftige Jäger, lag da wie eine Wachsfigur. Man dachte, es könnte kein Tropfen Blut durch seine Adern fließen.

Juarez stand finster am Bett. Er reichte Sternau die Rechte und flüsterte: „Wenn Ihr den rettet, dann könnt Ihr auf meine Dankbarkeit rechnen."

Draußen wartete der Wirt, um Juarez einen anderen Raum anzuweisen. Als die beiden sich jetzt darin gegenüberstanden, sagte der Präsident zu Pirnero: „Habt Ihr Familie?"

„Eine Tochter nur."

„Was soll denn einmal mit Eurem Geschäft werden, wenn Ihr sterbt?"

„Das bekommt Resedilla."

„Und die versorgt es allein?"

Das war Wasser auf die Mühle des Alten. Er erwiderte rasch:

„Die Geschichte mit dem Schwiegersohn ist eben mein Leiden! Das Mädchen will nicht heiraten!"

„So zwingt man es."

„Resedilla zwingen? Sicher nicht! Was die will, das setzt sie durch."

Der Präsident sah Pirnero lächend an und entgegnete:

„Hm! Da wäre zunächst der Schwarze Gerard! Hat er einen Fehler?"

„Nein. Er ist ein tüchtiger Mann. Ich habe ihn aber schlecht behandelt. Er wohnte hier bei mir, ohne daß ich wußte, wer er war. Da habe ich ihn dumm und liederlich geheißen und darüber gezankt, daß er nur einen Julep trinkt. Die verfluchten Heiratsgeschichten machen einem viel zu schaffen."

Juarez, der sonst so wortkarge, ernste Mann, liebte doch zuweilen einen kleinen Scherz. Diese Unterredung bereitete ihm Spaß. Er fragte daher:

„Also denkt Ihr nicht, daß der Schwarze Gerard Euch den Gefallen tun wird, Eure Tochter zu heiraten?"

„Der sicherlich nicht. Mit dem habe ich es leider verdorben. Oh, Señor, wenn Ihr doch ein gutes Wort für mich einlegen wolltet."

„Das ist allerdings schlimm. Doch könnte ich vielleicht versuchen, die Sache wieder gutzumachen."

„Ja, Señor, tut mir den Gefallen!" bat Pirnero. „Ich bin gern zu jedem Gegendienst bereit."

„Gut! Aber sagt, alter Pirnero, warum habt Ihr Euch denn von diesen Franzosen so überrumpeln lassen? Habt Ihr denn nicht an Gegenwehr gedacht?“

„Gegenwehr? Gewiß! Erst wollte ich in die Gewehrniederlage eilen, wo ich die Büchsen liegen habe, die zum Verkauf da sind. Aber dann überlegte ich in der Geschwindigkeit diplomatisch, daß Hilfe kommen werde. Deshalb brauchte ich mich mit diesen Franzosen auch nicht herumzuärgern, das haben die anderen besorgt. Einem guten Diplomaten fällt es eben nicht ein, sich auf dem Schlachtfeld töten zu lassen. Er macht den Krieg, und das Volk führt ihn. Das ist diplomatisches Herkommen.“

Juarez war ernst geworden.

„Ihr habt recht, Pirnero. ‚Napoleon der Kleine‘ in Paris hat uns den Krieg gemacht! Er ist Diplomat. Und unser Volk muß sich infolgedessen hinschlachten lassen. Ich hatte Mexiko den Frieden gegeben, und hätte ihm diesen erhalten. Man gehorchte mir, weil man mich liebte, achtete und fürchtete. Da kamen diese Landfriedensbrecher mit ihrer Macht. Jedes Volk hat das Recht, sich selbst zu regieren. Das stand auf meiner Fahne geschrieben, und ich habe mit dieser Fahne bis El Paso del Norte fliehen müssen, dem äußersten Winkel des Landes. Ein anderer hätte abgedankt. Ich nicht, denn mein Recht ist stark genug, es mit dem französischen Eindringling aufzunehmen. Ich lasse daher meine Fahne wehen und werde wiederkommen, schneller, als ich gegangen bin, um sie in der Hauptstadt aufzupflanzen, zum Zeichen, daß jede Nation sich ihre Geschichte selber machen darf, und daß hier auf dem westlichen Festland es noch offene Augen gibt, die durch französisches Flitterwerk nicht geblendet werden können.“

Juarez reichte dem Wirt die Hand und sagte mit einer scherzhaften Wendung:

„Ihr seht, Señor Pirnero, daß nicht alle Diplomaten glücklich sind. Laßt Euch aber davon nicht abhalten, ein guter Mensch zu sein, denn wenn man es wirklich ehrlich meint, trägt man doch den Sieg davon."

„Ja, wir werden siegen!" rief der Wirt. „Ihr in Mexiko und ich mit meiner Heiratsgeschichte! Wir werden siegen, denn Ihr nehmt Euch meiner, und ich nehme mich Eurer an. Darauf könnt Ihr Euch verlassen!"

„Gut so! Nun geht und sendet mir Essen und Trinken, und wenn meine Beamten nach mir fragen, so sagt ihnen, in welchem Zimmer ich bin!"

Der Wirt eilte hinab. Resedilla mußte in die Küche, um für den Präsidenten zu sorgen, während ihr Vater die sonstigen Pflichten übernahm. Erst gegen Abend wurde ihnen beiden freie Zeit geboten, da alle hinausgingen, um die Trauerfeierlichkeiten der Apatschen anzusehen.

Da saß der Alte an seinem Fenster und trank einen Julep als Herzstärkung. Resedilla ging ab und zu, um das Trinkgeschirr zu ordnen.

Eben stand sie wieder in seiner Nähe, um einige Gläser fortzunehmen. Da rief er:

„Resedilla!"

„Ja."

„Sieh mich an!"

Pirnero machte dabei eine feierliche Miene, und Resedilla blickte neugierig hin.

„Nun?" fragte er. „Wie seh' ich aus? Wie komme ich dir in diesem Augenblick vor?"

Resedilla kannte die Schwäche ihres Vaters. Darum antwortete sie:

„Wie ein großer Diplomat, Vater."

„Wirklich? Ja? Nun siehst du, Resedilla, du hast dich jetzt als Diplomatin erwiesen. Diesen diplomatischen Scharfsinn hast du von mir, infolge der Vererbung vom Vater auf die Tochter. Aber höre weiter! Ich werde nun endlich Schwiegervater werden!"

Pirnero sagte das mit solcher Würde, daß Resedilla nur mit Mühe das Lachen unterdrücken konnte.

„Woher weißt du denn das?"

„Vom Präsidenten Juarez! Aus seinem eigenen Mund!"

Das war Resedilla doch zuviel. Sie sah dem Vater mit unbegrenztem Staunen ins Gesicht.

„Von Juarez? Du machst einen Scherz!"

„Fällt mir nicht ein. Du weißt, daß es einem so gewiegten Diplomaten wie mir nicht schwerfällt, selbst die schwierigste Sache ins richtige Gleis zu bringen. Ich habe den Präsidenten einfach gebeten, mir einen Schwiegersohn zu verschaffen, und er hat es mir versprochen. Er hat mir sogar offen gesagt, wen er sich als meinen Schwiegersohn wünscht."

Resedilla errötete.

„Nun, willst du es nicht wissen?" schmeichelte er.

„Es würde doch nichts nützen", entgegnete sie.

„Nicht nützen? Ah, sieh einmal an! Du willst ihn wohl nicht nehmen?"

„Ob ich ihn will, ist am Ende nicht die Hauptsache. Aber, will er denn mich?"

Der Alte fuhr sich langsam in die Haare und räusperte sich ein wenig. „Ja, das ist allerdings die Hauptsache. Wie denkst du darüber?"

„Oh, mich hat noch keiner gewollt, Vater!"

„Unsinn! Du hast keinen nahe kommen lassen. Übrigens habe ich eine Sorge bei dieser Geschichte, eine sehr große Sorge. Sage mir, Resedilla, hast du etwa ein Auge auf den Geierschnabel geworfen, he?"

„Auf den Geierschnabel?" fragte sie erschrocken.

„Ja, der die ganze Welt für einen Spucknapf hält und einem den Saft nur immer gerade neben der Nase vorüberzischt!"

„Wie kommst du denn auf diesen Gedanken?"

„Hm! Du weißt ja, daß ich ein Diplomat bin."

Da lachte Resedilla hell und fröhlich auf:

„Mach dir nur keine Sorge! Diesen Menschen möchte ich nicht zum Mann haben!"

„Das erleichtert mir das Herz gewaltig. Der, den ich meine, und den auch Juarez will, ist ein tüchtiger Kerl. Wenn ich nur die vielen Dummheiten nicht gemacht hätt! Ich habe ihn gar nicht als Schwiegersohn behandelt. Denke dir nur! Ist es denn eigentlich möglich, so einem Mann vorzuwerfen, daß er nur einen Julep trinkt?"

Jetzt war es Resedilla mit einemmal klar, wen der Vater meinte. Sie erglühte bis in den Nacken und wandte sich ab, um ihre Verlegenheit zu verbergen.

„Errätst du es nun?" fragte er. „Ich meine den Schwarzen Gerard."

„Ich habe dir ja gesagt, was in dieser Angelegenheit die Hauptsache ist."

„Ob er dich haben mag? Ja, das wohl! Aber es hat mir geschienen, als ob du nichts von ihm wissen magst. Du hast ihn in letzter Zeit nicht angesehen, und heute, da er uns so beigestanden hat, hast du dich noch nicht ein einziges Mal um ihn bekümmert."

Resedilla stand am anderen Tisch, kehrte dem Vater den Rücken zu und antwortete nicht.

„Nun, verteidige dich!" mahnte er.

Jetzt erklang ein eigentümlicher tiefer Ton durchs Zimmer, ein Ton, wie wenn jemand etwas aus dem Herzen gewaltsam Emporsteigendes mit aller Anstrengung hinunterdrücken wolle. Dieser Laut kam aus Resedillas Brust, und dann brach sie plötzlich in ein heftiges Schluchzen aus, das sie nun nicht mehr zu beherrschen vermochte. Sie hielt die Hände an die Augen und verließ laut weinend das Zimmer.

Pirnero blickte ihr erschrocken nach, bis sie hinter der Tür verschwand.

„Sapperlot, was war denn das!“ sagte er sich. „Das war ja ein Jammer und Elend, wie es in Pirna gar nicht Mode ist. Sie will nichts von ihm wissen, das steht nun bombenfest. Das arme Kind! Soll ich sie wirklich an einen hängen, dem sie nicht gut ist? Nein! Ich werde es ihr sagen, daß sie den Schwarzen Gerard gar nicht anzusehen braucht.“

Er erhob sich, um in die Küche zu gehen, kam aber nicht weit, so mußte er diesen Gang unterbrechen, denn es trat einer ein, von dem vorhin die Rede war: Geierschnabel, der Yankeejäger. Sein Gewand war mit Blut befleckt, ein deutliches Zeichen, daß er sich wacker am Kampf beteiligt hatte. Pirnero blieb stehen und betrachtete ihn von Kopf bis zum Fuß.

„Herrgott, wie seht Ihr aus!“ rief er.

Der Amerikaner warf ihm einen nicht sehr höflichen Blick zu. „Ich kalkuliere, daß ich anders aussehe als einer, der in der Stube blieb, während um unsere Köpfe die Kugeln pfiffen. Gebt mir einen Julep, aber schnell, das ist die einzige Möglichkeit für Euch, meine Hochachtung nicht ganz zu verlieren!“

„Den Julep sollt Ihr haben, aber Eure Hochachtung brauche ich nicht. Ich bin doch als Diplomat und Schlachtenkenner bekannt genug, als daß ich noch besonders auf Eure Bewunderung angewiesen wäre!“

Dabei schritt Pirnero mit stolz erhobenem Haupte zum Schenktisch, um den Schnaps zu holen, und fragte dann, als er diesen vor den Gast hingesetzt hatte:

„Wie kommt es überhaupt, daß Ihr bei mir seid?“

Der Gefragte blickte den Wirt verwundert an. „Ich komme des Julep wegen, kalkuliere ich.“

„Aber gerade jetzt.“

Der Amerikaner spitzte die Lippen, wandte sich ihm zu, spuckte ihm so nahe an seiner Nase vorüber, daß Pirnero erschrocken zurückwich, und fragte:

„Warum gerade jetzt nicht?“

„Ich denke, jetzt befindet sich alles draußen bei den Indianern."

„Pah! Ich habe Indianer genug gesehen, solange ich lebe."

„Aber nicht diese Zeremonien wie heute."

„Mit Zeremonie oder ohne Zeremonie, ich schätze, der Indianer bleibt auf alle Fälle ein Indianer. Jetzt muß ich aber mit Juarez sprechen. Wo ist er?"

„Droben in seinem Zimmer."

„Wollt Ihr mir sagen, wo das Zimmer ist?"

„Ich werde Euch führen. Folgt mir, Señor Geierschnabel!"

Pirnero war wirklich so höflich, den Jäger hinaufzuführen.

Droben klopfte er an die Tür, hinter der er den Präsidenten gelassen hatte. Aber es ließ sich keine Antwort hören, und als er vorsichtig öffnete, fand er das Zimmer leer. Er schüttelte mißbilligend den Kopf.

„Sollte er zu den Indianern gegangen sein?" sagte er. „Dann wäre ich der einzige, der seinen Posten nicht verlassen hat. Da drüben höre ich Stimmen. Ich glaube, die des Präsidenten ist mit dabei."

„Wer ist da drüben?"

„Da liegt der Schwarze Gerard, der im Kampf fast getötet wurde. Ich werde klopfen."

„Dürft Ihr denn stören?"

„O gewiß. Ich stehe mit Juarez auf einem so vertrauten Fuß, daß wir beide aufeinander gar keine Rücksicht zu nehmen brauchen."

Pirnero trat wirklich an die Tür und klopfte an. Mariano öffnete und fragte nach dem Begehr der beiden.

12. An der Pforte des Todes

Juarez war aus seinem Zimmer getreten und hatte Sternau getroffen, der für kurze Zeit noch draußen bei den Apatschen gewesen war und nun zurückkam, um nach dem Verwundeten zu sehen. Einige kurze Bemerkungen, die sie austauschten, veranlaßten den Präsidenten, dem Grafen jetzt schon eine Unterredung zu gewähren. Beide traten also bei ihm ein. Die Herren begannen nun ein Gespräch, in dessen Verlauf der Präsident jedes Ereignis erfuhr, das sich auf die Familie Rodriganda bezog.

„Man möchte das alles nicht für möglich halten", meinte er. „Und man fragt sich mit Abscheu, ob es denn wirklich so entsetzliche Menschen geben kann, wie diesen Landola und die beiden Cortejos. Señor Mariano, Ihr seid also überzeugt, der Neffe des Grafen Fernando zu sein?"

„Ich kann nicht gut daran zweifeln", erklärte der Gefragte. „Auch Don Fernando ist dieser Ansicht."

„So gilt es, Licht in die Punkte zu bringen, die jetzt noch im dunkeln liegen. Was ich dazu beitragen kann, wird sicher geschehen."

„Es ist uns von größtem Vorteil, auf Euren Beistand rechnen zu dürfen", versetzte Fernando.

„Oh", meinte Juarez bescheiden, „mein Beistand ist jetzt noch wenig zu rechnen. Aber ich hoffe, daß ich Euch recht bald beweisen kann, welche Teilnahme ich für Euch hege. Der Herrschaft der Franzosen ist allem Anschein nach nur eine kurze Frist zugemessen. Mit ihr wird der schwankende Thron des Erzherzogs zusammenbrechen. Dann bin ich wieder Herr des Landes, und sobald ich in die Hauptstadt gelange, wird mein erster Befehl der sein, die Gruft der Rodrigandas zu öffnen. Hoffentlich fällt mir dann dieser Pablo Cortejo in die Hände, mit dem auch ich eine bedeutende Rechnung auszugleichen habe."

„Es kann nicht schwerfallen, ihn festzunehmen", meinte Sternau.

„Pablo Cortejo ist nicht mehr in der Hauptstadt. Er möchte gern Präsident werden."

„Wirklich? Das ist ja geradezu lächerlich! Hat er denn Anhang gefunden?"

„Der Panther des Südens wirbt für ihn."

„Das sollte mich wundern. Mir ist doch der Panther des Südens als ein vaterlandsliebender Mann bekannt. Ich glaube, daß er sofort zu Euch übergeht, sobald Ihr den Sieg an Eure Fahnen heftet."

„Auch ich glaube an die Treue und Anhänglichkeit des wilden Juan Alvarez, der schon vor Jahren fest zu mir und zur Sache Mexikos stand."

„Hat man keine Ahnung, wo Cortejo sich gegenwärtig befindet?"

„Er ist von der Hauptstadt aus in die südlichen Gegenden gegangen, wo Alvarez eine fast unbeschränkte Gewalt besitzt."

In diesem Augenblick wurde die Unterhaltung durch Pirnero unterbrochen, der die Tür öffnete. „Señor Geierschnabel wünscht den Señor Präsidenten zu sprechen", meldete er, indem er sich zurückzog.

Juarez trat einige Schritte vor. „Geierschnabel, der Pfadfinder? Kommt Ihr in geheimer Angelegenheit?"

„O nein", antwortete der Gefragte. „Diese Herren wissen schon, was ich Euch zu sagen habe, Sir."

Juarez betrachtete den Nordamerikaner genau. „Setzt Euch, Señor!" sagte er, auf einen Stuhl deutend. „Habt Ihr eine Botschaft an mich?"

Der Jäger musterte den Präsidenten ebenso sorgsam wie er von diesem betrachtet worden war und spitzte den Mund, um einen Strahl Tabaksbrühe von sich zu spritzen.

Da aber fiel ihm ein, daß es doch vielleicht nicht ganz sittig sei, in Gegenwart eines Präsidenten von Mexiko sich des Überflusses auf so unfeine Weise zu entledigen. Er gab also seinem Mund die gewöhnliche Lage wieder und meinte:

„Kalkuliere, daß Ihr richtig geraten habt, Sir. Es ist wirklich eine Botschaft, die ich an Euch auszurichten habe."

„Von wem?" forschte Juarez.

„Von einem Englishman."

„Ich erwarte allerdings von einem solchen sehr wichtige Botschaft."

„Ich kalkuliere, daß es die ist, die ich bringe."

„Wie heißt dieser Engländer?"

„Es ist Lord Henry Dryden, Graf von Nottingham."

Da zeigte Juarez ein überraschtes Gesicht. „Dryden? Es gelang mir vor einiger Zeit, ihm einen Dienst zu erweisen. Wenn er mir jetzt eine Botschaft sendet, wird es eine persönliche sein. Wo befindet er sich?"

„In El Refugio, nahe der Mündung des Rio Grande!"

„Von dort soll ja die erwartete Botschaft kommen!"

„Richtig! Und ich bin es, der sie bringt. Lord Dryden ist der geheime Bevollmächtigte Englands, den Ihr erwartet."

„Wer hätte das gedacht! Er soll willkommen sein! Aber sagt, was bringt er?"

In dem sonst so ruhigen Gesicht des Präsidenten drückte sich die größte Spannung aus.

„Glück", betonte der Amerikaner. „Ich habe eine Unterhaltung belauscht, aus der ich hörte, daß sich der Lord in London die größte Mühe gegeben hat, für Euch zu wirken. Er hat viel dazu beigetragen, daß England seine Drohung mit der der Vereinigten Staaten gegen Frankreich vereint. Jetzt ist er des Erfolges so gewiß, daß er behauptet, die Zeit sei nahe, in der Frankreich gezwungen werde, seine Truppen aus Mexiko abzuziehen."

Juarez atmete tief:

„Wenn das der Fall wäre!"

„Tragt keine Sorge!" entgegnete der Jäger bestimmt. „Sir Henry gab mir den Auftrag, Euch, da er jetzt selbst noch nicht zugegen ist, an seiner Stelle eine tröstliche Versicherung zu geben: England und Amerika werden sich, falls die Franzosen nicht freiwillig gehen, vereinigen, sie mit Gewalt fortzutreiben und dem Präsidenten Juarez Gerechtigkeit und Anerkennung zu verschaffen."

Da streckte der Präsident dem Boten die Hand entgegen und sagte:

„Hier nehmt meine Hand, Señor! Diese Botschaft ist mir lieber als viele Millionen in klingender Münze, obgleich mir das Geld sehr notwendig ist."

Geierschnabel drückte die dargebotene Hand und fuhr fort:

„Keine Sorge, Sir! Für Geld wird auch gesorgt!"

„Ja. Ich habe vor kurzer Zeit von den Vereinigten Staaten eine beträchtliche Summe erhalten, die zu rechter Zeit in meine Hände kam."

Der Jäger lächelte verheißungsvoll. „So?" meinte er. „Denkt Ihr etwa, daß England zurückbleiben werde? Haben die Vereinigten Staaten Geld, so hat England gewiß auch welches! Sir Henry hat einige Fässer voll blanker Sovereigns für Euch mitgebracht, lauter schöne Goldstücke, Sir."

„Welch ein Glück! Nun kann ich zahlen und neue Kräfte werben!"

„Ja, das könnt Ihr. Außerdem weiß ich, daß der Präsident der Union Euch von Kalifornien aus eine ganze Schar tüchtiger Männer sendet, die sich nicht vor dem Teufel fürchten."

„Die kommen mir gelegen. Es soll ihnen an nichts fehlen. Ich werde sie gut ausrüsten."

„Was das betrifft, so nehmt Euch nur immer Zeit! Es fällt dem Präsidenten nicht im Traum ein, Euch Leute zu schicken, die unbewaffnet sind. Übrigens ist Sir Henry Dryden mit einem Schiff gekommen, das mit Waffen und Schießbedarf für Euch beladen ist. Ich habe alles selber gesehen."

„Welche Waffen sind es?"

„Zwölf Kanonen mit Zubehör, einige tausend Revolver nebst Patronen, ebenso viele Degen, zehnmal so viel Messer, und, was die Hauptsache ist, achttausend gute Gewehre, die Euch prächtige Dienste leisten werden."

Das Gesicht des Präsidenten strahlte vor Freude.

„Ich habe geduldet und gelitten, denn ich dachte, meine Zeit werde kommen", sagte er bewegt. „Ich stehe an der Grenze des Landes, für dessen Wohl ich mein Leben geben würde, und nur wenige Getreue sind es, die sich bei mir befinden. Ich werde meine Fahne wieder entfalten, und sobald meine Stimme erschallt, werden alle wahren Freunde des Vaterlandes sich um mich versammeln, um den Feind hinauszuwerfen. Der Anfang ist gemacht, die ersten drei Kompanien des Feindes sind zersprengt, und nichts soll mich hindern, den begonnenen Lauf fortzusetzen. Ich werde von hier nach Chihuahua marschieren, um diese von der Mehrheit der Besatzung verlassene Stadt und dadurch den ganzen Staat dieses Namens von der Gewaltherrschaft der Franzosen zu befreien. Auch sind in Chihuahua einige meiner treuesten Anhänger als Geiseln eingesperrt. Vorher aber muß ich wissen, wann und wo ich den Lord erwarten soll. Welchen Auftrag hat er Euch gegeben?"

„In dieser Beziehung gar keinen. Ich soll Eure Wünsche hören und sie ihm bringen."

„So wartet er auf Eure Rückkunft?"

„Ja."

„Wie lange Zeit braucht Ihr, um nach El Refugio zu gelangen?"

Der Yankee streckte seine sehnigen Arme aus und betrachtete seine Fäuste. „Ich rudere gut. In sechs Tagen werde ich unten sein."

„Aber wie lange braucht man wohl, um stromaufwärts hierher zu kommen?"

„Da kommt es ganz darauf an, welch ein Fahrzeug man hat, Sir!"

„Nun, welchen Fahrzeugs wird sich der Lord bedienen?"

„Er hat an Deck zwei kleine, seicht gehende und schnell fahrende Dampfboote. Er ist jetzt beschäftigt, sie zusammenzusetzen. Sie sind bestimmt, die Fracht des Schiffes auf Booten stromaufwärts zu ziehen, und werden ihre Schuldigkeit schon tun."

„Welchen Weg legen sie in einem Tag zurück?"

„Ich glaube, daß sie in neun bis zehn Tagen hier sein können."

„Das würde mit den sechs Tagen, die Ihr abwärts braucht, sechzehn Tage machen. Soviel Tage darf ich nicht vergehen lassen, ehe ich Chihuahua erobere."

„Wer sagt, daß Ihr solange warten sollt? Ihr habt wackere Jäger und fünfhundert Apatschen bei Euch. Diese Leute genügen vollständig, um die Stadt zu nehmen. In welcher Zeit von heute an könntet Ihr in Chihuahua sein?"

„In vier Tagen."

„Nun gut. In sechs Tagen komme ich nach El Refugio, wir brechen dann sofort auf, dampfen den Fluß herauf bis Belleville und biegen in den Rio Salado ein, der für unsere Flachboote schiffbar ist. Da, wo der Sabinasfluß einmündet, warten wir auf Euch. Ich glaube, diese Berechnung klappt so gut, daß wir für unser Zusammentreffen keinen passenderen Ort finden könnten."

Der Präsident überlegte. „Ihr habt recht, Señor. Aber wie steht es mit der Sicherheit Eurer Verschiffung?"

„Oh, da macht Euch keine Gedanken, Sir! Ich habe einige wackere Boys zusammengebracht, die für die Sicherheit zu sorgen wissen. Übrigens ist auf der ganzen Strecke wenig zu fürchten. Indianer gibt es dort kaum, und die Herren Franzosen werden uns wohl auch nicht im Weg herumlaufen."

„Das ist auch meine Ansicht." Nach diesen Worten wandte sich der Präsident an Sternau:

„Señor, Ihr habt mir alle Eure Schicksale erzählt, aber Ihr habt vergessen, mir zu sagen, was Ihr zu tun gedenkt."

Sternau erwiderte:

„Wir wollen zur Hacienda del Eriña reiten und diesen Cortejo beim Schopf nehmen, zugleich aber eine Gelegenheit suchen, die Nachricht, daß wir noch leben und wieder frei sind, in die Heimat gelangen zu lassen."

„Ihr habt mir hier so vortreffliche Dienste geleistet, so daß es mir leid täte, Eure Hilfe zu verlieren. Folgt mir nach Chihuahua und zu Lord Dryden, dann will ich Euch jede Unterstützung zuteil werden lassen. Die Damen würden diese Schnellritte zu sehr anstrengen, und wir lassen sie mit Kapitän Unger einstweilen hier bei Pirnero."

„Dieser Plan ist gut, Señor", meinte Sternau.

„So sind wir also einig", sagte Juarez. „Wann werdet Ihr abreisen, Señor Geierschnabel?"

„Sobald als möglich", antwortete der Trapper. „Am liebsten stiege ich sofort in mein Kanu."

„Jetzt, bei Nacht?"

„Ja. Ich habe keine Zeit zu verlieren."

„Ah, Ihr nehmt Eure Pflichten ernst, und ich will Euch da nicht hinderlich sein. Ich werde in mein Zimmer gehen, um Euch einige Worte aufzuschreiben, die Ihr dem Lord übergeben sollt. Kommt!"

Die beiden entfernten sich.

„Und ich", sagte Sternau, „werde Gerard besuchen. er liegt so schwer darnieder, daß ich ihn nicht vernachlässigen darf." —

Während dieses Gespräch oben geführt wurde, war Pirnero in die Küche und auch in den Verkaufsladen gegangen, um seine Tochter zu suchen, hatte sie aber nicht gefunden. Er kehrte daher mißmutig zurück, setzte sich ans geöffnete Fenster und blickte hinaus in die dunkle Nacht. Es war still und menschenleer im Ort. Aus der Ferne erscholl zuweilen ein hundertstimmiges Heulen. Es war das Klagegeschrei der Apatschen um ihre Gefallenen oder ihr Siegesjubel über die skalpierten Franzosen.

Da ging die Tür auf, und Resedilla trat ein. Ihr Vater tat zunächst so, als hätte er es nicht bemerkt. Sie machte sich leise im Zimmer zu schaffen, während er immer noch zum Fenster hinausblickte, obgleich er im Dunkeln nichts sehen konnte. Er hustete einigemal verlegen vor sich hin.

„Dichte Finsternis!"

Resedilla antwortete nicht. Darum wiederholte er mit erhöhter Stimme:

„Schauderhafte Finsternis!"

„Ja. Man sieht nicht die Hand vor den Augen."

„Das ist wahr. Aber man hört desto mehr."

„Was hört man denn? Es ist ja überall so still da draußen."

„Still? Horch nur! Hörst du das Heulen?"

„Ja, jetzt höre ich es."

„So etwas kommt bei uns in Pirna nicht vor."

„Dort gibt es ja auch keine Indianer."

„Nein. Dort wird kein Mensch skalpiert. Höchstens hauen sie sich da einmal mit den Stuhlbeinen über den Kopf, daß der Schädel brummt, besonders bei Hochzeiten, Kindtaufen und Leichenschmäusen. Weißt du, welches von diesen drei Festen das schönste ist?"

„Ich kann es mir denken. Das Begräbnis."

„Ein Begräbnis? Ein Begräbnis soll das schönste Fest sein? Warum?"

„Weil es dem Menschen am wohlsten ist, wenn er tot ist."

Resedilla war sehr ernst gestimmt, darum sprach sie in dieser Weise. Ihr Vater aber konnte sie nicht begreifen. Er betrachtete sie forschend und sagte:

„Am wohlsten, wenn er tot ist? Du bist nicht recht gescheit. Nein, das schönste dieser drei Feste ist das Hochzeitsfest. Warst du einmal bei einem solchen?"

„Ja."

„Na also. Das ist ein Essen und Trinken, ein Springen und Tanzen, ein Herzen und Küssen, besonders zwischen Braut und Bräutigam. Als ich deine Mutter heiratete, war ich vor Glück ganz dumm im Kopf. Später bin ich wieder gescheiter geworden. So eine Braut ist zu beneiden, denn ihr Bräutigam wird Schwiegersohn. Ich möchte eigentlich wissen, ob du nicht auch Anlagen besitzt, eine Braut zu sein. Was meinst du?"

Resedilla schwieg. Darum fuhr er fort:

„Bis jetzt bin ich darüber noch nicht ins reine gekommen. Ich habe immer gehofft, daß du mir einen Schwiegersohn bringen würdest. Aber du willst nicht. Nicht wahr?"

„Nein", erwiderte Resedilla leise.

Pirnero ermannte sich, nahm seinen ernstesten Ton an und fuhr fort:

„Ich hab' es mir überlegt, daß du recht hast. Ich

brauche keinen Schwiegersohn, und wenn du mir einen brächtest, so würfe ich ihn zur Tür hinaus."

Damit erhob er sich, trat auf Resedilla zu und fügte mit erhobener Stimme hinzu:

„Vor allen Dingen verbiete ich dir, den Schwarzen Gerard zu heiraten. Ich kann den Kerl nicht leiden. Verstanden? Jetzt kennst du meinen festen Willen. Dabei bleibt's!"

Mit stolzen Schritten ging er zur Tür hinaus.

Resedilla blickte ihm verblüfft nach. Sie konnte sich diesen plötzlichen Wechsel in der Gesinnung nicht erklären. Sie trug eine große Liebe im Herzen, aber dieser Liebe hatte ein böses, schlimmes Wort gegenübergestanden, das ihr immer in den Ohren klang, das Wort: Garrotteur. Auf ihrem Leben haftete kein Makel; sie hatte sich den, der ihr Herz besitzen sollte, ebenso rein und vorwurfsfrei gedacht, und nun lag es doch so ganz anders. Sie hatte dem Geliebten vergeben; sie wußte, daß er schwer gebüßt hatte, daß er nie imstande sein werde, sich je wieder eines Verbrechens schuldig zu machen, aber sie hatte bisher über das Wort Garrotteur nicht völlig hinwegkommen können.

Heute hatte er ihr bewiesen, wie lieb er sie habe. Nun lag er oben, zerschossen und zerstochen, kaum noch eine Spur des Lebens in sich tragend. Jetzt, jetzt endlich war der Klang des bösen Wortes in ihr verstummt, und sie fühlte, sie wußte, daß sie sein eigen sein müsse, ohne Fragen, ohne Zagen, mit unerschütterlichem, felsenfestem Vertrauen. Und doch war sie nicht zu ihm gegangen. Weshalb?

Die Seele des Weibes ist ein ewiges Rätsel. Hier lag dessen Lösung jedoch nicht im Verborgenen. Resedilla fühlte diese Liebe über sich zusammenschlagen, wie eine unendliche, unwiderstehliche Flut. Sie fühlte und glaubte, daß sie sich über den Geliebten werfen müsse, um mit lauten Klagetönen sein schwaches Leben festzuhalten, und gerade das konnte ihn, der vielleicht noch zu retten war, unwiederbringlich in den Tod treiben. Sie fürchtete die Macht ihrer Liebe, und darum lag er oben, als gäbe es kein Herz, das von einem einzigen großen Gebet um sein Leben erfüllt war.

So saß Resedilla da und drückte die Hand fest auf die Brust. Da ging die Tür auf. Sie dachte, der Vater kehre zurück, aber als sie das Auge erhob, fiel es auf Sternau.

„Verzeihung, Señorita!“ sagte er. „Ich komme als Bittender.“

Sie erhob sich und blickte ihn fragend an. Sternau war Menschenkenner. Warum antwortete sie nicht? Sein Auge ruhte forschend auf ihr, und es ging ein leises Lächeln über sein Gesicht.

„Habt Ihr ein wenig Leinwand zum Verbinden?“ fragte er.

„Ja, gleich!“ Mit diesen Worten eilte Resedilla in die Küche, und als sie zurückkehrte und ihm das Gewünschte überreichte, fragte sie: „Waren nicht schon alle verbunden? Wer nimmt Euch noch in Anspruch, Señor?“

„Gerard!“

Sie erbleichte. „Steht es gar so schlimm mit ihm!“ erkundigte sie sich mit bebender Stimme.

„Sehr schlimm“, bedauerte er.

„O Gott, gibt es denn gar keine Rettung?“

Diese Worte hauchte sie nur, und ihre Augen füllten sich mit Tränen der Angst und des Schmerzes.

„Gott ist gnädig. Hier aber ist außer von ihm nur noch von einem einzigen Arzt Rettung zu erwarten.“

„Und wer ist dieser?“

„Die Liebe.“

Resedilla wurde noch bleicher als vorher. Dann flog eine dunkle Röte über ihr Gesicht, und zugleich floß ein Strom von Tränen über ihre Wangen.

Da ergriff Sternau ihre Hand und sagte mit milder, eindringlicher Stimme:

„Resedilla, er wollte sterben!"

„Gerard?" fragte sie schluchzend.

„Ja. Er ging mit Fleiß und Vorbedacht in den Tod. Wir anderen kämpften hinter den Befestigungen, er aber blieb draußen."

„O Gott, warum?"

„Ich weiß es nicht. Ihr aber werdet es wissen oder wenigstens ahnen. Er gab sich den Kugeln der Feinde preis, wobei er Wunder der Tapferkeit verrichtete. Weshalb haßt Ihr ihn?"

„Hassen? Ich ihn hassen?"

Bei diesen Worten legte Resedilla beide Hände vor das Gesicht, und das Schluchzen erstickte beinahe ihre Stimme.

„Kennt Ihr ihn seit längerer Zeit?" begann Sternau wieder zu fragen.

„Seit kurzer Zeit, aber doch lange genug."

„Wißt Ihr, wo er früher lebte?"

„In Paris."

„Und was er dort war?"

„Ja, Señor, er war aufrichtig. Nicht wahr, auch Ihr wißt es?"

„Auch ich weiß es, Señorita, warum habt Ihr ihm nicht vergeben?"

„Oh, ich habe ihm ja längst vergeben!"

„Und dennoch meidet Ihr ihn, da er der Hilfe so sehr bedarf!"

„Ich darf nicht zu ihm! Ich — ich darf — ich kann es nicht sagen", antwortete sie.

„Das begreife ich nicht. Als heute der Kampf begann, bat er mich, Euch seinen Gruß zu bringen, wenn er gefallen sei. Er lebt noch, aber dennoch bringe ich Euch diesen Gruß, er ist der eines Sterbenden."

Mit diesen Worten wandte Sternau sich um und

schritt der Tür zu. Da eilte Resedilla ihm nach und bat in herzzerreißendem Ton:

„Señor Sternau! Ich darf ja nicht zu ihm, ich würde ihn sicher töten."

Ein stilles Lächeln ging abermals über Sternaus Gesicht, und er legte dem Mädchen die Hand aufs Haupt. „Ihr traut Euch nicht die Kraft der Selbstbeherrschung zu?"

„Mein Jammer würde ihm den Rest des Lebens rauben."

„Mein Kind, Ihr kennt Euch nicht, das Weib ist stark im Leid. Kommt! Ihr werdet ihn nicht töten, sondern ihm das Leben geben."

Damit nahm Sternau sie bei der Hand und verließ mit ihr das Zimmer. Resedilla konnte nicht zurück, sie folgte ihm willenlos bis vor die Tür, hinter der der Geliebte lag. Dort aber blieb sie zaudernd und angstvoll stehen und sagte fast zitternd:

„Señor Sternau, ich wage es nicht!"

„Wartet, ich werde zuvor nachsehen!"

Er trat hinein, und sie blieb zurück, mit unaussprechlichen Gefühlen im Herzen. Nach einer kleinen Weile öffnete der Arzt die Tür.

„Tretet ein, Señorita!" bat er leise.

Resedilla kam herein. Da lag Gerard, eingehüllt in Binden und Tücher. Auch sein Kopf war in weißes Linnen gebunden. Nur sein Gesicht war frei, aber es hatte die Blässe des Todes, gegen die der schwarze volle Bart zum Erschrecken abstach. Die Wangen waren tief eingefallen und seine Augen geschlossen. Es überlief Resedilla eiskalt. Ja, Sternau hatte recht gehabt. Sie hatte geglaubt, daß sie sich beim ersten Anblick auf ihn stürzen werde. Jetzt fühlte sie, daß dies unmöglich sei, denn ihr Körper schien aus Eis zu bestehen, und ihre Füße waren zentnerschwer. Es kostete sie große Anstrengung, sich zu bewegen, und es dünkte ihr, als vergehe eine Ewigkeit, ehe sie das Bett erreichte.

Sternau nahm jetzt den Verband vom Kopf des Verwundeten und legte einen neuen an. Resedilla war ihm dabei behilflich. Dabei streifte ihre Hand leicht über die bleiche Wange Gerards. Da flüsterte er leise, als habe er an dieser Berührung die Geliebte erkannt:

„Resedilla!"

„Antwortet!" bat Sternau. „Er hat, seit er hier liegt, die Augen noch nicht geöffnet."

Sie bog sich zu seinem Ohr nieder.

„Mein guter, lieber Gerard!" sagte sie leise.

Da hoben sich seine Lider langsam empor, und sein todesmatter Blick fiel auf sie.

„Oh, nun sterbe ich nicht!" klang es dann hörbar von seinen Lippen.

Resedilla kümmerte sich nicht um die Gegenwart Sternaus. Sanft legte sie ihren Mund auf die blutleeren Lippen des Kranken und sagte:

„Nein, du darfst nicht sterben, mein Gerard, denn ohne dich würde auch ich nicht leben können. Du sollst genesen und sehen, daß du mir lieber bist als alles auf der Erde."

„O Gott, das ist der Himmel", stammelte Gerard, dann schloß er die Augen wieder.

Dieses plötzliche Glück war zu groß für seine schwachen Kräfte gewesen, eine Ohnmacht hatte ihm wieder das Bewußtsein genommen.

„Señor, Señor, er stirbt!" rief Resedilla voller Angst.

Sternau jedoch beruhigte sie.

„Erschreckt nicht, Señorita! Es ist nur eine Ohnmacht. Sie schadet ihm nicht, sie wird ihn im Gegenteil stärken. Bleibt bei diesem Kranken, so gebe ich die Hoffnung nicht auf, daß er genesen wird."

13. Die Einnahme der Hacienda

Es war einige Tage später, da erzitterte die Ebene, die sich nördlich von Monclova ausbreitet, unter dem Hufschlag galoppierender Pferde. Dreihundert Reiter sprengten über die freie, mit kurzem dünnem Gras bewachsene Prärie. Sie waren verschieden gekleidet und verschieden bewaffnet, bildeten aber anscheinend eine zusammengehörige Truppe.

An der Spitze ritten drei Männer, zwei ältere und ein jüngerer. Der eine der älteren war Pablo Cortejo, der jüngere war Josefa, seine Tochter, in Männertracht gekleidet und auch nach Männerart im Sattel sitzend. Das schien ihr nicht leicht zu werden, wie man aus ihrer unsicheren Haltung ersah. Der dritte war nicht ganz so alt wie Cortejo. Sein Gesicht erschien häßlich und abschreckend. Er war bis an den Hals bewaffnet und hatte das Aussehen eines Mannes, mit dem nicht ungestraft verkehrt werden kann. Jetzt schien sein Gesicht einen noch finstereren Ausdruck zu besitzen als gewöhnlich. Seine stechenden Augen musterten den Gesichtskreis und kehrten immer wieder mit einem unbefriedigten Blick auf die nächste Umgebung zurück.

Endlich stieß der Mexikaner eine Verwünschung aus und fügte hinzu:

„Wann hat dieser verdammte Ritt ein Ende, Señor Cortejo?"

„Geduldet Euch nur noch kurze Zeit", antwortete dieser. „Wir werden sogleich links einbiegen und absitzen können."

„Wo? Ich sehe doch die Hacienda nicht!"

„Blickt da scharf links hinüber! Seht Ihr den dunklen Streifen? Das ist ein Wald."

„Ein Wald? So meint Ihr, daß wir in einem Wald absitzen sollen? Ich habe Euch meine Leute zugeführt, um in Eurem Dienst gute Beute zu machen, nicht aber, um uns in Wäldern herumzudrücken."

„Wer sagt Euch denn, daß Ihr das tun sollt? Es handelt sich nur um einen kurzen Aufenthalt, nicht aber um ein längeres Bleiben im Wald."

„Auch dieser kurze Aufenthalt ist unnötig."

„Meint Ihr? Wie nun, wenn sich die Franzosen auf der Hacienda befinden?"

„*Demonio,* das ist wahr! Die kriechen überall herum. Aber ich denke, die Hacienda del Eriña liegt einsam. Was wollen die Franzosen dort?"

„Ja, sie liegt einsam, aber doch nördlich des besetzten Monclova. Da ist es leicht denkbar, daß der Feind sich ihrer bemächtigt hat, um ein Vorpostenkommando hineinzulegen."

„Es würde wohl nicht stark sein."

„Das steht allerdings zu erwarten. Es ist zugleich wahrscheinlich, daß in diesem Fall der Feind die Hacienda befestigt haben wird."

„Hm, Ihr mögt recht haben. Senden wir also einen Boten ab, der Erkundigungen einzieht. Wir wollen indes scharf reiten, damit wir rasch den Wald erreichen!"

Die Hacienda del Eriña hatte noch das gleiche Aussehen wie in früheren Jahren, bot aber heute keinen friedlichen Anblick dar.

An jeder Ecke war eine Verschanzung aufgeworfen, auf der ein französischer Posten Wache hielt, und im Hof lag eine Anzahl Soldaten herum, die unter dem Befehl eines Kapitäns dazu bestimmt waren, die Hacienda zu beschützen.

Dieser Hauptmann saß droben im Speisesaal und unterhielt sich mit dem Haciendero und dessen Freundin Maria Hermoyes.

Arbellez lag müde in einer Hängematte. Er war, seit er sein Kind verloren hatte, sehr gealtert. Sein Haar war lang und schneeweiß, ja, es hatte fast den durchsichtigen Schein des Eises. Seine Gestalt war eingetrocknet und zusammengebogen. Auch die alte Maria war ergraut, doch erschien sie weit rüstiger als ihr Herr.

Der Offizier war ein nicht zu alter Mann, aber ein Dutzendmensch, nicht gut und nicht böse, nicht klug und auch nicht dumm. Soeben hatte ihn ein Soldat verlassen, der ein versiegeltes Schreiben, das von einem Kavalleristen gebracht worden war, überreicht hatte.

„Verzeihung, daß ich öffne!“ sagte er zu Arbellez. „Dienst geht allem vor.“

Damit machte der Hauptmann den Brief auf. Während er las, nahm sein Gesicht einen gespannten Ausdruck an. Endlich legte er das Schreiben wieder zusammen, steckte es zu sich und sagte:

„Da erhalte ich eine Nachricht, die mir ebenso lieb wie unlieb ist.“

Arbellez blickte ihn an, ohne ihn durch eine Frage zum Sprechen aufzufordern. Er hatte während der Anwesenheit der Franzosen sich gehütet, ahnen zu lassen, daß er ein Anhänger von Juarez sei.

„Ich weiß“, fuhr der Franzose fort, „daß Ihr uns nicht feindlich gesinnt seid, und darum darf ich Euch sagen, um was es sich handelt. Ihr wißt wohl, wie weit unsere Truppen das Land besetzt haben?“

„Bis Chihuahua“, antwortete der Haciendero mit einem unterdrückten Seufzer.

„Ja. Nun habt Ihr vielleicht gehört, daß der Expräsident Juarez bis an die äußerste Grenze des Landes geflohen ist?“

„Ja, bis El Paso del Norte.“

„Ihn auch von dort zu verjagen, war unsere Aufgabe. Er mußte entweder gefangen oder hinüber nach Nordamerika getrieben werden. Das ist, wie ich lese, nun geschehen."

„Ah, wirklich? Er ist — gefangen?"

„Nein, leider nicht."

„Also vertrieben?"

„Ja. El Paso del Norte befindet sich in unserem Besitz, wie mir hier gemeldet wird. Außerdem kennt Ihr vielleicht ein Fort, das am Rio Grande liegt und Guadalupe heißt?"

„Ja, ich kenne es", entgegnete der Haciendero, noch aufmerksamer werdend.

„Auch dieses ist in unsere Hände gefallen. Es befindet sich also die Nordgrenze ganz in unseren Händen. Wir haben da, wie ich gelesen habe, mehrere Siege erfochten. El Paso del Norte und Guadalupe sind unser. In einer Schlacht haben wir einen Trupp von tausend Jägern und feindlichen Apatschen aufgerieben, und endlich ist uns auch ein General der Union, ein gewisser Hannert, in die Hände gefallen, der Juarez Geld bringen sollte."

Pedro Arbellez hatte Mühe, seinen Schreck zu verbergen.

„So hat man das Geld?" fragte er.

„Gewiß. Man schreibt mir, daß es viele Millionen seien."

„So wünsche ich Euch Glück, Señor Capitano."

„Ich danke, Monsieur! Es steht ja gar nicht anders zu erwarten, als daß wir überall siegen müssen. Unsere glorreiche Armee hat an allen Orten der Erde ihre Schule erhalten. Wir haben in Afrika, Asien und Amerika gesiegt; Europa zittert vor uns; ein Juarez und ein Haufen wilder Apatschen wird von uns einfach niedergetreten und zermalmt."

Da trat ein Unteroffizier ein, der einen harmlos aussehenden Mann geführt brachte, und meldete:

„Mein Kapitän, dieser Mann ist soeben angekommen. Er will mit dem Besitzer sprechen."

Während dieser Meldung war das Auge des Hauptmanns auf den Unteroffizier gerichtet. Dadurch gewann der Fremde Zeit, dem Haciendero einen unbemerkten Wink zu geben. Arbellez verstand diesen Wink allerdings nicht, aber er sagte sich, daß den Mann eine Absicht, die den Franzosen verborgen bleiben solle, herbeiführte, und beschloß, sich danach zu verhalten. Der Offizier wandte sich an den Mann:

„Wir sind hier auf Vorposten und dürfen also nicht jeden frei vorüberlassen. Wer bist du?"

„Ich bin ein armer Vaquero aus der Gegend von Castañuela, Señor", beteuerte der Gefragte.

„Was willst du hier?"

„Mein Herr hat Unglück gehabt. Einige seiner besten Herden sind ihm mit den Büffeln davongegangen, und er braucht nun nicht mehr so viele Hirten als vorher. Er hat eine Anzahl entlassen, und ich bin leider auch dabei. Ich kenne Señor Arbellez als einen Mann, der gut bezahlt und seine Leute gut behandelt. Darum kam ich her, um zu fragen, ob ich nicht bei ihm in Dienst treten kann."

„Hast du einen Ausweis, einen Entlassungsschein?"

Ein eigentümliches Lächeln ging über das Gesicht des Mannes, aber er antwortete bescheiden:

„Señor, das mag in Frankreich so gehalten werden, in Mexiko aber fragt man nicht nach solchen Dingen. Wollte ich ein Zeugnis verlangen, so würde ich ausgelacht."

„Ich habe mich leider nicht nach euern Gebräuchen, sondern nach meinen Vorschriften zu richten. Ich darf hier nur solche Leute zulassen, die sich ausweisen können."

Da legte sich der Haciendero ins Mittel. Er kannte zwar den Mann nicht, sagte aber doch:

„Señor, bei diesem Mann ist ein Ausweis unnötig. Ich bürge für ihn."

„Das ist etwas anderes, Monsieur. Wißt Ihr auch seinen Namen?"

Der Haciendero beschloß, den ersten besten Namen zu nennen.

„Dieser Vaquero heißt Ovidio Rebando. Sein Bruder ist bei mir in Dienst gestanden, und ich bin mit ihm sehr zufrieden gewesen."

„So habt Ihr vielleicht die Absicht, ihn anzustellen, Monsieur? Gut, ich gebe Euch meine Erlaubnis dazu und werde seinen Namen in der Hausstandsliste, die ich über die Hacienda führe, eintragen."

„Ich danke, Señor, und bitte um Verzeihung, daß ich Euch so viel Mühe bereite."

„Ah, wenn man weiter keine Mühe hätte", erwiderte der Offizier, indem er sich zum Gehen erhob, „so wäre es bequem und leicht, Vorpostenkommandant zu sein. Was ich Euch noch sagen muß, ist, daß ich vielleicht bald Abschied von Euch nehmen muß."

„Das würde mir leid tun, Señor!" zwang sich Arbellez zu sagen.

„Es scheinen sich Truppenzusammenziehungen vorzubereiten, vielleicht eines großen, kräftigen Vorstoßes wegen. Mir wurde in dem Brief der Befehl, mich bereit zu halten."

„Ist das bald zu erwarten, Señor?"

„Heute und morgen noch nicht. Es verstreichen ja Tage, bevor ein Befehl aus dem Hauptquartier in dieser entlegenen Gegend anlangen kann. Adieu, Monsieur!"

Der Offizier ging.

Es war ihm nicht eingefallen, daß der große Truppenvorstoß und seine eigene Marschbereitschaft mit den erfochtenen Siegen, von denen er erzählt hatte, nicht in Einklang zu bringen seien. Jetzt befanden sich Arbellez und Maria Hermoyes mit dem angeblichen Vaquero allein.

„Nun, mein Freund, ich hoffe, daß du mit mir zufrieden bist", sagte der Haciendero zu ihm. „Ich habe deinetwegen eine Unwahrheit gesagt, was ich sonst niemals tue."

„Ich danke Euch, Señor", antwortete der Mann. „Ich denke, diese kleine Unwahrheit rechtfertigen zu können. Es war mir nicht gleichgültig, zu sehen, daß Eure Hacienda von den Franzosen besetzt ist."

„Du wußtest das nicht?"

„Nein. Und als ich es erfuhr, glaubte ich doch nicht, von den Franzosen förmlich verhört zu werden. Ein Ausweis, ein Zeugnis in Mexiko! Es ist unerhört."

Der Mann lachte herzlich, und auch Arbellez stimmte ein.

„Nun sage mir aber auch, wer du bist!" meinte der letztere.

„Mein Name ist Armandos, Señor. Ich komme aus Oaxaca."

„Aus Oaxaca? Ah, wo jetzt der helle Aufstand herrscht?"

„Ja. Ihr habt doch von General Profirio Diaz gehört?"

„Sehr viel. Er ist der tüchtigste und bravste General, den es jemals in Mexiko gegeben hat, und ein ehrlicher Mann dazu, was leider eine Seltenheit ist."

„Nun, so wißt Ihr vielleicht auch, daß Diaz die Fahne gegen Frankreich erhoben hat. Er faßt die Franzosen im Süden des Landes an und wünscht nun, daß Juarez und dessen General Escobedo im Norden losbrechen."

„Wenn Gott nur geben wollte, daß dies möglich ist!"

„Warum sollte dies nicht möglich sein? Diaz hat mir wichtige Nachrichten anvertraut, die ich dem Präsidenten bringen soll."

„Ah, so bist du ein Bote des Generals?" fragte Arbellez erstaunt.

„Ja. Señor. Ich komme aus dem Süden und bin ohne Unterbrechung bis hierher geritten. Es war nicht wenig Schlauheit und Vorsicht nötig, um unentdeckt durch die von den Feinden besetzten Provinzen zu kommen. Ich bin vor Anstrengung halbtot und bedarf einen oder zwei Tage der Ruhe. Ihr wurdet mir als ein treuer Vaterlandsfreund geschildert, und so beschloß ich, Euch um Gastfreundschaft anzusprechen."

„Daran hast du recht getan. Du bist mir willkommen, und ich denke, daß für dich und deine Briefe nichts zu befürchten ist, obwohl du bei mir mitten unter den Franzosen bist. Soll ich dir die Schriftstücke verwahren?"

„O nein, Señor. Das ist nicht notwendig. Sie sind bei mir so gut versteckt, daß sie niemand finden wird. Ich danke Euch sehr für Euren guten Willen."

„Es war gut gemeint. Wo gedenkst du Juarez zu treffen?"

„An der Nordgrenze."

„Da muß ich dir eine böse Mitteilung machen. Der Capitano hat vorhin die Nachricht erhalten, daß der Präsident aus El Paso durch die Franzosen vertrieben worden ist."

„Der Teufel soll sie holen! Nun wird meine Aufgabe doppelt schwer."

„Das ist richtig, lieber Freund. Willst du erfahren, wo Juarez sich befindet?"

„Ich muß nach El Paso und hoffe bestimmt, es dort zu hören."

„Das ist aber gefährlich für dich."

„Ich bin die Gefahr gewöhnt, Señor."

„Das will ich glauben. Wärst du furchtsam, so hätte Diaz dir nicht eine so wichtige Angelegenheit anvertraut. Bist du gut beritten?"

„So leidlich, aber mein Pferd ist durch den weiten Weg sehr heruntergekommen."

„Nimm dir aus meiner Herde ein besseres!"

„Ich danke Euch, Señor, und werde Euer Verhalten bei Juarez zu rühmen wissen. Wollt Ihr mir sagen, wo ich mich hier aufhalten soll?"

„Das kommt ganz auf dich an. Bist du wirklich nur ein Vaquero?"

„Hm! Ich mußte mich für einen solchen ausgeben."

„Gut, so mußt du dich auch in dieser Rolle zeigen. Ich habe dich in Dienst genommen, du wirst also bei meinen Vaqueros sein. Sie liegen entweder in einem Raum des Erdgeschosses oder draußen vor dem Haus."

„Wird man mich ungehindert aus- und eingehen lassen?"

„Jedenfalls. Da du als Vaquero auftrittst, darf ich dich auch nicht hier bedienen lassen. Für Speise und Trank werden meine Leute sorgen. Hast du sonst noch einen Wunsch, so brauchst du ihn mir nur mitzuteilen."

„Ich danke Euch, Señor. Ich brauche nichts als Ruhe und ein besseres Pferd. Beides habt Ihr mir bereits gewährt. Ich bin zufrieden."

Er zog sich zurück. Als sich die Tür hinter ihm geschlossen hatte, sagte Maria:

„Wißt Ihr, Señor, daß Ihr Euch da in eine gefährliche Sache eingelassen habt? Wenn nun die Franzosen entdecken, daß der Mann ein Bote von Diaz ist?"

„Das wäre sehr zu beklagen. Aber was sollte es mir schaden?"

„Ihr habt ja gesagt, daß Ihr ihn und seinen Bruder kennt."

„Das wohl. Aber ich sehe da noch keine Gefahr voraus. Kann ich denn wissen, daß dieser Mann, der in meine Dienste treten will, sozusagen ein Spion ist?"

„Hm. Habt Ihr ihn richtig betrachtet? Wie gefiel er Euch?"

„Wie er mir gefiel? Oh, ich bin kein Frauenzimmer, Señorita“, scherzte Arbellez.

Maria Hermoyes mußte lächeln, fuhr aber besorgt fort:

„So ist es nicht gemeint. Habt Ihr sein Auge betrachtet? Sein Blick war nicht gut. So unstet.“

„Hm, ja. Sein Auge war sehr unruhig, es fuhr im Zimmer herum, als ob er etwas suche und doch nicht finden könne.“

„Das habe ich allerdings auch bemerkt. Er hatte ein falsches, treuloses Auge. Ich könnte ihm kein Vertrauen schenken.“

„Das ist auch gar nicht nötig. Er ruht sich bei uns aus und wird wieder gehen. Ob er ein guter oder böser Mensch ist, das geht uns nichts an.“

Der Vaquero, der sich Armandos genannt hatte, gesellte sich unterdessen zu den Rinderhirten, die ihren Aufenthalt im Erdgeschoß hatten. Er erhielt zu essen und zu trinken und erfuhr im Lauf des Gespräches alles, was er wissen wollte.

Später verließ er das Haus und begab sich hinaus aufs Feld, wo andere Hirten nach ihrer Gewohnheit am Feuer saßen. Hier vervollständigte er seine Erkundigungen, so daß er am Abend genügend unterrichtet war. Nun streckte er sich ins Gras, wickelte sich in seine Decke und tat, als ruhe er. Niemand kümmerte sich um ihn, und das war ihm recht.

So kam Mitternacht heran. Die Vaqueros schliefen, und Armandos konnte sich entfernen, ohne daß sein Gehen auffiel. Er schlug, um von dem französischen Posten nicht bemerkt zu werden, einen Bogen, bis er sich dem Eingang gegenüberbefand und schritt dann in schnurgerader Richtung in die Nacht hinein. Er war noch gar nicht weit gegangen, so bemerkte er eine dunkle Masse vor sich.

„Halt. Wer da?“ fragte halblaut eine Stimme.

Die dunkle Masse bestand aus den Leuten, die er suchte.

„Ich bin es, Armandos“, gab er sich zu erkennen.

„Endlich.“

Dieses Wort kam von Cortejo, der in der Nähe hielt und jetzt mit seiner Tochter und dem Mexikaner, der heute an seiner Seite geritten war, nähertrat.

„Wie steht es?“ fragte er.

„Schlecht und gut zu gleicher Zeit“, erklärte der Spion. „Die Hacienda ist von den Franzosen besetzt. Ich habe gegen dreißig Mann gezählt.“

„Dann ist es ja gar nicht so schlimm. Wer ist ihr Anführer?“

„Ein Capitano, der durchaus nicht wie ein großer Held aussieht.“

„Ich werde mit ihm fertig werden. Aber hast du nicht gehört, warum man auf den Gedanken gekommen ist, gerade die Hacienda zu besetzen?“

„Sie gilt als Vorpostenstelle.“

„Das ist nicht gut. Es ist so, wie ich dachte. Die Hacienda liegt der Grenze zu. Wenn wir sie wegnehmen, werden wir bald wieder Besuch erhalten und uns tüchtig herumschlagen müssen.“

Da meinte der mexikanische Anführer, der bisher geschwiegen hatte: „Das müssen wir mit in Kauf nehmen. Die Sache hat auch ihr Gutes. Wenn wir diesen Vorposten fortnehmen, erhalten wir eine gerade Verbindung mit dem Rio Grande. Das ist ein großer Vorteil für uns.“

„Recht habt Ihr. Es ist nur notwendig, eine so starke Besatzung in die Hacienda zu legen, daß sie uns nicht wieder genommen werden kann. Sie soll ja den Punkt bilden, von dem meine Maßnahmen ausgehen. Wird sie gut bewacht?“

„Sehr nachlässig“, erwiderte der Spion. „Es sind an den vier Ecken Schanzen aufgeworfen. Auf jeder steht ein Posten, das ist alles. Die anderen Leute liegen im Hof und schlafen."

„Der Capitano auch?"

„Nein, der bewohnt ein Zimmer im Gebäude."

„Und wie steht es mit den Vaqueros?"

„Einige schlafen im Erdgeschoß und einige im Freien."

„Hast du mit dem Haciendero selbst gesprochen?"

„Ja. Er ist ein einfältiger Mensch, und er glaubte alles, was ich ihm sagte. Übrigens brauchen wir uns vor seiner Tapferkeit nicht zu fürchten. Er ist krank und schwach, er sieht aus, als stehe der Tod hinter ihm."

„So werden wir keine schwere Arbeit haben", meinte der Anführer. „Wir lassen die Pferde einstweilen zurück und schleichen vor. Die vier Posten werden mit dem Messer erstochen, daß sie keinen Lärm machen können, und dann fallen wir über die anderen her, alles möglichst ruhig, ohne Schüsse. Aber wie steht es mit den Vaqueros? Töten wir sie auch?"

„Sicher!" meinte Josefa.

„Eigentlich ist es nicht nötig", versetzte Cortejo. „Ich werde Besitzer der Hacienda und brauche diese Leute zum Schutz der Herden."

„So lassen wir sie meinetwegen leben", schlug der Mexikaner vor. „Wir brauchen nicht gerade zum bloßen Vergnügen zu morden. Die Hauptsache ist, daß wir Beute machen, und da bleibt es bei unserer Abmachung, daß alles uns gehört, was sich in dem Gebäude befindet."

„Arbellez und Maria Hermoyes ausgenommen", sagte Josefa.

„Zugestanden! Laßt uns also beginnen!"

Einige Minuten später rückten die Leute gegen die Hacienda vor. Diese wurde umzingelt, und dann begannen die Mexikaner, die Planken vorsichtig zu übersteigen. Es sollte ihnen aber nicht unbemerkt gelingen.

Eben stand einer der Posten auf der Erhöhung und

blickte in das beinahe undurchdringliche Dunkel hinaus, da war es ihm, als vernehme er ein unbestimmtes, eigentümliches Geräusch. Sehen konnte er bei dieser Finsternis nichts, daher legte er sich auf die Erde und horchte. Das Geräusch wurde jetzt stärker. Es war nahe und klang wie Schritte vieler Menschen, und — da knackte es auch gerade vor ihm an den Planken.

„*Halte-là! Qui vive?*" rief er laut. „Halt, wer da?" Er blieb vorsichtig am Boden liegen, hielt aber sein Gewehr schußbereit und lauschte auf eine Antwort. Es erfolgte keine. Einige Sekunden lang war alles still. Dann war das Knacken der Planke von neuem zu hören.

„Wer da?" fragte er abermals. „Antwort, oder ich schieße!"

Da sah er gerade vor sich einen Kopf über der Planke erscheinen. Ein Mensch wollte hereinklettern. Rasch richtete er sein Gewehr empor und drückte ab. Der Schuß knallte laut durch die Nacht.

Die Soldaten, durch ihn wachgerufen, sprangen von ihren Lagern auf und griffen zu den Waffen, aber zu spät, denn als der Schuß erschollen war, rief draußen eine laute Stimme:

„*Caramba!* Wie dumm! Aber hinein, vorwärts!"

Es war der mexikanische Anführer. Seine Leute gehorchten. Kaum hatten sie den Ruf gehört, so sprangen sie von allen Seiten über die Planken und fielen über die Franzosen her, die trotz der Dunkelheit leicht von den eigenen Leuten zu unterscheiden waren. Einige vergebliche Schüsse krachten; Flüche erschollen; ein Todesschrei ertönte hier und da; dann war es still.

An einigen Fenstern der Hacienda wurde es hell. Eines wurde geöffnet. Der Kapitän, vom Schlaf aufgeschreckt, hatte schnell Licht angebrannt und blickte herab. Sein Kopf war im Schein der Kerze deutlich zu erkennen.

„Was gibt es da unten? Warum wird geschossen?" rief er herab.

„Um deinen Kopf zu sehen, Tölpel!" rief der Mexikaner von unten hinauf.

Bei diesen Worten zielte er empor und drückte ab. Seine Kugel fuhr dem Offizier durch den Kopf. Es lebte kein Franzose mehr.

Die Vaqueros, die im Erdgeschoß lagen, hatten sich beim ersten Schuß erhoben und sofort einige Kienspäne angebrannt.

Sie eilten hinaus, aber an der Tür trat ihnen Cortejo entgegen und sagte:

„Zurück! Wir sind Freunde!"

„O *Dios!* Señor Cortejo!" rief ein alter Hirte, der ihn kannte.

„Ja, ich bin es. Wir haben die Franzosen niedergemacht. Ich hoffe, ihr seid gute Mexikaner und haltet zu uns. Wo ist Arbellez?"

„In seinem Schlafzimmer jedenfalls."

„Gib mir den Span!"

Der Alte ließ sich den langen, brennenden Span aus der Hand nehmen. Als er sah, wer hinter Cortejo folgte, rief er überrascht:

„Señorita Josefa! Welch ein Wunder!"

Das Mädchen beachtete sein Erstaunen nicht. Sie folgte ihrem Vater.

Pedro Arbellez war natürlich von dem Schießen erwacht. Er sprang aus dem Bett und brannte Licht an. Es krachten mehrere Schüsse. Es handelte sich also um ein ernstes Ereignis. Er fuhr eiligst in seine Kleider und wollte seine Stube verlassen, als Maria Hermoyes eintrat.

„Oh, Señor, was mag los sein?" fragte sie beängstigt.

„Ich weiß es nicht", antwortete er.

„Das ist ja ein Kampf! Hört Ihr die Rufe?"

„Ein Kampf? Mit wem sollten die Franzosen kämpfen? Wer sollte die Hacienda überfallen? Es wird sich um ein Mißverständnis handeln."

„Oh, dann wäre das Schießen aus. Hörtet Ihr diesen Schrei? Mein Gott!"

„*Santa Madonna*, das war ein Todesschrei!"

„Jetzt wieder einer und noch einer!"

„Man kommt die Treppe empor. Wer mag es sein?"

Pedro Arbellez wollte hinaus, aber die Tür wurde schon geöffnet.

Zwei Personen standen in ihr, von einem Kienspan beleuchtet.

„Cortejo!" rief Arbellez erschrocken.

„Josefa!" rief Maria Hermoyes. Sie hatte das Mädchen trotz der Verkleidung sofort erkannt.

Cortejo hatte eine gespannte Pistole in der Hand, seine Tochter ebenfalls. Hinter ihnen wurden die finsteren Gesichter seiner Mexikaner sichtbar.

„Ja, ich bin es", sagte er, eintretend und die Tür hinter sich und Josefa verschließend.

„Mein Gott, was wollt Ihr?" fragte Arbellez.

„Das werdet Ihr sogleich sehen. Setzen wir uns!"

„Ja, setzen wir uns!" fügte Josefa hinzu, indem sie auf einem Stuhl Platz nahm und mit ihren runden kalten Eulenaugen die beiden erschrockenen Leute höhnisch betrachtete. „Wer soll das Verhör führen, Vater?"

„Ah, du willst dir einen Spaß machen", lächelte er. „Gut, sprich du!"

Damit legte Cortejo sich in eine Hängematte und warf den brennenden Span zu Boden. Dieser war hier unnütz, da ein Licht brannte. Während er mit der Pistole spielte, ruhte sein Auge mit dem Ausdruck des Hohnes und des Hasses auf Arbellez und Maria. Seine Tochter setzte inzwischen den Hahn ihrer Pistole in Ruhe und sagte zu dem Haciendero:

„Ihr fragt, was wir hier wollen? Gericht halten wollen

wir über Euch und diese da." Bei diesen Worten zeigte Josefa auf Maria Hermoyes.

„Ihr scherzt, Señorita", meinte Arbellez. „Wir haben Euch nichts getan. Ich bin erstaunt, Euch hier zu sehen, Señor Cortejo. Wollt Ihr nicht die Güte haben, mir Euer Erscheinen auf meiner Hacienda zu erklären?"

„Diese Erklärung werde ich Euch an Stelle meines Vaters geben", erwiderte Josefa. „Habt Ihr in jüngster Zeit von uns gehört?"

„Ja", erklärte der Greis. „Darf ich es jedoch sagen? Ich habe es nicht geglaubt."

„Sagt es! Ich befehle es Euch!"

Der Alte trat einen Schritt zurück.

„Ihr sprecht vom Befehlen? Jedenfalls habe ich hier zu befehlen!"

„Da irrt Ihr Euch sehr", antwortete Josefa stolz. „Ich bin jetzt Herrin der Hacienda del Eriña, um die Ihr uns betrügen wolltet!"

„Wenn Ihr in diesem Ton sprecht, werde ich meine Vaqueros rufen!"

„Ruft sie!" höhnte Josefa.

Arbellez trat an die Tür. Aber als er sie öffnete, blickten ihm die wilden Gesichter einiger Freischärler entgegen, die von Cortejo den Befehl erhalten hatten, sich hier aufzustellen. Er fuhr erschrocken zurück.

„Wer ist das? Was wollen diese Leute?"

„Das ist meine Ehrengarde", erklärte Josefa. „Ich will Euch sagen, daß wir mit dreihundert Mann die Hacienda überfallen haben. Die Franzosen sind getötet, und Ihr befindet Euch in unserer Hand."

„Ich? In Eurer Hand? Ihr irrt Euch, Señorita. Ihr mögt die Franzosen überfallen und töten. Ich aber bin ein freier Mexikaner, dem Ihr nichts anhaben könnt!"

„Ihr seid es, der sich irrt! Ihr seid kein freier Mexikaner, sondern unser Gefangener. Merkt Euch das!

Beantwortet mir meine Frage von vorhin: was habt Ihr in jüngster Zeit von uns gehört?"

Pedro Arbellez vermochte sich nur schwer in die Lage zu finden. Er sollte der Gefangene dieser beiden Leute sein? Früher hätte er sich zur Wehr gesetzt, jetzt aber war er alt, schwach und krank, es fehlte ihm die Kraft der jüngeren Jahre. Er sah die Waffen, die sich in den Händen der beiden befanden, er hörte ein wüstes Schreien, Rufen und Jauchzen, das jetzt durch die Räume der Hacienda erschallte, und das vermehrte seine Bestürzung.

„Antwortet!" gebot Josefa. „Was habt Ihr gehört?"

„Daß Señor Cortejo Präsident werden will", antwortete Arbellez.

„Präsident? Pah! Ganz Mexiko soll ihm und mir gehören! Diese Hacienda wird von uns zuerst besetzt, denn sie ist unser Eigentum."

„Sie ist das meinige! Ich habe sie gekauft!"

„Beweist es!"

„Ich habe es bereits bewiesen, ich besitze die Kaufurkunde."

„Diese Urkunde ist gefälscht. Ihr habt die Hacienda nicht gekauft, Ihr habt Sie vielmehr geschenkt erhalten, und die Kaufakten sind nur zum Schein ausgestellt worden."

„Selbst wenn dies das Richtige wäre, wäre die Hacienda mein Eigentum. Und sogar, wenn mein Recht nichtig wäre, fiele die Hacienda an den Grafen Rodriganda zurück, aber nicht an Euch."

„Pah! Was dem Grafen gehört, gehört auch uns! Ihr versteht das freilich nicht!"

„Oh, ich begreife das schon!" fuhr Arbellez auf.

Der Zorn hatte ihn erfaßt, er begann daher mutiger zu werden.

„Ihr begreift es? Wirklich?" spottete sie. „Wie unendlich klug von Euch!"

„Ja, ich begreife es“, grollte er. „Ich kenne Eure Schlechtigkeit, ich durchschaue den ganzen, ungeheuren Schwindel. Der untergeschobene Graf Alfonso ist ein Cortejo. Darum glaubt Ihr, was den Rodrigandas gehört, gehöre auch Euch. Oder wollt Ihr leugnen?“

„Leugnen? Euch gegenüber? Ihr seid nicht bei Sinnen. Was ein Verrückter sagt, braucht weder bestätigt noch geleugnet zu werden. Also Ihr habt die Hacienda wirklich gekauft, mein teurer Señor Arbellez, und habt eine Urkunde darüber?“

„Ja. Sie ist gut aufgehoben.“

„Ich bin gekommen, sie von Euch zu fordern.“

„Sie befindet sich nicht im Haus!“

Da sprang Josefa vom Stuhl auf, ballte die Faust und zischte Arbellez entgegen:

„Ah, Ihr habt sie nicht hier auf der Hacienda? Wo sonst?“

„Die Urkunde liegt mit meinem Testament in sicheren Händen. Bemüht Euch nicht!“

Josefas Zorn wuchs, ihre Augen sprühten Blitze. „Ein Testament habt Ihr gemacht? Und Ihr habt einen Erben eingesetzt, dem die Hacienda gehören soll? Wer ist es?“

„Testamentsgeheimnisse plaudert man nicht aus, Señorita.“

„Ich werde Euch in den tiefsten Keller stecken. Ich werde Euch foltern und auf alle Weise peinigen und quälen. Ihr werdet langsam verhungern müssen.“

„Ich fürchte den Tod nicht.“

Josefa stieß ein höhnisches Lachen aus.

„Du bist altersschwach“, sagte sie, „und weißt nicht mehr, was du redest. Aber wenn ich dir durch Peitschenhiebe den Rücken zerfleischen lasse, so wirst du wenigstens das noch reden können, was ich von dir hören will. Mit dir bin ich nun fertig. Jetzt zu der anderen!“

Die alte, brave Maria Hermoyes hatte inzwischen

mit Zittern und Beben dieser Unterredung zugehört. Sie kannte dieses Mädchen, sie wußte, was von Josefa zu erwarten war, die vor keiner Grausamkeit zurückschreckte. Jetzt kam die Reihe an sie.

„Warum bist du von Mexico fortgegangen?“ fragte Josefa.

„Ich wollte zur Hacienda“, antwortete Maria, „Señor Arbellez war mein Freund.“

„Ah, in Mexico hattest du keine Freunde? Hattest du denn nicht uns?“

Die Alte schlug verlegen die Augen nieder. Konnte sie sagen, daß sie durch die Angst von Mexico vertrieben worden war?

Aber Josefa kam ihr zu Hilfe:

„Du hattest Angst vor uns? Nicht wahr?“

Maria schwieg. Josefa aber fuhr fort:

„Du hattest recht, Alte. Wärst du in Mexico geblieben, so lebtest du heute nicht mehr. Mexico ist ein ungesunder Ort für Leute, die sich in die Geheimnisse anderer drängen. Es war klug, daß du flohst — Für heute habe ich einige Fragen an dich. Beantwortest du sie mir der Wahrheit gemäß, so wird dein Schicksal wenigstens nicht so grausam sein wie das dieses halsstarrigen Alten. Hast du gewußt, daß er ein Testament gemacht hat?“

„Ja“, erwiderte Maria.

„Weist du, wer der Erbe sein wird?“

„Nein.“

Dieses „Nein“ war auffallend unsicher gesprochen, was Josefa auffiel. Darum fuhr sie die Alte an:

„Lüge nicht! Weißt du, wem er die Hacienda vermacht hat?“

„Ja“, lispelte die Alte zögernd. „Einer Verwandten.“

„Weißt du, wer diese Verwandten sind?“

„Es ist ein Kaufmann im Fort Guadalupe, er heißt Pirnero.“

„Pirnero, den Namen wird man sich merken müssen. Und dieser Pirnero soll die Hacienda erben?“

„Er nicht, sondern seine Tochter.“

„Was du sagst! Er hat also eine Tochter. Weiß sie denn, daß sie Erbin werden soll?“

„Ja. Señor Arbellez hat vor kurzer Zeit einen Boten, einen Vaquero, zu ihr geschickt.“

„Wirklich? Vor kurzer Zeit erst? So ist der Mann noch nicht zurück?“

„Nein.“

„Das ist gut. Man wird ihn erwarten müssen. Welche Botschaft sollte er ausrichten?“

Maria blickte verlegen zu Arbellez hinüber. Dieser bemerkte es und sagte:

„Antwortet nur immerzu! Was Ihr wißt, mögt Ihr ruhig sagen. Ihr sollt meinetwegen nicht auch gepeinigt werden, Señora.“

„Du hast es gehört, also sprich!“ drängte Josefa.

„Der Vaquero mußte Señorita Resedilla bitten, hierherzukommen.“

Da machte Josefa eine frohlockende Miene.

„Ah, die Erbin soll würdig empfangen werden. Ich werde ihr zu dieser Erbschaft Glück wünschen. Warst du dabei, als Arbellez sein Testament machte? Wo hat er es abgefaßt?“

„Hier in diesem Zimmer.“

„Und wer war dabei?“

„Drei Señores, die geritten kamen und zwei Tage hier verweilten.“

„Woher waren sie?“

„Ich weiß es nicht.“

„Lüge nicht, Alte!“

„Señorita, ich kann es mit dem heiligsten Eid beschwören, daß ich es nicht weiß.“

„Aber ihre Namen hast du doch gehört?“

„Der eine wurde Señor Mandatario genannt. Der

zweite war der Señor Advocatore und der dritte der Señor Secretario."

„So habt Ihr alle drei nur nach ihrem Stand benannt. Hat vielleicht einer von ihnen das Testament mitgenommen?"

„Ja, der Señor Mandatario. Als er Abschied nahm, sagte er zu Señor Arbellez, daß das Testament sicherliege."

„Es könnte doch einer der Dienstboten oder Vaqueros ihn gekannt haben?"

„Keiner hat ihn gekannt."

„Er ist auch nicht wieder hier gewesen?"

„Nein."

Cortejo hatte sich bisher behaglich in seiner Hängematte geschaukelt und den stillen Zuhörer gespielt. Jetzt begann auch er, sich zu beteiligen.

„Laß das, Josefa!" mahnte er. „Auf diese Weise erfährst du nichts. Arbellez wird selber reden müssen. Wir sperren ihn in den Keller und geben ihm nichts zu essen und zu trinken. Hunger und Durst tun weh, sie werden ihn schon zum Sprechen bringen. Er wird uns sagen, wo sich die Kaufakten befinden, er wird uns sogar die schriftliche Bescheinigung aufsetzen, daß diese Akten uns ausgehändigt werden sollen."

„Und damit willst du warten, bis ihn der Hunger oder der Durst zwingt?" fragte sie.

„Ja. Oder weißt du etwas Besseres?"

„Gewiß. Ich hoffe, daß du mich tun läßt, was ich will, Vater!"

„Erst muß ich wissen, was es ist."

„Du sollst es erfahren. Zuerst aber noch eine Frage an den da." Josefa wandte sich abermals zu Arbellez: „Hat der Mandatario wirklich Euer Testament?"

„Ja."

„Woher ist er, und wo wohnt er?"

„Das werdet Ihr nicht ermitteln. Mein Unglück hat

mich vorsichtig gemacht, ich ahnte, daß es noch nicht zu Ende sei, und bat daher jene drei Señores, keinem Menschen wissen zu lassen, wer sie seien. Sie haben diesen Wunsch erfüllt."

„So ist es wohl auch dieser Mandatario, der die Kaufakten aufbewahrt?"

„Das werde ich Euch nicht sagen."

„In einigen Tagen werde ich es dennoch wissen, denn ich werde Euch einsperren und hungern lassen, bis Ihr redet. Ich frage Euch also vorläufig zum letztenmal!"

„Laßt mich alten Mann einsperren! Ihr seid eine Furie, ein nichtswürdiges Geschöpf, das nicht wert ist, von der Sonne beschienen zu werden."

„Hörst du es, Vater?" fragte Josefa grimmig. „Er soll eingesperrt werden, erst jedoch Hiebe haben!"

„Das hat ja noch Zeit, Josefa. Wir wollen es vorher mit dem Hunger versuchen."

Josefa schritt zur Tür, öffnete sie und ließ zwei Freischärler eintreten.

„Diese Leute sollen im Keller eingeschlossen werden", sagte sie. „Ihr werdet das besorgen. Fesselt sie!"

Die beiden Männer blickten einander an, dann fragte der eine:

„Gut. Aber, Señorita, Ihr werdet zugeben, daß wir Eure Diener nicht sind."

Ihre Brauen zogen sich zusammen. „Was sonst?" fragte sie barsch.

„Wir haben versprochen, für Eure Sache zu kämpfen, aber zu solchen Diensten haben wir uns keineswegs verpflichtet."

„So werde ich es Euch bezahlen."

„Das läßt sich eher hören. Wieviel bietet Ihr uns, Señorita?"

„Jeder erhält ein Goldstück."

„Das ist genug. Aber Ihr vergeßt noch ein weiteres: Ihr habt uns aufgefordert, da vor der Tür zu stehen und für Euch bereit zu sein. Unterdessen plündern die anderen das Haus, wir aber erhalten nichts von dem, was sie sich nehmen."

„Ihr meint, daß ich Euch entschädigen soll? Wenn Ihr mir gehorcht, so sollt Ihr nicht zu kurz kommen."

„Wieviel werden wir erhalten, Señorita?"

„Ich werde erst sehen, welche Beute die anderen machen. Ihr werdet mit mir zufrieden sein."

Die beiden Mexikaner willigten ein und banden Arbellez und Maria Hermoyes an Händen und Füßen. Sie ließen es widerstandslos geschehen. Arbellez bewegte sich nicht. Er war ohnmächtig. Infolge der Aufregung durch den unerwarteten Umschwung war der vom Gram gebeugte Mann zusammengebrochen.

„Ist er tot?" fragte Josefa kaltblütig.

„Wollen sehen!"

Der Freischärler bückte sich nieder und untersuchte den Haciendero.

„Tot ist er nicht", erklärte er dann. „Es ist noch Atem in ihm."

„Hier ist eine Anzahlung."

Josefa zog eine seidene Börse und nahm zwei Goldstücke daraus.

„Danke, Señorita!" sagte der Sprecher. „Was tun wir mit ihm?"

„Schafft beide fort! Es wird wohl im Keller einen Platz geben, wo man ihn und das alte Weib sicher halten kann. Sie mögen beide hungern, bis ihnen der Atem ausgeht."

Der eine nahm nun Arbellez und der andere Maria Hermoyes auf die Arme, und Josefa folgte. So begaben sie sich durch das plündernde Gesindel in den Keller, wo die beiden Gefangenen eingesperrt wurden. Den Schlüssel nahm Josefa.

„Ihr werdet noch heute Eure Entschädigung erhalten", sagte sie zu ihren Helfershelfern. „Es ist nicht notwendig, daß jedermann erfährt, was geschehen ist. Seid ihr verschwiegen, so belohne ich doppelt gut."

Sie stieg die dunklen Stufen empor und die Männer folgten ihr langsam. Als sie verschwunden war, blieb der Sprecher stehen und sagte:

„Ich bin begierig, wieviel Señorita Cortejo uns bezahlen wird."

Der andere schwieg. Darum fuhr der erste fort:

„Weshalb antwortest du nicht, he?"

Da holte der Gefragte tief Atem und erwiderte:

„Der Teufel hole die ganze Geschichte!"

„Wieso? War dir das Goldstück zu wenig? Es war rasch verdient."

„Ich wollte, ich hätte es nicht verdient!"

„*Caramba,* ich glaube gar, du wirst rührselig und fängst Grillen!"

„Höre, du kennst mich. Ich bin nicht von Pfefferkuchen und habe gar manches auf mich geladen, vor dem einem anderen das Ding, was sie Gewissen nennen, brüllen würde. Ich habe den Alten mit dem größten Vergnügen eingesperrt, denn ich wurde bezahlt. Aber wenn ich daran denke, daß er da unten verhungern soll, so tut er mir doch leid."

„Unsinn! Übrigens hat die Señorita recht. Es braucht nicht jeder zu wissen, was geschehen ist."

„Von mir erfährt es sicherlich niemand."

„Von mir auch nicht. Dieses Mädchen ist eine richtige Teufelin. Weh dem Volk, wenn ihr Vater Präsident würde!"

„Präsident?" murrte der andere. „Das wird er in seinem ganzen Leben nicht. Mir ist es ja gleich, wer unser Land beherrscht. Wir folgen diesem Cortejo, um guten Sold zu bekommen und Abenteuer zu erleben. Das ist alles. Aber jede Gemeinheit dieses ehrgeizigen Cortejo machen wir denn doch nicht mit."

„Du hast recht. Immerhin wollen wir doch auch etwas

von der Beute haben. Alles hat seine Zeit, auch die Gewissensbisse. Ich sehe zu, was für mich abfällt."

Die Männer trennten sich. Der eine ging, um Beute zu suchen. Der andere aber schlich still und finster durch die hin und her rennenden Plünderer, schritt um die Ecke des Hauses und brummte:

„Diesen Alten werde ich in meinem ganzen Leben nicht vergessen. Ich glaube, daß er mir im Traum erscheinen wird."

Nachdenklich ging er weiter, schüttelte sich und fuhr fort:

„Im Traum? Hm, vielleicht sogar in meiner letzten Stunde."

Endlich blieb er stehen, blickte sich um, als denke er, es folge ihm jemand, und sagte zu sich:

„Die letzte Stunde? Einige sagen, dann sei alles aus, und andere, daß da erst ein neues Leben beginne. *Caramba*, wenn man alles, was man hier auf sich geladen hat, mit in jenes Leben nehmen müßte! Wieviel hätte ich da zu tragen! Dieser Arbellez läge dann obendrauf und sähe mich immerfort an, weil ich schuld habe, daß er verhungert ist. Verhungert? Hm, das braucht doch nicht zu geschehen!"

Damit schritt er an der hinteren Seite des Hauses hin und suchte, und als er ein kleines Loch erreichte, das sich unten an der Mauer befand, blieb er abermals stehen und murmelte:

„Dies ist bestimmt das Loch, das ins Gefängnis geht. Wie nun, wenn ich etwas zu essen hinunterließe? Auch einige Flaschen Wasser brächte man gut hinab, wenn man vorsichtig genug wäre, sie an eine Schnur zu binden. Ja, heute abend, wenn alles dunkel ist, werde ich es tun, wegen der Todesstunde und wegen des Alten, den ich sonst in meinem ganzen Leben nicht wieder aus dem Gedächtnis bringe."

14. Eine Hiobsbotschaft

Die Hacienda befand sich in der Gewalt Cortejos; aber alles, was nicht niet- und nagelfest war, erklärten die Mexikaner für ihr Eigentum. Erst als jeder das Seinige beiseitegeschafft hatte, dachte man daran, die toten Franzosen zu entfernen. Sie wurden am Bach eingescharrt.

Am nächsten Tag trafen Nachzügler ein, die von den Vertrauensleuten Cortejos diesem nachgeschickt worden waren. Er hatte festen Fuß gefaßt, und es galt nun, sich im Norden zu behaupten. Deshalb machte er sich mit hundert Reitern auf den Weg zum Rio Grande, um sein gegen Lord Dryden gerichtetes Vorhaben auszuführen. Josefa blieb zurück, um möglichst seine Stelle zu vertreten, soweit ihr dies möglich war. —

Einige Tage später trabte ein Reiter durch die Ebene, die sich nördlich von der Laguna de Santa Maria ausbreitet. Der Mann sah verstaubt und angegriffen aus, und auch sein Pferd schien ermüdet, als habe es einen weiten Weg und eine große Anstrengung hinter sich. Dieser Reiter war jener Vaquero Anselmo, der im Fort Guadalupe gewesen war, um Señorita Resedilla zu Pedro Arbellez einzuladen. Er hatte sich am Morgen nach dem Kampftag auf den Weg gemacht, um seinem Herrn, noch ehe die anderen auf der Hacienda eintrafen, die Nachricht zu bringen, daß die so lange Beweinten noch am Leben und sogar auf dem Heimweg seien. Durch die vom Krieg aufgepeitschten und räuberisch umherstreifenden Indianer war auch er zu Umwegen gezwungen gewesen.

Anselmo war glücklich, diese Nachricht bringen zu können, und spornte sein Pferd trotz dessen Müdigkeit zur Eile an. Aber der nächste Tag verging, und erst am Abend gelangte er in die Nähe der Hacienda. Jetzt gab er seinem Pferd die Sporen und galoppierte bis vor das Tor, das er verschlossen fand. Er klopfte an.

„Wer ist draußen?" fragte eine fremde Stimme.

Der Vaquero nannte seinen Namen.

„Kenne ich nicht", brummte es drinnen.

„So bist du wohl erst kurze Zeit hier?" fragte Anselmo von außen.

„Ja."

„Nun, so mach nur auf! Ich bin Vaquero des Señor Arbellez und komme vom Fort Guadalupe, wo wir die Franzosen geschlagen haben."

„Fort Guadalupe? Die Franzosen geschlagen? Ja, da bist du einer der Unsrigen. Komm herein!"

Das Tor wurde geöffnet und hinter dem Vaquero wieder verschlossen. In der Dunkelheit bemerkte er nichts von den Veränderungen, die seit seiner Abwesenheit hier vorgegangen waren. Er sprang vom Pferd, ließ es frei laufen und begab sich zunächst in den Raum im Erdgeschoß, wo sich die Vaqueros aufhielten. Er wollte diesen zeigen, daß er zurückgekehrt sei, und sich dann hinauf zu Arbellez begeben, um Bericht zu erstatten. Schon öffnete er die Tür, da blieb er erstaunt stehen, als er den Raum mit fremden, bewaffneten Männern gefüllt sah. Auch er wurde sofort bemerkt.

„Hallo, wer ist das?" rief einer. „Wohl wieder ein neuer?"

Damit wurde er angefaßt und hereingezogen. Ganz verblüfft sah er sich um und wurde deswegen ausgelacht.

„Das Pulver hat er nicht erfunden", meinte der vorige Sprecher. „Mann, um für Cortejo zu kämpfen, bedarf es anderer Männer als du bist."

„Cortejo?“ fragte Anselmo erstaunt.

„Ja. Oder kommst du um einer anderen Ursache willen? Zu wem willst du denn?“

„Zu meinem Herrn.“

„Ganz recht. Aber wer ist denn dein Herr?“

Das Gespräch schien sich in ein Verhör verwandeln zu wollen.

„Don Pedro Arbellez“, antwortete der Gefragte.

„Pedro Arbellez? Das war der vorige Besitzer der Hacienda, ja.“

„Der vorige?“ fragte der Vaquero betroffen. „Gibt es denn jetzt einen anderen? Wer ist es denn?“

„Señor Cortejo aus Mexico. Mann, ich glaube, du erschrickst. Paßt dir dieser Señor nicht?“

„Ah, ich möchte nur wissen, auf welche Weise er hier so plötzlich Herr geworden ist.“

„Auf welche Weise? Nun, sehr einfach: er ist mit uns hierhergeritten und hat die Hacienda diesem Arbellez weggenommen.“

„*Santa Madonna!* Und wo befindet sich jetzt Señor Arbellez?“

„Der? Niemand weiß es. Er ist verschwunden.“

„Mein Gott, so muß ich wieder fort.“

Der Vaquero wandte sich bestürzt zum Gehen und wollte sich schleunigst entfernen, aber zehn Fäuste hielten ihn fest.

„Halt, Alter! Mit dir ist etwas nicht richtig. So entkommst du uns nicht. Man wird dich erst ein wenig ins Verhör nehmen müssen.“

„Ins Verhör? Weshalb? Ich bin ein ehrlicher Hirte.“

„Das behauptet jeder. Für wen kämpfst du? Für Bazaine, Max, Juarez oder Cortejo?“

„Für keinen. Ich bin ein Vaquero meines Señor Arbellez und habe nur ihm allein zu gehorchen. Was gehen mich die anderen Sachen an?“

„Hört ihr's, Kameraden? Der Mann ist für Arbellez.

Man muß ihn hinauf zur Señorita führen. Haltet ihn fest! Ich werde ihn anmelden."

Durch Widerstand konnte sich die Lage Anselmos nur verschlimmern. Er ergab sich daher darein und war nun nur neugierig, wer die Señorita sein werde, zu der er geführt werden sollte. Josefa saß in dem Gemach, das sie für sich ausgewählt hatte, in einer Hängematte und rauchte eine Zigarette. Sie trug heute wieder Frauenkleidung, von der sie einen ganzen Packsattel voll mitgebracht hatte. Da trat der Mexikaner ein, der soeben unten das Wort geführt hatte.

„Verzeihung, Señorita!" sagte er, „ich muß eine Meldung machen. Es ist einer gekommen, der für Arbellez kämpfen will. Er ist ein Vaquero dieses Arbellez."

„Schickt ihn mir herauf!"

„Ich werde ihn selbst bringen."

Der Freischärler ging und kehrte mit einem zweiten zurück. Sie führten Anselmo, dem sie die Hände gefesselt hatten. Dieser warf einen forschenden Blick auf das Mädchen. Er kannte es nicht persönlich, und da man ihm seinen Namen nicht genannt hatte, so befand er sich im unklaren darüber, bei wem er eigentlich sei.

„Señorita, ich ersuche Euch, mir zu helfen", bat er. „Es handelt sich hier um ein Mißverständnis."

„Wer seid Ihr?" fragte sie.

„Ich bin Vaquero im Dienst des Señor Arbellez. Mein Herr schickte mich mit einer Botschaft fort, und nun ich zurückkehre, finde ich ihn nicht mehr vor, wohl aber fremde Leute, die ich nicht kenne."

Bei diesen Worten fiel Josefa ein, was Maria Hermoyes ihr von einem Vaquero gesagt hatte, der zum Fort Guadalupe geschickt worden sei, und sie fragte:

„Ihr wart im Fort Guadalupe?"

„Ja", antwortete Anselmo.

Da wandte Josefa sich an die beiden Wächter und sagte zu ihnen:

„Tretet hinaus und wartet vor der Tür! Dieser Vaquero scheint ein braver Mann zu sein. Ich werde allein mit ihm sprechen."

Die Männer gingen hinaus, und Josefa beschloß, sich durch List in Kenntnis dessen zu setzen, was dieser Mann seinem Herrn hatte mitteilen wollen.

„Es ist seit Eurer Abwesenheit eine kleine Veränderung eingetreten", begann sie. „Ist Euch der Name Cortejo bekannt?"

„Ja", erwiderte Anselmo. „Ich habe viel von Cortejo gehört und ihn auch hier gesehen."

„Was ist das für ein Mann?" fragte Josefa mit vertraulichem Lächeln.

Anselmo war aufrichtig und unvorsichtig genug, diese Frage zu benatworten.

„Ein braver, ehrlicher Mann mag nichts von ihm wissen."

Josefas große, runde Eulenaugen zogen sich zusammen. Aber ihre Selbstbeherrschung und Verstellungskunst waren so groß, daß sie mit der freundlichsten Stimme sagen konnte:

„Da gebe ich Euch recht. Cortejo ist ein Mensch, dem nichts heilig ist. Ich hasse ihn. Er hat mich und meine Familie unglücklich gemacht, und ich folge ihm bloß, um ihn zu verderben."

Josefa machte ein so erzürntes Gesicht, daß der Vaquero ihr glaubte.

„Ihn verderben?" fragte er. „Das wird Euch wohl schwerlich gelingen. Er ist ein so schlauer Bursche, daß er unmöglich zu täuschen ist. Aber sagt, wo ist Señor Arbellez?"

„Der ist vor Cortejo geflohen."

„Aber warum? Ich weiß von nichts. Ich bin nach Haus gekommen, und man hat mich sofort festgenommen und mir die Hände gebunden."

„Nun, so will ich es Euch erklären. Aber ich muß

leiser sprechen, damit die beiden, die draußen vor der Tür stehen, mich nicht hören."

Mit dieser Bemerkung beabsichtigte Josefa den Vaquero sicher zu machen.

„Señor Arbellez ist ein Anhänger des Präsidenten Juarez. Das wißt Ihr wohl? Cortejo aber will selber Präsident werden. Er hat eine ziemliche Zahl Anhänger um sich versammelt und ist nach Norden gegangen, um sich diesen Teil des Landes zu unterwerfen. Mit der Hacienda del Eriña hat er begonnen."

„So hat er die Hacienda überfallen?" fragte der Vaquero finster.

„Ja. Glücklicherweise gelang es Señor Arbellez zu entkommen. Er hat mir mitgeteilt, wohin, mir aber verboten, es zu verraten."

„Wie kommt es, daß er gegen Euch so offenherzig gewesen ist, Señorita?"

„Das ist sehr einfach. Er und mein Vater waren gute Bekannte. Mein Vater verlor durch Cortejos Schuld das Leben. Ich aber tat, als wüßte ich es nicht, und schloß mich diesem an, um mich an ihm zu rächen. Ich habe bei seiner Truppe einige brave Männer, die heimlich zu mir halten und nur den Augenblick abwarten, gegen Cortejo aufzutreten. Als wir zur Hacienda kamen, erkannte ich Señor Arbellez und ließ ihn mit Hilfe dieser Männer entkommen."

„So habt Vertrauen zu mir und sagt mir den Ort, wo er sich befindet! Ich soll ihm wichtige Mitteilungen machen."

„Ich weiß nicht, ob es Euch möglich wäre, selbst wenn Ihr seinen Aufenthalt wüßtet. Ihr seid ja hier Gefangener. Man wird Euch nicht gleich freilassen. Am besten wird es sein, Ihr teilt mir mit, was Ihr Señor Arbellez zu sagen habt. Durch mich erfährt er es am schnellsten und sichersten. Ich stand eben im Begriff einen Boten an ihn abzusenden."

„Ah, könnte ich das nicht sein, Señorita?"

„Wo denkt Ihr hin! Cortejo ist für einige Zeit abwesend. Man wird Euch festhalten, bis er zurückkehrt und über Euer Schicksal entscheidet. Ob es mir bis dahin gelingt, Euch zu befreien, weiß ich nicht. Ihr müßt am besten wissen, ob das, was Ihr Eurem Herrn sagen wollt, einen so langen Aufschub verträgt. Überlegt es Euch!"

Anselmo begann nachdenklich zu werden. Er wiegte den Kopf. „Hm. Darf ich Euch denn auch wirklich trauen, Señorita?"

„Macht das, wie es Euch beliebt", entgegnete sie mit gekränktem Stolz.

„Darf ich Euren Namen erfahren?"

„Mein Vater war Oberst Ramirez."

Der Oberst, ein bekannter Anhänger von Juarez, war vor einiger Zeit während einer Reise ermordet worden. Dieser Umstand kam Josefa so gelegen, daß sie sich seiner bediente, um den braven Vaquero zu betrügen.

„Oberst Ramirez?" fragte er. „Das war ein braver Mann."

„Überhaupt", bemerkte sie. „kann ich Euch beweisen, daß Señor Arbellez mir sein Vertrauen schenkt. Er hat mir alles von Euch erzählt. Ich kann Euch sagen, was Ihr im Fort Guadalupe zu tun hattet. Señor Arbellez hat sein Testament gemacht und die Tochter Pirneros als Alleinerbin eingesetzt. Das solltet Ihr dort melden und zugleich die Señorita ersuchen, Eurem Herrn auf der Hacienda ihren Besuch zu machen."

„Wahrhaftig, Ihr wißt es! Das kann nur mein Herr Euch gesagt haben. Nehmt es mir nicht übel, daß ich bedenklich war! Man muß in der jetzigen Zeit sehr vorsichtig sein."

„Ich entschuldige Euch. Wird die Señorita kommen?" fragte Josefa weiter.

„Möglich ist es, daß sie zu Besuch kommt, jedoch als

Erbin nicht. Sie konnte die Erbschaft nicht annehmen, weil die eigentliche Erbin erschienen ist."

Und nun rückte der vertrauensselige Mann mit allem heraus, was er wußte. Man kann sich denken, daß seine Mitteilung auf Josefa, die sich in völlige Sicherheit eingewiegt hatte, wie Keulenschläge wirkte. Sie mußte ihre ganze Selbstbeherrschung aufwenden, um sich nicht zu verraten. Also alle waren noch am Leben, auf deren Tod Josefa einen Eid abgelegt hätte! Und Landola hatte mit falschen Karten gespielt! Zu welchem Zweck aber? Sicherlich, um seinen Vorteil zu suchen, um eine Waffe gegen die Brüder Cortejo zu haben, falls er sie aussaugen wollte. Etwas anderes war nicht denkbar.

Der Erzähler beachtete nicht, welche Gefühle sich auf dem Gesicht Josefas ausdrückten. Erst Unglauben, dann Zweifel, Bangen, Überzeugung, Schreck und Grimm zuckten nacheinander über ihre Züge. Als er mit seiner Erzählung, die eine ziemliche Zeit in Anspruch genommen hatte, zu Ende war, blieb Josefa eine Weile still. Sie überlegte. Das Gehörte war zu unerwartet über sie hereingebrochen. Wenn sich alles so verhielt, dann stand sie wieder am Anfang, wie vor sechzehn Jahren. Es war nicht das geringste gewonnen und der Kampf mußte von neuem geführt werden. Die Waffen wegzuwerfen, konnte ihr nicht einfallen; vorher mußten ihre Feinde daran glauben! Aber es war keine Zeit zu verlieren. Es mußte Schlag auf Schlag folgen, wenn sie nicht alles für verloren halten wollte. Und mit diesem dummen Menschen, der ihr die erste Waffe in die Hand gegeben hatte, sollte der Anfang gemacht werden.

„Señor, was Ihr mir da erzähltet, ist die lautere Wahrheit? Könnt Ihr mir das beschwören?"

„Mit allen Eiden, wenn Ihr es verlangt."

„Nun, wenn diese Leute entlarvt sind, so sind sie doch viel stärker als früher. Cortejo ist jetzt ein gewaltiger Parteigänger. Er wird in kurzer Zeit Präsident von Mexiko sein, also der mächtigste Mann im ganzen Staat."

„Oh, bildet Euch das nicht ein, Señorita! Noch ist General Bazaine da."

„Bazaine? Den wird man fortjagen."

„Und Maximiliano von Österreich?"

„Der Scheinregent? Der Flimmerkaiser? Der wird schließlich von selbst ausreißen!"

„Aber Juarez, der Präsident?"

„Der Indianer vom Stamm der Zapoteken? Den wird man sehr einfach an einem Strick henken und von den Geiern fressen lassen."

Josefas Gesicht hatte einen finsteren, fast teuflischen Ausdruck angenommen. Anselmo bemerkte das wohl, und er wurde sichtlich unschlüssig, was er von ihr denken solle.

„Glaubt das nicht, Señorita!" sagte er. „Habt Ihr Juarez schon gesehen?"

„Ja, oft sogar, in Mexiko, in der Hauptstadt."

„Als er noch Oberrichter war?"

„Ja, und dann später als Präsident."

„Nun, damals war er ein Mann, den man anerkannte. Später wurde er vertrieben. Er mußte fliehen, und das ändert den Menschen. Was früher Knorpel war, das wird dadurch zum Knochen. Juarez ist jetzt ein anderer als früher. Ich glaube nicht, daß er sich hängen lassen wird. Ich glaube vielmehr, daß die hängen werden, die ihm den Strick zugedacht haben, am ersten dieser Cortejo, der die Hanfschlinge tausendmal verdient hat. Und dazu seine saubere Tochter!"

„Habt Ihr sie schon einmal gesehen?"

„Nein, habe auch gar keine Sehnsucht nach ihr. Sie mag sich hüten, sich von mir blicken zu lassen!"

Da ließ Josefa alle Zurückhaltung fallen. Sie trat auf den Vaquero zu und zischte ihn an:

„Ihr sollt sie aber doch zu sehen bekommen, freilich anders, als Euch lieb sein kann!"

Ihre Augen sprühten, ihre Selbstbeherrschung und ihre Verstellung waren vorüber.

„Aber Señorita", sagte Anselmo verwundert, „ich begreife Euch nicht!"

„Oh, Ihr sollt mich und alles andere sogleich begreifen! Nicht wahr, Ihr habt gesagt, daß Ihr mit Eurem Haciendero zu Juarez haltet. Nun, wenn alle Anhänger dieses Juarez so dumm sind wie Ihr und Euer Herr, so wird er ohne Zweifel in kurzer Zeit hängen. Wißt Ihr, wo Arbellez ist?"

„Nun, geflohen, denke ich", stammelte der Vaquero, betreten von der plötzlichen Veränderung, die mit diesem Mädchen vorgegangen war.

„Und das laßt Ihr Euch weismachen? Ihr seid wirklich dümmer als dumm!"

Anselmo zögerte zu antworten. Er war zu ehrlich, um sich in eine solche Verlogenheit sogleich finden zu können. Dann erklärte er zögernd:

„Aber Ihr habt es mir selber gesagt!"

„Ja, doch dachte ich nicht, daß Ihr so einfältig wäret, es zu glauben. Haltet Ihr Cortejo wirklich für so unvorsichtig, Arbellez entkommen zu lassen?"

„Es ist ja mit Eurer Hilfe geschehen!"

„Nein, mit meiner Hilfe ist im Gegenteil Arbellez gefangengenommen worden!"

„Gefangengenommen?" Anselmos Augen vergrößerten sich, seine Lippen preßten sich zusammen.

„Ja. Er steckt unten im Keller. Er ist verurteilt, langsam zu verhungern."

„Treibt keinen so grausamen Scherz, Señorita!"

„Oh, wenn Ihr wüßtet, wer ich bin, so würdet Ihr es nicht für Scherz halten! Ich mußte Euch täuschen, um aus Euch herauszulocken, was ich erfahren wollte. Das ist mir glänzend gelungen. Ratet, wer ich bin!"

Bei dieser Aufforderung ruhte Josefas Auge mit einem prahlerischen Blick auf dem Vaquero. Dieser war zwar ein einfacher, schlichter Mann, aber doch keineswegs blöde. Es ging ihm eine plötzliche Ahnung durch die Seele.

„Mein Gott, ahne ich recht?" rief er erschrocken. „Ihr seid — Ihr seid — Himmel, wenn es wahr wäre! Ihr seid Señorita Josefa —"

„Ja!" frohlockte sie, „ich bin die Tochter Cortejos."

„So sei mir die heilige Madonna gnädig! Was habe ich getan!"

„Ja, sie mag Euch gnädig sein! Ich habe alles erfahren, alles, was ich nicht erfahren sollte. Und wißt Ihr, was ich nun tue? Ich werde nach El Refugio senden und Lord Dryden ermorden lassen —"

„Das möge Euch nicht gelingen!" stöhnte der Vaquero. „Ich wäre schuld daran!"

„Ja, Ihr tragt die Schuld daran! Ich werde ferner Juarez und allen, die bei ihm sind, auflauern lassen. Sie müssen sämtlich sterben!"

Es glühte auf Josefas sonst so bleichem Gesicht eine so boshafte, höllische Freude, daß Anselmo sich entsetzte. Beschwörend erhob er die gefesselten Arme:

„Señorita, bedenkt, daß es einen Gott im Himmel gibt, der alles belohnt oder bestraft, je nachdem es gut oder böse ist!"

„Das sind Ammenmärchen!"

„Oh, lästert nicht!"

„Ammenmärchen!" wiederholte sie. „Seht Ihr denn nicht, daß gerade Gott mich beschützt? Er hat mich Eure Anschläge wissen lassen. Aber ich brauche seine Hilfe gar nicht. Ich weiß allein, was ich tue. Sie werden alle fallen. Und ihr, wißt Ihr, was mit Euch nunmehr geschehen wird?"

„Ich stehe in Gottes Hand", betonte der alte Anselmo fromm.

„Nein, Ihr befindet Euch zunächst in meiner Hand. Ihr werdet hängen, wie alle Anhänger des Juarez."

„Ich habe lange genug gelebt. Meine Tage sind gezählt. Wollt Ihr um eines alten Vaqueros willen Eure Schuld vergrößern, so tut es!"

„Ja, ich werde es tun! Ihr werdet aber nicht sogleich gehangen werden, ich will Euch erst ein kleines Vergnügen gönnen. Ihr sollt nämlich Arbellez verhungern sehen. Auch diese Maria Hermoyes wird vor Euren Augen verschmachten. Sie erhalten weder Speise noch Trank. Ihr werdet zu ihnen gesteckt werden und Nahrung erhalten, bis sie tot sind. Dann werdet Ihr gehängt."

Da färbte sich das Gesicht des Vaqueros rot, und seine Muskeln spannten sich.

„Ihr seid ein Satan, den man vertilgen muß", schrie er. „Fahrt zur Hölle!"

Der Lärm rief die Wächter herbei.

„Fort mit dir, Halunke", fauchte Josefa den Vaquero wütend an, „du wirst bald erfahren, was du dir da für einen Braten an den Spieß gesteckt hast! In den Keller mit ihm!"

Anselmo wurde von den Männern erfaßt und hinausgestoßen. Sie schleppten ihn die zwei Treppen hinab und sperrten ihn in den Keller, wo Arbellez und die alte Hermoyes lagen.

Der alte Vaquero war gleich im ersten Augenblick auf eine Gestalt getreten, die zusammengekauert an der Mauer zu sitzen schien. Bei dem zweiten Schritt stieß er an eine Person, die auf dem Boden lag. Erkennen konnte er nichts, denn es war völlig dunkel. Er wartete nun, bis die Schritte seiner Schergen verhallt waren, dann sagte er:

„Señor Arbellez!"

Ein leises Stöhnen antwortete.

„Don Pedro Arbellez!"

Das Stöhnen wiederholte sich, aber kein Wort war zu hören.

„Señora Maria Hermoyes!"

„Das bin ich", seufzte die an der Mauer sitzende Gestalt. „Wer seid Ihr?"

Anselmo nannte seinen Namen. Da fuhr Maria von ihrem kalten Sitz so schnell auf, als es ihre Fesseln zuließen, und rief:

„Ist's möglich! Wie kommst du herein zu uns?"

„Ich bin Gefangener", antwortete er.

„Mein Gott! Bereits glaubte ich, Rettung durch dich erwarten zu können.

„Wenn Gott kein Wunder tut, ist Rettung unmöglich."

„*Santa Madonna!* Auch du bist schon verzweifelt?" jammerte Maria.

„Verzweifelt? Nein, denn Gott lebt noch, er allein kann uns retten."

„Oh, möchte er es bald tun, sonst sind wir verloren. Wie hast du es im Fort Guadalupe gefunden, und wie bist du in Cortejos Hand gekommen?"

„Das werde ich später erzählen. Laßt uns zunächst über die Gegenwart sprechen! Ist das Señor Arbellez? Steht es schlimm mit ihm?"

„Er ist infolge der Aufregung zusammengebrochen und fällt aus einer Ohnmacht in die andere. Weißt du schon, was geschehen ist?"

„Ja. Gott vergelte es diesem Satan am Tag des Gerichts! Ihr sollt verhungern! Habt also nichts zu essen und zu trinken?"

„O doch! Irgendein Mitleidiger hat uns täglich Brot und Wasserflaschen durch das Luftloch herabgelassen. Auch andere Dinge scheinen dabei zu sein. Leider aber kann uns das alles nichts helfen, denn wir sind ja gefesselt. Ich kann die Hände nicht gebrauchen."

„Ebenso wie ich. So habt Ihr noch nichts genossen?"

„Noch gar nichts."

„Mein Gott! Und dieser enge Raum? Drei Personen können hier kaum liegen. Ah, da fällt mir ein, ich hab' mein Messer bei mir."

„Dein Messer? Hat man dich nicht entwaffnet?"

„Freilich, aber man hat vergessen, mir die Taschen auszusuchen. In der linken Tasche meiner Hose steckt mein Klappmesser. Es ist scharf wie Gift, aber ich kann die Hand nicht in die Tasche bringen."

„Vielleicht gelingt es mir, wenn du zu mir trittst."

„Laßt es uns versuchen!"

Der Vaquero trat zu Maria Hermoyes heran, so daß es ihr gelang, eine ihrer gefesselten Hände in seine Tasche zu bringen und das Messer herauszunehmen.

„Aber was nun?" fragte sie. „Ich kann es nicht öffnen."

„Haltet den Griff nur fest, ich werde die Klinge mit den Zähnen packen", erwiderte er.

Dies geschah, und nach vielen vergeblichen Versuchen gelang es.

„So", sagte endlich Anselmo. „Jetzt nehme ich das Messer in meine rechte Hand, und Ihr reibt Eure Fesseln an der Schneide hin und her. Habt Ihr Eure Hände frei, so schneidet auch meine Riemen durch."

Auch das geschah, und wenngleich eine lange, lange Zeit verging, ehe sie zum Ziel gelangten, standen sie endlich doch fessellos da.

„Gott sei Lob und Dank!" rief Maria. „Nun kann ich doch nach unserem guten Señor sehen oder wenigstens nach ihm greifen. Nimm dich in acht, daß du nichts von dem zertrittst, was uns der unbekannte Wohltäter herabgelassen hat!"

„Laßt uns zunächst nachschauen, was es ist!" entgegnete der Vaquero.

Beide knieten nieder und fühlten mit den Händen um sich.

„Ein kleines Brot", sagte Maria.

„Eine Wasserflasche", meinte Anselmo.

„Noch ein Brot. Ah, und hier finde ich ein Talglicht."

„Ist das wahr, Señora? Nun, so hat man jedenfalls auch Zündhölzer herabgelassen. Ah, hier liegt ein kleines Lederpaket." Der Vaquero öffnete es und betastete den Inhalt.

„Wirklich Zündhölzer, noch ganz trocken, und ein Zettel dabei! Laßt uns das Licht anbrennen, Señora Maria, damit wir uns umschauen können!"

Das Licht war bald in Brand gesteckt, und so fanden sie noch ein zweites Licht und noch eine dritte und vierte Wasserflasche.

„Gott sei Dank, verdursten können wir nun doch nicht", seufzte Maria erleichtert. „Jetzt muß ich vor allen Dingen sehen, was auf dem Zettel steht."

Sie hielt diesen näher ans Licht und las:

„Von einem, der sich an euch versündigt hat. Heute muß ich fort, aber ich habe einen anderen gefunden, der euch an meiner Stelle täglich Licht, Brot und Wasser geben wird. Betet für mich und vergebt mir!"

„Wer mag das sein?" fragte Maria.

„Jedenfalls einer von den beiden, die euch eingesperrt haben."

„Ja, jedenfalls. Gott verzeih es ihm! Er mußte gehorchen. Aber, heilige Mutter Gottes, wir denken ja gar nicht an unseren Herrn."

Jetzt beleuchteten sie Pedro Arbellez. Er bot einen traurigen Anblick dar. Seine Augen waren geschlossen, und sein Gesicht war fahl und blaß. Er bewegte sich nicht. Die beiden braven Leute brachen in Tränen aus.

„O Himmel, mein lieber, lieber Señor!"

Während Maria diese Worte schluchzte, nahm sie den Kopf des Alten in den Arm, und Anselmo ballte ingrimmig die Faust.

„Was ist da zu tun?“ rief Maria. „Unser guter Herr wird wohl sterben.“

„Das steht in Gottes Hand. Jammerschade wäre es.“

„Ja, der gute, liebe Señor!“ schluchzte sie.

„Oh, nicht nur, weil er so lieb und gut ist, sondern auch aus einem anderen Grund. Es gibt nämlich Leute, die uns wohl befreien würden, wenn es uns gelänge, uns einige Zeit zu halten. Da weiß ich zum Beispiel einen Señor Sternau —“

Der Vaquero hielt mit Vorbedacht inne und wartete.

„Sternau?“ fragte Maria rasch. „Wer ist das?“

„Ein Mann, den ich im Fort Guadalupe getroffen habe. Er ist Arzt und zugleich ein außerordentlicher Krieger.“

„Mein Gott, da muß ich an jenen deutschen Arzt denken, der damals auf der Hacienda so vieles erlebt hatte. Er hieß auch Sternau. Aber der ist tot!“

„Wißt Ihr das genau? — Ferner war da auf dem Fort ein gewisser Señor Mariano, ferner ein gewisser Señor Unger mit seinem Bruder, ferner ein gewisser Señor Büffelstirn, ein gewisser Señor Bärenherz, ferner ein —“

Da ergriff Maria die Hand des Vaqueros. „Höre, willst du zu allem auch noch Spott mit mir treiben?“

Er aber hielt ihre Hand fest und fuhr weiter fort: „Ferner war da eine gewisse Señorita Emma Arbellez —“

Nun entriß Maria ihm mit Gewalt ihre Hände und zürnte: „Schweig! Unser Unglück ist groß genug. Deine Reden sind nicht imstande, es durch trügerische Bilder zu mildern.“

Er aber fuhr unbeirrt fort: „Ferner sah ich da einen gewissen Grafen Fernando de Rodriganda y Sevilla, von dem man gesagt hat, daß er gestorben sei. Er aber lebt noch und kehrt nach Hause zurück, um seine alte, treue Maria Hermoyes zu belohnen.“

Das war der Alten denn doch zuviel. „Ich bitte dich, um Gottes Barmherzigkeit willen“, bat sie, „mir ehrlich zu gestehen, daß du das alles nur sagst, um mich hier zu trösten!“

„Fällt mir gar nicht ein!“

Da stieß die alte, treue Seele einen Schrei aus, der fast einem Jauchzen glich. Und dann weinte sie leise vor sich hin. Was sie gehört hatte, war zu groß für sie, stürmte zu mächtig auf sie ein. Sie fühlte sich förmlich erdrückt unter der Masse des Glückes, und der Gedanke an ihre gegenwärtige Lage mußte davor zurücktreten.

Während sie so weinte, begann der Vaquero, ihr von seiner so folgenschweren Unterredung mit Josefa Cortejo zu erzählen. —

Inzwischen saß Josefa vor dem Tisch und schrieb. Als sie fertig war, ließ sie einen der Unterführer rufen und fragte ihn:

„Hat Euch mein Vater seine Reisestrecke mitgeteilt?“

„Ja, im geheimen, Señorita“, antwortete er.

„Ihr würdet ihn also treffen, wenn ich Euch ihm nachschickte?“

„Sicher. Aber vier Tage würde ich brauchen.“

„Wenn Ihr ihn von jetzt an in vier Tagen erreicht und ihm diesen Brief übergebt, erhaltet Ihr dreihundert Duros ausgezahlt. Wollt Ihr diese Botschaft übernehmen?“

„Ja“, erwiderte der Mann, indem sein Gesicht strahlte.

„Aber mein Vater braucht noch mehr Leute. Könnten wir fünfzig Mann entbehren?“

„Ja, ganz gut.“

„So nehmt fünfzig wohlbewaffnete Männer mit! Ihr werdet später erfahren, weshalb. Nur so viel kann ich Euch sagen, daß es einen Zug gilt, der Euch Auszeinung und gute Beute bringen wird. Diesen Brief aber gebt ja in keine anderen Hände als in die meines Vaters!“

Der Brief lautete wie folgt:

„Lieber Vater!

Ich habe kurz nach Deinem Wegritt höchst Wichtiges erfahren. Ein alter Vaquero, derjenige, den Arbellez zum Fort Guadalupe geschickt hatte, kam zurück, wurde festgehalten und von mir verhört. Es gelang mir, ihm folgendes zu entlocken:

Henrico Landola hat ein falsches Spiel mit uns getrieben. Keiner unserer Feinde ist tot, sie leben alle noch. Sie wurden auf einer wüsten Insel ausgesetzt, von der sie sich jetzt gerettet haben. Gegenwärtig befinden sie sich im Fort Guadalupe, um unter Juarez' Schutz gegen uns loszubrechen. Es sind: Sternau, Mariano, die beiden Unger, Büffelstirn, Bärenherz, Emma Arbellez und Karja. Auch Graf Fernando ist bei ihnen, dem es gelungen ist, der Sklaverei zu entfliehen.

Juarez hat drei Kompanien Franzosen zersprengt. Am Zusammenfluß des Sabinas mit dem Rio Salado wollen sie Lord Dryden treffen.

Du wirst Dir nun selber sagen, was geschehen muß. Sie müssen alle sterben, sonst sind wir verloren. Triff Deine Maßregeln schnell, ich sende Dir zu diesem Zweck noch fünfzig Männer nach. Handle schleunigst, damit Du bald zurückkehren kannst.

Deine Josefa.“

Noch vor Abend sprengten die fünfzig Mann zum Tor der Hacienda hinaus. Der Anführer trug den Brief wohlverwahrt bei sich.

15. Der Erlaß vom 3. Oktober

Um das Nachfolgende zu verstehen, müssen wir in eine Zeit[1]) zurückgehen, die sich damit im innigsten Zusammenhang befindet. Wir treten durch die Pforte des *Palacio imperiale*[2]) in der Hauptstadt Mexiko, steigen die Treppe empor und begeben uns in das Empfangszimmer, worin sich Max mit den Spitzen seiner Behörden zu besprechen pflegte.

In diesem Augenblick lehnt der Kaiser mit dem Rücken an einem Tisch. Sein Auge ruht auf einem großen Schriftstück, das er in den Händen hält. Dieses Auge blitzt, die Wangen sind gerötet, sein Inneres scheint in gewaltiger Bewegung zu sein. Vor ihm steht einer seiner Minister und hält den Blick mit einem lauernden Ausdruck auf den Gebieter gerichtet. Unweit des Fensters, in einem Sessel, sitzt die Kaiserin in all ihrer Jugend und Schönheit. Sie scheint mehr Tatkraft als der Kaiser zu besitzen. Er träumerisch und weich, sie nach Glanz und Ehren strebend; er ein Schwärmer, sie feurig trachtend nach irdischen Werten.

Der Minister schien gesprochen zu haben, denn Kaiser Max antwortete:

„Ihr verlangt meine endgültige Entscheidung? Jetzt gleich?"

„Ich muß darum bitten, Majestät."

„Ich bin entschlossen —"

„Abzulehnen etwa?" fragte die Kaiserin schnell.

Max drehte sich ihr mit lächelnder Miene zu: „Wie ich höre, ist Eure Entscheidung getroffen, meine Teure?"

1) Oktober 1865 2) Kaiserlicher Palast

„Ja."

„Darf ich fragen, wie sie lautet?"

„Bei dem siegreichen, überzeugenden Eifer, mit dem diese hochwichtige Angelegenheit soeben vorgetragen wurde, kann die Entscheidung nicht zweifelhaft sein. Ich stimme bei."

Max nickte und sagte, zum Minister gewandt:

„Ihr hört, wie man sich beeilt, meiner Anerkennung vorzugreifen. So will ich Euch denn sagen, daß ich nicht bloß bereit bin, diesen Erlaß zu unterschreiben, sondern ich werde, Wort für Wort, ihn selber zu Papier bringen und den Herren Ministern zur Unterzeichnung vorlegen."

„Ich danke, Majestät", erwiderte der Minister mit einer tiefen Verneigung. „Es ist die Aufgabe meines Berufes und Lebens, all mein Sinnen und Denken für das Wohl Mexikos und seines Kaisers einzusetzen. Ich bin überzeugt, daß wir mit diesem Schritt siegreich über alles hinwegschreiten, was sich uns bisher hindernd und störend in den Weg gestellt hat. Das war doch endlich notwendig."

„Ihr habt recht, mein Lieber. Ich werde —"

Da erschien der diensthabende Adjutant. „General Mejia!" meldete er.

„Sogleich eintreten!" befahl der Kaiser.

Eigentümlich war es, daß die Kaiserin sich sofort erhob und durch eine Tür verschwand, während Max den Minister verabschiedete. Dieser traf mit dem berühmten General unter der Tür zusammen. Beide machten einander eine kalte Verneigung, ohne aber einen Blick auszutauschen.

„Willkommen, General!" begrüßte Max den Eintretenden. „Ihr kommt heute gerade zur guten Stunde."

Das ernste Gesicht des Indianers zeigte ein schönes, aufrichtiges Lächeln, als er die heiteren Züge seines Herrschers bemerkte.

„Ich bin glücklich, das zu hören, Majestät", beteuerte der Indianer. „Wollte Gott, es wären Eurer Majestät und dem Reich lauter solche Stunden beschert!"

„Ich hoffe, daß es von jetzt ab geschehen werde."

„Darf ich fragen, ob diese Hoffnung eine gewisse Veranlassung hat?"

„Ja. Ich stehe im Begriff, einen wichtigen Erlaß auszugeben."

„Wenn er die erwähnte Wirkung haben soll, so ist er allerdings wichtig."

„Da überzeugt Euch selber! Lest!"

Der Kaiser reichte Mejia den Entwurf hin und trat ans Fenster zurück, um dem General Muße zu lassen, die Schrift mit Sorgfalt zu prüfen. Je weiter der Indianer las, desto mehr zogen sich seine Brauen zusammen, seine Augen blitzten zornig, seine Lippen zuckten. Dann hörte Max ein lautes Papierrascheln hinter sich, und als er sich umblickte, sah er den General dastehen, ein Bild des höchsten Zornes, das zerknitterte Papier in der Faust.

„Majestät, wer hat dieses — dieses Machwerk verfaßt?" fragte er.

In seiner Verbitterung hatte er nicht an die Regeln der Hofsitte gedacht. Der Kaiser, sonst so gütig, konnte so etwas nicht gut übergehen.

„General!" sagte er ernst.

„Majestät!" erwiderte Mejia und verneigte sich bei diesen Worten, wie um sich zu entschuldigen.

„Wo ist mein Entwurf?"

„Hier, Majestät."

Der General nahm das Papier, glättete es so gut als möglich und reichte es dem Kaiser hin.

„Ah, in welchem Zustand! Sind meine Schriftstücke etwa Kotillonzeichen?"

Max war wirklich ärgerlich. Mejia entgegnete:

„Ich bitte alleruntertänigst um Gnade, Majestät. Was

hier gesündigt wurde, das ist nur meinem Eifer für das Wohl des Kaisers anzulasten."

„Aber dieser Eifer darf nichts anderes als nur Eifer sein."

Über Mejias Gesicht zuckte ein unbeschreiblicher Zug. Max kannte ihn. Wenn er sich zeigte, so brannte der Vulkan im Inneren des Generals.

„Kann mir nicht vergeben werden, so erkenne ich mir selber die größte Strafe zu", sagte er. „Erlauben mir Eure Majestät, mich zurückzuziehen!"

Ohne eine Antwort abzuwarten, begann Mejia, sich rückwärts zur Tür zu bewegen.

„Halt!"

Auf diesen Zuruf des Kaisers blieb der General stehen.

„Habt Ihr den Erlaß bis zu Ende gelesen?"

„Ja, Majestät."

„Ihr nanntet ihn ein Machwerk. Er hat also Euren Beifall nicht?"

„Nein. Darf ich meine Meinung aufrichtig sagen, Majestät?"

„Ich ersuche darum."

„Hätten die ärgsten Feinde des Kaiserreiches im Namen Eurer Majestät einen Erlaß gegeben, um Eure Majestät sicher zu verderben, so hätten sie dieses hier wählen müssen."

„Ah, welch eine Anschauung!"

„Die richtige, Majestät."

„Ich muß meinen Untertanen einmal zeigen, daß ich Kaiser bin."

„Sie werden es doch nicht glauben."

„Ah, General, das klingt ja fast wie eine Beleidigung."

Des Kaisers Stimme klang ebenso unsicher wie gekränkt.

„Majestät haben mir befohlen, die Wahrheit zu sagen. Mexiko wird bei jedem Erlaß meinen, daß er von den Franzosen befohlen sei."

„So mag man es auch von diesem sagen. Ich aber werde mein Vorhaben ausführen."

„Majestät, ich bitte, mir den Kopf zu nehmen, aber dieses Schriftstück in der Mappe zu lassen. Ich kenne mein Volk und weiß, welche Folgen die Bekanntmachung der Urkunde nach sich ziehen würde. Es wird ein Schrei der Entrüstung durch das ganze Land gehen."

„General!"

Die Augen des Kaisers blitzten zornig.

„Majestät!"

Die Augen des Generals blitzten auch. Max wußte, was er Mejia dankte. Er besann sich und sagte:

„Hört meine Verteidigung!"

„O Majestät, wenn der Erlaß einer Verteidigung bedarf, so —"

„Ihr wollt mich ernstlich erzürnen!"

„Nein, ich schweige."

„So hört!"

Der Kaiser begann nun, was bei einem Herrscher Selbstüberwindung genannt werden muß, sich zu verteidigen.

„Ihr seht zu schwarz, wie immer. Das Land ist in unserer Gewalt. Juarez ist nach El Paso entwichen. Ja man sagt, daß er den mexikanischen Boden verlassen habe. Es ist Zeit, durch eine feste, ernste Kundgebung die Stellung einzunehmen, die wir für immer festhalten wollen."

„Zugegeben, Majestät. Was wird das für eine Stellung sein?"

„Eine beruhigende und zugleich vernichtende. Obwohl sich das Land in meiner Gewalt befindet, wagen es gewisse Maulwürfe, im Boden fortzuwühlen. Da ist dieser Panther des Südens, dieser Cortejo und noch andere. Ich erkläre in meinem Erlaß, daß ich von heute an jeden Republikaner gleich einem Banditen, Straßenräuber und gemeinen Verbrecher bestrafen werde. Von heute ab sind die Republikaner vogelfrei; sie stehen außerhalb des Gesetzes. Jede republikanische Truppe erkläre ich für eine Bande, und jedes ergriffene Mitglied einer solchen Bande soll binnen vierundzwanzig Stunden erschossen werden."

Mejia schüttelte den Kopf.

„Banditen? Straßenräuber? Vogelfrei — erschossen? O Majestät, ich wiederhole meine Bitte: Nehmen Majestät meinen Kopf, aber geben Majestät den Gedanken auf, diesen Erlaß zu unterzeichnen!"

„Behaltet Euren Kopf! Ich behalte meinen Erlaß! Er ist in allen seinen Teilen von erfahrenen Männern sorgfältig überlegt."

„Oh, diese erfahrenen Männer kennen Mexiko nicht. Sie haben alles überlegt, nur das eine nicht, was ich Majestät mit Donnerstimme entgegenrufen möchte, aber nicht darf."

„Warum nicht?"

„Ich fürchte nichts als nur die Ungnade meines Kaisers."

„Sprecht ohne Furcht, General!"

„Nun wohl! Majestät werden sich das eigene Todesurteil damit ausfertigen!"

Das Blut wich aus den Wangen des Kaisers. Es war fast, als ob er heftig erschrocken sei. Aber er faßte sich schnell und erwiderte:

„Mein Todesurteil? Ihr sprecht von einer Unmöglichkeit, die zugleich eine Ungeheuerlichkeit ist, wie von etwas Selbstverständlichem."

„Jawohl, Majestät. Zugegeben, daß der echte, geborene Mexikaner der rechtmäßige Besitzer seines Bodens ist —"

„Ich gebe es zu", fiel der Kaiser ein.

„— so muß er auch das Recht haben", fuhr der General fort, „diesen Boden gegen eine fremde, ungerechte Besetzung zu verteidigen."

„Besetzung? Ungerecht? Das ist ein starker Ausdruck, der sich sicherlich bedeutend mildern läßt."

„Ich spreche jetzt, wie jeder Republikaner spricht. Der Mexikaner verteidigt sein Land, sein Heim, seinen Herd gegen fremde Eindringlinge. Ist er deshalb ein Bandit, der binnen vierundzwanzig Stunden erschossen werden muß?"

„Wir sind durch das Schwert Herren des Landes. Jeder Mexikaner muß sich den Umständen fügen."

„Gut, Majestät. Ich spreche jetzt nicht zu meinem Kaiser, sondern zu dem, für den ich mein Leben zehnmal opfern würde. Angenommen, dieser Satz wäre das Richtige: das Schwert entscheidet; wer siegt, ist Herr; der Überwundene hat zu gehorchen. Folgt aber daraus wirklich, daß man den Gegner als Banditen betrachten muß?"

„Nachdem die anderen die Waffen streckten: ja."

„Gut, so soll auch das als richtig angenommen werden. Wer aber sagt, daß der Besiegte sich nicht erheben und zum Sieger werden kann?"

„Im allgemeinen ist diese Möglichkeit vorhanden."

„Nun, dann wird er den Spieß umdrehen und den früheren Sieger als Banditen betrachten und behandeln."

„Ihr macht mir wirklich heiß, General."

„Besser, als wenn Majestät später kaltgemacht werden!"

„Ihr redet wirklich in mehr als kühnen Bildern!"

„So will ich nichts mehr sagen. Nur die eine Frage gestatte ich mir noch: Wird der Erlaß unterzeichnet?"

„Ja, morgen."

„Ich flehe Eure Majestät an, es nicht zu tun."

„Es ist beschlossen, es ist notwendig. Es wird geschehen, General."

Da beugte Mejia sein Knie vor dem Kaiser und sagte: „Majestät, von dem Augenblick an, wo der Erlaß erscheint, steht das Grab für Eure Majestät offen. Ich werde Majestät nicht verlassen und daher von diesem Tag an ein Sterbender sein. Nicht für mich flehe ich, nicht für andere, sondern nur für Eure Majestät."

„Steht auf, General", entgegnete Max, jetzt zürnend.

„Nein, ich bleibe auf den Knien, bis —"

„Ihr steht auf: ich befehle es! Ihr phantasiert ja!"

Des Kaisers Stimme klang kalt und frostig, fast ein wenig höhnisch. Das konnte Mejia, der ehrliche Held und Kämpe, am wenigsten vertragen. Er sprang auf, warf einen mitleidigen Blick auf den Kaiser und rief:

„So muß ich alle Hoffnungen aufgeben, Majestät?"

„Alle. Selbst die Kaiserin stimmt mir bei."

Das Gesicht des Generals wurde um einen Schatten bleicher.

„Dann habe ich allerdings zu schweigen", erwiderte er. „Aber damit diese Stunde nicht vergessen werde und die Worte, die ich gesprochen habe, will ich sie festspießen mit dem Stahl!"

Mit diesen Worten zog er seinen Dolch und schleuderte ihn mit solcher Gewalt gegen die Wand, daß er bis an das Heft in die Täfelung fuhr, verbeugte sich vor dem Kaiser und schritt davon. Max blickte ihm nach und dann auf die Stelle, wo der Dolch steckte.

„Sollte das ein Omen sein?" sagte er. „Sollte ich mich geirrt haben?" —

Der berüchtigte Erlaß erschien wirklich. Max hatte ihn mit eigener Hand geschrieben und damit sein Todesurteil unterzeichnet.

Der Krieg war bisher mörderisch geführt worden, wenigstens von seiten der Franzosen, die mit ihren republikanischen Gefangenen wie mit Räubern umgingen, während es eine unbestrittene Tatsache ist, daß Juarez und die meisten seiner Generale ihre Gefangenen mit großer Milde behandelten.

Von Bazaine weiß man nur, daß er die Ausführung des Erlasses nachdrücklich forderte. Zu Dutzenden, zu

Hunderten wurden nun die Republikaner getötet. Erbarmungslos wurden hohe Generale erschossen, wie Salazar und Arteaga, vielbetrauerte Märtyrer für die Unabhängigkeit ihres Landes. Aber der Gang der Nemesis, der gewöhnlich sehr langsam und hinkend ist, war diesmal rasch und fest. —

Auf der Ebene, die zwischen San José de Parral und Chihuahua liegt, ritt ein Trupp Reiter. Es waren zwei Schwadronen französischer Chevauxlegers. Sie hatten jedenfalls einen weiten Ritt hinter sich, denn die Pferde waren ermüdet, und auch den Reitern war keine stolze Haltung nachzurühmen. Da tauchten in der Ferne die Umrisse von Chihuahua auf, und sofort war die Wirkung zu erkennen. Die Reiter richteten sich empor, die Pferde wieherten und warfen den Schweif, die Degen klirrten lustiger.

Voran ritt ein narbenreicher, nicht sehr alter Offizier. Er trug die Abzeichen eines Oberst. An der ersten Straße der Stadt ließ er halten, fragte nach dem Hauptquartier, schickte einen Boten voraus und rückte dann, die Musik an der Spitze, mit klingendem Spiel ein. Die Straßen waren leer, nur an manchem Fenster ließ sich ein neugieriger Frauenkopf sehen, der sofort wieder verschwand.

Vor dem Hauptquartier ritten die beiden Schwadronen auf. Es war das Gebäude, aus dem der Schwarze Gerard entsprungen war. Eben war die Aufstellung vollendet, da trat der Oberbefehlshaber hervor. Auch er trug die Abzeichen eines Oberst, war aber weit älter als sein Kamerad. Es war der, der vom Schwarzen Gerard eine so nachdrückliche Lehre erhalten hatte. Man präsentierte vor ihm, und dann trat ihm der andere entgegen.

„Oberst Laramel, Herr Kamerad“, meldete er. „Auf dem Durchritt nach Villa del Fuerte. Bringe Depeschen vom Generalkommando.“

„Willkommen! Ihr werdet hier doch einige Tage Quartier nehmen?"

„Gewiß. Zwei oder drei, wenn Sie erlauben. Nur bitte ich meine Leute unterzubringen."

„Nichts leichter als das. Ich habe nur eine Schwadron in der Stadt. Die übrigen Quartiere sind leer. Sie stehen euch zur Verfügung."

„Das paßt vortrefflich. Darf ich meine Offiziere vorstellen?"

„Ich bitte darum."

Dies geschah. Dann saßen die Mannschaften ab, um sich in ihre Wohnungen zu begeben, die ihnen schnell angewiesen wurden. Der Befehlshaber war so höflich, die Offiziere zu einem Glas Wein einzuladen. Sie nahmen an und saßen bald in dem Saal, in dem seinerzeit Gerard verhört wurde.

„Wie kommt es, Herr Kamerad", fragte Oberst Laramel, „daß Sie die Stadt so von Truppen entblößten? Sie befinden sich auf einem der gefährlichsten Posten des Landes."

„Sie haben recht, doch muß ich nach den Befehlen handeln, die ich erhalte. Das ist leider nicht immer angenehm."

„Hatten Sie böse Erfahrungen zu machen?"

„Das kann man eigentlich nicht sagen. Die Leute sind im allgemeinen nicht schwer im Zaum zu halten. Aber es gibt einen Spion, der mit dem Teufel im Bunde zu stehen scheint. Er ist ein unglaublich verwegener und listiger Mensch. Man hat sich alle Mühe gegeben, ihm beizukommen, aber es ist nicht geglückt. Er ist überall und nirgends; er weiß alles; er scheint allwissend und allgegenwärtig zu sein."

Oberst Laramel schüttelte den Kopf. „Das klingt unglaublich, Herr Kamerad. Ein Mensch ist und bleibt ein Mensch, selbst wenn er die hervorragendsten Eigenschaften besitzen sollte. Ich halte es für kein großes

Kunststück, noch viel weniger aber für unmöglich, einen Spion zu fangen."

„Ich glaube Ihnen das. Aber Sie kennen den Schwarzen Gerard nicht."

„Den Schwarzen Gerard. Da haben Sie allerdings einen schlimmen Gegner. Ich habe viel von ihm gehört. Sein Name wurde sogar im Hauptquartier oft genannt. Also dieser Mensch ist jetzt in der Gegend von Chihuahua zu finden?"

„Seit längerer Zeit. Wir wissen genau, daß er sogar in der Stadt selbst verkehrt und Verbündete darin hat."

„Ah, woher wissen Sie das?"

„Der Schwarze Gerard hat es uns selber gestanden."

„Er selber?" fragte der Oberst verwundert. „Sonderbar! Wie könnte das zugehen?"

„Er war hier in Chihuahua, hier in diesem Saal. Wir hatten ihn gefangen."

„Also doch. Ist nicht ein Preis auf seinen Kopf gesetzt?"

„Ja, ein bedeutender."

„Nun, den haben Sie also verdient?"

Der Kommandant befand sich einigermaßen in Verlegenheit. „Ja, beinahe hätten wir uns ihn verdient."

„Nun ich denke, Sie hatten den Halunken festgenommen?"

„Ja, festgenommen und gebunden in einer zahlreichen Versammlung von Offizieren und anderen Herrschaften hier in diesem Saal. Ich verhörte ihn. Der Mensch betrug sich sehr frech und widerspenstig, und — Herr Kamerad — plötzlich gelang es ihm, sich zu befreien. Er schlug mich nieder vor allen anwesenden Leuten und sprang zum Fenster hinab."

„*Nom d'un chien!* Er entkam?"

„Leider! Diese Präriejäger haben den Teufel im Leib. Jahraus, jahrein kämpfen sie mit Gefahren und sehen den gewaltsamen Tod stets vor Augen, sie rechnen mit anderen Ziffern als wir. Ich habe jetzt eine bedeutende Mannschaft zum Fort Guadalupe vorgeschoben. Das ist der Grund, daß ihr hier so leicht Unterkunft fandet. Diese Leute sind wacker und stehen unter guter Führung, aber doch muß ich gewärtig sein, daß sie das Nest nur unter großen Opfern nehmen können."

„Ist Guadalupe so fest?"

„Gar nicht. Aber dieser Schwarze Gerard hat jedenfalls schon herausgebracht, was wir wollen, und liegt mit irgendeinem Trupp Apatschen im Hinterhalt, wo man dies am allerwenigsten erwartet. Hätten wir unsere Señorita Emilia nicht, so hätten wir Chihuahua längst räumen müssen."

„Señorita Emilia? Wer ist das?"

„Ah, Sie kennen unsere beste und scharfsinnigste Spionin nicht?"

„Nein."

„Nun, dann ist Ihnen die größte Schönheit Mexikos unbekannt."

„*Diable!* Was Sie sagen! Die größte Schönheit Mexikos? Wird man sie sehen können, Herr Kamerad?"

Oberst Laramel war als einer der rücksichtslosesten und grausamsten Offiziere der französischen Armee bekannt. Er und sein Regiment gaben nie Pardon. Er war der Mörder zahlreicher Mexikaner geworden, die in seine Hände gefallen waren. Tollkühn bis zum äußersten, galt bei ihm ein Menschenleben nichts. Daher schickte man ihn jetzt über Chihuahua nach Villa des Fuerte, wo es galt, unter den Republikanern aufzuräumen und den blutigen Erlaß Maximilians in Ausführung zu bringen. Dazu war er der richtige Mann. Oberst Laramel war aber auch ein Bewunderer des schönen Geschlechts. Darum überraschte es ihn, hier von einem Mädchen zu hören, das als die schönste Dame Mexikos gepriesen wurde.

„Es kommt ganz auf Sie an“, lächelte der Kommandant. „Wenn Sie wünschen, ihre Bekanntschaft zu machen, so ist nichts leichter als das. Ich hatte ja die Absicht, Sie und die anderen Kameraden heute abend bei mir zu begrüßen. Ich werde mehrere Herren und Damen der Stadt bitten lassen, und darunter soll Señorita Emilia sein.“

„Ich danke Ihnen. Ich möchte nicht in die Heimat zurückkehren, ohne dort erzählen zu können, daß ich die Dame gesehen habe, der unter allen Mexikanerinnen der Preis der Schönheit gebührt. Señorita Emilia wird sie genannt. Wo stammt sie her?“

„Anscheinend aus Frankreich.“

„Ah, das wäre ja sonderbar.“

„Allerdings. Es breitet sich nämlich über diese Dame ein Geheimnis, das aufzuklären sie sich keine Mühe gibt. Vielleicht hat sie die Absicht, daß die Wißbegierde, die man ihr entgegenbringt, dadurch noch erhöht werde. Während die einen sie für eine geborene Mexikanerin halten, sagen andere, sie sei eine Italienerin, Spanierin oder eine Französin.“

„Und welche Meinung haben Sie, Herr Kamerad?“ erkundigte sich Laramel.

„Ich stimme der letzteren Ansicht bei, denn sie spricht das Französisch wie eine echte Pariserin. Übrigens werde ich in meiner Meinung durch den außerordentlichen Eifer bestärkt, den sie unseren Angelegenheiten widmet.“

„Das wäre, wenn sie eine Mexikanerin sein sollte, allerdings zu verwundern. Diese Damen sind im Herzen alle echt republikanisch gesinnt.“

„Sie ist gerade das Gegenteil davon, obwohl es stets mein Grundsatz gewesen ist, der Frauenwelt nicht zu großes Vertrauen zu schenken. Sie hat uns zahlreiche Beweise gegeben, daß wir uns auf sie verlassen können.“

Der gute Mann ahnte nicht, daß diese „Beweise“ nur

scheinbar gewesen waren und nur dazu gedient hatten, die Franzosen ins Verderben zu locken. Vom Untergang der zum Fort Guadalupe gesandten Truppen hatte er noch nichts erfahren. Oberst Laramel sagte:

„Man muß zugeben, daß ein weiblicher Spion, wenn er schön ist und den nötigen Scharfsinn besitzt, ganz andere Erfolge erzielt als ein männlicher. Doch, um auf den Schwarzen Gerard zurückzukommen, haben Sie nicht Anstalten getroffen, Vergeltungsmaßregeln anzuwenden?"

„Ich habe mein möglichstes getan und weitere vierzig Einwohner dieser Stadt verhaften lassen, von denen ich sicher weiß, daß sie republikanisch gesinnt sind."

„Diese Leute sind Ihre Geiseln?"

„Ja, meine Anordnungen haben hier viel Sturm erregt."

„Das darf einen braven Soldaten nicht kümmern. Was werden Sie mit ihnen anfangen?"

„Man sollte diese Verräter über die Klinge springen lassen, dann wäre man sie ein für allemal los."

„Warum tun Sie das nicht?"

„Aus zweierlei Gründen. Die Hinrichtung von beiläufig sechzig Einwohnern der Stadt würde hier einen Aufruhr hervorbringen, demgegenüber ich mich jetzt zu schwach fühle. Ich sagte schon, daß ich zur Zeit wenig Truppen besitze."

„Ich stelle die meinigen zur Verfügung."

„Das wäre nur eine augenblickliche Unterstützung. Ihr marschiert ja weiter."

„Oh, meine Vollmacht verbietet mir nicht, so lange hierzubleiben, bis die Ruhe wiederhergestellt oder Ihre Abteilung aus Guadalupe zurückgekehrt ist."

„Das ist allerdings eine willkommene Hilfe. Aber mein zweiter Grund bezieht sich auf die Ungewißheit, in der ich mich in diesem Fall befinde. Ich weiß nicht, ob ich über Leben und Tod so vieler frei verfügen kann. Ich stehe da vor einer Verantwortung, die ich vielleicht nicht zu tragen vermag."

„Was das betrifft, so kann ich Sie von allen Sorgen befreien. Sie haben nicht nur das Recht, sondern auch die strengste Verpflichtung, alle Republikaner auf der Stelle erschießen zu lassen. Kaiser Max hat im Erlaß vom 3. Oktober vorigen Jahres befohlen, jeden Republikaner, gleichviel ob General oder Bettler, einfach als Bandit zu betrachten und als solchen zu behandeln, das heißt, ihn auf der Stelle hinrichten zu lassen."

„Der Erlaß ist mir bekannt, doch dachte ich, bei der Ausführung sei eine allzu große Strenge nicht geboten. Er solle mehr zur Abschreckung dienen."

„Sie irren, Herr Kamerad. Ich bin beauftragt, Ihnen eine vom Generalkommando ausgefertigte Ausführungsverordnung zu überbringen. Diese Urkunde wird bezüglich der Pflichten, die Sie zu erfüllen haben, jeden Zweifel beseitigen!"

Der Oberst zog aus der Tasche seines Uniformrockes einen großen, mehrfach versiegelten Umschlag, den er dem Kommandanten überreichte. Dieser nahm ihn entgegen und sagte:

„Die Angelegenheit ist mir so wichtig, daß ich um Entschuldigung bitte, wenn ich sofort in Ihrer Gegenwart zur Einsichtnahme schreite."

„Lesen Sie immerhin, Herr Kamerad!"

Der Kommandant öffnete und las es. Sein Gesicht nahm einen ernsten und entschlossenen Ausdruck an. Dann, als er die Urkunde zusammenfaltete, sagte er:

„Jetzt kann kein Zweifel mehr herrschen. Ich fühle mich sehr erleichtert."

„Was werden Sie also tun?"

„Meine Pflicht", erklärte der Oberst kurz. „Ich werde die Geiseln erschießen lassen."

„Wann?"

„Hm! Darf ich auf Sie rechnen?"

„Vollständig. Ich bleibe hier, bis Sie unserer nicht mehr bedürfen."

„Sie meinen, daß das Urteil so bald als möglich zu vollstrecken sei?"

„Ja. Sie kennen mich vielleicht oder haben doch von mir gehört. Von mir hat noch kein Mexikaner Pardon erhalten. Ich hasse diese Nation zwar nicht, aber ich verachte sie. Sie ist nicht wert zu bestehen. Sie tun mir wirklich den größten Gefallen, wenn Sie mich Zeuge der Hinrichtung dieser Menschen sein lassen."

„Diesen Genuß kann ich Ihnen gewähren", erklärte der Kommandant achselzuckend.

„Aber wann? Hoffentlich morgen schon."

„Das wird nicht gehen. Man muß doch vorher zu Gericht sitzen und ein Urteil sprechen."

„Nicht nötig, Herr Kamerad. Diese Bande verdient eine solche Rücksicht nicht."

„Sie mögen recht haben. Und überdies lautet meine Vollmacht so, daß ich nach Belieben handeln kann. Banditen schießt man nieder, wie sie vor das Gewehr kommen."

„Also morgen?"

„Doch nicht. Man muß ihnen Zeit gönnen, sich auf den Himmel vorzubereiten. Hier in diesem Land ist man so fromm, daß die Nachricht, die Leute seien in ihren Sünden gestorben, tausendmal schlimmer wirken würde als die Kunde von der Hinrichtung selbst. Beichte und Absolution muß ihnen gewährt werden."

„Nun gut. Dazu wird ein Tag genügen. Also übermorgen?"

„Ja, übermorgen, und zwar in aller Frühe, womöglich noch vor Anbruch des Tages."

„Sie meinen der Zuschauer wegen?"

„Ja. Diese Angelegenheit soll in aller Stille vor sich gehen. Kein Mensch darf vorher wissen, was geschehen soll. Nur der Beichtvater und die sonst nötigen Personen werden unterrichtet. Eine vollendete Tatsache, an der nichts mehr zu ändern ist, wird das Volk verblüffen. Man wird einsehen, daß jeder Widerstand zu spät kommt.“ —

Während die Franzosen von der Südseite her in die Stadt eingeritten waren, hatte sich von Norden her ein einzelner Reiter genähert. Er ritt ein keineswegs schönes Pferd, hatte unscheinbare Waffen an sich herumhängen und machte, alles in allem, nicht etwa den Eindruck eines tüchtigen Präriemannes, obgleich man auf den ersten Blick erkennen mußte, daß er ein Jäger sei. Er war von kleiner, hagerer Gestalt. Er hatte keinen bestimmten Weg vor sich, sondern ritt langsam von weitem um die Stadt, und die forschenden Blicke, die er dieser zuwarf, ließen erraten, daß es ihm darum zu tun war, Chihuahua kennenzulernen, ohne hineinzukommen. Es war der kleine André, der von Juarez ausgesandt worden war, die Verhältnisse der Franzosen in der Stadt zu erkunden. Er hielt sein Pferd an und richtete sein Auge auf die Türme der Hauptkirche. Langsam den Kopf schüttelnd, brummte er vor sich hin:

„Verdammte Geschichte! Treibe mich Tag für Tag in dieser Gegend umher, um das zu erfahren, was der Präsident wissen will, und finde doch keinen Menschen, den ich ausfragen kann. Ich glaube, die Franzosen haben sogar den Einwohnern verboten, aus der Stadt zu gehen. Das ist ja der reine Belagerungszustand.“

Er rückte eine Zeitlang ungeduldig im Sattel hin und her und fuhr dann fort:

„Ich muß gewärtig sein, Juarez kommt schon heute angerückt. Was soll ich ihm sagen? Ich weiß nichts und bin schauderhaft bloßgestellt. Aber hineinreiten? Hm?“

André schüttelte bedenklich den Kopf.

„Das ist gefährlich. Wie nun, wenn die Messieurs mich wirklich für einen Spion hielten? Das könnte dem guten Andreas Straubenberger sehr schlecht bekommen.“

Da schüttelte auch sein Pferd den Kopf und wieherte.

„Nicht schlecht?“ sagte der Jäger. „Du bist anderer Ansicht? Hm! Vielleicht hast du recht. Wenn ich vor der Stadt weile, erfahre ich nichts, ich muß also hineinreiten. Übrigens“, fügte er mit einem gewissen Stolz hinzu, „ich bin der Kleine André und habe meine Waffen. Außerdem muß ich diese Señorita Emilia sprechen: Wir werden ja sehen.“

Er lenkte das Pferd der Stadt entgegen. Der kleine Mann wagte es wirklich, den Feind aufzusuchen. Strenggenommen war dieses Wagnis allerdings nicht so groß, wie vorher bei dem Schwarzen Gerard. Dieser war den Franzosen als Feind bekannt, Bazaine hatte auf seinen Kopf sogar einen Preis von fünftausend Franken gesetzt. Ferner hatte er bei Nacht und Nebel heimlich einschleichen müssen. Anders aber lag es bei André. Kein Franzose hatte ihn jemals als Gegner gesehen, höchstens konnte man seinen Namen als den eines nördlichen Jägers kennen. Faßte man gegen ihn den Verdacht, ein Spion des Präsidenten Juarez zu sein, so konnte man ihm doch nicht das mindeste beweisen. Sein Leben wenigstens stand vermutlich nicht auf dem Spiel.

Am Eingang zur ersten Straße, wo früher Posten gestanden hatten, befand sich heute keine Schildwache. Der Befehlshaber hatte geglaubt, diese Sicherheitsmaßregel unterlassen zu können. Er hatte eine zahlreiche Abteilung gegen seine Feinde ausgeschickt und nahm aus diesem Grund an, daß die rückwärtsliegende Stadt nichts zu befürchten habe. André konnte also unbelästigt in den Ort einreiten. Er fand gleich in der zweiten Gasse, in die er, um die Hauptadern des Verkehrs zu meiden, einbog, eine kleine Venta, deren breites Tor ihm gastlich entgegenblickte.

Er stieg hier ab. Dabei bemerkte er ein hohes, breites Gebäude, das der Venta gegenüberlag. Es hatte einen Balkon, auf dem sich soeben eine Dame befand, deren

Gesicht gegen den Einfluß der Luft und Sonne leicht verschleiert war. Wäre es ihm möglich gewesen, durch diese Verhüllung zu blicken, so hätte er bemerken können, daß ihr Auge mit einer gewissen Spannung auf ihm ruhte, denn als er mit seinem Pferd unter dem Tor verschwunden war, trat sie ins Zimmer zurück und griff zur Klingel. Auf das mit dieser gegebene Zeichen trat die Zofe ein.

„Ich wünsche den Wirt der Venta zu sprechen, aber ohne Aufsehen."

Auf diese Worte der Herrin entfernte sich die Zofe wieder, und bald sah man einen alten, grauköpfigen Mexikaner hinüber zur Venta schreiten. Dieser Mann war der Hausmeister des erwähnten großen Gebäudes. Er fand nach einigem Suchen den Wirt im Hof stehen, der, als er ihn bemerkte, ihm entgegenkam.

„Ah, Señor, wen sucht Ihr?" fragte er.

„Euch", antwortete der Alte. „Ich soll Euch bitten, zu unserer Señorita zu kommen."

„So wird sie vielleicht Gesellschaft erwarten und das Mahl bei mir bestellen wollen."

„Nein. Ich soll Euch sagen, daß sie Euch ohne Aufsehen sprechen will."

Der Wirt trat näher an den Alten heran und fragte, diesmal flüsternd: „Sind etwa Nachrichten von Juarez gekommen?"

„Ich habe nichts gehört."

„Nun, dann werde vielleicht ich es erfahren. Sagt der Señorita, daß ich erscheinen werde!"

Der Alte nickte und entfernte sich. Der Wirt aber trat in die Gaststube, wo André ganz allein saß.

„Willkommen, Señor", grüßte der Wirt.

André warf einen raschen, forschenden Blick auf ihn und erwiderte in gebrochenem Spanisch:

„Danke, Señor. Was habt Ihr zu trinken?"

„Alles was Euer Herz begehrt."

„Ah, das ist gut! Also Bier?"

„Nein."

„Wein?"

„Nein."

„Schokolade?"

„Nein. Heute morgen gab es welche, sie ist aber alle geworden."

„So gibt es wenigstens eine Limonade?"

„Nein, der Zucker ist mir ausgegangen."

„Oder einen Julep?"

„Leider auch nicht. Die Flasche ist zerbrochen, ich muß erst eine andere kaufen."

„Aber, zum Donnerwetter, Ihr sagtet doch, daß ich alles erhalten könnte, was mein Herz begehrt. Und jetzt, da ich Euch mitteile, was ich will, ist gar nichts vorhanden."

„Daran seid Ihr selber schuld, Señor. Warum begehrt Euer Herz gerade das, was nicht da ist!"

André lachte. „Ah, so ist das gemeint! Nun, so sagt einmal, was Ihr habt!"

„Alles habe ich, nur ist mir gerade jetzt Verschiedenes ausgegangen. Mit einem Glas Pulque aber könnte ich Euch recht gut dienen."

„Nun, so bringt es, Señor! Es ist immer besser als gar nichts."

Der Wirt nahm ein Glas und schenkte es aus einem großen Krug voll. Als er es André gegeben hatte, setzte dieser es an die Lippen. Kaum aber hatte er einen Zug getan, so verzog er sein Gesicht auf eine Weise, als hätte er Feuer verschluckt und rief:

„Verteufeltes Zeug!"

„Ah, wollt Ihr etwa sagen, daß dieser Pulque nicht gut sei?" fragte der Wirt.

André war vorsichtig. Er antwortete:

„Oh, jedenfalls ist er sehr gut, sogar vorzüglich für einen Mexikaner."

„Aber für Euch nicht?"
„Nein. Man ist diesen Trank nicht gewöhnt."
„So seid Ihr kein Mexikaner?"
„Nein. Habt Ihr das nicht an meiner Sprache gehört?"
„Man kann sich täuschen. Darf ich Euch fragen, was Ihr seid?"
„Ein Jäger bin ich."
„Das dachte ich. Aber was für ein Jäger? Ein Büffeljäger, ein Schlangenjäger oder so etwas?"
„Ja, ich hatte vergessen, daß in diesem schönen Land die Jägerei auf mexikanische Weise betrieben wird. Bei uns schießt ein Jäger eben alles, was ihm vorkommt."
„So seid Ihr ein Nordländer?"
„Ja."
„Ein Yankee?"
„Nein."
„Also ein Kanadier?"
„Auch nicht."
„Was sonst, wenn Ihr aus dem Norden seid?"
„Laufen denn nur Yankees und Kanadamänner in den Felsenbergen umher? Es gibt da doch ehrliche Kerle und Lumpen von allen Volksschichten. Was mich betrifft, so bin ich ein Deutscher."
„Ein Deutscher? Ah! Also ein Anhänger unseres guten Kaisers Maximiliano?"
Der kleine Jäger warf einen scharfen Blick ins hagere Gesicht des Mexikaners.
„Treibt keine Possen!" sagte er. „Ich weiß genau, daß Ihr, wenn Ihr unter Euch seid, diesen ‚guten Kaiser Maximiliano' einen ganz anderen Titel gebt."
„O *Dios!* Glaubt das nicht! Wir sind hier alle gut kaiserlich gesinnt!"
„Das heißt, gut französisch?"
„Ziemlich, denn wir verdanken den Franzosen ja unseren guten Emperador."
„Das freut mich von Euch, Señor. Ganz ungeheuer

freut es mich, und ich hoffe, daß Ihr Euch bestreben werdet, den Franzosen dankbar für diese Wohltat zu sein."

„Gewiß! Wir sind von Herzen dankbar."

„Wißt Ihr, wie Ihr das am besten beweisen könnt? Fertigt soviel Pulque an als möglich, aber ganz von der Sorte wie dieser hier ist, und gebt ihn den Franzosen fässerweise zu trinken! Verstanden?"

„Verstanden habe ich es, aber es wird nicht gehen, denn die Franzosen lieben den Pulque nicht, sie wollen nur Wein, immer wieder Wein."

„Und sie bekommen ihn?"

„Ja. Was will man machen? Wenn sie ihn nicht erhalten, nehmen sie ihn sich selber."

„Das heißt, sie nehmen ihn mit Gewalt?"

„Hm, das wollte ich nicht sagen! Man muß in seinen Worten vorsichtig sein."

„Ah, ist es so? Der Emperador Maximilian ist so gut, so vorzüglich, daß Ihr Euch gezwungen seht, in Euren Ausdrücken sehr vorsichtig zu sein?"

„Um Gottes willen, leise, Señor", bat der Wirt.

„Und leise muß man sprechen?"

„Hört, mein Bester, ich pflege das, was man mir anvertraut, nicht mit Kanonen in die Welt hinauszudonnern."

„Das ist es, was ich wünsche. Solche Leute kann man gebrauchen. Also Ihr seid kein Freund der Franzosen?"

„Hm, wir kommen da auf ein schlüpfriges Gebiet. Es gibt jedenfalls unter den Franzosen sehr anständige Leute, denen wünsche ich alles Gute. Was aber die anderen anbelangt, die kann der Teufel holen. Nicht wahr? Denkt an die Tausende, die gefallen sind, denkt an die mutigen Männer, die man in die Kerker steckt! Erst vor einigen Tagen hat der hiesige Befehlshaber wieder gegen vierzig Familienväter hinter Schloß und Riegel gebracht."

„Was wird man diesen Leuten tun?"

„Ich weiß es nicht, aber man ist sehr gespannt darauf. Man glaubt hier, daß es nicht länger so fortgehen könne. Man hofft ganz bestimmt auf —"

Der Sprecher hielt vorsichtig inne.

„Nun, worauf oder auf wen hofft man denn?" fragte der Kleine.

„Auf Juarez."

Diese Antwort gab der Wirt mit vor den Mund gehaltenen Händen und so leise, daß der Jäger sie kaum verstehen konnte.

„Auf Juarez?" fragte André, sich unwissend stellend. „Warum auf ihn?"

„Er ist doch unser rechtmäßiger Präsident. Wir haben ihn gewählt und uns unter seiner Regierung ganz wohl befunden."

„Juarez ist aber ausgerissen."

„Er mußte, wenn er nicht das ganze Land mit Blut überschwemmen wollte."

„Ah, deshalb. Aber wird es weniger Blut kosten, wenn er zurückkehrt?"

„Gewiß. Die Eindringlinge kennen das Land nicht. Das Land wird viel schneller wieder unser sein, als es in ihren Besitz gelangt ist. Als sie kamen, standen wir ohne Heer, ohne alle Hilfe da. Jetzt ist das anders. Nun helfen die Vereinigten Staaten, und jetzt ertönen auch aus anderen Ländern Stimmen, die dieser Napoleon beachten muß. Juarez hat uns schonen wollen, er wartet die Zeit ab. Und bricht er einmal hervor, so ist es sicher, daß diese Zeit gekommen ist."

„Wo befindet er sich denn?"

„In El Paso del Norte, wie man sagt."

„Sagt man nicht, daß er das Land verlassen hat?"

„Man sagt es, aber wir glauben nicht daran. Er verläßt uns auf keinen Fall. Ist er fort aus El Paso del Norte, so befindet er sich irgendwo, wo seine Anwesenheit zu unserem Heil notwendig ist. Übrigens sind wir für einige Zeit von der größten Zahl der Franzosen befreit. Es sind einige hundert Mann ausgerückt. Wohin, weiß man nicht genau. Es geschah in aller Stille, aber man vermutet doch."

„Wieviel sind noch hier?"

„Eine Schwadron."

„*Caramba!* Das sollte Juarez wissen!" rief der kleine Jäger erfreut.

„Leise, leise, Señor! Wüßte ich, wo er sich befindet, ich liefe selber hin, um es ihm zu sagen. Und so wie ich, gibt es Hunderte von Männern hier."

„Nun, vielleicht erfährt er es auch ohne Euch."

Diese Worte waren so nachdrücklich gesprochen, daß der Wirt aufmerksam wurde. Er ergriff die Hand des Jägers und bog sich zu ihm hinüber:

„Hört, Señor, was ich denke! Ihr wißt genau, wo Juarez ist —! Ihr seid von ihm abgeschickt. Ihr sollt in Chihuahua Erkundigungen einziehen?"

„Macht Euch keine schwierigen Gedanken! Ihr könntet danebenschießen."

„Ich glaube nicht, daß ich mich täusche. Ihr seht mir aus wie der Mann, dem man so etwas anvertrauen kann."

„Pah! Juarez wird andere Leute haben. Ich bekümmere mich um solche Sachen nicht, bin vielmehr froh, wenn man mich ungeschoren läßt."

„Es tut mir leid, daß Ihr kein Vertrauen zu mir habt. Aber fragen will ich Euch dennoch, wie lange Ihr hier in Chihuahua zu bleiben gedenkt."

„Wahrscheinlich nur bis heute abend."

„Ihr bleibt nicht über Nacht bei mir?"

„Nein. Ich kaufe mir Schießbedarf und gehe dann wieder fort."

„So scheine ich mich allerdings getäuscht zu haben. Ich hätte Euch nötigenfalls ein verborgenes Stübchen angeboten und dann dafür gesorgt, daß Ihr alles erfahren hättet, was Ihr wissen wolltet."

„Ich danke Euch, Señor, ich bin kein Spion. Wäre ich einer, so würde mir Euer Anerbieten aber sehr willkommen sein."

„Hm, so kann der Mensch sich irren. Aber verzeiht, wollt Ihr nicht noch ein Glas Pulque trinken?"

„Nein. Ich bin noch nicht mit diesem ersten fertig."

„Ich fragte nur aus Rücksicht. Ich hätte Euch nicht bedienen können, da ich gerade jetzt fortgehen muß. Ich bin gern aufmerksam gegen meine Gäste."

„Geht in Gottes Namen! Ich kann Euch die Versicherung geben, daß ich dieses Glas noch nicht ausgetrunken haben werde, wenn Ihr zurückkehrt, selbst wenn das erst am Jüngsten Tag geschehen sollte. Der Gebrannte scheut das Feuer."

Der Wirt entfernte sich und eilte, um so wenig als möglich gesehen zu werden, mit raschen Schritten über die Gasse hinüber und trat in das Tor des großen Hauses. Dort erwartete ihn der Hausmeister.

„Geht hinauf, Señor!" sagte dieser. „Die Zofe ist im Vorzimmer."

Der Wirt folgte diesem Gebot und wurde von der Zofe in das Zimmer geführt, wo der Schwarze Gerard seine Zusammenkunft mit Señorita Emilia, der schönen Verbündeten von Juarez, gehabt hatte.

„Verzeiht, daß ich Euch störe, Señor!" sagte Emilia zu dem Wirt.

„Oh, Señorita, Ihr wißt ja, daß ich stets zu Eurer Verfügung stehe", antwortete er.

„Ihr habt jetzt einen fremden Gast empfangen? Ist er ein Mexikaner?"

„Nein, Señorita. Er ist ein Jäger aus dem Norden."

„Ah, ein Yankee!"

„Nein, ein Deutscher."

„Hat er Euch seinen Namen genannt?"

„Nein. Ich habe ihn leider nicht darnach gefragt."

„Wie lange bleibt er hier?"

„Nur bis zum Abend."

„Dann habe ich mich jedenfalls getäuscht!"

Da zwinkerte der Wirt verständnisvoll mit den Augen und sagte:

„Señorita, glaubt Ihr etwa, daß er einer der Unserigen sei?"

„Ja, ich dachte es."

„Da irrt Ihr Euch sehr. Ich habe ihn scharf ausgeforscht, aber vergebens. Dieser Mann ist entweder verschwiegen oder uns gleichgültig."

„Dennoch will ich sicher gehen. Fragt ihn doch, ob er der Kleine André ist!"

„Der Kleine André? Das läßt sich merken. Wer ist der Mann?"

„Ein Bote von Juarez, den ich erwarte."

„Ah, klein ist dieses Männchen."

„Jawohl, und auch die übrige Beschreibung, die man mir gemacht hat, stimmt. Ich sah ihn kommen, darum schickte ich zu Euch. Wenn er es ist, muß ich baldigst mit ihm sprechen. In diesem Fall schickt ihn zu mir herüber!"

„Das werde ich besorgen. *Adios*, Señorita!"

Der Wirt ging. Als er unten die Gasse erreichte, bemerkte er eine bedeutende Anzahl französischer Soldaten, die soeben im Begriff waren, sich in die einzelnen Häuser zu verteilen. Auch auf das seinige kam ein Unteroffizier zugeschritten. Dieser hatte während seines Aufenthaltes in Mexiko gelernt, ein wenig spanisch zu radebrechen.

„Venta des Señor Montario?" fragte er.

„Richtig, der Wirt bin ich."

„Einquartierung!"

„Auf wie lange?"

„Wer weiß es!"

„Wieviel Mann?"

„Genug, um die Provinz niederzumachen. Oberst Laramel befiehlt."

Der Wirt zog die Brauen zusammen, hielt jedoch an sich.

„Den Oberst kenne ich. Er soll ein sehr — tapferer Mann sein, habe ich gehört."

„Tapfer? Ah, jeder Franzose ist tapfer. Also mein Obdach, Señor!"

„Tretet ins Gastzimmer!"

„Habt Ihr kein besonderes Zimmer für mich?"

„Ihr werdet eines bekommen. Bis dahin aber bitte ich, mit der großen Stube vorliebzunehmen."

Der Franzose trat stolz und waffenklirrend ein. Er musterte den Raum. Als er den kleinen Jäger bemerkte, warf er einen verächtlichen Blick auf ihn. Nachdem er, in selbstbewußter Haltung auf einem Stuhl Platz genommen hatte, brachte der Wirt ihm ein Glas Pulque. Er kostete, spie das Gekostete sofort wieder aus und warf das Glas samt dem noch übrigen Inhalt zu Boden, daß es zerbrach.

„*Fi donc!*" rief er. „Welch ein Trank. Wirt, Wein!"

„Es ist keiner da, Señor", entschuldigte sich Montario.

„So holt welchen!" befahl der Franzose.

„Das kann ich tun. Aber erlaubt mir vorher eine Frage, Señor. Wollt Ihr den Wein trinken als Einquartierung oder als Gast, der bezahlt?"

„*Morbleu!* Meint Ihr etwa, daß ich den Wein bezahlen soll?"

„Ja, das meine ich allerdings."

„So wißt Ihr nicht, daß Ihr mich verpflegen müßt?" grollte der Unteroffizier.

„Das weiß ich recht gut. Aber ebenso weiß ich, daß Wein nicht zu Eurer Verpflegung gehört. Ihr müßt essen und trinken, was ich selber esse und trinke."

„Aber wenn ich Wein verlange!"

„So werdet Ihr ihn bekommen, sobald Ihr ihn bezahlt. Oder habt Ihr etwa eine Ahnung, wie teuer in Mexiko und zumal jetzt und hier in Chihuahua Wein ist?“

„Der Wein von Bordeaux oder von der Mosel ist billig.“

„Bordeaux bezahle ich hier für die Flasche fünfzehn Peseta oder fünfundsiebzig Franken. Wein von der Mosel ist gar nicht zu haben. Ihr wißt wohl gar nicht, daß selbst der Kaiser Maximilian vergebens eine Flasche Wein wünscht?“

„Was geht mich Euer Maximilian an! Ich bin Franzose und trinke Wein. Zeigt mir mein Zimmer, und wenn ich keinen Wein bekomme, so werdet Ihr was erleben!“

„Euer Zimmer ist eine Treppe hoch. Der Hausknecht ist jetzt oben. Geht hinauf und laßt es Euch zeigen! Wenn das Essen fertig ist, werde ich Euch rufen lassen. Wollt Ihr aber wirklich Wein von Bordeaux, so zahlt Ihr fünfundsiebzig Franken dafür.“

„Das wird sich finden.“

Mit diesen Worten schritt der weindurstige Vertreter der Großen Nation zur Tür hinaus. Der Wirt machte eine Geste hinter ihm her und sagte:

„Der war abgeblitzt.“

„Noch nicht“, antwortete André. „Ich bin überzeugt, daß ein Nachspiel kommt.“

„Ich werde es ruhig abwarten“, lächelte Montario gelassen, „doch sagt mir, wie heißt Ihr eigentlich?“

„Ich heiße Andreas Straubenberger.“

„An — dreas Str — rrr — rau — der Teufel hole diese deutschen Namen! Kein Mensch kann sie aussprechen! Ich dachte, Ihr würdet André heißen.“

„André. Hm, ja, so heißt man mich auch zuweilen. André und Andreas ist das gleiche.“

„So seid Ihr wohl gar der Kleine André?“

Jetzt war die Reihe des Erstaunens an dem kleinen Jäger.

„Hallo! Woher wißt Ihr, wie ich heiße?“ fragte er überrascht.

„Ihr seid es also wirklich? Da habt Ihr mir vorhin doch die Unwahrheit gesagt, als ich meinte, daß Ihr ein Anhänger von Juarez seid.“

„Was fällt Euch ein! Was habe ich mit Juarez zu schaffen?“

„Ihr dürft freimütig mit mir sprechen. Ich bin ein begeisterter Verehrer meines Vaterlandes und seines Präsidenten Juarez. Ihr müßt das ja schon aus der Art und Weise sehen, wie ich vorhin den Franzosen behandelt habe, obwohl mir dieser gefährlich werden kann. Aber ich will Euch noch einen besseren Bescheid geben. Habt Ihr einmal von Señorita Emilia gehört?“

„Señorita Emilia? Es gibt jedenfalls viele Damen dieses Namens. Was ist mit dieser Emilia?“

„Sagt erst, ob Ihr sie kennt!“

„Ich habe von ihr gehört.“

„Sie aber noch nicht gesehen? Nun gut, Ihr werdet sie sogleich zu sehen bekommen, Señor André.“

„Ah, wo?“

„In ihrer Wohnung. Ihr sollt zu ihr kommen.“

„Wohnt sie vielleicht gegenüber in dem großen Haus? Eine Dame stand auf dem Balkon, als ich ankam. Aber woher kennt sie mich?“

„Ich weiß es nicht. Tut mir den Gefallen und geht sogleich hinüber zu ihr!“

„Wie muß ich gehen?“

„Ihr werdet im Flur den Hausmeister finden, der Euch unterrichten wird. Wollt Ihr nicht Eure Büchse und die anderen Waffen hierlassen?“

„Fällt mir nicht ein. Ein Westmann trennt sich von seinen Waffen nie.“

Mit diesen Worten warf der Kleine das Gewehr über

die Schulter und ging. Drüben traf er den Hausmeister, der ihn hinauf wies, wo er von der Zofe empfangen wurde, die ihn in das Zimmer brachte, in dem vorher der Wirt gesessen war. Als er Emilia erblickte, blieb er erstaunt stehen, und als sie sich erhob, rief er:

„Kreuzbataillon, Señorita, Ihr seid wahrhaftig verteufelt schön!"

„So? Wirklich?" fragte sie lächelnd.

„Ja", antwortete er. „So schön habe ich bei Gott noch kein Mädchen gesehen."

„Das gilt mir mehr, als wenn es mir ein Graf oder General sagte. Nicht wahr, der Wirt von da drüben schickt Euch zu mir?"

„Ja."

„So seid Ihr der Kleine André?"

„Der bin ich. Señorita, woher kennt Ihr mich?"

„Das sollt Ihr sogleich hören. Habt nur zuvor die Güte, Euch niederzusetzen!"

„Wenn Ihr das befehlt, so muß ich gehorsam sein."

André traf Anstalt, sich auf einen an der Tür stehenden Stuhl zu setzen.

„Nein, dort nicht", sagte sie. „Ihr sollt hier neben mir auf dem Diwan sitzen."

„Señorita, ich? Dort auf der Seide, mit meinen alten Lederhosen? Nehmt es mir nicht übel, aber das paßt nicht zusammen!"

„Ihr werdet sehen, daß es sich prächtig verträgt."

„Nun, so will ich es wagen!"

Damit trat Andreas langsam und zögernd näher, wischte mit den Händen über den Teil seiner alten Hosen, der mit der Seide in Berührung kommen sollte, und setzte sich so, daß er nur die Kante des Diwans berührte.

„Nein, so nicht, sondern ordentlich!" rief sie und drückte ihn tief in den weichen Sitz hinein.

„*Aymé* — o weh!" rief er, halb emporspringend.

„Hier geht man ja unter wie im Wasser. Ich glaube, auf diesem Sitz könnte man schwimmen lernen."

„Habt keine Angst, Señor, ertrinken könnt Ihr nicht. Was aber das Trinken anbelangt, so könnte dafür gesorgt werden. Darf ich Euch etwas anbieten?"

„Hm", schmunzelte er, „etwa Pulque?"

„Wie kommt Ihr auf dieses Getränk?"

„Ich habe mein Glas voll noch drüben in der Venta stehen."

„Es schmeckt Euch nicht?"

„Oh, es schmeckte, aber wie! Ein Gemisch von Alaun, Süßholz, Aloe, Kupfervitriol, Salmiakgeist, Holunderbeeren und Seifenwasser würde wohl ähnlich schmecken."

Emilia lachte herzlich über diese Zusammenstellung.

„Trinkt Ihr gern Wein?"

„Sehr gern, Señorita. Ein Jäger bekommt von dieser Sorte Getränk so äußerst selten einen Schluck, daß man fast dessen Namen vergessen möchte."

„Nun, so wollen wir ein Fläschchen —"

„Um Gottes willen!" fiel er ein. „Alles, nur dieses nicht, Señorita. Fünfundsiebzig Franken die Flasche!"

„Ja, er ist sehr teuer, aber beruhigt Euch. Er kostet mich keinen Pfennig. Er ist ein Geschenk."

„Aber meinetwegen dürft Ihr doch keine Flasche anreißen. Ich bin nicht der Mann danach."

„Warum nicht? Ihr seid ein Anhänger von Juarez, also mein Freund, und für einen Freund hat man stets ein Fläschchen Wein zu Hause."

„Hm, wenn es so ist, dann lasse ich mir allerdings die Freundschaft gefallen."

Emilia schellte, und bald stand ein feuriger Tokaier vor ihnen. Sie schenkte ein, und André schlürfte.

„Wie ist er?"

„Besser, viel besser als unser Pfälzer Gewächs."

„Ah, Ihr seid aus der Rheinpfalz?"

„Ja, Señorita."

„Nun, da mögt Ihr recht haben mit dem ‚Gewächs'. Ratet einmal, welche Sorte wir trinken!"

„Oh, ich verstehe mich verdammt wenig auf das, was man Sorten nennt."

„Es ist Tokaier."

„Alle Teufel!"

„Aus dem Keller des Kaisers."

„Max?" fragte er erstaunt.

„Ja, des Kaisers Max. Wundert Euch nicht, daß sogar der Wein des Kaisers sich bis an diesen entlegenen Punkt verirrt! Diese Herren Franzosen wissen für sich zu sorgen. Max hat selber Not um eine Flasche guten Weines. Dieser Kaiser ist ein herzlieber, braver Mann, der sich zu seinem Unglück dem Kaiser Napoleon anvertraut hat. Napoleon ist ein Emporkömmling, und er wird gewiß als solcher enden. Er hat vieles auf seinem Gewissen. Gebe Gott, daß er nicht auch noch diesen Kaiser Max von Mexiko darauf bekommt! Doch nun vor allen Dingen zu unserer Angelegenheit, Señor! Ich hörte, Ihr würdet Euch nur bis heute abend hier aufhalten?"

„Allerdings! Ursprünglich wollte der Schwarze Gerard an meiner Stelle zu Euch kommen, aber er mußte zum Fort Guadalupe, um die Verteidigung dort zu übernehmen."

„Wie wird es mit dem Fort stehen? Habt Ihr noch nichts gehört?"

„Kein Wort. Ich bin jedoch überzeugt, daß die Franzosen aufgerieben werden. Sie waren ja ahnungslos, das Fort verteidigt zu finden und gar mit Juarez und seinen Apatschen zusammenzutreffen. Außerdem gibt es dort Leute, die so tapfer und kriegserfahren sind, daß ein einziger von ihnen zehn Franzosen aufwiegt."

„Etwa weiße Jäger? Wer sind sie?"

André erzählte Emilia nun sein letztes Zusammentreffen mit Sternau und seinen Begleitern und meinte zum Schluß:

„Übrigens glaube ich bestimmt, daß Ihr diese Leute sehen werdet. Nach meiner Berechnung wird Benito Juarez entweder bereits morgen oder übermorgen hier eintreffen."

„Ah! So bald? Habt Ihr ein sicheres Zusammentreffen verabredet?"

„Das versteht sich. Ich muß zwei Stunden am Flüßchen abwärts auf die Truppe warten."

„Daß sie bald kommt, ist mir lieb. Wißt Ihr schon, daß der Kommandant eine bedeutende Anzahl von Bürgern gefangengesetzt hat?"

„Der Wirt erzählte es mir."

„Für diese Leute ist alles zu fürchten."

„Ihr meint doch nicht etwa, daß sie sich in Todesgefahr befinden? Ohne Recht und Gericht kann man nicht handeln."

„Welcher Franzose hat in Mexiko nach Recht oder Gerechtigkeit gefragt? Ich sage Euch, mein guter Señor André, daß ich fest glaube —"

Emilia wurde in diesem Augenblick unterbrochen. Die Zofe trat herein und überbrachte ein in einen zierlichen Umschlag eingeschlossenes Kärtchen, worauf sie sich wieder entfernte. Emilia öffnete und las folgende Worte:

„Teure Señorita!

Zu Ehren meiner soeben hier eingetroffenen Kameraden, des Oberst Laramel und seines Offizierskorps, stehe ich im Begriff, heute abend eine glanzvolle Tertulia zu geben. Da zu dieser die hervorragendsten Sterne des hiesigen Damenhimmels geladen werden, so hege ich die Erwartung, daß Sie, als die Sonne dieses glänzenden Himmels, mir Ihre Gegenwart nicht versagen werden, zumal es der Oberst mit größter Ungeduld herbeisehnt, Sie kennenzulernen.

Der Kommandant."

Emilia ließ ein geringschätziges Lächeln über ihre Lippen spielen. Dann fragte sie den neben ihr sitzenden Jäger:

„Könnt Ihr französisch lesen?"

„Ja, so leidlich, Señorita", entgegnete der Kleine André zustimmend. „Mein Heimatort lag so nahe an der französischen Grenze, daß ich wenigstens diese Fertigkeit davon habe."

„Nun, so lest!" Emilia gab ihm die Karte, und er durchflog sie.

„Ich werde zu dieser Tertulia gehen, und es ahnt mir, daß ich dort etwas erfahren werde, was dem Präsidenten von großem Vorteil ist."

„Wann kommt Ihr nach Hause?"

„Um Mitternacht. Nachdem wir uns dann nochmals gesprochen haben, könnt Ihr die Stadt verlassen."

„Gut, dabei mag es bleiben, Señorita."

„Gibt es noch vorher etwas Wichtiges, so werde ich es Euch sagen lassen. Auf jeden Fall aber werde ich schon kurz nach Mitternacht auf Euch warten. Bis dahin lebt wohl, Señor!"

„Lebt wohl, Señorita!"

André nahm die Hand Emilias und drückte einen Kuß darauf. Als er drüben ins Gastzimmer trat, befand sich der Wirt noch allein darin. Er winkte dem Trapper verständnisinnig zu:

„Nun, habt Ihr mit der Dame gesprochen?"

Der Präriemann nahm Platz und nickte.

„So gesteht mir offen, daß Ihr ein Bote des Präsidenten seid!"

André nickte zustimmend.

„Nun meinetwegen! Die Señorita hat mir gesagt, daß man sich auf Euch verlassen kann. Juarez ist hierher unterwegs. Als ich ihn verließ, rückte er zum Fort Guadalupe, um dort die Franzosen zu empfangen, die ausgezogen sind, das Fort zu nehmen."

„Da haben wir doch richtig vermutet, als wir ahnten, daß dieser Zug gegen das Fort gerichtet sei. Aber wird es Juarez gelingen?"

„Es ist ihm jedenfalls geglückt. Jetzt befindet er sich sicherlich auf dem Weg nach Chihuahua."

Montario sprang vor Freude empor. „Hierher? Gott sei Lob und Dank! Endlich geht die Not zu Ende. Wann wird er kommen?"

„Vielleicht morgen schon."

„So bald? Señor, Ihr bereitet mir da eine Freude, für die ich Euch gar nicht genug danken kann. Ich werde eine Flasche von meinem Festwein holen."

„Ich danke Euch, ich habe soeben Wein getrunken."

„Bei der Señorita? Ah, Ihr sollt nicht sagen, daß ich dem Präsidenten weniger ergeben bin als sie. Ich werde zwei Flaschen holen. Aber hier können wir sie unmöglich trinken. Leider bleibt Ihr nur bis zum Abend hier. Ich wollte, Eure Zeit erlaubte es, daß —"

„Ich werde länger dableiben", unterbrach ihn der Kleine. „Ich habe nach Mitternacht noch eine Unterredung mit der Señorita."

„Das ist gut. Ich werde Euch bis dahin so gut unterbringen, daß kein Mensch etwas von Eurer Anwesenheit ahnt, mein lieber Señor."

„Aber mein Pferd —"

„Oh, nach dem wird kein Franzose fragen, und es soll gut gewartet werden. Wollt Ihr die Güte haben, mir zu folgen? Wir sind gerade jetzt unbeobachtet."

Es gab über dem Stall eine kleine, verborgene Stube, in die sich beide begaben. Der Wirt brachte noch zwei Flaschen seines Festweines herbei, und so plauderten sie beim Glas, bis die Nachricht kam, daß sich die Gaststube nach und nach mit französischen Gästen füllte.

„Jetzt muß ich leider fort", meinte Montario. „Es tut mir herzlich leid, Euch so einsam hier zurücklassen zu müssen."

„Darüber betrübt Euch ja nicht, Señor!“ lachte der Trapper. „Unsereiner weiß sich schon gut zu unterhalten.“

„Aber Ihr habt doch keinen Gesellschafter hier.“

„O doch, und zwar einen höchst guten und anständigen.“

„Wen denn?“

„Na, mich selber. Ich werde mich mit diesem Mann vortrefflich unterhalten. Ich werde nämlich schlafen. Aber ich bitte Euch, mich um Mitternacht zu wecken.“

„Habt keine Sorge! Ich werde zur rechten Zeit kommen, um Euch zu rufen.“

Sie trennten sich. Die Sonne war eben im Untergehen. André blickte zum Fenster hinaus und murmelte:

„Dem heutigen Tag geht es genauso wie hier unserer zweiten Flasche, er und sie werden alle. Hinunter mit dem letzten Tropfen! Im Kopf ist es, als hätte ich eine Pferdeherde drin, die im Kreis herumgaloppiert, und in den Beinen — oh, die werden immer krümmer und krümmer, und immer dümmer und dümmer.“

André schwankte, nachdem er die Tür verriegelt hatte, zum Lager, das aus Heu bestand, legte sich nieder und war bald eingeschlafen. Der ungewohnte Wein war rasch Herr des wackeren Trappers geworden, der prächtig schlief, bis ihn ein Klopfen an der Tür erweckte.

„Señor, Señor!“ rief es halblaut draußen.

Der Trapper richtete sich auf. Es war dunkel um ihn, doch besann er sich augenblicklich, wo er sich befand, erhob sich und schritt zur Tür. „Wer ist da?“

„Ich. Macht auf!“

Er erkannte die Stimme des Wirtes und öffnete. Montario trat ein, eine kleine Laterne in der Hand, und fragte:

„Habt Ihr gut geschlafen, Señor?“

„Ausgezeichnet, bis jetzt. Welche Zeit haben wir?“

„Soeben ist Mitternacht vorüber.“

„Sind Eure Gäste fort?"

„Ja. Es hat eine arge Prügelei gegeben, aber das tut nichts. Der Präsident ist in der Nähe, und dann werden wir diese Gäste los. Wollt Ihr mir folgen?"

„Ja, aber — hm, wollt Ihr nicht vorher so gut sein und mir das Heu vom Anzug putzen? Ihr wißt, wenn man zu einer Dame geht —"

„Weiß es, weiß es, Señor."

Rasch reinigte der Wirt seinen kleinen Freund von den Halmen und führte ihn dann bis auf die Gasse.

„Drüben ist die Tür geöffnet", sagte er leise. „Die Señorita ist vor fünf Minuten zurückgekehrt."

„So muß ich mich beeilen."

„Ja, geht! Ich werde in der Gaststube Eure Rückkehr erwarten."

André huschte über die dunkle Gasse hinüber. Als er in den Flur trat, wurde die Tür sofort hinter ihm geschlossen.

„Wer ist da?" fragte er betroffen.

„Ein Freund", antwortete es. „Ich bin es, der Hausmeister. Ich mußte Euch erwarten."

Zu gleicher Zeit wurde ein Zündholz angebrannt und an diesem eine Kerze. Jetzt erkannte André den Alten, der ihn zu Emilia führte. Diese trug noch die Festkleidung, in der sie zur Tertulia gewesen war.

„Da seid Ihr ja wieder", empfing sie ihn freundlich. „Was habt Ihr unterdessen angefangen?"

„Geschlafen", lächelte er.

„Daran habt Ihr recht getan, da Ihr die Nacht zum Ritt braucht."

„So meint Ihr also, daß ich jetzt fortreiten kann?"

„Ja, Ihr müßt sogar."

„Es ist etwas geschehen, Señorita?"

„Ja, etwas sehr Schlimmes."

„Betrifft es den Präsidenten?"

„Unmittelbar glücklicherweise nicht ihn, sondern die

Gefangenen.“ Sie erzählte, daß Oberst Laramel einen Befehl überbracht habe, nach dem diese in der nächsten Nacht kurz vor Tagesanbruch mit Berufung auf den bekannten Erlaß vom 3. Oktober erschossen werden sollten.

Der kleine Mann war bleich geworden. „Mein Gott, wer kann, wer soll das verantworten!“ rief er.

„Das geht uns nichts an. Für uns ist vielmehr die Frage, wie wir es verhüten können. Von morgen vormittag an werden die Verurteilten heimlich, ohne daß es ein Bewohner der Stadt oder einer ihrer Angehörigen ahnt, zum Tod vorbereitet. Nachts zwei Uhr werden sie dann in aller Stille vor die Stadt geführt und erschossen. Kann Juarez bis dahin hier sein?“

„Ja, möglich ist es.“

„Ob aber wahrscheinlich?“

„Señorita, ich werde sofort reiten und ihm alles mitteilen.“

„Sollte er nicht am Stelldichein eingetroffen sein, so reitet Ihr ihm entgegen! Ich werde bis nächste Mitternacht warten. Habe ich bis dahin noch keine Nachricht von dem Präsidenten, so werde ich die Armen auf andere Weise zu retten suchen.“

„Wie wollt Ihr das anfangen?“

„Ich werde in aller Eile ihre Verwandten und alle treuen Anhänger des Präsidenten aufsuchen. Wir haben zwei Stunden Zeit. Das genügt, um so viele bewaffnete Männer zusammenzubringen, als nötig sind, die Hinrichtungstruppe zu überwältigen.“

„Wie stark ist diese?“

„Nur eine Schwadron. Aber alle in Chihuahua anwesenden Offiziere sind dabei. Sie wollen Zeugen dieses niederträchtigen Schauspieles sein.“

„Wenn Juarez nicht eintreffen kann, wäre es da nicht besser, Ihr suchtet diese Hilfe früher zusammenzubringen?“

Emilia schüttelte verneinend den Kopf:

„Ich muß so lange als möglich warten, bevor ich die Bürger in offene Empörung und Blutvergießen stürze. Juarez kann ja noch im letzten Augenblick kommen."

„Ihr habt recht. Ich werde sofort aufbrechen."

„Tut dies, Señor, und denkt daran, daß das Leben so vieler Männer an Eurer Zuverlässigkeit hängt! Bedürft Ihr vielleicht etwas?"

„Nein, ich danke, Señorita. Darf der Wirt Montario wissen, um was es sich handelt?"

„Nein. Er ist treu, aber diese Angelegenheit ist zu wichtig."

„Ich werde meine Pflicht tun. Verlaßt Euch auf mich! Also spätestens bis Mitternacht?"

„Bis Mitternacht", nickte sie.

„Gut! *Adios*, Señorita!"

Bevor Emilia antworten konnte, war André zur Tür hinaus, stürzte draußen an der Zofe vorüber und flog förmlich die Treppe hinunter.

„Schnell, um Gottes willen, rasch!" rief er dabei dem Hausmeister zu, der herbeikam, um die Tür zu öffnen.

In gleicher Eile ging es über die Straße hinüber und ins Gastzimmer der Venta, wo der Wirt noch allein bei der trüben Flamme eines Talglichtes saß.

„Nun?" fragte er. „Ihr geht fort?"

„Ja, und zwar augenblicklich. Wurde mein Pferd gefüttert und gehörig getränkt?" fragte André in fliegender Hast.

„Gewiß", bejahte Montario. „Aber was habt Ihr? Ihr seid ja ganz aufgeregt."

„Ich muß fort, schnell! Mein Pferd!"

Damit eilte er zum Hof. Im Nu war der Gaul gesattelt und gezäumt und vor der Tür in den Hof gezogen.

„Was für ein Teufel ist denn in Euch gefahren, Señor?" fragte der Wirt verwundert.

„Der Reitteufel. Weshalb, das werdet Ihr später erfahren. Hier ist die Zeche.“ André griff in die Tasche und zog den Beutel.

„Unsinn“, meinte der Mexikaner. „Ich nehme von Euch nichts.“

„Ah! Da!“

Bei diesem Wort drückte André Montario etwas in die Hand und gab dem Pferd die Sporen, daß es sich hoch aufbäumte und dann über den Hof und zum Tor hinaus auf die Straße schoß. Als der nachspringende Wirt an das Tor kam, verklangen die Hufschläge des Tieres schon in der nächsten Straße.

„Was war das?“ murmelte er. „Hatte dieser Mann Eile! Er kann sich und dem Pferd in dieser Dunkelheit den Schädel einrennen. Da muß etwas Besonderes vorgefallen sein.“

Jetzt hielt er die Hand an das Licht.

„O *santa Madonna* — ein Nugget, so groß wie eine Haselnuß. Das ist unter Brüdern zwanzig Duros wert. Der Mann hat Gold. Gott behüte ihn heute nacht, daß er nicht den Hals bricht und die Beine dazu!“

16. Ein Gewaltritt

André flog, sobald er die Stadt hinter sich hatte, wie der Wilde Jäger längs des Chihuahua-Flüßchens dahin. Ein Glück war es, daß er während der Streifereien der letzten Tage die Gegend genau kennengelernt hatte. Den Treffpunkt, zwei Wegstunden von der Stadt gelegen, erreichte er in kaum einer halben Stunde. Hier hielt er an und ließ einigemale den lauten Ruf der Baumeule erschallen. Es ertönte keine Antwort.

„Sie sind noch nicht da. Vorwärts! Ihnen entgegen."

Der kleine Trapper ritt in derselben Eile weiter, immer am Fluß hin, nur bei Aldama kürzte er ein Stück des Bogens ab. Gegen zwei Uhr begann es wenigstens so klar zu werden, daß er weiter als vorher blicken konnte, und eine Stunde später erreichte André die Stelle, wo der Fluß sich in den Rio Conchos ergießt. Dort hielt er an und sagte:

„Hier ist der verabredete Übergang. Ich muß nachsehen."

Gleich darauf begann er, so gut es die Dämmerung gestattete, die Umgebung zu untersuchen.

„Noch nicht dagewesen", lautete das Ergebnis.

Dann stieg André wieder auf, ritt durch den Rio Conchos zum anderen Ufer und schlug eine Richtung ein, die zwischen diesem Fluß und dem Llano de los Christianos nach Nordnordosten führt. Schon brach der Tag an. Nun konnte er die Ebene, durch die er kam, genau beobachten. Er bemerkte nicht die geringste Spur der Gesuchten. So ritt er fort, bis in die späten Stunden des Vormittags. Sein Pferd war dem Zusammenbrechen nahe. Es fand kaum noch Atem. Der Kleine merkte, daß das Tier umstürzen werde, sobald er im Ritt einhalte, darum spornte er es immer wieder von neuem an. Jetzt näherte er sich den Vorbergen, hinter denen der Rio Grande del Norte fließt. Da erblickte er eine lange, dunkle Linie, die aus einem Tal zwischen zwei Bergen sich hervorschlängelte. Er erhob sich in den Bügeln um besser sehen zu können und rief jauchzend:

„Sie sind es!“

Zu gleicher Zeit drückte er dem armen Tier die Sporen in die Weichen. Es galoppierte nun nicht mehr, sondern es raste vielmehr dahin. Die Linie wurde deutlicher, kam immer näher. Jetzt waren die einzelnen Gestalten genau zu erkennen.

Voran ritten die Häuptlinge Büffelstirn, Bärenauge und Bärenherz als Kundschafter. Eine Strecke weiter zurück folgte Juarez, der soeben mit Sternau und Graf Fernando in ein ernstes Gespräch vertieft war. Hinter ihnen die weißen Jäger und Indianer in einer langen, schlangengleichen Gänsemarschlinie. Man hatte den Reiter längst bemerkt.

„Wer mag es sein?“ fragte Juarez.

„Uff!“ rief Bärenherz. „Der kleine Mann!“

Sternau blickte schärfer hin und stimmte bei.

„Ja, wirklich, es ist der Kleine André, den Ihr nach Chihuahua sandtet, Señor.“

„Warum kommt er uns entgegen?“ fragte Juarez.

„Es muß etwas Wichtiges geschehen sein.“

Jetzt war der kleine Trapper ganz nahe. Die Zunge hing seinem Pferd lang aus dem Maul. Die Augen des Tieres waren mit Blut unterlaufen. Es stöhnte wie eine Lokomotive und schnellte sich nur noch in einzelnen krampfhaften Sätzen vorwärts. Da, ganz nah vor Juarez tat es den letzten Sprung. Aber der Kleine André hatte den Sattel bereits verlassen und sprang mit unglaublicher Kühnheit seitwärts zur Erde, während sein Pferd sich überschlug und dann liegenblieb. Kaltblütig zog er darauf seine Pistole und jagte dem zu Tod gehetzten Tier eine Kugel durchs brechende Auge.

„Was fällt Euch ein, Señor André?“ fragte der Präsident. „Das muß ja ein wahrer Höllenritt gewesen sein.“

„Allerdings, Señor“, erwiderte der Kleine keuchend. „Aber in einigen Minuten wird unsere ganze Truppe einen ähnlichen Ritt beginnen. Señorita Emilia sendet mich. Vor neun Stunden ritt ich von ihr weg.“

„Unmöglich.“

„Seht mein Pferd an! Ich habe es zu Tode geritten.“

Die weißen Jäger hatten schnell einen Kreis gebildet, während die Indianer gleichmütig von weitem hielten.

„Es handelt sich um Maximilians Erlaß, wonach jeder Republikaner als Räuber zu behandeln und zu töten sei“, berichtete der kleine Jäger atemlos.

Die Augen des Präsidenten flammten auf. „Er hat damit wiederum sein eigenes Todesurteil unterschrieben.“

„Aber zunächst das anderer Leute. Gestern kam nach Chihuahua der Befehl von Bazaine, alle gefangenen Republikaner zu töten —“

„Wirklich?“ fuhr Juarez auf.

„Ja, die früheren zwanzig und noch vierzig Geiseln, die nächste Nacht zwei Uhr erschossen werden sollen.“

„Sie müssen gerettet werden! Wo soll der Mord stattfinden?“

„Vor der Stadt, am Fluß jedenfalls.“

„Wie lange seid Ihr geritten?“

„Neun Stunden.“

„So brauchen wir elf Stunden, wenn wir die Pferde nicht totreiten wollen. Wie viele Truppen kommen zur Hinrichtung?“

„Eine Schwadron und sämtliche Offiziere.“

„Ah, das ist gut. Es geschieht im geheimen?“

„Ja. Nur Señorita Emilia weiß es.“

„Sie ist es, die Euch gesandt hat?"

„Ja."

„Wenn Ihr uns nun nicht zur rechten Zeit getroffen hättet?"

„Sie will bis Mitternacht warten, dann aber die Republikaner zusammenrufen."

„Das würde ein großes Blutbad hervorbringen, denn wenige Señores von Chihuahua scheinen Helden zu sein. Könnt Ihr den Ritt zurück aushalten?"

„Ja, Señor Juarez."

„Gut! Zunächst muß Señorita Emilia schleunigst benachrichtigt werden, daß Hilfe kommt, damit sie keinen Stadtaufruhr erregt. Dann müssen die schnellsten unserer Reiter sich beeilen, noch vor zwei Uhr vor der Stadt anzulangen, um die Hinrichtungen zu verhindern. Die Botschaft an die Señorita wird Señor André übernehmen. Kennt mein Bruder Bärenauge Chihuahua?"

„Mein Auge kennt das ganze Land", erklärte der Häuptling.

„Nun, so mag mein Bruder unter Hilfe der anderen Häuptlinge die schnellsten Krieger bis Mitternacht an die Stadt bringen, wo ich sie am Wasser treffen werde. Die anderen, die nicht so schnelle Pferde haben, werden nachkommen. Ihr, Señor André nehmt eines unserer Handpferde!"

André hatte seinem toten Roß Sattel und Zügel abgenommen und begann sogleich, dies dem angebotenen Pferd anzulegen.

„Ich werde André begleiten", betonte Sternau.

Da drängte Juarez sein Pferd zu Sternau heran.

„Gut, Señor", sagte er halblaut. „Ihr müßt mir eine Bitte erfüllen. Ich möchte nicht so unerwartet über die Franzosen herfallen."

„Ah, Ihr seid edler als jene!"

„Ich achte das Völkerrecht. Ihr kommt eher als ich nach Chihuahua. Wollt Ihr mein Bote sein?"

„Ihr meint, ich soll den Kommandanten als Euer Abgesandter aufsuchen? Wird man mich als solchen gelten lassen?"

„Ich schlage den Franzosen freien Abzug vor. Alles andere überlasse ich Euch."

„Soll ich verraten, daß wir von den geplanten Hinrichtungen wissen?"

„Kein Wort. Aber, Señor Sternau, gesetzt den Fall, daß man Euch festnimmt?"

„Das macht mir keine Sorge. Sollte mir dennoch etwas zustoßen, so kann ich mich auf meine Freunde verlassen. *Adios,* Senores!"

Sternau gab seinem Roß die Sporen und sprengte an der Seite Andrés davon. Als sie einige Minuten geritten waren, dreht Sternau sich um und bemerkte den Trupp der Besserberittenen, der ihnen folgte.

„Jetzt ist es vormittags zehn Uhr", sagte er, indem er sich der deutschen Sprache bediente. „Elf Stunden reiten wir, also werden wir abends so gegen neun Uhr in Chihuahua sein. Das genügt voraussichtlich. Wissen Sie den Platz genau, auf dem die Hinrichtungen vorgenommen werden sollen?"

„Nein", erwiderte André. „Die Señorita wird es aber wissen."

„Ich gehe mit zu ihr. Ich hätte Sie manches in Beziehung auf die Heimat zu fragen, aber es ist nicht die Zeit dazu. Bei der Schnelligkeit unseres Rittes ist es geraten, zu schweigen. Reiten wir hintereinander!"

So ging es fort, den kürzesten Weg zurück. Der Vormittag verging, die Sonne erreichte den Höhepunkt, sie senkte sich wieder, ohne daß die beiden Reiter ihren Pferden Ruhe gönnten. Es war gewiß, daß die beiden Tiere unbrauchbar wurden, aber darauf durfte man heute nicht sehen. Schon wurde es Abend, doch erst, als die beiden den Rio Conchos erreichten, hielten sie an, um die Pferde verschnaufen zu lassen und sie nicht so heiß in die Flut zu treiben. Dann aber ging es im Galopp weiter.

Als sie sich in der Nähe der Stadt befanden, wandte sich Sternau an den kleinen Trapper: „Gibt es hier ein sicheres Versteck für die Tiere?"

„Ja. Aber wollen wir zu Fuß die Stadt erreichen?"

„Gewiß. Es ist besser, wir kommen möglichst unbemerkt."

„So ist dort rechts ein Wald, in dem wir sie anbinden können."

Das wurde getan. Dann ergriffen die beiden Männer ihre Waffen und schritten der Stadt entgegen, die sie an der Straße erreichten, durch die gestern André ein- und ausgeritten war. Dieser bog schweigend in die Seitengasse ein, und Sternau folgte ihm.

„Hier links ist die Venta, wo ich abstieg, Señor", flüsterte der kleine Mann.

„Und das Haus der Señorita?"

„Hier rechts, das hohe, breite Gebäude."

„Man sieht kein Licht, doch lassen Sie uns hineingehen!"

„Die Zimmer haben Läden, die des Abends verschlossen werden."

Es war sehr dunkel auf der Gasse. Die beiden Männer waren bisher keinem Menschen aufgefallen. Sie fanden das Tor des Hauses zugeklinkt, aber nicht verschlossen, und traten ein. Im Flur war es finster, aber ihr Erscheinen wurde doch bemerkt, denn eine Stimme fragte:

„Wer kommt?"

„Wer ist da?" erwiderte der kleine Jäger.

„Der Hausmeister."

„Ich bin es, André."

„Oh, Gott sei Dank, Señor! Wir haben mit Schmerzen auf Euch gewartet. Habt Ihr das Tor wieder zugemacht?"

„Ja."

„So kann ich das Licht anbrennen. Ich glaubte, Ihr würdet nicht kommen."
„Ist die Señorita daheim?"
„Ja. Sie befindet sich in großer Aufregung."
Jetzt flammte das Licht auf, und der Alte beleuchtete die beiden Männer.
„Ah, noch ein Señor!" sagte der Hausmeister. „Ich soll nur Euch bringen, Señor André."
„Dieser Señor ist ein guter Freund. Er muß mit der Señorita sprechen."
„So folgt mir!"
Der Diener führte André und Sternau die Treppe empor. Als sie in das Vorzimmer traten, in dem sich die Zofe befand, öffnete sich die gegenüberliegende Tür, und Emilia erschien.
Sie hatte die Schritte vernommen, und ihre Ungeduld trieb sie, den Kommenden entgegenzueilen. André hatte Sternau den Vortritt gelassen. Sie erblickte daher zunächst nur ihn. Als ihr Auge aber auf die hohe Gestalt fiel, blieb sie erstaunt stehen.
„Wer ist das?" fragte sie. „Wer kommt da? Ein Fremder?"
Sternau verneigte sich leicht.
„Ja, ein Fremder, Señorita. Hier aber ist einer, der mich entschuldigen wird."
Bei diesen Worten trat er zur Seite. Jetzt sah Emilia seinen Gefährten.
„Señor André!" rief sie tief aufatmend. „Willkommen, tausendmal willkommen! Tretet ein! Nur schnell herein zu mir!"
„Erlaubt zuvor, Euch diesen Herrn vorzustellen!", bat der Kleine. „Es ist Señor Sternau, von dem ich Euch gestern erzählt habe."
„Señor Sternau, Ihr seid mir willkommen!"
Emilia führte die Männer in das Zimmer, wo sie gestern André zweimal empfangen hatte.

„Nehmt Platz, Señores, und sagt welche Botschaft Ihr mir bringt!"

„Es ist eine gute", betonte André, um ihre Besorgnis sogleich zu zerstreuen.

„Gott sei Dank! Also Juarez kommt?"

„Ja. Er wird rechtzeitig eintreffen. Die Verurteilten sind gerettet."

„Das haben sie Euch zu verdanken, Señor André. Denkt Euch, welche Schrecken und Qualen die Ärmsten ausstehen! Sie glauben, daß sie dem sicheren Tod entgegengehen, daß sie still und heimtückisch hingemordet werden, ohne ihre Angelegenheiten ordnen, ja ohne die Ihrigen noch sprechen zu können. Weilte Juarez schon auf dem Treffpunkt?"

„Nein, ich mußte ihm entgegenreiten."

„Wohl weit?"

„Es war eine ziemliche Strecke", entgegnete der kleine Mann bescheiden.

Emilia sah ihn fragend an.

Da aber ergriff Sternau wieder das Wort: „Ich muß Euch sagen, was unter dieser ziemlichen Strecke zu verstehen ist, Señorita. Señor André traf uns am Rio Grande del Norte, also beinahe fünfzehn geographische Meilen[1]) von hier, und diese Strecke ist er in neun Stunden, meist bei Nacht, geritten, worauf er sie mit mir in elf Stunden nochmals zurückgelegt hat. Das ist eine fast übermenschliche Leistung. Als er uns erreichte, brach sein Pferd unter ihm zusammen. Er hat sich um die Verurteilten den größten Dank erworben. Ohne diese Aufopferung wären wir nicht imstande, Hilfe zu bringen."

Emilia streckte André beide Hände entgegen. „Ich danke Euch, Señor", sagte sie, indem ihre Augen feucht schimmerten. „Ihr habt bewiesen, daß ein kleiner Mann ein großes Herz haben kann. Aber nun darf ich fragen,

1) Eine geographische Meile: 7,42 km

welche Anstalten zur Rettung der Bedrängten getroffen werden müssen?"

„Zunächst sind wir vorausgeritten, um euch zu sagen, daß die Hilfe naht", berichtete Sternau. „Das übrige muß sich aus den Umständen ergeben. Ist Euch der Platz genau bekannt, wo die Hinrichtungen stattfinden sollen?"

„Ja. Wenn ihr auf der Straße, durch die ihr in die Stadt gekommen seid, zurück, und an der Stadtgrenze hin rechts zum Fluß geht, so macht dieser eine Biegung, die einem Halbkreis gleicht. Das Feld also bildet an dieser Stelle des Flusses eine Art Halbinsel und diese ist es, auf der die Leute erschossen werden sollen."

„Ist der Fluß dort tief?"

„Tief und reißend. Daher beabsichtigen die Franzosen, die Leichen der Erschossenen ins Wasser zu werfen und fortschwemmen zu lassen."

„So ist für die Gefangenen keine Gnade zu hoffen?"

„Nicht die mindeste, zumal Oberst Laramel anwesend ist."

„Oberst Laramel? Welch ein Mann ist dieser Offizier?"

„Er ist berüchtigt wegen seiner Grausamkeit, findet ein Vergnügen an der Ermordung der Feinde und könnte mit Recht der Henker der Republikaner genannt werden."

„Das genügt!"

Sternau sagte nur diese beiden Worte, aber aus ihnen klang ein Entschluß, der Emilia aufhorchen ließ:

„Wie meint Ihr das, Señor?"

„Ich meine, daß ich diesen Mann sprechen werde."

„Nach dem Kampf, wenn er ihn überlebt?"

„Wahrscheinlich auch vorher."

„Das wird wohl unmöglich sein, Señor."

„Warum? Wird er nicht beim Kommandanten zu treffen sein?"

„Gewiß. Ich hatte heute alle Ursache, mich genau zu unterrichten, und habe gehört, daß sämtliche Offiziere beim Kommandanten sitzen, um die Stunde der Hinrichtung bei ihm zu erwarten."

„Das ist gut! Ich werde also alle beisammen sehen."

„Wie? Ihr wollt doch nicht hin?" fragte sie erschrokken.

„Allerdings", erklärte Sternau ruhig.

„Das dürft Ihr nicht! Ihr wäret ja verloren!"

„Das glaube ich nicht. Ich komme als Beauftragter von Juarez und erwarte freies Geleit."

„Ihr täuscht Euch, Señor! Man wird Euch sagen, daß man weder mit Juarez, noch mit einem Vertreter von ihm unterhandelt, da er ein Republikaner ist und somit als Bandit gilt. Ihr liefert Euch selber ans Messer!"

Sternau erhob sich von seinem Sitz.

„Señorita, sehe ich etwa aus wie einer, gegen den man nur die Hand auszustrecken braucht, um ihn festnehmen und erschießen zu können?"

„O nein! Ihr kommt mir vor wie eine jener Gestalten, von denen uns die alten Heldensagen erzählen. Aber was ist der stärkste Riese gegen eine kleine, heimtückische Kugel?"

„Solche Bedenken können mich nicht beeinflussen. Ich habe Juarez mein Wort gegeben, zum Kommandanten zu gehen, und werde es halten."

„Ihr könnt meine Bitte nicht erfüllen, aber gewährt mir wenigstens einen kleinen Wunsch: Begebt Euch unter den Schutz eines Bekannten von mir!"

„Wer ist dieser Mann?"

„Es ist kein hochgestellter Herr; es ist nur der alte Schließer des Stadthauses. Aber er ist ein ehrliches, treues Gemüt", meinte Emilia mit Wärme. „Gleich seinem Bruder, meinem Hausmeister, zählt er zu den unverbrüchlichen Anhängern des Präsidenten. Er sehnt den Augenblick herbei, wo Juarez Herr von Chihuahua ist, und wird gern alles tun, diesen Augenblick herbeizuführen. Er ist es, von dem ich gehört habe, daß die Offiziere beim Kommandanten sitzen."

„Ihr denkt, er könnte mir sicheren Aus- und Eingang verschaffen?"

„Ja, gewiß. In seiner Hand befinden sich alle Schlüssel des großen Gebäudes."

„Nun gut. Es kann ja nichts schaden, wenn ich mit ihm spreche, doch darf ich keine Zeit verlieren."

„So erlaubt, daß ich vorher meinen Hausmeister rufen lasse. Er soll Euch zu seinem Bruder begleiten!"

Es wurde nun alles Nähere besprochen, und bald darauf verließ Sternau mit seinem Führer das Haus.

Die beiden gingen durch einige Straßen, ohne von jemand beachtet zu werden. Es war zudem so dunkel, daß sie auch kaum bemerkt werden konnten. Endlich gelangten sie an eine Tür, vor der der Hausmeister stehenblieb.

„Wir sind hier an der rückwärtigen Seite des Stadthauses, Señor", berichtete er.

„Und das ist die Tür, wo Ihr mich erwarten werdet?" fragte Sternau.

„Ja. Harrt kurze Zeit hier! Ich will mit meinem Bruder sprechen.

Er verschwand um die Ecke, und Sternau blieb allein zurück. Es verging eine Viertelstunde, ehe der Hausmeister zurückkehrte.

„Habt Ihr ihn getroffen?" fragte Sternau.

„Ja. Er hat sofort seine Zusage gegeben. Er schlägt nur einen anderen Weg ein. Hört Ihr es? Jetzt endlich erscheint er."

Wirklich vernahm man jenseits der Tür ein Geräusch, als wenn jemand eine Treppe herabstiege. Dann wurde leise ein Schlüssel ins Schloß gesteckt und die Tür geöffnet.

„Kommt herein!" flüsterte es.

Sofort trat Sternau ein, und der Hausmeister folgte. Nun wurde die Tür wieder verschlossen, und es kam ein Blendlaternchen zum Vorschein, das der Schließer unter seinem Gewand trug. Er ließ den Lichtschein auf Sternau fallen und sagte:

„Mein Bruder hat mir eine Botschaft gebracht, die ich kaum glauben kann. Ist es wirklich wahr, Señor, daß Benito Juarez in der Nähe ist?"

„Das ist wahr. Er kommt nach Chihuahua."

„So segne Euch die heilige Jungfrau für dieses Wort! Ich will Euch zu Diensten sein, so viel und gut ich kann. Mein Bruder hat mir mitgeteilt, worum es sich handelt. Während er Euch hier erwartet, gehe ich wieder diese Treppe empor. Kommt mit! Ich werde Euch den Weg zeigen."

Der Hausmeister führte Sternau mit Hilfe des Laternchens die Treppe empor und durch vier Zimmer, bis er vor einer Tür stehenblieb, um zu horchen.

„Es ist niemand draußen", erklärte er. „Blickt hinaus!"

Er öffnete dabei die Tür ein wenig, und Sternau sah nur einen spärlich erleuchteten Flur, auf dem sich kein Mensch befand. Gegenüber lag auch eine Tür.

„Seht", bemerkte der Schließer, „hinter jener Tür stecken die Offiziere. Dort hinein wird man Euch führen, und hier erwarte ich Euch. Müßt Ihr fliehen, so dreht Ihr drüben den Schlüssel um und springt schnell hier herein. Ich trete hinaus, um später drüben zu öffnen. Ihr schließt hier alle Türen hinter Euch ab und verlaßt über die Treppe das Haus. Den Hauptschlüssel und die Laterne könnt Ihr meinem Bruder geben."

„Schön, wir können also beginnen?" entgegnete Sternau.

„Geht in Gottes Namen, Señor!"

Sternau kletterte über die Treppe hinab zum Hausmeister zurück und schritt dann zur anderen Seite des

Hauses. Dort war das Tor geöffnet und der breite Flur erleuchtet. Posten standen nicht vor der Tür. Im Flur befand sich die Tür des Wachtzimmers offen, und als er vorüber wollte, trat ein Unteroffizier vor und fragte höflich:

„Verzeihung, Monsieur, wohin wollen Sie?"

„Ist der Kommandant zu sprechen?"

„In solch vorgerückter Stunde?"

„Das ist für Sie gleichgültig! Ich frage, ob der Kommandant zu Hause ist!"

Diese Grobheit machte Eindruck.

„*Oui, Monsieur*", antwortete der Mann.

„Wollen Sie mich melden?"

„Gern. Welchen Namen soll ich nennen?"

„Doktor Sternau."

„Sehr wohl! Folgen Sie mir!"

Droben saßen die Herren bei einer Ananasbowle, trieben Politik nach Art der Franzosen, leicht und lustig, und bauten Kartenhausschlösser, die keinen Wert haben. Da trat der Unteroffizier ein und meldete:

„Draußen ist ein Herr, der den Herrn Kommandanten sprechen will."

„So spät?" fragte der Erwähnte unwillig. „Wer ist es?"

„Er nannte sich Doktor Sternau."

„Ein deutscher Name. Es wird der Feldscher oder Chirurg einer der belgischen oder kaiserlichen Bataillone sein. Er mag hereinkommen."

„Eintreten!" schnarrte der Unteroffizier, das Zimmer verlassend.

Aller Augen richteten sich auf die Tür. Anstatt des erwarteten untertänigen Pflastermannes erschien ein Hüne, der in der reichen mexikanischen Weise gekleidet war.

„Guten Abend, meine Herren", grüßte er, sich verbeugend.

Vom Eindruck seiner Persönlichkeit ergriffen, erhoben sich die Offiziere und erwiderten den Gruß.

„Ich bin an den Herrn Kommandanten von Chihuahua gewiesen."

„Der bin ich", sagte der Genannte. „Wollen Sie Platz nehmen? Vorher jedoch erlaube ich mir, Ihnen die Namen dieser Herren zu nennen."

Sternau nickte bei jedem Namen leicht und vornehm. Als aber Oberst Laramel genannt wurde, nahm er dessen Gesicht genauer in Augenschein. Dann setzte er sich nieder.

„Was verschafft mir die unerwartete Ehre, den Herrn Doktor bei mir zu sehen!" fragte der Kommandant.

„Ein eigentümlicher Umstand, der mir ebenso unerwartet gekommen ist, wie Euch heute meine Gegenwart, Herr Kommandant", antwortete Sternau. „Zunächst die Bemerkung, daß ich ein Deutscher bin."

Der Offizier nickte kühl. „Ich erriet es aus dem Klang Ihres Namens."

„Ich befand mich aus Gründen, die den Gegenstand nicht berühren und also nicht hierhergehören, längere Zeit in der Südsee. Ich hatte Veranlassung familiärer Art, von da nach Mexiko zu reisen, und schlug die Strecke ein, die sich gegen die Grenze von New Mexiko in den Vereinigten Staaten neigt."

„Eh bien!" sagte der Franzose neugierig werdend.

„Während eines Rasttages hatte ich das unerwartete Vergnügen, einen Mann kennenzulernen, dessen Name mit der Geschichte von Mexiko innig verbunden ist. Die Herren erraten vielleicht, wen ich meine?"

„Diable, jedenfalls Juarez!" rief Oberst Laramel erregt. „Habe ich richtig geraten?"

„Ja, Herr Oberst."

„Prächtig! Endlich hört man etwas Genaues. Wo steckt er?"

Diese Frage verriet große Ungeduld.

„Ich bitte zunächst um die Erlaubnis, in meiner Einleitung fortfahren zu dürfen", sagte Sternau höflich.

„Das hat Zeit. Beantworten Sie mir zunächst meine Frage! Das ist die Hauptsache."

Diese Worte wurden in einer rücksichtslosen Weise gesprochen, Sternau fuhr indessen unbefangen fort:

„Ja, Juarez war es, den ich kennenlernte, und zwar während —"

„Ich habe gefragt, wo sich Juarez befindet!" rief Oberst Laramel gebieterisch.

Da drehte Sternau sich lächelnd zu ihm herum, aber in diesem Lächeln lag alles ausgedrückt, was einen Laramel beleidigen konnte.

„Herr Oberst, Sie befinden sich nicht vor der Front einer Strafkompanie, sondern Sie sitzen vor einem Mann, der gewohnt ist zu sprechen, wie es ihm gefällt. Ich liebe es nicht, unterbrochen zu werden. Ist es dennoch der Fall, so erfordert die Sitte, daß es in höflicher Weise geschieht. Finde ich diese Höflichkeit nicht, so habe ich festzuhalten, daß ich nur kam, um mit dem Herrn Kommandanten von Chihuahua, nicht aber mit Ihnen zu sprechen."

Das war eine Zurechtweisung, wie sie dem Oberst wohl noch nie geworden war. Er erhob sich und griff an seinen Degen.

„Monsieur, wollen Sie mich beleidigen?" rief er.

„Keineswegs", entgegnete Sternau ruhig. „Ich habe nur die Absicht gehabt, mir die einem jeden gebildeten Mann gebührende Rücksicht zu verschaffen."

Der Kommandant mochte einen ernsten Auftritt befürchten und mischte sich ein:

„Das genügt jedenfalls. Der Herr Doktor hat erklärt, daß er den Herrn Oberst Laramel nicht beleidigen wollte und den Herrn Oberst ersuche ich freundlichst, den Herrn Doktor aussprechen zu lassen. Somit ist alles gut. Bitte, fortzufahren!"

Diese Worte waren an Sternau gerichtet, und da sie freundlich gesprochen waren, so verbeugte sich dieser höflich und fuhr fort:

„Ich sagte also, daß ich Benito Juarez kennenlernte. Es geschah dies während eines kleinen Ausfluges, den er von El Paso del Norte aus unternahm. Ich glaube nicht, ein politisches Verbrechen zu begehen, wenn ich gestehe, daß ich eine lebhafte Teilnahme für diesen Mann empfand, und ich hatte das Glück, diese gute Meinung in freundlichster Weise von ihm erwidert zu sehen."

„Wollen Sie damit sagen, daß Sie ein Freund von Juarez sind?" Diese Frage sprach der Kommandant sehr ernst aus.

„Nichts anderes will ich sagen", entgegnete Sternau furchtlos.

Da runzelte der Kommandant die Stirn. „Sie scheinen eine große Aufrichtigkeit zu besitzen!"

„Ich bin gewöhnt, Aufrichtigkeit als eine Tugend zu betrachten."

„Diese Tugend kann unter gewissen Verhältnissen verhängnisvoll werden, sobald sie zur Unvorsichtigkeit wird."

„Ich hoffe, bis jetzt noch nicht unvorsichtig geworden zu sein."

„O doch! Sie haben sich als Anhänger von Juarez bezeichnet."

„Davon weiß ich nichts. Es ist sehr leicht möglich, der persönliche Freund eines anderen zu sein, ohne dessen politischen Grundsätzen zu huldigen. Gehen wir also in friedlicher Weise über diesen Punkt hinweg! Ich wiederhole, daß ich das Glück hatte, Juarez kennenzulernen und mir sein Vertrauen zu erwerben. Meine Anwesenheit ist ein Beweis für diese Behauptung, denn ich komme als Abgesandter des Zapoteken zu Ihnen."

„Ah!" rief da der Kommandant erstaunt. „Als sein Abgesandter? Vielleicht gar als sein Bevollmächtigter?"

„Ja. Ich besitze Vollmacht, mit Ihnen zu unterhandeln."

Da stieß Oberst Laramel ein höhnisches, verächtliches Lachen aus, und der Kommandant meinte:

„Ich schließe mich meinem Kameraden an, der durch sein Lachen beweist, daß er Ihre Worte mehr als sonderbar findet. Glauben Sie wirklich, daß Juarez der Mann ist, mit dem ein Franzose unterhandeln würde?"

„Das glaube ich", erwiderte Sternau ruhig.

„Dann machen Sie sich eines riesigen Irrtums schuldig. Es kann niemals einer Behörde einfallen, mit einem Majestätsverbrecher und Landesverräter zu unterhandeln. Das weiß jeder leidlich gebildete Mann."

„Ich schließe mich dieser Ansicht gern an, möchte aber doch fragen, ob Sie unter diesem Majestätsverbrecher und Landesverräter meinen Auftraggeber Juarez verstehen."

„Selbstverständlich", antwortete der Kommandant erstaunt. „Er betreibt Verschwörung gegen uns, er leistet uns bewaffneten Widerstand."

„Eigenartig", meinte Sternau mit leisem Kopfschütteln. „Präsident Juarez hat die gleiche Meinung von Ihnen."

„Ah!" rief es ringsum.

„Ja", betonte Sternau unerschrocken. „Juarez behauptet, noch Präsident zu sein. Er wurde von Mexiko auf diesen Posten berufen und nicht wieder abberufen. Er behauptet, daß die Franzosen gegen ihn hetzen und ihm bewaffneten Widerstand leisten. Er behauptet, daß ein Majestätsverbrecher doch immerhin ein politischer, nicht aber ein ehrloser Verbrecher sei, daß aber die Franzosen gewaltsam in Mexiko eingedrungen seien, wie es zum Beispiel Einbrecher in einem nicht hinreichend bewachten Haus tun würden."

Da sprang Oberst Laramel auf, legte die Hand an den Degen und rief zornig dem Kommandanten zu:

„Herr Kamerad, wollen Sie sich diese Beleidigung gefallen lassen?“

Auch der Kommandant erhob sich schroff von seinem Sitz.

„Nein“, antwortete er. Und zu Sternau gewandt, fuhr er fort: „Sie haben uns als gemeine Einbrecher hingestellt.“

„Das fällt mir nicht ein“, entgegnete der Deutsche. „Sie bezeichneten Juarez mit einem Namen, den er entschieden zurückweist, und ich gestattete mir darauf nur, Ihnen anzudeuten, in welcher Weise er den betreffenden Gegenstand beurteilt. Von meiner Meinung ist keine Rede gewesen.“

„Das wollen wir uns auch sehr verbitten. Ich betrachte Ihren Besuch als nutzlos und gefahrvoll. Nutzlos ist er für Juarez, da wir nicht mit ihm verhandeln, und gefahrvoll ist er für Sie, Monsieur.“

Sternau nahm eine ungläubige Miene an.

„Gefahrvoll für mich? Inwiefern, Monsieur?“

„Weil Sie dabei Ihre Freiheit, ja sogar Ihr Leben wagen. Juarez ist vogelfrei. Ich habe erst gestern erneut den strengen Befehl erhalten, jeden seiner Anhänger als Banditen zu behandeln, das heißt, ihn erschießen zu lassen.“

„Potztausend“, lachte Sternau, „so wird mir wohl das Vergnügen, von Ihnen auch als Bandit betrachtet zu werden?“

„Sie stehen sehr nahe an dieser Gefahr. Es tut mir leid, Ihnen sagen zu müssen, daß ich erstens einen Bevollmächtigten des Expräsidenten nicht als diplomatische Person anerkenne, und daß ich zweitens Sie als meinen Gefangenen festhalten werde.“

Da legte Sternau das eine Bein über das andere und erwiderte ruhig: „Über den zweiten Punkt wollen wir jetzt nicht rechten, dazu ist ja später noch Zeit. Was aber den ersten Punkt betrifft, so werde ich auf alle

Fälle und trotz Ihrer Weigerung den mir erteilten Auftrag ausrichten. Ich soll Ihnen sagen, daß —"

Er wurde unterbrochen. Oberst Laramel trat einen Schritt näher und rief zornig: „Halt! Kein Wort weiter! Jede Silbe wäre eine Beleidigung."

Sternau zuckte die Achseln: „Ich habe schon betont, daß ich gekommen bin, um mit dem Kommandanten von Chihuahua, nicht aber mit einem anderen zu sprechen. Will man von einem Bevollmächtigten seitens Juarez nichts wissen, so kann es doch nichts schaden, einen Mann anzuhören, dessen Mitteilungen nur Nutzen bringen können."

„Eure Mitteilungen können mir nichts nützen!" entgegnete der Kommandant streng.

Sternau hob beruhigend die Hand und erwiderte mit Nachdruck:

„Sie könnten wenigstens weiteren und größeren Schaden verhüten, wenn sie auch nicht imstande sind, Geschehenes ungeschehen zu machen. Wollen Sie Juarez nicht als eine Person anerkennen, mit der Sie amtliche Verhandlungen pflegen, so wird er sich durch die Macht der Tatsachen Anerkennung verschaffen."

„Welche Tatsachen sind das?" fragte der Kommandant spöttisch. „Meinen Sie etwa seine Flucht, seine Ohnmacht, seine Hilflosigkeit?"

„Flucht? Er ist nicht geflohen, er hat sich zurückgezogen. Ohnmacht? Nennen Sie einen Mann ohnmächtig, der Ihre jüngste Unternehmung vereitelt hat?"

„Herr, wahren Sie Ihre Zunge!" brauste der Kommandant auf. „Ich weiß nicht, was Sie mit dem Wort ‚vereiteln' meinen. Allerdings sind drei meiner Kompanien unterwegs, um die Anhänger des Juarez zu Paaren zu treiben."

„Glauben Sie, daß dieses Unternehmen gelingen wird?"

„Unbedingt."

„So sage ich, daß jetzt Sie sich eines gewaltigen Irrtums schuldig machen. Ihr Schachzug ist völlig mißlungen."

Der Offizier machte eine Bewegung des Schreckens. „Wieso? Was wissen Sie von meinem Unternehmen?"

„Oh, Juarez war längst davon unterrichtet und hatte seine Vorkehrungen getroffen. Der Angriff auf das Fort Guadalupe hat wohl stattgefunden, aber er ist abgeschlagen worden."

Da sprangen auch sämtliche Offiziere auf, die bisher noch gesessen hatten.

„Unmöglich!" rief der Oberst. „Wer hat ihn vereitelt?"

„Juarez."

„So befand er sich im Fort Guadalupe?"

„Er begab sich dorthin, sobald er von Ihrer Absicht unterrichtet wurde. Ich war bei ihm."

„Sie waren bei dem Angriff zugegen?"

„Ja."

„Nun, dann wird der Erfolg des Expräsidenten nur ein augenblicklicher und kurzer gewesen sein. Wir haben es nicht erreicht, ihn zu überraschen, aber meine tapferen Truppen werden dennoch das Fort nehmen und ihn, wenn nicht fangen, so doch wenigstens daraus vertreiben."

„Ich muß Ihnen leider sagen, daß es nicht geschehen wird. Sie haben keine Truppen mehr dazu."

Der Kommandant erbleichte.

„Wie meinen Sie das?" fragte er stockend.

„Ihre Truppen sind zersprengt oder aufgerieben."

„Herr, beabsichtigen Sie etwa, mir eine Falle zu stellen?"

„Nein, sondern ich sage die Wahrheit."

Einige Augenblicke herrschte tiefes Schweigen, dann rief Oberst Laramel:

„Das ist eine freche Lüge!"

Sternau würdigte ihn keines Blickes, sagte aber zum Kommandanten: „Ich bitte, mich gegen derartige Beleidigungen in Schutz zu nehmen, sonst bin ich gezwungen, zur Selbsthilfe zu greifen."

„Eine Lüge!" wiederholte Laramel wütend. „Dieser Mensch ist ein Lügner!"

Laramel hatte das letzte Wort kaum ausgesprochen, so lag er schon regungslos am Boden. Sternau hatte sich blitzschnell erhoben und ihm die Faust so an den Kopf geschlagen, daß er zusammenbrach. Der Schreck über diese Tat machte zunächst alle starr, dann faßte sich der Kommandant zuerst und rief drohend:

„Monsieur, was wagen Sie? Sie schlagen einen französischen Regimentskommandeur nieder? Wissen Sie, daß wir das mit dem Tod bestrafen? Ich werde Sie sofort festnehmen lassen."

Damit trat er einen Schritt zur Tür.

„Bleibt!" rief da Sternau gebieterisch.

Der Offizier hielt in seiner Bewegung inne und starrte Sternau an.

„Herr, sind Sie wahnsinnig, sich dieses Tones zu bedienen?" rief er und zog den Degen, und auch die anderen entblößten ihre Klingen.

„Laßt eure Waffen in Ruhe, meine Herren!" entgegnete Sternau. „Ich kam, um gehört zu werden, und ich werde mir Gehör verschaffen. Eure Degen fürchte ich nicht, wohl aber habt ihr meine Kugeln zu fürchten, die jedenfalls schneller und gefährlicher sind als eure Klingen."

Bei diesen Worten zog er zwei Revolver und richtete ihre Mündungen auf die Franzosen. Sein mächtiges Äußere, sein blitzendes Auge und der gebieterische Ton seiner Stimme machten in diesem Augenblick einen Eindruck, dem keiner widerstehen konnte. Der Kommandant fuhr erschrocken zurück.

„Sie wollen wirklich schießen?" fragte er.

„Ja. Ich gebe mein Wort, daß ich jedem sofort eine Kugel geben werde, der Miene machen wird, mich anzugreifen oder um Hilfe zu senden. Ihr seid nur mit euren Degen bewaffnet, ich bin euch also mit meinen Revolvern überlegen."

Die Herren sahen die Wahrheit dieser Worte ein.

„Unerhört!" sagte der Kommandant, den vorher drohend erhobenen Degen senkend. „Sie sind dennoch verloren!"

„Noch nicht. Vielmehr habe ich die Ansicht, daß ihr verloren seid, wenn ihr nicht meiner Aufforderung folgt, ruhig Platz zu nehmen."

Sternau hatte dabei ein so drohendes Aussehen, daß die Offiziere sich unwillkürlich wieder niedersetzten. Der Deutsche hielt noch immer die Revolver schußbereit.

„Sie sprachen von einem Befehl, jeden Anhänger von Juarez als Banditen zu behandeln", hub Sternau von neuem an. „Werden Sie diesem Befehl gehorchen?"

„Unbedingt."

„So läßt Juarez Sie warnen. Er läßt Ihnen sagen, daß er auch jeden Franzosen, der in seine Hände fällt, als Banditen behandeln wird. Ferner muß ich Sie auffordern, Chihuahua augenblicklich mit Ihren Truppen zu verlassen."

Der Kommandant stieß ein heiseres Gelächter aus. „Das klingt ja possenhaft!"

„Ist aber doch sehr ernst gemeint. Juarez wird Sie ruhig abziehen lassen, wenn Sie seine Forderungen beachten."

Jetzt erhob sich der Kommandant abermals.

„Forderungen? Welche Ausdrücke wagen Sie zu gebrauchen!" rief er. „Ich sage Ihnen, daß ich den erhaltenen Befehl auf das strengste erfüllen werde."

„Das ist mir leid, zumeist um Ihrer selbst willen."

Der Franzose lächelte geringschätzig:

„Pah! Ich werde heute beginnen, auch diese meine Pflicht zu tun. Und wissen Sie, wer der erste ist, den ich noch diese Nacht als Banditen erschießen lasse?"

„Ich ahne es", lächelte Sternau. „Sie meinen mich?"

„Jawohl. Sie sind mein Gefangener. Ergeben Sie sich freiwillig! Ihr erster Schuß wird vielleicht einen von uns töten, dann aber haben wir Sie fest, bevor Sie den zweiten abfeuern können."

„Das zu beweisen, dürfte Ihnen schwer gelingen, aber ich liebe es nicht, auf eine unnütze Weise Menschenblut zu vergießen. Deshalb will ich meine Waffen wieder zu mir stecken."

Mit diesen Worten schob Sternau die Revolver in den Gürtelschal.

„Gut. Sie ergeben sich also?"

„O nein. Ich wünsche nur, mich Ihnen zu empfehlen."

Er machte eine tiefe, spöttische Verbeugung und hatte dann mit drei raschen Schritten die Tür erreicht.

„Halt! Faßt ihn! Haltet ihn fest!" rief der Kommandant und sprang selbst eiligst zur Tür, aber als er sie erreichte, hatte sie sich hinter Sternau wieder geschlossen.

„Er flieht! Ihm nach!"

Unter diesen Rufen drängten sich die Franzosen zum Ausgang, aber sie fanden zu ihrem Ärger die Tür verschlossen. Keiner dachte daran, ein Fenster zu öffnen, um einen Befehl hinabzurufen, sondern jeder vereinigte sich mit den anderen, um die Tür mit den Fäusten zu bearbeiten. Erst nach verhältnismäßig langer Zeit wurde sie geöffnet. Der alte Schließer stand draußen. Er machte ein erstauntes Gesicht und sagte:

„*Dios mio!* Wer hat denn die Señores eingeschlossen?"

„Wo warst du denn?" fragte der Kommandant höchst ärgerlich.

„Unten an der Tür, Señor", antwortete der Alte.

„Hast du jemand das Haus verlassen sehen?"

„Ja. Señor. Den Fremden, der vorhin eintrat."

„Du meinst den hohen, breiten Menschen in mexikanischer Tracht? In welcher Richtung ging er fort?“

„Er ging nicht, sondern er ritt.“

„Er ritt?“ klang die erstaunte Frage. „Er hatte ein Pferd in der Nähe?“

„Ja, Señor. Ich stand am Tor. Er kam an mir vorübergeeilt und stieß, als er die Straße kaum erreicht hatte, einen Pfiff aus. Da hörte ich Pferdegetrappel. Ein Reiter, der noch ein lediges Pferd führte, kam herbei, er sprang rasch auf und ritt davon.“

„Ah, das hätten wir hören müssen!“

„Ich habe es ja selbst kaum gehört. Die Señores klopften hier so derb und stark an, daß anderes nur schwer zu vernehmen war.“

„Das mag sein. In welcher Richtung ritt er davon?“

„Links.“

„So wird er uns doch nicht entkommen. Es muß ihm sofort ein gut berittener Trupp folgen. Wer will das übernehmen?“

Es meldeten sich mehrere der jüngeren Offiziere. Der Kommandant traf seine Wahl, und bald galoppierte ein Leutnant in Begleitung von zehn Kavalleristen in der angegebenen Richtung davon.

17. Die Eroberung Chihuahuas

Sternau hatte, als er den Schlüssel der Tür umdrehte, den auf ihn wartenden Schließer sofort bemerkt. Dieser trat aus der gegenüberliegenden Tür auf ihn zu und drückte ihm sein Laternchen in die Hand.

„Schnell, Señor!“ flüsterte er. „Mein Bruder nimmt die Schlüssel in Empfang.

Sternau trat nun drüben ein und eilte durch die Räume, indem er alle Türen hinter sich verschloß. Der Hausmeister stand auf seinem Posten.

„Gott sei Dank!“ sagte er. „Ich hatte schon die größte Sorge.“

„Sie war überflüssig. Hier sind die Schlüssel und die Laterne. Ich muß jetzt fort.“

Sternau ging und verließ ungesehen die Stadt. Er fand sein Pferd noch da, wo er es angebunden hatte. Noch überlegte er, ob er hier warten solle oder nicht, da hörte er Schritte, die sich leise näherten. Er drückte sich an einen Baum. Der Mann, der kam, ließ ein leises Räuspern hören, woran Sternau ihn erkannte.

„Andreas!“ sagte er.

„Ah, Sie sind schon da!“ erwiderte der Kleine. „Verzeihung, daß ich mich entfernt habe! Ich konnte es vor Sorge um Sie nicht länger bei der Señorita aushalten. Es trieb mich aus der Stadt hinaus. Ich eilte also fort, um zu erkunden, ob die Unserigen nicht nahe seien.“

„Das ist kaum denkbar.“

Doch der Kleine André beruhigte ihn:

„Oh, diese Apatschen reiten glänzend, und Juarez hat es ihnen gleichgetan.“

„Wie? So ist er mit ihnen schon hier?"

„Ja. Sie haben ihre Pferde halbtot geritten."

„Wer ist es?"

„Juarez, die beiden Apatschenhäuptlinge, Ihre Gefährten und gegen hundert der bestberittenen Krieger. Die weniger gut berittenen sind noch zurück."

„Hundert Krieger? Ah, das genügt! Kommen Sie schnell!"

Die beiden Männer banden ihre Pferde los und verließen das Wäldchen. Nach kurzer Zeit erreichten sie die Apatschen. Man konnte sich bei der Dunkelheit nur an der Stimme erkennen. Juarez trat auf Sternau zu:

„Señor, das war wohl der fürchterlichste Ritt, den ich in meinem Leben gemacht habe. Ich bin es aber meinen Mexikanern schuldig, den fremden Eindringlingen zu zeigen, daß wir bereit sind, der Freiheit unseres Vaterlandes alles zum Opfer zu bringen. Señor André sagte mir, daß Ihr beim Kommandanten wart."

„Ja. Ich habe mit ihm in Gegenwart seiner Offiziere gesprochen. Der gegen die Republikaner gegebene Erlaß wurde erneut bekräftigt. Man wird Eure Anhänger als Banditen behandeln. Man erkennt Euch nicht als eine Person an, mit der man sich in Unterhandlungen einlassen kann. Auch mich wollte man festnehmen und noch heute nacht erschießen."

„Habt Ihr gesagt, daß ich Vergeltung üben werde?"

„Ja, aber man lachte darüber."

„So wußte man noch nicht, was im Fort Guadalupe geschehen ist?"

„Man hatte keine Ahnung davon. Ich teilte es ihnen mit, konnte aber den vollen Eindruck nicht abwarten, da ich bedacht sein mußte, mich schleunigst in Sicherheit zu bringen."

„So ist nichts zu tun als den Zeitpunkt zu erwarten und diesen Mord dann zu vereiteln", erklärte Juarez schroff. „Wir umzingeln im geeigneten Augenblick die Hinrichtungsmannschaft und machen sie nieder."

„Wenn Ihr Unschuldige schonen wollt, so weiß ich vielleicht einen besseren und kürzeren Weg. Wir nehmen einfach sämtliche Offiziere der Besatzung gefangen und zwingen sie dadurch, Chihuahua ohne Schwertstreich zu übergeben."

„*Caramba!* Wenn das möglich wäre!"

„Oh, es ist gar nicht schwer, Señor! Die Offiziere sind jetzt beim Kommandanten versammelt. Wir schleichen hinein und bemächtigen uns ihrer. Ich höre, daß hier hundert Krieger zugegen sind. Die Hälfte genügt, um das ganze Lager gefangenzunehmen."

„Würde das Einschleichen gelingen?"

„Vollständig. Der Schließer des Stadthauses steht mit uns im Bund. Ihm verdanke ich, daß ich vorhin entwischte."

„Wie kamt Ihr zu diesem Mann?"

„Der Hausmeister der Señorita Emilia ist sein Bruder."

„Kann man die Señorita Emilia ohne Gefahr sprechen?"

„Ja. Ich mache mich verbindlich, Euch zu ihr und auch sicher wieder zurückzubringen, wenn Ihr Euch mir anvertrauen wollt."

„Gehen wir!" befahl der Zapoteke kurz.

Die beiden Männer verließen die Truppe und schritten der Stadt entgegen. Sie gelangten zum Haus der Señorita, ohne in irgendeiner Weise belästigt zu werden. Es war ihnen niemand begegnet. Im Flur, wo es dunkel war, stand der Hausmeister.

„Wer kommt?" fragte er.

„Ich bin es wieder: Sternau. Wie ist es im Stadthaus gegangen?"

„Sehr gut, Señor. Mein Bruder hat dem Kommandanten gesagt, daß Ihr ein Pferd bereitstehen hattet und südwärts davongeritten seid. Man hat Euch Verfolger nachgesandt."

„Das war ein kluger Einfall, der die Spur von uns abgelenkt hat. Ist Señorita Emilia noch zu sprechen?"

„Sie wird für Euch jede Minute zu sprechen sein, Señor. Soll ich Euch die Laterne anbrennen?"

„Nein, ich kenne ja den Weg."

Er stieg mit Juarez die Treppe empor. Oben traten sie an der Zofe vorüber sogleich ins Zimmer der Señorita. Als diese den Präsidenten erblickte, stieß sie einen Ruf der Freude aus und streckte ihm die Hand entgegen:

„Ich heiße Euch willkommen in der Hauptstadt des Presidio, und ich bin stolz darauf, die erste zu sein, die es tun kann. Möge Euer Einzug die Früchte bringen, die Land und Volk von Euch erwarten!"

„Ich danke Euch, Señorita", antwortete Juarez ernst. „Dazu, daß ich endlich kommen kann, habt auch Ihr redlich beigetragen. Eigentlich sollte ich Euch Ruhe gönnen, aber ich habe die Absicht, Euch nach Mexiko zum Kaiser zu senden."

Ihre Wangen röteten sich vor Entzücken.

„Amtlich?"

„Euer Auftrag ist von Staats wegen, muß aber geheim sein. Doch zur Gegenwart. Was für ein Mann ist der Kommandant von Chihuahua?"

„Ein Dutzendmensch, Señor. Ein wenig tapfer und ein wenig feig, ein wenig ehrgeizig und ein wenig leichtsinnig. Er ist kein Licht und weder ein selbständiger Mann noch ein gewissenhafter Untergebener."

„Gibt es unter seinen Offizieren rasch entschlossene Leute, die den Geist besitzen, in einer außerordentlichen Lage sich auch außerordentlich zu benehmen?"

„Nein. Selbst Oberst Laramel, der erst angekommen ist, muß mehr ein Wüterich als eine militärische Größe genannt werden. Er ist ein Großsprecher."

Juarez runzelte die Stirn. „Ich werde den Mann genau betrachten. Señor Sternau will nicht die Stunde der Hinrichtung abwarten, sondern die französischen Offiziere jetzt im Stadthaus überfallen."

Emilias Augen leuchteten hell auf. „Recht so", entgegnete sie. „Mit den Offizieren fällt die Besatzung, die ganze Stadt in Eure Hand. Ihr werdet mit diesem Streich Herr dieses Staates."

„Es ist nur nötig, den Hausmeister zu seinem Bruder zu senden", sagte Sternau, „damit dieser uns das rückwärtige Tor öffnet."

Sternau erzählte dem Präsidenten, wie er aus dem Stadthaus entkommen war. Dieser entschied:

„Hundert Apatschen genügen, die Offiziere zu fangen und die Besatzung im Zaum zu halten, bis die übrigen herangekommen sind."

„Darf ich einen Vorschlag machen, Señor?" fragte Sternau. „Wir verwenden fünfzig Mann, um die Hauptausgänge der Stadt zu besetzen, Anführer für diese Posten haben wir ja. Ich nenne den kleinen Jäger, Mariano, Büffelstirn, die beiden Apatschenhäuptlinge. Nachdem diese Maßregel getroffen worden ist, schleichen wir mit den übrigen fünfzig ins Stadthaus ein und nehmen die Offiziere gefangen. Wir werden sie in der Weise überraschen, daß sie keinen Widerstand zu leisten vermögen. Die Drohung, daß sie auf der Stelle getötet werden sollen, falls sie sich nicht in unsere Forderungen fügen, wird alle ihre Truppen in unsere Hände bringen. Während wir bis zum Morgen das Stadthaus besetzt halten und dann mit Tagesanbruch leichter sehen können, was zu tun ist, werden sich unsere Nachzügler einfinden und die Einschließung der Stadt vervollständigen."

„Oh, Ihr braucht Euch nicht allein auf Euch selbst zu verlassen", fiel die Señorita ein. „Unter den vierzehntausend Einwohnern der Stadt gibt es Hunderte von treuen Männern, die auf die Kunde, daß der Präsident zurückgekehrt ist, sofort zu den Waffen greifen werden. Ich kenne sie alle. Ich werde sie sofort benachrichtigen, wenigstens die hervorragendsten von ihnen."

„Gut", stimmte Juarez bei. „Nur wünsche ich aus anderen Gründen, daß Ihr aus dem Spiel gelassen werdet, Señorita. Schlagt mir einen Mann vor!"

„Dann nenne ich Euch einen sehr einfachen Mann, der aber bereit ist, für Euch zu sterben. Er kennt alle national gesinnten Einwohner."

„Wer ist es?"

„Montario, der Wirt der Venta, die meinem Haus gegenüber liegt."

„So werde ich meine Maßregeln treffen. Señor Sternau, ich hoffe, auch jetzt auf Eure Hilfe rechnen zu dürfen."

„Gewiß", bejahte Sternau, „ich stelle mich Euch zur Verfügung. Bestimmt, was ich für Euch tun soll!"

„Versucht, die fünfzig Mann hierherzubringen, ohne daß es bemerkt wird! Dann begeben wir uns zum Stadthaus. Schickt mir den Hausmeister herauf."

Sternau ging, und kurze Zeit darauf trat der Hausmeister ein. Dieser hatte, da es im Flur dunkel war, Juarez nicht erkannt. Als jetzt sein Auge auf ihn fiel, machte er eine Bewegung der freudigen Überraschung.

„Gott, der Präsident!" rief er. „Oh, Señor, ist es die Möglichkeit?"

In seinem Gesicht spiegelte sich ungeheucheltes Entzücken ab. Juarez reichte dem Alten die Hand:

„Ihr kennt mich?"

„Ich habe Euch gesehen, als Ihr von hier nach El Paso del Norte gingt. Aber, Señor, wißt Ihr, was Ihr wagt, so allein nach Chihuahua zu kommen?"

„Das Wagnis ist nicht zu groß. Ich hoffe, die Stadt noch heute in meine Hand zu bekommen, und dabei rechne ich auf Eure Hilfe."

„Oh, was ich tun kann, soll mit der größten Bereitwilligkeit geschehen."

„So geht jetzt zu Eurem Bruder und sagt ihm, daß er mir, grad so wie vorher Señor Sternau, die Hintertür öffnen soll!"

„Ihr wollt zu den Offizieren? Man wird Euch gefangennehmen, Señor."

„Ich werde fünfzig Indianer mitbringen und die Offiziere gefangennehmen."

„Fünfzig Indianer? Oh, das genügt; das ist etwas anderes. Dieser Streich wird gelingen, und dann gehört Chihuahua Euch. Ich eile, meinen Bruder zu benachrichtigen, Señor. Er wird Euch alle Türen öffnen."

„Schön. Vorher geht zur Venta und sagt dem Wirt, daß er gleich herüberkommen soll!"

Der Hausmeister entfernte sich, und bald trat Montario mit allen Zeichen einer freudigen Aufregung ein. Er war glücklich, Juarez zu sehen und den Auftrag zu erhalten, die Namen der hervorragendsten Republikaner aufzuschreiben.

Es war nach seiner Entfernung nur kurze Zeit vergangen, so kehrte Sternau zurück, um zu melden, daß die Apatschen bereit seien.

„So wollen wir aufbrechen", befahl Juarez.

Emilia bat, sich der größten Vorsicht zu befleißigen, und schon schritt Juarez der Tür zu, als er sich rasch wieder umdrehte und zu ihr sagte:

„Señorita, hättet Ihr den Mut, uns zu begleiten?"

„Gewiß", antwortete sie schnell. „Wenn ich mitgehen kann, werde ich nicht diese Sorge auszustehen haben, als wenn ich zurückbleiben muß."

„Ihr werdet nach Mexiko zum Kaiser gesandt werden, und da gilt es, Euch als dessen Anhängerin hinzustellen. Eure Aufträge erhaltet Ihr morgen. Jetzt tretet vor uns bei den Offizieren ein. Ihr sagt Ihnen, daß Ihr von einem Eurer Spione gehört habt, daß ich nach Chihuahua marschiere und jeden Augenblick hier sein kann, ferner, daß ich sofort durch die Stadt zum Rathaus eilen würde, um mich in dessen Besitz zu bringen. Ihr ratet, sogleich Maßregeln zur Vorsicht zu ergreifen. Im geeigneten Augenblick werde ich erscheinen."

Als einige Augenblicke später die drei das Haus verließen, war es zu dunkel, um einen der Indianer zu erkennen, die an der Häuserreihe entlang am Boden lagen. Sie eilten mit gedämpften Schritten durch mehrere Gassen, bis sie die rückwärtige Seite des Stadthauses erreichten. Dort stand der Hausmeister an der Tür.

„Alles in Ordnung?" fragte Juarez.

„Alles, Señor", erwiderte der Alte.

„Euer Bruder?"

„Er steht mit der Blendlaterne auf der Treppe, um Euch zu führen, während ich den letzten mache, um die Tür zu schließen."

„Die Offiziere sind noch beisammen?"

„Ja."

„Die Indianer?" wandte sich Juarez an Sternau.

Er hatte bis jetzt noch keinen der Apatschen erblickt. Kaum hatte er diese Frage ausgesprochen, so richtete sich neben ihm eine dunkle Gestalt empor und flüsterte:

„Hier!"

Im Nu standen alle fünfzig Rothäute neben diesem einen. Hätte jemand eine Minute später das obere Stockwerk des Stadthauses genau beobachtet, so hätte er einen blassen Lichtschein gedankenschnell durch das oder jenes Fenster blitzen sehen. Dieser Schein kam von der Blendlaterne des Schließers, der die schleichende Schar führte.

Inzwischen hatte sich Oberst Laramel vom Faustschlag erholt, der ihm von Sternau versetzt worden war. Die Besinnung war ihm zwar längst zurückgekehrt, aber sein Gehirn war doch so erschüttert, daß er noch immer mit einer Betäubung kämpfte.

„Hätte ich diesen Kerl da!" zürnte er. „Ich ließe ihn totpeitschen."

„Wir fangen ihn jedenfalls", tröstete der Kommandant, „und dann soll er eine Strafe erhalten, deren Strenge Sie befriedigen wird."

In diesem Augenblick wurde hastig an die Tür geklopft, und als sie sich gleich darauf öffnete, erhoben sich alle Herren vor Verwunderung von ihren Stühlen: Emilia trat ein.

„Señorita, Ihr hier?" fragte der Kommandant in spanischer Sprache. „Zu so später Stunde?"

„Es ist zwar jetzt nicht die gebräuchliche Besuchszeit", entgegnete sie. „Aber die Pflicht gebietet mir, Euch dennoch aufzusuchen."

„Die Pflicht? Das klingt ernsthaft."

„Es ist auch sehr ernsthaft, Señores. Ich muß euch Wichtiges mitteilen."

„Nehmt Platz und sprecht!"

Der Kommandant bot Emilia einen Sessel an. Sie wies diesen zurück:

„Verzeiht, Señor, daß ich nicht erst Platz nehme! Wie Ihr mich hier seht, komme ich in höchster Eile, um Euch zu sagen, daß Ihr von einer argen Gefahr bedroht werdet."

Die höflich lächelnde Miene des Kommandanten verwandelte sich in eine sorgenvolle. „Von einer Gefahr? Welche könnte das sein?"

„Juarez naht!"

„Ah! Das beruhigt mich!" antwortete er. „Ich dachte erst, Ihr brächtet uns eine viel schlimmere Nachricht."

„Ihr seht mich überrascht. Ist das nicht die allerschlimmste Nachricht, die Euch gebracht werden kann?"

„Nein. Übrigens bin ich auf die Kunde vorbereitet. Man sagte mir heute abend schon, daß Juarez El Paso del Norte verlassen habe, um sich des Staates Chihuahua wieder zu bemächtigen. Aber dieser Indianer, der sich einbildet, Präsident von Mexiko zu sein, ist uns nicht gefährlich."

„Ihr irrt, Herr Oberst. Man sagte mir vorhin, daß Juarez Eure Truppen geschlagen habe."

„Das sagte man mir schon", antwortete er.

„Und Ihr nehmt das mit einem Lächeln hin?"

„Ja, denn es ist eine Lüge, die man ausspricht, um mich zu schrecken."

Der Kommandant glaubte zwar selbst nicht, daß es eine Lüge sei, aber er wollte dies der Señorita gegenüber nicht eingestehen. Sie fuhr dringlich fort:

„Ich bin überzeugt, daß es die Wahrheit ist. Der Mann, der mir die Nachricht brachte, ist zuverlässig. Ihr wißt, daß ich überall meine Verbindungen habe, die mich befähigen, Euch nützlich zu sein. Unter diesen Leuten befindet sich auch ein mexikanischer Goldsucher. Er war in der letzten Zeit im Fort Guadalupe und ist Zeuge des dort stattgehabten Kampfes gewesen."

„Ah! Wo ist er jetzt?"

„In meiner Wohnung. Er traf heute abend bei mir ein."

„Könnte man ihn vielleicht sprechen?"

„Ja. Ich werde ihn morgen zu Euch schicken, wenn es dann noch Zeit ist."

„Das klingt ja außerordentlich eilig."

„Es ist auch Gefahr im Verzug. Der Mann ist vom Fort Guadalupe bis hierher ohne Unterbrechung geritten und sagte, daß Juarez ihm auf dem Fuß folge."

„Das kann nur ein Goldsucher sagen. Juarez wird sich nicht in die Gefahr begeben, von uns gefangengenommen und erschossen zu werden."

„Ihr denkt, er kommt in geringer Begleitung, Oberst?"

„Es könnten sich ihm doch nur einige Abenteurer anschließen."

„Da irrt Ihr wieder. Er hat mehrere hundert Apatschen bei sich."

„Pah! Mehrere tausend von ihnen wären nicht imstande, Chihuahua zu nehmen. Der Indianer ist unfähig eine Stadt zu erobern, zumal eine Stadt von der Größe und Einwohnerzahl der unserigen."

„Aber beschleichen kann er sie."

„Was will das sagen!" meinte der Kommandant unter einem geringschätzigen Achselzucken.

„Oh, wer gibt Euch Sicherheit, daß Juarez sich mit seinen Apatschen nicht schon in der Stadt befindet? Er hat zahlreiche Anhänger hier."

Da fiel Oberst Laramel ein: „Eure Nachricht in Ehren, Señorita, aber wenn Juarez sich auch jetzt schon in der Stadt befände, so genügte ein Befehl von mir, und meine Rothosen putzten ihn mit seinen Anhängern hinweg."

„Versucht es doch!" klangen in diesem Augenblick lautgesprochene Worte von der Tür her. Unter ihr stand ein in mexikanischer Tracht gekleideter Mann, dessen Gesicht die indianische Abkunft nicht verleugnen konnte. Seine Augen blickten die Gesellschaft durchbohrend an, und um seine Lippen spielte ein grimmiges Lächeln.

„Ah! Wer wagt es, einzutreten?" fragte der Kommandant. „Wer seid Ihr?"

„Ich bin Juarez, der Präsident von Mexiko", erklärte der Mann einfach.

„Diable!" fuhr Oberst Laramel auf und zog den Degen. „Ja, er ist es! Ich habe sein Bild gesehen. Nehmt ihn gefangen!"

„Wer hier Gefangener sein soll, bestimme ich. Señores, ergebt euch freiwillig! Widerstand hilft nichts", befahl der Zapoteke finster.

„Unsinn! Ergreift ihn!"

Mit diesen Worten schritt Laramel auf Juarez zu.

Dieser trat zur Seite, so daß man sehen konnte, was sich, während er unter der Türöffnung gestanden hatte, hinter ihm befand.

„Vorwärts!“ gebot er.

Dieses Wort war kaum ausgesprochen, so hatte sich der Saal auch schon mit Apatschen gefüllt. Ehe die Offiziere es sich versahen, befanden sie sich zwischen den Roten so zusammengedrückt, daß an eine Gegenwehr nicht zu denken war. Jeder von ihnen war von dem anderen im Nu abgedrängt worden und befand sich zwischen vier oder fünf Rothäuten. Im Handumdrehen sah sich jeder seiner Waffe beraubt und dann gebunden und geknebelt am Boden liegen.

„Señor Sternau!“ rief jetzt Juarez.

Der Gerufene trat ein. Als Laramel ihn sah, bäumte er sich unter seinen Fesseln hoch auf und stieß durch die Nase ein Röcheln der Wut aus. Hätte er den Mund öffnen können, so wäre ihm gewiß eine grimmige Verwünschung entfahren.

„Laßt mir zehn Mann!“ sagt Juarez zu Sternau, „ich habe genug an ihnen, und begebt Euch mit den übrigen ins Wachtzimmer, um die dort befindlichen Franzosen festzunehmen! Vorher aber wollen wir sehen, was mit diesem Mädchen zu tun sein wird.“

Er wandte sich darauf mit strenger Miene zu Emilia, die in die hinterste Ecke gedrängt worden war und scheinbar von der größten Angst beherrscht wurde:

„Ich habe einige Eurer Worte gehört. Wer seid Ihr?“

Emilia schwieg, scheinbar in tiefster Verlegenheit.

„Antwortet!“ fuhr er sie an.

„Man nennt mich Emilia“, entgegnete sie heiser, als fürchte sie sich.

„Señorita Emilia? Ah, dieser Name ist mir wohl bekannt“, meinte Juarez, indem sein Blick befriedigt aufleuchtete. „Ihr seid eine meiner größten Feindinnen. Ihr habt mir mehr geschadet als eine ganze Brigade

Franzosen. Ihr seid meine Gefangene. Ich werde mich beeilen, Euch unschädlich zu machen. Wo befindet sich Eure Wohnung?“

„In der *Strada del Emyrado.*“

„Man wird diese Wohnung genau untersuchen. Findet sich Verdächtiges vor, so lasse ich Euch hängen wie den ersten besten Spion. Señor Sternau, nehmt dieses Frauenzimmer mit. Sie wird gebunden und in strenger Haft gehalten, bis ich weiter über sie entscheide.“

Sternau nahm sein Lasso und schlang und band ihn so um Emilia, daß es den Anschein hatte, als wäre sie regelrecht gefesselt.

„Hinaus!“ gebot er ihr rauh.

Dabei stieß er sie zur Tür hinaus und winkte den Apatschen, ihm zu folgen. Draußen aber nahm er ihr den Lasso sofort wieder ab und bat:

„Verzeiht, Señorita! Ich mußte barsch verfahren.“

„Ich hatte es nicht anders erwartet, Señor“, entgegnete sie. „Wie aber werdet Ihr nun über mich verfügen? Darf ich bei Euch bleiben?“

„Ich bitte Euch, davon abzusehen. Man weiß nicht, ob sich die, die wir jetzt überrumpeln wollen, zur Wehr setzen werden. Dort steht der Schließer. Laßt Euch von ihm in seine Wohnung geleiten, wo Ihr bald erfahren werdet, ob der Handstreich geglückt ist!“

Emilia befolgte dieses Gebot, während Sternau sich ins Wachtzimmer begab. Dort hatte man keine Ahnung von dem, was eine Treppe höher geschehen war. Die Überrumpelung der Offiziere war eben mit einer solch meisterhaften Schnelligkeit geschehen, daß keiner von ihnen hatte daran denken können, einen Hilferuf auszustoßen. Die Leute saßen auf ihren Bänken, Kasernenwitze reißend, und erschraken nicht wenig, als sich plötzlich die Tür öffnete und vierzig Apatschen hereinkamen, die sich im Nu der an den Wänden hängenden

Gewehre bemächtigt hatten. Bei der Kehle gepackt oder vor den Kopf geschlagen, wurden die Soldaten rasch widerstandslos gemacht und dann gebunden. Hierauf ließ Sternau das Tor schließen, so daß alles, was in dem Stadthaus geschehen war und noch vor sich ging, unbemerkt bleiben mußte.

Oben hatte Juarez inzwischen mit dem Kommandanten eine Verhandlung eingeleitet. Diesem war der Knebel abgenommen worden, daß er sprechen konnte. Er durfte sich auf einen Stuhl setzen, während die anderen am Boden lagen. Juarez sagte zu ihm:

„Seid Ihr der Kommandant von Chihuahua?"

„Ja", bestätigte der Gefragte kurz.

„Gut, wir wollen miteinander reden."

Da fiel jedoch der Kommandant schnell ein: „Erwartet nicht, daß ich ein Wort sage, bevor mir die Fesseln abgenommen worden sind! Es ist nur bei Barbaren Gebrauch, Offiziere zu binden."

„Ihr habt recht, Monsieur", antwortete Juarez ruhig. „Die Franzosen haben meine Offiziere, unter denen sich sogar zwei Generale befanden, gefesselt und ohne Recht erschossen, also ermordet. Ich habe infolgedessen alle Veranlassung, diese Nation als Barbaren zu betrachten und zu behandeln. Ein vernünftiger Mensch wird das einsehen und sich nicht darüber beschweren."

„Der Vergleich ist falsch. Diese Erschossenen waren Aufrührer."

„Bin ich ein Aufrührer, wenn ich einen Menschen verjage, der sich in mein Haus eindrängt, um mich um mein Eigentum zu bringen? Macht Euch nicht lächerlich. Ich hatte die Absicht, so schonend als möglich zu verfahren, eben weil ich kein Franzose, kein Barbar bin. Wollt Ihr die Bestätigung dieser Absicht vereiteln, so müßt Ihr die Folgen tragen."

„Ich fürchte diese Folgen nicht!" knurrte der andere.

„Das ist eine höchst unglückliche Verblendung, Oberst.

Ihr scheint Euch über meine Hilfsmittel und Eure gegenwärtige Lage im unklaren zu befinden."

„Ich antworte hierauf nicht, meine Truppen werden es tun."

„Pah! Ich halte in diesem Augenblick Chihuahua umzingelt, so daß kein Mensch aus- oder eingehen kann. Die Hauptwache und ihr alle befindet euch in meiner Gewalt. Die gegen mich ausgesandten Truppen sind geschlagen. Die Bürgerschaft von Chihuahua wird sich auf die Kunde von meiner Anwesenheit wie ein Mann erheben. Eure paar Mann werden in fünf Minuten von mir erdrückt sein. Wollt Ihr mit mir reden oder nicht?"

„Ich kann aber nicht mit Euch unterhandeln."

Die Brauen des Zapoteken zogen sich finster zusammen. „Diese Bemerkung habt Ihr schon meinem Bevollmächtigten gemacht. Ihr habt es sogar gewagt, ihm mit Gefangenschaft und Tod zu drohen und mich, den rechtmäßigen Beherrscher von Mexiko, als Banditen behandeln zu wollen. Und doch liegt der Fall umgekehrt. Ihr seid die Eindringlinge, euch könnte ich Banditen nennen. Und wenn Ihr mich als keine Euch politisch und rechtlich ebenbürtige Person anerkennen wollt, so habe ich Euch zu bemerken, daß ich es bin, der sich tief erniedrigt, sobald ich überhaupt mit Euch verkehre."

„Das müßt Ihr beweisen!" rief der Kommandant.

„Dieser Beweis fällt mir nicht schwer", fuhr Juarez den Franzosen an. „Ihr seid entehrt."

„Morbleu! Wäre ich nicht gebunden, so würde ich Euch zeigen, wie ein französischer Offizier eine solche Beleidigung straft."

„Pah! Von einer Beleidigung kann keine Rede sein. Der Schwarze Gerard hat Euch einen Faustschlag versetzt. Das wäre bei einem Zivilisten ohne besondere Folgen für sein Ansehen, ein Offizier aber wird dadurch entehrt. Gerard hat Euch sogar die Achselstücke abgerissen, die größte Schmach, die einem Offizier widerfahren kann. Ich steige tief hernieder, wenn ich Euch überhaupt eines Blickes würdige. Mit Oberst Laramel ist es ähnlich. Er ist von Señor Sternau mit der Faust niedergeschlagen worden. Ich befinde mich gegenwärtig keineswegs in einer feinen Gesellschaft. Jetzt frage ich Euch abermals: wollt Ihr mit mir reden oder nicht?"

Der Offizier schwieg beklommen.

„Euer Schweigen scheint anzudeuten, daß Ihr mir recht gebt", fuhr Juarez fort. „Übrigens kommt es hier gar nicht in Frage, wer von uns beiden verhandlungsfähig ist. Die Tatsachen sprechen: Ihr befindet Euch in meiner Gewalt, und Ihr werdet wohltun, solange Ihr mein Gefangener seid, von aller Selbstüberhebung abzusehen. Ist die neue Verfügung zum Erlaß vom dritten Oktober in Eure Hände gekommen?"

Der Kommandant sah ein, daß er sich im Nachteil befand, und daß es besser sei, sich ins Unvermeidliche zu fügen.

„Ja", antwortete er.

„Wer hat Euch diese übermittelt?"

„Oberst Laramel."

„Es war Euch der Befehl gegeben worden, uns als Banditen zu behandeln, uns zu töten?"

„So ist es."

„Ihr wart bereit zu gehorchen?"

„Gehorsam ist die Pflicht des Soldaten", verteidigte sich der Franzose.

„Ihr hattet schon den Befehl gegeben, meine treuen Anhänger, die sich in Eurer Hand befinden, heute nacht erschießen zu lassen?"

„Woher wißt Ihr das?"

„Das ist mein Geheimnis. Daß ich es weiß, sei Euch ein Zeichen, daß Ihr Euch auf Eure eigenen Leute nicht verlassen könnt. Ich sandte Euch vorher meinen

Bevollmächtigten. Ihr habt ihn nicht nur als solchen abgewiesen, sondern ihm das Leben nehmen wollen. Hat er Euch gesagt, daß ich Vergeltungsmaßregeln gebrauchen will?"

„Ja."

„Ihr habt trotzdem bei Eurem Verhalten verharrt. Nun erkläre ich jeden Fremden, der mit der Waffe in der Hand in Mexiko eingedrungen ist, für einen Banditen. Mexiko schuldete an England, Spanien und Frankreich Summen. Ein Teil dieser Schuld war das Ergebnis eines durchtriebenen Schwindels. Man forderte dennoch Bezahlung. Das Land befand sich im Umsturz, und ich wurde durch die Stimme des Volkes zum Präsidenten erwählt. Ich nahm diese Würde an. Sie war sehr schwer, aber ich fühlte die Kraft in mir, die Wirren zu lösen. Es gelang. Ich brachte dem Land Frieden und Ruhe und beglich die Schulden regelmäßig. Als ich mich jedoch weigerte, die Schwindelmillionen zu bezahlen, taten sich England, Frankreich und Spanien zusammen, um mich zur Zahlung zu zwingen. England und Spanien traten zurück, denn sie erkannten, daß ich recht hatte. Frankreich jedoch wollte sein Unrecht nicht eingestehen. Es sandte seine Legionen, gegen die ich augenblicklich zu schwach war, und borgte für seine Horden Hunderte von Millionen Dollar zusammen, die wir, obgleich an der Anleihe völlig unbeteiligt, bezahlen sollten. Und nun der Mexikaner dies nicht dulden will, wird er zu einem Banditen gestempelt, den man erdrosselt. Ist denn aller Sinn für Recht und Gerechtigkeit in Euch erloschen? Kann eine fremde Stadt den Bürgermeister einer anderen absetzen? Kann ein französischer Regent, der sich selbst rechtlos auf den Thron geschwungen hat, einen amerikanischen Regenten absetzen? Nein! Niemals!

Man kann der Macht der Roheit, der Gewalt der Waffen weichen, man kann seine Zeit abwarten, aber wer mir sagt, daß ich nicht mehr Präsident von Mexiko bin, ist entweder unzurechnungsfähig oder hat kein Gewissen und gehört zu den Räubern unseres rechtmäßigen Eigentums. Im Alten Testament steht: ‚Auge um Auge, Zahn um Zahn!' Soll ich dieses Gesetz auf euch anwenden, Señores? Soll ich die Toten rächen, die gefallen sind, seit Ihr den Fuß in mein Land setztet? Soll ich die Unschuldigen rächen, die infolge dieses Erlasses ermordet worden sind? Soll ich den Inhalt des Erlasses auf seine Verfasser zurückfallen lassen? Soll ich euch, Bazaine und jenen, den ihr den Kaiser von Mexiko nennt, sobald sie in meine Hand fallen, zur gerechten Vergeltung als Banditen behandeln und hängen oder erschießen lassen? Ihr nennt euch Kinder eines Volkes, das an der Spitze der Zivilisation steht, mich aber nennt ihr den Indianer, den Zapoteken, die Rothaut. Ihr, die Söhne der Zivilisation, sät Mord. Was werdet ihr vom Zapoteken ernten? Ihr dauert mich. Ich schenke euch mein Mitleid, denn die Selbstliebe und die Ruhmsucht haben eure Begriffe verwirrt, und ihr wankt am Gängelband eines Mannes, der einer der größten Schauspieler und Selbstlinge der Weltgeschichte ist.

Aber die Weltgeschichte ist das Weltgericht. Nicht das Jahrtausend, nicht dieses Jahrhundert und auch nicht dieses Jahrzehnt, sondern noch das gegenwärtige Jahr wird über euch zu Gericht sitzen und eure Sucht nach Ruhm, eure Selbstsucht, eure Mißachtung aller Gesetze und Rechte mit einem Urteil belegen, das den rothäutigen Zapoteken seinem Volk wiedergibt. Werdet Ihr aber von der Weltgeschichte gerichtet, so brauche nicht ich euer Richter zu sein. Der Zapoteke steht vor den Mördern seines Volkes und den Verwüstern seines Landes. Wollt ihr meine Stimme hören, ist es gut; wenn nicht, wird meine Hand mit aller Schwere auf euch ruhen.

Ich bin jetzt Herr von Chihuahua. Wollt ihr mich als solchen anerkennen und euch zum Hauptquartier Bazaines zurückziehen, selbstverständlich mit dem Versprechen, daß weder ihr, noch die hiesigen Truppen wieder gegen mich kämpfen werdet, so gewähre ich euch und den Eurigen, nachdem die Soldaten entwaffnet worden sind, freien Abzug. Geht ihr nicht darauf ein, so vernichte ich die Besatzung. Ihr selber aber werdet nicht erschossen, sondern im Fluß ertränkt, und zwar zur Stunde und am Ort, wo die Bürger dieser Stadt erschossen werden sollten. Ich gebe euch zehn Minuten Zeit, euch zu besprechen. Ich werde mich bis dahin zurückziehen und eure Knebel entfernen lassen. Aber neben einem jeden steht ein Apatsche mit dem Messer in der Hand. Wer mehr als halblaut redet oder gar einen Versuch wagt, sich zu befreien, hat im nächsten Augenblick die Klinge in der Brust. Ich biete euch die Hand zur Rettung und rate euch, sie nicht zurückzuweisen. Trete ich wieder ein, so verlange ich ein kurzes Ja oder Nein. Weiteres höre ich nicht an!"

Der Mann mit dem glühend patriotischen Herzen und dem eisernen Willen gab den Indianern einen Befehl. Sofort stand je einer von ihnen neben jedem Offizier, und mit der Linken diese von ihren Knebeln befreiend, zogen sie mit der Rechten die Messer, sie zum Stoß bereithaltend. Hierauf verließ Juarez das Zimmer und ging in die Wachtstube. Dort lagen gegen dreißig Soldaten gefesselt am Boden. Sternau saß, den Präsidenten erwartend, am Tisch. In seiner Nähe, teils auch im Flur, standen Apatschen, schweigsam die Fortsetzung der Ereignisse erwartend.

Sternau erhob sich, als Juarez eintrat. „So schnell seid Ihr fertig geworden, Señor?" staunte er.

„Fertig? O nein!" zürnte der Zapoteke. „Ich habe mich entfernt, damit die Franzosen ungestört miteinander verhandeln können."

„Ihr habt ihnen eine Wahl gestellt?“

„Ja. Ich will meinen Namen nicht in der Weise beflecken, wie es die Namen meiner Feinde sind.“

„Darf ich fragen, welche Wahl Ihr ihnen gelassen habt?“

„Entweder werden die Offiziere am für die Geiseln bestimmten Hinrichtungsort ertränkt und die Truppen erschossen, oder man zieht mit dem Versprechen, nicht wieder gegen mich zu kämpfen, entwaffnet zum Hauptquartier ab.“

„Das ist eine schwere Wahl. Ich glaube, die Herren werden den Versuch machen, zu verhandeln.“

„Ich dulde keinen solchen Versuch. Ich gab ihnen zehn Minuten Zeit, sich zu entscheiden, und füge keine Sekunde hinzu. Die Gerechtigkeit erfordert diese Bestimmung. Wird die Ausführung zur gleichen Zeit möglich sein?“

„Ja. Ich mache mich anheischig, mit Hilfe von zwanzig Apatschen die Offiziere zum Fluß zu schaffen, ohne daß es bemerkt wird.“

„Señor, einen so brauchbaren Mann, wie Euch, wird man selten finden. Sollte es in meiner Macht liegen, Euch nützlich zu sein, so wißt Ihr, daß Ihr zu jeder Stunde über mich verfügen könnt.“

„Ich werde daran denken, und zwar gleich jetzt, Señor.“

„Ah! Ihr habt einen Wunsch?

„Ja, und einen sehr dringenden. Die zum Tod verurteilten Bürger befinden sich in einer schrecklichen Lage. Es ist unsere Pflicht, sie schleunigst von ihrer Todesangst zu befreien.“

„Wo befinden sich diese Leute?“

„Ich weiß es nicht, werde aber sofort den Schließer fragen.“

„Tut das! Es sind neun und eine halbe Minute verflossen. Ich muß hinauf.“

Juarez entfernte sich, und Sternau suchte den Schließer auf. Dieser saß mit seiner Frau ängstlich in seinem Zimmer. Emilia befand sich bei ihnen.

„Wie steht es, Señor Sternau?“ fragte letztere schnell, als Sternau eintrat.

„Gut, hoffe ich“, antwortete er. Und sich an den Schließer wendend, fuhr er fort: „Wo stecken die Gefangenen, die nachher erschossen werden sollten? Im Gefängnis?“

„Nein. Sie waren bis gestern abend dort. Als es dunkel wurde, hat man sie hierher gebracht, weil sich hier die Hauptwache befindet und man sie infolgedessen besser bewachen kann.“

„Also hier im Stadthaus? Das ist gut. In welchem Raum?“

„In einem Gewölbe, wo sie an den Wänden festgebunden sind.“

„Haben sie Wächter bei sich?“

„Ja. Es befinden sich fünf Soldaten und drei französische Militärgeistliche bei ihnen, die auch mit eingeschlossen sind.“

„Französische Geistliche? Welch eine Grausamkeit! Der Sterbende will beichten und Vergebung seiner Sünden haben. Hier aber können Beichtvater und Beichtkind sich wohl kaum verstehen. Ich werde einige Apatschen holen, und dann führt mich zum Gefängnis hinab!“

Nach kurzer Zeit brachte Sternau zehn Indianer, die mit allem versehen waren, was zum Fesseln von Menschen erforderlich ist. Man stieg eine Steintreppe hinab und gelangte an eine starke eiserne Tür, vor der sich zwei große, dicke Riegel befanden.

„Es ist Licht in dem Gewölbe?“ flüsterte Sternau dem Schließer zu.

„Ja, Señor.“

„So verlöscht oder verschließt Eure Laterne, ihr

Schein würde sonst auf meine Indianer fallen, und es ist besser, sie werden erst dann erkannt, wenn es für die Soldaten zu spät ist."

Der Schließer schob die Laterne in die Tasche und zog den Riegel zurück. Als er die Tür öffnete, sah man einen weiten Raum, der nur durch eine von der Decke herabhängende Lampe notdürftig erhellt wurde. In dieses Halbdunkel huschten die zehn Indianer. Ein, zwei, drei, vier, fünf laute Schreie ertönten fast zu gleicher Zeit; ein kurzes Rascheln und Rauschen folgte; dann war es still.

„Uff!" rief einer der Indianer.

Er wollte damit sagen, daß ihre Arbeit vollendet sei. Sternau trat ein und gebot dem Schließer, seine Laterne wieder hervorzuholen. Dies geschah, und nun war es möglich, die Insassen des Raumes besser zu erkennen. An den Wänden ringsum waren eiserne Haken eingeschlagen, an die man die Gefangenen mittels Stricken befestigt hatte. Am Boden aber lagen die fünf Soldaten und die drei Geistlichen gefesselt.

„Macht die Geiseln los", gebot Sternau, „aber so, daß die Stricke nicht verletzt werden, denn wir brauchen diese sogleich für andere Leute."

„Santa Madonna! Sollen wir schon zur Schlachtbank geführt werden?" fragte einer der Mexikaner.

„Nein! Ihr seid frei!" antwortete Sternau.

„Frei?" erklang es frohlockend von den Lippen einiger.

„Ja, frei. Juarez ist rechtzeitig gekommen, um euch vom sicheren Tod zu retten."

„Juarez!" jubelten sechzig Menschen. Und hundert Ausrufe und Fragen schwirrten durcheinander.

„Schweigt jetzt, Señores!" bat Sternau. „Noch ist die Stadt nicht in unseren Händen, wir müssen vorsichtig sein. Würdet ihr, wenn ich euch sofort bewaffnen lasse, bereit sein, für den Präsidenten zu kämpfen?"

Ein allgemeines freudiges „Ja" erscholl.

„Nun gut! Schnell fort mit den Fesseln! Wer losgebunden ist, mag helfen, die anderen zu befreien. Oben liegen gefesselte Soldaten. Wir schaffen sie heran, um sie nebst ihren hier liegenden Kameraden an eurer Stelle zu fesseln. Deren Waffen aber erhaltet ihr. Beeilen wir uns!"

Mit vor Freude zitternden Händen befreiten die Mexikaner einander und folgten Sternau hinauf, wo sie auf Juarez stießen, der Sternau gesucht und erst jetzt erfahren hatte, wo dieser sich befand. —

Als der Präsident bei den Offizieren eingetreten war, nahmen diese, von den Apatschen im Zaum gehalten, noch die gleiche Stellung ein wie vorher. Er gab einen Wink, und sofort erhielten sie, den Kommandanten ausgenommen, ihre Knebel wieder in den Mund. Die Apatschen hatten darin eine solche Übung, daß kein Zusammenbeißen der Zähne dagegen half.

„Die Zeit ist vorüber, Señor", sagte Juarez ernst. „Wollt ihr euch ergeben?"

„Eure Bedingungen sind zu hart. Ich hoffe, daß —"

„Ja oder nein!" brach Juarez los.

„Unser Tod würde sofort gerächt werden!"

„Ich verachte diese Drohung. Ihr verzichtet also auf meine Langmut. Gut. Ihr denkt wohl, daß ich nicht den Mut habe, französische Offiziere mexikanisches Wasser kosten zu lassen, bis sie tot sind? Oh, wir Mexikaner haben französische Behandlung genossen, bis uns das Wasser am Hals stand! Wir verzichten aber darauf, es zu schlucken, und überlassen das lieber euch. Damit ihr aber seht, daß es mein Ernst ist, will ich nicht bis zur angegebenen Stunde warten, sondern euch jetzt einen Vorgeschmack eures Schicksals geben."

„*Sacré!* Was wollt Ihr tun?" fragte der Kommandant. Es wurde ihm wirklich angst.

„Oberst Laramel", antwortete der Präsident schroff,

„ist der Mörder von Hunderten meiner Landsleute und hat sogar im ehrlichen Kampf niemals Gnade gegeben. Er trägt die Schuld, daß in dieser Nacht abermals eine Massenhinrichtung wackerer Bürger stattfinden sollte. Er hat sich wie ein Bandit betragen und wird als solcher behandelt. Ich werde ihn ohne vorheriges Gericht und ohne Urteilsspruch an diesem Haken aufhängen lassen."

„Das werdet Ihr nicht wagen!" rief der Kommandant. „Einen französischen Oberst!"

„Ein französischer Oberst ist unter diesen Verhältnissen ein ebenso großer Schurke als jeder andere Bösewicht."

„Ich verlange für ihn ein ordentliches Gericht!"

„Über einen Banditen? Pah!" Damit wandte sich Juarez an den Indianer, der neben dem Oberst stand, und sagte zu ihm in der Sprache der Apatschen: *„Ni ti päsettloh gos akäya at-ägo lariatdasa* — hänge diesen Mann mit dem Lasso da hinauf!"

Bei diesen Worten deutete er auf den krummen Haken, der in der Mitte der Decke eingeschraubt war, um bei festlichen Gelegenheiten einen Kronleuchter zu tragen.

„Uff!" erwiderte der Apatsche.

Im Nu hatte er seinen Lasso losgeschlungen. Dann erfaßte er den Oberst und schob ihn in die Mitte des Zimmers. Mit gleicher Geschwindigkeit legte er ihm die Schlinge um den Hals.

Da rief der Kommandant:

„Halt! Das ist Mord! Ich erhebe Widerspruch!"

„Dieser Einspruch kommt mir lächerlich vor!" bemerkte Juarez schroff. „Ergebt ihr euch?"

Der Kommandant warf einen fragenden Blick auf Laramel. Der antwortete dadurch, daß er unter den Fesseln die Fäuste ballte und mit dem Kopf schüttelte. Dieser verblendete Mensch hielt es immer noch für unmöglich, daß man es wagen werde, einem französischen Oberst aufzuknüpfen.

„Wir ergeben uns nicht, werden aber eine solche Behandlung nicht länger dulden!“ erklärte der nicht weniger verwirrte Kommandant.

„Hier meine Antwort darauf!“ donnerte Juarez und gab dem Apatschen einen Wink, der nun den mittleren Teil des Lassos mit solcher Geschicklichkeit emporwarf, daß der achtfach geflochtene Riemen in dem Haken zu liegen kam. Dann zog er den Lasso an — ein Ruck, ein zweiter und dritter, und der Oberst hing an der Decke.

„Mord! Mord!“ heulte der Kommandant.

Auch die anderen bewegten sich im höchsten Grimm unter ihren Fesseln.

„Dieses Gebrüll will ich euch unmöglich machen“, sagte Juarez kaltblütig.

Ein Wink genügte, und der Kommandant bekam den Knebel wieder in den Mund. Der Apatsche aber, der seinen Lasso mit beiden Händen festhalten mußte, band dessen Ende ans Kamingitter fest, so daß er sich nicht mehr anzustrengen brauchte.

Jetzt verließ Juarez das Zimmer, um Sternau aufzusuchen. Er fand ihn nicht in der Wachtstube, hörte aber dort, daß er in das Gewölbe gegangen sei, um die Gefangenen zu befreien. Auf diese stieß er, als sie die Treppe heraufkamen. Der Schein von des Schließers Laterne war nicht hinreichend, den weiten Flur zu erleuchten. Darum wurde der Präsident nicht erkannt.

„Ah, diese braven Leute waren hier im Hause eingesperrt?“ fragte er.

„Glücklicherweise, ja“, antwortete Sternau. „Es war leicht, sie zu befreien.“

„Wurden sie bewacht?“

„Von fünf Soldaten und drei Beichtvätern. Diese acht Señores befinden sich jetzt, selbst gebunden, an dem Ort, den sie vorher bewachten.“

„Gut. Aber ich sehe hier einige weiße Männer mit Gewehren in den Händen?“

„Ich habe die Absicht, diese Señores mit den Gewehren der Soldaten zu bewaffnen. Sie sind bereit, für Euch zu kämpfen und zu sterben.“

„Ich danke euch, Señores“, sagte der Präsident. „Das ist eine große, willkommene Hilfe, die wir wohl noch nötig haben werden.“

Dabei streckte er ihnen die Hände entgegen, und nun merkten sie, wer vor ihnen stand. Ausdrücke der Freude und Ehrfurcht erschollen aus aller Mund, und alle Hände ergriffen die seinigen, um sie zu drücken. Aber dieser Begeisterung konnte keine lange Frist gestattet werden. Juarez befahl:

„Bewaffnet euch zunächst, Señores, und dann werde ich euch zeigen, wie ich die an euch begangene Unbill zu bestrafen weiß.“

Juarez führte die Befreiten ins Wachtzimmer, wo die Mexikaner mit Flinten und Seitengewehren versehen wurden. Die dort aufgestellten Indianer erhielten den Auftrag, die von ihnen bewachten Franzosen ins Gewölbe zu schaffen, und dann begab sich Juarez mit Sternau und den Mexikanern zu den Offizieren zurück.

Dort konnten die Eintretenden einen Ausruf des Entsetzens nicht unterdrücken, als sie Oberst Laramel an der Decke hängen sahen.

„Hier, Señores, seht ihr den Beginn des Gerichtes, das ich halten werde“, sagte Juarez. „Dieser tote Franzose ist unser erbittertster Feind gewesen. Er trug den größten Teil der Schuld daran, daß ihr erschossen werden solltet. Dennoch war ich bereit, ihm und diesen anderen das Leben zu schenken. Sie waren aber so verblendet, meine Forderung, die Stadt zu verlassen, nicht anzunehmen, und so habe ich ihn hängen lassen, um ihnen zu zeigen, daß ich nicht gesonnen bin, Scherz mit ihnen zu treiben.“

Trotz des Anblickes, den der Gehängte bot, ließen sich Ausdrücke der Befriedigung hören.

„Die anderen", fuhr Juarez fort, „werden in kurzer Zeit ertränkt werden, und zwar in der Krümmung des Flusses, an der ihr erschossen werden solltet. Diesen Akt der Gerechtigkeit bin ich denen schuldig, die unter den Händen der französischen Mörder sich verbluteten, und ebenso allen, die sich noch in der Gefahr befinden, für gemeine Banditen ausgegeben zu werden, weil sie von dem uns allen angeborenen Recht Gebrauch machen, sich zu wehren, wenn man ihnen ihren heimatlichen Herd zerstören und ihr wohlerworbenes Eigentum gewaltsam rauben will."

Diese Worte machten einen tiefen Eindruck auf alle Anwesenden. Sternau sagte:

„Ihr nennt die gefangenen Offiziere nur verblendet, Señor? Es ist Wahnsinn, sich gegen uns zu sträuben. Wir haben das hiesige Hauptquartier in unserer Gewalt, wir haben die Stadt besetzt. Was bedeuten die zwei Hände voll Franzosen gegen unsere fünfhundert Apatschen. Rechnen wir noch dazu unsere weißen Jäger und Waldläufer, ebenso die guten Bürger der Stadt, die nur unseres Rufes warten, um die Waffen zu ergreifen, so ist Widerstand unmöglich."

Diese Worte, die Sternau nicht zwecklos ausgesprochen hatte, verfehlten ihre Wirkung nicht. Der Kommandant deutete durch sein Mienenspiel und eine Bewegung seines Körpers an, daß er sprechen wolle.

Auf einen Wink des Präsidenten nahm ihm ein Indianer den Knebel ab.

„Was wollt Ihr sagen?" fragte Juarez gemessen.

„Würdet Ihr den uns gemachten Vorschlag aufrechthalten?"

„Ich gab Euch zehn Minuten Zeit, und Ihr ließt diese Frist verstreichen, ohne sie zu benutzen. Die Folgen kommen über Euch!"

Jetzt sah der Offizier den schimpflichen Tod unabweislich vor Augen. Das brach den letzten Rest seines Selbstvertrauens.

„Und wenn ich Euch nun bäte, nicht um meinetwillen, sondern der Soldaten wegen, die sterben sollen?"

Juarez zögerte mit der Antwort. Dann wandte er sich an Sternau: „Was meint Ihr dazu, Señor?"

„Meine Ansicht ist", erwiderte der Gefragte, „daß Verzeihung christlicher ist als Rache."

„Ich will Eure Ansicht gelten lassen", erwiderte Juarez. Und sich zu dem Kommandanten wendend, fuhr er fort: „Ihr hört, daß ich mich zur Milde stimmen lasse. Aber ich rate Euch, mir nicht zu widersprechen! Ihr würdet dann unbedingt dem angedrohten Schicksal verfallen. Also Ihr übergebt mir Chihuahua, ohne den Versuch zu machen, Eure Untergebenen zum Widerstand zu bewegen?"

„Ja."

„Ihr übergebt mir Eure Waffen und alle Kriegsvorräte, die sich in Eurem Gewahrsam befinden?"

„Ja."

„Ihr verlaßt den Staat und zieht Euch in Eilmärschen durch die Presidios Durango, Zacatecas und Guanajuato auf Mexiko zurück?"

„Ja."

„Ihr versprecht, nie wieder gegen mich zu kämpfen? Unter diesem ‚Ihr' verstehe ich nämlich nicht nur Eure Person, sondern alle französischen Truppen, die sich gegenwärtig in Chihuahua befinden."

„Ich verspreche es."

„Wir stellen über diese Punkte eine Urkunde aus, und Ihr verbürgt deren Erfüllung schriftlich mit Eurem Ehrenwort, wobei auch alle übrigen Offiziere ihre Unterschrift geben?"

„Ja."

„Da fällt mir noch eines ein. Die Dame, die ich bei

Euch traf, befindet sich in meiner Gewalt. Ihr habt diese als Spionin benutzt?"

Der Gefragte schwieg verlegen.

„Euer Schweigen ist die deutlichste Antwort. Sie hat als Spionin den Tod des Stranges verdient. Aber es bringt mir keinen Ruhm, ein irregeleitetes Frauenzimmer getötet zu haben. Doch kann ich sie auch nicht in meinem Bereich dulden."

Der Kommandant nahm sich den Mut zu fragen:

„Darf ich eine Bitte aussprechen? Ich ersuche Euch für diese Dame um die Erlaubnis, sich uns anschließen zu dürfen. Ich nehme sie mit nach Mexiko."

„Hm! Und unterwegs werdet Ihr sie irgendwo zurücklassen, damit sie von neuem gegen mich wirken kann?"

„Das werde ich nicht tun. Ich gebe Euch mein Ehrenwort, daß ich Mademoiselle Emilia nur in der Hauptstadt entlassen werde."

„Nun gut, ich will auf Euren Vorschlag eingehen. Erklärt Ihr Euch einverstanden, am Morgen Chihuahua zu verlassen?"

„Ja."

„So werde ich Euch und Euren Kameraden jetzt die Fesseln abnehmen lassen. Laramel soll das einzige Opfer sein, das Eurem Eigensinn gebracht worden ist. Die Urkunde wird sofort ausgefertigt."

Auf seinen Befehl nahmen die Apatschen den Offizieren die Fesseln und Knebel ab. Papier war vorhanden, und so wurde augenblicklich zur Anfertigung der Niederschrift geschritten. Als diese unterzeichnet war, sandte Juarez Indianer ab, um alle Mannschaften, die die Ausgänge der Stadt besetzt hielten, herbeizuholen. Sie nahmen vor dem Stadthaus Aufstellung. Jetzt mußte der Kommandant den Weckruf trommeln lassen und in kurzer Zeit befanden sich die französischen Soldaten mit ihren Ausrüstungsgegenständen auf dem Weg zum

Hauptquartier. Da sie zu so ungewöhnlicher Zeit geweckt wurden, so war jeder überzeugt, daß es nur infolge eines außerordentlichen Ereignisses geschehen sein könne.

„Sollen sie auf dem Platz in Reih und Glied antreten?“ fragte der Kommandant.

„Nein“, antwortete Juarez. „Es ist dunkle Nacht, der man nicht trauen darf. Stellt zwei Eurer Offiziere an den Eingang! Diese Señores mögen jeden Soldaten, sobald er sich einfindet, hinauf in den Saal beordern.“

Das geschah, und unterdessen schickte Juarez den kleinen Jäger, der sich mit eingefunden hatte, zu dem Wirt der Venta, um ihn rufen zu lassen. Montario kam sofort und erhielt den Auftrag, jene Personen, die er als zuverlässige Männer aufgezeichnet hatte, herbeizurufen.

Der Saal war groß genug, um sämtliches französische Militär zu fassen. Diese Leute staunten nicht wenig, als sie sahen, worum es sich handelte. Man merkte es ihnen an, daß sie nur mit Widerstreben ihre Waffen auslieferten. Bei der Zahl der anwesenden Indianer aber wagten sie keinen offenen Widerstand, sondern verarbeiteten ihren Zorn im Inneren.

Unterdessen befand sich Juarez bei Señorita Emilia, um ihr seine Anweisung für Mexiko zu geben. —

Die Einwohner der Stadt waren von dem Schlag der Trommeln erwacht. Sie witterten ein unheilvolles Ereignis, und nur die Mutigen von ihnen wagten es, sich, wenn auch mit Scheu, dem Stadthaus zu nähern. Vor diesem war es jetzt hell geworden. Das Licht, das aus den erleuchteten Fenstern strahlte, fiel auf die Gruppe der Indianer und Jäger, die unten standen. In vorsichtiger Entfernung von ihnen fanden sich einige Leute zusammen, um die Lage zu beobachten.

Da trennte sich eine Gestalt von der Masse der Indianer und kam auf die Leute zugeschritten. Es war Mariano. Als er bei ihnen war, sagte er:

„Ihr möchtet gern wissen, was hier vorgeht, Señores?“

„Ja“, antworteten einige der Anwesenden.

Mariano schilderte ihnen nun die ganzen Vorgänge, und eine überaus freudige Stimmung bemächtigte sich des Volkes.

„Hoch Juarez! Hurra die Republik! Eilt fort, ihr Leute, um es allen zu sagen, die es noch nicht wissen! Eilt! Und wer ein guter Republikaner ist, holt seine Waffen und stellt sich dem Präsidenten zur Verfügung! Es gilt, gegen die Feinde der Republik zu kämpfen!“

„Hoch Juarez!“ erscholl es da von allen Lippen. „Hurra die Republik!“

Die Sendung des Wirtes der Venta wäre gar nicht nötig gewesen, denn als der Morgen graute, standen in der Nähe des Stadthauses und in den angrenzenden Straßen fast an die tausend Mann, die alle bereit waren, sich als Kämpfer für die Republik dem Präsidenten zur Verfügung zu stellen.

Um kein Aufsehen zu erregen, ritt durch ein Nebengäßchen eine kleine Truppe dem südlichen Tor zu. In ihrer Mitte befand sich eine verschleierte Dame. Es war Emilia, die auf diese Weise die Stadt verlassen mußte, um von den Anhängern der Republik nicht verkannt und von den Franzosen nicht nachteilig beurteilt zu werden. Sie mußte vermeiden, von beiden Seiten als Verräterin betrachtet zu werden.

Kurze Zeit später zogen auch die Franzosen zum gleichen Tor hinaus, ihre Offiziere an der Spitze. Es war kein leichter Weg für sie, denn hüben und drüben hatten sich die Mexikaner in langen Reihen aufgestellt, um dieses Schauspiel mit strahlenden Blicken zu betrachten. Von manchem Mund erscholl ein Fluch oder eine Verwünschung, doch kam es zu keiner Tätlichkeit. —

Somit war der Anfang gemacht und die nördliche Grenze des Landes von den Feinden gesäubert. Der berühmte Siegeszug des Zapoteken hatte jetzt begonnen.

In dem mexikanischen Blatt der Hauptstadt aber, das unter französischem Einfluß stand, konnte man einige Zeit später folgendes lesen:

„Zur Vermeidung von böswilliger Entstellung der Tatsachen wird hiermit veröffentlicht, daß strategische Rücksichten den Oberstkommandierenden veranlaßt haben, Chihuahua nach und nach zu räumen. Diese Provinz ist zwar ein Teil des Kaiserreiches, doch herrscht dort ungestörte Ruhe und Ordnung, und die Bewohner sind dem Thron so treu ergeben, daß man sich leicht entschließen konnte, die dort untergebrachten Truppen dahin zu ziehen, wo eine kräftige, militärische Hilfe notwendiger gebraucht wird."

Juarez dachte jetzt an Lord Henry Dryden, mit dem er ja am Sabinasfluß zusammentreffen wollte. Die Schar seiner Treuen war auf mehrere tausend gewachsen. Daher tat er seiner Sache keinen Schaden, indem er zweihundert Reiter zu seiner Begleitung beorderte. Sternau schloß sich ihm mit seinen Freunden an. Der sich am meisten nach der Zusammenkunft mit dem Engländer sehnte, war Mariano. Von ihm mußte er sichere Nachricht über seine Geliebte erhalten. Lebte sie noch? Hatte sie sich vielleicht mit einem anderen verheiratet? Das Verlangen, darüber Gewißheit zu erhalten, trieb ihn an, den Ritt auf jede Weise zu beschleunigen.

18. Der versteckte Brief

Der Staat Coahuila ist überaus waldig, und es gibt Gegenden, wo nur an den Flüssen für größere Scharen ein Fortkommen möglich ist. Unmittelbar bis an die Vereinigung des Rio Sabinas mit dem Rio Salado, wo Dryden ankern wollte, breiten sich Wälder aus, während östlich Präriestreifen sich zwischen den tausendjährigen Forsten hinziehen, die dann ihre Richtung nach Norden nehmen. Daher war es geraten, diese Prärien zu benutzen, und zwar einen scheinbar großen Umweg einzuschlagen, der die Reiter aber nichtsdestoweniger viel schneller ans Ziel brachte als die gerade Richtung durch die Wälder. Wohl hätte man über die Hacienda del Eriña reiten können, aber dort war die Lage völlig ungeklärt. Einige Späher hatten von fremden Reiterabteilungen berichtet, denen sie ausweichen mußten.

Fast die ganze Gesellschaft hatte frische Pferde unter sich, und da man in den Gegenden gewohnt ist, Galopp zu reiten, so schwanden die Entfernungen förmlich unter den Hufen der dahinsausenden Tiere.

Man war heute am frühen Morgen aufgebrochen, und jetzt begann die Sonne wieder zu sinken. An der Spitze ritten die beiden Apatschenhäuptlinge mit Büffelstirn, während Sternau mit Juarez und Mariano folgte. Diese drei waren in ein angelegentliches Gespräch vertieft, das sie aber unterbrachen, als Bärenherz plötzlich sein Pferd anhielt und aus dem Sattel sprang, um den Boden genau zu betrachten.

„Halt! Nicht weiter!“ rief Sternau den ihm folgenden Mexikanern zu. „Es handelt sich hier um eine Fährte, die wir nicht zerstören dürfen!“

Er ritt langsam zu den Häuptlingen heran und stieg auch vom Pferd.

„Sieht mein weißer Bruder diese Spur?“ fragte ihn Bärenherz und zeigte auf eine Fährte. „Sie ist so breit, wie sie nur die weißen Männer hinterlassen.“

Inzwischen hatte Bärenauge die Breite abgemeseen. Er erklärte: „Es sind über zehnmal vier Reiter gewesen.“

„Sie haben unseren Weg und werden den Engländer treffen“, fügte Bärenherz hinzu. „Wer mögen sie sein?“

Jetzt betrachtete auch Sternau die Hufspuren genau.

„Sehen meine Brüder“, sagte er, „daß nur kurze Zeit vergangen ist, seit diese Leute vorüberkamen?“

„Ja“, bestätigte Bärenauge. „Es ist höchstens die Hälfte der Zeit vergangen, die die Bleichgesichter eine Stunde nennen.“

„Richtig. Wir dürfen diese Reiter nicht unbeachtet lassen, sondern müssen ihnen folgen.“

Der Ritt wurde fortgesetzt. Nach und nach wurden die Spuren frischer, das war ein sicherer Beweis, daß die Truppe schneller ritt als die Verfolgten. Es verging etwa eine halbe Stunde. Die Sonne hatte sich hinter dem Gesichtskreis niedergesenkt, und in kurzer Zeit mußte die Nacht hereinbrechen. Da erhob sich Bärenherz im Sattel und deutete voraus:

„Uff! Das sind sie!“

„Wollen wir sie schnell einholen?“ fragte Juarez.

„Nein“, entgegnete der Häuptling. „Wir müssen sie belauschen, um zu erfahren, was sie vorhaben. Ich werde das übernehmen.“

Damit gab er seinem Pferd die Sporen. Die anderen teilten sich auf Sternaus Rat und folgten in einzelnen Abständen. In dieser Weise war es für die Verfolgten unmöglich zu merken, daß sie eine Überzahl von Reitern hinter sich hatten. So ging der Ritt noch einige Zeit fort. Da hielt Bärenherz sein Pferd an, ließ die anderen herankommen und sagte:

„Sie sind weg, in den Wald hinein."

„So dürfen wir nicht weiter. Laßt uns absteigen, Señor Juarez", riet Sternau.

„Hier? Mitten in der Prärie?" widersprach der vorsichtige Präsident.

„Ja. Es bringt uns keine Gefahr. Während Ihr hier zurückbleibt, werde ich und Bärenherz fortgehen, um zu sehen, wo die Leute stecken."

Damit warf Sternau Donnerpfeil den Zügel seines Pferdes hin und schritt fort. Bärenherz, der auch abgestiegen war, folgte ihm. Die Prärie war hier nicht breit. Sie bildete nur einen schmalen Streifen, dessen linker Rand sehr nahe lag und von Unterholz gebildet wurde, das zwischen den Stämmen riesiger Bäume wucherte. Darin waren die Verfolgten verschwunden. Sternau schritt auf den Rand zu und schlich diesen entlang, den Apatschen hart hinter sich. Es war hier unter den Bäumen fast völlig dunkel, und nach einigen Minuten brach die Nacht herein. Bald bemerkten sie gerade vor sich einen hellen Schein, der zwischen den Bäumen sichtbar wurde.

„Dort ist es", sagte der Häuptling. „Trennen wir uns, so geht es schneller."

„Wo treffen wir uns?"

„Unter dem Baum, an dem wir jetzt stehen, wenn wir uns nicht vorher jenseits begegnen."

„Wie gehen wir?"

„Du rechts und ich links. Suchen wir vor allen Dingen zu erfahren, wo die Pferde sind! Ihr Schnauben kann uns verraten."

Einen Augenblick später war der Apatsche verschwunden. Sternau pirschte sich jetzt allein vorwärts. Von Baum zu Baum huschend, horchte er, ob das Lager noch in Bewegung sei, oder ob man sich niedergelassen habe.

Es schien das letztere der Fall zu sein. So kam er näher, bis er alles deutlich vor sich liegen sah. Er zählte fünfzig Männer, die sich im Kreis gelagert und zwei Feuer zwischen sich hatten, über denen Fleisch gebraten wurde. Sie waren in die Tracht des Landes gekleidet, schienen aber aus verschiedenen Gegenden zusammengewürfelt zu sein. Jetzt legte er sich auf die Erde nieder und kroch fort, bis er so weit an sie herangekommen war, daß nur noch einige Bäume zwischen ihm und ihnen standen und er jedes Wort hören konnte. Zwei, die nicht weit von ihm saßen, sprachen laut miteinander.

„Und ich sage dir, daß wir uns verirrt haben", meinte der eine.

„Unsinn! Ich war schon in dieser Gegend und kenne sie."

„Dennoch wäre es besser, wenn wir uns erkundigt und nicht allein auf dich verlassen hätten. Was soll Señor Cortejo sagen!"

Sternau zuckte zusammen, als er diesen Namen hörte. Gab es hier einen Cortejo? War es ihr Feind Pablo?

„Cortejo? Pah!" antwortete der andere ziemlich verächtlich.

„Oder was soll seine Tochter sagen, Señorita Josefa, die Holde."

Wieder gab es Sternau einen Ruck. Sie hatten Cortejo genannt und seine Tochter Josefa.

„Was mache ich mir aus ihr", hörte er den anderen sagen.

„Ich denke, du bist verliebt in sie?" erklang es lachend.

„Dann müßte ich verrückt sein."

„Du trägst aber doch ihr Bild bei dir."

„So, wie ihr alle, um mich als seinen Anhänger ausweisen zu können."

„Ja, und Minister zu werden, sobald er Präsident von Mexiko geworden ist."

„Scherze nicht! Ich bin auch nicht dümmer als andere, und zu Ministern werden gewöhnlich nicht die Klügsten ausgewählt. Übrigens ist es gar nicht unmöglich, daß er etwas erreicht. Warum ist er nach Norden gekommen?"

„Doch zunächst, um diesem Engländer sein Geld abzunehmen."

„Und die Gewehre."

„Die für Juarez bestimmt sind, hahaha. Der Zapoteke wird sich verteufelt ärgern, wenn er erfährt, daß ihm sein Gegenspieler zuvorgekommen ist."

Sternau hatte einstweilen genug gehört, um zu wissen, woran er war. Er wollte sich nicht unnötig einer weiteren Gefahr aussetzen. Darum begab er sich zu dem Baum, unter dem er den Apatschen treffen wollte.

Für einen anderen wäre es schwierig gewesen, in der Finsternis diesen Baum zu finden. Aber man glaubt nicht, welche Fertigkeit ein tüchtiger Jäger in dieser Beziehung besitzt. Er wird von einem gewissen Urtrieb geleitet, der in vielen Fällen dem Scharfsinn trefflich zu Hilfe kommt. Nicht lange brauchte er zu warten, so nahte Bärenherz.

„Mein Bruder mag kommen", flüsterte dieser.

Sie schlichen aus dem Wald hinaus auf die Prärie, wo sich unterdessen auch die Finsternis der Nacht eingestellt hatte.

„Fünfmal zehn Männer", sagte der Apatsche.

„Ich habe ebensoviel gezählt", erklärte Sternau. „Und die Pferde?"

„Sie sind angebunden zweimal zehnmal zehn Schritte von den Feuern weg in den Wald hinein."

„Hat mein Bruder die Leute belauscht? Hat er etwas Wichtiges gehört?"

„Der eine sprach von einem Haciendero, der zum Hungertod verurteilt worden ist. Er sagte, daß er das Gesicht des Eingesperrten immer sehe."

„Der Mann ist jedenfalls ein Schurke, der eine Missetat begangen hat und nun von seinem Gewissen gefoltert wird. Hörte mein Bruder sonst etwas?"

„Nein. Ich mußte die Tiere suchen und kam dann wieder zu dir."

„So wollen wir schnell die Unserigen aufsuchen."

„Hat mein weißer Bruder mehr vernommen als sein roter Freund?" fragte der Apatsche, indem sie weiterschritten.

„Ja, viel mehr. Ich werde es Juarez berichten, so wird mein Bruder es auch hören."

Damit gab sich Bärenherz zufrieden. Sie stießen nach kurzer Zeit zu ihren Leuten, von denen sie mit Ungeduld erwartet wurden.

„Habt Ihr die Leute entdeckt?" fragte Juarez.

„Ja, sehr leicht. Sie sprachen so laut im Wald, daß man sie von weitem hörte", antwortete Sternau. „Es sind Anhänger von Cortejo."

Er berichtete weiter, was er erlauscht hatte.

„Dann müssen wir uns unbedingt dieser Menschen bemächtigen", meinte Juarez.

„Ja. Wie gut, daß wir darauf verzichteten, sie in der Prärie einzuholen und nach ihren Absichten zu fragen. Wir hätten nichts erfahren. Wann, wünscht Ihr, sollen wir sie festnehmen?"

„Sobald als möglich. Wir dürfen keine Zeit verlieren, denn eigentlich sollte unser Zusammentreffen mit Sir Dryden noch diesen Abend stattfinden."

„So bitte ich um Eure Befehle."

„Ich bin kein Kriegsmann und noch weniger ein Jäger. Ich überlasse Euch alles."

„Dann bitte ich, daß die Pferde hier zurückbleiben dürfen. Sie finden hier besseres Futter. Im Wald, wo sie nichts zu fressen haben, könnten sie uns verraten. Wir pflocken sie an und lassen zehn Mann bei ihnen, das genügt. Wir anderen teilen uns. Die Hälfte wird von mir und die andere von Bärenherz angeführt, da wir beide das Lager genau kennen. Wir umzingeln es, und dann wird sich das übrige von selbst ergeben."

„Wenn die Leute klug sind, so lassen sie es gar nicht zum Kampf kommen. Ich möchte nicht gern Blut vergießen, besonders deshalb nicht, weil wir von den Toten nichts erfahren könnten."

„So will ich einen Vorschlag machen, Señor. Einer oder zwei von uns reiten in das Lager und geben sich für Jäger aus. Ich glaube nicht, daß sie irgendwelche Gefahr laufen. Dann ahme ich den Ruf der Eule nach. Das ist das Zeichen, daß die Umzingelung gelungen ist. Die beiden geben sich darauf zu erkennen und fordern, daß die Truppe die Waffen streckt. Auf diese Weise umgehen wir eine Überrumpelung, die Blut kosten würde."

„Ihr habt recht, Señor. Aber die Rolle dieser beiden ist gefährlich. Wer gibt sich zu einer solchen her?"

„Ich!" rief es aus vieler Mund.

„Ihr seht, daß wir genug mutige Leute besitzen", sagte Sternau.

„So trefft selbst die Wahl!" entgegnete Juarez.

„Das ist schwierig, da ich keinen beleidigen will. Indianer sind ausgeschlossen. Ich glaube, daß es am besten sein würde, unseren Mariano und Donnerpfeil zu schicken."

Die beiden erklärten sich mit Freuden dazu bereit. Sie pflockten ihre Pferde los, stiegen auf und ritten davon.

„Wofür geben wir uns denn aus?" fragte Mariano während des kurzen Rittes.

„Für Jäger", meinte Anton Unger.

„Das geht, aber welcher Abstammung?"

„Nun, ich bin ein Deutscher, und dabei bleibe ich."

„Und ich gebe mich am besten als französischer Fallensteller aus."

„Gut, ich heiße also Unger. Ich verändere dieser

Strolche wegen meinen Namen um keinen einzigen Buchstaben."

„Und ich, ich heiße Lautreville, ich bin ja früher so genannt worden. Wir kommen aus Texas herüber."

„Ja, richtig. Wir sind bei Eagle Pass über den Rio Grande del Norte gesetzt und wollen nach — nach, ah, wir wollen zu den Franzosen, um gegen diesen verfluchten Juarez zu kämpfen."

„Vortrefflich", lachte Mariano. „Also vorwärts!"

Die Männer ritten im Galopp einen Bogen, so daß sie scheinbar von der entgegengesetzten Seite, von Norden erschienen. Sie hielten dann, langsamer reitend, ihre Pferde dicht am Rand des Waldes hin. Da erblickten sie einen Lichtschein, der zwischen den Bäumen hindurch auf die Grasfläche hinausschimmerte. Auch Stimmen, die miteinander sprachen, konnte man hören. Sie hielten an, und Unger rief:

„Holla! Was ist das für ein Feuer im Wald?"

Sofort verstummte das Gespräch, und nach einigen Augenblicken wurde gefragt:

„Wer ist draußen?"

„Zwei Jäger sind wir. Darf man zu euch kommen?"

„Wartet erst!"

Es erhoben sich mehrere Männer vom Lager, nahmen Feuerbrände in die Hand und kamen herbei, um die beiden Ankömmlinge zu beleuchten. Einer von ihnen, der eine stolze, finstere Miene machte, fragte:

„Sind etwa mehrere hinter euch?"

„Fällt niemand ein!" lachte Mariano.

„Ich kann euch doch nicht gebrauchen."

„Aber wir euch."

„Wozu?"

„Bless my soul!" lachte Unger. „Wozu, fragt Ihr? Freut man sich denn nicht, wenn man in dem wilden Wald Menschen trifft?"

„Da freut ihr euch umsonst!"

„Seid kein Tor! Wir sind den ganzen Tag geritten und wollten uns soeben hier irgendwo zur Ruhe legen. Da sahen wir eure Feuer. Wenn wir uns mit daran wärmen, wird es euch wohl keinen Schaden machen."

Der Mann beleuchtete die beiden abermals genau:

„So kommt! Aber hütet euch! Handelt ihr mit faulen Fischen, so macht ihr bei uns jedenfalls ein schlechtes Geschäft."

Die beiden stiegen ab und zogen ihre Pferde hinter sich her, den voranschreitenden Mexikanern nach. Als sie bei den Feuern anlangten, hatten sich mittlerweile auch die übrigen erhoben, um den ungewöhnlichen Besuch in Augenschein zu nehmen. Unger und Mariano grüßten furchtlos, schnallten die Sättel herunter und legten sie in die Nähe des Feuers, um sie als Kopfkissen zu gebrauchen. Dann streckten sie sich behaglich nieder.

Der sie ausgefragt hatte, war der Unteranführer, dem Josefa Cortejo den Brief übergeben hatte.

Auf seinen Wink entfernte man die Pferde, und alle legten sich wieder nieder. Dann wandte er sich an Unger:

„Ihr werdet mir wohl einige Fragen erlauben, Señor? Ihr seid Jäger?"

„Ja."

„Woher?"

„Von überall her. Man sucht sich ein Wild, wo man es findet. Nicht?"

„Ich meine es anders. Wo seid Ihr geboren?"

„Ich bin ein Deutscher und heiße Unger."

„Und Euer Kamerad?"

„Ist ein Franzose und heißt Lautreville."

„Woher kommt Ihr?"

„Über den Rio Grande her."

„Und wohin wollt Ihr?"

„Müßt Ihr das genau wissen? Nun, ich kann Euch den Gefallen tun. Seid Ihr etwa Leute des Juarez?"

„Fällt uns gar nicht ein. Wir dienen keinem Indianer.“

„Mein Kamerad ist also ein Franzose und hat Sehnsucht nach seinen Landsleuten. Ich aber habe von früher her mit dem Juarez noch ein Huhn zu rupfen, wie man zu sagen pflegt, und so sind wir auf den Gedanken gekommen, nach Mexiko zu gehen, um zu sehen, in welcher Weise man dem Zapoteken ans Leder kann.“

„Das heißt: ihr wollt euch anwerben lassen?“

„So ähnlich.“

„Aber warum gerade bei den Franzosen?“

„Weil sie die Landsleute meines Kameraden sind.“

„Das wäre allerdings ein Grund. Aber der Bazaine braucht keine Leute.“

„Dann wäre der weite Ritt umsonst.“

„Ja, umsonst wird er wohl sein, wenn ihr nicht einen guten Rat annehmt.“

Der sogenannte Capitano schien sein Mißtrauen verloren zu haben.

„Einen guten Rat hört man gern“, meinte Mariano.

„Nun, ich könnte euch sagen, wo ihr sofort Unterkommen finden würdet. Hier, bei uns.“

„Bei euch? Hm! Wer seid ihr denn?“

„Habt ihr vielleicht vom ‚Panther des Südens‘ gehört?“

„Oh, oft genug.“

„Und von Cortejo?“

„Könnte mich nicht sogleich besinnen.“

„Nun, diese beiden haben sich zusammengetan, damit Cortejo Präsident wird.“

„*Heigh-day*. Der Mann scheint nicht dumm zu sein!“ sagte Unger.

„Er wirbt Leute an. Gelingt es ihm, so kann jeder, der ihm jetzt dient, auf irgendeine gute Stelle oder sonst etwas Ähnliches rechnen. Habt ihr keine Lust einzutreten?“

„Hm. Das müßte man sich doch vorher ein wenig überlegen. Wo befindet sich denn dieser Cortejo?“

„Auf der Hacienda del Eriña.“

Fast wäre Unger vor Überraschung emporgesprungen. Er mußte alle Selbstbeherrschung anwenden, um scheinbar ruhig zu bleiben. Mariano ging es ebenso.

„Del Eriña?“ fragte Unger. „Die ist sein Eigentum?“

„Kennt ihr sie?“

„Ja. Ich habe da vor Jahren eine Nacht geschlafen. Damals aber war der Besitzer der Hacienda del Eriña ein anderer. Ich glaube, er hieß — hieß —“

„Arbellez“, fiel der Mann ein.

„Ja, richtig! Arbellez. Der Mann ist wohl tot?“

„O nein, aber doch so ähnlich.“

„Nicht tot, aber ähnlich? Also krank?“

„Vielleicht. Wir haben ihm einfach die Hacienda weggenommen. Cortejo bekam das Haus, und wir anderen erhielten alles, was sich darin befand.“

„*Caramba!*“

Die Augen des Jägers blitzten. Am liebsten hätte er diesem Menschen eine Kugel durch den Kopf gejagt. Der verstand ihn aber falsch und sagte:

„Nicht wahr, das wäre auch etwas für euch?“

„Gewiß. Aber was sagte denn dieser — dieser Arbellez dazu?“

„Viel Kluges wird er nicht sagen, denn er ist eingesperrt worden.“

„Eingesperrt?“ fuhr Unger auf. „Ist das wahr, Señor?“

„Ja. Fragt den Mann, der da neben mir sitzt!“

Unger schwieg. Er mußte sich Gewalt antun, um seine Gefühle zu bezwingen.

Der Mann aber, den der Anführer soeben gemeint hatte, sagte:

„Ja, ich habe ihn einschließen müssen. Er soll den Hungertod sterben.“

„Auf wessen Befehl?“ fragte Mariano, der sich Ungers Wut denken konnte.

„Auf den Befehl der Señorita Josefa.“

„Wer ist das?“ stellte sich Mariano unwissend.

„Die Tochter Cortejos.“

„Sie befindet sich auf der Hacienda?“

„Ja. Seit einigen Tagen.“

„Und Cortejo auch?“

„Nein. Er hat die Hacienda für einige Zeit verlassen.“

„Wohin ist er gegangen?“

Da ertönte, scheinbar aus der Ferne, der Ruf der Eule, die beiden Jäger wußten also ihre Gefährten in der Nähe.

„Ihr verlangt da zuviel“, meinte der Capitano zurückhaltend. „Ihr seid Fremde. Tretet bei uns ein, dann könnt ihr fragen!“

„Da müßte man doch vorher wissen, wohin ihr jetzt reitet!“

„Das könnte ich euch noch sagen. Wir gehen an den Rio Grande del Norte, um einen Engländer zu peitschen, wenn er sein Geld nicht hergibt.“

Da biß Unger die Zähne zusammen und murmelte kaum hörbar: „Das dürfte euch schwer werden!“

„Wie meint Ihr das?“ fragte der Capitano erstaunt. „Ich verstehe Euch nicht.“

„So will ich deutlicher werden. Fahre zur Hölle, Halunke!“

Er konnte sich nicht mehr halten. Während er diese Worte aussprach, riß er den Revolver hervor, hielt dem Capitano den Lauf an die Schläfe und drückte ab. Der Schuß krachte, und der Mann brach tot zusammen. Die anderen saßen einige Augenblicke erstarrt da. Das gab Unger Zeit, noch einige Kugeln zu versenden. Auch Mariano schoß, dem Beispiel des Gefährten folgend, mehrmals ab. Dann aber rissen die Überraschten ihre

Waffen hervor und sprangen auf, um diesen unerwarteten Angriff zu rächen. Cortejos Leute kamen jedoch nicht dazu, denn in diesem Augenblick ertönte Sternaus Stimme:

„Auf sie drauf!"

Zweihundert auf fünfzig Mann — es war kein Wunder, daß sie im Handumdrehen überwältigt waren.

„Warum schoßt Ihr?" fragte Sternau Unger.

„Hörtet Ihr nicht, was der Mensch erzählte?" zürnte Donnerpfeil.

„Nein. Ich war bei den Pferden und kam gerade wieder zurück, als Euer erster Schuß fiel. Dann gab ich meinen Befehl."

„Nun, so will ich Euch sagen, daß diese Schufte den Tod zehnfach verdient hätten. Sie haben die Hacienda del Eriña überfallen und meinen Schwiegervater in den Keller geworfen."

Der Sprecher zitterte vor Grimm. Sternau erschrak.

„Ist das wahr?"

„Ja. Der Schurke von Anführer hat es mir erzählt."

„So war es eine Räuberbande? Ich dachte, sie gehörten zu Cortejo."

„Das ist auch der Fall. Cortejo hat die Hacienda überfallen und plündern lassen, und seine Tochter Josefa hat befohlen, Arbellez einzusperren, um den alten Mann verhungern zu lassen."

„Mein Gott, welch eine Nachricht! Aber darüber nachher. Jetzt vor allen Dingen müssen wir sehen, ob diese Menschen gut gefesselt sind."

Juarez lehnte während der ganzen Zeit wortlos am Stamm eines Baumes. Er sah schweigend zu, wie man die Besiegten untersuchte. Viele von ihnen waren verwundet.

Ein Schwerverwundeter stöhnte auf, als er berührt wurde, blickte mit gläsernen Augen den an, der ihn gefaßt hielt, und röchelte:

„Oh, oh, das ist das Gesicht des Haciendero."

„Was sagt dieser Mann?" forschte Juarez.

„Er spricht vom Gesicht des Haciendero", meldete der gefragte Mexikaner.

„Es ist derjenige, der meinen Schwiegervater eingesperrt hat", fügte Unger hinzu.

„Ah, davon sprach Bärenherz", meinte Sternau. „Es ist einer dabei, der gesagt hat, daß ihm immer das Gesicht des alten Haciendero erscheine. Dieser Mann muß es sein."

„Er ist es", bestätigte der Apatsche.

„Sucht ihn am Leben zu erhalten! Vielleicht können wir von ihm etwas erfahren. Wie ist er verwundet?"

„Er erhielt eine Kugel durch die Brust."

„Zeigt her!" Sternau bog sich zu dem Mann nieder und öffnete ihm Jacke und Hemd. Nach einer kurzen Untersuchung meinte er: „Keine Rettung!"

„Nein!" röchelte der Verwundete, halb bewußtlos. „Oh, dieses Gesicht!"

Seine Mienen drückten furchtbares Entsetzen aus. Nach einigen Augenblicken öffnete er die Augen. Sein Blick fiel auf den neben ihm liegenden Capitano.

„Tot! Auch tot!" gurgelte er. „Oh, der Brief! Wer besorgt den Brief?"

„Welchen Brief?" fragte Sternau.

„An Cortejo", erklang es, wie aus dem Mund eines Ertrinkenden.

„Wo ist Cortejo?"

„Am — am — am San Juan."

„Und der Brief?"

Das Feuer beleuchtete den Sterbenden. Seine Wangen wurden fahl. Er schwieg. Er war nicht imstande, eine Antwort zu geben. Nun rüttelte Sternau ihn und rief laut:

„Der Brief. Wo ist er?"

Da öffnete der Mann langsam die Augen.

„Im Stiefel", hauchte er.

„In wessen Stiefel?"

Der Gefragte schloß die Augen wieder. Der Tod streckte seine Hand gegen ihn aus. Kein Rütteln und kein Fragen half. Ein Blutstrom quoll ihm aus dem Mund. Schon schien er sich strecken zu wollen, aber da war es, als sei plötzlich noch einmal die volle Lebenskraft in ihn zurückgekehrt. Er richtete sich halb empor und rief angstvoll:

„Gott — Gott — vergib! — Ich — habe — ihm — ja Wasser — Wasser und — und Brot gegeben!"

Dann fiel er zurück.

Er war tot.

„Was mag er gemeint haben?" fragte Mariano nach einer Pause, während alle schweigend dagestanden hatten.

„Wer weiß es! Das Geheimnis geht mit ihm zu Grabe", meinte Anton Unger.

„Vielleicht nicht", sagte Sternau. „Sein Gewissen ließ ihm das Gesicht des Eingesperrten erscheinen, und als Entlastung sagte er, daß er ihm Wasser und Brot gegeben habe. Señor Arbellez ist in den Keller geworfen worden. Dieser Tote hat ihn vielleicht mit Lebensmitteln versehen. Er hätte verdient, daß wir sein Leben schonten. Jetzt ist es leider zu spät."

„Was aber war es mit dem Brief?" fragte Juarez.

„Ein Brief an Cortejo", antwortete Sternau. „Dieser befindet sich am San-Juan-Fluß, um Lord Dryden abzufangen. Die Leute haben die Aufgabe gehabt, ihn aufzusuchen und ihm einen Brief zu überbringen."

„Von wem?"

„Vielleicht von seiner Tochter, die sich auf der Hacienda befindet."

„Also in einem Stiefel befindet er sich, aber in wessen Stiefel?"

„Jedenfalls müssen wir beim Capitano suchen. Er war

der Anführer und also der, dem man vermutlich das Schreiben anvertraut hat."

Jetzt wurden der Leiche des Genannten die Stiefel ausgezogen, und im Schaft des einen fand sich Josefas Brief vor.

„Hier, Señor", sagte Sternau zu Juarez. „Lest!"

Juarez öffnete das Schreiben und trat ans Feuer. Nachdem er den Brief durchflogen hatte, meinte er:

„Señores, ich muß euch diese Zeilen mitteilen. Hört!" Er las laut vor und sagte dann: „Dieser Brief muß aufgehoben werden. Er enthält das Eingeständnis schwerer Verbrechen. Alles ist uns klar, alles. Aber was jetzt tun?"

„Wir können nichts Eiligeres unternehmen, als zum Sabinasfluß aufbrechen", antwortete Sternau, „denn wir müssen vor allen Dingen wissen, ob Lord Dryden eingetroffen ist."

„Aber Arbellez, mein gefangener Schwiegervater?" fragte Unger.

„Zur Hacienda kommen wir noch. Die Sendung des Lords ist zu retten und Cortejo gefangenzunehmen, dann haben wir gewonnen. Bis an den Sabinasfluß reiten wir höchstens noch zwei Stunden. Nehmt diesen Toten die Waffen ab! Dann aber weiter!"

Band 51—55

Die Reihe dieser beliebten Bände umfaßt den ersten der fünf Lieferungsromane Karl Mays, die der Schriftsteller für den Verlag H. G. Münchmeyer in den Jahren 1882—1886 verfaßte. Der ursprüngliche Titel des Werkes lautete ‚Das Waldröschen'. Der Roman behandelt die Geschichte zweier spanischer Grafen Rodriganda, deren einer in Mexiko, der andere auf dem Stammsitz der Familie in Spanien lebt. Beide sind von Schurken umgeben, die den Besitz der Rodrigandas an sich reißen wollen und den Mitgliedern der Familie nach dem Leben trachten. Doch starke, ehrliche Gegenspieler wachen über dem Geschick der Bedrohten. Die bunte, spannende Handlung der fünf Bände beginnt unter Indianern, Trappern und Vaqueros in Mexiko, wechselt dann hinüber in die spanischen Pyrenäen, nach Frankreich und Deutschland und kehrt schließlich wieder zurück zum Ausgangspunkt des Geschehens in die wilde und gefährliche Wüste Mapimi im Norden des mexikanischen Landes. Den historischen Hintergrund der Ereignisse bildet der Befreiungskrieg der Mexikaner unter ihrem späteren Präsidenten Benito Juarez. Der Kampf zwischen ihm und seinem Gegenspieler, Kaiser Maximilian, dem Günstling des ehrgeizigen Napoleon III., steigert sich zu jenem Drama der Weltgeschichte, zum Untergang und zur Hinrichtung Maximilians von Mexiko am 19. Juli 1867 vor der Stadt Queretaro. In ergreifender Form wird dem Leser die tragische Entwicklung der Ereignisse vor Augen geführt, wie der siegreiche Indianer Benito Juarez sich vergeblich bemüht, das Leben seines geschlagenen Gegners zu retten; nicht ohne eigene Schuld sinkt Maximilian ins Grab. — Vor diesem geschichtlichen Hintergrund erfüllt sich das Geschick der Hauptpersonen. Nach langen und schwierigen Auseinandersetzungen wendet sich alles zu einem guten Ende. — Unter den berühmt gewordenen Personen der fünf Bücher ist besonders der ‚Trapper Geierschnabel' einer jener urwüchsigen Westmänner, die immer wieder dafür sorgen, daß die dramatische Handlung stets auch von herzerquickendem Humor aufgelockert wird.

KARL-MAY-VERLAG BAMBERG

Band 56—59

Der zweite Münchmeyer-Roman Karl Mays trug ursprünglich den Sammeltitel ‚Die Liebe des Ulanen' und wurde im Rahmen der Ges. Werke in diese vier Bände gegliedert. In diesem Roman geht es um das weit ausgesponnene Familienschicksal derer von Greifenklau, das vor dem historischen Hintergrund der deutsch-französischen Kriege gegen Napoleon I. und Napoleon III. seine Entwicklung findet. In den ersten der vier Bände spielt die Schlacht bei Waterloo herein. In bunter Fülle fügen sich in dieses Bild die Gestalten des großen Napoleon und des derb-drolligen Marschalls Blücher. Im zweiten Teil verläßt May – wie er es in seinen geschichtlichen Erzählungen immer, und nie zum Schaden des Ganzen, tut – für einige Zeit den Boden der Geschichte und verliert sich ins Reich der Phantasie. Die Handlung spielt hinüber nach Algerien und knüpft an dunkle Vergangenheit an, deren Schatten treibend in die Gegenwart herüberfallen und dem Helden und denen, die ihm nahestehen, harte Hindernisse in den Weg legen. Doch bald treten geschichtliche Ereignisse wieder in den Vordergrund. Die Umwälzung der Befreiungskriege, die mit der Schlacht von Waterloo ihr Ende fanden, weicht der unheilschwangeren Stimmung, die den Ereignissen von 1870/71 vorausgeht. Wieder befindet sich einer aus der Familie derer von Greifenklau als Kundschafter im Feindesland, wo neue Liebe ihm am Wege blüht und alter Haß ihm diesen Weg zu untergraben sucht. Und nun steigern sich die historischen wie auch die von May ersonnenen Schicksale der Gestalten des Romans zu gewaltigem Geschehen und drängen zur Entscheidung. In rascher Folge gleitet die Handlung nach Paris, nach Algier, nach Berlin und schließlich vor die Tore von Sedan, wo sich der Untergang des dritten Napoleon erfüllt. Und auch die Sache des Helden setzt sich zu ihrem Sieg durch. Der verbrecherische Gegner der Greifenklaus findet sein verdientes Ende am Ort seiner Schandtaten. Das Lied ist aus, und Karl May hat sich mit diesem Werk erneut als ein Meister des Abenteuerromans auf geschichtlicher Grundlage erwiesen.

KARL-MAY-VERLAG BAMBERG

Band 61—63

Dieses einstige Sammelwerk ‚Deutsche Herzen, deutsche Helden' — der vierte Münchmeyer-Roman — gehört zu den spannendsten und buntesten Erzählungen Mays. Der dreiteilige Roman behandelt das abenteuerliche Schicksal einer deutschen Familie, deren Glieder durch feindliche Ränke in alle Welt verstreut worden sind. Das Ringen geht um die Wiedervereinigung der getrennten Geschwister, die da und dort schwer an unverschuldetem Unglück tragen. Der Roman spielt erst im Orient, dann im Wilden Westen Nordamerikas und schließlich in den einsamen Tundren Sibiriens. Zu den Helden der drei Bücher gehören liebe alte Bekannte: Sir David Lindsay, Krüger-Bei und das ‚Kleeblatt' Sam Hawkens, Dick Stone und Will Parker. Darum lebt der Roman nicht nur von atemloser Spannung, sondern auch von köstlichem Humor, besonders, wenn David Lindsay immer wieder in schwierigste Lagen kommt, weil er sich in den Kopf gesetzt hat, irgendeine Haremsschönheit zu befreien, wozu er als Anleitungsbuch den Text zu Mozarts ‚Entführung aus dem Serail' ständig bei sich trägt... Im Wilden Westen trifft das ‚Kleeblatt' mitten im amerikanischen Urwald alte Freunde und die Spur eines der Verschollenen und der Verbrecher. Die Verfolgung beginnt. Im Tal des Todes, einem Ort des Grauens, laufen schließlich die Schicksalsfäden zusammen. Die Not der Bedrängten wächst und damit die Spannung. Es wachsen die Listen und Anschläge der Schurken, und es wächst auch die Schar der Helden, die auf der Seite des Rechts kämpfen. Winnetou und Old Firehand stoßen zu ihnen, und so ist es klar, daß der Leser nach heißem Miterleben von Kampf und Gefahr zu einem glückhaften Ende des Ganzen geführt wird. Die Spur des letzten noch fehlenden Mitglieds der auseinandergerissenen Familie weist nach Rußland. Und so führt die Handlung des Schlußbands mitten unter Verbannte, Kosaken und Zobeljäger im Innern Sibiriens. Wunderbar weiß May auch diese Landschaft mit ihren Bewohnern zu schildern. Das Getriebe des Steppenbrunnens knarrt, Kosakenstiefel klappern beim Tanz

KARL-MAY-VERLAG BAMBERG

und die Balalaika klingt. Einen köstlichen Gegensatz dazu bildet das ‚Kleeblatt', das nach Sibirien gereist ist, um den letzten Verschollenen zu suchen. Dabei gibt es natürlich immer wieder Abenteuer, Gefahr, Spannung, Humor. Und endlich die befreiende Lösung: das Recht trägt den Sieg davon.

Band 64—65

Aus dem dritten Münchmeyer-Roman ‚Der verlorene Sohn' wurden zwei für sich bestehende Bände gewonnen. Der erste dieser Romane enthält eine in sich abgeschlossene Schmugglergeschichte. Den Schauplatz bildet Karl Mays Heimat im romantischen sächsischen Erzgebirge. Mühselig ist das Tagewerk der ärmlichen Bergleute und Hausweber und doppelt gefährlich daher die geldverheißende Lockung der Pascher, die in den einsamen Waldtälern und verlassenen Bergwerksschächten entlang der sächsisch-böhmischen Grenze ihr Unwesen treiben. Der böse Geist aber, der die Ärmsten der Armen zu ihrem dunklen Geschäft verführt, ist das geheimnisvolle Buschgespenst. Der zweite Roman bildete ursprünglich den Rahmen des großangelegten Gesamtwerks. Groß angelegt! Das spürt man in der Gliederung des Werkes. Dieser ‚Fremde aus Indien' ist eine Gestalt, die in den Grundzügen bisweilen an den berühmten Grafen von Monte Christo, den Helden in Alexander Dumas' gleichnamigem Roman, erinnert. In der Hand des ‚Fremden' vereinigen sich die Schicksalsfäden all der Menschen, die seinen Weg kreuzen, und werden von dieser Hand mit überlegener Sicherheit und kühner Meisterschaft gelenkt. Der Leser wird vom Spiel der Ereignisse so gepackt, daß er den ‚Fremden' verehrt, ohne ihn zu kennen. Dieser heldische Kampf aus dem Dunkel des Geheimnisses heraus gegen alles Böse reißt jeden mit fort, der das Buch zur Hand nimmt. Der Schauplatz auch dieses Romans ist Mays Heimatland Sachsen. Das bunte Geschehen behandelt eine Kriminalgeschichte, die mit der Entlarvung und Dingfestmachung des Anführers, des von allen gefürchteten ‚Hauptmanns', endet.

KARL-MAY-VERLAG BAMBERG

Band 66—68

Bei Karl Mays Lieferungsroman ‚Der Weg zum Glück' handelte es sich um den fünften und letzten der sogenannten Münchmeyer-Romane. Band 66/67 enthalten den zusammengehörigen Hauptteil. In den bayerischen Bergen spielt der gesamte Stoffkreis. Gefährliche Abenteuer wechseln mit heiteren Episoden, in denen das treuherzig-biedere Gebirglervolk treffend gekennzeichnet wird. Die Hauptperson, der Wurzelsepp, ist eine der besten und eindringlichsten Gestalten, die Karl May geschaffen hat, ein alter Naturbursche voller kerniger Lebensechtheit. Aller Menschen Freund, ist er stets bereit, den Unglücklichen beizustehen und mit seinem listig-lustigen Gemüt überall Frohsinn zu verbreiten. Daneben aber ist er von unbestechlichem Gerechtigkeitssinn, und so geschieht es, daß mit seiner Hilfe altes Unrecht und noch ungesühnte Schuld wieder aufstehen und ihre Urheber zur Verantwortung zwingen. Da ist vor allem der unheimliche Peitschenmüller, der die Bewohner des Dorfes unter Angst und Zittern hält. Da ist sein Kumpan und Genosse früherer Verbrechen, der reiche Silberbauer, von dem sich schließlich die eigene Tochter lossagt, als sein dunkles Treiben an den Tag kommt. Alle von diesen beiden Schurken Unterdrückten finden jedoch schließlich ihr Recht — immer unter dem Schutz des edlen und vielgeliebten Königs Ludwig II., dessen tragische Gestalt mit besonderer Eindringlichkeit gezeichnet ist und dessen Tod gleichzeitig mit dem rührenden Ende des Wurzelsepp wie ein düsterer Schatten über dem gelösten Ausklang des Werks liegt. — Band 68 umfaßt die beiden besonders spannenden, aber nicht zur Haupthandlung gehörenden Teile ‚Der Geldprotz' und ‚Der Samiel': Der erste ist eine Schmugglererzählung und schildert den verzweifelten Kampf eines mit dem Gesetz in Konflikt geratenen Bauern gegen die Erpressungsversuche zweier gewissenloser Schurken. Beim zweiten Teil handelt es sich um eine packende Räubergeschichte; ein geheimnisvoller Verbrecher hält das Grenzland in Furcht und Schrecken, bis er durch die tatkräftige Mithilfe des Wurzelsepp sein Ende findet.

KARL-MAY-VERLAG BAMBERG

KARL MAY
GESAMMELTE WERKE

1 Durch die Wüste
2 Durchs wilde Kurdistan
3 Von Bagdad nach Stambul
4 In den Schluchten des Balkan
5 Durch das Land der Skipetaren
6 Der Schut
7 Winnetou I
8 Winnetou II
9 Winnetou III
10 Sand des Verderbens
11 Am Stillen Ozean
12 Am Rio de la Plata
13 In den Kordilleren
14 Old Surehand I
15 Old Surehand II
16 Menschenjäger
17 Der Mahdi
18 Im Sudan
19 Kapitän Kaiman
20 Die Felsenburg
21 Krüger Bei
22 Satan und Ischariot
23 Auf fremden Pfaden
24 Weihnacht
25 Am Jenseits
26 Der Löwe der Blutrache
27 Bei den Trümmern von Babylon
28 Im Reiche des silbernen Löwen
29 Das versteinerte Gebet
30 Und Friede auf Erden
31 Ardistan
32 Der Mir von Dschinnistan
33 Winnetous Erben
34 „ICH“
35 Unter Geiern
36 Der Schatz im Silbersee
37 Der Ölprinz
38 Halbblut
39 Das Vermächtnis des Inka
40 Der blaurote Methusalem
41 Die Sklavenkarawane
42 Der alte Dessauer
43 Aus dunklem Tann
44 Der Waldschwarze
45 Zepter und Hammer
46 Die Juweleninsel
47 Professor Vitzliputzli
48 Das Zauberwasser
49 Lichte Höhen
50 In Mekka
51 Schloß Rodriganda
52 Die Pyramide des Sonnengottes
53 Benito Juarez
54 Trapper Geierschnabel
55 Der sterbende Kaiser
56 Der Weg nach Waterloo
57 Das Geheimnis des Marabut
58 Der Spion von Ortry
59 Die Herren von Greifenklau
60 Allah il Allah!
61 Der Derwisch
62 Im Tal des Todes
63 Zobeljäger und Kosak
64 Das Buschgespenst
65 Der Fremde aus Indien
66 Der Peitschenmüller
67 Der Silberbauer
68 Der Wurzelsepp
69 Ritter und Rebellen
70 Der Waldläufer
71 Old Firehand
72 Schacht und Hütte
73 Der Habicht
74 Der Verlorene Sohn

KARL-MAY-VERLAG · BAMBERG

PEKING
TIEN-TSIN
Hoang-ho
SI-NGAN
HAN KOU
Jang-tse-kiang
CHINA
FU-TSCHOU
Amoy
CANTON
HA-NOI
HONG KONG
Macao (PORT.)
Hai-nan
Hue
HINTER-INDIEN
Sai-gon
G. v. Siam
Palawan
Luzon
MANILA
Philippinen
Chinesisches Meer
Mindanao
Sulu
Pt. Arthur
Wei-hai-wei
Japanisches Meer
SÖUL
KOREA
KOBE
NAGASAKI
KIOTO
Hondo
TOKIO
YOKOHAMA
Sikoku
Kiusiu
JAPAN
SCHANG-HAI
Riu-Kiu-In
Formosa
TAI-NAN
Ganges
Bonin In
Markus
G R O S S
Wake
Marianen (Ladronen)
Mikronesien
Eniwetok
Ujilong (Ujelang)
Ualan (Kusaie)
Ralik
Marshall Gruppe
Yap
Karolinen
Ponape
Palau In
Talaud In
Halmahera (Djilolo)
S T I L L E R
Meer
Greenwich
SINGAPORE
Borneo
NIEDERLANDISCH
INDIEN
Banka
Sumatra
Celebes
Molukken
Makassar
Java See
Java
BATAVIA
SOERABAJA
Sunda-In
Ceram
Banda See
Aru In
Timor (Port.)
Neu Guinea
Admiralitäts In
Birara
Tombara (N.-Irland)
Pleasant (Nauru)
Gilbe (Tar
Bougainville
Choiseul
Ysabel
Malayta
Salomon In
Luisiade In
Sta Cr In
Bauro
Torres-Str.
K. York
Korallen-See
Carpentaria Golf
Cooktown
Palmerston
Derby
Townsville
Neue Hebriden
Neu-Caledonien
Noum
Mt Bruce
Gr. Sand-Wüste
Hughenden
West-Australien
Queensland
Rockhampton
AUSTRALIEN
Maryborough
Steep K.
BRISBANE
Mt Lindsay
Northampton
Gr. Victoria-Wüste
Eyre-S.
K. Byron
Perth
Mt William
Eucla
Darling
Pt. Augusta
Murray
Newcastle
Große Austral. Bucht
Kleeuwin
Albany
Albury
SYDNEY
ADELAIDE
Känguru-In
Mt Townsend
MELBOURNE
Ballarat
Bass-Str.
K. Willson
King I.
Tasmanien (Van Diemens-Ld)
Hobart
INDISCHER OZEAN
Mt Cook 3760
Dunedin
Westkap
Stewart-In
Auckland
Campbell In
Marquarie In
Nordk
Auck
120
140
160
HARAR
0 50 100 200 Kilometer
Obock
Ras Bir
Todschura
G. v. Todschura
Muscha In
Dschibuti
Seila
Golf von Aden
Dongarita
D. Elmes
Berbera
Kilelu
Radas
Azew
2102
Kori
Bulhar
Lamal
Ankober
Gildessa
Dire Daua
Harar
Giggiga
Hargeisa
Cioba
Habrab
Elaoda
Bubassa
Seleh
Jimba
Rija Uarabot
Harro Rufa
Dagahbur
3256
Fagegi
Gorgora
Bodele
Sassabaneh
Ticcio
Hin
Barolr
Chimir
Raba
Burca
Adad
431
10
40